Ilusões Honestas

Nora Roberts

A Pousada do Fim do Rio
O Testamento
Traições Legítimas
Três Destinos
Lua de Sangue
Doce Vingança
Segredos
O Amuleto
Santuário
Resgatado pelo Amor
A Villa
Tesouro Secreto
Pecados Sagrados
Virtude Indecente
Bellissima
Mentiras Genuínas
Riquezas Ocultas
Escândalos Privados
Ilusões Honestas

Trilogia do Sonho

Um Sonho de Amor
Um Sonho de Vida
Um Sonho de Esperança

Trilogia do Coração

Diamantes do Sol
Lágrimas da Lua
Coração do Mar

Trilogia da Magia

Dançando no Ar
Entre o Céu e a Terra
Enfrentando o Fogo

Trilogia da Gratidão

Arrebatado pelo Mar
Movido pela Maré
Protegido pelo Porto

Trilogia da Fraternidade

Laços de Fogo
Laços de Gelo
Laços de Pecado

Trilogia do Círculo

A Cruz de Morrigan
O Baile dos Deuses
O Vale do Silêncio

Trilogia das Flores

Dália Azul
Rosa Negra
Lírio Vermelho

Nora Roberts

Ilusões Honestas

3ª edição

Tradução
Natalie Gerhardt

Rio de Janeiro | 2025

Copyright © 1992 *by* Nora Roberts

Título original: *Honest Illusions*

Capa: Leonardo Carvalho

Editoração: FA Studio

Texto revisado segundo o novo
Acordo Ortográfico da Língua Portuguesa

2025
Impresso no Brasil
Printed in Brazil

Cip-Brasil. Catalogação na publicação.
Sindicato Nacional dos Editores de Livros, RJ.

R549i	Roberts, Nora, 1950- Ilusões honestas / Nora Roberts; tradução Natalie Gerhardt. — 3. ed. — Rio de Janeiro: Bertrand Brasil, 2025. 490 p.; 23 cm. Tradução de: Honest illusions ISBN 978-85-286-1842-6 1. Ficção americana. I. Gerhardt, Natalie. II. Título.
14-15623	CDD: 813 CDU: 821.111(73)-3

Todos os direitos reservados pela:
EDITORA BERTRAND BRASIL LTDA.
Rua Argentina, 171 — 3º andar — São Cristóvão
20921-380 — Rio de Janeiro — RJ
Tel.: (21) 2585-2070

Não é permitida a reprodução total ou parcial desta obra, por
quaisquer meios, sem a prévia autorização por escrito da Editora.

Atendimento e venda direta ao leitor:
sac@record.com.br

Impresso no Brasil pelo Sistema Digital Instant Duplex da Divisão Gráfica da
DISTRIBUIDORA RECORD DE SERVIÇOS DE IMPRENSA S.A.

Para Bruce, Dan e Jason,
a magia em minha vida

Primeira Parte

♦ ♦ ♦

Admirável mundo novo
*Que tem tais habitantes!**

— *William Shakespeare*

---

* William Shakespeare. *A Tempestade*. Ato 5, Cena 1. Tradução retirada de: http://
www.ebooksbrasil.org/adobeebook/tempestade.pdf (N.T).

Prólogo

✦ ✦ ✦ ✦

A MULHER DESAPARECE. Era um truque antigo, com um toque moderno e que nunca falhava em extasiar a plateia. O público esplêndido no Radio City estava tão ávido em ser ludibriado quanto um grupo de caipiras de queixo caído numa exposição de cães e pôneis.

No momento em que subia no pedestal de vidro, Roxanne já conseguia sentir a expectativa deles — a borda prateada do suporte era uma fusão de esperança e dúvida amarrada com mistério. Todos se inclinavam para a frente em seus assentos, desde o presidente até um peão.

A magia tornava todos iguais.

Max dissera isso, relembrou ela. Muitas e muitas vezes.

Em meio à névoa espiralada e ao brilho da luz, o pedestal se elevou devagar, girando de forma majestosa, ao som de "Rhapsody in Blue" de Gershwin. O movimento suave de 360 graus mostrou ao público todos os lados do pedestal transparente e da mulher esbelta sobre ele — e aquilo os distraiu do verdadeiro truque.

Aprendera que a apresentação costumava ser a tênue diferença entre um charlatão e um artista.

Em harmonia com o tema musical, Roxanne usava um vestido cintilante azul-escuro que se moldava às curvas longilíneas e flexíveis de seu corpo — tão justo que ninguém que a observasse acreditaria que havia qualquer coisa por baixo da seda adornada de lantejoulas, a não ser a própria pele. Nos cabelos, uma cascata de cachos cor de fogo que chegava à cintura, brilhavam milhares de minúsculas estrelas iridescentes.

Fogo e gelo. Muitos homens já haviam se perguntado como uma mulher poderia ser as duas coisas ao mesmo tempo.

Como se estivesse adormecida ou em transe, seus olhos se fecharam — ou assim parecia — e o rosto elegante estava voltado para o teto estrelado do palco.

Enquanto subia, balançava os braços no ritmo da música. Em seguida, elevou-os acima da cabeça em uma pose teatral que embelezava e era necessária em todos os números de mágica.

Sabia que era uma linda ilusão. A névoa, as luzes, a música, a mulher. Apreciava a profunda dramaticidade da apresentação e não lhe escapava a ironia de usar o antigo símbolo da mulher solitária colocada em um pedestal, acima das preocupações mundanas do trabalho do homem.

Tratava-se também de um número extremamente complexo, que requeria muito controle físico e uma cronometragem de milésimo de segundo. Mas nem aqueles afortunados espectadores que ocupavam a primeira fila seriam capazes de perceber a intensa concentração sob o semblante sereno. Nenhum deles poderia imaginar quantas horas tediosas ela passara aperfeiçoando todos os aspectos do número, primeiro no papel e, depois, na prática. Prática incessante.

Lentamente, ao ritmo de Gershwin, seu corpo começou a girar, inclinar, oscilar. Uma dança solitária a três metros de altura, repleta de cores e movimentos graciosos. Ouviu um murmurinho na plateia e alguns aplausos dispersos.

Eles conseguiam vê-la — sim, podiam vê-la através da névoa azulada e das luzes que giravam. O cintilar do vestido escuro, a fluidez dos cabelos ruivos, o brilho da pele de alabastro.

Então, em um estalar de dedos, num arquejo, já não conseguiam mais vê-la. Em um piscar de olhos, ela se fora. Em seu lugar, apareceu um tigre-de-bengala lustroso que se ergueu nas patas traseiras e arranhou o ar enquanto rugia.

Houve uma pausa, aquele breve instante que satisfazia um artista, quando toda a plateia prendia a respiração devido à surpresa, antes de explodir em aplausos estrondosos que ecoavam enquanto o pedestal descia mais uma vez. O grande felino saltou, pousou direto no palco e caminhou até o lado direito, parando diante de uma caixa negra. Soltou outro rugido, que fez uma mulher na primeira fileira dar um risinho nervoso. Os quatro lados da caixa se abriram de uma só vez.

E lá estava Roxanne, vestida não mais com o brilhante vestido azul, mas com um *collant* prateado. Ela agradeceu ao público com uma reverência, exatamente como aprendera desde praticamente o dia em que nascera. Fez um floreio.

Enquanto o som do sucesso continuava martelando em seus ouvidos, montou nas costas do tigre e saiu do palco.

— Bom trabalho, Oscar. — Com um breve suspiro, inclinou-se para acariciar o felino entre as orelhas.

— Você estava encantadora, Roxy. — O assistente grande e forte prendeu uma correia na coleira brilhante de Oscar.

— Obrigada, Mouse. — Jogou o cabelo para trás enquanto descia do animal. A área dos bastidores já estava extremamente ativa. Pessoas de confiança protegiam os equipamentos e os escondiam de olhos curiosos. Como agendara uma coletiva de imprensa para o dia seguinte, não veria repórteres naquele momento. Roxanne tinha grandes esperanças de desfrutar uma garrafa de champanhe bem gelada e um banho quente.

Sozinha.

Distraída, esfregou uma mão na outra — um hábito antigo que Mouse poderia lhe dizer que ela pegara do pai.

— Estou com uma sensação estranha — disse com uma meia risada. — Senti isso a noite inteira. Parece que tem alguém me espreitando.

— Bem, ah... — Mouse permaneceu onde estava, deixando que Oscar se esfregasse em seus joelhos. Mouse nunca conseguia se expressar bem, nem nas circunstâncias mais favoráveis. Então, atrapalhou-se tentando achar a melhor maneira de dar a notícia. — Você tem companhia, Roxy. No camarim.

— Ah, é? — Franziu as sobrancelhas, formando uma leve linha de impaciência entre elas. — Quem?

— Venha agradecer ao público de novo, querida. — Lily, assistente de palco e madrasta de Roxanne, passou por eles e pegou o braço dela. — Você foi um sucesso hoje. — Lily passou um lenço nos olhos, sem tocar nos cílios postiços que usava tanto no palco quanto fora dele. — Max teria ficado muito orgulhoso.

Roxanne sentiu um aperto no coração e se esforçou para afastar as próprias lágrimas. Elas não apareceram. Não as permitia em público. Deu um passo à frente, seguindo em direção aos crescentes aplausos.

— Quem está me esperando? — perguntou por sobre o ombro, mas Mouse já tinha partido com o tigre.

O mestre lhe ensinara que a discrição era a melhor parte da sobrevivência.

Dez minutos mais tarde, um tanto tímida pelo sucesso, Roxanne abriu a porta do camarim. O perfume a atingiu primeiro — rosas e maquiagem. Aquele misto de fragrâncias lhe era tão familiar que os inspirava como ar puro. Mas havia outro cheiro ali — o toque profundo de tabaco. Elegante, exótico, francês. Sua mão tremeu na maçaneta enquanto abria totalmente a porta.

Havia um homem a quem ela sempre associaria aquele cheiro. Um homem que ela conhecia e que tinha o costume de fumar cigarrilhas francesas.

Não disse nada quando o viu. Nada podia dizer enquanto ele se levantava da cadeira fumando cigarrilha e tomando champanhe. Meu Deus, era terrível e excitante ver aqueles belos lábios formarem um sorriso familiar, e se deparar com aqueles olhos azuis profundos.

Ainda usava o cabelo comprido, um manto de ébano se agitando atrás de seu rosto. Mesmo quando criança, era muito bonito, com aquele olhar elegante cigano que podia congelar ou incendiar uma pessoa. Com a idade, sua aparência só se aprimorou. Os traços do rosto atraente, com ossos firmes e a covinha no queixo, se tornaram mais refinados e marcantes. Além da beleza, ele emanava uma aura de dramaticidade.

Era um homem pelo qual as mulheres tremiam e que desejavam.

E ela o desejara. Oh, como desejara.

Cinco anos se passaram desde que vira aquele sorriso pela última vez, desde que passara as mãos por entre o cabelo grosso e que sentira a pressão daqueles lábios hábeis sobre os seus. Cinco anos para lamentar, chorar e odiar.

Por que ele não estava morto?, perguntava-se, enquanto se forçava a fechar a porta atrás de si. Por que ele não teve a decência de sucumbir em alguma das várias tragédias pavorosas que imaginara para ele?

E o que, em nome de Deus, ela faria com aquele terrível desejo ardente que sentia só de olhar para ele?

— Roxanne. — O treinamento mantinha a voz de Luke firme ao pronunciar o nome dela. Ele a observara ao longo dos anos. Naquela noite, estudara cada movimento dela nas sombras das coxias. Julgando, avaliando. Desejando. Mas ali, naquele momento, cara a cara, ela estava tão linda que era difícil suportar. — Foi um ótimo espetáculo, e o final foi impressionante.

— Obrigada.

A mão dele estava firme ao lhe servir uma taça de champanhe, assim como a dela quando a aceitou. Afinal, eles eram, acima de tudo, artistas, moldados de forma peculiar em uma mesma forma. A forma de Max.

— Sinto muito pelo Max.

Ela apertou os olhos.

— Você sente?

Por achar que merecia mais do que uma pitada de sarcasmo, Luke apenas acenou com a cabeça, baixou o olhar e o fixou no líquido borbulhante, enquanto relembrava. Seus lábios se curvaram quando voltou a olhar para ela.

— O trabalho em Calais, os rubis. Foi você?

Ela tomou um gole, e o tecido prateado reluziu enquanto dava de ombros.

— É claro.

— Ah. — Ele acenou de novo com a cabeça, satisfeito. Tinha de ter certeza de que ela não perdera aquele toque, para mágica e para roubos. — Ouvi rumores de que a primeira edição de *A Queda da Casa de Usher*, de Poe, foi levada de uma caixa-forte em Londres.

— Seus ouvidos sempre foram afiados, Callahan.

Ele continuou sorrindo, imaginando onde ela aprendera a exalar sensualidade como se fosse ar. Lembrou-se da menina esperta, da adolescente cheia de energia, da florescência da jovem mulher que se tornou tão sedutora. E sentiu a atração que sempre existiu entre eles. Ele usaria aquilo agora, com remorso, mas ainda assim a usaria para atingir seus objetivos.

Os fins justificavam tudo. Mais uma máxima de Maximillian Nouvelle.

— Tenho uma proposta para você, Rox.

— Sério? — Ela tomou um último gole antes de colocar a taça de lado. As bolhas pareciam amargas na língua.

— Profissional — informou ele com leveza, enquanto batia a cinza da cigarrilha. Pegou as mãos dela, aproximando os dedos aos seus lábios. — E pessoal. Senti saudades, Roxanne. — Era a frase mais verdadeira que podia dizer. Um breve instante da mais legítima honestidade em anos de truques, fraudes, ilusões e simulações. Distraído pelos próprios sentimentos, não notou o brilho de aviso nos olhos dela.

— Sentiu mesmo, Luke? De verdade?

— Mais do que posso expressar. — Submerso nas próprias lembranças e desejos, puxou-a para mais perto de si, sentindo o sangue acelerar nas veias, enquanto seu corpo roçava no dela. Ela sempre foi a única. Não importava quantas fugas realizara, nunca se veria livre da armadilha na qual Roxanne Nouvelle o prendera. — Venha comigo para meu hotel. — Sua respiração era como uma carícia no rosto dela, enquanto ela se derretia em seus braços. — Nós podemos jantar e conversar.

— Conversar? — Os braços dela envolveram o corpo dele. Os anéis brilharam enquanto mergulhava os dedos no cabelo dele. Perto deles, o espelho de maquiagem acima da penteadeira refletia suas imagens triplicadas. Como se mostrassem o passado, o presente e o futuro. Quando ela falou, sua voz soava como a névoa de onde desaparecia. Sombria, rica e misteriosa. — É isso que quer fazer comigo, Luke?

Ele se esqueceu da importância do controle, esqueceu-se de tudo, menos dos lábios dela, que estavam a poucos centímetros dos dele. O sabor no qual, certa vez, se deleitara estava a um passo de distância.

— Não.

Baixou a cabeça para beijá-la. Então, ele perdeu o fôlego quando ela o acertou com o joelho bem no meio das pernas. Mesmo enquanto ainda estava curvado, ela lhe acertou um soco no queixo.

Roxanne sentiu uma enorme satisfação no momento em que ouviu o grunhido de surpresa e o som da madeira se quebrando quando ele caiu sobre a mesa. As rosas voaram para todos os lados, e a água se esparramou pelo chão. Pequenos botões de flores caíam sobre ele enquanto jazia no carpete úmido.

— Você... — Lançou um olhar de raiva, enquanto tirava uma rosa do cabelo. A pirralha sempre fora sorrateira, lembrou ele. — Você está mais rápida do que antes, Rox.

Com as mãos no quadril, ela se mantinha diante dele, uma guerreira esbelta e prateada que nunca aprendera que vingança era um prato que se comia frio.

— Muitas coisas estão diferentes agora. — Os nós de seus dedos queimavam como fogo, mas ela usava aquela dor para bloquear outra, mais profunda. — Agora, seu maldito irlandês mentiroso, rasteje de volta para o buraco onde se enfiou nos últimos cinco anos. Chegue perto de mim de novo, e, eu juro, farei você desaparecer para sempre.

Satisfeita com a frase de efeito final, virou de costas e soltou um grito quando Luke a agarrou pelo tornozelo. Ela caiu de bunda no chão com força e, antes que pudesse usar as unhas e os dentes para se defender, ele a imobilizou. Esquecera como ele era forte e rápido.

Um erro de cálculo, Max teria dito. Um erro de cálculo era a raiz de todos os fracassos.

— Tudo bem, Rox, nós podemos conversar aqui. — Apesar de estar sem ar e com dor, ele sorriu. — A escolha é sua.

— Eu vou encontrá-lo no inferno!

— É muito provável. — Seu sorriso desapareceu. — Que droga, Roxy, eu nunca consegui resistir a você. — Quando cobriu os lábios dela com os seus, levou-os de volta ao passado.

Capítulo Um

◆ ◆ ◆ ◆

1973, PRÓXIMO A PORTLAND, MAINE

— Venham! Venham todos. Maravilhem-se, surpreendam-se. Assistam ao Grande Nouvelle desafiar as leis da natureza. Por um mísero dólar, vejam ele fazer as cartas dançarem no ar. Vejam uma linda mulher ser serrada em duas partes bem diante de seus olhos.

Enquanto o homem gritava, anunciando as maravilhas do parque, Luke Callahan deslizava pela multidão do festival, ocupado, furtando bolsos. Tinha mãos rápidas, dedos ágeis e a mais importante qualidade de um ladrão bem-sucedido: uma completa ausência de arrependimento.

Tinha 12 anos.

Estava na estrada há quase seis semanas, em fuga. Luke tinha grandes planos de seguir para o sul antes de o verão úmido da Nova Inglaterra se transformar no gélido inverno da Nova Inglaterra.

Não chegaria muito longe com furtos como aqueles, pensou, pescando uma carteira no bolso frouxo do macacão. Não havia muita gente que vinha ao parque para uma volta na cadeira maluca ou tentar a sorte na Roda da Fortuna com a carteira recheada de dinheiro.

Quando chegasse a Miami, porém, tudo seria diferente. Oculto atrás da barraca de lançamento de argolas em garrafas de leite, descartou uma carteira de couro falso e contou os ganhos da noite.

Vinte e oito dólares. Patético.

Uma vez em Miami, terra do sol, diversão e altas rodas, ele quebraria a banca. Tudo que tinha de fazer era chegar lá e, até aquele momento, conseguira juntar quase duzentos dólares. Com um pouquinho mais poderia pegar um ônibus para seguir parte do caminho. Um ônibus intermunicipal, pensou sorrindo. Deixaria a condução a cargo deles, tudo bem, e evitaria pegar caronas com hippies chapados e pervertidos de dedos gordos.

Um fugitivo não poderia ser exigente demais quanto ao meio de transporte. Luke já sabia que uma carona de um cidadão respeitável poderia resultar em relatórios policiais ou, pior ainda, em um sermão sobre os perigos de um garoto fugir de casa.

Não adiantaria tentar contar que em casa era muito mais perigoso do que nas ruas.

Depois de descartar duas moedinhas, Luke dobrou o restante dos ganhos e enfiou dentro das botas gastas. Precisava comer. O cheiro de fritura já tentava seu estômago há quase uma hora. Compraria um hambúrguer bem-passado e batatas fritas, e tomaria um copo de limonada gelada como recompensa pelo trabalho.

Como a maioria dos garotos de 12 anos, Luke teria se divertido dando uma volta nos brinquedos, mas, se tinha vontade de andar em um dos brinquedos iluminados, a escondeu com um sorriso debochado. Os idiotas achavam que estavam vivendo uma aventura, pensou, enquanto o enjoo lhes subia pela garganta. Eles logo estariam recolhidos em suas camas, enquanto ele dormiria sob a luz das estrelas e, quando acordassem, papai e mamãe lhes diriam o que fazer e como fazer.

Nunca mais ninguém lhe diria nenhuma daquelas coisas.

Sentindo-se superior a tudo, enfiou os polegares nos bolsos da frente da calça jeans e seguiu em direção aos quiosques.

Passou pelo pôster de novo — o retrato do mágico, maior do que o tamanho real. O Grande Nouvelle, com cabelos negros, bigode cheio e olhos escuros hipnóticos. Toda vez que Luke olhava para o pôster se sentia atraído em direção a algo que não conseguia compreender.

Os olhos da imagem pareciam atravessá-lo e enxergar dentro dele, como se pudessem ver e saber muita coisa sobre Luke Callahan, que vinha de Bangor, Maine, passando por Burlington, Utica, e só Deus sabia mais onde, porque Luke já se esquecera.

Ele quase esperava que a boca pintada falasse, e que a mão que segurava o leque de cartas saísse do cartaz e o agarrasse pelo pescoço, puxando-o para dentro da imagem. Ficaria preso lá para sempre, batendo no outro lado do pôster do mesmo modo que fizera quando ficara trancado atrás de diversas portas na infância.

Como a ideia lhe causou calafrios, Luke curvou os lábios em desdém.

— Mágico de araque — sussurrou. O coração disparou enquanto encarava o cartaz que o desafiava. — Grande coisa — continuou ganhando confiança. — Tirar coelhos estúpidos de cartolas idiotas, além de fazer uns poucos truques com as cartas.

ILUSÕES HONESTAS

Preferia mil vezes ver aqueles truques idiotas a dar uma volta na roda-gigante. Preferia ainda mais se empanturrar com batatas fritas cobertas com ketchup. Luke vacilou, segurando no bolso uma nota de um dólar.

Valeria a pena gastar um dólar, decidiu, apenas para provar para si mesmo que aquele mágico não era de nada. Pagaria a entrada para se sentar. No escuro, pensou ele, enquanto pegava a nota amassada e pagava pelo ingresso. Provavelmente, haveria alguns bolsos pelos quais poderia escorregar os dedos ágeis.

A pesada lona se fechou atrás dele, bloqueando toda luz e todo ar do caminho. O barulho batia contra a tenda como uma pancada de chuva. As pessoas já estavam acomodadas nos assentos baixos de madeira, murmurando entre si e se abanando com leques de papel para aliviar o calor sufocante.

Parou na parte de trás por um momento, observando. Com um instinto que fora afiado como uma navalha nas últimas seis semanas, passou por um bando de crianças, desistiu de alguns casais por serem pobres demais para terem algo além do preço do ingresso e fez suas escolhas com cuidado. As circunstâncias o levaram a procurar por mulheres, já que os homens estariam sentados em cima do dinheiro.

— Com licença — pediu, educado como um escoteiro, enquanto se espremia por trás de uma mulher que parecia ser avó, distraída com as travessuras de um menino e uma menina, sentados cada qual de um lado.

No momento em que se sentou, o Grande Nouvelle subiu ao palco. Vestia um traje de gala. O smoking preto e a camisa branca engomada pareciam exóticos no calor úmido da tenda. Os sapatos polidos brilhavam. No dedo mindinho da mão esquerda, usava um anel com uma pedra negra no centro que refletia as luzes do palco.

A impressão de grandiosidade foi estabelecida assim que se voltou para o público.

O mágico não disse nada; ainda assim, a tenda se encheu com sua presença, inchou-se com ela. Ele parecia tão dramático quanto no pôster, apesar de o cabelo negro mostrar mechas prateadas. O Grande Nouvelle levantou as mãos com as palmas voltadas para a plateia. Com um movimento dos punhos, uma moeda surge por entre os dedos vazios. Mais um movimento, outra moeda e outra, até que os Vs largos entre os seus dedos reluzissem como ouro.

A atenção de Luke foi capturada e ele se inclinou para a frente, estreitando os olhos. Queria descobrir como se fazia aquilo. Claro que era um truque. Sabia muito bem que o mundo estava cheio deles. Já havia parado de se perguntar por quê, mas não de imaginar como.

As moedas, se transformaram em bolas coloridas, as quais que mudavam de tamanho e cor. Elas se multiplicavam, diminuíam, apareciam e sumiam enquanto a plateia aplaudia.

Afastar os olhos do espetáculo era difícil. Roubar seis dólares da bolsa da vovó foi fácil. Após guardar seu ganho, Luke deslizou de seu assento e se posicionou atrás de uma loura que deixara a bolsa descuidada no chão ao seu lado.

Enquanto o truque das mãos esquentava a plateia, Luke roubou mais quatro dólares. Mas estava perdendo a concentração. Sentou-se dizendo para si mesmo que esperaria um pouco antes de atacar a mulher gorda à sua direita.

Pelos momentos que se seguiram, Luke foi apenas uma criança, com olhos arregalados de espanto enquanto o mágico embaralhava as cartas, passava uma das mãos por cima, e a outra por baixo, fazendo com que o baralho flutuasse. Com um movimento elegante das mãos, as cartas balançavam, viravam, mergulhavam. Completamente absorta pelo espetáculo, a plateia comemorava. Luke perdeu a chance de fazer a limpa.

— Você aí — chamou a voz de Nouvelle. Luke congelou quando sentiu os olhos escuros pousados nele. — Você me parece a pessoa indicada. Preciso de alguém esperto... — Os olhos piscaram. — Um garoto honesto para me ajudar no próximo truque. Suba aqui. — Nouvelle pegou as cartas no ar e gesticulou.

— Vai lá, garoto. Vai logo — disse alguém, dando uma cotovelada nas costelas de Luke.

Corado, Luke se levantou. Sabia que era perigoso quando as pessoas o notavam, mas, se recusasse o convite, chamaria ainda mais atenção.

— Escolha uma carta — convidou Nouvelle, enquanto Luke subia ao palco. — Qualquer carta.

Ele as abriu em leque, mostrando-as novamente ao público, para que os espectadores vissem que se tratava de um baralho comum. Rápido e ágil, Nouvelle embaralhou as cartas e as espalhou em uma pequena mesa.

— Qualquer carta — repetiu ele, e Luke franziu a testa, concentrado, enquanto retirava uma do bolo. — Mostre-a para a nossa adorável plateia

— instruiu Nouvelle. — Segure a carta com a face virada para o público para que todos possam vê-la. Muito bem! Excelente. Você tem talento.

Rindo, Nouvelle pegou o monte descartado, manipulando-o com os dedos longos e inteligentes.

— Agora... — Olhando para Luke, ele estendeu o baralho. — Coloque a carta em qualquer lugar. Em qualquer lugar mesmo. Excelente. — Seus lábios estavam curvados quando ofereceu o baralho ao garoto. — Embaralhe as cartas como quiser. — O olhar de Nouvelle permaneceu em Luke, enquanto o garoto fazia o que lhe fora pedido.

— Agora. — Nouvelle colocou a mão nos ombros de Luke. — Em cima da mesa, por favor. Você gostaria de cortá-las ou é melhor que eu corte?

— Pode deixar comigo. — Luke colocou as mãos sobre as cartas, certo de que não poderia ser enganado. Não quando estava tão perto.

— Sua carta é a de cima?

Luke virou a carta, sorrindo.

— Não.

Nouvelle parecia surpreso, enquanto o público ficava em suspense.

— Não? Então talvez seja a de baixo?

Entrando no clima, Luke virou o baralho e segurou a carta.

— Não. Acho que o senhor errou.

— Estranho, muito estranho — murmurou Nouvelle, batendo o dedo no bigode. — Você é um garoto mais inteligente do que imaginei. Parece que me enganou. A carta que você escolheu não está mesmo neste baralho. Porque está... — Estalou os dedos, girou o pulso e sacou o oito de copas do ar. — Aqui.

Luke arregalou os olhos, e a plateia aplaudiu em aprovação. Aproveitando o barulho, Nouvelle falou baixinho:

— Venha aos bastidores depois do show.

E aquilo foi tudo. Nouvelle deu uma cutucada em Luke, mandando-o de volta a seu lugar.

Durante os vinte minutos que se seguiram, Luke se esqueceu de tudo, menos da mágica. Assistiu a uma menininha ruiva dançar usando um *collant*. Riu quando ela entrou em uma cartola enorme e se transformou em um coelho branco. Sentiu-se adulto e se divertiu quando a menina e o mágico encenaram uma discussão sobre o horário de dormir. A menina jogou os cachos vermelhos para trás e bateu os pés. Com um suspiro,

Nouvelle jogou a capa preta sobre ela e bateu três vezes com sua varinha. A capa escorregou para o chão e a criança desapareceu.

— Um pai — explicou Nouvelle com sobriedade — deve ser firme.

No número final, Nouvelle serrou uma loura curvilínea, usando um *collant* justíssimo, em duas. As curvas e o traje provocaram muitos assobios e palmas.

Um homem entusiasmado, usando uma camisa estampada e jeans boca de sino, levantou gritando.

— Ei, Nouvelle, se você fez isso com a moça, eu levo uma das metades!

Ele separou as duas partes da moça. Quando Nouvelle pediu, ela mexeu os dedos dos pés e das mãos. Quando uniu as partes novamente, Nouvelle retirou as divisórias de aço da caixa, sacudiu a varinha e escancarou a tampa.

A moça magicamente remontada saiu da caixa e recebeu uma salva de palmas.

Luke se esquecera da bolsa da mulher gorda, mas decidiu que valera a pena ter gasto aquele dinheiro.

Enquanto o público saía para andar no carrossel ou dar um uma olhada em Sahib, o Encantador de Serpentes, Luke se esgueirou em direção ao palco. Pensou que, já que fora uma espécie de assistente no truque das cartas, talvez Nouvelle lhe mostrasse como fizera aquilo.

— Garoto.

Luke olhou para cima. De seu ponto de vista, o homem parecia um gigante. Devia ter 1,98m de altura e pesar mais de cem quilos de puro músculo. O rosto bem barbeado era largo como um prato, os olhos pareciam duas passas colocadas fora de centro. Havia um cigarro sem filtro pendurado na boca.

Em termos de feiura, Herbert Mouse Patrinski era perfeito.

Instintivamente, Luke se preparou, projetando o queixo para a frente, curvando os ombros e afastando as pernas.

— Hã?

Em resposta, Mouse fez um gesto com a cabeça e se afastou. Luke hesitou por menos de dez segundos e, depois, o seguiu.

A maior parte do glamour espalhafatoso do festival se transformava em tons de cinza à medida que atravessavam a grama pisada e amarelada em direção aos trailers e caminhões.

O trailer de Nouvelle parecia um puro-sangue em um campo de pangarés. Era comprido e elegante, sua pintura negra brilhava sob o luar sombrio. Um floreado prateado na lateral anunciava O GRANDE NOUVELLE, EXTRAORDINÁRIO ILUSIONISTA.

Mouse deu uma batida na porta antes de abri-la. Luke sentiu um cheiro estranho e reconfortante de igreja enquanto entrava atrás de Mouse.

O Grande Nouvelle já havia tirado o smoking e estava recostado no sofá embutido, vestindo um roupão de seda preto. Linhas finas de fumaça se desenrolavam, preguiçosas, acima de dezenas de cones de incenso. Uma música indiana de cítara tocava ao fundo, enquanto Nouvelle tomava uma dose de uísque.

Luke enfiou as mãos repentinamente nervosas nos bolsos e olhou à sua volta. Sabia que acabara de entrar em um trailer, mas havia uma forte ilusão de algo exótico. Os aromas, é claro, e as cores vivas das almofadas macias amontoadas aqui e ali, os tapetes pequenos com bordados magníficos espalhados pelo chão, os drapeados de seda nas janelas, o bruxulear misterioso das velas.

Além, é claro, do próprio Maxmillian Nouvelle.

— Ah. — Com seu sorriso divertido meio escondido pelo bigode, Max cumprimentou o menino. — Fico feliz que você tenha vindo.

Para mostrar que não estava impressionado, Luke deu de ombros.

— Foi um show bem legal.

— Fico lisonjeado com o elogio — disse Max em tom seco e fez um gesto com a mão indicando que Luke podia se sentar. — Você tem algum interesse por mágica, senhor...?

— Meu nome é Luke Callahan. Achei que valia a pena pagar um dólar para ver alguns truques.

— Um valor bastante alto, eu concordo. — Com os olhos fixos em Luke, Max tomou um gole do uísque. — Mas creio que tenha sido um bom investimento para você, não?

— Investimento? — Inquieto, Luke desviou o olhar para o grandalhão Mouse, bloqueando a porta.

— Você está carregando mais dólares nos bolsos do que quando entrou. Em finanças, poderíamos dizer que o senhor teve um retorno rápido de capital.

Luke resistiu a duras penas ao desejo de se encolher e encarou Max nos olhos. Muito bem, pensou Max consigo mesmo. Muito bem mesmo.

— Eu não sei do que está falando. Agora eu tenho de dar o fora.

— Sente-se. — Foi tudo que Max precisou dizer, enquanto erguia um dedo. Luke ficou tenso, mas obedeceu. — Veja bem, sr. Callahan, ou será que posso chamá-lo de Luke? Esse é um bom nome. Vem de Lucius, que significa luz em latim. — Riu e tomou mais um gole. — Estava divagando. Veja bem, Luke, enquanto você estava me assistindo, eu observava você. Não seria ético de minha parte perguntar quanto você conseguiu, mas um bom palpite seria entre oito e dez dólares. — Sorriu encantador. — Nada mau para alguém trabalhando sozinho.

Luke estreitou os olhos. Sentiu o suor escorrendo pelas costas.

— O senhor está me chamando de ladrão?

— Não, se isso o ofende. Afinal, você é meu convidado e eu estou sendo um anfitrião relapso. Posso lhe oferecer um refresco?

— O senhor pode me dizer o que está acontecendo aqui?

— Ah, logo chegaremos lá. Certamente chegaremos lá. Mas não coloquemos a carroça na frente dos bois, eu sempre digo. Conheço bem o apetite de um garoto, pois já fui um. — Aquele menino era tão magro que Max podia contar as costelas por baixo da camiseta imunda. — Mouse, eu acho que nosso convidado adoraria um hambúrguer ou dois com todos os acompanhamentos.

— Tudo bem.

Quando Mouse saiu pela porta, Max se levantou.

— Aceita uma bebida gelada? — ofereceu, abrindo a pequena geladeira. Não precisava olhar para saber que os olhos do menino estavam na porta. — É claro que você pode fugir — declarou ele calmamente, enquanto pegava uma garrafa de Pepsi. — Duvido que o dinheiro que enfiou na bota direita vá atrasá-lo muito. Mas você pode relaxar e desfrutar de uma refeição civilizada e conversar um pouco.

Luke pensou em dar o fora dali. Seu estômago roncava. Num meio-termo, aproximou-se um pouco mais da porta.

— O que você quer?

— Ora, a sua companhia — respondeu Max, enquanto servia Pepsi com gelo. Ergueu um pouco a sobrancelha quando viu um brilho nos olhos de Luke. Então, pensou, fazendo uma careta, as coisas tinham sido ruins àquele ponto. Esperando mostrar ao menino que estaria a salvo daquele tipo de investida, Max chamou Lily.

ILUSÕES HONESTAS   23

Ela entrou pela cortina de seda vermelha. Assim como Max, ela usava um roupão. Mas o dela era rosa-claro, com as bordas forradas de plumas fúcsia, assim como os chinelos de salto alto que calçava. Exalando perfume Chanel, pisou nos tapetes espalhados pelo chão.

— Nós temos companhia. — Ela tinha uma voz divertida, parecia falar sorrindo.

— Sim, Lily querida. — Max pegou a mão dela e a levou aos lábios e manteve ali. — Permita que eu lhe apresente Luke Callahan. Luke, esta é minha adorável assistente e companheira, Lily Bates.

Luke engoliu o nó apertado em sua garganta. Jamais vira alguém como ela. Cheia de curvas e perfume, com a boca e os olhos pintados de forma exótica. Ela sorriu piscando os cílios incrivelmente longos.

— Prazer em conhecê-lo — cumprimentou ela, aconchegando-se mais a Max, quando ele passou o braço em volta de sua cintura.

— Madame.

— Luke e eu temos alguns assuntos para discutir. Não quero que me espere acordada.

— Eu não me importo.

Ele deu um beijo leve nos lábios dela, mas com ternura. Luke sentiu o rosto queimar antes de desviar o olhar.

— *Je t'aime, ma belle.*

— Oh, Max. — Aquele jeito de falar em francês sempre fazia Lily se desmanchar.

— Durma um pouco — murmurou ele.

— Está bem. — Porém seus olhos diziam claramente que ela esperaria por ele.

— Prazer em conhecê-lo, Luke.

— Madame. — Conseguiu repetir, enquanto ela voltava pela cortina vermelha.

— Uma mulher maravilhosa — comentou Max, enquanto oferecia a Luke um copo de Pepsi. — Roxanne e eu estaríamos perdidos sem ela. Não estaríamos, *ma petite?*

— Papai! — Meio sem ar, Roxanne engatinhou por debaixo da cortina e se levantou. — Eu estava tão quietinha, Lily nem me viu.

— Ah, mas eu senti a sua presença. — Sorrindo para ela, bateu com o dedo no próprio nariz. — Seu xampu, seu sabonete, os lápis de cera com os quais estava desenhando.

Roxanne fez uma careta e deu um passo à frente com os pés descalços.

— Você sempre sabe.

— E eu sempre saberei quando minha garotinha estiver por perto. — Ergueu-a e a acomodou em seu colo.

Luke reconheceu a criança do show, apesar de agora ela estar vestindo uma camisola longa de babados. O cabelo ruivo, encaracolado e brilhante chegava até o meio das costas. Enquanto Luke tomava o refrigerante, ela colocava o braço em volta do pescoço do pai e estudava o convidado com seus olhos verde-mar.

— Ele parece malvado — deduziu Roxanne, fazendo com que o pai risse antes de depositar um beijo em sua testa.

— Tenho certeza de que está enganada.

Roxanne ponderou e, depois, contemporizou.

— Parece que ele poderia ser malvado.

— Muito melhor assim. — Colocou-a no chão e acariciou seu cabelo. — Agora diga um olá educado.

Ela abaixou a cabeça, depois se inclinou como uma rainha reverenciando seus súditos.

— Olá.

— Tá. Oi. — Pirralha esnobe, pensou Luke. Depois, corou de novo quando seu estômago roncou.

— Acho que você tem de alimentá-lo — declarou Roxanne, como se Luke não passasse de um vira-latas revirando o lixo. — Mas não sei se deveria ficar com ele.

Dividido entre irritação e diversão, Max lhe deu uma palmada de leve no bumbum.

— Vá para a cama, sua rabugenta.

— Só mais uma hora, papai, por favor.

Ele meneou a cabeça e se agachou para beijá-la.

— *Bon nuit, bambine.*

Ela franziu as sobrancelhas formando uma linha tênue entre elas.

— Quando eu crescer, vou ficar acordada a noite toda se eu quiser.

— Tenho certeza de que vai, mais de uma vez. Mas até lá... — Apontou em direção à cortina. Roxanne fez beicinho, mas obedeceu. Abriu a cortina de seda, olhou para trás por sobre o ombro.

— Amo você mesmo assim.

— E eu amo você. — Max sentiu a velha sensação de calor profundo se espalhar pelo corpo. Sua filha. A única coisa que já fizera sem truques ou ilusionismo. — Ela está crescendo — disse Max para si mesmo.

— Merda. — Luke bufou em sua Pepsi. — Ela é só uma criança.

— Tenho certeza de que é o que parece, pelos seus vastos anos de experiência. — O sarcasmo era tão agradável que Luke nem notou.

— Crianças são um pé no saco.

— No coração, muitas vezes — corrigiu Max, sentando-se. — Mas nunca encontrei uma que provocasse desconforto em outra parte da anatomia.

— Elas custam dinheiro, não custam? — Demonstrava raiva contida em suas palavras. — E elas estão sempre no caminho. As pessoas só as têm porque ficam muito excitadas para pensar nas consequências quando dão uma trepada.

Max acariciou o bigode com o dedo enquanto pegava seu uísque.

— Uma filosofia interessante que poderemos discutir mais a fundo em algum outro momento. Mas por esta noite... Ah, sua refeição.

Confuso, Luke olhou para a porta, que ainda estava fechada. Não ouvira nada. Alguns segundos depois, escutou passos e um estalo. Mouse entrou segurando um pacote marrom já salpicado de gordura. O cheiro fez a boca de Luke salivar.

— Obrigado, Mouse. — Pelo canto do olho, Max percebeu que Luke se controlava para não atacar o pacote.

— Você quer que eu fique por aqui? — perguntou Mouse, colocando a comida sobre a pequena mesa redonda em frente ao sofá.

— Não é necessário. Tenho certeza de que está cansado.

— Tudo bem, então. Boa noite.

— Boa noite. Por favor — continuou Max enquanto Mouse fechava a porta. — Sirva-se.

Luke enfiou a mão no pacote e pegou um hambúrguer. Lutando para parecer indiferente, deu uma mordida. Depois, antes que pudesse se conter, abocanhou o restante. Max se acomodou, girando o copo de uísque com os olhos semicerrados.

O garoto comia como um jovem lobo, pensou Max, enquanto Luke mergulhava no segundo hambúrguer e nas batatas fritas. Faminto, imaginou Max, por muitas coisas. Sabia bem o que era estar faminto — por muitas coisas. Por confiar em seus instintos e por acreditar no que viu por trás da desconfiança nos olhos do garoto, lhe daria a oportunidade de ter um banquete.

— Às vezes eu faço o número do mentalista — comentou Max, de forma casual. — Talvez você não saiba disso.

Luke estava de boca cheia e só conseguiu emitir um grunhido.

— É, eu achei que não. Farei uma demonstração, então, se quiser. Você saiu de casa e já está viajando há algum tempo agora.

Luke engoliu e arrotou.

— Errou desta vez. Minha família mora numa fazenda a alguns quilômetros daqui. Eu só vim para dar uma volta nos brinquedos.

Max abriu os olhos. Havia poder neles, e algo fez com que ficassem mais poderosos ainda. Pura bondade.

— Não minta para mim. Pode mentir para os outros, se quiser, mas não para mim. Você fugiu. — Moveu-se tão rápido que Luke não teve tempo de evitar a mão que apertou seu pulso como se fosse de aço. — Diga-me, você deixou para trás uma mãe, um pai e algum avô velhinho de coração partido?

— Eu já falei... — As mentiras inteligentes, que aprendera a contar tão facilmente, secaram em sua língua. Foram aqueles olhos, pensou, sentindo uma onda de pânico. Exatamente como os olhos do pôster, que pareciam olhar para ele e saber de tudo. — Não sei quem é meu pai — confessou enquanto seu corpo começava a tremer com vergonha e fúria. — Acho que também não sabe e, com certeza, não está nem aí. Talvez tenha ficado chateada porque eu fui embora, mas só porque não vai ter ninguém por perto para abrir uma garrafa ou roubar uma, se não tiver dinheiro. Talvez aquele idiota com quem ela vive também esteja sentindo a minha falta, porque não tem mais em quem bater. — Ele não sabia, mas lágrimas queimavam seus olhos. Sentia, porém, o pânico que apertava a sua garganta como as garras de um dragão. — Eu não vou voltar. Juro por Deus que mato você antes que me obrigue a voltar pra lá.

Max afrouxou a mão do pulso de Luke. Conhecia aquela dor, uma dor tão parecida com a dele mesmo quando tinha aquela idade.

— O homem espancava você.

— Quando conseguia me pegar — confirmou em tom desafiador. As lágrimas brilharam por um momento, depois secaram.

— As autoridades.

Luke retorceu os lábios.

— Grande merda.

— É. — Max suspirou. — Você não tem ninguém?

Com o queixo firme:

— Tenho a mim mesmo.

Uma excelente resposta, refletiu Max.

— E quais são seus planos?

— Estou indo para o sul, Miami.

— Mmmm — Max pegou o outro pulso de Luke e levantou suas mãos. Quando sentiu a tensão do menino, mostrou seu primeiro sinal de impaciência. — Eu não tenho o menor interesse sexual em homens — afirmou ele. — E, se tivesse, eu não iria me rebaixar a fazer isso com um garoto. — Luke ergueu os olhos, e Max viu algo neles, algo que um menino de 12 anos nunca deveria saber que existia. — Este homem abusou de você de alguma outra maneira?

Luke meneou a cabeça bem depressa, envergonhado demais para falar qualquer coisa.

Mas alguém abusou, deduziu Max. Ou alguém tentou. Teria de esperar até que houvesse confiança entre eles.

— Suas mãos são boas. Você tem dedos ágeis e rápidos. Tem uma percepção de tempo muito apurada para alguém tão jovem. Eu podia usar suas qualidades, apurá-las, caso queira trabalhar para mim.

— Trabalhar? — Luke não conseguiu reconhecer bem aquela emoção que o tomava. A memória de uma criança costumava ser curta. E já fazia muito tempo desde que sentira esperança. — Que tipo de trabalho?

— Isso e aquilo. — Max se sentou de novo e sorriu. — Talvez você possa aprender alguns truques, meu jovem Luke. Acontece que, em poucas semanas, partiremos para o sul. Você pode trabalhar pela sua moradia e comida, e ganhar um pequeno salário, se merecer. Eu serei obrigado a pedir que evite furtar carteiras por um tempo, é claro. Eu duvido que qualquer coisa mais que eu pedisse atrapalharia seu estilo.

Sentiu uma dor no peito. Não percebeu que estava prendendo a respiração até sentir os pulmões queimarem.

— Tipo assim, eu participaria do show de mágica?

Max sorriu novamente.

— Não, você não vai participar. Mas será um assistente na montagem e desmontagem. E você talvez aprenda, se tiver jeito para a coisa. Com o tempo, acabará aprendendo bastante.

Tinha que haver um porém. Sempre havia um. Luke pensava na oferta com cuidado, como um homem que rodeia uma serpente adormecida.

— Acho que posso pensar no assunto.

— Isso é sempre bom. — Max se levantou deixando o copo vazio de lado. — Por que você não dorme aqui? Vamos começar de onde paramos pela manhã. Vou pegar a roupa de cama — ofereceu Max, saindo sem esperar resposta.

Talvez seja um golpe, pensou Luke, apertando os dedos. Mas não conseguia enxergar a armadilha, ainda não. E seria tão bom, tão bom mesmo, dormir dentro de casa e de barriga cheia, pelo menos uma vez. Espreguiçou-se, dizendo para si mesmo que estava só testando o terreno. Mas suas pálpebras se fecharam. As luzes das velas o hipnotizaram.

Como suas costas ainda doíam, deitou-se de lado. Antes de fechar os olhos novamente, avaliou a distância até a porta, caso precisasse sair rápido.

Sempre poderia ir embora de manhã, disse para si mesmo. Ninguém poderia obrigá-lo a ficar. Ninguém mais poderia obrigá-lo a fazer nada.

Aquele foi seu último pensamento antes de mergulhar no sono. Não ouviu quando Max trouxe o travesseiro e os lençóis limpos. Não sentiu o puxão leve que tirou seus sapatos, deixando-os ao lado do sofá. Nem murmurou ou se mexeu quando sua cabeça foi erguida para ser colocada suavemente sobre o travesseiro forrado com fronha de linho que cheirava levemente a lavanda.

— Eu sei onde você esteve — murmurou Max. — Eu me pergunto para onde você vai.

Analisou o menino adormecido por mais um tempo, percebendo os ossos fortes do rosto e as mãos com punhos cerrados em posição defensiva, o subir e descer profundo do peito que demonstrava extrema exaustão.

Deixou Luke dormindo e foi para os braços macios e convidativos de Lily.

Capítulo Dois

♦ ♦ ♦ ♦

LUKE DESPERTOU DEVAGAR. Primeiro, ouviu os pássaros cantarolando do lado de fora; depois sentiu o sol aquecer seu rosto. Em sua mente, imaginava que era dourado e líquido e tinha sabor de mel. Em seguida, sentiu o cheiro de café e se perguntou onde estava.

Então, abriu os olhos, viu a garota e se lembrou.

Ela estava em pé entre a mesa redonda e o sofá sobre o qual estava esparramado e o observava com os lábios apertados e a cabeça inclinada. Os olhos eram bem vívidos e curiosos — uma curiosidade não totalmente amigável.

Notou que havia sardas esmaecidas sobre o nariz dela. Algo que não notara quando ela estava no palco ou sob a luz de velas.

Tão desconfiado quanto ela, Luke devolveu o olhar, passando lentamente a língua sobre os dentes. Sua escova de dente estava em uma mochila jeans que roubara de um supermercado e escondera em alguns arbustos ali perto. Ele era bastante meticuloso quanto à higiene bucal, um hábito que adquirira devido ao medo paralisante que tinha de ir ao dentista. Principalmente de um ao qual sua mãe o levara arrastado quase três anos antes. Aquele com bafo de gim e dedos cobertos de pelos pretos e grossos.

Queria escovar os dentes, tomar um pouco daquele café quente e ficar sozinho.

— O que você está olhando?

— Você. — Pensara em cutucá-lo e ficou um pouco decepcionada quando ele acordou antes que tivesse a chance. — Você é magro. Lily disse que você tem o rosto bonito, mas para mim você parece malvado.

Sentiu uma onda de nojo e confusão ao ser chamado de bonito pela voluptuosa Lily. Luke não tinha sentimentos contraditórios em relação a Roxanne. Ela era o que o seu padrasto chamava de piranha classe A. É claro que Luke não conseguia se lembrar de qualquer mulher que Al Cobb não tivesse classificado como um tipo ou outro de piranha.

— Você é magra *e* feia. E agora? O que vai dizer?

— Eu moro aqui — declarou de forma grandiosa. — E, se eu não gostar de você, posso obrigar meu pai a mandá-lo embora.

— Grande merda.

— Isso é palavrão. — Inspirou de forma afetada e elegante. Ou pelo menos achava que sim.

— Não. — Talvez, se chocasse seus ouvidos angelicais, ela o deixasse sozinho. — Puta merda é palavrão.

— É mesmo? — Parecendo interessada, inclinou-se para a frente. — O que é "puta"?

— Pelo amor de Deus. — Ele esfregou os olhos com as costas das mãos e se sentou. — Sai da minha frente, por favor?

— *Eu* sei ser educada. — E se ela fosse, pensou Roxanne, talvez conseguisse convencê-lo a lhe explicar o significado daquela nova palavra. — Porque eu sou a anfitriã, vou trazer uma xícara do café que preparei.

— Você fez café? — Incomodou-se por não tê-la ouvido se movimentar pela casa.

— É o meu trabalho. — Ela se empertigou enquanto caminhava até o fogão. — Porque papai e Lily dormem até tarde e eu não gosto. Eu não preciso dormir muito, nem quando eu era bebê. Acho que tem a ver com o meu metabolismo — contou, satisfeita por usar a palavra que o pai lhe ensinara.

— Ah, tá. — Observou-a servir o café em uma xícara de porcelana. Luke pensou que devia estar com gosto de lama e ficou ansioso por dizer isso a ela.

— Creme e açúcar? — perguntou ela como uma comissária de bordo.

— Pode colocar bastante creme e açúcar.

Ela o atendeu ao pé da letra. Então, mordendo a língua, levou a xícara cheia até a mesa.

— Se quiser, também pode tomar suco de laranja no café da manhã. — Embora não gostasse muito dele, Roxanne gostava de representar uma anfitriã graciosa e se imaginava usando um dos vestidos longos de seda de Lily e os sapatos de salto alto. — Farei o meu especial.

— Ótimo. — Luke se preparou para fazer uma careta ao sentir o gosto do café e ficou surpreso ao ver que descia bem. Estava um pouco doce demais, até para o gosto dele, mas nunca tomara um café mais saboroso. — Está muito bom — resmungou ele, e Roxanne presenteou com um sorriso rápido, feminino por natureza.

— Eu tenho um toque mágico com café. Tomo mundo diz. — Entusiasmada agora, colocou duas fatias de pão na torradeira e abriu a geladeira. — Como pode você não morar com a sua mãe e com o seu pai?

Ilusões Honestas 31

— Não moro com eles porque não quero.

— Mas você tem de morar com eles — insistiu. — Mesmo que não queira.

— Não tenho de fazer merda nenhuma. Além disso, não tenho pai.

— Oh. — Ela apertou os lábios. Embora tivesse apenas 8 anos de idade, sabia que esse tipo de coisa acontecia. Ela mesma perdera a mãe, de quem não tinha qualquer lembrança. E já que Lily ocupara tão bem a posição, aquela não era uma perda que a abalasse. Mas a ideia de ficar sem um pai sempre a deixava triste e assustada.

— Ele ficou doente ou sofreu algum acidente horrível?

— Sei lá, e não estou nem aí. Vamos mudar de assunto.

Em outras circunstâncias, o tom rígido a teria feito perder a calma. Em vez disso, porém, despertou sua compaixão.

— De que parte do show você mais gostou?

— Sei lá. Os truques com cartas foram bem legais.

— Eu conheço um. Posso mostrar. — Com cuidado, ela serviu o suco de laranja nos copos de cristal. — Depois do café da manhã, vou mostrar para você. Se quiser, pode usar o banheiro para lavar as mãos, porque já está quase pronto.

Ele estava bem interessado em esvaziar a bexiga cheia e, seguindo o caminho que ela indicara, encontrou o banheiro do tamanho de um armário atrás de uma cortina vermelha. Tinha cheiro de mulher — não o cheiro pesado e forte que envolvia sua mãe, mas um cheiro de feminilidade doce e luxuriante.

Havia meias-calças penduradas no cabo do chuveiro, uma caixa florida de pó de arroz, e um grande pompom cor-de-rosa estava sobre um paninho de crochê que cobria a caixa de descarga atrás do vaso sanitário. No canto, havia uma pequena cantoneira repleta de garrafas, potes e tubos.

Cobb teria chamado aquilo tudo de ferramentas das prostitutas, mas Luke achou que tudo ali era bonito e organizado, como um jardim que vira nas suas viagens, onde as flores e as ervas daninhas cresciam juntas e livres.

Apesar de entulhado, o aposento era extremamente limpo. Bem diferente, pensou, do banheiro nojento do apartamento imundo do qual fugira.

Sem conseguir resistir, olhou no armarinho do banheiro. Havia artigos masculinos ali. Uma lâmina de barbear, espuma e colônia. Também havia uma escova de dente extra ainda na caixa. O medo de cáries superou qualquer senso de culpa que poderia ter sentido enquanto a usava.

Só quando voltou à sala, perguntando-se se aproveitaria a chance de bisbilhotar um pouco, é que se lembrou dos seus sapatos.

Voltou para a sala como uma bala, mergulhando sob a mesa e verificando o esconderijo.

Calma como uma rainha em seu trono, Roxanne estava recostada em uma almofada de cetim enquanto bebericava o suco.

— Por que você guarda o seu dinheiro no sapato quando tem bolsos?

— Porque é mais seguro. — E, com alívio, notou que era verdade. Cada dólar ainda estava ali. Ele se sentou e olhou para o prato. Havia uma torrada no centro, coberta com um monte de manteiga de amendoim, respingada com o que parecia ser mel e salpicada com canela e açúcar, e cortada ao meio, formando dois triângulos perfeitos.

— Está muito gostosa — assegurou Roxanne, mordiscando a sua.

Luke mordeu metade de um triângulo e foi forçado a concordar. Ela sorriu de novo quando ele terminou até a última migalha.

— Vou fazer mais.

Uma hora mais tarde, quando Max passou pela cortina, viu-os sentados lado a lado no sofá. Sua filhinha tinha uma pilha pequena de notas no seu cotovelo e ela estava virando habilmente três cartas sobre a mesa.

— Tudo bem, onde está a rainha?

Luke soprou o cabelo que caía sobre seus olhos, hesitou e, então, bateu com o dedo na carta do meio.

— Sei que está aí desta vez. Que droga!

Orgulhosa, Roxanne virou a carta e riu quando ele xingou de novo.

— Roxy — disse Max enquanto caminhava até eles. — É muito rude depenar um convidado.

— Eu disse para ele que o Monte de Três Cartas era um jogo para perdedores, papai — informou, inocente, enquanto sorria para o pai. — Mas ele não quis me ouvir.

Ele riu e apertou o queixo dela.

— Minha pequena trapaceira. Dormiu bem, Luke?

Ilusões Honestas   33

— Dormi. — Perdera cinco dólares para a pequena trapaceira. Era vergonhoso.

— Vejo que já comeu. Se está decidido a ficar, vou levá-lo até Mouse. Ele lhe dará trabalho.

— Isso seria ótimo. — Mas sabia que era melhor não transparecer ansiedade, pois quando você demonstrava esse sentimento era quando puxavam o tapete sob os seus pés. — Mas é apenas por alguns dias.

— Excelente. Agora uma lição gratuita antes de começarmos. — Fez uma pausa para servir café, apreciou o aroma delicioso e tomou um gole. — Nunca aposte no jogo da casa a não ser que perder lhe seja vantajoso. Você precisa de roupas?

Embora não pudesse compreender como perder poderia trazer alguma vantagem para alguém, Luke não fez comentários.

— Tenho algumas coisas.

— Tudo bem, então. Pode pegar suas coisas e aí começamos.

♦ ♦ ♦ ♦

UMA DAS VANTAGENS de ser um garoto como Luke era que ele não tinha expectativas. Um outro poderia ter esperado toques de glamour ou aventura, talvez um pouco de camaradagem alegre ou uma vida de diversão. Na filosofia de Luke, porém, as pessoas costumavam ganhar menos do que pagavam pelas coisas boas e mais do que poderiam lidar pelas coisas ruins.

Então, quando o taciturno Mouse o pôs para trabalhar levantando e empurrando, limpando, pintando e levando e buscando encomendas, ele seguiu as ordens sem reclamar e sem conversar. Como Mouse também tinha pouco a dizer, Luke conseguiu seguir o próprio conselho e observar.

Notou que a vida em um parque de diversões não era glamourosa. Era suada e suja. O ar era impregnado de cheiros de fritura, perfume barato e corpos imundos. As cores que pareciam tão brilhantes à noite eram desbotadas na luz do dia. E as atrações que pareciam tão velozes e assustadoras sob o céu estrelado se revelavam cansativas e nada seguras sob o sol escaldante do verão.

Quanto à aventura, não havia nada de excitante em esfregar o grande trailer preto ou em ajudar Mouse a trocar as velas de ignição da caminhonete Chevy que o puxava.

A cabeça e os ombros de Mouse estavam sob o capô, e seus olhos pequenos estavam semicerrados enquanto ouvia o som do motor. Às vezes, sussurrava alguma canção ou grunhia e fazia mais alguns ajustes.

Luke apoiava o peso em um pé e depois no outro. Fazia um calor terrível. O suor começava a escorrer pela bandana desbotada que amarrara na cabeça. Não sabia nada sobre carros e não sabia por que precisava saber, já que ainda faltavam anos e anos até que pudesse dirigir um. O modo como Mouse cantarolava e se ocupava do carro estava começando a irritá-lo.

— Parece tudo certo para mim.

Mouse piscou e abriu os olhos. As mãos estavam sujas de graxa, assim como o rosto de lua cheia e a camiseta branca larga. E aquele era o paraíso de Mouse.

— Está faltando alguma coisa — corrigiu e fechou os olhos de novo. Fez mais alguns minúsculos ajustes, de forma tão gentil quanto um homem apaixonado iniciando uma virgem. O motor gemeu para ele. — Meu docinho — suspirou.

Não havia nada mais fascinante ou sedutor no mundo de Mouse do que uma máquina bem lubrificada.

— Meu Deus, é só um caminhão idiota.

Mouse abriu os olhos de novo e havia um sorriso neles. Ele devia ter uns 20 anos e, por causa do seu tamanho e jeito trabalhador, fora considerado uma aberração pelas outras crianças no orfanato estadual onde fora criado. Ele não confiava nem gostava de muita gente, mas já desenvolvera uma afeição tolerante por Luke.

Havia algo no sorriso dele, meio lento e puro como o de um bebê, que fez com que Luke o retribuísse.

— Já acabou ou ainda vai demorar?

— Já acabei. — Para provar o que acabara de dizer, Mouse fechou o capô, deu a volta no carro para pegar as chaves na ignição e guardá-las no bolso. Nunca se esqueceu da onda de orgulho que sentira quando Max lhe confiara aquelas chaves pela primeira vez. — A caminhonete vai funcionar bem esta noite quando formos para Manchester.

— Por quanto tempo vamos ficar lá?

— Três dias. — Mouse pegou um maço de Pall Malls da manga da camisa e tirou um cigarro com os dentes antes de oferecer o maço para

Luke, que o aceitou da forma mais casual possível. — Daremos muito duro hoje à noite para arrumar tudo.

Luke deixou o cigarro pendurado no canto da boca e esperou Mouse acender um fósforo.

— Queria entender como alguém como o sr. Nouvelle acaba em um parque mambembe como este.

A chama aumentou quando Mouse tocou a ponta do seu cigarro.

— Ele tem seus motivos. — Mouse levou o fósforo até o cigarro de Luke, apoiou-se na caminhonete e começou a sonhar acordado sobre a jornada longa e silenciosa que teriam pela frente.

Luke experimentou dar uma tragada e engasgou, tossindo, pois cometeu o erro de inalar. Tossiu tanto, que os olhos chegaram a se encher de lágrimas, mas, quando Mouse olhou para ele, lutou para demonstrar um pouco de dignidade.

— Não é a marca que costumo fumar. — A voz saiu fina antes de dar outra tragada determinada. Daquela vez, engoliu a fumaça, trancou a boca e lutou bravamente para não vomitar o almoço. Parecia que os olhos estavam se revirando para dentro da cabeça para encontrar o estômago que subia pelo seu corpo.

— Ei, garoto. — Preocupado com o tom esverdeado da pele de Luke, Mouse lhe deu uma pancada nas costas, forte o suficiente para fazer Luke cair de joelhos. Quando ele vomitou, Mouse deu pequenos tapinhas em sua cabeça com a mão oleosa. — Caramba. O que você tem? Está doente?

— Temos algum problema aqui? — quis saber Max, caminhando até eles. Lily saiu do seu lado e se agachou ao lado de Luke.

— Oh, querido. Tadinho — sussurrou, esfregando a mão para cima e para baixo nas costas de Luke. — Fique quietinho aí, querido, até que o enjoo passe. — Viu o cigarro aceso que caíra da mão de Luke e estalou a língua. — Mas o que este menino estava fazendo com uma destas coisas nojentas?

— É culpa minha. — Mouse olhava para os pés, sentindo-se envergonhado. — Eu não estava pensando direito quando lhe dei um cigarro, Max. A culpa é toda minha.

— Ele não era obrigado a aceitar. — Max meneou a cabeça enquanto Luke juntou forças para se apoiar nas mãos e nos joelhos, ao mesmo tempo que lutava contra a náusea. — E com certeza ele está pagando o preço. Outra lição grátis: não aceite aquilo que não consegue segurar.

— Ah, deixe o menino em paz. — Os instintos maternais de Lily estavam à flor da pele e ela levou o rosto de Luke até o seu peito, onde ele sentiu o cheiro forte de uma mistura de Chanel e suor. Abraçando Luke apertado, ela olhou de cara feia para Max. — Só porque você nunca ficou doente na vida não significa que não possa demonstrar um pouco de compaixão.

— Você está certa — concordou Max com um sorriso. — Mouse e eu vamos deixá-lo aos seus cuidados.

— Vai ficar tudo bem — murmurou ela para Luke. — Você só precisa vir comigo, querido. Vamos, apoie-se em mim.

— Estou bem.

Mas, quando ele se obrigou a ficar em pé, sentiu a cabeça girar em contraponto ao estômago revirado. O enjoo estendeu os dedos escorregadios através dele com tanta habilidade que não teve nem chance de ficar envergonhado enquanto Lily praticamente o carregou de volta para o trailer.

— Não se preocupe com nada, querido. Você só precisa se deitar um pouco. Isso é tudo.

— Sim, senhora. — Ele queria se deitar. Seria mais fácil morrer desse jeito.

— Não venha me chamar de senhora, querido. Você vai me chamar de Lily, como todo mundo. — Ela o segurou com um braço enquanto abria a porta do trailer. — Você se deita no sofá e eu vou buscar um pano molhado e refrescante.

Gemendo, ele se deitou de bruços e começou a rezar fervorosamente e descobriu que não vomitaria de novo.

— Aqui está, bebê. — Carregando um pano molhado e um balde para ele se precisasse, Lily se ajoelhou ao lado do menino. Depois de tirar a bandana que envolvia sua cabeça, passou o pano em sua testa. — Você logo se sentirá melhor. Prometo. Tive um irmão que passou mal na primeira vez que fumou. — Ela falava naquele tom calmante que algumas mulheres assumiam de forma tão natural ao falar com doentes. — Mas ele ficou bom rapidinho.

O melhor que Luke conseguiu foi gemer. Já Lily continuou falando enquanto passava o pano pelo rosto e pescoço dele.

Ilusões Honestas 37

— Você só precisa descansar. — Seus lábios se curvaram quando sentiu que ele adormecia. — Isso mesmo, querido. Descanse.

Cedendo ao sentimento, passou os dedos pelo cabelo dele. Era comprido e grosso, macio e sedoso. Se ela e Max tivessem tido um filho juntos, talvez ele tivesse o cabelo como aquele, pensou, melancólica. Entretanto, embora seu coração fosse muito fértil de amor para criar crianças, seu útero era estéril.

O garoto tinha um rosto bonito, pensou. A pele estava dourada de sol e era macia como a de uma garota. A estrutura óssea era boa e forte. E aqueles cílios. Ela soltou outro suspiro. Ainda assim, por mais atraente que o garoto fosse, e por mais que a alma dela desejasse encher a sua vida com crianças, não tinha certeza se Max fizera a coisa certa ao acolhê-lo.

Ele não era órfão como Mouse. Afinal, aquele menino tinha mãe. Por mais dura que a própria vida tenha sido, Lily achava quase impossível acreditar que uma mãe não faria tudo ao seu alcance para proteger, abrigar e amar seu filho.

— Aposto que ela está louca atrás de você, querido — murmurou Lily. Estalou a língua fazendo que não. — Você está pele e ossos. E olhe aqui, sua camisa está toda suada. Mas tudo bem, vamos tirá-la e providenciar para que seja lavada.

Gentil, ela levantou a camisa pelas costas dele. Seus dedos congelaram no pano molhado. Seu grito involuntário fez com que ele gemesse no sono. Enquanto as lágrimas de tristeza e raiva escorriam quentes pelo rosto, ela colocou a camisa no lugar.

♦ ♦ ♦ ♦

Max estava em frente ao espelho que colocara no palco e ensaiava o seu truque de prestidigitação. Assistiu como o público assistiria às moedas passando pelos seus dedos. Max já apresentara a sua versão das Moedas Simpáticas um milhão de vezes, aprimorando o número, refinando-o como fazia com todos os truques e ilusões que aprendera ou inventara desde a primeira vez que ficara na esquina da Bourbon com St. Louis em Nova Orleans, com sua mesa dobrável, sua caixa de papelão com algumas moedas e o truque dos copos.

Não costumava pensar muito sobre o início de sua carreira, agora que era um homem bem-sucedido com mais de 40 anos. Mas o garoto desesperado e amargo que fora poderia reaparecer para assombrá-lo. Como acontecia naquele momento na forma de Luke Callahan.

O garoto tinha potencial, pensou Max, enquanto dividia uma moeda de ouro em duas partes e, depois, em três.

Com um pouco de tempo, cuidado e direcionamento, Luke poderia se tornar alguém na vida. Seja lá o que decidisse ser, Max deixaria a cargo dos deuses. Se o garoto ainda estivesse com eles quando chegassem a Nova Orleans, eles veriam.

Max ergueu as mãos, uniu-as e apertou uma contra a outra, e todas as moedas começaram a desaparecer, exceto aquela com a qual começara.

— Nada na minha manga — murmurou, perguntando-se por que as pessoas sempre acreditavam naquilo.

— Max! — Um pouco sem fôlego pela corrida pelo parque, Lily correu até o palco.

Para Max, sempre era um prazer olhar para ela. Lily usando short e camiseta confortáveis, com as unhas dos pés pintadas aparecendo na ponta da sandália empoeirada, era sempre uma visão para se apreciar. Mas, quando pegou a mão dela para ajudá-la a subir no palco e viu a expressão no rosto da mulher, seu sorriso se apagou.

— O que houve? Roxanne?

— Não, não. — Abalada, ela o abraçou com força. — Roxy está bem. Ela convenceu um dos biscateiros a deixá-la dar uma volta no carrossel. É sobre aquele menino. Aquele pobre menino.

Então, ele riu e lhe deu um abraço rápido e afetuoso.

— Lily, meu amor, ele ficará enjoado por um tempo e se sentirá envergonhado por muito mais tempo, mas vai passar.

— Não, não é isso. — As lágrimas já escorriam pelo rosto, e ela pressionou a testa contra o pescoço dele. — Fiz com que ele se deitasse no sofá e, quando adormeceu, eu ia tirar a camisa dele. Estava toda suada e eu queria que ele ficasse confortável. — Fez uma pausa e respirou fundo. — As costas dele, Max. As costas daquele pobre menino. As cicatrizes. Cicatrizes antigas e cortes que mal sararam. De uma correia ou um cinto ou só Deus sabe o quê. — Ela enxugou as lágrimas com as costas das mãos. — Alguém deve ter dado surras horríveis naquele garoto.

— Foi o padrasto. — A voz de Max parecia equilibrada. As emoções que inundavam seu coração requeriam o mais absoluto controle. Lembranças, por mais cruéis que fossem, podia deixar para trás. Mas a fúria que sentia por tudo pelo que o garoto passara o venceu. — Temo que eu não tenha acreditado que fosse tão sério. Você acha que ele deveria consultar um médico?

— Não. — Com os lábios apertados, ela meneou a cabeça. — Agora são apenas cicatrizes. Cicatrizes horrendas. Não consigo entender como alguém pode fazer algo assim com uma criança? — Fungou e aceitou o lenço que Max lhe ofereceu. — Eu não tinha certeza se você tinha tomado a decisão certa ao acolhê-lo. Achei que a mãe devia estar muito desesperada para receber notícias dele. — Os olhos meigos dela se endureceram como vidro. — A mãe dele — disse ela com desdém. — Gostaria de colocar as mãos naquela vadia. Mesmo que ela não tenha usado a correia, permitiu que fizessem aquela crueldade com o próprio filho. Bem, ela merece ser espancada. Eu mesma faria isso se tivesse a chance.

— Tão furiosa. — Gentilmente, Max tomou seu rosto nas mãos e a beijou. — Meu Deus, amo tanto você, Lily. Por tantos motivos. Agora, quero que você lave o rosto e tome uma xícara de chá para se acalmar. Ninguém nunca mais machucará aquele garoto.

— Não, ninguém nunca mais o machucará. — Ela apertou os pulsos de Max e seus olhos brilhavam de emoção, embora a voz estivesse surpreendentemente firme. — Ele é nosso agora.

♦ ♦ ♦ ♦

O ENJOO DE LUKE JÁ tinha quase passado porém, a sua vergonha aumentara quando acordou e percebeu que Lily estava sentada ao seu lado, tomando chá. Tentou dar uma desculpa, mas ela começou a falar alegremente sobre as frases gaguejadas dele e lhe ofereceu um prato de sopa.

Ela continuou falando enquanto ele comia, sempre em tom alegre e despreocupado e ele quase se convenceu de que ninguém notara a vergonha que passara.

Então, Roxanne entrou apressada.

Estava suja dos pés a cabeça. O cabelo que Lily trançara naquela manhã estava desgrenhado. Havia um arranhão novo no joelho e o short estava rasgado. Exalava um cheiro de animal, pois acabara de brincar com os três terriers do show de cachorros.

Lily deu um sorriso indulgente à garota imunda. Lily adorava ver crianças comerem, mas gostava ainda mais de vê-las cobertas de sujeira, a prova de que tinham brincado bastante e se divertido.

— Será que a minha Roxy está aí em algum lugar?

Roxanne riu, abriu a geladeira para pegar uma bebida gelada.

— Eu fui ao carrossel diversas vezes e Big Jim me deixou atirar argolas até eu me cansar. — Tomou um gole do refrigerante de uva, acrescentando um bigode roxo à sujeira. — Depois eu fui brincar com os cachorros. — Virou-se para olhar Luke. — É verdade que você fumou um cigarro e acabou vomitando?

Luke arreganhou os dentes, mas não respondeu.

— Para que você ia querer fazer isso? — continuou ela, tagarelando. — Crianças não devem fumar.

— Roxy — chamou Lily em tom alegre. Levantando-se, começou a levar a garota em direção à cortina. — Você tem de se limpar.

— Mas eu só queria saber...

— Vamos logo. Já está quase na hora do primeiro show.

— Eu queria perguntar...

— Você pergunta muito. Agora, vamos logo.

Aborrecida por ter sido dispensada, Roxanne lançou um olhar de raiva para Luke e encontrou olhos igualmente raivosos. Então, como resposta natural, ela lhe deu língua antes de fechar a cortina atrás de si.

Dividida entre a vontade de rir e a compaixão, Lily se virou para ele.

— Bem... — A raiva e a humilhação de Luke estavam estampadas em seu rosto. — Acho que agora temos de trabalhar. — Era inteligente demais para perguntar se ele já estava se sentindo bem para trabalhar aquela noite. — Por que você não pega alguns folhetos com os garotos para distribuir assim que o público começar a chegar?

Ele deu de ombros, aceitando a tarefa, e se encolheu quando a mão de Lily se aproximou dele. Ele esperava um soco. Ela percebeu isso no olhar escuro e fixo. Também percebeu como ele ficou confuso quando ela lhe fez um carinho rápido e afetuoso no cabelo.

Nunca ninguém o tocara daquele jeito. Enquanto ele olhava para ela, surpreso, um nó se formou na garganta dele, impossibilitando-o de dizer qualquer coisa.

— Você não precisa ter medo — disse ela baixinho, como se dividisse um segredo com ele. — Eu nunca machucarei você. — Levou a mão até o rosto dele. — Nem agora. Nem nunca. — Queria abraçá-lo naquele momento, mas achou que era cedo demais. Ele não tinha como saber que era o filho dela agora. E o que pertencia a Lily Bates, ela protegia. — Se você precisar de qualquer coisa — acrescentou ela —, você deve me procurar. Entendeu?

Tudo que ele conseguiu fazer foi afirmar com a cabeça enquanto se levantava. Sentiu um aperto no peito e uma secura na garganta. Sabendo que estava prestes a chorar, apressou-se em sair.

Aprendera três coisas naquele dia. Achava que Max diria que eram lições gratuitas e ele jamais esqueceria alguma das três. Primeiro, nunca mais fumaria cigarro sem filtro. Segundo, ele detestava a metida da Roxanne. Terceiro e mais importante, amava Lily Bates.

Capítulo Três

♦♦♦♦

O VERÃO ESQUENTAVA à medida que eles viajavam para o sul. De Portland para Manchester, seguindo para Albany e, então, Poughkeepsie, onde chovera sem parar por dois dias horríveis. Partiram para Wilkes-Barre, então foram para o oeste até Allentown, onde Roxanne se divertiu muito com duas gêmeas chamadas Tessie e Trudie. Quando tiveram de partir, dois dias depois, em meio a lágrimas e promessas solenes de amizade eterna, Roxanne sentiu pela primeira vez o sabor das desvantagens de uma vida na estrada.

Ficou mal-humorada por uma semana, enlouquecendo Luke ao exaltar as amigas que ficaram para trás. Ele a evitava o máximo, mas era difícil, já que viviam sob o mesmo teto.

Ele e Mouse dormiam no caminhão, mas a maior parte das refeições eram feitas no trailer. E, em mais de uma ocasião, encontrou-a aguardando por ele do lado de fora do banheiro.

Não era que gostasse dele. Na verdade, ela desenvolveu uma profunda aversão que ainda não reconhecera como uma rivalidade natural entre irmãos. Mas, desde a experiência com Tessie e Trudie, Roxanne passou a desejar ter companhias de sua própria idade.

Mesmo que fosse de um garoto.

Ela fazia o que as irmãs mais novas fazem com os irmãos mais velhos desde o início dos tempos. Tornava a vida dele um inferno.

De Hagerstown seguiram para Winchester. De lá, para Roanoke, continuando até Winston-Salem, ela o importunava sem piedade, seguia seus passos e o aborrecia de forma implacável. Não fosse por Lily, Luke poderia ter revidado. Mas, por motivos que fugiam à sua compreensão, Lily era louca pela pequena fedelha.

A prova dessa afeição ficou bastante óbvia durante a apresentação em Winston-Salem.

Roxanne estava atrapalhada com o *timing*, Luke pensou alegre ao assistir ao ensaio enquanto vadiava na tenda. A magrela tapada não conseguia fazer nada direito naquele dia. E ela choramingava.

ILUSÕES HONESTAS   43

O ensaio ruim lhe deu esperanças. Conseguiria fazer o truque bem melhor do que ela, se Max lhe desse uma chance, se Max lhe ensinasse só um pouquinho. Luke já tinha praticado alguns dos floreios e movimentos de palco em frente ao pequeno espelho do banheiro.

Tudo de que ele precisava era que a pentelha da Rox pegasse uma doença incurável ou sofresse um trágico acidente. Se ela saísse de cena, poderia assumir seu lugar com facilidade.

— Roxanne — disse Max com paciência, interrompendo os pensamentos de Luke —, você não está prestando atenção.

— Estou, sim. — Seus lábios formaram um beicinho, e os olhos se encheram de lágrimas. Odiava ficar presa naquela tenda velha e quente.

— Max — chamou Lily, entrando no palco. — Talvez devêssemos dar um tempo a ela.

— Lily. — Max lutava para manter a calma.

— Estou cansada de ensaiar — continuou Roxanne, levantando seu rosto corado e triste. — Estou cansada do trailer, do show e de tudo mais. Eu quero voltar para Allentown e ver Tessie e Trudie.

— Temo que isso seja impossível. — As palavras da filha feriram o orgulho de Max e abriram um buraco por onde lhe penetrava a culpa. — Se você não quer atuar, isso é uma escolha sua. Mas, se eu não posso contar com você, terei de substituí-la.

— Max! — Consternada, Lily deu um passo à frente, somente para congelar no lugar quando Max levantou uma das mãos.

— Sendo minha filha — continuou ele, enquanto uma lágrima solitária escorria pela bochecha de Roxanne —, você tem o direito de ter quantos ataques de raiva você quiser. Mas, sendo minha funcionária, você vai ensaiar quando for chamada para os ensaios. Está entendido?

Roxanne abaixou a cabeça.

— Sim, papai.

— Muito bem então. Agora, por que não paramos um pouco para nos reorganizar? Vá secar seu rosto. — Aproximou-se e pôs a mão em seu queixo. — Eu quero que você... — Parou e colocou a palma da mão na testa da filha. Sentiu um frio no estômago. — Ela está fervendo — disse com uma voz estranha. — Lily. — E o Grande Nouvelle, o Extraordinário Mágico, olhou em direção à amada sem defesa. — Ela está doente.

— Oh, pobrezinha. — Na mesma hora Lily estava de joelhos, verificando, ela mesma, a febre. A testa de Roxanne estava quente e úmida sob sua mão. — Querida, a sua cabeça dói? Seu estômago?

Duas grandes lágrimas se derramaram no chão do palco.

— Eu estou bem. Só está calor aqui. Não estou doente, eu quero ensaiar. Não deixe que o papai me substitua.

— Oh, deixe de bobagem. — Os dedos ágeis de Lily tateavam o pescoço de Rox em busca de glândulas inchadas. — Ninguém vai substituir você. — Colocando a cabeça de Roxanne sobre o ombro, Lily olhou para Max, que estava branco como um lençol. — Acho que devemos ir até a cidade e procurar um médico.

Em silêncio, Luke viu Max levando uma Roxanne em lágrimas embora. Seu maior desejo estava se tornando realidade, ele se deu conta. A fedelha estava doente. Talvez até estivesse com a peste. Com o coração disparado, saiu correndo da tenda e observou a poeira levantada pelo caminhão que partia para a cidade.

Talvez ela morresse antes mesmo que chegassem à cidade. Aquele pensamento lhe causou um tremor de pânico que foi seguido por uma onda terrível de culpa. Ela parecera tão pequena nos braços de Max.

— Aonde eles foram? — perguntou Mouse, arfando um pouco, já que correra depressa quando ouviu o barulho de seu amado motor ligando.

— Médico. — Luke mordeu o lábio com força. — Roxanne está doente.

Antes que Mouse pudesse perguntar mais alguma coisa, Luke se afastou. Esperava que, se Deus existisse mesmo, Ele saberia que Luke não desejara aquilo de verdade.

◆ ◆ ◆ ◆

Foram duas horas apavorantes até que o caminhão voltasse da cidade. Enquanto estacionava, Luke se aproximou do caminhão, mas seu coração quase parou quando viu Max pegando uma Roxanne molenga dos braços de Lily e a levando em direção ao trailer.

— Ela está... — Sua garganta fechou na palavra com "M".

— Dormindo. — Lily deu um sorriso distraído a ele. — Sinto muito, Luke, é melhor você ir agora. Teremos muito trabalho por um tempo.

— Mas... mas... — Começou a andar e seguiu Lily até o trailer. — Ela está, quero dizer...

— Os próximos dias serão bem difíceis, mas, assim que a crise passar, ela vai ficar bem.

— Crise? — Sua voz estava áspera. Jesus nos ajude, *era* a peste.

— Além disso, está tão calor — murmurou ela. — Bem, nós a deixaremos o mais confortável possível enquanto isso durar.

— Eu nunca quis isso — Luke deixou escapar. — Eu juro, eu nunca quis deixá-la doente.

Embora a cabeça dela estivesse em outro lugar, Lily parou à porta.

— Não foi sua culpa, querido. Na verdade, creio que Roxy tenha trazido mais de Trudie e Tessie do que promessas de amizade eterna. — Sorriu enquanto entrava pela porta. — Parece que ela pegou catapora de bônus.

Luke ficou boquiaberto enquanto Lily fechava a porta na cara dele.

Catapora? Ele quase morrera de medo, e tudo o que a fedelha tinha era catapora?

♦ ♦ ♦ ♦

— Eu consigo fazer isso. — Luke permanecia com teimosia no centro do palco, observando com raiva enquanto Max manipulava as cartas. — Eu consigo fazer qualquer coisa que ela faça.

— Você está longe de estar pronto para atuar. — Max arrumou as cartas na mesa e fez uma virada impressionante.

Fazia três dias que Roxanne estava de cama, com febre, perebenta e infeliz. E, sempre que tinha uma oportunidade durante aquele período, Luke batia na mesma tecla:

— Você só precisa me ensinar o que fazer. — Importunava Mouse para que lhe ensinasse o truque do chapéu-gigante e deu de cara em uma parede intransponível de lealdade. — Eu ouvi quando você disse a Lily que tem um buraco no espetáculo agora que Roxanne está doente. E ela não estará bem para se apresentar por pelo menos mais dez dias.

Pensando em acrescentar um número de mágica final para compensar a ausência de Roxanne, Max começou a preparar uma variação do número de levitação.

— Sua preocupação com a saúde dela é tocante, Luke.

Corou enquanto enfiava as mãos nos bolsos.

— Não é minha culpa se ela está doente. — Àquela altura, ele já tinha quase certeza daquilo. — E é só catapora.

Insatisfeito com o truque de prestidigitação, Max largou o baralho. O garoto era inteligente, ponderou Max, e poderia fazer um número simples como o do chapéu-gigante.

— Venha aqui. — Luke deu um passo à frente; no momento em que seu olhar encontrou o de Max, algo nos olhos dele fez Luke conter um calafrio.

— Jure — disse Max, com voz profunda e forte sob a tenda poeirenta. — Jure por tudo o que você é e por tudo o que será um dia que jamais revelará os segredos da arte que lhe será mostrada.

Luke queria sorrir e dizer para Max que era só um truque. Mas não conseguiu. Percebeu que aquilo era maior do que podia imaginar. Quando conseguiu falar, sua voz não passou de um sussurro.

— Eu juro.

Max analisou o rosto de Luke por mais um tempo e, então, assentiu.

— Muito bem. É isto que eu quero que você faça.

Era realmente bem fácil. Quando percebeu a simplicidade daquilo, ficou surpreso como ele, e todo mundo foram enganados. Odiava ter de admitir para si mesmo, e se recusava a admitir para Max, mas, agora que sabia como Roxanne se tornava o coelho e como ela desaparecia sob a capa, se sentia um pouco desapontado.

Max não lhe dera tempo para lidar com a perda da inocência. Trabalharam, repetindo a sequência por mais de uma hora. Aperfeiçoando o *timing*, coreografando cada movimento, substituindo alguns detalhes que tinham a ver com Roxanne por algo que combinasse com Luke.

Aquilo era cansativo, incrivelmente monótono, mas Max se recusava a aceitar qualquer coisa que não fosse a perfeição.

— Para que se preocupar tanto com um bando de caipiras? Por um dólar amassado eles já ficariam satisfeitos com alguns truquezinhos de mágica e um coelho na cartola.

— Mas eu não. Execute, em primeiro lugar, para si próprio e, assim, você sempre dará o seu melhor.

— Mas você, com tudo que sabe fazer, não precisa trabalhar em um circo barato como este.

Os lábios de Max se curvaram sob seu dedo enquanto ele alisava o bigode.

— Obrigado pelo elogio, mesmo que mal formulado. É um erro acreditar que alguém seja obrigado a ficar em algum lugar onde não deseja estar. Eu sinto certo prazer na vida nômade. E, já que você obviamente não percebeu, eu sou o dono deste circo barato.

Balançou a capa sobre Luke, estalou os dedos duas vezes e riu quando a forma por baixo do pano negro não desapareceu.

— Um bom assistente de mágico nunca perde a sua deixa, por mais distraído que esteja.

Luke bufou de raiva sob a capa e logo sua forma desapareceu. Longe de estar decepcionado com o progresso de Luke, Max pensou que o garoto serviria. Poderia usar a insolência de Luke, seus anseios e atitude desafiadora, assim como sua vulnerabilidade subjacente. Usaria tudo o que Luke era e, em troca, daria ao garoto um lar e a chance de escolher.

Era um negócio justo, considerou Max.

— Mais uma vez — disse de forma simples, enquanto Luke voltava ao palco vindo dos bastidores.

Depois de mais uma hora, Luke se perguntou por que desejara tanto fazer parte da apresentação. Quando Lily entrou na tenda, estava prestes a dizer a Max o que ele poderia fazer com sua varinha mágica.

— Sei que estou atrasada — começou enquanto se apressava. — Parece que está dando tudo errado hoje.

— Roxanne?

— Com febre e mal-humorada, mas resistindo. — Lily franziu o cenho de preocupação enquanto olhava por cima do ombro. — Odeio deixá-la sozinha. Estão todos ocupados agora, então eu... Luke. — Na mesma hora a testa de Lily voltou ao normal. — Querido, você me faria um grande favor se pudesse ficar com ela por uma hora mais ou menos.

— Eu? — Ela poderia muito bem ter lhe pedido para comer sapos.

— Ela precisa de companhia. Ajuda a fazê-la se esquecer da dor.

— Bem, sim, mas... — Então, teve uma ideia. — Bem que eu gostaria, mas Max precisa que eu ensaie mais.

— Ensaiar?

Nenhum mentalista poderia ter lido a mente de Luke com mais clareza. Max sorriu, apoiando amigavelmente a mão no ombro do garoto. Fizemos algum progresso, pensou naquele momento. Seu toque provocara em Luke apenas um breve instante de tensão.

— Conheça o mais novo membro de nossa alegre equipe — disse ele a Lily. — Luke vai fazer um número esta noite.

— Esta noite? — Alerta, Luke se virou e encarou Max.

— Só esta noite? Eu não estou aqui suando e ensaiando esse tempo todo para apenas uma noite.

— É isso que vamos ver. Se você for bem esta noite, haverá amanhã à noite. Isso é o que chamamos de período probatório. De qualquer forma, já treinamos o suficiente para o momento. Então você está totalmente livre para distrair Roxanne. — Havia um brilho em seus olhos quando ele se inclinou para o garoto. — Você apostou contra a casa mais uma vez, Luke. Você perdeu.

— Que merda! Eu não faço a menor ideia do que fazer com ela — resmungou Luke enquanto saía do palco pisando duro. Lily suspirou.

— Você poderia jogar algum jogo com ela — sugeriu. — E, querido, seria bom se não dissesse palavrões perto da Roxy.

Ótimo, pensou ele saindo da tenda escura para a luz do sol. Não falaria palavrões perto dela e sim *para* ela.

Abriu com força a porta do trailer e seguiu direto até a geladeira. O impulso de olhar por cima do ombro enquanto pegava uma bebida gelada ainda era grande. Luke sempre esperava que alguém chegasse e batesse nele por pegar comida.

Ninguém o fez. Mas ainda se sentia um pouco envergonhado pela forma como se comportara na primeira semana com Max. Entrara no trailer sozinho e encontrado uma grande tigela de sobras de macarronada. Devorara tudo, mesmo frio, empanturrando-se. A lembrança de tantos dias de fome o machucava.

Esperara ser punido. Esperara que lhe dissessem que não poderia comer mais nada por um dia, talvez dois. Como sua mãe fizera com ele tantas vezes. Preparando-se para aquilo, escondera barras de chocolate e sanduíches na mochila.

Mas ele não foi punido. Ninguém falou nada.

Sem ninguém para pressioná-lo, Luke improvisou um sanduíche com um pouco da carne do almoço e o comeu antes de ir até Roxanne.

Movia-se em silêncio, outro hábito que precisou desenvolver. Assim que entrou no corredor estreito, escutou a balada de Jim Croce, "Leroy Brown". Roxanne cantava junto com o rádio, adicionando um soprano modulado.

Entretido, Luke espiou pela porta. Ela estava deitada de barriga para cima, olhando para o teto enquanto ouvia o rádio ao seu lado. Em uma pequena mesa de cabeceira redonda, havia uma jarra com suco e um copo, alguns frascos de remédio e um baralho.

Alguém pregara pôsteres nas paredes. A maioria relacionada à mágica, mas o pôster brilhante de David Cassidy fez Luke ter vontade de vomitar. Só servia para mostrar que as garotas não tinham jeito mesmo.

— Cara, isso é nojento.

Roxanne virou a cabeça e o viu. Quase sorriu de tanta vontade de se divertir um pouco.

— O que é nojento?

— Aquilo. — Apontou para o pôster enquanto segurava sua Coca-Cola. — Pendurar uma foto daquele veadinho na sua parede.

Satisfeito com a gozação, Luke tomou um gole da Coca enquanto a analisava. A pele branca estava manchada, pintada com horríveis feridas avermelhadas. Estavam por todo o rosto, e eram tantas que Luke achou que aquilo é que era *realmente* horrível. Perguntou-se como Lily e Max conseguiam olhar para ela.

— Caraca, você está com essa merda por toda parte, não é? Parece que saiu de algum filme de terror.

— Lily disse que as manchas vão sumir logo e que eu vou ficar bonita de novo.

— *Provavelmente* vão sumir — disse ele, colocando na voz um tom de dúvida suficiente para preocupar Roxy. — Mas você continuará feia.

Ela se esqueceu da dor horrível de estômago e se sentou na cama.

— Tomara que você pegue catapora de mim e fique cheio de manchas, até no pinto.

Luke se engasgou com o refrigerante e deu um sorriso irônico.

— Dá um tempo. Eu já tive isso. Catapora é para bebês.

— Eu não sou um bebê.

Nada a deixava com mais raiva. Antes que Luke pudesse se esquivar, saltou e se jogou em cima dele, dando socos. A garrafa de Coca voou e acertou a parede, espalhando o líquido para todo lado. Poderia ter sido engraçado, ele até soltou uma gargalhada antes de ela o atingir com toda sua fragilidade. Seus braços eram como dois gravetos.

— Tá bem, tá bem. — Por ter se lembrado de que esteve perto de desejar-lhe a morte, não quis arriscar que ela tivesse uma convulsão. — Você não é um bebê. Agora volte para a cama.

— Estou cansada de ficar na cama. — Mas voltou para lá, com a ajuda de um nada gentil empurrão de Luke.

— Bom, durona. Merda, olha essa bagunça. Acho que vou ter que limpar isso.

— Foi culpa sua — afirmou e, com uma expressão inocente, olhou com determinação pela janela, fazendo uma pose de uma mulher mais velha no corpo de uma criança. Resmungando sem parar, Luke foi procurar um pano.

Depois que limpou todos os respingos, ela continuou a ignorá-lo.

Luke trocou o pé de apoio.

— Poxa, eu retirei o que eu disse, não retirei?

Ela virou um pouco o rosto na direção dele, mas sem derreter o gelo.

— Você vai se desculpar por ter me chamado de feia?

— Acho que eu poderia.

Silêncio.

— Tá bem, tá bem. Nossa. Desculpe por ter chamado você de feia.

Roxanne esboçou um sorriso.

— E vai se desculpar por ter dito que David Cassidy era nojento?

Agora ele deu uma risada.

— Sem chance.

Os lábios de Roxanne se encurvaram em resposta.

— Acho que está tudo bem, já que você é um garoto. — O pequeno sabor do poder fora agradável. Na esperança de degustá-lo mais, ela abriu um sorriso. Mesmo aos oito anos, esse sorriso tinha poder. Ela era, afinal, filha de seu pai.

— Você poderia me dar um pouco de suco?

— Acho que sim.

Pegou a jarra e colocou um pouco de suco no copo antes de entregar a ela.

— Você não fala muito — disse ela um pouco depois.

— E você fala demais.

— Eu tenho muita coisa para falar. Todos dizem que sou brilhante. — Ela também estava bastante entediada. — Nós poderíamos jogar um jogo, se você quiser.

Ilusões Honestas　　*51*

— Estou muito velho para jogos.

— Não está não. O papai diz que ninguém é velho demais para jogos. É por isso que as pessoas são enganadas em monte de três cartas e bolas nos copos nas esquinas e perdem dinheiro. — Vislumbrou um breve lampejo de interesse no rosto de Luke e atacou. — Se você jogar *Go Fish** comigo, eu te ensino um truque de mágica com as cartas.

Luke não teria sobrevivido até os 12 anos se não tivesse aprendido a negociar.

— Você me ensina o truque primeiro e depois jogamos.

— Nã-não. — O sorriso de Roxanne era convencido, mais jovem e um pouco mais inocente do que o sorriso de uma mulher que acabara de enganar seu homem. — Eu vou *mostrar* o truque, e então vamos jogar. Aí depois eu ensino para você como fazer.

Ela pegou na mesa o baralho enrolado em um elástico e o embaralhou com uma considerável habilidade. Concentrado, Luke se sentou na beirada da cama enquanto observava as mãos de Roxanne.

— Bem, este truque se chama "Achado e Perdido". Você escolhe qualquer carta e diga alto o nome dela.

— Grande truque esse, que eu tenho que dizer a você a carta — resmungou Luke. Todavia, quando ela embaralhou as cartas novamente, ele escolheu o rei de espadas.

— Oh, você não pode escolher essa carta — informou Roxanne.

— Por que não? Você disse qualquer droga de carta.

— Mas você não pode ver o rei de espadas, ele não está aqui. — Sorrindo, virou as cartas para cima, e o queixo de Luke caiu. Que droga, ele tinha acabado de ver aquele rei. Como ela fizera com que ele desaparecesse?

— Você o pegou e o escondeu.

Roxanne abriu um sorriso, satisfeita.

— Ah, não há nada nas minhas mangas — disse ela e, colocando o baralho em seu colo, levantou ambas as mãos para mostrar que estavam vazias. — Você pode escolher outra carta.

Dessa vez, com os olhos afiados, escolheu o três de paus. Com um leve suspiro, ela meneou a cabeça.

---

* Jogo de cartas com regras bem simples. (N.T.)

— Você continua escolhendo cartas perdidas. — Após virar as cartas devagar, Luke observou não só que o três sumira como o rei estava de volta.

Frustrado, tentou agarrar o baralho, mas Roxanne o balançou acima da cabeça.

— Eu não acredito que seja um baralho normal.

— Não acreditar é o que torna mágica a mágica. — Roxanne parafraseou o pai com grande seriedade. Deu uma embaralhada bem astuta nas cartas e as espalhou sobre o lençol com as faces para cima. Um movimento de sua mão apontou que ambas as cartas que Luke escolheu estavam entre as cinquenta e duas.

Ele bufou de raiva, derrotado.

— Tá bem, como você fez isso?

Sorrindo mais uma vez, ela executou quase que perfeitamente sua reviravolta.

— Primeiro, *Go Fish*.

Ele a teria mandado ir para o inferno. Mas a satisfação de xingá-la era menor do que a vontade de aprender a fazer o truque.

Depois de duas partidas do jogo, ele estava relaxado o suficiente para trazer aos dois uma bebida gelada e uns biscoitos.

— Vou ensinar o truque agora — ofereceu, feliz por ele não estar irritado. — Mas você tem de jurar nunca revelar o segredo.

— Eu já fiz o juramento.

Ela estreitou os olhos.

— Como assim? Quando?

Ele poderia ter mordido a língua.

— No ensaio, ainda há pouco — contou, relutante. — Eu vou substituí-la até você melhorar.

Ela fez bico e, devagar, pegou as cartas e começou a embaralhá-las. Ocupar as mãos sempre a ajudava a pensar.

— Você está roubando o meu lugar.

— O Max disse que havia um buraco no espetáculo sem você. Eu estou tapando esse buraco. — Então, com uma diplomacia que ele não sabia que tinha, acrescentou: — É só por um tempo. Pelo menos, foi o que o Max disse. Talvez seja apenas por esta noite.

Depois de pensar mais um pouco, ela assentiu com a cabeça.

— Se o papai disse, então está bem. Ele disse que sentia muito em ter que me falar que me substituiria. Disse que ninguém jamais conseguiria.

Luke não fazia ideia de como seria ser amado daquela forma ou de onde poderia vir tanta confiança. Sentia a inveja apertar o seu peito.

— É assim que se faz — começou Roxanne, atraindo a atenção de Luke para si. — Primeiro, você deve arrumar as cartas em um monte. — Dividiu o monte em duas pilhas e começou a mostrar a Luke com toda a paciência de uma professora de primeira série ensinando o aluno a escrever o próprio nome.

Executou o truque duas vezes, passo a passo, e entregou o baralho a ele.

— Agora você.

Como Max dissera, o garoto tinha boas mãos.

— Isso é legal — murmurou ele.

— Mágica é demais.

Quando ela sorriu, ele sorriu de volta. Por um momento, eles eram simplesmente duas crianças dividindo um bom segredo.

Capítulo Quatro

◆ ◆ ◆ ◆

MEDO DE PALCO ERA UMA experiência nova e humilhante para Luke. Estava pronto, arrogante e ansioso enquanto aguardava nas coxias. O smoking de segunda mão, ajustado às pressas pelas mãos hábeis de Mama Franconi, fazia com que se sentisse um astro. Repassava em sua cabeça os movimentos e ações, enquanto Max aquecia a plateia com algum truque bobo com as mãos.

Aquilo não era nada de mais, pensava. Só um número classe A, que lhe garantiria dez dólares extras por noite, enquanto Roxanne estivesse coberta de manchas vermelhas. Se o prognóstico do médico estivesse correto, isso significaria cem dólares para seu Fundo Miami.

Enquanto comemorava sua sorte e caçoava do pessoal de olhos arregalados da primeira fila, Mouse cutucou seu ombro:

— Está quase na hora.

— Hã?

— A sua deixa.

Mouse fez um gesto com a cabeça em direção ao palco, onde Lily, com seu *collant*, dançava de forma provocante para os homens da plateia.

— Minha deixa. — Sentiu as entranhas gelarem, e, quando falou, o coração veio à boca.

Mouse assentiu com um resmungo, já empurrando Luke em direção ao palco, pois fora alertado por Max para lidar com situações como aquela.

Quando o menino magrelo tropeçou no smoking folgado, a plateia soltou risinhos. Em contraste com a lapela lustrosa, seu rosto estava branco como cera. Não foi até o lugar marcado e esqueceu a primeira fala. Enquanto o suor escorria pelas costas, o melhor que conseguiu fazer para lidar com a situação foi encarar a plateia sorridente com olhos firmes.

— Ah. — Tão suave quanto os lenços de seda que fizera aparecer e desaparecer, Max caminhou até ele. — Meu jovem amigo parece perdido. — Para o público, parecera que Max havia passado a mão amigavelmente nos cabelos de Luke. Não perceberam que os dedos ágeis cutucaram sua nuca a fim de acordá-lo do pânico da noite de estreia.

Luke estremeceu, piscou e engoliu seco.

— Ih, ah... — Droga, qual era mesmo a fala? — Perdi meu chapéu — falou rápido, seu rosto foi do branco ao vermelho enquanto as gargalhadas sacudiam o palco. Pro inferno com eles, disse a si mesmo dando de ombros. Neste momento, ele se transformou de um garotinho assustado em um rapaz arrogante. — Tenho um encontro com Lily, sem minha cartola não posso levar a linda dama pra dançar.

— Um encontro com Lily? — Como ensaiado, Max primeiro pareceu surpreso, depois chateado, choroso. — Você está enganado, a adorável Lily já tem um compromisso comigo esta noite.

— Acho que ela mudou de ideia. — Luke sorriu e enfiou os dedos em volta das lapelas. — Ela está me esperando. Nós vamos... — Um pouco de encenação, e uma rosa vermelha enorme saltou de sua lapela. — ... dar um passeio pela cidade.

A chuva de aplausos, para seu primeiro truque de mágica em público, acenava como uma mulher sedutora.

Luke Callahan encontrara sua vocação.

— Entendo. — Max olhou de relance para a plateia. — Você não é muito jovem para uma mulher com os encantos de Lily?

Agora, ele já falava se divertindo.

— Compenso com energia o que me falta em idade.

A observação, feita com um sorriso debochado, arrancou altas gargalhadas da plateia. O som das gargalhadas fez com que Luke sentisse uma mudança interior. Enquanto ficava mais confortável, o ar de desprezo se transformou num sorriso.

— Mas é claro que um cavalheiro não pode acompanhar uma dama pela cidade, sem sua cartola. — Max esfregou suas mãos e olhou para o lado esquerdo do palco. — Acho que essa foi a única cartola que vi esta noite. — Um foco de luz se acendeu sobre uma enorme cartola. — Parece um pouco grande, mesmo para um cabeção como o seu.

Andando de um lado para outro, Luke colocou os dedos polegares nas presilhas de sua calça.

— Estou de olho em seus truques, meu velho. Vou pegar leve com você, se devolver minha cartola ao tamanho normal.

— Eu? — Max colocou a mão no peito com as sobrancelhas levantadas. — Você está me acusando de usar magia para estragar sua noite com Lily?

— Isso mesmo! — Não era exatamente essa a fala ensaiada, mas Luke falou em tom de ameaça, tocando a aba da cartola. — Vamos logo com isso.

— Muito bem, então. — Max suspirou, obviamente devido à falta de boas maneiras do menino. — Faça a gentileza de entrar na cartola. — Sorriu enquanto Luke o encarava seriamente.

— Tudo bem, mas nada de gracinhas. — Com agilidade, Luke pulou para dentro da cartola. — Lembre-se, estou de olho em você.

Max sacou sua varinha no momento em que Luke sumiu dentro da cartola.

— E, *presto*! Pura magia. — Tirou um coelho branco da cartola. Enquanto a plateia gritava, Max a inclinou para mostrar que estava totalmente vazia. — Tenho minhas dúvidas de que agora Lily vá se interessar em passear com ele pela cidade.

Respondendo à provocação, Lily apareceu. Quando viu o coelho se debatendo nas mãos de Max, deu um chilique.

— De novo, não! — Virou-se irritada para a plateia. — Já é o quarto coelho este mês. Deixe-me dar um conselho, meninas, não namorem um mágico ciumento. — Em meio às gargalhadas, dirigiu-se a Max. — Traga ele de volta.

— Mas, Lily...

— Traga ele de volta já! — Colocou as mãos nos quadris. — Ou nosso namoro acabou.

— Muito bem. — Muito contrariado, Max enfiou o coelho de volta na cartola, suspirou e, em seguida, bateu duas vezes com sua varinha na aba. Luke apareceu reluzente. A plateia ainda aplaudia enquanto Luke se livrava da cartola e reaparecia com os braços para o alto. E, então, uma chuva de gargalhadas, quando perceberam o rabo do coelho que estava estrategicamente escondido debaixo de seu smoking.

Não demorou muito para que Luke aprendesse a se divertir um pouco. Girou a cabeça, deu três voltas em seu redor, tentando olhar o traseiro.

— Um pequeno erro de cálculo. — Max se desculpou quando as coisas se acalmaram. — Para provar que não há ressentimentos, vou fazer isso desaparecer.

— Você jura? — perguntou Lily, fazendo beicinho.

Ilusões Honestas 57

— Pela minha honra. — Max jurou, com a mão no coração. Tirou a capa e cobriu Luke, depois passou sua varinha mágica sobre a forma envolta em seda. No mesmo instante em que a capa caía ao chão, Max a puxou para o alto por uma das pontas.

— Max! — Lily suspirou horrorizada.

— Mantive minha palavra. — Curvou-se para ela e depois para a plateia, que aplaudia. — O rabo se foi, e aquele moleque abusado também.

Enquanto Lily e Max finalizavam, Luke estava nas coxias, petrificado. Eles estavam aplaudindo, sim, eles o estavam aplaudindo. Luke se inclinou um pouco, olhando fixamente para Max, que se preparava para serrar Lily em duas.

Por alguns instantes eles se entreolharam. Foram instantes tão cheios de compreensão e alegria que Luke sentiu um nó na garganta.

Pela primeira vez na vida, ele começava a gostar de outro homem. E não havia nenhuma vergonha nisso.

♦ ♦ ♦ ♦

*L*UKE FICOU VAGANDO. Muito tempo depois do último espetáculo, ainda podia ouvir o som dos aplausos e gargalhadas na sua cabeça, como uma canção antiga, que repetia sempre a mesma melodia.

Ele era alguém, por alguns minutos ele fora alguém importante. Desaparecera diante dos olhos perplexos de dezenas de pessoas.

E elas acreditaram.

Esse era o segredo, fazer com que as pessoas acreditassem que não era ilusão, ainda que por apenas alguns segundos. Luke dizia para si mesmo, enquanto caminhava entre os funcionários do parque que ainda trabalhavam entre a multidão que já se dispersava. Isso era poder. O verdadeiro poder que ia além de socos e fúria. Perguntava-se se seria capaz de explicar a alguém que tudo era poder da mente. E, naquele momento, sua cabeça estava tão cheia desse poder que achava que poderia se abrir e uma luz se espalharia, branca e quente.

Max compreenderia a sensação, ele sabia disso, mas não estava preparado para compartilhar seu pensamento com ninguém. Naquela noite, a sensação da estreia seria só dele.

Quando colocou a mão no bolso, seus dedos amassaram os dez dólares que Max lhe dera depois do último show. A vontade de gastá-los era enorme, maior até do que a fome que ele aprendera a ignorar. Estava com os olhos fixos nas luzes desfocadas da roda-gigante, ouvia o barulho dos carrinhos que giravam. Esta noite poderia andar em todos os brinquedos do parque.

A pequena figura usando jeans e camisa larga que passou bem na frente de seus olhos fez com que parasse, franzisse a testa e gritasse.

— Roxanne! Ei, ei, Rox! — Correu atrás dela afobado e agarrou seu braço. — O que você pensa que está fazendo?

Ela pensara que não teria problema. Pensara que estava enfiada na cama enquanto Luke roubava seu lugar no palco. Pensara em como os dias se tornaram intermináveis e em como passava as noites se coçando. E pensara no fato de que estariam em Nova Orleans, deixando a temporada de verão para trás, antes que tivesse se livrado da catapora.

— Eu vou andar nos brinquedos.

— Não vai mesmo!

Seu rosto pálido ficou vermelho de raiva.

— Você não manda em mim, Luke Callahan. Nunca mandou e nunca vai mandar. Eu vou andar na roda-gigante agora.

— Olha, sua cabeça de titica... — Mas, antes que Luke pudesse terminar a frase, ela lhe deu uma cotovelada no estômago. E, quando ele recuperou o fôlego, ela já estava longe. — Que droga, Roxy! — Conseguiu alcançá-la porque ela ficou presa numa fila. Começou a arrastá-la, e desta vez levou uma dentada.

— Você está maluca?

— Eu vou andar nos brinquedos! — Cruzou os braços sobre o peito magro. As luzes coloridas brincavam em seu rosto criando um efeito divertido em suas manchas.

Ele poderia ter ido embora, certamente Roxy não contaria a ninguém sobre esse encontro. Além disso, não era da conta dele mesmo, mas, por razões que não podia entender, empacou ao lado da menina. Luke acabara de pegar o dinheiro para pagar as entradas, quando o operador do brinquedo, que conhecia bem Roxy, acenou chamando os dois.

Como uma princesa concedendo uma audiência, Roxanne deixou que Luke a acompanhasse.

— Você pode vir comigo se quiser.

— Poxa, obrigado! — Ele pulou a seu lado e esperou pelo clique da barra de segurança.

ILUSÕES HONESTAS   59

Roxanne não gritou nem se assustou quando a roda começou a girar para trás. Simplesmente se sentou e fechou os olhos com um sorrisinho de satisfação nos lábios. Anos depois, Luke se lembraria daquele momento e perceberia que ela parecia uma mulher realizada relaxando numa poltrona, depois de um longo dia de trabalho.

Não abriu a boca até a roda dar uma volta completa, quando falou, sua voz soou estranhamente adulta.

— Estou cansada de ficar dentro do trailer. Não consigo ver as luzes, não consigo ver as pessoas.

— Toda noite é igual.

— Toda noite é diferente. — Então abriu os olhos, esmeraldas onde todas as luzes coloridas à sua volta se refletiam. Inclinou-se sobre a barra, o vento balançou os cabelos ondulados em direção ao céu. — Está vendo aquele homem magrelo lá embaixo, aquele com o chapéu de palha? Eu nunca tinha visto antes. E aquela menina de shorts carregando o cachorrinho de pelúcia? Também não conheço. Por isso é sempre diferente. — Enquanto eles subiam de novo, ela olhou para as estrelas. — Eu achava que a gente ia até o céu, que eu ia poder tocar e trazer algumas estrelas para mim. — Deu um sorriso adulto o bastante para se divertir com o pensamento infantil, e infantil o bastante para desejar que se tornasse realidade. — Eu queria poder fazer isso, pelo menos uma vez.

— Ia ser bom ter um monte delas aqui embaixo. — Ele sorriu também. Fazia muito tempo que não andava numa roda-gigante, tanto tempo que mal se lembrava da sensação do estômago revirando e do sangue correndo rápido pelas veias.

— Você fez um bom trabalho no show desta noite — disse Roxanne de repente. — Ouvi papai dizer isso, conversando com Lily. Eles achavam que eu estava dormindo.

— Mesmo? — Luke fez força para fingir indiferença.

— Ele disse que viu alguma coisa em você e que você não o desapontou. — Roxanne levantou os braços bem para o alto. A sensação do vento roçando sua pele era deliciosa. — Acho que você vai ser parte do espetáculo.

A onda de excitação que tomou conta de Luke não tinha nada a ver com a descida rápida da roda-gigante.

— Já tenho algo pra fazer. — Deu de ombros para demonstrar indiferença. — Pelo menos, enquanto eu estiver por aqui. — Quando percebeu, ela estava olhando para ele, analisando.

— Ele disse que você fez coisas e viu coisas que não deveria ter visto. Que coisas são essas?

Humilhação, raiva e terror lutavam dentro dele. Max sabia, de alguma maneira ele sabia. Sentiu um calor subindo, mas a voz saiu fria.

— Eu não sei do que você está falando.

— Sabe sim.

— Se eu sei, não é da sua conta.

— Se você for ficar com a gente, é da minha conta sim. Eu sei tudo sobre Mouse, Lily e LeClerc.

— Quem é esse LeClerc?

— Ele é nosso cozinheiro em Nova Orleans e ajuda o papai no espetáculo do cabaré. Ele assaltava bancos.

— Tá brincando?

Satisfeita por ter conseguido atrair toda a atenção de Luke, Roxanne continuou.

— Ele foi pra prisão e tudo mais. Ensinou papai a abrir qualquer fechadura. — Sentindo que estava perdendo o controle sobre ele, parou de contar. — Então eu tenho que saber tudo sobre você também. É assim que funciona.

— Eu ainda não disse se vou ficar, tenho meus planos.

— Você vai ficar — disse Roxanne meio que para si mesma. — Papai quer que você fique e Lily também. Papai vai lhe ensinar a ser mágico, se você quiser. Que nem ele me ensina. Só que eu vou ser melhor. — Seus cílios nem se moveram com o riso debochado dele. — Eu vou ser a melhor.

— Bem, isso nós veremos — murmurou enquanto subiam até o céu. Virando a cabeça na direção do vento, Luke estava quase acreditando que o que fizera não era nada, comparado ao que ainda poderia fazer.

Capítulo Cinco

♦ ♦ ♦ ♦

A PRIMEIRA IMPRESSÃO de Luke sobre Nova Orleans foi uma mistura confusa de sons e aromas. Enquanto Max, Lily e Roxanne estavam deitados no trailer, ele se espremia na cabine do caminhão, chateado com o sono entrecortado ao som do zunido desafinado de Mouse. Os dois discutiram sobre ligar o rádio desde Shreveport, mas Mouse se mantinha firme. Recusava-se a permitir qualquer som que interferisse no prazer de escutar seu motor.

Agora outros barulhos começavam a adentrar a mente entorpecida de Luke. Vozes altas e gargalhadas barulhentas, estrondos de saxofones, tambores e trompetes. Enquanto começava a acordar, achou que estavam de volta ao parque. Sentia o cheiro de comida e tempero no ar, e o fedor do lixo apodrecendo no calor.

Bocejando, abriu os olhos e olhou pela janela aberta.

Pessoas, uma multidão, andavam depressa pelas ruas. Viu um malabarista parecido com Jesus jogando bolinhas alaranjadas que brilhavam no escuro. Viu também uma enorme mulher obesa com vestido florido havaiano dançando sozinha ao som do jazz que emanava de uma entrada aberta. Sentiu o cheiro de cachorro-quente.

O circo está na cidade, pensou enquanto lutava para se levantar.

E observou que deixaram o parque itinerante para trás para aderir a um mais completo e permanente.

— Onde estamos?

Mouse dirigia o caminhão e o trailer pelas ruas estreitas.

— Em casa — respondeu ele simplesmente, enquanto passava pela Bourbon Street em direção a Chartres.

Luke não saberia dizer por que a palavra o fez sorrir.

Ainda podia ouvir a música, mas estava mais baixa agora. Havia poucas pessoas caminhando por essas ruas silenciosas. Algumas iam em direção ao movimento, outras iam no sentido contrário. Sob a luz oscilante dos postes da rua, vislumbrou antigos prédios de tijolos, varandas floridas, táxis rodando com passageiros e figuras encurvadas adormecidas nas calçadas.

Não entendia como alguém conseguia dormir com a música, os aromas e aquele calor infernal. Seu cansaço deu lugar a uma grande impaciência porque Mouse dirigia devagar.

Luke queria chegar logo aonde estavam indo. Onde quer que fosse.

— Caramba, Mouse, se filmar você em câmera lenta, vai parecer que está parado.

— Não estou com pressa — disse Mouse, e surpreendeu Luke ao parar completamente o veículo no meio da rua e sair.

— Que diabos você está fazendo? — Luke também saiu e viu Mouse parado em frente a um portão de ferro aberto. — Você não pode deixar essa coisa parada no meio da rua. A polícia pode chegar.

— Estou apenas refrescando minha memória. — Mouse estava parado no mesmo lugar, alisando o queixo. — Tenho que colocá-lo para dentro.

— Colocar *o quê*? — Os olhos de Luke se arregalaram. Ele se movimentou com descrença do portão até o caminhão. — Colocar essa coisa ali? — Luke avaliou o espaço entre os dois muros de tijolos e se virou para avaliar a largura do trailer. — Mas nem ferrando.

Mouse sorriu. Seus olhos brilhavam como os de um pecador que acabara de encontrar uma religião.

— Apenas fique aqui, para caso eu precise de você. — Voltou para o caminhão.

— Não dá para colocar — gritou Luke para ele.

Mas Mouse emitia seu zunido novamente enquanto manobrava o caminhão e o trailer pela rua estreita.

— Você vai bater. Caramba, Mouse. — Luke se preparava para o som de metal arranhando. Fez uma cara de surpresa quando o grande trailer negro deslizou para dentro da abertura mais facilmente do que mãos entram em luvas. Enquanto dava ré no caminhão, Mouse espiou Luke e piscou o olho.

Foi algo sensacional. Por alguma razão, a manobra do caminhão com o trailer impressionou Luke como um evento tão magnífico quanto o Natal ou a abertura de temporada do beisebol. Ficou surpreso com a própria gargalhada enquanto estava ali parado, cego pelos faróis.

— Mouse, você é o cara — gritou ele no momento em que Mouse descia do caminhão. Luke então começou a gingar como um boxeador em riste quando uma luz se acendeu na casa ao lado deles.

*I*LUSÕES *H*ONESTAS   63

— Quem é? — perguntou a Mouse quando avistou uma figura na entrada da casa.

— LeClerc. — Colocando as chaves no bolso, Mouse foi fechar o portão do quintal.

— Então, vocês voltaram. — LeClerc desceu o degrau e, sob a luz, Luke viu um homem baixo de cabelos grisalhos e barba cheia. Vestia uma camisa esportiva muito branca e uma larga calça cinza amarrada com um cordão. Sua voz tinha um leve sotaque, diferente da forma arrastada de falar de Max, mas algo penetrante, que parecia acrescentar sílabas às palavras. — Vocês devem estar famintos, não?

— Não paramos para comer — respondeu Mouse.

— Que bom que vocês não pararam. — LeClerc se moveu para a frente, seu modo de andar era rígido e irregular. Luke viu que o homem era velho, uns dez anos mais velho que Max, talvez mais. A impressão do garoto foi de um rosto antigo, um mapa de couro rasgado, marcado com centenas de estradas muito percorridas. Os olhos castanhos eram grandes e astutos sob sobrancelhas grossas.

LeClerc viu um jovem garoto com um belo rosto dominado por olhos desconfiados. Um garoto que se equilibrava sobre a ponta dos pés como se fosse correr ou lutar.

— E quem seria esse?

— É o Luke — respondeu Max enquanto descia do trailer com uma sonolenta Roxanne nos braços. — Ele está conosco agora.

Algo se passou entre os dois homens, algo íntimo, que não foi dito.

— Mais um, hein? — Os lábios de LeClerc se curvaram de leve sobre o cano no cachimbo que ele sempre mantinha apertado entre os dentes. — Veremos. E como está o meu bebê?

Com os olhos pesados, Roxanne estendeu os braços e abraçou LeClerc. Aninhou-se aos ossos e músculos do homem como se fossem um travesseiro.

— Posso comer um beignet?

— Eu faço só para você, não faço? — LeClerc tirou o cachimbo da boca para beijar a menina no rosto. — Você está melhor, *oui*?

— Eu fiquei um tempão com catapora. Eu nunca, nunca vou ficar doente de novo.

— Vou fazer um amuleto de boa saúde para você. — Endireitou-a confortavelmente em seu colo, enquanto Lily descia do trailer carregando uma pesada bolsa de maquiagem sobre o braço coberto por seu robe. — Ah, Mademoiselle Lily. — LeClerc deu um jeito de cumprimentá-la, apesar da criança no colo. — Mais linda que nunca.

Ela deu uma risadinha e estendeu a mão para que ele beijasse, o que ele fez de forma altiva.

— É bom estar em casa, Jean.

— Venham, entrem. Aproveitem a ceia que estou preparando para vocês.

Com a menção sobre o jantar, Max se afastou do trailer e cumprimentou LeClerc, que caminhava pelo quintal, onde floresciam rosas, lírios e begônias em abundância, até um pequeno lance de escada e uma porta que dava para a cozinha. Uma luz brilhava, iluminando a superfície lisa dos azulejos brancos e a madeira escura.

Havia um pequeno forno de tijolos que a fumaça desbotara do vermelho para um tom rosa acinzentado. Acima dele, repousava uma imagem de plástico da Virgem Maria que brilhava no escuro, e algo que parecia um chocalho indiano com adornos e penas.

Embora estivesse miraculosamente frio do lado de dentro para que Luke acreditasse que o forno fora usado, ele podia jurar que sentiu um cheiro tentador de pão recém-assado.

Havia ramos secos de ervas e especiarias pendurados no teto, junto com réstias de cebolas e alho. Panelas de cobre brilhantes ficavam suspensas em ganchos de ferro. Outra panela exalava vapor na parte de trás do fogão. O cheiro que emanava dali era muito agradável.

Uma longa mesa de madeira já estava posta com pratos, taças e limpíssimos guardanapos de linho xadrez. Ainda carregando Roxanne, LeClerc foi até o armário de louças para providenciar mais um lugar à mesa.

— Sopa de mariscos. — Lily suspirou ao passar o braço pelos ombros de Luke. Ela queria muito que ele se sentisse bem-vindo ao lar. — Ninguém cozinha como Jean, querido. Espere só para sentir o sabor. Se eu não tomar cuidado, em uma semana vou acabar não entrando mais na minha fantasia.

— Não se preocupe, essa noite apenas coma. — LeClerc colocou Roxanne em uma cadeira e, então, pegou dois panos grossos e retirou a panela do fogão.

Luke observou, fascinado, como a tatuagem que cobria o fino braço do homem do pulso até o ombro se agitava e dançava. Luke percebeu que eram serpentes. Um ninho de víboras azuis e vermelhas que se trançavam e retorciam sobre a pele rígida do homem.

Todos assobiaram.

— Gostaram? — LeClerc estava com um olhar alegre enquanto analisava Luke. — Cobras, elas são rápidas e perspicazes. Boa sorte para mim. — Emitiu um som agudo enquanto lançava o braço na direção de Luke. — As cobras não vão enganar para você, garoto. — O homem riu de si mesmo enquanto servia a sopa espessa e apimentada. — Você me trouxe um jovem lobo, Max. Ele vai morder primeiro.

— Um lobo precisa de um bando. — Com naturalidade, Max pegou uma cesta da mesa e retirou um pão dourado, depois ofereceu a cesta a Lily.

— O que eu sou, LeClerc? — Totalmente acordada agora, Roxanne comia a sopa.

— Você. — Seu rosto rígido e marcado se suavizou enquanto passava a mão larga e retorcida nos cabelos. — Meu pequeno gatinho.

— Só um gatinho?

— Ah, mas gatinhos são espertos, valentes e sábios, e alguns crescem e se tornam tigres.

Isso fez o olhar de Roxanne brilhar. Ela moveu os olhos em direção a Luke.

— Tigres podem devorar lobos.

♦ ♦ ♦ ♦

Quando a lua começou a se pôr, e até os ecos das músicas da Bourbon Street se silenciaram, LeClerc se sentou em um banco de mármore no quintal, cercado pelas flores que tanto amava.

Max era o dono da casa, mas foi Jean LeClerc que a transformou em um lar. Pegara antigas lembranças de uma cabana próxima ao rio, plantas que cresceram sem cuidado, flores que sua mãe plantara em vasos de plástico, o odor de perfumes e temperos misturados, tecidos coloridos e madeira polida, e misturara tudo isso com a necessidade que Max tinha por elegância.

LeClerc teria sido feliz de volta ao pântano, mas não sem Max e a família que ele lhe dera.

Fumava o cachimbo e escutava a noite. Uma fraca brisa farfalhou as folhas de magnólia, atiçando o calor e prometendo chuva, como uma mulher provocante promete um beijo. A umidade que gradualmente gastava os tijolos e pedras da French Quarter pairava como uma névoa no ar.

Não viu Max se aproximar, nem mesmo o escutou, apesar de possuir um bom ouvido. LeClerc o sentiu.

— Então. — Soprou a fumaça do cachimbo e observou as estrelas. — O que vai fazer com o garoto?

— Vou dar a ele uma chance — respondeu Max. — Assim como você fez comigo muito tempo atrás.

— Os olhos do garoto querem devorar tudo o que veem. Essa voracidade pode lhe trazer problemas.

— Então, eu vou alimentá-lo. — Havia uma nota de impaciência na voz de Max quando ele se juntou a LeClerc no banco de mármore. — Você me faria mandá-lo embora?

— É tarde para ser prático agora que seu coração já está envolvido.

— Lily se afeiçoou — começou Max até ser cortado pela estrondosa gargalhada de LeClerc.

— Só Lily, *mon ami*?

Max demorou para acender um charuto e tragar.

— Eu gosto do garoto.

— Você ama o garoto — corrigiu LeClerc. — E como poderia ser diferente, já que, quando você olha para ele, enxerga a si mesmo? Ele lhe traz lembranças.

Era difícil admitir. Max sabia que, quando se ama, você corre o risco de machucar e se machucar.

— Ele faz com que eu me lembre de não esquecer. Se você esquecer toda a dor, solidão e desespero, esquece-se também de ficar grato pela ausência disso tudo. Você me ensinou isso, Jean.

— Ótimo, meu aluno agora é o professor. Isso me deixa feliz. — LeClerc virou a cabeça, e seus olhos escuros brilharam na sombra. — Ficará feliz quando o garoto superar você?

— Não sei. — Max abaixou o olhar para suas mãos. Eram boas, ágeis, ligeiras e hábeis. Tinha medo do que aconteceria com seu coração quando elas ficassem lentas. — Eu comecei a ensinar mágica para ele. Ainda não decidi se lhe ensinarei o restante.

— Não se pode manter segredos longe daqueles olhos por muito tempo. O que ele estava fazendo quando o encontrou?

Max teve que rir.

— Batendo carteiras.

— Ah. — LeClerc deu risadas sob o cachimbo. — Então ele já é um de nós. Ele é bom como você era?

— Muito bom mesmo — admitiu Max. — Talvez melhor que eu naquela idade. Menos medo de represálias, mais insensível. Mas há uma grande distância entre roubar carteiras em um parque e arrombar cofres de mansões e hotéis finos.

— Distância que você percorreu graciosamente. Arrependido, *mon ami*?

— Não, nem um pouco. — Max riu novamente. — O que há de errado comigo?

— Você nasceu para roubar — disse LeClerc, dando de ombros. — Assim como nasceu para tirar coelhos da cartola. E, aparentemente, para vagar pelo mundo. É bom tê-lo em casa.

— É bom estar em casa.

Por um momento eles permaneceram em silêncio, apreciando a noite. Até que LeClerc começou a falar de negócios.

— Os diamantes que você enviou de Boston são excepcionais.

— Eu prefiro as pérolas de Charleston.

— Ah, sim. — LeClerc soprou fumaça da boca. — São refinadas, mas os diamantes pareciam faiscar, doeu ter que vendê-los.

— E você conseguiu...?

— Dez mil, e apenas cinco pelas pérolas, apesar do refinamento.

— O prazer de possuí-las excede seu valor. — Lembrou-se com prazer de como as pedras ficaram sobre a pele de Lily por uma gloriosa noite. — E a pintura?

— Vinte e dois mil. Em minha opinião, era uma obra deselegante. Esses pintores ingleses não tinham nenhuma paixão — acrescentou, repudiando a paisagem de Turner. — O vaso chinês eu segurei por um pouco mais de tempo. Você trouxe a coleção de moedas?

— Não, eu não as peguei. Quando Roxanne ficou doente, cancelei esse compromisso.

— É bem melhor assim. — LeClerc assentiu e tragou seu cachimbo. — A preocupação com ela poderia distraí-lo.

— Dificilmente eu estaria na minha melhor forma. Então, até que tenhamos o vaso, o dízimo fica em... três mil e setecentos. — O relance na expressão zangada de LeClerc fez Max sorrir. — Muito pouco para tanto ressentimento.

— Até o final do ano, você terá jogado fora, pelo menos, quinze mil. Some isso aos dez por cento que você tira todo ano para aliviar sua consciência...

— Uma doação para a caridade — interrompeu Max, satisfeito. — Não faço isso para aliviar minha consciência, mas para apaziguar minha alma. Sou um ladrão, Jean, um excelente ladrão que não tem a menor pena das pessoas de quem rouba, mas tem pena das pessoas que não possuem nada que valha a pena roubar. — Observou a ponta brilhante de seu charuto. — Eu não sou capaz de viver com a moralidade dos outros, mas tenho que viver com a minha.

— As igrejas que receberam seu dízimo vão te condenar ao inferno.

— Já escapei de lugares piores do que o inferno que os padres imaginam para nós.

— Não é uma piada.

Max ocultou um sorriso enquanto levantava. Sabia que a religião de LeClerc ia do catolicismo à magia negra, e qualquer superstição conveniente entre eles.

— Então, pense nisso como um seguro. Talvez minha tola generosidade nos garanta um lugar mais fresco no além. Vamos dormir um pouco. — Colocou a mão sobre o ombro de LeClerc. — Amanhã vou lhe contar o que andei planejando para os próximos meses.

◆ ◆ ◆ ◆

LUKE SABIA QUE ENCONTRARA o paraíso. Não havia uma lista de tarefas para o dia seguinte, o que o deixava livre para vagar pela casa, o que fazia enquanto devorava alguns sonhos que pegara na cozinha. O rastro de açúcar que deixava em sua caminhada passava pelo primeiro andar, subia a escada e chegava até uma das sacadas floridas, e então voltava.

Ilusões Honestas 69

Não conseguia acreditar na sorte que tinha.

Ganhou um quarto só para ele e passou boa parte de uma noite acordado, olhando e tocando em tudo. A cabeceira alta e entalhada o deixou fascinado, assim como o leve brilho do papel de parede e a estampa tranquilizante do tapete. Havia um grande guarda-roupa que Max chamava de *armoire*. Luke calculou que ali cabiam mais roupas do que uma pessoa precisaria durante a vida inteira.

E havia flores. Um grande vaso azul cheio delas. Nunca tivera flores no quarto antes, e apesar de saber que deveria se livrar delas por serem coisa de maricas, a fragrância que elas exalavam trazia a ele um profundo e secreto prazer.

Luke se movimentava pela casa silencioso como um gato. Ainda não estava certo a respeito de LeClerc e o evitava facilmente enquanto explorava a casa.

A mobília refletia a elegância de Max. Isso deu a Luke certo conhecimento sobre seu mentor, apesar de não reconhecer as antiguidades britânicas e francesas. Viu graciosas mesas lustrosas, sofás curvos, belas lâmpadas chinesas e paisagens pacíficas.

Por mais que gostasse da casa toda, o lugar favorito de Luke era a varanda de seu quarto. De lá, podia sentir o aroma das flores e da rua. Podia ver pessoas tirando fotos e procurando souvenirs.

Não conseguia deixar de notar como as pessoas eram descuidadas com suas carteiras. Mulheres com as bolsas penduradas no ombro, homens com o dinheiro enfiado no fundo dos bolsos de suas calças com boca de sino. Um paraíso para batedores de carteiras. Se não fosse possível ir a Miami, Luke viu que poderia se dar muito bem ali, complementando seu salário de aprendiz de feiticeiro.

— Você espalhou açúcar pela casa toda — disse Roxanne por trás dele.

Luke ficou tenso. Olhou para as mãos e viu, indignado, que a evidência de seu crime estava cobrindo todos os seus dedos. Sem demora, limpou-os na calça.

— E daí?

— LeClerc vai ficar bravo. Açúcar atrai insetos.

Luke limpou os dedos novamente, pois estavam melados.

— Eu vou limpar.

Ela se juntou a ele no parapeito, linda com seu shorts amarelos.

— O que está fazendo?

— Só olhando.

— Papai disse que podemos tirar o dia todo de folga. Amanhã temos que começar a ensaiar o novo número do cabaré para o clube.

— Que clube?

— O Portão Mágico. Nós trabalhamos lá. — Começou a brincar com as flores que se emaranhavam pelo parapeito. — Lá podemos fazer mágicas maiores do que no parque, e às vezes o papai sai durante o dia e faz apresentações particulares para alguns clientes.

A preocupação com LeClerc e com qualquer possibilidade de represálias foi para o fundo da mente de Luke. Não sabia qual seria o seu lugar no número do cabaré, mas tinha que garantir que teria um.

— Quantas apresentações por noite?

— Duas. — Depois de arrancar uma flor de clematite, ela tentou prendê-la atrás da orelha. — Às oito e às onze. Somos as estrelas da noite. — Enrugou o nariz. — Eu tenho que tirar um cochilo depois da escola todos os dias, como um bebê.

Luke não estava nem um pouco preocupado com os problemas de Roxanne.

— Ele faz os truques com cartas?

Ela deu um tapinha na flor enquanto se virava em direção ao quarto de Luke para ver o resultado do visual no espelho.

— Ah, ele vai inventar outros.

Luke assentiu e começou a traçar um plano. Estava ficando muito bom nos truques que persuadira Roxanne a lhe ensinar. E ainda praticava os Copos Mágicos pelo menos uma hora por dia. Só precisava mostrar a Max. Não suportaria ser cortado do espetáculo agora.

— O papai me deu dinheiro para tomar sorvete. — Na porta, ela pôs a cabeça para fora. — Você quer?

— Não. — Luke estava muito ocupado para se distrair com doces e com a companhia de uma garota de 8 anos. — Se manda. Tenho que pensar.

— Sobra mais para mim — respondeu Roxanne, mal conseguindo controlar a expressão de insatisfação.

Assim que ficou sozinho, Luke pegou as cartas e começou a praticar. Mal começou a preparar a Mágica dos Quatro Ases e já estava distraído de novo.

ILUSÕES HONESTAS   71

Era a voz. Nunca ouvira nada igual. Tentava afastá-la da cabeça, mas ela sempre voltava. Um profundo e doloroso contralto que parecia cantar só para ele. Incapaz de resistir, voltou para a varanda.

Ele a viu no mesmo instante. Uma mulher usando um vestido florido, turbante vermelho, com a pele brilhante como ébano. Estava na esquina, com uma caixa de papelão aos seus pés, e cantava músicas gospel a capela.

Não conseguia se afastar, o som o hipnotizava. Era lindo de verdade. Até que percebeu que aquilo tocava no seu íntimo de uma forma que nunca sentira antes.

A voz ressoava por todo o French Quarter. Não parou nem hesitou quando uma pequena multidão a cercou. E não abaixava o olhar quando as moedas eram jogadas na caixa.

Isso fez sua pele coçar e a garganta doer.

Em um impulso, correu de volta para dentro e pegou uma bolsa que escondia embaixo do travesseiro. Dali tirou uma nota de um dólar amassada. Seu coração ainda palpitava no ritmo da canção enquanto corria para fora do quarto e descia a escada.

Avistou Roxanne no corredor, varrendo o açúcar do chão enquanto LeClerc estava atrás dela, dando uma lição de moral.

— Você deve comer na cozinha, não por toda a casa. É bom que cate todas as migalhas, está entendendo?

— Estou catando. — Ela levantou a cabeça para mostrar a língua para Luke.

O coração do garoto estava tão preenchido pela música, o cérebro tão deslumbrado com a ideia de Roxanne levar a culpa por ele, que se esqueceu do último degrau. Com um grito abafado, esticou a mão para se segurar.

Para Luke, tudo aconteceu em câmera lenta. Viu o vaso, o cristal facetado refletindo a luz do sol, cheio de rosas vermelhas como sangue. Com espanto, viu a própria mão atingi-lo, e observou o vaso balançar, enquanto tentava se equilibrar.

Seus dedos roçaram nele. Sentiu o cristal gelado na pele e soltou um grito desesperado enquanto o vaso caía.

O som do vaso se despedaçando na madeira dura era como uma saraivada de tiros. Luke congelou. Os cacos brilhavam sob seus pés, e o cheiro de rosas era intenso no ar.

LeClerc praguejava. Luke não precisava entender francês para saber que a praga era forte e furiosa. Não se moveu, não ousou correr. Estava preparado para levar uma bronca, a parte de si que sentia dor e humilhação já não existia mais. O que estava ali era uma casca silenciosa que se recusava a se importar.

— Você corre pela minha casa como um índio selvagem. E agora me quebra o vaso de cristal Waterford, arruína com as rosas e alaga todo o meu chão. *Imbécile!* Veja o que você fez com minhas belezinhas.

— Jean. — A voz de Max era um pouco mais forte que um sussurro, mas cortou o ataque de raiva do velho.

— O Waterford, Max. — LeClerc se abaixou para salvar as rosas. — O garoto corria como se as bestas do inferno estivessem atrás dele. Eu lhe disse que ele precisa ser...

— Jean — disse Max mais uma vez. — Já chega. Olhe para o rosto do menino.

Com rosas caindo pelas mãos, LeClerc levantou o olhar. O garoto estava branco como um fantasma, os olhos negros e vidrados com algo muito profundo para ser chamado de medo. Com um suspiro, ele se acalmou.

— Vou pegar outro vaso — disse com a voz calma e se retirou.

— Papai. — Tremendo, Roxanne segurou a mão do pai. — Por que ele está com essa cara?

— Está tudo bem, Roxy. Pode sair.

— Mas papai...

— Pode sair — repetiu, dando um leve empurrão na menina.

Ela voltou para a sala, mas não foi longe. Pela primeira vez, seu pai estava muito atento a outra pessoa para notar.

— Você me decepcionou, Luke — repreendeu, calmamente.

Algo tremeu na barriga de Luke e refletiu rapidamente em seus olhos. Um xingamento ou uma bofetada não teria lhe afetado, mas a simples tristeza na voz de Max o tocou profundamente.

— Eu sinto muito. — As palavras queimaram como ácido em sua garganta fria. — Eu posso pagar. Tenho dinheiro.

Não me mande embora, implorava seu coração. Deus, por favor, não me mande embora.

— Pelo que você sente muito?

— Eu não estava olhando para onde ia. Sou desajeitado. Estúpido. — E tudo o mais do que ele fora acusado em seus curtos 12 anos de vida.

— Eu sinto muito — disse mais uma vez, ficando ainda mais desesperado enquanto esperava pela bofetada. Ou pior, muito pior, ser expulso. — Estava com pressa porque eu pensei que ela podia ir embora.

— Quem?

— A mulher. Cantando na esquina. Eu queria... — Percebendo o absurdo que dizia, Luke olhou sem defesa para a nota ainda embolada na mão.

— Entendo. — E, quando entendeu, o coração de Max quase se partiu. — Ela sempre canta por aqui. Você a escutará de novo.

O pavor ainda brilhava nos olhos de Luke enquanto olhava de novo para Max. Era muito mais assustador ter esperança.

— Posso... posso ficar?

Com um longo suspiro, Max se abaixou e pegou um caco de cristal.

— O que você vê aqui?

— Está quebrado. Eu quebrei. Eu nunca penso em ninguém a não ser em mim mesmo, e eu...

— Pare com isso.

A ordem rígida fez a cabeça de Luke estalar. Começou a tremer quando algum lugar dentro de si percebeu que não tinha como fugir disso. Quando Max batesse nele, não sentiria apenas dor física, suas esperanças seriam estilhaçadas assim como o vaso.

— Está quebrado — afirmou Max, lutando para permanecer calmo. — E é bem verdade que você foi o culpado. Você teve a intenção de quebrá-lo?

— Não, mas...

— Veja isso. — Levou o caco do cristal na direção de Luke. — É uma coisa. Um objeto. Algo que qualquer pessoa que pagar por ele pode obter. Acha que você vale menos para mim do que isso? — Quando ele jogou o caco de volta ao chão, Luke não conseguia mais segurar o tremor dentro de si. — Você tem uma opinião tão baixa sobre mim que acha que eu lhe bateria por causa de um vaso quebrado?

— Eu não... — Luke começou a respirar com dificuldade conforme a pressão em seu peito se espalhava como um incêndio na mata. Não pôde evitar que lágrimas quentes e odiosas escorressem de seus olhos. — Por favor. Não me mande embora.

— Meu querido, como pode ficar todas essas semanas comigo e não perceber que sou diferente deles? Deixaram em você uma cicatriz tão profunda assim?

Sem palavras agora, Luke apenas balançou a cabeça.

— Eu passei pelo que você passou — murmurou Max, e deu mais um passo ao trazer Luke para junto de si. O menino ficou rígido, o medo primitivo que sentia era muito profundo. Então, até esse medo desapareceu quando Max se sentou com ele nos degraus e o abraçou. — Ninguém pode mandá-lo embora. Você está seguro aqui.

Sabia que estava humilhado, chorando como um bebê na camisa de Max. Mas os braços ao redor dele eram fortes, sólidos e reais.

Que tipo de menino era esse, perguntou-se Max, que se comovia tanto com uma canção que daria um de seus preciosos dólares por ela? Quão profundamente esse menino fora machucado por uma crueldade nua e crua e pela falta de escolha?

— Pode me contar o que faziam com você?

A vergonha veio à tona, e a necessidade, ah, a necessidade que alguém compreendesse.

— Eu não podia fazer nada. Não conseguia fazer parar.

— Eu sei.

Antigos rancores fervilhavam enquanto as lágrimas caíam.

— Eles me batiam o tempo todo. Se eu fizesse alguma coisa ou deixasse de fazer. Se estivessem bêbados ou sóbrios. — Seus punhos trincaram contra a camisa de Max como pequenas esferas de aço. — Às vezes eles me trancavam, e eu batia na porta do armário implorando para que me deixassem sair. Eu não conseguia sair. Nunca conseguia sair.

Era horrível lembrar-se dessas coisas, do choro histérico dentro do caixão escuro que era aquele armário, sem esperanças, sem ajuda, sem escapatória.

— Os assistentes sociais vinham, e se eu não dissesse as coisas certas, ele me batia com o cinto. Na última vez, naquela última vez antes de partir, pensei que ele me mataria. Ele queria. Sei que ele queria... dava para dizer isso só de olhar nos olhos dele, mas eu não sei por quê. Não sei por quê.

— A culpa não era sua. Nada disso foi culpa sua. — Max acariciou a cabeça do menino e se lembrou dos seus próprios demônios. — As pessoas dizem aos filhos que não existem monstros no mundo. Dizem isso porque acreditam nisso ou porque querem que os filhos se sintam seguros. Mas existem monstros, Luke, ainda mais assustadores, pois eles se parecem com pessoas. — Afastou o menino para olhar suas lágrimas e seu rosto desolado. — Você está livre deles agora.

— Eu odeio ele.

— Tem todo o direito de odiar.

Havia mais. Não estava certo se ousaria contar. A vergonha era sombria e escorregadia. Mas o olhar tão calmo e intenso de Max o fez superá-la.

— Ele... ele trouxe um homem uma noite. Era tarde e eles estavam bêbados. Al saiu e trancou a porta. E o homem... ele tentou...

— Está tudo bem. — Max tentou trazê-lo para junto de si mais uma vez, mas o terror fez com que o garoto se afastasse.

— Ele colocou aquelas mãos gordas em mim, e a boca. — Luke enxugava as lágrimas com as costas das mãos. — Ele disse que tinha pagado a Al para eu fazer coisas com ele e deixá-lo fazer comigo. E eu era estúpido, pois não sabia o que ele queria dizer.

Não havia lágrimas agora, apenas raiva, queimando por dentro.

— Eu não sabia, até que ele subiu em mim. Eu achei que ele ia me sufocar até... — O puro terror daquele momento voltou. A pele suada, o fedor de gim, aquelas mãos insaciáveis o apalpando.

— E então percebi tudo. Eu entendi. — Ele abria e fechava as mãos, deixando um profundo arco em suas palmas. — Bati nele, e bati de novo, mas ele não parava. Então, eu mordi e arranhei. Minhas mãos ficaram cheias de sangue, e ele segurava o rosto e gritava. Então Al chegou e me bateu por muito tempo. E não me lembro... não lembro se... — Aquilo era o pior, não saber. Era uma vergonha da qual não conseguia falar em voz alta. — Essa foi a noite que ele quis me matar. Foi a noite em que fugi.

Max ficou em silêncio por um longo tempo, tão longo que Luke temeu ter falado demais, demais para ser perdoado.

— Você fez tudo certo. — Havia um peso na voz de Max que fez com que lágrimas brotassem nos olhos de Luke novamente. — E vou lhe prometer uma coisa. Ninguém nunca vai tocá-lo dessa maneira novamente enquanto estiver comigo. Vou lhe ensinar a escapar do armário. — Os olhos de Max se voltaram para os de Luke e ali permaneceram. — Podem trancá-lo, mas não podem mantê-lo lá dentro.

Luke tentou falar, mas as palavras se prenderam em sua garganta antes que pudesse forçá-las para fora. Sua vida dependia daquela resposta.

— Eu posso ficar?

— Até o dia que você quiser partir.

Sua gratidão foi tão grande que ele pensou que poderia emanar dele, como luz. Como amor.

— Vou pagar pelo vaso — disse. — Eu prometo.

— Você já pagou. Agora corra e vá lavar seu rosto. É melhor limparmos isso antes que LeClerc dê outro ataque.

Max se sentou nos degraus e Luke subiu. Do seu esconderijo na sala, Roxanne escutou o suspiro do pai. E ela chorou.

Capítulo Seis

◆ ◆ ◆ ◆

*P*OR ALGUNS DIAS, Luke sentiu o clima com cuidado. Não tinha certeza sobre LeClerc, mas sabia que o cajun tomava conta da casa. Fez o possível para não causar mais problemas. Não cometeria o erro de deixar cair migalhas pela casa novamente.

Saiu às compras com Lily, carregou caixas e sacolas pra cima e pra baixo pelas ruas úmidas. Esperou pacientemente sentado nas butiques, enquanto Lily escolhia roupas novas. Esperou em pé enquanto ela apreciava vitrines, entre Ohhs e Ahhs de admiração.

Seu amor por Lily era grande o bastante para que tolerasse que ela escolhesse roupas para ele. Era tão grande que nem fez caretas quando viu as camisas com estampa *cashmere* que ela comprou para ele. Quando tinha tempo, andava pelo French Quarter, tanta coisa para explorar, ouvir os músicos de rua, ver os artistas trabalhando em Jackson Square.

Os melhores momentos para Luke, porém, eram os ensaios.

A Porta Mágica era um clube apertado e escuro com cheiro de fumo e uísque impregnado nas paredes por décadas. Naquelas tardes quentes, o sol desenhava as sombras dos turistas. O som estridente do ar-condicionado era mais eficiente do que o ar morno que produzia. O ventilador de teto funcionava melhor, mas, com as luzes do palco acesas, o clube parecia uma fornalha.

As paredes eram forradas de veludo vermelho e dourado, e a parede atrás do bar era espelhada para dar ilusão de espaço. Era como ser um besouro numa caixinha de fósforos enfeitada e a criança que o capturou tivesse se esquecido de fazer buraquinhos na tampa.

Luke adorava.

Todas as tardes, Lester Friedmont, o gerente, se sentava à mesa da frente com um toco de charuto aceso e uma cerveja. Era um homem alto, e todo o seu peso extra se concentrava na barriga. Invariavelmente usava camisa branca de mangas curtas, com gravata e suspensórios combinando. Seus sapatos pretos de amarrar estavam sempre brilhando. O cabelo fino penteado para trás parecia molhado sob as luzes. Ele olhava o mundo pelas lentes sujas dos óculos pretos e pesados, pendurados na ponta do nariz anguloso.

Uma gata gorda chamada Fifi ronronava entre suas pernas, abaixava-se para beliscar comida nos potes debaixo da mesa e ronronava novamente.

Friedmont mantinha um telefone sobre a mesa. Tinha a habilidade de assistir aos ensaios, fazer comentários, dar broncas em quem estivesse fazendo faxina no clube e falar ao telefone, tudo ao mesmo tempo.

Levou tempo para Luke perceber que Friedmont era um anotador de apostas.

Não importava quantas vezes repetiam um truque, Lester se divertia e balançava a cabeça.

— Jesus, esse foi bom. Vai me mostrar como fez isso, Max?

— Desculpe, Lester, segredo de estado.

Então Lester voltava às suas apostas, coçando a barriga.

Max planejava começar o show com o truque de prestidigitação e alguns dos lenços coloridos, parecido com o que fazia no parque. Depois acrescentaria sua versão da Bola Flutuante, antes de apresentar Roxanne em seu novo truque de Levitação. Acrescentaria uma serra elétrica ao truque de serrar a mulher, usando uma caixa na vertical, e cortaria Lily em três partes. Estava quase perfeito.

Estava experimentando Luke aos poucos. Não tinha dúvidas de que o menino tinha mãos e pensamento rápidos. Agora estava testando o coração de Luke.

— Observe — disse a Luke. — Aprenda.

Em pé no meio do palco, Max puxou do bolso os lenços de seda, cores foram se derramando. Luke começou a se concentrar. Não conseguia entender que o que via era puro *timing*. Quanto mais tempo levasse, por mais tempo a plateia ia gargalhar e se distrair.

— Estique os braços — pediu Max, em seguida enrolou os lenços nos braços, aparentemente de forma aleatória. — Teremos música, Lily?

Ela ligou o gravador.

— "Danúbio azul".

— A valsa é lenta, adorável — disse Max. — Os gestos refletem isso. — Passava as mãos pelos lenços, que subiam e caíam conforme ele andava ao redor de Luke. — É claro que eu escolheria alguma moça bonita da plateia para ficar em seu lugar. Isso contribuiria para o carisma e a beleza da ilusão. Sua reação será a deixa da plateia. — Girando rapidamente o pulso, Max pegou a ponta de um lenço, chicoteou-o para trás enquanto os outros vieram em seguida, um amarrado ao outro, o vermelho ao amarelo, o amarelo ao azul, o azul ao verde.

Os olhos de Luke se arregalaram um pouco antes que ele abrisse um sorriso.

— Excelente. — Max pegou os lenços, enrolando-os como uma bola colorida, enquanto falava. — Então, veja bem, mesmo em um truque tão pequeno, carisma e presença de palco são tão importantes quanto a destreza. Fazer um truque bem nunca é o bastante. Sempre pode ser mais floreado... — Jogou a bola para o alto. Agora os lenços que não estavam mais amarrados flutuavam caindo até o chão.

Roxanne gargalhou e bateu palmas de perto.

— Eu gosto desse, papai.

— Minha melhor plateia. — Abaixou-se para pegar os lenços de seda. — Mostre-me.

Roxanne esfregou as mãos e mordeu os lábios.

— Não sei fazer com tantos ainda.

— Faça o que sabe.

Em um misto de nervosismo e orgulho, Roxanne escolheu seis lenços. Virando-se para a plateia imaginária, puxou cada um entre as mãos, sacudiu-os no ar e os enrolou nos braços de Luke. Havia um toque feminino inegável em seus gestos, o que fez Max sorrir enquanto ela colocava as mãos por cima e por baixo dos lenços de seda. Apesar de executar piruetas em volta de Luke ao som da música, sua concentração era total. Não havia pequenos truques no mundo de Roxanne. Todos eram grandes.

Encarando Luke novamente, ela sorriu, passou as mãos nos lenços de novo e, como quem acaricia um gato, finalizou girando-os sobre a própria cabeça. Sorriu triunfante enquanto enrolava os lenços em volta dos ombros.

— Muito bom. — Max a pegou e a beijou. — Muito bom mesmo!

— Ela é um trunfo, Max. — Lester exclamou. — Você tem que deixá-la tentar na frente do público.

— O que me diz, Roxanne? — Max passou a mão nos cabelos da filha enquanto falava com ela. — Pronta para um solo?

— Posso? — Seu coração veio à boca. — Por favor, papai, posso?

— Vamos testar no primeiro show; aí veremos.

Ela deu um grito e correu para Lily.

— Posso usar brincos de verdade? Posso?

Ela sorriu para Max por cima da cabeça de Roxanne.

— Pode escolher os de que mais gostar.

— Aqueles que estão na vitrine lá na rua. Os azuis.

— Vocês têm vinte minutos, Lily. — Max sugeriu. — Uma mulher precisa de pelo menos vinte minutos para escolher os acessórios de seu traje. — Queria ficar a sós com Luke.

— Então. — Enquanto Roxanne arrastava Lily para fora, Max pegou um baralho. Começou a cortá-lo. — Você deve estar se perguntando como uma menininha pode fazer algo que você não consegue.

Luke corou, mas ficou de cabeça erguida.

— Posso aprender qualquer coisa que ela pode.

— É possível. — Para se distrair, Max abanou as cartas. — Eu poderia dizer que é um erro usar Roxanne ou qualquer outra pessoa como referência, mas você não me escutaria.

— Você podia me ensinar.

— Poderia — concordou Max.

— Já sei alguns, tenho praticado.

— De fato. — Max entregou o baralho levantando uma sobrancelha. — Mostre-me.

Enquanto Luke embaralhava as cartas, suas mãos suavam de nervoso.

— Não vai ter muita graça porque você sabe como se faz.

— Engano seu. O melhor público de um mágico é outro mágico. Porque ele entende o objetivo. Você entende, não entende?

— Fazer um truque — respondeu Luke, esforçando-se a fim de se concentrar nas cartas.

— Simples assim? Sente-se — sugeriu Max. Uma vez sentados a uma das mesas, ele escolheu uma carta do baralho de Luke. — Qualquer um pode aprender a fazer um truque. Basta entender como funciona e ter habilidade nata, que pode ser refinada com a prática. Mas mágica... — Deu uma olhada na carta e colocou de volta no monte. — Mágica é tornar real o que não é, tornar tudo uma coisa só por um pequeno espaço de tempo.

Ilusões Honestas   81

É fazer alguém que não acredita piscar de espanto, é dar às pessoas o que elas querem.

— O que elas querem? — Luke embaralhou as cartas, cortou e virou a carta escolhida. Seu coração se encheu ao sinal de aprovação de Max.

— Excelente. Faça outro. — Ele se recostou enquanto Luke se atrapalhava com um corte de uma mão só. — O que eles querem? Ser trapaceados, enganados e surpreendidos, e assistir a tudo bem diante de seus narizes. — Max abriu a mão e mostrou a Luke uma bolinha vermelha. — Bem diante de seus olhos. — Quicou a bola na mesa, e tirou a outra mão de debaixo da mesa, e a bola estava lá, mas sua outra mão estava vazia. Luke deu um sorriso e distribuiu as cartas para a Mágica dos Quatro Ases

— Você passou a bola — falou Luke. — Eu sei que você passou, mas eu não vi.

— Porque olhei em seus olhos, então você olhou nos meus. Sempre olhe nos olhos deles. Inocentemente, presunçosamente, do jeito que quiser, mas olhe nos olhos. Isso torna uma ilusão verdadeira.

— Um truque é uma trapaça, não é?

— Só se você não puder fazê-los desfrutar a farsa. — Max balançou a cabeça novamente quando Luke tirou os quatro ases do topo do baralho. — Seus movimentos são bons, mas onde está seu carisma? Onde está aquele encanto que faz com que o público ache que não é só um truque bem-feito, mas pura magia? Mais uma vez — disse entregando as cartas a Luke. — Surpreenda-me.

Max observou a concentração surgir nos olhos de Luke, ouviu duas inspirações profundas enquanto ele se preparava.

— Quero fazer o primeiro de novo.

— Tudo bem. Fale comigo como se fosse com seu público.

Luke ficou vermelho, mas limpou a garganta e começou. Vinha praticando há semanas.

— Quero mostrar alguns truques com as cartas. — Fez um bom *russian shuffle* e um *snappy turnover*. — Não são muitos os mágicos que falam antes o que vão fazer, mas eu sou só uma criança, não sei muito bem.

Abriu as cartas em leque mostrando à plateia imaginária para que pudessem ver que se tratava de um baralho comum.

— Vou pedir a este cavalheiro que escolha uma carta, qualquer uma. — Luke espalhou as cartas em cima da mesa, viradas para baixo, esperou um pouco até Max alcançar uma delas.

— Essa? — disse, parecendo desconfortável. — Tem certeza de que é essa?

Entrando na brincadeira, Max balançou a cabeça.

— Claro que tenho.

— Você não prefere essa? — Luke tocou na carta da ponta. — Não?

Quando Max se manteve firme em sua escolha, ele engoliu a seco.

— Tudo bem. Lembre-se, sou só uma criança. Por favor, mostre sua carta para a plateia, com cuidado para que eu não veja — acrescentou Luke enquanto esticava o pescoço para dar uma olhadinha. — Bom — disse com a voz trêmula. — Acho que pode colocar de volta em qualquer lugar, em qualquer lugar mesmo. Depois embaralhe, a não ser que prefira que eu faça isso — perguntou esperançoso, enquanto juntava as cartas.

— Não, eu mesmo embaralho.

— Ótimo. — Soltou um suspiro. — Depois que estiverem embaralhadas, vou cortar o baralho e, num passe de mágica, mostrar a carta que este elegante cavalheiro escolheu. — Enfiou a mão no bolso, pegou um lenço invisível e enxugou a testa. — Acho que já chega. Você já embaralhou bastante. — Luke pegou de volta o baralho. Depois de espalhá-lo sobre a mesa, moveu as mãos sobre ele e murmurou. — Quase lá. Agora! — Cortou o baralho e pegou uma carta, triunfante. Pelo balançar suave da cabeça de Max, ele parecia desanimado. — Não é essa? Eu tinha certeza de que estava certo. Espera um minuto.

Arrumou as cartas novamente, murmurou sobre elas mais uma vez e escolheu errado de novo.

— Tem alguma coisa errada com esse baralho. Acho que sua carta não está aí. Acho que você trapaceou. — Levantou enfurecido em direção à plateia. — E alguém daí deve estar ajudando. Você aí. — Apontou para Lester, que estava ocupado anotando apostas. — Vamos, me entregue.

— Entregar o quê, garoto?

— A carta que está com você.

— Ei. — Lester pendurou o telefone no ombro e levantou as mãos. — Não tenho carta nenhuma.

— Ah, não? — Luke se abaixou passando a mão na barriga saliente de Lester e sacou um nove de ouros do cós de sua calça. — Acho que você estava a caminho de um jogo de pôquer.

Enquanto Lester soltava uma gargalhada, Luke mostrava a carta acima de sua cabeça para que a plateia visse.

Ilusões Honestas   83

— Obrigado, obrigado. Ei, você foi um bom ajudante — disse a Lester. — Por que não sobe aqui e agradece à plateia?

— Claro, garoto, com certeza — disse Lester, divertindo-se. — Esse menino promete, Max. Com certeza, promete.

O elogio deixou Luke radiante, mas não foi nada em comparação ao som da gargalhada de Max.

— Agora, sim. — Max se levantou e colocou a mão no ombro de Luke. — Isso é espetacular. Vamos ver se podemos usar no show.

O queixo de Luke caiu.

— Sério?

Max despenteou o cabelo de Luke, contente porque o garoto não se retraiu quando fez isso.

— Sério.

◆ ◆ ◆ ◆

A viagem de Nova Orleans a Lafayette não era longa. Com Mouse na direção do sedan escuro, Max podia relaxar, fechar os olhos e se preparar. Roubar não era muito diferente de encenar, pelo menos nunca fora para ele. Quando começou anos atrás, fundiu as duas habilidades. Era uma questão de sobrevivência.

Agora, mais velho e maduro, havia separado seus roubos de suas performances. Conforme seu nome foi ficando famoso, teria sido imprudente roubar de sua plateia.

Max não era um homem imprudente.

Algumas pessoas diziam que ele não precisava mais roubar para ter comida no prato ou um teto sobre a cabeça. Ele concordava, mas também acrescentava que era difícil perder um hábito de longa data, especialmente tendo tanta habilidade e gostando tanto.

Como uma criança que fora maltratada, abandonada e desprezada, roubar fora uma questão de controle e de desafio.

Agora, era uma questão de orgulho.

Simplesmente era um dos melhores. Max se considerava generoso o bastante para escolher seus alvos cuidadosamente, roubando somente daqueles que tinham o bastante para se darem ao luxo de perder.

Era raro trabalhar tão perto de casa. Max considerava arriscado e confuso. Ainda assim, regras foram feitas para serem quebradas.

Com os olhos fechados, podia imaginar o brilho e a beleza do colar de águas-marinhas e diamantes, com todo aquele azul e branco glacial. Preferia as pedras quentes, rubis, safiras, de cores vivas e fortes que contêm paixão e glória. O gosto pessoal frequentemente tinha que ser deixado de lado pela praticidade. Se a informação estivesse correta, uma vez retiradas do colar, aquelas águas-marinhas lapidadas como esmeraldas dariam um bom dinheiro.

LeClerc já tinha um comprador.

Mesmo após a partilha e as despesas, Max calculara que sobraria uma boa quantia para a poupança da faculdade de Roxanne e para a que fizera recentemente para Luke.

Riu sozinho, a ironia raramente lhe escapava. Era um ladrão que se preocupava com juros e fundos de investimentos.

Tantos anos passando fome lhe ensinaram o valor de poupar. Suas crianças não passariam fome e teriam a oportunidade de escolher por qual caminho seguir.

— É nessa esquina, Max.

Max abriu os olhos e notou que Mouse estacionara o carro no meio-fio. Era um bairro tranquilo, arborizado, com casas grandes e elegantes, protegidas por plantas e arbustos floridos.

— Que horas são?

Mouse olhou o relógio ao mesmo tempo que Max.

— Duas e dez.

— Bom.

— O sistema de alarme é bem simples. Você só tem que cortar os dois fios vermelhos. Mas, se estiver em dúvida, posso cortar pra você.

— Obrigado, Mouse. — Max calçou as luvas pretas. — Acho que eu me viro. Se o cofre é realmente como LeClerc descreveu, só vou precisar de oito minutos para abri-lo. — Volte para me buscar precisamente às duas e meia. Se eu me atrasar mais do que cinco minutos, vá embora. — Como Mouse só resmungou, Max deu um tapinha em seu ombro. — Conto com você.

— Você vai voltar. — disse Mouse, recostando-see se recostou no banco do carro.

— E nós estaremos muitos dólares mais ricos. — Max saiu do carro e desapareceu na escuridão.

Meia quadra depois, ele saltou um muro baixo de pedras. Não havia luzes acesas na casa de tijolos de três andares, mas checou só para ter certeza antes de localizar a caixa do alarme. Uma vez que os fios vermelhos foram cortados, não hesitou. Mouse nunca estava errado.

Tirou ventosas e um cortador de vidro da pochete de couro macio que estava em sua cintura. Nuvens dançando na frente da lua faziam a claridade ir e vir, mas ele não precisava. Mesmo que estivesse às cegas, Max conseguiria entrar ou sair passando por uma porta trancada.

Houve um pequeno clique quando ele mexeu na fechadura, e, depois, silêncio. Como sempre, parou para escutar antes de entrar.

Nunca conseguiria descrever para ninguém a sensação que crescia em seu peito cada vez que invadia uma casa escura e silenciosa. Era algum tipo de poder, supunha, estar em algum lugar onde não deveria estar sem ser descoberto.

Silencioso como uma sombra, entrou pela cozinha, passando pela sala de jantar e pelo corredor.

O coração batia rápido. Uma sensação agradável, semelhante às preliminares de um bom sexo.

Encontrou a biblioteca exatamente onde LeClerc disse que encontraria, e o cofre, escondido atrás de uma porta falsa.

Com uma lanterna entre os dentes e um estetoscópio na fechadura, começou os trabalhos.

Ele se divertia. A biblioteca cheirava levemente a rosas e tabaco de cereja. Uma brisa fazia com que os galhos de uma castanheira batessem na janela. Pensou que, se tivesse tempo, encontraria uma garrafa de conhaque por ali e tomaria uma ou duas doses antes de ir embora.

O terceiro dos quatro eixos se encaixou, faltando oito minutos. Então ouviu um ganido.

Virou-se lentamente, já se preparando para correr. Iluminou com a lanterna na direção do som. Um filhote de cachorro com poucas semanas de idade. Deu outro ganido, abaixou-se e fez xixi no tapete persa.

— Tarde demais para pedir para sair — murmurou Max. — Desculpe, mas não tenho tempo para limpar a sua sujeira agora. Você vai ter que arcar com as consequências amanhã de manhã.

Max trabalhou no quarto eixo, enquanto o filhote cheirava seus sapatos. Com um suspiro de satisfação, abriu o cofre.

— Sorte minha não ter planejado esse serviço para o ano que vem, quando você vai estar grande o suficiente para me arrancar um pedaço. Embora eu tenha uma cicatriz nas costas feita por um poodle do seu tamanho.

Ignorou papéis de ações da bolsa e abriu uma caixa de veludo. As águas-marinhas brilharam para ele. Usando a lanterna e a lupa de joalheiro, conferiu as pedras e suspirou aliviado.

— São lindas, não são? — Tirou-as da caixa e guardou na pochete.

Enquanto se abaixava para se despedir do filhote com um tapinha na cabeça, ouviu estalos na escada.

— Frisky? — Era uma voz feminina sussurrando. — Frisky, você está aí embaixo?

— Frisky? — disse Max baixinho, fazendo um carinho no cãozinho. — Alguns de nós temos de superar nossos nomes. — Fechou o cofre com um clique e desapareceu na escuridão.

Uma mulher de meia-idade, usando rede nos cabelos e com o rosto cheio de creme, entrou na sala na ponta dos pés. O cãozinho ganiu, abanou o rabo e seguiu atrás de Max.

— Aí está você! Bebê da mamãe! — A menos de um metro de Max, ela jogou o cãozinho pra cima. — O que você está fazendo? Cãozinho levado. — Dava beijos estalados enquanto o cãozinho tentava escapar. — Você está com fome? Está com fome, meu bebê? Vou lhe dar uma bela tigela de leite.

Max fechou os olhos, torcendo pelo cãozinho, que latia e tentava se soltar. Mas a mulher agarrou firme, apertando Frisky contra o peito enquanto se dirigia para a cozinha.

Como aquilo significava que Max não poderia sair por onde entrara, ele abriu a janela. Se tivesse sorte, ela ficaria muito ocupada com o cãozinho para perceber o buraco no vidro chanfrado da porta da cozinha.

Se não tivesse, pensava enquanto colocava uma perna para fora da janela, ainda estaria em vantagem. Fechou a janela e fez o possível para não pisotear os amores-perfeitos.

◆ ◆ ◆ ◆

LUKE NÃO CONSEGUIA dormir. Só de pensar em atuar na noite seguinte, era tomado por excitação e pânico. Os "e se" o atormentavam.

*I*LUSÕES *H*ONESTAS 87

E se ele se atrapalhasse? E se esquecesse do truque? E se a plateia o achasse bobo?

Sabia que era bom. Sabia que dentro dele existia potencial para ser muito bom. Mas tantos anos ouvindo que era estúpido, inútil, que não servia para nada, deixaram sua marca.

Para Luke a única maneira de lidar com a insônia era comendo. O melhor da festa era quando não havia ninguém por perto para lhe impedir.

Calçou os chinelos e desceu a escada em silêncio. Estava sonhando com o pernil assado e a torta de nozes de LeClerc.

O som da voz de LeClerc fez com que parasse e praguejasse. Certamente, estava longe do velho, mas, quando ouviu a gargalhada de Max, chegou mais perto.

— Suas dicas são sempre confiáveis, Jean. Os desenhos, o cofre, as joias. — Max segurava o conhaque em uma das mãos e as joias na outra. — Não posso nem reclamar muito do cachorrinho.

— Eles não tinham um cachorrinho na semana passada, nem cinco dias atrás.

— Agora têm. — Max riu e tomou um gole do conhaque. — Que ainda não foi treinado.

— Graças a Deus ele não latiu. — LeClerc colocou *bourbon* no café. — Não gosto de surpresas.

— Somos diferentes nisso. Gosto muito de surpresas. — E a chama do sucesso faiscava nos olhos de Max, tanto quanto o colar brilhava sob a luz. — Senão o trabalho vira rotina. E a rotina facilmente se torna maçante. Então, você acha que eles vão dar falta pela manhã? — Levantou o colar, deixando as pedras deslizarem por seus dedos. — E será que o fato de ser pagamento de dívida de jogo vai evitar que deem parte do roubo?

— Dando parte ou não, eles não vão achar nada aqui. — LeClerc já ia brindar com seu café, mas parou. Apertou os olhos enquanto colocava a xícara na mesa. — Acho que as paredes hoje aqui têm pelo menos dois ouvidos.

Alerta, Max olhou para cima e suspirou.

— Luke — disse o nome e fez um gesto para a escuridão. — Venha para onde está claro. — Esperou, avaliando o rosto do menino enquanto este entrava na cozinha. — Acordado até esta hora.

— Eu não conseguia dormir. — Apesar de tentar, Luke não conseguia tirar os olhos do colar. Foi uma questão de confiança, de pura confiança, que fez com que ele olhasse para Max e dissesse: — Você roubou esse colar.

— Sim.

Com um dedo hesitante, Luke tocou uma pedra azul-clara.

— Por quê?

Max se recostou, tomando um gole do conhaque e pensou.

— Por que não?

Os lábios de Luke se contraíram. Era uma boa resposta, que o satisfazia mais do que mil desculpas esfarrapadas.

— Então, você é um ladrão.

— Entre outras coisas. — Max se abaixou, mas resistiu ao impulso de colocar a mão na cabeça de Luke. — Está decepcionado comigo?

Os olhos de Luke estavam cheios de um amor que não sabia expressar em palavras.

— Não. — Balançou a cabeça, negando freneticamente. — Nunca.

— Não tenha certeza disso. — Max tocou de leve sua mão, depois pegou o colar. — O vaso que você quebrou naquele dia era uma coisa... assim como esse colar. As coisas só valem tanto ou tão pouco quanto as pessoas acreditam. — Fechou as mãos com o colar, juntou os punhos e depois abriu as duas mãos. Vazias. — Mais uma ilusão. Tenho minhas razões para roubar coisas a que os outros dão valor. Um dia vou lhe contar. Até lá, vou pedir que não comente sobre isso.

— Não vou comentar com ninguém. — Ele morreria antes. — Posso lhe ajudar, sei que posso — repetia ele, furioso com o resmungo de desdém de LeClerc. — Posso fazer uma grana batendo carteiras.

— Luke, não existe dinheiro ruim, mas prefiro que você não faça isso a menos que faça parte do espetáculo.

— Mas por quê?

— Vou lhe dizer por quê. — Max fez um gesto para que Luke se sentasse, e as joias reapareceram em suas mãos. — Se você tivesse continuado a bater carteiras no parque, certamente seria apanhado. Isso seria triste, uma lástima.

— Sou cuidadoso.

— Você é jovem — corrigiu Max. — Duvido que você tenha pensado que o que roubou da carteira daquelas pessoas pudesse fazer falta a elas.

Ilusões Honestas 89

— Balançou a cabeça antes que Luke pudesse responder. — Você estava muito necessitado naquele momento. Agora não.

— Mas você rouba.

— Porque fiz essa escolha. Eu simplesmente gosto de roubar, por razões complexas. — Parou e riu baixinho. — Eu disse que você não entenderia, mas você entende. — Seus olhos escureceram. — Eu era um pouco mais velho que você quando LeClerc me encontrou. Trabalhava para ganhar centavos fazendo o truque dos Copos Mágicos e truques de cartas. Também batia carteiras. Como você, escapei do tipo de pesadelo que nenhuma criança devia ter. A mágica me sustentava. Roubos também. Tinha que escolher e escolhi me aperfeiçoar nos dois caminhos. Não me desculpo por ser um ladrão. Toda vez que roubo, recupero algo que foi tirado de mim.

Sorriu e tomou um gole.

— Ah, o que um psiquiatra diria sobre isso. Não, não me desculpo, mas também não vou bancar o mártir moderno. Vou lhe ensinar mágica, Luke. Quando você for mais velho, vai fazer suas próprias escolhas.

Luke pensou no assunto.

— Roxanne sabe disso?

Pela primeira vez um lampejo de dúvida apareceu no rosto de Max.

— Não sei por que ela deveria saber.

Melhor assim. Para Luke, saber algo que Roxanne não sabia fazia toda a diferença.

— Vou esperar, vou aprender.

— Tenho certeza de que vai. E, por falar nisso, temos que falar sobre seus estudos.

Foi como um balde de água fria na animação de Luke.

— Estudos? Mas eu não vou pra escola.

— Ah, mas vai. — Max entregou o colar a LeClerc. — Os documentos devem ser bem simples. Acho que ele pode ser filho de um primo, que ficou órfão há pouco tempo.

— Vai levar uma semana — afirmou LeClerc. — Talvez duas.

— Ótimo, então estaremos com tudo pronto para as aulas no início do outono.

— Eu não vou pra escola — repetiu Luke. — Não preciso de escola. Você não pode me obrigar.

— Pelo contrário — disse Max, calmamente. — Você vai para a escola, você certamente precisa e com toda certeza eu posso obrigá-lo.

Luke morreria por Max e ficaria satisfeito com a oportunidade de tentar. Mas não desejava passar várias horas de tédio por dia, cinco dias por semana.

— Eu não vou.

Max apenas sorriu.

Capítulo Sete

♦ ♦ ♦ ♦

Luke entrou para a escola. Apelos, barganhas e ameaças não adiantavam. Quando descobriu que até Lily, que era coração mole, estava contra ele, Luke se rendeu.

Ou fingiu.

Eles podiam fazê-lo ir ou ao menos se vestir, carregar um monte de livros idiotas e sair em direção à escola sob os olhos de águia de LeClerc.

Mas não podiam obrigá-lo a aprender coisa alguma.

A maneira arrogante com que Roxanne exibia suas notas dez e estrelas douradas começou a incomodá-lo. Ficava irritado de verdade quando ela olhava em sua direção quando Max e Lily a elogiavam. Todas as noites, a pirralha ficava nos bastidores, fazendo assiduamente seus deveres de casa entre os atos.

Max aumentara a participação dela com o truque dos lenços.

Luke sabia que podia tirar dez. Se quisesse.

Isso não era grande coisa, só um número no papel, mas para provar que não podia ser superado por uma menina esnobe, com cara de macaco, estudou para a prova de geografia.

Não era tão ruim assim estudar sobre os estados e capitais, especialmente quando começou a contar quantos já havia visitado.

Quando a nota chegou, ele mal podia esperar para exibi-la, mas se conteve. Mas se seu teste de geografia com um dez enorme escorregasse de dentro do seu caderno nos bastidores, não seria sua culpa.

Já não aguentava mais de tanta impaciência quando Lily, finalmente, viu e pegou sua prova.

— O que é isso? — Viu os olhos de Lily se arregalarem, sentiu uma emoção que raramente sentira, corou da cabeça aos pés. Era orgulho. — Luke, isso é fantástico! Por que não contou pra gente?

— Não contei o quê? — O sorriso bobo no seu rosto estragou a pretensa indiferença, mas deu de ombros mesmo assim. — Ah, isso? Não é nada de mais.

— Não é nada de mais? — Rindo, ela lhe deu um abraço apertado. — É um espetáculo. Você não errou nenhuma questão! — Ainda com o braço em volta dele, Lily chamou Max, tirando-o de uma conversa com Lester. — Max, Max querido, você precisa ver isso.

— O que eu preciso ver?

— Isso. — Triunfante, Lily balançou o teste na frente dele. — Olhe o que nosso Luke fez e não contou pra ninguém.

— Eu ficaria feliz em ver, se você parasse de balançar. — Sua sobrancelha se levantou quando olhou para Luke. — Muito bom, muito bom. Então, você decidiu usar seu cérebro. E com excelentes resultados.

— Não foi nada de mais. — Não sabia que podia ser. — É só decorar.

— Meu querido menino. — Max estendeu a mão e apertou as bochechas de Luke. — A vida é só decorar. Uma vez que você aprenda o truque, há muito pouco que não possa fazer. E você fez muito bem, muito bem mesmo.

Enquanto eles se afastavam, preparando-se para o próximo ato, Luke ficou parado absorvendo toda emoção. Quando a emoção diminuiu um pouco, virou-se e viu Roxanne o analisando com seus olhos sábios.

— O que você está olhando?

— Você — disse ela.

— Então pode parar.

Mesmo quando ele se afastou, ela continuou de olho, como fazia com tudo que a deixava cismada.

◆ ◆ ◆ ◆

A ESCOLA NÃO ERA TÃO ruim. Luke percebeu que podia aguentar, e só uma ou duas vezes ao mês matava aulas. Suas notas eram boas. Podia não tirar sempre dez como Roxanne, mas estava fazendo sua parte.

Mas nem tudo Luke aprendia rápido. Custou um olho roxo e um lábio ensanguentado para perceber.

Ao voltar machucado para casa, revoltado e com menos três dólares e vinte e sete centavos, jurou vingança. Teria ganhado deles, pensou. Teria acabado com os três idiotas se o diretor, sr. Rampwick, não tivesse chegado e estragado tudo.

Na verdade, se o sr. Rampwick não tivesse separado a briga, Luke teria pelo menos os dois olhos roxos, mas o orgulho adolescente fantasiava o ocorrido de forma diferente. Só esperava poder se limpar antes de chegar em casa e ser visto por alguém. Perguntava-se se conseguiria cobrir o estrago com maquiagem.

— O que você aprontou?

Luke praguejou por ter andado de cabeça baixa pela calçada, em vez de prestar atenção no caminho. Agora, havia topado com Roxanne.

— Não é da sua conta.

— Você andou brigando. — Roxanne jogou a mochila rosa nas costas e plantou as mãos na cintura. — Papai não vai gostar nada disso.

— Grande merda. — Mas ficou preocupado. Max iria castigá-lo? Max não bateria nele; pelo menos, prometera que não. Por mais que Luke acreditasse nisso, uma parte dele ainda estava na dúvida e com medo.

— Seu lábio está sangrando. — Suspirando, Roxanne tirou um lenço do bolso de sua saia azul. — Tome. Não, não limpe com as mãos, você só vai espalhar. — Paciente como uma velha senhora, ela mesma cuidou do corte. — É melhor você se sentar. É muito alto, eu não alcanço.

Resmungando, Luke se sentou nos degraus de uma loja. De qualquer maneira queria um tempo para encarar Max e Lily.

— Posso fazer isso sozinho.

Ela não reclamou quando Luke arrancou o lenço de suas mãos. Roxanne estava muito interessada no olho, que já estava ficando roxo.

— Você deixou alguém com raiva?

— Deixei, eles ficaram com raiva porque não dei meu dinheiro. Agora cale a boca.

Ela apertou os olhos.

— Eles? Eles bateram em você e roubaram seu dinheiro?

A humilhação doía mais do que o olho.

— Aquele desgraçado, nojento, do Alex Custer me deu um soco. Eu teria dado um de volta se os dois amigos dele não tivessem me segurado no chão.

— Pra onde eles foram? — Ficou agitada e pegou Luke de surpresa ao ficar de pé nos degraus. — Nós vamos chamar Mouse e dar um jeito neles.

— Nós merda nenhuma. — Riu e seu lábio cortado ardeu como fogo. — Você é só uma garotinha. — Ai! — Segurou a canela que ela chutou. — Que droga!

— Eu sei me cuidar — falou Roxanne em alto e bom som. — É você que está com a cara amassada.

— E de perna quebrada — disse ele, rindo de si mesmo. Roxanne parecia furiosa e estranhamente perigosa. — Eu também sei me cuidar. Não preciso de ajuda.

— Ah, tá — disse ela, implicando com ele. Então respirou fundo, deixando que o ar frio do outono esfriasse seu rosto quente. — De qualquer maneira, é melhor não brigar. É mais divertido ser mais inteligente.

— Mais inteligente do que Alex? — perguntou Luke. — Um repolho é mais inteligente do que ele.

— Então seja um repolho. — Sentou-se novamente, com ar de malandragem, não de raiva. — Vamos dar um golpe nele — disse, divertindo-se.

— Que merda é essa de nós, de novo? — Mas estava interessado.

— Você não tem experiência pra fazer isso sozinho. Tem que fazer de um jeito que ele não perceba que foi enganado. — Ajeitou a saia e colocou sua cabeça fértil para funcionar. — Conheço Bobby, o irmão mais novo dele. Ele sempre belisca as meninas e rouba comida. — Roxanne deu um risinho. — Bom, eu estava pensando em dar esse golpe nele, mas acho que você pode dar no Alex.

— Qual é o golpe?

— Vou mostrar depois. Temos que ir pra casa, já devem estar preocupados.

Ele só não a segurou porque não queria parecer interessado demais. Depois, estava preocupado com a reação que teriam quando ele entrasse pela porta da cozinha. Provavelmente gritariam com ele, pensou, arrastando os pés. Ou pior, muito pior, Max daria aquele olhar comprido e diria coisas horríveis.

Você me decepcionou, Luke.

Eles realmente gritaram quando ele entrou pela porta da cozinha atrás de Roxanne. Todos gritaram juntos, mas não era o que Luke estava pensando.

— Feliz aniversário!

Ele pulou para trás com o susto.

Todos estavam ao redor da mesa da cozinha, Max, Lily, Mouse e LeClerc e, em cima da mesa, um enorme bolo lindamente confeitado com velas acesas. Enquanto olhava boquiaberto, o sorriso radiante de Lily se transformou num "oh" de espanto.

— Bebê! O que aconteceu? — Max passou rápido à frente de Lily, segurando seu braço. Seus olhos encaravam os de Luke. Mesmo com um pouco de raiva, falava calmamente.

— Andou lutando, não foi?

Luke só deu de ombros, mas Roxanne tomou suas dores.

— Eram três, papai. Isso é covardia não é?

— Claro que é. — Abaixou-se e segurou o queixo de Luke com carinho. — Da próxima vez, avalie suas chances com mais cuidado.

— Experimente isso. — LeClerc pegou uma garrafa na prateleira e molhou um pano limpo com o que estava lá dentro. Quando colocou em cima do olho inchado de Luke, a dor aliviou. — Três? — perguntou ele e piscou. — Isso na sua blusa é um pouco de sangue deles, *oui?*

Pela primeira vez Luke sentiu que LeClerc o aprovava. Arriscou abrir a boca e desdenhou dos meninos.

— Claro que é.

— Bem — disse Lily. — Nós planejamos uma surpresa para você, e você é que acabou nos surpreendendo. Espero que a nossa seja melhor. Feliz aniversário, bebê.

— Melhor soprar as velas — sugeriu Max enquanto Luke só apreciava. — Antes que pegue fogo na casa.

— Não se esqueça de fazer um pedido — disse Roxanne, ficando na frente da câmera enquanto Mouse tentava focalizar.

Ele só tinha um pedido, que era pertencer a algum lugar. E parece que já havia sido concedido.

◆ ◆ ◆ ◆

𝒜 EMOÇÃO ESTONTEANTE DE seu primeiro bolo de aniversário e de abrir os presentes comprados só pra ele apagaram de sua mente todos os pensamentos sobre Alex e vingança.

Roxanne era mais determinada.

Dois dias depois, Luke estava no meio de uma situação que poderia lhe render muita satisfação, ou uma cara quebrada.

Tinha que admitir que fora inteligente, até mesmo diabólico, pegar emprestado um dos truques baratos de Roxanne. Seguindo suas dicas, Luke fez com que o tal Alex e seus dois jovens capangas o vissem entrando no mercado da esquina, a uma quadra da escola. Comprou uma garrafa de suco de uva, o preferido de Alex, tirou a tampa e tomou um gole enquanto saía.

Então, fingiu ter avistado Alex primeiro e ter ficado com medo. Como um tubarão farejando sangue, Alex não precisava de mais nada para começar a persegui-lo.

A cabecinha oca tinha razão, Luke pensava enquanto entrava num beco, destampando um dos frascos de remédio que LeClerc tinha em casa.

Com mãos rápidas, Luke despejou o forte laxante dentro do suco de uva. Confiava que Roxanne soubesse o que estava fazendo e que aquilo não mataria ninguém. Assim, sua consciência não ficaria muito pesada.

Enfiando o frasco vazio no bolso, virou-se fingindo pânico. Escolhera um beco sem saída deliberadamente. Era provável que levaria uma surra de novo, mas pelo menos um deles pagaria o preço.

— Qual é o problema, cara de bunda? — Vendo sua presa encurralada, Alex estufou o peito e sorriu. — Perdido?

— Não quero confusão. — Luke deixou o orgulho de lado, em nome da vingança, e fez as mãos e a voz tremerem. — Não tenho dinheiro nenhum, gastei comprando isso.

— Não tem dinheiro? — Alex pegou a garrafa de Luke, antes de imprensá-lo na parede. — Veja se ele tá mentindo, Jerry. — Alex deu um gole enorme na bebida e sorriu com o bigode roxo.

Luke choramingou e deixou o garoto procurar em seus bolsos. Queria ter a certeza de que Alex esvaziasse a garrafa.

— Ele não tem nada — disse Jerry. — Quero um gole, Alex.

— Vá comprar o seu. — Alex virou a garrafa e a esvaziou. — Pronto. — Jogou a garrafa fora. — Agora vamos dar uma surra nele.

Mas desta vez Luke estava preparado. Se não puder lutar, corra. Deu uma cabeçada na barriga de Alex e empurrou os outros garotos até que caíssem como um castelo de cartas. Correu para a saída do beco. Era mais rápido, e sabia disso, já estaria longe quando eles conseguissem se levantar para correr atrás dele. Mas queria ser perseguido. Um pouco de exercício faria com que o laxante fizesse efeito mais rápido em Alex.

Fez com que o perseguissem em direção à Jackson Square, descendo para a Royal, virando na esquina da St. Ann, entrando correndo na Decatur. Uma olhada para trás e ele viu o rosto de Alex branco como uma vela e molhado de suor. Luke já estava entrando no quintal de casa, na dúvida se voltava ou continuava, quando Alex gemeu e segurou a barriga.

— Ei, qual é o problema? — Jerry o puxou. — Vem logo, cara, ele está fugindo.

— Minha barriga, minha barriga! — Alex correu para uma moita e se agachou.

— Jesus! — Jerry gritou enojado. — Isso é nojento.

— Não dá pra segurar, não dá! — Era tudo que Alex falava, enquanto o laxante fazia efeito impiedosamente.

— Olhem! — Roxanne apareceu do nada e apontou. — Tem um menino fazendo número dois no mato. Mamãe! — chamou com voz de boneca. — Mamãe, vem depressa.

— Vamos embora, Alex, caramba, vamos. — Depois de olhar em volta, Jerry e seu companheiro deixaram Alex gemendo e fugiram para um local mais seguro, já que vários adultos estavam chegando perto.

Sem disfarçar o sorriso, Roxanne entrou no quintal.

— Isso é melhor do que dar socos nele — disse para Luke. — Socos ele esquece, mas disso ele nunca vai se esquecer.

Luke teve que rir.

— E você disse que eu era mau.

Da varanda, Max viu grande parte do pequeno drama e ouviu tudo do que precisava ouvir. Suas crianças, pensou com uma ponta de orgulho, estavam se saindo bem, muito bem na verdade. Como Moira ficaria feliz com sua menina.

Não se lembrava da esposa com frequência, a ruiva fogosa que entrou e saiu de sua vida como uma flecha. Ah, sim, ele a amou, amou e desejou demais. Como não amar e desejar uma mulher tão bela e destemida?

Mesmo depois de tantos anos, ainda tinha dificuldade de acreditar que todo aquele fogo se apagara. Tão rapidamente. Tão inutilmente.

Uma apendicite. Ela era muito forte para reclamar de dor, e então foi tarde demais. Uma corrida frenética para o hospital e uma cirurgia de emergência não a salvaram. Ela desapareceu da vida deixando o que de mais precioso fizeram juntos.

Sim, ele estava convicto de que Moira teria ficado orgulhosa da filha.

Voltando para o quarto, viu Lily colocar mais um par de meias na mala dele.

Lily, até seu nome o fazia sorrir. A doce e adorável Lily. Um homem não podia amaldiçoar a Deus tendo recebido o amor de duas mulheres maravilhosas em uma mesma vida.

— Você não precisa fazer isso pra mim.

— Eu não me importo. — Checou o kit de barbear para se certificar de que havia novas lâminas antes de guardá-lo. — Vou ficar com saudades.

— Vou voltar antes que você dê por minha falta. Houston é praticamente do outro lado da rua.

— Eu sei. — Suspirou e se enroscou nele. — Eu me sentiria melhor se fosse com você.

— Mouse e LeClerc são proteção suficiente, você não acha? — Beijou-a novamente numa têmpora, depois na outra. Sua Lily tinha a pele tão macia quanto as pétalas de um lírio.

— Acredito que sim. — Inclinou a cabeça e fechou os olhos, enquanto ele passava os lábios em seu pescoço. — E alguém tem que cuidar das crianças. Você acha mesmo que esse trabalho vai render os duzentos e cinquenta mil?

— Ah, no mínimo. Esses homens do petróleo adoram gastar seus trocados em arte e joias.

A ideia de tanto dinheiro a deixava excitada, mas não tanto como o que Max estava fazendo com a língua em sua orelha, naquele momento.

— Tranquei a porta.

Max sorriu enquanto a jogava na cama.

— Eu sei.

◆ ◆ ◆ ◆

$\mathcal{H}$AVERIA TEMPO DE SOBRA no curto voo entre Nova Orleans e Houston, com Mouse no controle do Cessna, para que estudasse as plantas novamente. A casa aonde chegariam algumas horas mais tarde era enorme, com 550m².

As plantas sobre as quais Max estava debruçado no momento custaram pouco mais de cinco mil em subornos. Era um investimento que Max acreditava que valeria à pena.

O Rancho R. Crooked, que tinha um nome sugestivo, estava recheado de obras de arte dos séculos XIX e XX, a maioria arte oriental e americana, todas escolhidas para os proprietários por agentes. Não foram adquiridas apenas pelo valor estético ou pela simples beleza, mas como um investimento.

Um bom investimento, Max não tinha dúvidas. Investimento que estava prestes a lhe render uma bolada.

Havia joias também. A lista que Max conseguira, no arquivo de uma companhia de seguros com base em Atlanta, continha cordões e pedras suficientes para se abrir uma pequena joalheria.

Como seus alvos tinham seguro, Max deduziu que a falta de segurança estaria a seu favor. Além disso, seguro era uma aposta entre seguradora e segurado. No final, alguém sempre saía perdendo.

Max levantou o olhar e sorriu para LeClerc. Os dedos do cajun ficaram brancos quando segurou o braço da poltrona. Em volta do pescoço, usava uma cruz de prata, uma figa de ouro, um talismã de cristal e uma pena de águia. Na lapela, havia um terço, um pé de coelho preto e um punhado de pedras coloridas.

LeClerc se cercava por todos os lados quando voavam.

Como seus olhos estavam bem fechados em uma oração silenciosa, Max não falou nada quando se levantou para servir uma dose de conhaque para ambos.

LeClerc bebeu o conhaque de um só gole.

— Voar não está na natureza do homem. É um desafio aos deuses.

— Toda vez que respiramos estamos desafiando os deuses. De toda forma, desculpe-me por sujeitá-lo a algo de que não gosta, mas minha ausência seria notada em Nova Orleans se viéssemos de carro, tomaria muito tempo.

— Você ficou muito famoso por causa da sua mágica.

— Não sou nada sem ela. A fama tem suas vantagens. O bastante para ser convidado para importantes festas e jantares. — Pegou uma moeda no ar e começou a brincar com ela entre os dedos. — Convidam com a esperança de que eu vá divertir a todos no salão.

— Como um malabarista — disse LeClerc com desgosto, mas Max só deu de ombros.

— Como quiser. Estou sempre disposto a pagar por uma boa refeição. E sou muito bem recompensado pelos contatos que faço. Nossos amigos em Houston ficaram impressionados com minha performance improvisada em Washington no ano passado. Sorte nossa eles terem decidido visitar o primo deles, o senador.

— Mais sorte ainda estarem na Europa agora.

— Muito mais sorte, apesar de não ser grande coisa, assaltar uma casa vazia. — Deu de ombros novamente e transformou uma moeda em duas.

Pegaram uma limusine em Hobby, e Mouse vestiu quepe e uniforme de motorista. A limusine enorme chamaria menos atenção na vizinhança rica do que um sedan sem marca.

Além disso, Max gostava de viajar com conforto, sempre que possível.

No banco de trás, ao som de uma cantata de Mozart, checou suas ferramentas uma última vez.

— Duas horas — anunciou. — Não mais que isso.

LeClerc estava colocando as luvas — um velho cavalo que escuta a campainha e sabe que chegou a hora da corrida.

Já havia meses que não ouvia o clique de encaixe dos eixos, meses desde a última vez em que teve o prazer de abrir um cofre na escuridão. Durante um longo verão, tinha sido celibatário — ao menos no sentido figurado — e estava pronto para o romance com o roubo.

Sem Max, sabia que já teria perdido esse prazer. Apesar de nunca tocarem no assunto, ambos sabiam que LeClerc estava diminuindo o ritmo. Alguém mais jovem teria que substituí-lo no triângulo formado por ele, Mouse e Max. E esse dia estava chegando. No momento, só acompanhava Max nos trabalhos mais leves. Se a casa dos homens do petróleo não estivesse vazia, LeClerc sabia que teria ficado em casa esperando, assim como Lily.

Mas ele não ficara amargurado por isso. Estava grato pela oportunidade de sentir a emoção mais uma vez.

Passaram pelo suntuoso caminho de entrada, viram a estátua de um menino nu segurando uma carpa. Quando os texanos estavam em casa, Max imaginava a carpa vomitando no chafariz.

— Uma lição pra você, Mouse. Dinheiro não compra bom gosto.

Quando estacionaram na frente da casa, moveram-se em silêncio. Max e LeClerc foram até a mala do carro, Mouse tratou de lidar com o sistema de segurança. Estava escuro como breu, não havia nenhum indício de luar.

— Muitas terras — sussurrou LeClerc, satisfeito. — Muitas árvores grandes. Os vizinhos devem precisar de binóculos para espiar as janelas uns dos outros.

— Espero que não tenha nenhum *voyeur* esta noite. — Max tirou da mala do carro uma caixa enorme, forrada de veludo, e um rolo de isolamento acústico geralmente utilizado em cinemas.

E esperaram.

Dez minutos depois, Mouse voltou correndo.

— Desculpe, era um sistema muito bom. Demorou um pouco.

— Não precisa se desculpar. — Max sentia aquele formigamento familiar nas pontas dos dedos enquanto se aproximava da porta da frente. Pegou sua mala de ferramentas e deu início aos trabalhos.

— Por que usar isso? Mouse já conseguiu invadir e até desarmou o alarme.

— Falta *finesse* — murmurou Max com os olhos fechados, com a mente nos eixos. — Só mais um minuto.

Ele cumpria a palavra. Minutos depois, estavam parados no estonteante saguão de mármore preto e branco, de três andares, encarando uma reprodução da Vênus e um lago interno de peixinhos dourados.

— Caramba. — Foi tudo que Mouse conseguiu falar.

— De fato, quase dá vontade de parar e refletir. — Max olhou para um enorme porta-chapéus feito de chifres de veado. — Quase.

Eles se separaram. LeClerc subiu a ampla escada em curva, em direção ao quarto onde ficava o cofre com as joias da madame; Mouse e Max ficaram com o primeiro andar.

Trabalharam calmamente, cortando as pinturas das molduras que Max considerava cafonas e as enrolando dentro da caixa de veludo. Esculturas de bronze, mármore e pedra foram embrulhadas com o material grosso de isolamento acústico.

— Um Rodin. — Max parou por um momento para dar uma aula. — Uma peça realmente notável. Vê o movimento, Mouse? A leveza, a emoção do artista na sua obra.

Tudo que Mouse enxergou foi um globo de pedra engraçado.

— Ah, claro, Max, é lindo.

Max suspirou ao guardar respeitosamente o Rodin entre as pregas do tecido pesado.

— Não, essa não — disse ele quando viu Mouse carregando uma peça em bronze.

— É muito pesada — disse Mouse. — É maciça, deve valer uma fortuna.

— Sem dúvidas, ou não estaria nessa coleção. Mas falta estilo, Mouse, e beleza. É mais importante roubar as peças mais bonitas do que as mais valiosas. Do contrário estaríamos roubando bancos, não acha?

— Acho que sim. — Entrou em outro quarto e saiu erguendo uma obra de Remington de um vaqueiro montando um cavalo. — Que tal essa, Max?

Max olhou. Era uma boa peça, mas devia ser tão pesada quanto um elefante. Apesar de não gostar, percebeu que era a cara de Mouse.

— Excelente escolha. Melhor levar para a limusine do jeito que está. Estamos quase terminando aqui.

— Acabamos — afirmou LeClerc, descendo a escada e apalpando sua gorda bolsa. — Eu não sei o que a madame e o *monsieur* levaram para a Europa, mas deixaram muitas bugigangas pra nós. — Tinha sido duro ignorar as ações da bolsa e o dinheiro vivo que achou nos cofres, mas Max era supersticioso com roubo de dinheiro. LeClerc nunca subestimava as superstições de ninguém. — Olhem esse.

Puxou uma corrente de diamantes e rubis trabalhados em um cordão de três voltas. Com um resmungo, Max pegou o colar e o colocou na luz.

— Como alguém pode ter pedras tão bonitas e fazer algo tão horroroso com elas? A madame devia nos agradecer por nunca mais ter que usar isto.

— Deve valer, pelo menos, uns cinquenta mil.

— Hmmm. — Possivelmente, pensou Max, desejando estar com sua lupa. Poderia escolher algumas pedras e fazer um colar mais adequado para Lily. Uma olhada no relógio e um acenar de cabeça. — Acho que nossa febre consumista terminou. Vamos carregar? Acho que conseguiremos chegar em casa para o *brunch*.

Segunda Parte

Um diabo, um demônio nato, em cuja natureza
a coragem não permanece; em quem as minhas dores,
Humanamente tomadas, todas, todas perdidas, completamente perdidas...

— William Shakespeare

Capítulo Oito

♦ ♦ ♦ ♦

Quando Luke completou 16 anos, Mouse lhe ensinou a dirigir. Deram algumas batidas e derrapadas em estradas secundárias, e, uma vez, quando Luke tentou virar o volante, trocar a marcha e frear ao mesmo tempo, quase acabaram dentro de um pântano. Mouse tinha uma paciência infinita.

Tirar a carteira de motorista foi um acontecimento na vida de Luke, um passo gigante rumo à virilidade que tanto buscava. Mas mesmo isso perdeu um pouco o brilho em comparação com outro acontecimento. Seu encontro com Annabelle Walker incluiu *Guerra nas Estrelas*, dois potes gigantes de pipoca, e a noite terminou em sexo no banco de trás do Nova, carro usado que comprara com suas economias.

Os amassos no banco de trás não eram uma novidade para Annabelle nem para o Nova. Mas era a primeira vez de Luke. E, para ele, a rua escura, o canto das cigarras em contraponto a todos os sussurros e gemidos, o milagre de sentir os seios de Annabelle em suas mãos, era tudo tão romântico e majestoso quanto o Taj Mahal.

Annabelle era considerada uma garota fácil, mas só entrava no carro com um menino se ele fosse bonito, se a tratasse bem e se beijasse bem.

Luke preenchia todos os requisitos.

Quando ela o deixou colocar as mãos por debaixo de sua camiseta, para sentir os seios brancos como leite, Luke achou que tivesse chegado ao céu. Mas, quando ela abriu o zíper de sua Levi's e o segurou, ele entendeu que os portões do paraíso estavam apenas se abrindo.

— Meu Deus, Annabelle. — Estava atrapalhado com o jeans da moça enquanto ela o agarrava, levando-o ao delírio. Ele tivera esperança de que ela o deixaria tocá-la, mas não tinha ideia de que alguns encontros, um punhado de pipocas e uma noite assistindo ao mundo ser salvo a convenceriam a chegar ao grande momento.

E ele não era de perder uma oportunidade quando ela se apresentava. Max lhe ensinara isso.

— Deixa eu... — Não sabia exatamente o quê, mas estava com a mão dentro da calcinha de renda vermelha.

Úmida, quente e escorregadia. Seu sangue desceu freneticamente da cabeça para a virilha, como uma batida tribal, que definia o ritmo de seus dedos. O prazer de Annabelle soou como um zumbido, que se transformou em gemidos desesperados e pequenos sussurros delirantes. Seus quadris fartos, subiam e desciam, batendo no banco esfarrapado do Nova. Luke fechara os vidros para se proteger do vento gelado. Assim, estava tudo embaçado, transformando o carro numa sauna a vapor, cheirando a sexo.

Podia sentir os músculos dela se contraindo em volta dele, enquanto ela atingia o clímax em suas mãos.

Sua respiração estava ofegante enquanto se encaminhava para algo que só imaginara nos sonhos e nas conversas de vestiário.

Com o rosto mergulhado nos seios dela como se fossem um travesseiro e uma das mãos ocupada a acariciando, tirou os quadris de dentro das calças Levi's. A sensação de estar dentro de uma mulher daquela maneira era quase o suficiente para perder o controle. Mas uma pequena parte de seu cérebro permanecia fria, estranhamente distante, divertindo-se até.

Ali estava Luke Callahan, nu em seu Nova 72, Bee Gees cantarolando no rádio — Cristo, tinha que ser Bee-Gees? — e Annabelle abrindo suas pernas em seu melhor estilo líder de torcida, bem debaixo dele.

Seu pênis parecia um foguete, enorme e quente chacoalhando na torre de lançamento. Só esperava que o lançamento não ocorresse antes do previsto.

Não foi habilidade que fez com que desse mais prazer a Anabelle do que os outros meninos com quem ela já havia saído. Foi pura inexperiência, misturada com uma curiosidade saudável e amor por coisas belas. Sentir todo aquele clima quente, sentir a forma de uma mulher estremecer debaixo dele, foi uma das coisas mais belas que Luke já vivera.

— Ah, gostoso! — Uma veterana no assunto sexo em lugares pequenos, Annabelle se contorceu, virou-se e enganchou as pernas em torno do quadril dele. — Não consigo mais esperar, não dá.

Nem ele conseguiria. Puro instinto fez com que a penetrasse. Controlar aquilo foi tanto instinto quanto aprendizagem de alguém que conteve durante quatro anos seu anseio por liberdade. Ambos seguiram em um ritmo delirante até chegarem ao êxtase. A última coisa que ouviu foi Anabelle chamando seu nome. Ela toda chamava por ele.

Por cortesia de Annabelle, na segunda-feira retornaria à escola com uma reputação da qual qualquer garoto da sua idade se orgulharia.

♦ ♦ ♦ ♦

QUANDO CHEGOU EM CASA, cheirando a sexo, a suor e à colônia de Anabelle, a casa estava escura, exceto por uma luz esquecida acesa na cozinha.

Ficou feliz por não ter ninguém acordado para recebê-lo. Mais feliz ainda por ter uma folga no clube a cada quinze dias para que, como Max disse, pudesse ter uma vida social adequada.

Essa noite, com toda certeza, ele se sentia adequado.

Abriu a geladeira e bebeu um litro de suco de laranja, direto da garrafa. Ele ainda sorria e cantarolava "Witchy Woman", quando se virou e viu Roxanne na porta.

— Isso é nojento. — E mostrou com a cabeça a garrafa que ele segurava.

Com o passar dos anos, desabrochara, tal como ele. Mas, enquanto Luke ainda não chegara a 1,80m, menos do que a média para sua idade, Roxanne era a garota mais alta de sua turma, mais alta até do que a maioria dos garotos. A maior parte era de pernas, como dava pra se notar com o pijama curto que usava. Como ela estava com os cabelos penteados, algo que Luke sabia que ela fazia toda noite antes de ir para cama, percebeu que ela ainda ia dormir.

— Enfia. — Sorriu e colocou a garrafa vazia no balcão.

— Alguém mais podia querer. — Apesar de não estar com sede, foi até a geladeira procurar algo. Enquanto pegava uma garrafa de Dr. Pepper, torceu o nariz para Luke. — Você está fedendo. — Sentiu no ar, entre outras coisas, vestígios do aroma da colônia de Anabelle. — Você saiu com *ela* de novo.

Por uma questão de princípios, Roxanne odiava Anabelle. Os princípios eram que ela era baixinha, loura, bonita e que Luke saía com ela.

— O que você tem com isso?

— Ela pinta o cabelo e usa roupas muito apertadas.

— Ela usa roupas sensuais — corrigiu Luke se sentindo um *expert* no assunto. — Você só está com inveja, porque ela tem peitos, e você não.

— Ainda vou ter. — Com quase 13 anos, Roxanne estava irritada com os passos de tartaruga de seu desenvolvimento feminino. Quase todas as meninas de sua turma já tinham, pelo menos, um par de botões como peitos, enquanto ela era lisa como a tábua de cortar pão de LeClerc. — E, quando eu tiver, os meus vão ser melhores que os dela.

— Certo. — Imaginar Roxanne com peitos o divertia, no começo. Quando começou a pensar no assunto, ficou desconfortavelmente excitado. — Cai fora.

— Estou pegando uma bebida. — Serviu um copo de Dr. Pepper para provar. — Aos sábados, não tenho horário para dormir.

— Então, eu vou dormir. — Enquanto se retirava e subia a escada, perguntava-se como um cara podia flutuar numa nuvem de luxúria com aquela resmungona atrás dele? Não querendo perder nem um minuto sequer do sonho prazeroso que planejara, Luke se despiu e pulou na cama, nu.

Acostumara-se com o cheiro e a sensação de lençóis limpos, mas ainda não via como a coisa mais normal do mundo. Era raro ir dormir com fome, e há muito tempo esquecera o que era sentir medo.

Nos últimos quatro anos, viajara por quase todo o leste dos Estados Unidos, apresentara-se em campos de pouso, clubes sombrios e palcos elegantes. No verão anterior, Max, com algum pesar, teve que vender o parque de diversão. Viajaram para a Europa, onde Max ganhou fama como o mestre dos mágicos.

Luke agora arranhava o francês e aprendera como fazer as cartas dançarem. No seu ponto de vista, tinha tudo. A vida estava perfeita, Luke pensava, enquanto tentava dormir.

Uma hora depois, acordou transtornado, suando frio, com um nó na garganta.

Voltara ao passado, àquele apartamento minúsculo de dois quartos. O cinto de Al o atingia como uma lâmina, cortando sua pele, não tinha para onde fugir, nem onde se esconder.

Sentando-se, Luke respirou fundo o ar pesado de outono e esperou a tremedeira passar. Há meses isso não acontecia, disse a si mesmo, apoiando a cabeça nos joelhos. Meses e meses, sem que seu subconsciente o levasse de volta até lá. Toda vez que semanas ou meses se passavam sem um pesadelo, ficava com a certeza de que deixara aquilo tudo para trás.

Aí, tudo voltava do nada, como um *gremlin*, saindo de um armário para assombrá-lo e torturá-lo.

Não era mais uma criança, Luke lembrou a si mesmo e tropeçou na cama. Não devia mais ter pesadelos e acordar tremendo, querendo que Max ou Lily aparecessem para confortá-lo.

Então decidiu caminhar para esquecer. Vestiu as calças e disse a si mesmo que caminharia até a Bourbon Street e voltaria para se esquecer do pesadelo.

Quando chegou no pé da escada, ouviu gritos agudos e vozes abafadas. Olhando para a saleta, viu Roxanne sentada no chão, de pernas cruzadas, com uma bacia de pipocas no colo.

— O que você está fazendo?

Ela se mexeu, mas não tirou os olhos da tela.

— Estou assistindo a um filme de terror, *O Castelo dos Zumbis*. É sobre um conde que embalsama as pessoas. É maneiro.

— Porcaria. — Mas ficou interessado o bastante para se sentar na beirada do sofá e pegar um punhado das pipocas de Roxanne. Ainda se sentia trêmulo, mas, antes que Christopher Lee tivesse o que merecia, já tinha caído no sono.

Roxanne esperou até ter certeza de que ele estava dormindo. Então, apoiou seu rosto no encosto do sofá e acariciou seu cabelo.

♦ ♦ ♦ ♦

— Eles estão crescendo a olhos vistos, Lily.

— Eu sei, querido. — Suspirou enquanto entrava na caixa horizontal brilhante. Estavam ensaiando sozinhos no clube, um novo show que Max chamava de Mulher Dividida.

— Roxy em breve será uma adolescente. — Max encaixou as travas ao dar uma volta com elegância ao redor da caixa, para alegria do público imaginário. — Por quanto tempo mais os meninos vão ficar longe dela?

Lily sorriu e mexeu os pés e mãos que saíam dos buracos da caixa.

— Não por muito tempo. Mas não se preocupe, Max, ela é esperta demais para se contentar com menos do que ela quer.

— Espero que esteja certa.

— Ela é bem filha do pai que tem. — Lily soltou os gritinhos e gemidos apropriados quando Max mostrou a lâmina afiada da cimitarra incrustada de pedras preciosas.

— Com isso você quis dizer que ela é teimosa, ambiciosa e determinada.

Lily ficou em silêncio enquanto Max seguia o ritual de separar e juntar as metades da caixa. Depois, perguntou:

— Você não está triste pelas crianças estarem crescendo, está, querido?

— Talvez um pouco. Faz com que eu me lembre de que estou envelhecendo. Luke dirigindo e correndo atrás de meninas.

— Ele não precisa correr atrás delas. — Lily enrugou a testa, aborrecida. — Elas se atiram em cima dele. De qualquer forma — ela suspirou —, são boas crianças, Max. Um par fantástico.

♦ ♦ ♦ ♦

𝓜ETADE DESSE PAR FANTÁSTICO estava a duas quadras dali, praticando energicamente Monte de Três Cartas. Participantes de uma convenção estavam espalhados pela cidade. Roxanne simplesmente não conseguiu resistir.

Estava arrumada com seu conjunto de calça e jaqueta rosa, camiseta florida e tênis brancos como a neve. O cabelo preso em um rabo de cavalo, e o rosto limpo, exceto pelas sardas.

Parecia uma doce e adorável garota americana. Era exatamente sua intenção. Roxanne sabia o valor da ilusão e da imaginação.

Já conseguira mais de duzentos dólares, mas tinha o cuidado de não lucrar muito com uma mesma vítima. Não fazia aquilo por dinheiro, apesar de, como seu pai, gostar do que o dinheiro podia comprar. Fazia porque achava divertido.

Mais uma vez exibiu três cartas na mesinha dobrável. Pegou a aposta de cinco dólares de sua vítima, um homem corpulento com uma camisa havaiana. Virou as cartas para baixo e começou a manipulá-las. Assim como manipulava toda a multidão.

— Não tire os olhos da dama de espadas. Não pisque, não espirre. Continue olhando pra ela, continue de olho. — Suas mãos pequenas e dedos longos se moviam como um raio. E, é claro, a dama já estava na palma de sua mão.

Ganhou mais cinquenta e pagou vinte para manter um bom relacionamento com a comunidade. Em algum lugar ali por perto, um músico de rua tocava um trompete solitário. Roxanne resolveu que já era hora de parar e ir embora.

— Por hoje é só. Obrigada, senhoras e senhores, aproveitem sua estadia em Nova Orleans. — Começou a recolher as cartas quando uma mão agarrou seu pulso.

— Mais uma vez, ainda não tentei a sorte.

Era um rapaz de uns 18, 19 anos. Em seu jeans desbotado e camiseta da banda Grateful Dead, era puro músculo. O cabelo desgrenhado era louro dourado, uma moldura em volta do rosto estreito e anguloso. Os olhos castanho-escuros estavam fixos nos de Roxanne.

Ele fez com que ela se lembrasse de Luke, não pela aparência, mas pelo jeito selvagem e potencial para a maldade. Pela voz, não parecia de Nova Orleans, na verdade não parecia de lugar nenhum.

— Chegou tarde — disse ela.

Continuava segurando firme o pulso dela. Quando sorriu, mostrando dentes brancos e perfeitos, ela ficou abalada.

— Uma jogada — pediu ele. — Estava observando você.

Era quase impossível para Roxanne resistir a um desafio. Seu instinto dizia para resistir, mas o orgulho era mais forte.

— Tenho tempo pra uma jogada. A aposta é de cinco dólares.

Com um aceno de cabeça, ele puxou uma nota dobrada do bolso traseiro e colocou sobre a mesa.

Roxanne abriu as cartas, aparecendo duas damas vermelhas e uma negra no centro.

— Observe a dama negra. — Ela começou, virando as cartas. Numa fração de segundos, tomou a decisão de não colocar a carta na palma da mão, mas de provocar mais ainda o desafiante.

Não era um novato no jogo. Ela já estava nisso há muito tempo para não reconhecer um profissional. Roxanne apostou seu ego contra a nota de cinco dólares.

Apesar de não olhar as cartas desde o início, ela sabia exatamente onde a dama negra estava escondida.

— Onde ela está?

Ele não hesitou e bateu o dedo na carta da esquerda. Antes que ela pudesse desvirá-la, ele agarrou seu pulso novamente.

— Eu faço isso. — Desvirou uma dama de copas.

— Parece que minha mão é mais rápida do que seu olho.

Ainda segurando a mão dela, ele desvirou as outras duas cartas. Piscou uma vez quando viu que a dama negra estava exatamente no lugar inicial. No centro.

— Parece — murmurou ele. Os olhos se estreitaram quando a viu colocar seus cinco dólares e as cartas numa bolsa que estava debaixo da mesa.

— Mais sorte na próxima vez. — Dobrou a mesa, enfiou debaixo do braço e seguiu em direção ao Porta Mágica.

Ele não desistia assim facilmente.

— Ei, menina, qual é seu nome?

Ela olhou para ele quando ele parou do seu lado.

— Roxanne, por quê?

— Só queria saber. Sou Sam. Sam Wyatt. Você é boa, muito boa.

— Eu sei.

Sorriu, mas sua mente estudava as possibilidades. Se pudesse atraí-la para um lugar menos movimentado, poderia pegar de volta seus cinco dólares e o restante de seu lucro também.

— Você ganha fácil. Quantos anos tem? Uns 12, 13?

— E daí?

— Ei, isso é um elogio, amor.

Ele sentiu que a deixou envaidecida, só um pouco. Se foi uma resposta ao elogio ou porque um rapaz da idade dele chamou uma menina de 12 anos de amor, não tinha certeza. De qualquer forma, estava funcionando.

— Uns meses atrás, eu estava em Nova York. Tinha um cara trabalhando numa esquina lá, que tirava quinhentos, seiscentos, por dia. Ele não era melhor do que você. Há quanto tempo você está na picaretagem?

— Não sou uma picareta. — A ideia de ser confundida com um vigarista comum deixou Roxanne enfurecida. — Eu sou mágica — informou ela. — Fazer o truque para aquela gente foi um tipo de ensaio. — Riu sozinha. — Um ensaio remunerado.

— Mágica. — Sam percebeu que ali o tráfego de pedestres era menor. Não via ninguém que pudesse causar problemas quando pegasse a bolsa da menina e saísse correndo. — Por que não me mostra um truque? — Colocou a mão nos braços dela, preparando-se para derrubá-la no chão.

— Roxanne. — Com cara feia, Luke atravessou a rua correndo. — Que diabos você está fazendo? Devia estar no ensaio.

— Estou indo. — Fez uma cara feia para ele também, furiosa por ele ter aparecido, bem quando estava tentando começar uma paquera. — Você também não está lá.

— Não tem nada a ver uma coisa com a outra. — Viu a mesa e a bolsa e adivinhou o que ela andava fazendo. Ficou chateado por ela não tê-lo incluído. Deixando isso de lado por ora, olhou Sam de cima a baixo. Como um animal macho, ficou eriçado.

— Quem é esse?

— Um amigo meu — falou Roxanne, decidida. — Sam, este é Luke.

Sam deu um sorriso descontraído.

— Como vai?

— Tudo bem. Você não é daqui.

— Cheguei à cidade há alguns dias. Estou viajando por aí, sabe?

— Certo. — Luke não gostou dele. O olhar ganancioso não combinava com o sorriso generoso. — Estamos atrasados, Roxy. Vamos embora.

— Num minuto. — Se Luke ia tratá-la como um bebê, mostraria muito bem que já era uma mulher, dona de seu nariz. — Talvez você queira dar um tempo por aqui, Sam. Assista ao ensaio, é logo ali no Porta Mágica.

Parecia que não ia conseguir colocar as mãos na bolsa, mas Sam não era de desistir. O encontro com Roxanne tinha que valer alguma coisa.

— Seria ótimo, se você tem certeza de que não tem problema.

— Não tem problema nenhum. — Pegou a mão dele e o levou até seu pai.

◆ ◆ ◆

SAM SABIA SER simpático. O verniz de afabilidade, boas maneiras e o bom humor sarcástico faziam parte do jogo, tal como uma carta marcada em um baralho. Sam se sentou no Porta Mágica, aplaudiu, mostrou-se inacreditavelmente surpreso e riu sempre nas horas certas.

Quando Lily o convidou para o jantar, aceitou timidamente com gratidão.

Achou LeClerc velho e estúpido. Mouse, lento e estúpido, mas tratou de causar boa impressão a ambos.

Depois, sumiu por um ou dois dias para não parecer muito abusado. Quando apareceu no Porta Mágica para assistir ao show, foi muito bem recebido. Quis ter a certeza de que Lily o visse contando os trocados para comprar um refrigerante.

— Max. — Lily segurou o braço do marido quando ele chegou aos bastidores, deixando Luke a cargo de seu truque de cinco minutos. — Aquele menino está com problemas.

— Luke?

— Não, não. Sam.

— Ele já não é mais um menino, Lily. É quase um homem.

— Ele é só um pouco mais velho do que Luke. — Deu uma espiada, viu

Sam no bar e notou que ele ainda bebia a mesma Coca-Cola aguada. — Acho que ele não tem dinheiro e nem pra onde ir.

— Não me parece que ele esteja procurando emprego. — Max sabia que estava sendo duro e não tinha ideia por que estava sendo tão relutante em oferecer ajuda.

— Querido, você sabe como é difícil achar um emprego. Você não pode arranjar alguma coisa pra ele?

— Talvez, me dê um dia ou dois.

Um ou dois dias era tudo do que Sam precisava. Para coroar sua imagem, sujeitou-se a dormir no jardim dos Nouvelle por uma noite, certificando-se de que seria descoberto pela manhã.

Bem acordado, manteve os olhos fechados, observando por baixo dos cílios quando Roxanne apareceu na porta da cozinha. Bocejou, virou-se, depois, piscou abrindo os olhos, dando um grito abafado de susto, quando ela o avistou.

— O que você está fazendo?

— Nada. — Ele se enrolou num cobertor esfarrapado e ficou em pé.

Com a testa enrugada, ela chegou mais perto.

— Você dormiu aí fora?

Sam umedeceu os lábios.

— Olha, isso não tem nada de mais, tá? Não conte a ninguém.

— Você não tem um lugar pra ficar?

— Eu perdi. — Deu de ombros tentando se mostrar corajoso e sem esperança ao mesmo tempo. — Logo vou encontrar um lugar para ficar. Eu só não queria ficar pela rua a noite toda. Achei que não ia incomodar ninguém aqui.

Ela tinha o coração de seu pai.

— Vamos, entre. — Estendeu sua mão. — LeClerc está preparando o café da manhã.

— Não preciso de esmolas.

Como ela compreendia seu orgulho, falou com suavidade:

— Papai pode arranjar um emprego para você. Vou pedir a ele.

— Você faria isso? — Deu a mão a ela. — Cara, vou ficar lhe devendo essa, Rox.

Capítulo Nove

♦ ♦ ♦ ♦

MAX NEGAVA MUITO pouca coisa a Roxanne. Mas por sua causa, contratou Sam Wyatt, apesar de uma estranha relutância em aceitar o rapaz na sua comitiva. Deu a Sam a tarefa de montagem e desmontagem dos equipamentos, ocupação que Sam sabia que estava abaixo de sua dignidade e habilidades.

Mas Sam tinha intuição também, e a sua dizia que se juntar à equipe de Nouvelle poderia ser a porta de entrada para algo muito maior e melhor. Eram todos idiotas. Por mais que sugasse deles, detestava-os por terem lhe tirado da rua como se fosse um cachorro sarnento. Mas, para Sam, o grande golpe valeria mais do que pequenas cartadas. Teria paciência.

Ficava horas carregando e descarregando equipamentos, polindo caixas e dobradiças que Max utilizava nos shows. Prometeu para si mesmo que um dia aquele velho ia pagar caro pelo trabalho degradante que lhe deu, mas era incansavelmente carinhoso e atencioso com Roxanne, e timidamente lisonjeador com Lily. Sam percebera há muito tempo que o poder de verdade, em qualquer grupo, é das mulheres.

Não cometeu o erro de competir com Luke. Tinha dúvidas se seria sensato ir abertamente contra uma pessoa a quem Max considerava como um filho, mas a antipatia de Sam por Luke era nutrida a cada dia chato de trabalho. O fato de ser uma antipatia recíproca facilitava as coisas. Nenhum dos dois saberia dizer o porquê, mas se detestaram à primeira vista. Um deixava seus sentimentos à flor da pele, o outro disfarçava, escondendo seu ódio como um avarento esconde seu ouro.

Sam aguardava o dia em que seria recompensado por isso.

Por enquanto, estava satisfeito com sua posição e com o fato de que passariam uma semana em Los Angeles.

Max também estava satisfeito com a próxima viagem. Teriam a oportunidade de se apresentar no Magic Castle, ir a um jantar oferecido por Brent Taylor, astro do cinema e mágico amador, e Max teria o prazer de mostrar à sua família o brilho de Hollywood.

Também pretendia trazer um pouco de todo esse brilho para o leste. Beverly Hills, com suas mansões cheias de tesouros, seria a cereja do bolo de uma temporada já lucrativa.

Tinha duas casas como alvo, escolheria entre as duas depois que chegasse a Los Angeles e estudasse a área primeiro.

Eles ocuparam vários quartos do Beverly Hills Hotel. Max se divertia vendo Luke encantar o carregador e a camareira com alguns pequenos truques. O menino aprendeu, pensava. E aprendeu bem.

Organizou um almoço especial no Maxim's para toda sua família e membros da trupe, desde o mais humilde trabalhador. Depois, mandou Lily e Roxanne às compras.

— Agora então. — Max acendeu um charuto pós-refeição. — Mouse e eu temos negócios a resolver, mas o restante de vocês tem o dia livre para explorar, passear ou seja lá o que for que os faça felizes. Preciso de vocês com os olhos brilhando no ensaio das nove, amanhã de manhã.

Quando os outros saíram, Luke arrastou uma cadeira para perto de Max.

— Preciso falar com você.

— Claro. — Percebendo tanto o nervosismo quanto a determinação, Max levantou uma sobrancelha. — Algum problema?

— Não acho que seja um problema. — Luke respirou fundo e disparou. — Quero ir com você. — Balançou a cabeça antes que Max pudesse falar. Estava preparando esse discurso há dias. — Eu conheço o procedimento, Max. Você e Mouse vão sair para observar duas casas. Vocês já têm tudo preparado. Uma cópia das apólices de seguro, plantas, esquemas dos sistemas de segurança, uma ideia da rotina da casa. Agora você vai checar primeiro e decidir quando e onde atacar.

Max alisou o bigode. Não sabia se estava aborrecido ou impressionado.

— Você tem se mantido informado.

— Tive quatro anos para estudar o procedimento enquanto esperava que me deixasse participar.

Max bateu a cinza do charuto, antes de tragar enquanto pensava.

— Meu querido menino...

— Não sou mais um menino. — Os olhos de Luke brilhavam ao chegar mais perto. — Ou você confia em mim ou não. Tenho que saber.

Max soltou a fumaça e ficou em silêncio enquanto o garçom tirava os pratos.

Ilusões Honestas 117

— Não é uma questão de confiança Luke, é questão do momento certo.

— Não vá dizer que está tentando me salvar da vida de crime.

Max virou os lábios.

— Claro que não. Nunca fui um hipócrita, e sou egoísta como qualquer pai que espera que seu filho siga seus passos. Mas...

Luke segurou Max pelo braço.

— Mas?

— Você ainda é jovem. Não tenho certeza se está pronto. Para ser um ladrão de sucesso é preciso maturidade, experiência.

— É preciso ter bolas no saco. — Luke as segurou, fazendo Max jogar a cabeça para trás e rir.

— Oh, certamente que é. Mas, além disso, uma boa dose de habilidade, sutileza e cabeça fria. Em mais alguns anos, você vai estar maduro, mas por enquanto...

— Que horas são?

Distraído, Max piscou, depois olhou para o relógio. Ou para onde seu relógio deveria estar.

— Eu sempre disse que você tinha boas mãos — murmurou ele.

— Não sabe que horas são? — Luke virou o pulso. A luz do sol brilhou no Rolex de ouro de Max. — São quase três horas. É melhor você pagar a conta e ir embora.

O próprio Luke acenou para o garçom. Distraidamente, Max procurou pela carteira dentro do bolso da jaqueta. E saiu de mãos vazias.

— Está duro? — Luke sorriu e tirou a carteira de Max de seu próprio bolso. — Essa é por minha conta. Acontece que ganhei uma grana boa recentemente.

Ganhou um ponto, Max pensou e sorriu para Mouse.

— Por que você também não tira a tarde de folga? Luke pode me levar.

— Claro, Max. Posso ir conhecer aquele bairro chinês.

— Divirta-se. — Com um suspiro Max pegou a carteira. — Pronto para ir? — perguntou a Luke.

— Estou pronto há anos.

♦ ♦ ♦

Beverly Hills atraía Luke. Não como Nova Orleans, com suas ruas festivas e glamour decadente. Era o único lugar que Luke jamais consideraria morar. As avenidas largas, arborizadas com palmeiras e a aura de fantasia das casas escondidas sob a névoa no alto das colinas eram como um filme. Supunha que era por isso que muitas estrelas de cinema escolhiam essa parte da cidade para viver.

Prosseguia adiante, seguindo as orientações de Max. Notou que ocasionalmente viam uma viatura policial. Os tiras daqui não tinham carros empoeirados e arranhados e sim carros que brilhavam de tão limpos sob o sol da tarde.

A maioria das propriedades estava escondida atrás de muros altos e cercas. Nas duas vezes em que circularam por ali, viram o ônibus que fazia turismo pelas casas das estrelas de cinema. Luke se perguntava por que alguém pagaria pelo passeio, se só conseguiriam ver muros de pedras e o topo das árvores.

— Por que — perguntou Max enquanto abria sua maleta — você quer roubar?

— Porque é divertido — respondeu Luke sem pensar. — E sou bom nisso.

— Mmmm. — Max concordava que era melhor passar a vida fazendo algo de que se gostasse e em que fosse talentoso. — O carregador que trouxe nossas malas estava distraído com seus truques. Ele tinha um relógio e uma carteira. Você roubou?

— Não. — Surpreso, Luke se virou para encará-lo. — Por que eu faria isso?

— Por que não faria é a questão. — Max tirou a gravata e guardou dentro da maleta.

— Bem, não é divertido quando é tão fácil assim. Além disso, ele é só um cara tentando ganhar a vida.

— Pode-se argumentar também que um ladrão é só um cara tentando ganhar a vida.

— Se eu só quisesse isso, poderia assaltar uma loja de conveniências.

— Ah, então você considera esse tipo de negócio fora de questão.

— Não tem classe.

— Luke. — Max suspirou enquanto colocava sua camisa superbranca dentro da maleta. — Você me deixa muito orgulhoso.

— É como mágica — disse Luke depois de alguns minutos. — Você quer dar o melhor de si. Se vai enganar alguém, então faça com charme. Certo?

— Absolutamente certo. — Max vestiu uma camisa xadrez verde e laranja de manga curta que chamava muita atenção.

— O que você está fazendo?

— Só preparando o traje adequado. — Max acrescentou um boné de baseball do Phillies e óculos espelhados. — Espero estar parecendo um turista.

Luke parou num sinal e aproveitou para analisar Max.

— Você está parecendo um idiota.

— Bem perto. Está vendo o ônibus de turismo no meio do quarteirão? Grude nele.

Obedecendo às ordens, Luke estacionou o carro, mas fez uma careta para o boné que Max lhe deu.

— Pittsburgh. Você sabe que não sou fã de beisebol.

— Vai ter que usar. — Max pendurou a câmera e um binóculo no pescoço. — Essa aqui é a casa de Elsa Langtree — disse Max com um sotaque carregado do centro-oeste enquanto saía do carro. Acrescentou um assobio antes de disputar um lugar com outros turistas para dar uma espiada pelo portão de ferro batido. — Cara, ela é demais!

Luke captou o sotaque e esticou o pescoço.

— Que nada, pai, ela é velha.

— Ela pode se aposentar lá em casa a qualquer hora.

Isso fez com que alguns dos turistas rissem antes que o guia começasse seu discurso. Chegando para trás, Max deu a volta no ônibus e subiu com habilidade em seu telhado enquanto o restante do pessoal da excursão ouvia as explicações e tirava fotos. Max usou lentes telescópicas em sua câmera para tirar fotos por cima do muro do casarão de tijolos de três andares, seus anexos e iluminação externa.

— Ei, amigo. — O motorista do ônibus chamou sob a autoridade de seu boné. — Desça já daí, vamos! Jesus Cristo, em todo grupo tem um maluco desses.

— Eu só queria ver se conseguia dar uma olhada na Elsa.

— Vamos, pai, você está me envergonhando.

— Tudo bem, tudo bem. Esperem, acho que estou vendo ela, Elsa! — Gritou, aproveitando-se da confusão, enquanto as pessoas voltavam para o portão para uma última foto.

Quando o motorista xingou e ameaçou, Max desceu. Deu um sorriso tímido e se desculpou.

— Sou fã dela há vinte anos. Até dei o nome dela para o meu periquito.

— Sim, ela ficaria feliz.

Com uma relutância evidente, Max deixou que Luke o arrastasse de volta para o carro.

— Espere só até eu contar para os meninos lá de Omaha.

— Você conseguiu aqkuilo de que precisava? — perguntou Luke.

— Acho que sim. Vamos dar uma olhada em mais uma. A casa de Lawrence Trent não está no roteiro, mas ele é conhecido por ter uma coleção de caixas de rapé do século XIX.

— E o que Elsa tem?

— Além do evidente encanto feminino? — Max sintonizou o rádio e encontrou algo de Chopin. — Esmeraldas, meu caro menino. A dama adora esmeraldas. Combinam com seus olhos.

♦ ♦ ♦ ♦

$\mathcal{M}$AX TAMBÉM ADORAVA esmeraldas. Depois que LeClerc mandou revelar as fotos, ficou óbvio que a casa de Trent seria um alvo fácil. Max não precisava de mais nada para se decidir. Escolheu as pedras.

♦ ♦ ♦ ♦

— $\mathcal{S}$ALTO ALTO, Roxanne?

Roxanne se levantou orgulhosa, um pouco bamba em seus novos saltos de dez centímetros.

— Sou praticamente uma adolescente — disse ela ao pai.

— Acho que ainda faltam alguns meses para essa ocasião especial.

— Isso não é nada. Além disso, eles valorizam a fantasia. — Virou-se com cuidado na malha azul de lantejoulas. — E alguns centímetros extras me dão mais presença no palco. — Já que seus seios estavam demorando uma eternidade para se desenvolverem, tiraria vantagem de sua altura. — Deixar uma boa impressão aqui no Magic Castle é importante, não é? — Sorriu vitoriosa.

— Certamente. — Tinham trinta segundos para entrar no palco. — Suponho que você não trouxe nenhum sapato reserva.

Ela abriu um sorriso ainda maior antes de beijar o rosto do pai.

Ilusões Honestas *121*

— Vamos arrebentar!

Talvez fosse efeito das luzes ou seus próprios pensamentos, mas, por um momento, quando a cortina subiu, Max a viu como uma mulher adulta, esguia e linda, brilhando confiante, olhos cintilantes com segredos que só um coração feminino entende.

E, então, era só sua menininha de novo, usando sapatos de gente grande e encantando a plateia com sua habilidade com os lenços de seda. Minutos depois, os lenços estavam amontoados a seus pés, e ela se virou para o pai, preparando-se para entrar em transe para o novo truque de levitação, uma combinação do velho truque da vassoura com o da Menina Flutuante.

A música ecoava. "Für Elise". Lenta e graciosamente, Max passou as mãos na frente de seu rosto. Sua cabeça balançava. Os olhos se fecharam.

Ele usava vassouras brilhantes, queria beleza, mas não podia faltar drama. A primeira, colocou entre as omoplatas dela, em seguida deu um passo à esquerda e estendeu os braços gesticulando. Como não tivessem peso, as pernas dela começaram a levitar, retas e esticadas, até que o corpo ficou paralelo ao palco. Passou a outra vassoura em cima e embaixo. A longa e dramática cabeleira ruiva caída como uma cascata. Quando ele soltou o único gancho, entregando as duas vassouras para Lily, a multidão já aplaudia.

Aos acordes de Beethoven, Roxanne começou a girar. A luz mudou para dourado enquanto seu corpo se virava, inclinava-se e se colocava na vertical meio metro acima do palco. Ele a trouxe gentilmente para baixo, centímetro a centímetro, até que tocasse o palco.

E, então, ele a despertou.

Roxanne abriu os olhos para uma chuva de aplausos. Não havia som mais doce para sua mente.

— Eu lhe disse, papai — falou, baixinho.

— Sim, você me disse, minha querida.

Sam assistia dos bastidores e balançava a cabeça. Era tudo uma farsa, pensou. O que mais o irritava é que ninguém deixaria que ele descobrisse como era feito. Era mais uma coisa pela qual os Nouvelle teriam de pagar alguma hora.

Tudo de que precisava era chegar mais perto. Aí achava que poderia copiar este ou qualquer outro truque, se quisesse. O fato de pessoas pagarem um bom dinheiro para ver alguém fingir fazer o que não podia ser feito o divertia e aguçava sua ganância.

Tinha de haver um jeito de ganhar dinheiro com isso, pensou. Acendeu um cigarro e observou Luke fazer sua entrada. Grande merda, pensou. O desgraçado acha que é grande coisa ficar lá debaixo dos holofotes recebendo aplausos e atenção.

Vai chegar o dia, Sam disse para si mesmo, em que terei toda a atenção. Porque quando você tem atenção, tem poder. E isso era o que Sam mais desejava.

— Sr. Nouvelle. — No momento em que a apresentação acabou, Brent Taylor, o ator que parecia ídolo de adolescente e tinha voz mansa de barítono, procurou Max no camarim. — Nunca vi nada melhor.

— Fico lisonjeado, sr. Taylor.

— Brent, por favor.

— Brent então, e você me chame de Max. É um pouco apertado aqui, mas eu ficaria honrado se você se juntasse a mim para um conhaque.

— Seria um prazer. O truque da transformação — continuou Taylor enquanto Max servia. — Simplesmente maravilhoso. E a levitação foi espetacular. Estou ansioso por minha festa. Assim, teremos tempo para conversar sobre mágica.

— Adoro conversar sobre mágica. — Ofereceu uma taça cheia de Napoleon.

— E talvez possamos discutir sobre a magia da telinha. Televisão — disse Taylor, enquanto Max apenas sorria educadamente.

— Sim, mas receio que eu tenha poucas oportunidades de assistir a ela. Mas meus filhos são especialistas.

— E eles próprios também são mágicos impressionantes. Acho que ficariam encantados em tentar a sorte em um especial para televisão.

Max fez um gesto para que Taylor se sentasse em um pequeno sofá, e se sentou em frente à mesa de maquiagem.

— A mágica perde força na televisão.

— Pode perder, certamente, mas com seu senso teatral poderia ser maravilhoso. Vou ser franco, Max, recebi a oportunidade de produzir uma série de especiais para uma rede de TV. E eu gostaria muito de produzir uma hora de "O Espetacular Nouvelle".

— Max. — Luke fez uma pausa com a mão na porta. — Desculpe. Tem um repórter do *LA Times* aqui.

— Falarei com ele num instante. Brent Taylor, Luke Callahan.

— É um prazer conhecê-lo. — Taylor se levantou para apertar a mão de Luke. — Você tem muito talento, o que não é uma surpresa, já que aprendeu com o melhor.

— Obrigado, gosto de seus filmes. — Luke desviou o olhar de Taylor para Max. — Vou pedir que ele o espere no bar.

— Tudo bem.

— Um menino incrivelmente bonito — comentou Taylor quando Luke os deixou sozinhos.

— Se ele decidir não seguir seus passos, arranjo seis papéis amanhã mesmo.

Max sorriu e examinou as unhas.

— Receio que ele esteja bem determinado a seguir meus passos. Agora, quanto à sua oferta...

◆ ◆ ◆

$\mathcal{L}$UKE MAL PODIA ESPERAR. Não teria tempo de falar com Max em particular até o final do segundo show. No momento em que Max entrou no camarim, Luke aproveitou.

— Quando vamos fazer?

— Fazer? — Max se sentou à mesa de maquiagem e mergulhou os dedos no creme frio. — Fazer o quê?

— O negócio da televisão. — A excitação o envolvia enquanto encarava o reflexo de Max. — O especial que Taylor quer produzir. Nós faríamos aqui em Los Angeles?

Com movimentos deliberados, Max retirava a maquiagem.

— Não.

— Poderíamos fazer em locações em Nova Orleans. — Luke já podia ver as luzes, as câmeras, a fama.

Max jogou fora os lenços usados.

— Nós não vamos fazer, Luke.

— É melhor que cortemos qualquer cena em close, mas poderíamos preencher... — Sua emoção se transformou em espanto. — O quê? O que quer dizer com nós não vamos fazer?

— Exatamente isso. — Max afrouxou a gravata de seu smoking antes de se sentar para se trocar. — Eu recusei.

— Mas por quê? Nós alcançaríamos milhões de pessoas numa única noite.

— A mágica perde impacto na televisão. — Max pendurou o paletó e começou a tirar as abotoaduras de sua camisa.

— Não precisa perder. Podemos fazer ao vivo. É comum terem estúdios com plateia.

— De qualquer forma, nossa agenda não permitiria. — Max guardou as abotoaduras em uma caixinha dourada. O som de "O Lago dos Cisnes" soou quando ele abriu a tampa.

— Isso é mentira. — A voz de Luke se acalmou enquanto algo além de confusão se passava em sua cabeça. Max não havia encarado seus olhos em nenhum momento desde que entraram no camarim. — Isso é tudo mentira. Você não aceitou por minha causa.

Deliberadamente, Max fechou a tampa, cortando a música.

— Essa é uma ideia extremamente tola.

— Não é não. Você não quer esse tipo de exposição, não junto comigo. Pelo mesmo motivo que negou o Carson Show no ano passado. Você não quer fazer TV porque acha que aquele filho da puta ou a minha mãe podem ver e criar algum problema. Por isso que está recusando todas essas ofertas que poderiam colocá-lo no topo.

Max tirou a camisa branca do smoking e ficou de camiseta branca e calças. Por força do hábito, pendurou a camisa em um cabide acolchoado e passou os dedos pelas pregas.

— Eu faço minhas próprias escolhas, Luke, pelos meus próprios motivos.

— Por minha causa — murmurou Luke. Doía, essa pressão no peito, esse embrulho no estômago. — Isso não está certo.

— Está certo para mim, Luke. — Max se aproximou para tocar seu ombro, mas Luke se afastou. Pela primeira vez, em anos, o menino fez um movimento na defensiva. Isso também doía. — Não precisa encarar dessa maneira.

— E como devo encarar? — perguntou Luke. Queria destruir alguma coisa, qualquer coisa, mas conseguiu manter os punhos cerrados no lugar. — É minha culpa.

— Não tem nada a ver com culpa. Mas com prioridades. Talvez você não tenha idade suficiente para entender isso, mas o tempo vai passar. Daqui a dois anos, você terá 18. Se eu optar por aceitar uma oferta pra fazer televisão, será nessa época.

— Eu não quero que espere. Não por mim. — Seus olhos brilhavam furiosos. — Se tivermos problemas, eu cuido deles. Não sou mais uma criança. E, pelo que sabemos, ela está morta. Espero que esteja mesmo.

— Não. — A voz de Max era afiada como uma espada. — Mesmo com tudo que ela lhe fez ou deixou de fazer, ainda é sua mãe, e lhe deu a vida. Não deseje a morte dela, Luke. Ela chegará para todos nós.

— Como espera que eu não a odeie?

— Seus sentimentos são uma responsabilidade sua. Assim como minhas decisões são minhas. — Subitamente cansado, Max esfregou as mãos no rosto. Sabia que chegaria a hora de falar sobre o assunto. Sempre chega a hora pela qual você mais teme. — Ela não está morta.

O corpo de Luke congelou.

— Como você sabe?

— Você acha que eu podia me arriscar com você? — Furioso por ter que se explicar, Max arrancou uma camisa limpa do cabide. — Eu a mantive sob vigilância, sempre soube onde ela estava, como estava e o que estava fazendo. Se ela tivesse tentado se aproximar de você, eu o teria levado para onde ela não pudesse encontrá-lo.

Toda raiva se esvaiu de Luke, deixando-o vazio e miserável.

— Eu não sei o que dizer.

— Você não tem que dizer nada. Fiz o que fiz e continuarei fazendo porque amo você. Se eu tivesse que pedir algo em troca, eu pediria que tivesse paciência nesses dois anos.

De ombros caídos, Luke mexeu nos potes na penteadeira de Max.

— Nunca serei capaz de retribuir.

— Não me insulte nem tentando.

— Você e Lily... — Pegou uma jarra e colocou de volta no lugar. Algumas emoções são grandes demais para se colocar em palavras. — Eu faria tudo por vocês.

— Então tire isso da sua cabeça, por enquanto. Vá e se troque. Ainda tenho trabalho a fazer essa noite.

Luke levantou o olhar. Max se perguntava como aquele menino se transformou em um homem naquele curto espaço de tempo em que ficaram naquele camarim apertado. Mas, agora, foi um homem que se virou para ele com os ombros largos e eretos, os olhos já não tão brilhantes, mas escuros e diretos.

— Você vai fazer o serviço na casa dos Langtree esta noite. Quero ir com você.

Max suspirou e se sentou para tirar os sapatos de palco.

— Você está dificultando as coisas essa noite, Luke. Fui indulgente com você antes, mas há uma grande diferença entre analisar e executar um serviço.

— Eu vou com você, Max. — Luke se aproximou, forçando Max a chegar sua cabeça para trás para que pudesse olhá-lo nos olhos. — Você está sempre falando sobre decisões, já não está na hora de me deixar começar a tomar algumas, sozinho?

Houve uma longa pausa antes que Max falasse outra vez.

— Saímos em uma hora. Vá com roupas escuras.

◆ ◆ ◆ ◆

MAX ESTAVA MUITO AGRADECIDO por Elsa Langtree não colecionar os pequenos cachorros fru-fru que muitas atrizes achavam estar na moda. As excentricidades de Elsa se resumiam a colecionar homens, cada vez mais jovens e mais morenos com o passar dos anos. Atualmente, ela estava entre os maridos número sete e oito, tendo se divorciado recentemente de um jogador de futebol americano. Os planos de casamento com seu amor atual, um halterofilista de 28 anos, estavam caminhando.

Elsa tinha 49 anos.

Enquanto seu gosto por homens era reconhecidamente péssimo, em outros aspectos era impecável. Fato que Max contou a Luke enquanto escalavam o muro de segurança de três metros.

— Os ricos geralmente perdem a perspectiva — disse Max baixinho enquanto corriam pelo gramado aparado. — Mas, como você vai ver, a casa que Elsa construiu há uns dez anos é simplesmente encantadora. Ela contratou decoradores, é claro. Baxter e Fitch, muito bons. Mas inspecionou e aprovou cada amostra, cada peça, cada detalhe, pessoalmente.

— Como você sabe de tudo isso?

— Quando alguém se prepara para invadir uma casa, é imperativo saber tudo sobre os moradores, bem como a disposição estrutural. — Fez uma pausa se abrigando sob algumas árvores de mimosas. — Como você pode ver, esta casa é um excelente exemplo de arquitetura colonial. Linhas bem tradicionais, um pouco fluidas e femininas, perfeitamente adequadas para Elsa.

— É grande — comentou Luke.

— Certamente, mas sem ostentação. Uma vez que estivermos lá dentro, fale somente o absolutamente necessário, fique sempre ao meu lado e siga minhas instruções ao pé da letra e sem hesitar.

Luke concordou. Seu sangue fervia de expectativa.

— Estou pronto.

Max encontrou o sistema de alarme camuflado nas jardineiras do quintal. Seguindo as instruções de Mouse, desaparafusou a proteção e cortou os fios adequados. Lutando contra a impaciência, Luke esperava enquanto Max recolocava os parafusos e se dirigia para a porta do terraço.

— Vidro jateado, cortado e projetado por um artista em Nova Hampshire — murmurou Max. — Seria um crime danificá-lo. — Em vez de usar o cortador, decidiu trabalhar nas duas fechaduras.

Demorou. Enquanto os minutos se passavam, Luke ouvia todos os tipos de sons pelo ar. O leve zumbido do filtro da piscina, o farfalhar dos pássaros noturnos nas árvores, o clique baixinho de metal com metal, enquanto Max cuidava das fechaduras. Em seguida, o sussurro de sucesso quando Max deslizou a porta.

Agora, pela primeira vez, estava sentindo o que Max sempre sentiu. Aquela emoção vibrando, por andar dentro de uma casa fechada, o prazer misterioso de saber que pessoas dormiam ali dentro, a sensação de poder ao se mover na escuridão para pegar o prêmio.

Caminharam em silêncio, um atrás do outro, atravessando a espaçosa sala. Um leve aroma materno, um despretensioso perfume feminino. Com a clara lembrança das plantas da casa em sua mente, Max seguiu para a cozinha e para a porta que levava ao porão.

— Por quê...

Max balançou a cabeça pedindo silêncio e desceu a escada. As paredes eram revestidas com pinho escuro. No meio da sala principal, havia uma mesa de sinuca, rodeada por aparelhos de musculação. Um bar de carvalho ocupava toda uma parede.

— Salão de jogos — disse Max baixinho. — Para agradar seus homens.

— Ela guarda as joias aqui embaixo?

— Não. — Max riu com a ideia. — Mas a caixa dos disjuntores sim. O cofre é de um modelo com temporizador. Bem sofisticado e difícil de decifrar. Mas, é claro, se a energia estiver cortada...

— O cofre vai abrir.

— Bingo. — Max abriu a porta da despensa. — Não é prático? — disse a Luke. — Tudo cuidadosamente etiquetado. Biblioteca. — Virou o disjuntor. — Isso deve dar conta. — Virou-se para Luke sorrindo. — Frequentemente, as pessoas escondem seus cofres entre os livros. Interessante, não acha?

— Verdade. — Suas mãos suavam dentro das luvas.

— Como se sente?

— Como na primeira vez em que me deitei no banco de trás com Annabelle. — Luke se ouviu dizendo e, depois, corando.

Max levou a mão ao coração, mas não conseguiu segurar a risadinha.

— Oh, sim. — Conseguiu dizer depois de um momento. — Uma analogia muito apropriada. — Virou-se e saiu na frente, seguindo de volta à escada.

Encontraram o cofre na biblioteca, atrás de um lindo quadro O'Keeffe. Com o temporizador desligado, foi tão simples quanto abrir uma caixa de quebra-cabeças para criança. Max chegou para trás e fez um gesto para Luke.

De pai para filho, pensou com orgulho, enquanto Luke retirava as caixas de joias do cofre. O feixe estreito de luz de sua lanterna brilhava nas pedras quando Luke abria as tampas.

Eram lindas. Era tudo que Luke podia pensar ao olhar para baixo e ver o brilho das pedras, magnificamente engastadas sobre ouro e platina. Saber que não pensara primeiro no valor monetário das joias teria deixado Max muito feliz.

— Ainda não — disse Max perto do ouvido de Luke. — O que brilha é, com frequência, imitação. — Pegou uma lupa em sua pochete e deu a lanterna para que Luke segurasse acima das pedras e, então, as examinou. — Maravilhosas — murmurou ele, suspirando. — Simplesmente maravilhosas. Como eu disse, Elsa tem um gosto refinado. Fechou o cofre e colocou a pintura de volta sobre ele. — É uma pena deixar o O'Keeffe para trás. Mas parece justo, não acha?

Luke estava com milhares de dólares em esmeraldas em suas mãos. E sorriu...

Capítulo Dez

♦ ♦ ♦ ♦

O TRUQUE PARA APLICAR UM golpe perfeito, até onde Sam sabia, era explorar o elo mais fraco. No pouco tempo em que estava na trupe de Nouvelle, fez-se disponível para todo e qualquer tipo de trabalho, sempre manteve um sorriso simpático no rosto e uma palavra de elogio na ponta da língua. Escutou com interesse quando Lily lhe contou sobre o passado de Luke e conquistou seu coração inventando a história de uma mãe morta e de um pai violento, o que deixaria seus pais, que viviam numa modesta casa em Bloomfield, Nova Jersey, surpresos. Nos dezesseis anos em que viveram sob o mesmo teto, nunca levantaram a mão contra ele.

Odiava o subúrbio, e, por razões que seus pais trabalhadores não conseguiam compreender, desprezava-os, bem como suas modestas ambições e estilo de vida.

Durante a adolescência, magoou-os com sua teimosia e rebeldia. Roubou o carro da família pela primeira vez aos 14 anos e fugiu para Manhattan. Teria dado certo, se tivesse se preocupado em pagar o pedágio no túnel. Os tiras o levaram de volta para Bloomfield, insolente e sem arrependimentos.

Tornou-se adepto do furto de lojas, roubando relógios, bijuterias e maquiagem em lojas de departamentos. Embalava a mercadoria com cuidado numa maleta de couro que roubara, depois vendia tudo com descontos aos colegas de escola.

Duas vezes invadiu e vandalizou a escola, mais pelo simples prazer de quebrar vidraças ou arrebentar a tubulação de água. Era inteligente o bastante para não se vangloriar de suas façanhas, era tão encantador com os professores, que nunca suspeitavam dele.

Em casa era um demônio, levando a mãe constantemente às lágrimas. Os pais sabiam que eram roubados por ele, vinte dólares faltando na carteira, bugigangas e joias desapareciam. Não conseguiam entender por que ele se sentia compelido a roubar, já que lhe proviam de tudo. Não entendiam que o filho não gostava particularmente de roubar. Ele gostava muito era de magoar as pessoas.

Recusava-se a ir às sessões de aconselhamento, ou, se conseguiam arrastá-lo para a terapia, se sentava carrancudo e não falava nada. Quando, aos 16 anos, a mãe se recusou a emprestar o carro, sua reação foi bater nela, cortando seu lábio e a deixando com o olho roxo. Então, calmamente, pegou as chaves, saiu pela porta e foi embora.

Abandonou o carro perto da fronteira com a Pensilvânia e nunca mais voltou.

Nunca mais pensou em seus pais. Os Natais e aniversários nunca passaram por sua cabeça durante as viagens pela costa. Para Sam, eles não significavam nada; portanto, não existiam.

Os Nouvelle estavam lhe dando alguns trocados, um excelente lugar para ficar e tempo para planejar outro golpe. Por ser capaz de usá-los, desprezava-os tanto quanto o casal que lhe dera a vida.

Por razões que não entendia ou nem tentava entender, era Luke a quem mais odiava. Começou a cortejar Roxanne, pois percebeu que ela tinha uma paixão infantil por Luke.

Também a considerava o elo mais fraco.

Dedicava-lhe seu tempo e atenção, ouvia suas ideias, elogiava suas habilidades como mágica. Fazia com que ela ficasse lisonjeada por mostrar-lhe alguns truques e, aos poucos, ganhou seu carinho e confiança.

Tinha certeza absoluta da lealdade dela. Então, no fim de seu segundo mês em Nova Orleans, decidiu se aproveitar disso.

Muitas vezes saía para encontrá-la na volta da escola, um hábito que tanto Max quanto Lily apreciaram. Era um inverno gelado e úmido, as pessoas corriam das ruas à procura do conforto de suas casas. Era fácil avistar Roxanne, caminhando devagar pela calçada, debaixo das marquises das lojas, fugindo da chuva fina, enquanto olhava as vitrines. Muitos dos lojistas a conheciam bem e a recebiam com gosto, caso entrasse para olhar.

Ela tratava com cuidado e admiração tudo que tocava, sempre fazendo perguntas e armazenando a informação.

Ela ainda estava a duas quadras de casa quando ele a viu, o cabelo lustroso e a jaqueta azul-marinho brilhando na penumbra. Ele já escolhera seu alvo e, enquanto caminhava ao seu encontro, estava de muito bom humor.

— Ei, Rox, como foi na escola?

— Tudo bem. — Sorriu para ele, tinha idade suficiente e era mulher o suficiente para se sentir lisonjeada com as atenções de um homem de

Ilusões Honestas 131

19 anos. O coração debaixo de seus seios, teimosamente pouco desenvolvidos, acelerou o ritmo.

Em uma das lojas da Royal havia mais lixo do que preciosidades. Havia peças interessantes, a maioria delas de baixo valor. A mulher que administrava a loja pegava a mercadoria em consignação e complementava sua renda lendo cartas de tarô. Sam escolhera a loja porque a proprietária costumava trabalhar sozinha e, frequentemente, Roxanne parava para uma consulta às cartas de tarô.

— Quer parar para consultar as cartas? — Sam sorriu para ela. — Talvez você descubra como foi na prova.

— Nunca pergunto coisas bobas assim.

— Você podia perguntar sobre namorado. — Lançou-lhe um olhar que fez com que a pulsação dela disparasse e abriu a porta antes que ela tivesse a chance de seguir em frente. — Talvez ela lhe diga quando você vai se casar.

Roxanne baixou o olhar.

— Você não acredita de verdade nas cartas.

— Vamos ver o que elas vão dizer. Talvez eu acredite.

Madame D'Amour estava sentada atrás do balcão. Tinha um rosto anguloso, bem enrugado, dominado por olhos castanho-escuros. Hoje ela usava um de seus muitos turbantes, roxo, que cobria tudo, menos alguns fiapos de seu cabelo tingido de ébano. Acrescentou pesados brincos de pedras que iam até quase os ombros de sua túnica púrpura. Em volta do pescoço, usava muitos cordões de prata. Pulseiras tilintavam em ambos os pulsos.

Devia ter 60 e poucos anos e dizia ser descendente de ciganos. Poderia ser verdade, mas, independentemente de sua herança, Roxanne era fascinada por ela.

Quando os sinos da porta tocaram, ela levantou o olhar e sorriu. Cartas de tarô com ilustrações coloridas estavam no balcão à sua frente, dispostas em forma de uma cruz celta.

— Achei que minha amiguinha viesse me visitar hoje.

Roxanne se aproximou para que pudesse estudar as cartas. Estava muito quente dentro da loja, mas não se incomodava. Tinha sempre o cheiro maravilhoso do incenso que a Madame queimava e de um forte perfume de mulher.

— Você veio às compras ou à procura de algo? — perguntou-lhe Madame D'Amour.

— Você tem tempo para colocar as cartas para mim?

— Pra você, meu amor, sempre. Talvez possamos tomar uma caneca de chocolate quente, *oui*? — Olhou para Sam, e seu sorriso murchou um pouco. Havia alguma coisa naquele rapaz da qual ela não gostava, apesar dos olhos bonitos e do sorriso aberto e simpático. — E você? Tem alguma pergunta para as cartas?

— Tudo bem. — E deu um sorriso tímido. — Acho que isso me assusta um pouco. Vá em frente, Rox, aproveite. Tenho que pegar umas coisas na farmácia. — Encontro você em casa.

— Ok. — Quando Madame pegou as cartas e se levantou, Roxanne foi até a cortina que separava a loja da sala dos fundos. — Diga ao papai que já estou indo.

— Claro. Até mais. — Ele se dirigiu até a porta, parando ao ouvir a cortina se fechar. Seu sorriso não era mais amigável, quando, deliberadamente, abriu a porta, deixando os sininhos tocarem, depois fechou novamente. Com movimentos rápidos, contornou as mesas carregadas de porcarias e preciosidades e se dirigiu ao balcão. Debaixo dele havia uma caixa de charutos pintada, onde Madame guardava a féria do dia. Não havia muito, os negócios andavam devagar com os dias chuvosos de inverno, mas Sam pegou tudo, até o último centavo. Encheu o bolso com as notas e moedas, deu uma olhada rápida em volta para ver se valia perder seu tempo com mais alguma coisa. É claro que teria preferido quebrar alguns vidros e porcelanas, mas, em vez disso, encheu os bolsos com algumas bugigangas. Segurando os sinos com cuidado, abriu a porta, saiu e a fechou lenta e silenciosamente ao sair.

◆◆◆◆

Durante aquela semana, Sam atacou mais quatro lojas no French Quarter. Quando era vantajoso, recorria à ajuda de Roxanne, passeando com ela pelas lojas e esperando, enquanto ela, um rosto familiar no bairro, chamava a atenção do atendente. Enchia os bolsos com o que estivesse ao seu alcance, não importava se era uma valiosa porcelana de Limoges ou um cinzeiro barato. Certa vez, teve sorte bastante para limpar o caixa, enquanto

ILUSÕES HONESTAS 133

Roxanne era levada aos fundos da loja para ver uma boneca de porcelana, que acabara de chegar, importada de Paris.

Sam não se importava com o valor de seus saques. O que mais lhe agradava era que a confiável Roxanne, com olhos arregalados, era inconscientemente sua sócia. Ninguém acusaria a queridinha de Maximillian Nouvelle de roubo de bugigangas. Contanto que estivesse com ela, poderia encher os bolsos à vontade.

Porém, a melhor parte daquele inverno em Nova Orleans foi seduzir Annabelle, afastando-a do apaixonado Luke.

Foi fácil, tão fácil quanto seus roubos compulsivos e mesquinhos nas lojas. Tudo que teve que fazer foi observar, ouvir e tirar vantagem das oportunidades que apareceram.

Como a maioria dos jovens apaixonados, Luke e Annabelle tinham sua cota de brigas. A maior parte delas envolvia o pouco tempo que Luke tinha para ficar com ela e a crescente demanda de Annabelle por cada minuto do dia dele. Ela o atormentava para faltar aos ensaios para levá-la a festas, passeios e para dançar. Ele até poderia se deixar levar pelos hormônios, mas Luke era um artista muito profissional e um ladrão muito dedicado para cancelar uma apresentação ou um assalto, até mesmo por Annabelle.

— Escute, eu não posso. — Luke suspirou com impaciência e passou o telefone para a outra orelha. — Annabelle, eu lhe expliquei tudo isso há dias.

— Você está só sendo teimoso. — Pelo telefone, podia-se claramente perceber as lágrimas em sua voz, o que fez com que Luke se sentisse um bosta. — Você sabe, o sr. Nouvelle compreenderia.

— Não, eu não sei — respondeu Luke, porque não pedira que Max compreendesse e nem tinha intenção de fazê-lo. — Não é meu fim de semana de folga, Annabelle. Tenho compromisso com o show.

— Acho que o show significa mais pra você do que eu.

Claro que significava, mas Luke achou que não seria algo sensato de se dizer.

— É algo que eu tenho que fazer.

— A festa da Lucy vai ser a melhor do ano. Todos vão estar lá. O pai dela até contratou uma banda. Vou morrer se eu perder.

— Então vá — disse Luke com raiva. — Eu disse que por mim tudo bem. Não espero que fique sentada sozinha dentro de casa.

— Ah, claro. — O deboche evidente se juntou às lágrimas. — Ir à maior festa do ano sem meu namorado. — Fungou e, em seguida, colocou toda adulação a seu dispor no tom de sua voz. — Ah, por favor, querido, você não pode só chegar mais tarde ao show? Não seria tão ruim se fôssemos juntos e depois você tivesse que sair.

Era tentador, como brincar de pique tinha sido não muito tempo atrás. A promessa de diversão, um passeio rápido, de tirar o fôlego. Luke não mudara tanto nos últimos anos para não saber quando resistir a uma oferta de diversão.

— Desculpe, Annabelle. Não posso.

— Não quer — falou ela com frieza.

— Escute... — Começou a falar e, então, estremeceu com a batida do telefone em seu ouvido. — Meu Deus — murmurou ele e colocou o fone no gancho.

— Problemas com mulheres? — Parecia que Sam estava vagando pela cozinha com uma maçã na mão. Na verdade, escutara toda a conversa e já estava bolando planos.

— Elas não entendem nada. — Não era comum Luke confiar em Sam, mas estava com raiva e frustrado o suficiente para descarregar na primeira orelha disponível. — Como eu posso ferrar com a agenda de todo mundo só porque Lucy Harbecker vai dar uma festa?

Sam balançou a cabeça concordando e deu uma mordida em sua maçã.

— Ei, ela vai superar isso. — Deu um soco amigável no braço de Luke. — E, se não superar, tem muitas menininhas por aí, certo? — Piscou e subiu a escada. Parecia que precisaria faltar ao show desta noite. Sam tinha que ir à festa.

Uma febre falsa e uma dor de cabeça eram tudo de que ele precisava. Enquanto Luke se preparava para esquentar a plateia no Porta Mágica, Sam bateu na porta de Annabelle. Ela mesma atendeu, estava de mau humor e com os olhos inchados de chorar.

— Ah, oi, Sam. — Fungou e alisou os cabelos. — O que está fazendo aqui?

— Luke me mandou. — Com um sorriso de desculpas, tirou a mão das costas e ofereceu um ramo de margaridas coloridas.

— Oh! — Ela pegou as flores e as cheirou. Eram lindas, mas não fariam com que não perdesse a melhor noite do ano. — Acho que ele está tentando fazer as pazes.

— Ele está realmente chateado, Annabelle, sente-se mal por você perder a festa.

— Eu também. — Seu olhar endureceu; então suspirou e deu de ombros. Seus pais estavam fora, sua noite estava arruinada e tudo que tinha era um estúpido buquê. — Bem, obrigada por trazer as flores.

— Foi um prazer. Não é exatamente um sacrifício trazer flores para uma mulher bonita. — Demonstrou no olhar admiração com um toque de luxúria antes que o desviasse rapidamente. — Acho melhor dar o fora. Você tem coisas a fazer.

— Não, não tenho. — Estava lisonjeada com o olhar e tocada pelo fato de ele ter tentado disfarçar. Com uma noite longa e chata pela frente, parecia bobagem fechar a porta para um rapaz tão atraente. — Talvez você queira tomar uma Coca-Cola ou alguma outra coisa. A não ser que tenha planos.

— Isso seria legal, se você tiver certeza de que os seus pais não se importam.

— Oh, eles estão fora, não vão voltar tão cedo. — E piscou os olhos para ele. — Eu gostaria muito de companhia.

— Eu também. — Fechou a porta ao entrar.

Bancou o tímido no início, mantendo distância entre eles no sofá, enquanto bebiam refrigerante e escutavam discos. Aos poucos, transformou-se no confidente simpático. Teve cuidado para não chegar a criticar Luke, consciente de que facilmente Annabelle poderia se virar contra ele. Sob o pretexto da festa perdida, tentando fazê-la sentir-se melhor, tirou-a, com um pequeno toque de constrangimento, para uma dança.

Ela achou agradável sua tímida admiração e aconchegou a cabeça em seu ombro, enquanto dançava sobre o tapete. Quando a mão dele começou a se mover para cima e para baixo em suas costas, suspirou.

— Estou tão feliz por você ter vindo — murmurou ela. — Estou me sentindo muito melhor.

— Detestei imaginar você sozinha e triste. Luke é tão sortudo por ter uma garota como você. — Engoliu, certificando-se de que ela escutaria. Quando falou de novo, estava gaguejando. — Eu, ah, eu penso em você o tempo todo, Annabelle. Eu sei que não devia, mas não consigo evitar.

— Sério? — Os olhos dela brilharam quando inclinou a cabeça para trás para olhar o rosto dele. — O que você pensa?

— Em como você é bonita. — Aproximou seus lábios dos dela, sentiu seu tremor. Divertia-se em ver como as mulheres eram fáceis. Fale que são lindas e elas acreditam em tudo que disser. — Quando você vai lá em casa ou no clube, não consigo tirar meus olhos de você. — Encostou seus lábios nos dela, apenas um toque, e então, como se estivesse colocando a cabeça no lugar, desistiu. — Desculpe. — Passou as mãos trêmulas pelo cabelo. — Tenho que ir embora.

Mas não se mexeu, ficou em pé, encarando-a. Em poucos segundos, foi ela, como ele esperava, como planejava, quem chegou perto, quem passou os braços em volta de seu pescoço.

— Não vá, Sam.

Ele era bonito, bom para ela e beijava bem. Os requisitos de Annabelle acabavam de ser preenchidos.

Quando a levou para o sofá e a possuiu, seu corpo estremeceu ao atingir o clímax. Mas estremeceu mais pelo prazer de saber que havia tirado algo que era de Luke.

♦ ♦ ♦ ♦

ENQUANTO SAM FAZIA Annabelle gemer no sofá com estampa desbotada de botões de rosa, Madame caminhava pelos bastidores do Porta Mágica. Estava perturbada por ser a portadora de más notícias. Era algo que faria não pelos comerciantes do bairro nem por si mesma, mas por Roxanne.

— Senhor Nouvelle.

Max olhou por cima dos esboços que estava fazendo e viu Madame na porta de seu camarim. Um verdadeiro prazer iluminou seus olhos quando se levantou para beijar sua mão.

— Ah, Madame, *bonsoir, bienvenu*. É um prazer vê-la novamente.

— Eu gostaria de dizer que vim para assistir à apresentação, *mon ami*, mas não seria verdade. — Ela viu o sorriso de seus olhos se transformar em preocupação.

— Temos um problema.

— *Oui*, um problema que devo lhe contar com pesar. Podemos conversar?

— Claro. — Ele fechou a porta e lhe ofereceu uma cadeira.

— No início dessa semana, minha loja foi roubada.

Talvez fosse irônico que se enchesse de raiva com a ideia, sendo ele próprio um ladrão. Max não se considerava assim. Madame era uma amiga, uma amiga que não poderia se dar ao luxo de ser roubada.

— Qual foi sua perda?

— Mais ou menos cem dólares e algumas bijuterias. É um inconveniente, *monsieur*, mas não exatamente uma tragédia. Eu dei queixa, é claro, e é claro que há muito pouco que se possa fazer. Quando se tem um negócio, aprende-se a ter perdas. Eu teria pensado muito pouco sobre isso, mas um dia ou dois mais tarde, soube que mais duas lojas, a New Orleans Boutique na Bourbon e a Rendezvous na Conti, também foram roubadas em pequenas quantias certamente. No dia seguinte, a loja ao lado da minha teve uma perda, não tão pequena. Várias peças valiosas de porcelana foram roubadas e centenas de dólares em dinheiro.

Max passou a mão pelo bigode.

— Alguém viu o ladrão?

— Talvez sim. — Madame brincou com o amuleto que repousava sobre o corpete de seda de sua túnica esvoaçante. — Talvez não. Quando nós, comerciantes, nos reunimos para falar sobre o assunto, percebemos, sempre que os roubos ocorreram, que alguém que conhecíamos estava na loja no momento. Coincidência, talvez.

— Coincidência? — Max arqueou uma sobrancelha. — Por certo uma coincidência improvável. Mas por que vem a mim com isso, Madame?

— Porque o visitante de cada uma das lojas era Roxanne.

Madame comprimiu os lábios com força ao ver o rosto de Max se transformar. O óbvio interesse em ajudar, a preocupação, tudo desapareceu. Em seu lugar, uma fúria perigosa queimava, saía de seus olhos.

— Madame — disse, numa voz pouco mais alta do que um sussurro e tão ameaçadora quanto uma espada. — Como se atreve?

— Eu me atrevo, *monsieur*, porque amo esta menina.

— No entanto, a Madame acusa de roubar sua loja, de roubar daqueles que a amam e confiam nela?

— Não. — Madame levantou os ombros. — Eu não a acuso. Ela não tiraria o que é meu, quando, em seu coração, sabe que seria só preciso pedir. Ela não estava sozinha nessas visitas, *monsieur*.

Lutando contra a raiva, Max serviu conhaque aos dois. Esperou para falar depois de tomar o primeiro gole e oferecer uma taça para Madame.

— E com quem ela estava?

— Samuel Wyatt.

Max digeriu a informação e acenou com a cabeça. Gostaria de dizer que estava surpreso. Gostaria de não sentir o inevitável. Acolhera o menino, fizera o melhor por ele, mas sabia, de alguma maneira sabia, que não seria recompensado.

— Poderia me dar um minuto? — Dirigiu-se à porta e chamou Roxanne. Ainda com a fantasia, ela veio ao camarim do pai. Abriu um sorriso ao ver Madame.

— Você veio! — Pulou para beijar o rosto da senhora. — Estou tão feliz por ter vindo. Você viu o novo truque de ilusionismo? Luke e eu apresentamos pela primeira vez ao público no show de hoje. Fizemos bem, não foi, papai?

— Sim. — Fechou a porta e em seguida se abaixou para colocar a mão em seu ombro. — Tenho uma pergunta a fazer, Roxanne. Algo muito importante. Você precisa me dizer a verdade, não importa qual seja.

O sorriso morreu no olhar da menina, tornando-o solene e um pouco assustado.

— Eu não mentiria para você, papai. Nunca.

— Você esteve na loja da Madame no início da semana?

— Na segunda-feira, depois da escola. Madame leu as cartas para mim.

— Você estava sozinha?

— Sim, quero dizer, enquanto ela lia as cartas, sim. Sam foi comigo, mas foi embora.

— Você não levou nada da loja de Madame?

— Não. Acho que eu devia ter comprado aquela garrafinha azul, aquela com o pavão em cima? — Olhou para que Madame confirmasse. — Para o aniversário de Lily, mas eu não tinha levado dinheiro.

— Eu não perguntei se comprou, Roxanne, perguntei se levou.

— Eu... — Ficou boquiaberta quando compreendeu. — Eu não roubaria da Madame, papai. Como poderia? Ela é minha amiga.

— Você viu Sam roubar da Madame ou de alguma outra loja que ele visitou junto com você?

— Ah, não, papai, não. — A ideia fez lágrimas brotarem em seus olhos. — Ele não faria isso.

— Vamos descobrir. — Beijou o rosto da filha. — Sinto muito, Roxanne. Você precisa tirar isso de sua cabeça até o show terminar, e esteja preparada para aceitar a verdade, seja ela qual for.

— Ele é meu amigo.

— Espero que sim.

◆ ◆ ◆ ◆

ERA MAIS DE UMA da madrugada quando Max abriu a porta do quarto de Sam. Viu o corpo debaixo das cobertas e se dirigiu em silêncio para o lado da cama. Bem acordado, Sam se virou e abriu os olhos sonolentos. A luz do luar iluminava seu rosto.

— Está se sentindo melhor?

— Acho que sim. — Sam deu um sorriso amarelo. — Desculpe por deixar vocês na mão essa noite.

— Isso não é nada. — Max acendeu a luz, ignorando o grunhido de surpresa de Sam. — Peço desculpas antecipadamente por esta intrusão. Mas é necessária. — Dirigiu-se ao armário.

— O que está acontecendo?

— Há duas maneiras de encarar isso. — Max empurrou as roupas penduradas para o lado. — Ou estou protegendo minha casa, ou estou lhe fazendo uma grave deslealdade. Sinceramente espero que seja a segunda opção.

— Você não tem o direito de bisbilhotar minhas coisas pessoais. — Sam pulou da cama de cuecas e agarrou o braço de Max.

— Ao fazer isso, posso salvar sua reputação.

— Venha, Sam. — Com o constrangimento evidente a julgar pelas bochechas coradas, Mouse entrou no quarto para tirar Sam.

— Seu desgraçado, tire suas mãos de mim. — Sam resistiu e o empurrou, mas Mouse segurou firme. A fúria sempre fervilhante de Sam explodiu quando viu Max pegar uma caixa na prateleira do armário. — Seu cretino, vou matar você por isso.

Calmamente, Max tirou a tampa da caixa e examinou o conteúdo. O dinheiro estava bem organizado e preso com elásticos. Algumas das bugigangas da lista que Madame lhe dera também estavam lá. Outras devem ter sido vendidas, Max presumiu. Havia um peso em seu coração quando olhou para Sam.

— Eu trouxe você para dentro da minha casa — disse Max calmamente. — Eu não pedi gratidão por isso, desde que você trabalhasse por seu teto e seu sustento. Mas confiei em você para acompanhar minha filha, assim como ela confiou em você como um amigo. Você a usou de uma maneira que roubou junto uma parte de sua infância. Se eu fosse um homem violento, só por isso, já o mataria.

— Ela sabia o que eu estava fazendo. — Sam cuspiu. — Ela fazia parte disso. Ela...

Ele caiu para trás quando Max lhe deu uma bofetada no rosto com as costas das mãos.

— Na verdade, talvez eu seja um homem violento. — Max deu um passo à frente de forma que seus olhos ficassem perto dos de Sam. — Você vai pegar todas as suas roupas e dar o fora daqui esta noite. Vou pagar o que lhe devo. Você vai não só deixar esta casa, como também o French Quarter. Acredite, eu conheço cada palmo do Vieux Carré. Se você ainda estiver aqui de manhã, eu vou saber. E vou encontrá-lo.

Max se virou, levando a caixa, e continuou:

— Solte-o, Mouse. Certifique-se de que ele só vai levar as coisas dele, apenas as dele.

— Você vai me pagar, seu desgraçado. — Sam limpou o sangue de seus lábios. — Juro por Deus, você vai me pagar.

— Já paguei — disse Max por cima dos ombros. — Ao ter submetido minha família a você.

Sam pegou uma calça jeans das costas da cadeira. Zombou de Mouse enquanto se vestia.

— Está tendo um orgasmo aí vendo eu me vestir, sua bicha?

Mouse corou um pouco, mas não disse nada.

— De qualquer maneira, vou ficar feliz de dar o fora daqui. — Puxou a camisa. — Nos últimos meses, estava morrendo de tédio.

— Então, mexa-se. — Luke estava parado na porta. Seus olhos faiscavam. — Assim vamos ter tempo para desinfetar o fedor de um canalha que usa criancinhas para proteger seu rabo.

— Você acha que ela não gostou de ser usada? — Sorrindo em desafio, Sam enfiou o restante de suas roupas em um saco de lavanderia. — É disso que as mulheres mais gostam, seu idiota. Pergunte só à Annabelle.

— O que você está querendo dizer com isso?

— Muito bem. — Sam vestiu a jaqueta que Lily comprara para ele. Isso o manteria aquecido por todo o inverno. — Já que perguntou, talvez esteja interessado em saber que, enquanto você bancava o bom empregadinho esta noite, eu estava ocupado fodendo com sua garota. — Viu fúria e desencanto no rosto de Luke. Abriu um sorriso mostrando os dentes. — Bem naquele sofá florido horroroso da sala. — O sorriso de Sam era duro e frio como gelo. — Em cinco minutos, eu tirei aquela calcinha vermelha de renda. Ela gosta mais de ficar por cima, não é? Aí dá pra meter bem fundo. Aquela mancha debaixo do peitinho esquerdo dela é sexy pra caramba, não acha?

Estava preparado, ansioso por uma briga, quando Luke avançou para cima dele. Mas Mouse foi rápido, agarrou Luke e o arrastou para a porta.

— Não vale a pena — falou Mouse. — Venha Luke, deixa pra lá. Não vale a pena. — A gargalhada de Sam ecoava enquanto Mouse empurrava Luke na direção da escada. — Saia e esfrie a cabeça.

— Droga, saia da minha frente.

— Max quer que ele vá embora. — Mouse ficou firme no topo da escada. Se fosse preciso, ele nocautearia Luke. — Isso é tudo o que ele quer. Saia e dê uma volta. Eu tenho que garantir que ele vá embora.

Tudo bem, Luke pensou. Ótimo. Sairia. E esperaria por Sam. Desceu a escada correndo e foi para o quintal. Seu sangue irlandês fervia nas veias. Seus punhos estavam cerrados e prontos. Planejava esperar na rua, seguir Sam por uma ou duas quadras e, então, arrancar sangue dele.

Mas ouviu Roxanne chorando quando estava saindo, pronto, cheio de ideias violentas. Chorava como se estivesse com o coração partido, encolhida em um banco de pedras perto das azaleias.

Se ela fosse dada às lágrimas, talvez Luke tivesse ignorado e ido cuidar da vida. Mas, em todos os anos em que morava com os Nouvelle, nunca vira Roxanne chorar, desde que teve catapora. O som de seu choro tocou fundo em seu coração.

— Deixa disso, Roxy. — Sem jeito, Luke foi até o banco e afagou sua cabeça. — Não chore.

Ela continuou com o rosto escondido entre os joelhos e soluçando.

— Meu Deus. — Mesmo relutante, Luke se viu sentado a seu lado, envolvendo-a em seus braços. — Deixe disso, baby, não permita que ele faça você chorar desse jeito. Ele é um idiota, um maldito canalha. — Luke suspirou, respirou fundo e, aos poucos, se acalmou. — Não vale a pena. — Disse isso mais para si mesmo, percebendo que as palavras de Mouse atingiram o alvo.

— Ele me usou — murmurou Roxanne, com a cabeça encostada no peito de Luke. Agora, com o choro sob controle, se sentia quase forte o bastante para conter as lágrimas. — Fingiu ser meu amigo, mas nunca foi. Ele me usou para roubar de pessoas de quem eu gostava. Eu ouvi o que ele disse para o papai. É como se nos odiasse, como se sempre tivesse nos odiado.

— Talvez odeie. Isso não importa para nós.

— Eu o trouxe para nossa casa. — Apertou os lábios. Não tinha certeza se podia se perdoar por isso. — Ele... ele fez mesmo aquilo com Annabelle?

Luke soltou um suspiro e encostou o rosto no cabelo de Roxanne.

— Provavelmente sim.

— Sinto muito.

— Se ela realmente deixou, acho que não era minha mesmo.

— Ele queria magoar você. — Passou o dedo pelo braço de Luke, confortando-o. — Acho que ele queria magoar todo mundo. Por isso roubou. Não como papai faz.

— Hã hã — disse Luke distraidamente, depois congelou. — O quê?

— Ah, você sabe, os assaltos. Papai não roubaria um amigo ou alguém que ficaria em uma situação ruim por ter sido roubado. — Bocejou. A crise de choro a deixou cansada. — Ele rouba joias e coisas do tipo. Sempre com seguro.

— Meu Deus. — Empurrou-a de seu colo, fazendo-a aterrissar com força, caindo sentada no banco. — Há quanto tempo você sabe disso tudo? Há quanto tempo sabe o que estamos fazendo?

Ela sorriu com deboche, os olhos inchados brilhavam ao luar.

— Sempre — disse simplesmente. — Eu sempre soube.

◆ ◆ ◆

Sam saiu de casa, mas não foi embora de French Quarter. Não quando tinha contas a acertar. Só havia uma maneira de ele ter sido descoberto, Roxanne deve tê-lo delatado.

Foi fácil se convencer de que ela sabia o que ele estava fazendo desde o início. Ela sassaricava pelas lojas e sassaricava mais uma vez, fazendo tudo

ILUSÕES HONESTAS   143

ficar muito fácil. E então se virou contra ele, como se estivesse o expulsando de uma cama quentinha, humilhado. Teria de pagar por isso.

Ele a esperou. Sabia seu caminho para a escola, ele mesmo a acompanhava de vez em quando, tentando ser gentil. Tentando ser gentil, Sam pensou, socando a palma da mão. E olha como ela retribuiu.

Passou várias horas encolhido em um beco tentando se esconder do frio e da garoa fina. Detestava sentir frio.

Mais uma coisa pela qual ela teria que pagar.

Avistou-a e se escondeu. Mas percebeu que não havia necessidade alguma de precaução. Ela estava se arrastando com a mochila nas costas e os olhos baixos. Esperou e, quando ela estava bem perto, atacou.

Roxanne nem gritou, quando foi agarrada por trás e puxada para o beco. Seus punhos se levantaram, ela era uma lutadora por natureza, mas se abaixaram novamente quando viu que era Sam.

Seus olhos ainda estavam inchados. Ressentia-se disso, ressentia-se de que ele a tivesse levado às lágrimas. Mas já tinham se esgotado. Ergueu o queixo e o encarou com os olhos completamente secos, faiscando, ameaçadoramente.

— O que você quer?

— Uma conversinha agradável. Só nós dois.

Havia algo no rosto dele que a fazia querer fugir, algo que nunca vira antes. Havia ódio, sim, mas um ódio cego. Como uma navalha enferrujada que cortaria e infectaria.

— Papai disse para você ir embora.

— Você acha que aquele velho me assusta? — Empurrou-a, causando mais susto do que dor, quando bateu contra a parede. — Eu faço o que eu quero, e o que eu quero agora é acertar as contas com você. Você está me devendo, Rox.

— Devendo? — Esquecendo-se do susto, esquecendo-se da dor no ombro que bateu contra a pedra, ela mesma se afastou da parede. — Levei você para dentro da minha casa. Pedi para o meu pai arranjar um emprego para você. Eu lhe ajudei, e você roubou meus amigos. Eu não devo nada a você, cara.

— Aonde você vai? — Puxou-a de volta, quando ela tentou escapar. — Pra escola? Acho que não. Acho que você devia passar algum tempo comigo. — Deslizou a mão pelo pescoço dela. Roxanne teria gritado em alto e bom som, mas não podia respirar. — Você me dedurou, Rox.

— Não fui eu — conseguiu sussurrar. — Mas teria, se soubesse.

— É a mesma coisa, não é? — Empurrou-a novamente, sua cabeça bateu dolorosamente contra a parede.

O medo fez com que ela, sem pensar e sem aviso, cravasse as unhas no rosto dele. Ele uivou e soltou a mão. Ela quase chegou à entrada do beco, mas ele a alcançou.

— Sua putinha. — Ofegava quando a empurrou. Havia ódio, havia dor, mas também prazer. Poderia fazer o que quisesse com ela, qualquer coisa, tudo, ninguém o deteria.

A cabeça dela estava rodando. Enquanto se ajoelhava, ela o viu se aproximando. Ia machucá-la, ela sabia, e sabia que seria muito ruim. Mire baixo, disse ela para si, e bata forte.

Não precisou. No momento em que se preparava para atacar, Luke voou para dentro do beco. Emitiu um som gutural quando saltou sobre Sam. Um som que Roxanne só poderia descrever como o uivo de um lobo.

Então ouviu os socos. Ela conseguiu se levantar, apesar das pernas bambas. Primeiro procurou por alguma arma, uma tábua, uma pedra, algo de metal. Por fim, pegou a tampa de uma lixeira e, levantando-a, avançou para a luta.

Só demorou um minuto para que visse que Luke não precisava de sua ajuda. Estava arrasando com Sam agora, socava metodicamente, sem piedade, seu rosto.

— Agora já chega. — Ela jogou de lado a tampa para usar as duas mãos nos braços inchados de Luke. — Você tem que parar. Vamos ter problemas se você matá-lo. — Teve que se abaixar para que os olhos ferozes de Luke pudessem ver os seus. — Luke, papai não ia gostar se você machucasse suas mãos.

Algo no tom de voz frio e lógico dela fez com que ele olhasse para baixo. Os nós de seus dedos estavam machucados, arranhados e sangrando. Ele teve que rir.

— Certo. — Mas tocou seu rosto com uma das mãos que sangrava. Ficara furioso com o que Annabelle, mas aquilo não era nada, nada, comparado com o que sentiu quando viu Roxanne no chão e Sam em volta dela. — Você está bem?

— Estou. Eu ia dar um soco no saco dele, mas obrigada por bater nele por mim.

— Sem problemas, eu gostei. Vá pegar sua mochila, espere-me na calçada.

— Você não vai bater mais nele, vai? — Olhou friamente o rosto espancado de Sam. A não ser que estivesse enganada, seu nariz estava quebrado e perdera alguns dentes.

— Não. — Sacudiu a cabeça e apontou a entrada do beco. — Vá, Rox. Espere por mim.

Dando uma última olhada em Sam, Roxanne se virou e foi embora.

— Eu poderia matar você por ter tocado nela. — Luke se abaixou. — Chegue perto dela ou de qualquer um da minha família de novo que eu mato você.

Sam se apoiou nos cotovelos quando Luke se levantou. Seu rosto estava pegando fogo, sentia como se seu corpo tivesse sido atropelado por um caminhão. Ninguém, ninguém nunca o machucara.

— Vai ter volta. — Sua voz era um grasnido que fez Luke levantar a sobrancelha com deboche.

— Pode tentar. Aula gratuita, Wyatt, desista enquanto é capaz de ir embora. Da próxima vez, vou quebrar mais do que seu nariz.

Quando Luke o deixou, Sam se encolheu como uma bola para tentar fazer a dor parar. Mas ela o corroía, alimentando seu ódio. Um dia, prometeu a si mesmo enquanto chorava e tentava se levantar, um dia, todos pagariam por tê-lo machucado.

Capítulo Onze

♦ ♦ ♦ ♦

PARIS, 1982

— Eu não sou mais criança. — Roxanne estava de cabeça quente. Isso ficava claro no som de sua voz e no calor em seus olhos, enquanto dava as costas à vista de Paris na primavera.

— Sei muito bem disso. — Em um proposital contraste, o tom de voz de Max era suave. Ele parecia completamente impassível à fúria da filha enquanto adicionava creme ao forte café francês. Os anos deixaram seus cabelos prateados.

— Eu tenho direito de ir com vocês, tenho direito de fazer parte disso.

Max passou uma quantidade generosa de manteiga em seu croissant, deu uma mordida e limpou a boca com um guardanapo de linho.

— Não — disse ele com um doce sorriso nos lábios e voltando a comer.

Ela poderia ter gritado. Deus sabia o quanto ela queria... gritar, explodir e se enfurecer. E era muito difícil que esse tipo de comportamento convencesse o pai de que ela era uma adulta competente, pronta para assumir seu lugar nos negócios.

A sala da suíte que ocupavam no Ritz era lindamente mobiliada e suntuosamente confortável. Vestindo um belo roupão de seda estampada com flores vívidas, discretas esmeraldas brilhando nas orelhas e uma complexa trança francesa descendo pelas costas, aquele parecia o seu lugar.

Mas o coração e a alma de Roxanne desejavam becos escuros e terraços fuliginosos. O sangue que lhe corria nas veias sob a pele macia era sangue de ladrão. Só precisava convencer o pai de que já era sua hora de atuar pela primeira vez.

— Papai... — Completou a xícara de café de Max, dando a ele outro sorriso encantador. — Eu entendo que o senhor só queira me proteger.

— O dever mais importante de um pai.

— E eu amo você por isso. Mas tem que me deixar crescer.

Olhou para ela, então. Apesar de manter o sorriso, seus olhos carregavam uma tristeza insuportável.

— Toda a mágica que tenho à minha disposição seria incapaz de evitar isso.

— Estou pronta. — Ela aproveitou o longo suspiro do pai, juntando sua mão à dele, inclinando-se para a frente. Seus olhos estavam doces mais uma vez e o sorriso, persuasivo. — Estou pronta. Sou tão boa quanto Luke...

— Você não faz ideia do quão bom ele é. — Max deu um tapinha na mão dela e voltou ao desjejum. Perguntou-se com que frequência tinham essa discussão desde quando, com a tenra idade de 14 anos, ela anunciou que estava pronta para se juntar ao show de depois do espetáculo? Não tinha ideia de que ela nem sequer sabia o que ele fazia depois que os holofotes se apagavam e a plateia ia embora.

O olhar de Roxanne congelou. Max quase riu disso. Essa era uma mágica feminina, pensou ele.

— Não importa o quão bom ele possa ser — disse ela. — Eu posso ser melhor.

— Isso não é uma competição, minha querida.

Nisso ele estava errado, refletiu Roxanne enquanto se levantava para andar pela sala mais uma vez. Isso já era uma competição, bem acirrada, há anos.

— Isso é porque não sou homem. — Havia amargura em cada sílaba.

— Não tem nada a ver com isso. Tenho certo orgulho em me considerar um feminista. — Max suspirou novamente, afastando o prato. — Você é muito jovem, Roxy.

Esse era o caminho errado a se seguir. Ultrajada, ela se virou.

— Tenho quase 18. Quantos anos ele tinha quando o levou com o senhor pela primeira vez?

— Ele era anos mais velho — murmurou Max. — Por dentro. Roxanne, quero que você vá para a universidade, aprenda as coisas que não posso ensinar. Que descubra a si mesma.

— Eu sei quem eu sou. — Levantou a cabeça e endireitou os ombros. Max viu um reflexo da mulher que ela se tornaria. O orgulho queimava tão forte e voraz que fez com que os olhos dele lacrimejassem. — O senhor me ensinou tudo o que eu preciso saber.

— Não ensinei o suficiente — disse Max com muita calma. — Lily e eu mantemos você próxima de nós, talvez próxima demais, pois não conseguiríamos fazer diferente. Apenas queremos que você dê um passo sozinha. Se voltar, eu me conformarei de que isso é o certo para você.

— E a minha vontade? — reclamou ela. — Eu quero estar lá quando vocês forem à Chaumet, quando abrirem o cofre. Quero saber como é a sensação de ficar lá no escuro e segurar os diamantes de Azzedine em minhas mãos.

Max compreendia muito bem. Podia estar arrependido por ter contado a ela sobre as joias, as histórias e a beleza espetacular que acompanham as cintilantes pedras. Mas em sua vida havia um espaço pequeno para arrependimentos.

— Sua hora vai chegar, se tiver que acontecer. Mas não é agora.

— Que droga, eu quero...

— A sua vontade vai ter que esperar. — O tom de voz dele era uniforme e definitivo. Só ele sabia o alívio que sentiu quando uma batida na porta os interrompeu. Pediu com um gesto para que Roxanne atendesse e voltou para o café.

Ela conseguiu controlar a fúria para atender à porta com um agradável sorriso no rosto, que sumiu no mesmo instante em que viu Luke. O olhar que direcionou a ele era afiado o bastante para cortar aço.

— Ele negou seu pedido, não foi?

Sorriu, enfiou as mãos nos bolsos e passou por ela. O aroma feminino e provocante do perfume dela provocou um calor momentâneo em seu sangue. Sabia que não conseguia ignorar esse calor, mas podia evitar que ela notasse essa reação que tinha a ela e o fizesse pagar por isso.

— Max. — Enfiou a mão no cesto prateado de pães e se serviu. — Imaginei que gostaria de saber que o restante do equipamento finalmente chegou.

— Ah, até que enfim. — Com um sinal, pediu que Luke se sentasse. — Tome um café. Eu mesmo vou checá-los. Você pode ficar fazendo companhia para Roxanne.

Nem ferrando que ficaria sozinho com ela. As coisas já eram difíceis o suficiente no dia a dia. E sabia, sabia muito bem, que ela não estava usando nada por baixo daquele roupão.

— Eu vou com você.

Ilusões Honestas 149

Já estava se levantando, quando Max o empurrou para baixo novamente.

— Não há necessidade. Mouse e eu podemos verificar se tudo está em ordem. Você deve estar disponível para ensaiar essa tarde. — Foi para a frente do espelho, arrumou a gravata e penteou o bigode.

Será que eles percebiam que soltavam faísca quando estavam perto, perguntou-se Max. Algum espectador inocente poderia pegar fogo. Juventude, pensou, sorrindo com um suspiro. Podia ver o reflexo dos dois no espelho, ambos tensos como gatos de rua, com a maior parte do quarto entre eles.

— Se Lily acordar logo, diga a ela para aproveitar a manhã. Vamos nos encontrar no Le Palace às duas. — Atravessou o quarto para dar um beijo no rosto da filha. — *Au revoir, ma belle.*

— Nós não terminamos ainda.

— Duas da tarde — disse ele. — Enquanto isso, vocês dois deveriam dar uma volta sob o sol de Paris.

Assim que a porta fechou atrás do pai, Roxanne se voltou contra Luke.

— Eu não vou ficar para trás dessa vez.

— Isso não é comigo.

Caminhou até a mesa onde ele estava sentado e espalmou as mãos sobre a toalha de linho com força o suficiente para fazer tremer as porcelanas.

— E se fosse com você?

Olhou bem nos olhos dela. Podia estrangulá-la por ter ficado tão linda. E ela fez isso bem devagar, de forma traiçoeira ao longo dos últimos anos, esgueirando-se sobre ele como um ladrão para roubar sua respiração com um olhar.

— Eu faria exatamente o que Max fez.

Aquilo machucou. Respirou bem fundo para aguentar a dor aguda da traição.

— Por quê?

— Porque você ainda não está pronta.

— Como você sabe? — Jogou a cabeça para trás. A luz que entrava pelas janelas cobria seus cabelos e os transformava em chamas. Luke temia que ela pudesse perceber a paixão em seus olhos. — Como você sabe o que eu estou ou não pronta para fazer?

Era um desafio evidente. Muito evidente. As mãos de Luke umedeceram.

— Roubar joias da vila de Trimalda é bem diferente de enganar turistas com o truque dos copos e bolas, Rox. — Precisando de um apoio, pegou o café. Anos de treinamento mantinham suas mãos firmes. Conseguia irritá-la, sabia disso. Era melhor assim. Enquanto ela estivesse irritada, ele conseguiria manter as mãos longe dela. Assim esperava.

— Eu sou tão boa quanto você, Callahan. Você nem sabia embaralhar cartas até que eu ensinasse.

— Deve ser duro admitir que você foi superada.

A pele de Roxanne ficou branca como neve e, então, se tornou mais rubra do que as rosas sobre a mesa entre os dois. Ela se ajeitou, e, para a infelicidade de Luke, ele conseguiu ver cada curva do corpo dela por baixo do roupão.

— Seu cretino idiota. Você não conseguiria me superar nem se estivesse com pernas de pau.

Ele apenas sorriu.

— Sobre quem a imprensa falou mais durante o show de Nova York?

— Até um idiota que se acorrenta em um caminhão e se joga no East River atrai a imprensa. — Como ela odiava o fato de que a forma como ele escapava da caixa era espetacular. Toda vez que ele se trancava em uma caixa, ela ficava dividida entre dois sentimentos: uma parte de excitação por sua habilidade e ousadia, e outra enojada por isso.

— Eu atraí a imprensa com o meu número — lembrou a ela, e pegou um dos cigarros franceses pelos quais adquirira certa preferência. — Por ser o melhor. — Acendeu o isqueiro e soprou fumaça do cigarro. — Você deveria ficar satisfeita com as suas ilusões bonitinhas, Rox, e seus namoradinhos fofos... — os quais ele queria matar. — Deixe o trabalho perigoso para quem consegue dar conta.

Era rápida. Ele sempre admirara isso nela. Mal teve tempo de levantar a mão para segurar o punho dela antes que ela lhe acertasse o nariz. Ainda segurando a mão fechada dela, ele se levantou. Estavam cara a cara agora, com os corpos quase se tocando.

Ela sentiu um formigamento subindo por sua espinha. Um desejo ardente floresceu dentro dela como uma chama que nunca se apagava. Ela queira odiá-lo por isso.

— Tome cuidado. — O aviso foi dado calmamente, mostrando a ela que no mínimoconseguira acender uma pequena chama de sua cólera.

Ilusões Honestas   *151*

— Se pensa que tenho medo de você me bater de volta...

Deixou ambos surpresos ao pegá-la pelo queixo com os dedos tensos, segurando o rosto dela próximo ao seu. Os lábios de Roxanne se separaram tanto de surpresa quanto de expectativa; a sua mente ficou divinamente vazia.

— Eu poderia fazer pior. — Ele cuspiu as palavras. Pareciam vidro moído em sua garganta. — E nós dois pagaríamos o preço.

Afastou-a com um empurrão antes que fizesse algo do qual nunca se perdoaria. Enquanto se dirigia à porta, deu uma ordem.

— Duas horas. Com o traje. — E bateu a porta ao sair.

Quando percebeu que seus joelhos tremiam, Roxanne se sentou em uma cadeira. Depois de respirar fundo várias vezes, esfregou a garganta com as mãos até conseguir engolir, apesar do nó que se formara ali. Por um instante, muito rápido, ele olhou para ela como se percebesse que ali tinha uma mulher. Uma mulher que ele poderia desejar. Uma mulher que ele desejava.

Com outro suspiro inseguro, ela balançou a cabeça. Isso era ridículo. Ele nunca pensara nela como nada além de um incômodo necessário. E ela não ligava para isso. Há muito tempo havia superado aquela paixão tola e infantil que sentia por ele.

De qualquer jeito, não estava interessada em homens. Tinha planos maiores.

Até parece que esperaria os quatro anos de faculdade para colocá-los em prática. Seus lábios se firmaram. Até parece que esperaria mais uma semana.

Estava na hora de colocar em prática a ideia que vinha tramando em sua cabeça. Há muito tempo. Sorrindo para si mesma, levantou as longas pernas, cruzou-as e, de forma despreocupada, pegou o cigarro que Luke deixara ali queimando. Recostou-se, soprando anéis de fumaça para o teto. E planejou.

♦ ♦ ♦ ♦

*L*UKE SÓ PODIA AGRADECER a Deus por ter tanta coisa em sua mente. Entre se preparar para o show no Le Palace e o trabalho na Chaumet, não tinha tempo para pensar em Roxanne.

A não ser às três da manhã, quando acordava suando frio, frustrado com os sonhos que tinha com ela. Sonhos incrivelmente vívidos e provocantes daquele corpo comprido e claro junto ao seu. Daqueles cabelos gloriosos estendidos sobre a grama orvalhada em alguma clareira isolada. Daqueles olhos fascinantes, cobertos de paixão.

Se existisse inferno, estaaria certo de que iria para lá por ter tais sonhos. Pelo amor de Deus, crescera ao lado dela, e era o que tinha de mais próximo a um irmão. A única coisa que a mantinha a salvo de suas mãos era a ideia fixa dele de que fazer aquilo que desejava com ela seria um tipo de incesto espiritual.

E a certeza de que ela riria dele, e de que essa risada o deixaria exposto, se deixasse transparecer seus sentimentos.

Precisava de uma saída, foi à conclusão que chegou depois de andar em círculo pelo quarto dezenas de vezes. Uma boa e longa caminhada antes do jantar, um passeio pelo crepúsculo parisiense. Pegou sua jaqueta de couro e parou em frente ao espelho tempo o suficiente para ajeitar os cabelos com a mão.

Não notou as mudanças no próprio corpo ao longo dos anos. Muita coisa continuava igual. Os cabelos continuavam escuros e grossos, na altura do colarinho, ou amarrados em um rabo de cavalo. Os olhos ainda eram azuis, e o comprimento dos cílios não o envergonhava mais. Aprendeu que sua beleza poética poderia encantar as mulheres que valorizavam essas coisas. Sua pele permanecia macia, com ossos compridos sob ela. Na adolescência, deixou um bigode crescer, mas não lhe caiu bem. Agora não possuía nada ao redor dos lábios.

Certa vez quebrara o nariz ao sair de uma caixa, mas voltou para o lugar, o que o deixou um pouco desapontado.

Aos 21 anos, chegou à altura de 1,85m, em um corpo alto e magro. O frequente olhar assombrado que tinha na infância raramente aparecia agora. Os anos ao lado de Max lhe ensinaram a controlar o físico, o mental e o psicológico. Era, e sempre seria, grato por isso.

No momento certo, quebraria as algemas que seus sentimentos por Roxanne lhe impuseram.

Afastou-se do espelho e saiu do quarto, caminhando pelo longo corredor acarpetado até os elevadores. Olhou de relance para a bela e loira camareira que empurrava um carrinho.

Hora de pedir toalhas extras, pastilhas de hortelã em cima do travesseiro. O menino que já havia dormido em valas estava se tornando tão acostumado com tais luxos que mal notava.

— *Bon soir* — murmurou ele com um sorriso casual quando passou por ela.

— *Bon soir, monsieur.* — O sorriso da moça foi tímido e rápido antes que ela batesse em uma das portas do corredor.

Luke estava quase nos elevadores quando parou de repente. Aquele aroma. O perfume de Roxanne. Maldita seja, estaria tão deslumbrado que podia sentir o cheiro dela por todos os lugares? Ele se recompôs, deu mais um passo e parou de novo. Seus olhos se estreitaram enquanto se virava e observava a camareira, que colocava uma chave mestra na fechadura.

Aquelas pernas. Seus dentes se cerraram à medida que observava aquelas pernas longas e magras por baixo da discreta saia preta do uniforme.

As pernas de Roxanne.

Estava fechando a porta atrás de si quando ele a impediu.

— Mas que merda você pensa que está fazendo?

Ela levantou o olhar para ele.

— *Pardon?*

— Sem essa, Roxanne. Que merda é essa?

— Cale a boca — sussurrou ela, enquanto o puxava para dentro pelo braço. Estava furiosa, mas isso podia esperar. Primeiro ela queria respostas. — Como soube que era eu?

Não diria a ela que poderia reconhecer aquelas pernas em qualquer lugar. Então mentiu.

— Dá um tempo. Quem você acha que vai enganar com essa roupa?

O fato era que estava perfeito. A curta peruca loira mudara drastica-mente sua aparência. Até a cor dos olhos estava diferente. Lentes coloridas, imaginou, mudou a cor de verde-esmeralda para castanho-claro. Ela era boa o suficiente com maquiagem para mudar a cor da pele e o formato do rosto com sutileza. Colocara um pouco de enchimento nos quadris, e Luke tinha certeza de que ela também usava um daqueles sutiãs enganadores, que deveriam ser proibidos.

Eles levantam e acolchoam, deixando os homens com água na boca por uma coisa que, na verdade, era uma miragem.

— Papo furado. — Sua voz ainda era um sussurro perfurante. — Passei dez minutos no quarto de Lily, e ela não me reconheceu.

Isso porque ela não passou os últimos dois anos babando por suas pernas.

— Eu reconheci — respondeu e deixou por isso mesmo. — Agora responda, que merda você está fazendo aqui?

— Roubando as joias da sra. Melville.

— Não vai mesmo.

Os olhos dela reluziram. Podiam estar castanhos, pensou Luke, mas eram os olhos de Roxanne.

— Agora me deixe em paz. Tenho tudo sob controle, e não estou fazendo nada de improviso. Planejei cada detalhe, e você está estragando tudo.

— E o que você vai fazer quando a sra. Melville chamar os seguranças?

— Fazer cara de chocada, alarmada e ultrajada, é claro. Como todos os demais hóspedes do hotel. — Dando as costas a Luke, encaminhou-se diretamente à penteadeira. Tirou um lenço do bolso para garantir que não deixaria impressões digitais quando abrisse as gavetas.

Ele fez um som com a garganta que era ao mesmo tempo divertimento e desgosto.

— Acha mesmo que vai encontrar as coisas dela simplesmente jogadas em cima da penteadeira? O Ritz tem um cofre lá embaixo para isso.

Roxanne lançou a ele um olhar de desdém.

— Ela não as deixa lá embaixo. Escutei quando ela e o marido estavam conversando sobre isso. Ela gosta de ter as joias por perto para que toda noite possa escolher qual usar.

Isso era bom, pensou Luke. Muito bom. Precisava encontrar outra falha.

— O que você vai fazer caso algum deles entre no quarto enquanto você revira as coisas?

— Não vou revirar nada. — Movendo-se depressa, ela fechou completamente uma gaveta. — Estou aqui para arrumar a cama. Qual é a sua desculpa?

— Está bem, Rox, já chega. — Agarrou o braço dela. — Nós planejamos o trabalho de Chaumet por meses. Não vou deixar que esse seu joguinho barato estrague tudo.

— Uma coisa não tem nada a ver com a outra. — Ela se libertou dele e se afastou. — E não é um joguinho barato. Você viu as pedras que aquela mulher usa?

— Podem ser falsas.

— Isso é o que vou descobrir. — Com uma sobrancelha arqueada, ela tirou uma lente de joalheiro do bolso. — Convivi com Max por quase dezoito anos — disse enquanto colocava o objeto de volta no bolso. — Sei o que estou fazendo.

— O que você está fazendo é saindo daqui... — Parou de falar quando escutou a chave na fechadura. — Ah, merda.

— Eu poderia gritar — disse ela de forma agradável. — E dizer que você forçou sua entrada para me atacar.

Não era hora para réplicas. Deu a ela um olhar fulminante e fez a única coisa que podia: esconder-se embaixo da cama.

Dobrando a língua, Roxanne começou a arrumar a colcha. Ajeitou-se quando a porta abriu e corou um pouco.

— Oh, *monsieur* Melville — disse ela com um pesado sotaque inglês. — Devo... voltar outra hora?

— Não será necessário, docinho. — Ele era um texano grande e musculoso com cerca de 50 anos, e a maldita comida francesa lhe dava indigestão. — Pode continuar com o que está fazendo.

— *Merci.* — Roxanne alisou os cobertores e afofou os travesseiros, muito ciente de que os olhos de Melville estavam pregados em seu traseiro.

— Não me recordo de tê-la visto por aqui antes.

— Esse não é... — Ela se inclinou um pouco mais sobre a cama. É melhor que o dinheiro desse velho vulgar realmente valha a pena, pensou. — Meu andar de costume. — Curtindo sua personagem, virou-se, lançando um olhar por baixo dos cílios. — Deseja mais toalhas, *monsieur*? Quer que eu lhe traga algo?

— Bem... — Abaixou a cabeça e coçou o queixo. Havia um bafo de uísque em sua boca, não totalmente desagradável. — O que você tem em mente, docinho de coco?

Ela sorriu e agitou os cílios novamente.

— Oh, *monsieur*. Assim o senhor me provoca, *oui*?

Ele tinha muita certeza de que provocava, pensou. Desembrulhar um lindo pacote desses seria muito mais divertido do que a ópera para a qual sua esposa queria arrastá-lo. Mas também levaria tempo. Esquecendo-se da indigestão, decidiu que podia tirar um tempo para uma rapidinha.

— Eu tenho um fraco por doces franceses. — Melville lhe deu um tapinha no traseiro, e, quando ela deu um riso nervoso, ele lhe deu uma apertadinha nos seios. Embaixo da cama, Luke tinha certeza de que estavam crescendo garras em suas mãos.

Corando e suspirando, Roxanne fitou Melville com seus grandes olhos castanhos.

— Oh, *monsieur*. Vocês americanos.

— Não sou apenas americano. Sou texano.

— Ah. — Ela deixou que ele desse uma mordidinha em seu pescoço, enquanto Luke continuava escondido, impotente, com os punhos cerrados. — É verdade o que dizem sobre os texanos, *monsieur*? Que tudo é... maior?

Melville deu um assovio e a beijou na boca com vontade.

— Bem direta, hein, docinho? Por que você mesma não descobre? — Esqueceu-se da esposa e do estômago na mesma hora em que começou a deitá-la na cama. Luke estava tenso, pronto para atacar.

— Mas, *monsieur*, eu estou em serviço. — Roxanne se desvencilhou dele, ainda dando risinhos. — Eu serei demitida.

— Que tal quando não estiver de serviço?

Brincando com a imagem de safadas que os texanos têm das francesas, ela mordeu o lábio inferior, flertando.

— Talvez possamos nos encontrar à meia-noite. — Agitou os cílios. — Há um pequeno café aqui perto... o Robert's.

— Bem, então. Acho que eu consigo providenciar isso. — Puxou-a para junto de si e apertou seus quadris acolchoados. — Fique de olho em mim. Qual é o seu nome, docinho?

— É Monique. — Acariciou o rosto do homem com a ponta dos dedos. — Vou esperar pela meia-noite.

Ele deu mais um aperto e uma olhada para ela antes de sair, cheio de fantasias com uma noite de sexo com uma francesa.

Roxanne caiu sobre a cama e gargalhou.

— Ah, entendi, virou bagunça — murmurou Luke enquanto saía do esconderijo. — Você deixou aquele merda passar a mão por todo o seu corpo, ele praticamente montou em você, e havia risadinhas o tempo todo. Eu deveria te dar uma surra.

Segurando-se, ela deu um último suspiro.

— Ah, vê se cresce. — Então ela prendeu a respiração quando Luke segurou seu braço e puxou-a até ficar de pé. Reconhecia a fúria quando a via e não protestou.

— Parece que você cresceu por nós dois, não é? Você é muito boa nisso, não, Rox? Quantos daqueles valentões da faculdade passaram as mãos nojentas em você?

Dessa vez, o rubor foi verdadeiro.

— Não é da sua conta.

— Claro que é. Eu sou... — Louco por você. As palavras quase saíram antes que ele impedisse. — Alguém tem que cuidar de você.

— Posso fazer isso muito bem sozinha. — Afastou-o com os cotovelos, horrorizada por sua espinha estar formigando. — E para sua informação, cérebro de minhoca, ele não encostou as mãos em mim. Onde ele passou as mãos tinha enchimento suficiente para encher um colchão.

— Esse não é o ponto. — Pegou-a pela mão, mas ela se desvencilhou dele. — Roxanne, nós vamos sair daqui. Agora.

— Saia você. Eu vou terminar o que vim fazer. — Pronta para se levantar, ela jogou a cabeça para trás. — Eu quero isso mais do que nunca. Aquele traidor filho da mãe terá que comprar uma cesta cheia de joias novas para a esposa. Ele vai ter o que merece... por sair para encontrar com uma vadiazinha francesa em um café barato.

Sem querer, Luke passou a mão nos cabelos e riu.

— A vadiazinha francesa é você, Rox.

— E sou também quem vai fazê-lo pagar por adultério. — Seu olhar se tornou penetrante. E havia astúcia o suficiente ali para deixar Luke admirado, embora com relutância. — E o que ele poderá falar de mim? Vai falar de uma camareira que encontrou, vai me descrever, mas sem muito detalhes, pois ele estará culpado e com medo. É melhor assim do que se ele nunca tivesse me visto. — Caminhou até o closet e examinou a prateleira do topo. — *Et, voilà.*

Ela teve que se esticar para alcançar a caixa de joias de três andares.

— Nossa, Luke, isso deve pesar uns dez quilos. — Antes que ele pudesse ajudá-la, ela colocou a caixa no chão e se agachou ao lado. — É minha — disse com uma voz de advertência, afastando a mão dele com um tapa. Ela pegou um conjunto de instrumentos no bolso, escolheu um e se pô a trabalhar para abrir a fechadura.

Levou quarenta e três segundos, Luke cronometrou. Tinha de admitir que ela era melhor, muito melhor, do que ele imaginara.

— Oh, nossa. — Seu coração deu um salto quando ela abriu a caixa. Tudo brilhava, irradiava, cintilava. Sentiu-se como se fosse Aladdin explorando a caverna. Não, não, pensou, aquele outro cara dos quarenta ladrões. — Não são lindos? — Cedendo ao desejo, afundou a mão nas joias.

— Se forem de verdade. — Ele não conseguia fazer parar aquele arrepio familiar, mas manteve a voz decisiva. — E um profissional não baba sobre os ganhos.

— Não estou babando. — E sorriu mais uma vez, abrindo aquele sorriso irradiante para ele. — Um pouco, talvez. Luke, elas não são fabulosas?

— Se... — Sua voz vacilou. Teve que limpar a garganta. — Se forem verdadeiras — repetiu ele.

Roxanne apenas suspirou pela falta de visão de Luke e retirou a lente do bolso. Após examinar um colar de safiras e diamantes, ajoelhou-se.

— Elas são verdadeiras, Callahan. — Agindo com pressa agora, examinou peça por peça antes de envolvê-las em toalhas. — Não diria que os diamantes são os mais transparentes, mas servem. Acho que eles devem valer uns... cento e sessenta ou cento e setenta mil líquidos?

Ele chegou às mesmas conclusões, mas não quis dizer a ela o quão próximos estavam seus raciocínios. Em vez disso, puxou-a para que ficasse de pé de novo. Esvaziou a caixa e, usando uma toalha, a colocou no lugar.

— Vamos embora.

— Qual é, Luke. — Ela bloqueou a porta, e seus olhos sorriam. — Pelo menos diga que fiz tudo certo.

— Sorte de principiante. — Mas sorriu de volta.

— Não teve nada de sorte nisso. — Encostou o indicador no peito de Luke. — Gostando ou não, Callahan, você tem uma nova parceira.

Capítulo Doze

♦ ♦ ♦

— Você não está sendo justo.

Roxanne estava no quarto de vestir do pai usando o traje completo. As lantejoulas e adornos do vestido tomara que caia verde-esmeralda que usava cintilavam por causa das luzes e também por sua indignação.

— Provei que sou capaz — insistiu ela.

— Você provou que é impulsiva, afobada e teimosa. — Depois de colocar as abotoaduras na camisa de seu smoking ao seu gosto, Max olhou a expressão furiosa da filha pelo espelho. — E você não vai, repito, não vai participar do trabalho da Chaumet. Agora, tenho dez minutos para fazer as marcações, mocinha. Mais alguma coisa?

Naquele momento ela voltou à infância. O seu lábio inferior tremeu, enquanto ela se jogava em uma cadeira.

— Papai, por que não confia em mim?

— Pelo contrário. Eu confio em você implicitamente. Entretanto, você deve confiar em mim quando digo que não está pronta.

— Mas os Melville...

— Foi um risco que você nunca deveria ter corrido. — Balançava a cabeça à medida que se aproximava de Roxanne para levantar seu rosto com a mão. Sabia, melhor do que ninguém, como era o desejo por aqueles brinquedinhos brilhantes, a excitação de roubá-los no escuro. Como poderia esperar que uma criança com seu próprio sangue fosse diferente?

Estava, de verdade, muito orgulhoso dela. Um orgulho deturpado, pensou com um meio sorriso. Mas orgulho de pai era orgulho de pai.

— *Ma belle*, vou lhe falar uma coisa. Nunca, jamais coloque mais água no seu feijão.

Roxanne arqueou uma sobrancelha.

— Não me lembro de você ter devolvido as joias, papai.

Complicando-se, ele passou a língua pelos dentes.

— Não — concordou, esforçando-se para falar. — Não se deve criticar um diamante dado de presente, por assim dizer. Mas, ainda assim, o que conseguiu é apenas uma fração do que conseguiremos essa noite. Foram meses de planejamento, Roxanne. Tudo milimetricamente calculado. Mesmo que eu quisesse colocá-la no plano a essa altura ou qualquer outra pessoa, atrapalharia essas escalas delicadamente balanceadas.

— Isso é uma desculpa — refutou ela, sentindo-se como uma garotinha proibida de ir a uma festa. — Da próxima vez, você inventará outra.

— Essa é a verdade. Da próxima vez haverá outra verdade. Quando foi que eu menti para você?

Ela abriu a boca e fechou logo em seguida. Ele se esquivava, fugia e brincava com a verdade. Mas mentir para ela? Não, nunca.

— Eu sou tão boa quanto Luke.

— Ele costumava dizer a mesma coisa sobre você, no palco. E falando nisso... — Pegou a mão da filha, levantando-a e beijando-a com leveza. — Temos um show para fazer.

— Tudo bem. — Ela abriu a porta, e então se virou. — Papai, eu quero a minha parte dos cento e sessenta mil.

Ele sorriu de orelha a orelha. Algum pai já teve uma filha tão perfeita?

— Essa é a minha garota.

♦ ♦ ♦ ♦

A PLATEIA DO LE PALACE estava cheia de estrelas do cinema, modelos parisienses e aquelas pessoas ricas e glamourosas o suficiente para estarem do lado deles. Max criou um show sofisticado e complicado o bastante para entreter esse seleto público. Não era possível Roxanne participar do espetáculo estando com a mente em outro lugar.

Como fora treinada, colocou tudo de lado, menos a magia. Era ela que fazia a ilusão das Bolas Flutuantes agora, uma mulher magra cintilando como uma esmeralda. Luke observou que ela parecia uma rosa: o sinuoso caule verde e os cabelos de fogo. A plateia estava encantada por sua beleza e pelas bolas prateadas que dançavam e balançavam a centímetros de suas graciosas mãos.

Gostava de provocá-la, é claro, dizendo que seus números eram brilho demais e conteúdo de menos. Mas, na verdade, ela era extraordinária. Mesmo sabendo o segredo do truque, Luke se surpreendia.

Ela levantou os braços. Três esferas tremularam por cada um dos braços, dos ombros até os pulsos. Enquanto tocava Debussy, Lily os cobriu com um lenço de seda verde-esmeralda, longe dos holofotes. Ao girar os braços, com a palma das mãos para cima, Roxanne fez o lenço se movimentar pelo chão. E ali, onde os globos brilhantes estavam, pombas brancas se empoleiravam.

A plateia explodiu em aplausos quando ela fez sua reverência e saiu. Luke estava nas coxias, sorrindo para Roxanne, enquanto Mouse atraía as pombas de volta para a gaiola.

— Pássaros são legais, Rox, mas se você fizesse com um tigre...

— Vai se... — Ela cortou no meio porque Lily a seguira e estava pronta para censurá-la.

— Não comecem. — Deu um tapinha carinhoso no rosto dos dois. — Mouse, querido, mantenha esses dois na linha. Tenho que voltar para minha posição. — Deu um suspiro exagerado. — Eu juro, Max nunca deixa de inventar novas maneiras de me cortar em pedaços. — Após dar uma última e demorada olhada em Luke, ela entrou, em meio aos aplausos para Max.

— Você sabe o que há de errado com ela, não sabe? — disse Roxanne após um suspiro.

— Não há nada de errado com Lily. — Os lábios de Luke se curvavam enquanto assistia ao chamativo número de Max, que começava com ele soltando fogo das pontas dos dedos e terminava com ele cortando Lily em três com raios laser.

— Ela está preocupada com você, só Deus sabe por quê.

Aquilo o atingiu bem na ferida, bem na culpa que sempre estivera presente.

— Não há nada para ela se preocupar. Eu sei o que estou fazendo.

Roxanne se virou para ele, segurando-se. O show business significava muito para ela para permitir-se ter um ataque de raiva nos bastidores. Então, falou o que achava, mas em um sussurro.

— Você sempre sabe, não é, Luke? Você faz o que lhe dá na telha desde o dia em que Max e Lily o acolheram. Eles amam você, caramba, e isso está remoendo Lily por dentro, e você continua fazendo.

Ele desligava todas as emoções. Era a única maneira de sobreviver.

— É o que eu faço. Você faz com que bolas bonitinhas flutuem no ar. Eu escapo de correntes. E todos nós roubamos. — Seus olhos faiscavam ao fitá-la. — É o que fazemos. É o que somos.

— Não lhe custaria nada cortar aquela parte de seu número.

Ficaram se encarando por um momento ou dois. Ela pensou ter visto no fundo dos olhos dele algo que nunca seria capaz de compreender.

— Você está errada — disse ele simplesmente e se foi.

Roxanne se virou para o palco. Queria muito ir atrás dele e implorar. Mas sabia que não ia adiantar, e nem esperava por isso. Luke estava certo. Eles faziam o que faziam. Lily era capaz de compreender isso e ela até gostava dos assaltos. Teria de aprender a fazer o mesmo em relação ao truque de Luke.

Ele sempre seria o lobo solitário que LeClerc disse que era muitos anos atrás. Seguiria seu caminho quando quisesse. Sempre com alguma coisa a provar, pensou ela agora.

E a verdade, que ela odiava admitir, era que o final no show da noite a preocupava quase tanto quanto Lily.

Colocou um sorriso no rosto para que nem Max nem Lily percebessem que estava chateada. Sabia controlar os sinais externos de perturbação. Era simples controle da mente sobre a matéria. Mas não conseguia fazer sumir aquela imagem que não saía de sua cabeça, a da versão de Luke para o truque de Houdini em que escapa de um tanque de água. Só que nessa imagem em seu cérebro, ele não conseguia se libertar.

◆ ◆ ◆ ◆

ESSE NÚMERO ERA SEMPRE de arrasar, pensava Max enquanto direcionava o holofote para Luke. Ninguém sabia, nem mesmo Lily, quanto fora difícil para ele entregar o grand finale do espetáculo para Luke. Mas já era hora, pensava Max, flexionando seus dedos ainda ligeiros, hora de entregar o número principal à juventude.

E o garoto era tão talentoso. Tão motivado. Tão... mágico.

A ideia fez Max sorrir enquanto a cortina se levantava, revelando o tanque de vidro cheio de água. O próprio garoto o projetara, cuidadosamente. As dimensões, a espessura do vidro, até mesmo os encaixes de bronze em forma de magos e feiticeiros. Luke sabia a quantidade de água que o tanque devia conter para não transbordar quando seu corpo acorrentado imergisse nela.

Sabia quantos segundos levava para conseguir se livrar das algemas que o prendiam às laterais da câmara.

E sabia por quanto tempo seus pulmões aguentariam caso algo desse errado.

Com uma roupa drapeada completamente branca, Roxanne estava ao lado da câmara de água. Apesar do coração palpitante, seu rosto estava sereno. Foi ela que tirou a camiseta de Luke, deixando-o nu da cintura para cima.

Não olhou para as cicatrizes que se cruzavam nas costas dele. Nenhuma vez, em todos esses anos que estavam juntos, ela mencionara tais cicatrizes. Ela poderia abrir qualquer cadeado, mas não tocaria na fechadura do orgulho de Luke.

Era ela que esperava calmamente enquanto dois voluntários da plateia trancavam as pesadas correntes em torno dele. Quando os braços de Luke estavam cruzados sobre o peito e atados ali, as algemas de ferro se fecharam sobre seus pulsos, seus pés descalços também eram presos por algemas ligadas pelo tornozelo a uma placa de madeira maciça.

Violoncelos tocavam, baixo, ameaçadores, à medida que a plataforma em que Luke estava era suspensa no ar.

— Dizem — começou ele em uma voz que ecoava sobre a plateia — que o grande Houdini perdeu a vida devido aos ferimentos causados por essa escapada. Desde sua morte, é um desafio para todos os mágicos, todos os escapistas, repetir essa escapada, e torná-la sua ao triunfar.

Olhou para baixo e lá estava Mouse, muito envergonhado em seu traje de cavaleiro árabe, segurando uma grande maleta.

— Tomara que não precise que meu amigo musculoso quebre o vidro. — Olhou para Roxanne. — Mas talvez eu precise que a adorável Roxanne me faça uma pequena respiração boca a boca.

Roxanne não ligou para o improviso, mas a plateia gargalhou e aplaudiu.

— Uma vez que eu estiver submerso na câmara, ela será selada completamente. — A plateia perdia o fôlego à medida que a plataforma se virava sobre o eixo. Luke estava de frente para eles mais uma vez, porém, de cabeça para baixo. Começou a respirar profundamente, enchendo seus pulmões. Roxanne pedia para que a agitação da plateia parasse.

— Pedimos silêncio durante o número, e que prestem atenção ao relógio. — Ao comando de Roxanne, um holofote iluminou um grande cronômetro no fundo do palco. — Vai começar a contar no momento em que Callahan imergir na água. — Ela mantinha os olhos e a mente fixos na plateia. — Callahan terá quatro minutos, e nada mais, para escapar do tanque ou seremos forçados a quebrar o vidro. Um médico está a postos em caso de um acidente.

Agora ela tinha de se virar, lançando os braços para o alto, causando impacto, enquanto a cabeça de Luke imergia na água. Ela o assistiu até que seu corpo estivesse completamente submerso. Escutou o barulho que a plataforma fazia enquanto se encaixava sobre o tanque. Os cabelos de Luke serpeavam, enquanto seus olhos, azuis e brilhantes, encontravam os dela.

Então, a fina cortina branca desceu, cobrindo todos os quatro lados do tanque.

O relógio começou a contar.

— Um minuto — anunciou Roxanne com um tom de voz que não revelava nem um pouco de seu temor. Imaginava Luke se libertando das algemas. Ele já devia estar retirando as correntes.

Houve murmúrios na plateia quando o relógio alcançou a marca de dois minutos. Roxanne sentia o suor brotar gelado sobre as mãos, a nuca e as costas. Ele sempre saía com três minutos, no máximo vinte segundos depois. Ela podia ver vagamente uma sombra se movendo por baixo do pano.

Não tinha como ele pedir ajuda, pensava ela freneticamente conforme o relógio se aproximava da marca de três minutos. Não havia como fazer sinal algum caso seus pulmões falhassem e ficassem sem ar. Ele podia morrer antes de rasgarem a cortina, antes que Mouse pudesse quebrar o vidro. Ele podia morrer sozinho e em silêncio, acorrentado na própria ambição.

— Três minutos — disse ela, e agora um suor de medo gotejava e fazia a plateia se inclinar para a frente.

— Três minutos e vinte segundos — disse ela, olhando em pânico para Mouse. — Três minutos e vinte e cinco. Por favor, senhoras e senhores, permaneçam calmos e sentados. — Engoliu seco, imaginando os pulmões de Luke queimando. — Três minutos e quarenta e cinco segundos.

Uma mulher na parte de trás da plateia começou a gritar histericamente em francês. Isso causou uma reação em cadeia de preocupação que atingiu todas as fileiras até que a plateia ficasse elétrica. Muitos deles pulavam da cadeira conforme o relógio se aproximava da marca de quatro minutos.

— Oh, Mouse, meu Deus. — Faltando oito segundos, Roxanne deixou os gracejos de lado e rasgou a cortina. Caiu no chão no momento em que

ILUSÕES HONESTAS 165

Luke empurrava a plataforma com o ombro. Ele emergiu, suave como uma lontra, e inspirou com voracidade. Seus olhos estavam acesos pelo triunfo, enquanto a plateia explodia em gritos e aplausos. Valeram a pena os trinta segundos a mais que ele aguardara, já solto, sob a água.

Inspirando, ele se pôs de pé, com uma das mãos levantada. Já planejava adicionar aquele toque extra de drama no próximo show. Enganchando os braços em torno da plataforma, ele saiu do tanque, e, novamente, para o palco. Ainda pingava ao fazer suas reverências.

Num impulso, pegou a mão de Roxanne, curvou-se de forma galanteadora e beijou seus dedos, para deleite dos românticos franceses.

— Sua mão está tremendo. — Ele notou sob o som dos aplausos. — Não me diga que você ficou preocupada de eu não conseguir sair.

Em vez de puxar a mão de volta, como gostaria, ela sorriu para ele.

— Fiquei com medo de o Mouse ter que quebrar o vidro. Você sabe quanto custa um novo?

— Essa é a minha Roxanne. — Beijou a mão dela mais uma vez. — Eu amo a sua mente gananciosa.

Dessa vez, ela puxou a mão. Os lábios de Luke ficaram muito tempo sobre sua pele, além do confortável.

— Você está pingando em cima de mim, Callahan — disse ela, e se afastou para que ele desfrutasse os holofotes sozinho.

♦ ♦ ♦ ♦

ROXANNE MORRIA QUANDO tinha que ficar sentada esperando. Era degradante, pensava, andando de um lado para outro da sala, enquanto Lily, esparramada no confortável sofá, assistia a um antigo filme em preto e branco na TV.

Era como esperar ao lado do telefone por horas com a expectativa de que aquele babaca que lhe levou ao cinema ligasse para convidar para sair de novo. Fazer as mulheres esperarem é uma coisa tão típica dos homens.

Disse isso para Lily, que concordou com um murmúrio.

— Quero dizer, eles fazem isso desde o começo dos tempos. — Roxanne se jogou em uma cadeira, e se levantou de novo, impaciente, para abrir a cortina e observar o brilho da Cidade das Luzes. — Os homens das cavernas saíam para caçar e deixavam as mulheres ao lado das fogueiras. Vikings estupravam e pilhavam enquanto as esposas ficavam em casa. Cowboys cavalgavam ao pôr do sol, marinheiros embarcavam em navios, soldados marchavam para as guerras. E onde nós ficávamos? — reclamava Roxanne, o vívido robe floral que usava rodava conforme ela girava o corpo. — Esperando nas sacadas, estações de trem, usando cintos de castidade ou sentadas ao lado do maldito telefone. Bem, eu não deixarei um homem ditar minha vida.

— Amor. — Lily assoava o nariz energicamente enquanto rolavam os créditos. — É o amor que dita, querida, não o homem.

— Ah, pro inferno com isso.

— Oh, não. É a melhor coisa que há. — Lily suspirava, satisfeita com o romance, a tragédia e o choro de alegria. — Max só está fazendo o que ele acha ser o melhor para você.

— E quanto ao que eu acho melhor para mim? — reclamou Roxanne.

— Você terá todo o tempo do mundo para isso. — Lily se ajeitou, endireitando sob o corpo seu robe favorito, um de seda tailandesa enfeitado com plumas de avestruz cor-de-rosa. — Os anos passam tão rápido, Roxy. Você não imagina isso agora, mas, antes que perceba, eles começam a correr bem depressa. Se você não preenchê-los com amor, sua vida terminará vazia. O que quer que escolha como sendo o melhor para você, se for acompanhado de amor, será o melhor.

Não adiantava argumentar com Lily, pensou Roxanne. Ela era romântica até o último fio de cabelo. Roxanne se orgulhava em ser uma mulher mais prática.

— Você nunca quis ir com eles? Nunca quis fazer parte disso?

— Eu faço parte. — Lily sorriu, parecendo jovem, bela e feliz. — Minha parte nisso é ficar aqui. Eu sei que Max vai entrar por aquela porta com aquele olhar no rosto. Aquele olhar que diz que ele fez exatamente o que queria fazer. E ele vai precisar me contar, compartilhar comigo. Ele terá que me contar o quanto é esperto e inteligente.

— E isso é o bastante? — Apesar de seu amor por ambos, achou isso assombroso, espantoso. — Ser uma ouvinte do ego de Max?

O sorriso de Lily desapareceu. O azul de seus olhos desbotou.

— Eu estou exatamente onde quero estar, Roxanne. Em todos esses anos que estou com Max, ele nunca me usou ou machucou meus sentimentos de propósito. Isso pode não significar muita coisa pra você, mas para mim isso é muito mais que o bastante. Ele é gentil e carinhoso e me dá tudo o que eu possa querer.

— Sinto muito. — E sentia mesmo quando pegou a mão de Lily. Sentia que havia magoado Lily. Sentia também que sua alma independente não conseguia compreender. — Eu me sinto horrível por eles terem me deixado para trás e estou descontando em você.

— Querida, as pessoas não pensam da mesma forma, nem sentem da mesma forma, nem são iguais. Você... — Lily se inclinou para a frente para tocar o rosto de Roxanne. — Você é filha de seu pai.

— Talvez ele preferisse ter tido um filho.

Os dedos de Lily se apertaram.

— Nem pense uma coisa dessas.

— Luke está lá com ele. — Um amargor escapou por uma fenda em seu ego. — Eu estou sentada aqui sem fazer nada.

— Roxy, você só tem 17 anos.

— Então, eu odeio ter 17. — Levantou-se em um salto mais uma vez, com a seda serpeando por seu corpo enquanto caminhava até a janela para abri-la. — Odeio ter que esperar por tudo e que as pessoas me digam que tenho muito tempo.

— Mas é claro que você tem. — Havia um sorriso nos lábios de Lily e lágrimas frescas em seus olhos enquanto observava Roxanne. Ela é tão linda, pensou Lily. Tão cheia de vontades. Como é desesperador ter 17 anos. Como é maravilhoso e, ao mesmo tempo, terrível ser jogada nessa fase tão difícil da vida da mulher. — Eu posso lhe dar um conselho, mas pode não ser o que você quer ouvir.

Roxanne levantou o rosto para a agradável noite de primavera e fechou os olhos. Como ela poderia explicar a Lily esse calor, essas vontades que lhe pulsavam por dentro, quando nem ela mesma conseguia entender?

— Escutar conselhos não dói, aceitá-los já é outra história.

Lily riu, pois essa era uma das frases de Max.

— Compromisso. — Roxanne suspirou ao ouvir a palavra, mas Lily só estava começando. — Compromissos não são tão penosos quando é você quem dita os termos. — Levantou-se, satisfeita quando Roxanne se virou em sua direção com um brilho pensativo no olhar. — Você é uma mulher, quer mudar esse fato?

Os lábios de Roxanne se curvaram quando se lembrou do alívio e do orgulho que sentiu quando seus seios por fim começaram a crescer.

— Não. Não quero.

— Então use isso, minha querida. — Lily repousou a mão no ombro de Roxanne. — Usar isso não é a mesma coisa que...

— Explorar? — sugeriu Roxanne, e Lily sorriu de alegria.

— Isso mesmo. Você tira vantagem daquilo que possui. Faça com que isso trabalhe a seu favor. Seu cérebro, sua beleza, sua feminilidade. Querida, há séculos as mulheres que fazem isso são livres. Mas os homens nem sempre sabem disso, só isso.

— Vou pensar sobre o assunto. — Assentindo como quem toma uma decisão, Roxanne beijou Lily no rosto. — Obrigada. — Ficou tensa quando escutou o barulho da chave na fechadura e se forçou a relaxar. Ao lado dela, Lily já estava vibrando de expectativa. Isso confundia Roxanne, e a alegrava. Após todos esses anos que estavam juntos, refletia enquanto Max entrava pela porta, ele ainda fazia com que Lily se sentisse daquele jeito.

Ela se perguntou, por um momento, se algum dia haveria alguém que lhe fizesse sentir-se assim.

Luke apareceu atrás de Max, sorriu e jogou uma bolsa para Roxanne.

— Ainda acordadas? — Orgulhoso da vitória, Max já beijava Lily. — O que mais um homem pode querer, Luke, do que chegar em casa depois de uma aventura bem-sucedida e encontrar duas belas damas esperando por ele?

— Uma cerveja gelada — respondeu enquanto avançava para o fri- gobar. — Devia estar fazendo uns cinquenta graus dentro daquele lugar depois que cortamos a energia. — Luke abriu uma cerveja e virou metade da garrafa em sua garganta seca.

Ele parecia um bárbaro, pensou Roxanne, sacudindo a bolsa em sua mão. Sombrio, suado, indiscutivelmente um homem. Como observá-lo fazia sua garganta secar, ela se virou para o pai. Aquele sim era um homem de classe, pensou. Um pirata aristocrata, com um bigode singular, calças apertadas de forma meticulosa e um suéter de *cashmere* com o suave odor de seu perfume.

Havia ladrões e ladrões, concluiu ela enquanto sentava no braço do sofá.

— Mouse e LeClerc? — perguntou Lily.

— Ambos estão atirados na cama. Convidei Luke para uma bebida antes de dormir. Meu garoto, você poderia abrir uma garrafa daquele Chardonnay que deixamos gelando?

— É claro. — Enquanto desarrolhava a garrafa, olhou para Roxanne. — Não quer ver o que tem na bolsa, Rox?

— Eu imagino. — Não queria parecer ansiosa. Não queria demonstrar muita receptividade a nenhum dos dois. Mas, quando virou o conteúdo da bolsa em sua mão, ficou sem fôlego. — Oh — disse conforme os diamantes chamuscavam sobre sua pele. E mais uma vez: — Oh.

— São espetaculares, não são? — Max pegou a bolsa e derramou o restante dela nas mãos de Lily. — Diamantes russos brancos, lapidação redonda, qualidade perfeita. O que me diz, Luke, um milhão e meio?

— Quase dois. — Ofereceu uma taça de vinho a Roxanne e pôs a de Lily sobre a mesa.

— Talvez esteja certo. — Max agradeceu com a voz baixa quando Luke lhe entregou sua taça. — Foi difícil não ceder à ganância, admito, ficando naquela galeria. — Ao fechar os olhos, ele podia vê-la. — Todos aqueles objetos de aço brilhando, recheados com um tesouro de esmeraldas, rubis, safiras. Ah, Lily, que obras de arte. Colares gotejando em cores. Pedras quadradas, ovais, compridas... — Suspirou. — Mas esses nossos lindos amiguinhos serão muito mais fáceis de transportar e investir.

Luke se lembrou de uma peça em particular, uma bela sinfonia de esmeraldas, diamantes, topázios e ametistas trabalhadas em um colar de ouro em estilo bizantino. Imaginou-se deslizando a peça ao redor do pescoço de Roxanne, levantando todo aquele pesado cabelo e o fechando por trás. Ela ficaria como uma rainha usando-o.

Ele teria tentado dizer a ela seu desejo em vê-la usando tal peça, de dar a ela algo que ninguém mais podia.

E ela teria dado risadas.

Luke balançou a cabeça quando a voz de Max invadiu sua fantasia.

— O quê? Desculpe.

— Pensando em algo?

— Não. — Com esforço, tirou aquela imagem da cabeça e a carranca da cara. — Estou cansado, é só isso. Foi um longo dia, vou me deitar.

Instintos maternos eram mais fortes que o brilho das joias. Lily se esqueceu dos diamantes cintilando em suas mãos.

— Querido, você não quer um sanduíche ou alguma coisa? Você mal tocou no seu jantar.

— Estou bem. — Deu-lhe um beijo nas duas bochechas, um hábito que adquiriu com os anos. — Boa noite, Lily. Max.

— Fez um excelente trabalho, Luke — elogiou Max. — Durma bem.

Abriu a porta e lançou um olhar por cima dos ombros. Estavam todos juntos, próximos. Max no centro, com Lily aconchegada em seu braço, Roxanne no braço do sofá, com a cabeça apoiada no pai e com as mãos cheias de pedras brancas como gelo.

Um retrato de família, pensou. Sua família. Seus olhos se moveram para os de Roxanne e se contiveram. Era melhor lembrar que ela era sua família.

— Até mais, Rox.

Fechou a porta e caminhou pelo corredor até seu próprio quarto, onde sabia que gastaria o restante da noite sonhando com um prêmio muito mais inatingível que diamantes.

◆ ◆ ◆ ◆

ELA COLOCOU O DEDO NA ferida de Luke no dia seguinte. No momento em que o ensaio terminou, Roxanne pulou na traseira da motocicleta de um belo rapaz loiro. Deu um aceno bem-humorado, passou os braços em torno da cintura do maldito francês e desapareceu no caótico trânsito parisiense.

— Quem diabos era aquele? — Luke quis saber.

Max parou próximo a um vendedor de flores e comprou um cravo para sua lapela.

— Quem era quem?

— Aquele imbecil com quem Roxanne saiu daqui.

— Ah, o garoto. — Max cheirou a flor avermelhada antes de prendê-la na lapela. — Antoine, Alastair, algo assim. Estuda na Sorbonne. Um artista, eu acho.

— Você permite que ela saia com um cara que você nem conhece? — Era ultrajante. Inconcebível. Doloroso demais. — Um cara francês?

— Roxanne o conhece — comentou Max. Feliz com a vida em geral, Max inspirou profundamente. — Quando Lily terminar de se arrumar, acredito que todos nós vamos almoçar em algum café excêntrico.

— Como pode pensar em comer? — Luke girou sobre os calcanhares e lutou contra o desejo de apertar as mãos na garganta de Max. — Sua filha acabou de sair com um completo estranho. Ele poderia ser um perigo para todos que você conhece.

Max deu risadas e decidiu escolher uma dúzia de rosas para Lily.

— Roxanne pode muito bem lidar com ele.

— Ele não parava de olhar para as pernas dela — disse Luke de forma rude.

— Sim, bem. É difícil culpá-lo por isso. Ah, e lá está Lily. — Presenteou-a com as rosas e fez uma reverência que a fez sorrir.

♦ ♦ ♦ ♦

ROXANNE TEVE UM DIA maravilhoso. Um piquenique na região campestre, o aroma das flores selvagens, um artista francês lendo poesias para ela sob a sombra de um castanheiro silvestre.

Ela adorou o passeio, os suaves e emocionantes beijos, as palavras de carinho sussurradas no idioma mais romântico que existe. Entrou para o seu quarto sonhando acordada, com um sorriso secreto nos lábios e brilhos nos olhos.

— O que você andou fazendo?

Abafou o som agudo de susto que soltou, cambaleando para trás e encarando Luke. Ele estava sentado na cadeira próxima à janela, com uma garrafa de cerveja na mão, uma guimba de cigarro no cinzeiro ao lado e muita raiva nos olhos.

— Caramba, Callahan, você me assustou mesmo. Está fazendo o que no meu quarto?

— Esperando você decidir voltar para casa.

Uma vez que seu coração voltou a bater normalmente, ela afastou o cabelo dos ombros. Estavam bagunçados, já que viera de moto, e fizeram com que ele se lembrasse de uma mulher acabando de se levantar da cama após um período de sexo ardente e impulsivo. Era mais um motivo para sentir raiva.

— Não sei do que você está falando. Ainda falta uma boa hora até termos que sair para o teatro.

Ela deixou que o filho da mãe a beijasse. Ah, ele sabia. Ela estava com aquele olhar, os lábios frágeis e inchados, os olhos pesados. A camisa de Roxanne estava amarrotada. Ela o deixou deitá-la sobre a grama ou...

Não conseguia tolerar tal pensamento.

Já era ruim o bastante quando estavam em casa e ela saía com uns caras americanos. Mas francês?

Todo homem tinha um limite.

— Quero saber onde você estava com a cabeça. O que pensou que estava fazendo quando resolveu sair com esse francês bajulador e detestável chamado Alastair?

— Fui a um piquenique — respondeu ela. — E ele não é bajulador nem detestável. Ele é um homem doce e sensível. Um artista. — Soltou isso como um desafio. — E, para sua informação, o nome dele é Alain.

— Eu não me importo nem um pouco com o nome dele. — Luke levantou devagar. Tinha a ilusão de estar no controle. — Você não vai sair com ele de novo.

Por um instante, ela ficou muito surpresa para falar qualquer coisa. Mas só por um instante.

— Que merda você acha que é? — Ela avançou sobre ele, empurrando-o. — Eu posso sair com quem eu quiser.

Ele prendeu o pulso de Roxanne e a trouxe, com violência, para junto de si.

— Não pode mesmo.

Ela levantou o queixo, e seus olhos estavam em chamas.

— E quem você acha que vai me impedir? Você? Você não tem nenhum poder de decidir o que eu posso ou não fazer, Callahan. Nem agora, nem nunca.

— Está errada — disse ele entre os dentes. Sua mão mergulhou nos cabelos dela e se cerrou. Não conseguia parar. Podia sentir seu cheiro, e do prolongado tempo na grama, da luz do sol. Flores selvagens. Uma raiva assassina o dominava ao pensar que alguém mais chegara tão perto. Perto o bastante para tocar. Para provar. — Você deixou que ele colocasse as mãos em você. Faça isso mais uma vez e eu o mato.

Ela teria rido da ameaça, ou gritado. Mas viu nos olhos de Luke a verdade nua e crua. O único jeito de combater o medo que saltava por sua garganta era se enfurecendo.

— Você está maluco? Se ele colocou as mãos em mim, foi porque eu permiti que fizesse. Porque eu gostei. — Sabia que era a coisa errada a dizer, mas estava tão impotente em apagar o fogo da ira de Luke quanto ele estava em não permitir que ela se acendesse. — E eu quero que tire suas mãos de mim. Agora.

— Você quer? — Sua voz estava leve e suave como seda. Aquilo a deixou ainda mais assustada, muito mais do que as ameaças irônicas. — Por que não chamamos isso de lição grátis? — Ele se amaldiçoou no momento em cobriu os lábios dela com os seus.

Ela não lutou, não protestou. Não sabia se ainda estava respirando. Como poderia, quando o calor queimava tão rápido e incinerava tudo? Até mesmo o pensamento. Isso não era nem um pouco como os beijos suaves e gentis do artista. Não era como os abraços esquisitos ou arrogantes dos garotos que ela saía. Isso era cru, era primitivo, era assustador. Ela se perguntou se existiria alguma mulher que gostaria de ser beijada de qualquer outra maneira.

A boca de Luke se encaixou sobre a dela perfeitamente. O arranhão na pele causado pela barba malfeita se somava a estonteante consciência de que, finalmente, fora segurada por um homem. Agressão nua, paixão frustrada, raiva pura irrompiam de Luke até ela, culminando em um beijo que superava tudo que ela já havia experimentado. Aquele momento único e selvagem era tudo com que ela sonhara.

Com a mão ainda fechada sob os cabelos de Roxanne, ele puxou a cabeça dela para trás. Se ele ia para o inferno, ao menos teria a satisfação de saber que valeu a pena. Não pensava, não ousava pensar, apenas penetrava sua língua entre os lábios divididos dela e se deliciava.

Ela era tudo o que ele imaginava e mais. Frágil, forte, sensual. O gemido veio como uma resposta imediata e tórrida. O modo como o corpo dela ficou tenso e tremeu contra o dele, o modo como sua boca violentamente buscava calor. Seus lábios se uniam aos dele e formavam seu nome. Engoliu os gemidos como um homem faminto engole uma casca de pão.

Queria desesperadamente derrubá-la na cama. Rasgar suas roupas e penetrá-la. Senti-la arquear enquanto o envolvesse. Não podia esperar por isso.

Era como estar trancado em uma caixa. Aprisionado. Ficando sem ar. Coração e pulmão se esforçando. Não tinha controle sobre eles. Não tinha controle sobre nada.

Ele se jogou para trás, buscando ar e um pouco de sanidade. Ela ainda estava enroscada a ele, com os olhos pesados e misteriosos, seus lábios macios partidos e ávidos por mais. Ondas de vergonha e carência quebravam sobre ele, ondas gigantescas que o fizeram empurrá-la para longe de si.

— Luke...

— Não. — Estava rígido como ferro e inquieto como um garanhão. Se ela o tocasse agora, apenas o tocasse, ele a pegaria como um animal. Para protegê-la disso, ele se camuflou com toda a fúria que sentia por aquilo que quase fizera, e apontou diretamente para ela. — Lição grátis — repetiu e fingiu não ver os lábios dela partidos com o choque ou seus olhos faiscando de dor. — Esse é o tipo de tratamento que você está pedindo ao sair com homens que você não conhece.

Ela tinha orgulho, e era atriz o suficiente para mascarar sua desolação.

— Estranho, não é? Você foi o único que já me tratou desse jeito. E eu conheço você. Ou achava que conhecia. — Deu as costas a ele e ficou olhando pela janela. Não choraria, prometeu a si mesma. E, se chorasse, ele não veria. — Saia do meu quarto, Callahan. Se me tocar desse jeito outra vez, você vai pagar caro.

Já estava pagando, pensou Luke. Ele cerrou os punhos antes que pudesse ceder à tentação de acariciar aqueles cabelos. De implorar. Em vez disso, caminhou até a porta.

— Eu falei sério, Roxanne.

Ela lançou um olhar faiscante sobre o ombro.

— Eu também.

Capítulo Treze

♦ ♦ ♦ ♦

ROXANNE ACEITOU o conselho de Lily e se comprometeu com Max, embora preferisse pensar nisso como um acordo. Ela se matricularia na Universidade de Tulane e levaria a sério sua educação. Caso após um ano ainda estivesse determinada a fazer parte do show privado de seu pai, seria admitida como aprendiz.

Era perfeitamente conveniente para Roxanne, primeiro porque ela adorava o processo de aprendizagem, segundo porque não tinha a intenção de mudar de ideia.

As exigências de sua carreira no palco e de seus estudos tinham a vantagem de mantê-la bastante ocupada; assim, passava o menor tempo possível na companhia de Luke.

Ela teria perdoado a gritaria, as ordens, certamente teria perdoado o beijo, mas nunca o perdoaria por ter transformado um de seus momentos mais gloriosos em nada mais do que uma lição de um mestre a seu discípulo.

Ela era muito profissional para permitir que isso interferisse em seu trabalho ou no dele. Quando os ensaios eram necessários, ensaiava com ele, apresentavam-se noite após noite, sem que seus sentimentos fervilhantes aflorassem durante o show.

Caso a trupe fosse para a estrada, viajavam juntos sem incidentes, desconhecidos educados que dividiam um avião, um trem ou um carro, de um lugar a outro.

Somente uma vez, quando Lily demonstrou preocupação pelo truque de Luke, que estava se tornando cada vez mais complexo e perigoso, é que uma emoção contida escapou.

— Deixe ele — soltou Roxanne em resposta. — Homens como ele sempre querem provar alguma coisa.

A sua doce vingança estava em namorar uma sucessão de homens atraentes. Frequentemente os trazia em casa para jantar, para festas e grupos de estudo. Foi um grande prazer saber que seu atual bofe, como Lily gostava de chamar seus namorados, estava na plateia. Ficou muito mais feliz ainda em saber que Luke estava ciente disso.

Tinha uma queda pelo tipo acadêmico, porque mentes aguçadas a atraíam. Diabolicamente também porque sabia que nenhum dos estímulos de Max fizera com que Luke fosse além do primeiro ano de faculdade. Era muito gratificante mencionar, ocasionalmente, que Matthew era um estudante de Direito ou que Philip estava trabalhando em seu mestrado em Economia.

Roxanne escolhera estudar História da Arte e Gemologia. Sua finalidade, para alegria de Max, era melhorar seu conhecimento no que agora ela chamava de hobby. Avisou ao pai que, quando alguém fosse roubar obras de arte ou joias, deveria ter um sólido conhecimento da história e do valor da peça.

Max estava orgulhoso de ter uma filha com visão.

Estava satisfeito também que sua reputação como artista e o respeito por sua trupe tinham crescido. O prêmio de Mágico do Ano, da Academia de Artes Mágicas, era guardado como um tesouro. Já não achava mais necessário evitar a exposição nacional. Os Nouvelle tinham dois especiais de sucesso na televisão, e Max assinara recentemente um contrato para escrever um livro sobre mágica.

No mês anterior privara uma senhora de Boston de um conjunto de broche e brincos de opala com brilhantes. Usou sua parte dos lucros após a partilha para pagar uma pesquisa no que, agora, seria seu principal interesse: a pedra filosofal.

Para alguns era uma lenda. Para Max, um objetivo que perseguia desesperadamente, agora que sua dupla profissão alcançara seu apogeu. Ele queria aquela pedra, segurá-la, o sonho de todo mágico. Não seria só a transformação de ferro em ouro, seria um testemunho de tudo que havia aprendido, conquistado, ganhado e perdido, durante toda sua vida. Já havia reunido mapas, livros, centenas de cartas e diários.

Rastrear a pedra filosofal seria a maior façanha de Maximillian Nouvelle. Uma vez com ela, imaginava, esperava, facilitar sua aposentadoria. Ele e Lily viajariam pelo mundo como vagabundos, enquanto seus filhos continuariam a tradição dos Nouvelle.

Em Nova Orleans, estava um inverno frio e chuvoso, Max estava em paz com o mundo. O tempo úmido trazia umas pontadas ocasionais, curadas com algumas aspirinas e facilmente ignoradas.

Roxanne gostava da chuva, dava-lhe um sentimento acolhedor e sonhador observá-la fazendo desenhos na calçada, escorrendo pelas vidraças. Estava na varanda coberta do apartamento de Gerald e observava a cortina fina de frio afugentando os pedestres. Se respirasse fundo, poderia sentir o cheiro do *café au lait* que Gerald preparava em sua pequena cozinha.

Que bom estar aqui, pensou, de folga nesta noite chuvosa. Gostava da companhia de Gerald, achava-o inteligente e carinhoso. Um homem que gostava de escutar Gershwin e de assistir a filmes estrangeiros. Seu pequeno apartamento, em cima de uma loja de souvenires, era repleto de livros, discos e fitas de vídeo. Gerald era um estudante de cinema, colecionava mais filmes do que Roxanne imaginava poder assistir em toda sua vida.

Esta noite veriam *Morangos Silvestres*, de Ingmar Bergman, e *Um Corpo que Cai*, de Hitchcock.

— Você não está com frio? — Gerald estava em pé na porta estreita com um suéter na mão. Talvez fosse alguns centímetros mais baixo do que Roxanne, os ombros largos davam a impressão de ser mais alto. Tinha cabelos escorridos cor de areia, que caíam sobre a testa — um charme, na opinião dela. Parecia um homem nascido para liderar, o que fazia com que ela se lembrasse vagamente de Harrison Ford. Seus doces olhos castanhos se destacavam com os óculos de tartaruga que usava.

— Na verdade, não. — Mas entrou. — Parece que não há uma alma na cidade esta noite. Todos estão escondidos dentro de casa.

Ele soltou o suéter.

— Fico feliz que esteja escondida aqui.

— Eu também. — Ela lhe deu um beijinho. — Gosto daqui. — Eles se viam uma vez ou outra já há quase um mês, mas era a primeira vez que Roxanne ia a seu apartamento.

Era evidente que era um estudante com dificuldades. As paredes eram adornadas com pôsteres, o sofá cambeta estava coberto com uma colcha desbotada, a mesa de madeira toda arranhada ficava encostada no canto, coberta de livros. Seus aparelhos eletrônicos, no entanto, eram os mais modernos.

— Acho que esses equipamentos para assistir aos filmes em casa são a onda do futuro.

— Lá pelo fim da década, gravadores de vídeo serão tão comuns como as televisões nas casas americanas. Todo mundo vai ter uma câmera de vídeo. — Sorriu e acariciou a sua. — Diretores amadores vão aparecer em todo lugar. — Tocou o cabelo dela, um emaranhado de cachos que cortara recentemente na altura do queixo. — Talvez me deixe fazer um filme com você algum dia.

— Comigo? — A ideia a fez rir. — Não posso imaginar.

Ele podia. Pegando sua mão, levou-a para o sofá.

— Primeiro Bergman, ok?

— Tudo bem. — Roxanne pegou seu café e se encostou à curva dos braços dele. Gerald apertou alguns botões de seu controle remoto. Um para ligar o VCR, o outro para ligar a câmera, estrategicamente colocada entre as pilhas de livros.

Roxanne se considerava leiga, mas Bergman não capturou sua atenção. Dê-me uma perseguição de carro por dia, ela pensava enquanto tentava se concentrar na arte lenta em preto e branco que cintilava na tela.

Não se importava com o braço de Gerald à sua volta. Ele cheirava a enxaguante bucal de menta e a um suave aroma de colônia barata. Não se importava com a leve trilha que seus dedos faziam para cima e para baixo em seu braço. Quando ele se moveu para beijá-la, não teve problemas em inclinar a cabeça para trás e aceitar a oferta.

Mas quando tentou se livrar, ele segurou forte.

— Gerald. — Deu uma leve risada enquanto virava a cabeça. — Você vai perder o filme.

— Eu já vi esse filme. — Sua voz estava rouca e ofegante enquanto a beijava no pescoço.

— Eu não. — Ela não estava realmente preocupada. Talvez um pouco incomodada pelos movimentos fervorosos que ele fazia, mas não preocupada.

— Você não acha erótico? As imagens, as sutilezas.

— Não acho. — Entediante era o que ela achava, tão entediante quanto o fato de ele estar pressionando suas costas contra as almofadas do sofá. — Mas talvez eu não tenha muita imaginação. — Fechou a boca, mas não foi suficientemente rápida para deter os dedos dele, que se atrapalhavam com os botões de sua blusa. — Pare, Gerald. — Não queria magoá-lo nem ferir seus sentimentos. — Não foi por isso que vim aqui, e eu não quero.

— Eu desejei você desde a primeira vez que a vi. — Tentou abrir suas pernas e começou a pressionar sua ereção contra ela. Roxanne se aborreceu quando sentiu escapar os primeiros traços de pânico. — Eu vou despi-la e fazer de você uma estrela.

— Não vai, não. — Ela resistiu com força quando a mão dele segurou e apertou seu seio. O pavor crescente fez sua voz ficar trêmula. Um erro, ela percebeu quando a respiração dele se acelerava com a excitação. — Que droga, sai de cima de mim. — Resistia como um cavalo selvagem, ouviu sua blusa rasgar.

— Você gosta com força, amorzinho? Tudo bem. — Agarrou o zíper de sua calça com mãos suadas e impacientes. — Assim que é bom. A visão é melhor. Assistimos depois.

— Seu filho da puta. — Ela nunca soube se foi o *timing* ou o pavor que fez com que desse uma cotovelada forte o bastante na têmpora dele, fazendo-o cair no chão. Ela não hesitou, fechou o punho e socou seu nariz.

O sangue jorrou, respingando em sua blusa, fazendo com que ele gritasse como um cãozinho que levou um chute. Levou as mãos ao rosto, entortando seus óculos. Roxanne passou por cima dele, agarrando sua bolsa de lona que atingiu a lateral do rosto dele.

Seus óculos voaram pela sala.

— Ei, ei. — O sangue escorria entre os dedos dele enquanto olhava arregalado para ela. — Você quebrou o meu nariz.

— Tente isso de novo comigo, ou com qualquer outra pessoa, que eu quebro o seu pinto.

Ele ia se levantar, mas afundou de novo quando ela levantou os dois punhos em posição de boxeador.

— Venha. — Ela provocou. Havia lágrimas em seus olhos agora, mas não eram de medo. Eram de puro ódio. — Você quer me pegar, seu canalha?

Ele sacudiu a cabeça, pegando a ponta do lençol para estancar o sangue do nariz.

— Só vá embora. Jesus, você é louca.

— Sim! — Ela sentia a histeria crescendo. Percebeu que queria bater nele de novo. Queria bater, socar, surrar, até que ele ficasse tão assustado e indefeso, como ela ficara minutos atrás. — Lembre-se disso, sua aberração, e fique longe de mim. — Saiu batendo a porta, deixando-o tagarelando sobre hospitais e ações judiciais.

Roxanne estava a uma quadra dali procurando por um táxi, quando se deu conta. Fazer de você uma estrela? Assistir depois? Soltou um grito de raiva quando percebeu.

O filho da puta deve ter filmado tudo.

◆ ◆ ◆ ◆

*E*RA COMO UM PESADELO. Apesar de a chuva ter se abrandado para uma garoa, a noite estava fria e miserável. Nada combinaria tão perfeitamente com o mau humor de Luke.

Em sua mão havia uma carta que o arrastou de volta para um passado confuso e distante. Cobb. O canalha o encontrara. Em pé no jardim dos Nouvelle, com a chuva fina escorrendo pela gola do casaco, Luke se perguntava por que se permitira acreditar que era possível escapar.

Não importava o quão inteligente, forte e bem-sucedido ele fosse, podia voltar a ser um garotinho assustado. Bastavam algumas palavras num papel.

Callahan, há quanto tempo. Estou ansioso para falar sobre os velhos tempos. Se não quiser perder sua posição social, encontre-me às dez no Bodine's na Bourbon. Não tente o truque de desaparecer, senão terei que ter uma longa conversa com seus camaradas, os Nouvelle. Al Cobb.

Queria ignorá-lo. Queria rir, rasgar e picar o papel em pedacinhos insignificantes para mostrar o quão pouco aquilo significava para o homem que se tornara. Mas suas mãos estavam trêmulas. Seu estômago estava revirado e embrulhado. E sabia, sempre soubera, que não poderia escapar de onde viera ou do que vivera.

Ainda assim, não era mais uma criança com medo de encarar o monstro no armário. Enfiou o papel no bolso e foi para a rua. Enfrentaria Cobb esta noite e de alguma maneira encontraria um jeito de sumir com ele e com tudo que representava.

A chuva encharcava seu casaco, seus sapatos e estragava ainda mais seu humor. Encolheu os ombros, praguejou alguma coisa e foi para a esquina. Quando um táxi encostou no meio-fio, hesitou, pensando se seria melhor um passeio seco ou uma caminhada molhada para melhorar seu estado de espírito.

Esqueceu-se das duas possibilidades quando viu Roxanne sair do táxi. Era um alvo à mão para sua frustração.

— De volta tão cedo? — perguntou. — Não se divertiu com seu amigo quatro-olhos?

— Vá à merda, Callahan. — Manteve a cabeça baixa quando passou por ele, na esperança de fugir para dentro de casa invisível. Mas Luke se sentia mal o bastante para provocá-la.

— Ei. — Agarrou seu braço e a girou de volta. — Você tem algum... — Parou mortificado, quando viu o estado de suas roupas. Por baixo da jaqueta brilhante, a camisa xadrez de algodão estava rasgada e salpicada com sangue. O pânico tomou conta dele, quando a segurou pelos ombros. — O que aconteceu com você?

— Nada. Deixe-me em paz.

Ele a sacudiu com força.

— O que aconteceu? — Sua voz parecia presa na garganta, como se estivesse saindo através de lâminas. — Rox, o que aconteceu?

— Nada — disse ela outra vez. Por que estava começando a tremer agora? Estava tudo acabado. Acabado e superado. — Gerald fazia uma ideia diferente da minha sobre o que eu fui fazer no apartamento dele. — Ergueu o queixo, pronta para uma palestra. — Tive que dissuadi-lo da ideia.

Ela ouviu Luke prender a respiração — não em choque. Mas como um animal rosnando. Quando olhou para o rosto dele, sentiu sua pulsação acelerar. Os olhos dele estavam vidrados, com um brilho perigoso.

— Eu vou matá-lo. — Cravou os dedos nos ombros dela com força suficiente para fazê-la gritar. Soltou-a tão rápido que Roxanne cambaleou. Quando recuperou o equilíbrio, teve que correr atrás dele.

— Luke. Pare com isso. — Agarrou a manga da jaqueta dele. Apesar de seu coração ter acelerado quando ele se virou com olhos brilhando e dentes aparentes, ela se conteve. — Não aconteceu nada. Nada. Eu estou bem.

— Tem sangue em você.

— Não é meu. — Tentou sorrir, tirando o cabelo molhado do rosto. — Vamos, eu gosto da ideia de um cavaleiro vindo me salvar, mas eu cuidei dele. Você nem sabe onde o idiota mora.

Ele o encontraria. De alguma forma, Luke sabia que podia rastreá-lo como um lobo rastreando uma lebre. Mas a mão de Roxanne tremia em seus braços.

— Ele machucou você? — Foi um esforço manter a voz firme e calma, mas achava que ela precisava disso. — Fale a verdade, Roxy, ele estuprou você?

— Não. — Ela não resistiu quando os braços de Luke a envolveram. Percebeu que não era medo o que a fazia tremer, e sim a assustadora sensação de traição. Conhecia Gerald, gostava dele, e ele tinha se preparado para forçá-la a fazer sexo. — Não, ele não me estuprou, eu juro.

— Ele rasgou sua camisa.

Dessa vez seu sorriso foi mais confiante.

— Ele disse que eu quebrei o nariz dele, mas acho que só tirei sangue. — Sorriu e deitou a cabeça nos ombros de Luke. Era tão bom estar ali debaixo da chuva com ele, sentindo a batida forte e constante de seu coração. Sempre que as coisas ficavam realmente ruins, pensou, Luke estava lá. Aquilo era reconfortante. — Você tinha que ter escutado os gritos dele. Luke, não quero que Max e Lily saibam. Por favor.

— Max tem esse direito.

— Eu sei. — Ela levantou a cabeça novamente. A chuva escorria por seu rosto como lágrimas. — Não tem nada a ver com direitos. Iria machucá-lo e assustá-lo. E já passou. O que ele poderia fazer?

— Não digo nada, se...

— Eu sabia que haveria um se.

— Se — repetiu Luke colocando um dedo debaixo de seu queixo — você concordar que eu fale com esse idiota. Tenho que me certificar de que ele vai ficar longe de você.

— Acredite em mim, não há nada com que se preocupar. Ele deve até conseguir um mandado para que eu não possa chegar a cem metros dele.

— Ou falo com ele, ou falo com Max.

— Que droga. — Ela suspirou, considerou suas opções, então deu de ombros. — Tudo bem, vou dizer onde encontrá-lo se...

— Tudo bem, se?

— Se você jurar que só vai conversar. Não quero que tenha que bater em ninguém de novo por minha causa. — Sorriu novamente, sabendo que ambos tinham pensado em Sam Wyatt. — Eu mesma fiz isso dessa vez.

— Só conversar — disse Luke. A não ser que decidisse ser necessário mais do que isso.

— Na verdade, você podia me fazer um favor. — Ela se afastou porque era um pedido difícil. — Não tenho certeza, mas eu acho... Pelo que ele disse quando estava, bem...

— O quê?

— Eu acho que ele tinha uma câmera escondida. Filmando o acontecido, entende?

Luke abriu a boca e fechou de novo. Talvez fosse até melhor ficar sem palavras.

— Como assim?

— Ele é entendido em filmes. — Apressou-se em dizer. — Realmente fissurado em filmes e essa coisa de vídeos. Por isso fui ao apartamento dele. Para assistir a uns clássicos. E ele... — Deu um suspiro que soltou fumaça no ar e desapareceu na chuva. — Tenho quase certeza de que ele tinha uma câmera ligada; assim, depois, poderíamos nos ver.

— Miserável pervertido.

— Bem, eu estava pensando, se você insiste em falar com ele, poderia fazer com que ele lhe entregue a fita ou o que quer que seja.

— Vou pegar. Se você nunca mais fizer algo desse tipo de novo.

— Eu? — Ela colocou as mãos nos quadris. — Olha, cabeça de ervilha, eu quase fui estuprada. Eu sou a vítima, entendeu? Não fiz nada para merecer aquele tipo de tratamento.

— Eu não quis...

— Vá para o inferno. Você e todos os homens. — Ela se virou, deu dois passos e voltou. — Eu devo ter pedido por isso, certo? Eu atraí aquele pobre homem desamparado para minha rede, depois, protestei quando as coisas ficaram sérias.

— Cale a boca. — Puxou-a para si e segurou firme. — Desculpe, eu não quis dizer nada disso. Por Cristo, Roxanne, você não entendeu como me assustou? Eu não sei o que teria feito se ele tivesse... — Pressionou a boca em seus cabelos. — Eu não sei o que teria feito.

— Tudo bem. — Outra tremedeira tomou conta dela, descendo pela espinha. — Está tudo bem.

— Ok. — Ele murmurava, acariciava-a, tentando confortá-la, enquanto seus lábios buscavam os dela. — Ninguém vai machucá-la outra vez. — Os lábios dela estavam molhados de chuva. Beijou-a suave e carinhosamente e queria mais. Ela o abraçou enquanto seu corpo derretia como cera junto ao dele. Ele se deu um momento, um glorioso momento para segurá-la e fingir que podia ser real.

— Está se sentindo melhor? — Seu sorriso era tenso quando a afastou.

— Estou sentindo alguma coisa. — A voz dela era como a névoa que serpenteava pelo chão aos seus pés. Quando levou a mão até o rosto dele, ele a segurou e pressionou os lábios na palma de sua mão. Ela se perguntava se a chuva não a teria deixado confusa.

— Rox... é melhor... — Parou de falar quando um homem atravessou a cortina de chuva. Luke simplesmente empurrou Roxanne para o lado quando viu o rosto de Cobb, os olhos de Cobb, e sentiu sua vida virar de cabeça para baixo.

Como fora tolo em esquecer por um momento que tinha seus próprios demônios para enfrentar naquela noite.

Mesmo que não pudesse fazer mais nada, pelo menos impediria que aquele ser horroroso tocasse em Roxanne.

— Entre — ordenou ele.

— Mas, Luke...

— Entre, agora. — Empurrou-a pelo portão do jardim. — Tenho algo a fazer.

— Eu vou esperar.

— Não vai. — Quando ele se virou, ela fitou seus olhos e viu o tormento que havia neles.

Luke andou pela chuva para enfrentar um antigo pesadelo.

◆ ◆ ◆ ◆

—FAZ TEMPO, GAROTO. — Al Cobb estava sentado em um bar de striptease na Bourbon Street, fumando um Camel. Era seu tipo de lugar, mulheres com olhos cansados, rebolando e mexendo nos seios, cheio de bêbados decadentes e de sexo impessoal. Sabia que Luke viria atrás dele.

Luke estava com o braço apoiado no encosto da cadeira. Tentava relaxar, usando toda sua força de vontade para evitar que aqueles flashbacks asquerosos voltassem à sua mente.

— O que você quer?

— Uma bebida e bater um papo. — Cobb pousou os olhos nos seios da garçonete, depois abaixou o olhar até a virilha. — Um *bourbon* duplo.

— Black Jack — pediu Luke, sabendo que sua habitual cerveja não seria suficiente.

— Bebida de homem. — Cobb sorriu, mostrando os dentes manchados de fumo. Os anos de levantamento de garrafa não foram gentis com ele.

Mesmo na penumbra, Luke podia ver o labirinto de vasos estourados em seu rosto, o cartão de apresentação de todo bêbado inveterado. Ganhara muito peso, quase todo concentrado na altura da barriga, deixando a camiseta de malha esticada sobre a circunferência.

— Eu perguntei o que você quer.

Cobb não disse nada até as bebidas serem servidas. Levantou a sua, tomou um gole e olhou para o palco. Uma ruiva falsificada usava um improvável uniforme de serviçal francesa. Vestia calcinha fio dental e segurava um par de espanadores.

— Jesus, olha os peitos dessa cadela. — Cobb entornou sua bebida e fez sinal para mais uma. Sorriu para Luke. — Qual é o problema, garoto, não gosta de olhar peitos?

— O que está fazendo em Nova Orleans?

— Estou de férias. — Cobb lambeu os lábios quando a dançarina balançou os seios abundantes e os apertou. — Pensei em procurá-lo, já que estava por perto. Não vai perguntar sobre sua mãe?

Luke bebia devagar seu uísque, deixando o calor deslizar para seu estômago, aquecendo os músculos congelados.

— Não.

— Isso não é normal. — Cobb estalou a língua. — Ela está morando em Portland agora. Ainda ficamos juntos de vez em quando. Ela começou a cobrar, sabe? — Deu uma piscadela lasciva para Luke e ficou satisfeito em ver os músculos de sua mandíbula se apertarem. — Mas a velha Maggie é sentimental o bastante para me dar uma cortesia quando eu bato na porta. Quer que eu mande lembranças por você?

— Não quero mandar nada pra ela.

— Que atitude de merda. — Cobb entornou mais *bourbon* enquanto a música ficava mais alta, mais estridente. Um homem tentou subir no palco e foi expulso. — Você sempre foi assim. Se tivesse ficado comigo mais tempo, eu teria metido algum respeito em você.

Luke se inclinou para a frente, os olhos faiscando.

— Ou teria me transformado numa prostituta.

— Você tinha um teto sobre sua cabeça e comida na barriga. — Cobb deu de ombros e continuou bebendo. — Eu só esperava que pagasse por isso. — Não lhe ocorreu sentir medo de Luke. Sua memória era afiada o suficiente para se lembrar do quão facilmente intimidava o rapaz com umas fortes chibatadas de seu cinto. — Mas isso já ficou para trás, não é? Hoje em dia você é foda. Quase me engasguei com uma dose de gim quando vi você na TV. — Soprou seu *bourbon*. — Fazendo truques, pelo amor de Deus. Aprendeu a usar sua varinha mágica, é, Luke? — Caiu na gargalhada com a própria piada até as lágrimas brilharem em seus olhos. — Você e aquele velho fazem um papel ridículo.

A gargalhada se transformou em susto quando Luke o agarrou pelo colarinho. Seus rostos estavam tão perto agora, que Luke podia sentir o bafo de uísque de Cobb, misturado com o cheiro da bebida e fumaça do bar.

— O que você quer? — Repetiu, falando palavra por palavra.

— Quer me bater, garoto? — Sempre disposto para brigas, passou os dedos gordos em volta dos pulsos de Luke. Ficou surpreso com a força que encontrou, mas nunca duvidou de sua própria superioridade. — Quer um corpo a corpo comigo?

Ele queria, queria tanto que seu corpo estremeceu com uma necessidade tão básica como o sexo. Mas havia uma parte dele enterrada bem lá no fundo, um garotinho assustado que se lembrava do estalar do cinto de couro em sua carne.

— Eu não quero estar no mesmo estado que você.

— Esse é um país livre. — Esperto o bastante para saber que uma briga não lhe daria o que queria, Cobb se afastou e pediu outra bebida. — O problema é que a gente tem que pagar por absolutamente tudo. Você está ganhando muito dinheiro com seus truques de mágica.

— É isso que você quer? — Luke teria sorrido se o enjoo não tivesse bloqueado sua garganta. — Você quer que eu lhe dê dinheiro?

— Ajudei a criar você, não foi? Sou o mais próximo que você teve de um pai.

Agora ele sorriu de verdade. Havia fúria suficiente na gargalhada para fazer com que as pessoas que estavam por perto olhassem assustadas.

— Foda-se. — Antes que pudesse se levantar, Cobb segurou a manga de sua jaqueta.

— Eu posso causar problemas para você e para aquele velho a quem você se juntou. Tudo que preciso fazer são umas ligações para alguns repórteres. O que você acha que os produtores de TV pensariam ao ler sobre sua vida? Callahan, é assim que você se chama agora, não é? Só Callahan puro. Artista fugitivo e garoto de programa.

ILUSÕES HONESTAS   187

— Isso é mentira. — Mas Luke ficou pálido, e Cobb percebeu. Todas aquelas memórias voltaram como uma cachoeira, as mãos gordas o apalpando, o suor e a respiração ofegante. — Eu não deixei ele me tocar.

— Você não sabe o que aconteceu depois que eu apaguei você. — Cobb estava satisfeito em ver seu blefe dando certo. Alimentava-se do terror, da dúvida e da repulsa nos olhos de Luke. — De uma maneira ou de outra, as pessoas ficariam em dúvida, não é? As pessoas iam gostar daquele número quente que você fazia tempos atrás. Você acha que ela vai deixar você colocar o pinto nela quando souber que você chupava bichas loucas aos 12 anos? — Riu com ódio nos olhos. — Não importa se é mentira ou a mais pura verdade, garoto, não depois que for publicado.

— Eu vou matar você. — Náusea pesava na voz de Luke, e suor brotava em sua testa.

— Mais fácil me pagar. — Confiante de que podia continuar com o show, Cobb acendeu outro cigarro. — Não preciso de muito. Dois mil para começar. — Soprou fumaça na direção de Luke. — Começando amanhã. Depois ligo para você de vez em quando, dizendo quanto e para onde mandar. Senão... procuro a imprensa. Eu teria que contar a eles como você se vendia para pervertidos, como roubava sua pobre mãe, como se juntou com aquele Nouvelle. Acho que ele violou uma ou duas leis ao acolher um fugitivo. Além disso, pode parecer que ele tinha outras utilidades para você. Você sabe. — Sorriu novamente, satisfeito com a transformação no rosto de Luke. — Posso fazer com que as pessoas fiquem na dúvida se ele não conseguiu grátis o que você vendia a outros.

— Deixe Max fora disso.

— Vou ficar feliz com isso. — Cobb estendeu a mão em acordo. — Você me traz dois mil amanhã à noite, bem aqui. Uma amostra da sua boa-fé. Depois sigo meu caminho. Não apareça e tudo que vou precisar fazer é ligar para o *National Enquirer*. Acho que os menininhos e menininhas, papais e mamães não teriam muito interesse em um mágico que gosta de carne nova. Não. — Deu outro trago. — Não sei se ele faria outra apresentação para a rainha da Inglaterra depois de ser acusado de sodomia. É como aqueles ingleses chamam isso. Sodomia. — Cobb riu novamente quando se levantou. — Amanhã à noite. Vou esperar.

Luke ficou sentado onde estava, lutando para respirar. Mentiras, merda de mentiras. Ele podia provar, não podia? Sua mão tremeu ao pegar o copo. Ninguém acreditaria, ninguém acreditaria que Max teria...

Enojado, apertou os olhos com as mãos.

Cobb estava certo. Uma vez publicado, as pessoas começariam a cochichar e questionar, não importava. A mancha estaria ali, a vergonha e o pavor.

Poderia suportar por ele, mas não suportaria o pensamento de atingir Max ou Lily. Ou Roxanne. Meu Deus, Roxanne. Fechou os olhos bem apertados enquanto entornava o restante de uísque. Pediu mais um e relaxou, até ficar miseravelmente bêbado.

◆ ◆ ◆ ◆

$\mathcal{E}$LA ESTAVA ESPERANDO por ele. Roxanne tinha entrado em casa e escapado para seu quarto sem ser notada. Um banho quente e longo aliviara as dores e algumas frustrações. Depois se aconchegou na varanda para esperar.

Ela o viu cambaleando pela neblina e garoa. Observou-o acenar e parar, e andar de novo com o cuidado exagerado de um bêbado. Sua preocupação e confusão se transformaram em ódio mortal.

Ele a deixara na chuva, com os nervos à flor da pele e ido ao encontro de uma garrafa. Ou de várias garrafas, pelo seu estado. Roxanne se levantou, amarrou forte o cinto de seu robe, como um soldado se preparando para uma batalha. Depois desceu para interceptar Luke no jardim.

— Seu imbecil.

Ele cambaleou para trás, tentou manter o equilíbrio no chão irregular e deu um sorriso bobo.

— Meu docinho, o que tá fazendo na chuva? — Deu um passo desajeitado à frente. — Meu Deus, Roxanne, você tá linda. Você me deixa louco.

— É claro. — Não parecia um elogio, as palavras estavam embaralhadas, não dava para entender. Ela se aproximou para segurar seu braço quando ele cambaleou. — Amanhã de manhã, você vai pagar por isso.

— Amanhã à noite — murmurou ele enquanto a cabeça girava e girava em volta de seus ombros. — Vou pagar amanhã à noite.

— Você tem que viver até lá. — Ela suspirou, mas aguentou o peso dele, colocando um de seus braços em volta dos ombros. — Venha, Callahan, vamos ver se colocamos um irlandês bêbado na cama sem acordar a casa.

— Meu bisavô era da cidade de Sligo. A velha me contou uma vez. Eu já contei isso?

— Não. — Ela resmungou um pouco pelo esforço de arrastá-lo pela porta lateral.

— Achava que tinha uma voz de anjo. Cantava em bares, sabe. — A chuva escorria em seu rosto, fria e suave, quando sua cabeça caiu para trás. — Filho da puta, nunca foi meu pai. Nada dele dentro de mim.

— Não, pela maneira que você fede, só tem um litro de uísque dentro de você.

Ele sorriu e bateu contra a porta antes que ela pudesse abri-la.

— Desculpe. Você está tão cheirosa, Rox. Como a chuva nas flores selvagens.

— Ah, um poeta irlandês. — Seu rosto corou, enquanto segurava Luke com uma das mãos e empurrava a porta com a outra.

— Só estou feliz porque você não tem peitos daqueles como os dessa noite. Acho que eu não ia gostar.

— Daqueles? — Roxanne sussurrava antes de soltar um suspiro. — Deixa pra lá.

— Eu não acho nada interessante olhar uma mulherzinha qualquer fazendo strip com vários caras olhando. Prefiro só eu e ela, entendeu?

— Fascinante. — Ela não sentiu o menor remorso quando se virou e o deixou no canto da cozinha. — Você me deixa na chuva e corre para um antro de strip. Você é um príncipe, Callahan.

— Sou um canalha — disse ele, rindo como um bêbado. — Nasci assim, vou morrer assim. — Cambaleava enquanto ela tentava direcioná-lo para a escada dos fundos. — Eu devia matá-lo, talvez. Mais fácil assim.

— Não, você me prometeu que ia só falar com ele.

Luke passou a mão pelo rosto para ter certeza de que ainda estava lá.

— Falar com quem?

— Gerald.

— Sim, sim. — Tropeçou no primeiro degrau, apesar de ter caído com força, pareceu não notar. Para assombro de Roxanne, ele simplesmente se esparramou pela escada e se preparou para dormir. — É assustador, é muito assustador ver ele chegando daquele jeito. E saber que não pode fazer nada para impedir. Agarrando, chantageando. Oh, Deus... — Sua voz morreu com um sussurro. — Não quero pensar nisso.

— Então, não pense. Pense em subir a escada.

— Preciso me deitar — murmurou ele, irritado quando ela o empurrou e cutucou. — Por favor, me deixa em paz.

— Você não vai apagar aqui, como o bêbado idiota que é. Lily vai ficar superpreocupada se encontrar você aqui.

— Lily. — Suspirou, engatinhando alguns degraus para cima com os estímulos de Roxanne. — A primeira mulher que amei. Ela é a melhor. Ninguém vai magoar Lily.

— Claro que não. Venha, só mais um pouquinho. — Os esforços de Roxanne fizeram seu robe se abrir. De seu excelente ponto de vista, Luke tinha uma visão perturbadora de sua coxa branca e macia. Nem o uísque podia fazer com que seu sangue parasse de esquentar.

— Indo para o inferno — disse ele com um sorriso quando Roxanne o sacudiu. — Direto para o inferno. Por Cristo, eu queria que você usasse algo por baixo de seu robe de vez em quando. Deixa eu só... — Mas, quando ele ia tocar naquela pele branca e macia, aterrissou com um soluço no primeiro andar.

— Fique em pé, Callahan — sussurrou Roxanne em seu ouvido. — Você não vai acordar Max e Lily.

— Tudo bem, tudo bem. — Ele tentou engolir, mas a saliva tinha gosto de veneno. Caiu sozinho de joelhos, esforçou-se para ficar de pé quando Roxanne o arrastou. — Vou passar mal? — perguntou no momento em que o enjoo revirou seu estômago.

— Espero que sim — disse ela trincando os dentes enquanto meio que o empurrava, meio que o carregava para o quarto dele. — Eu, sinceramente, espero que sim.

— Odeio isso, me faz sentir como daquela vez que Mouse me deu meu primeiro cigarro. Não vou mais ficar bêbado, Rox.

— Está bem. Aqui estamos... Merda.

Ele mirou na cama. Mas, por mais que Roxanne tenha sido rápida, não foi o suficiente para evitar cair junto com ele. Caiu por cima dela com força bastante para tirar seu fôlego.

— Sai de cima de mim, Callahan.

Sua resposta foi um ininteligível murmúrio. Por causa de seu bafo de Jack Daniels ela virou o rosto. Seus lábios se aninharam sonolentos em seu pescoço.

— Para com isso. Ah... maldição. — A maldição terminou num gemido abafado. Um prazer, pesado e escuro, se apoderou dela quando ele colocou a mão em seu seio. Ele não apalpou, não apertou, simplesmente possuiu.

— Macia — murmurou ele. — Roxanne é macia. — Seus dedos acariciavam a seda fina, preguiçosa e distraidamente, enquanto seus lábios esfregavam na pele.

— Luke, me beije. — Seu corpo já flutuava enquanto tentava virar sua boca para a dele. — Como da outra vez.

— Mmm-hmm. — Ele deu um longo suspiro e desmaiou.

— Luke. — Sacudiu os ombros dele. Não pode ser, disse a si mesma, não duas vezes na mesma noite. Quando segurou um punhado de cabelo para puxar a cabeça dele para trás, percebeu que ele apagara. Rangendo os dentes e xingando baixinho, ela empurrou para o lado o corpo inerte.

Deixou-o esparramado, atravessado na cama, totalmente vestido, e foi tomar um bom banho frio, há tanto tempo considerado o melhor remédio.

Capítulo Quatorze

♦ ♦ ♦ ♦

ELE QUASE SE MATOU. No meio de uma ressaca violenta e em um estado emocional precário, Luke viu que seu ritmo e seu equilíbrio estavam comprometidos. Sabia que não podia ter feito o que fez. A arte da escapologia, que tinha regras rígidas e rigorosas, simplesmente delineavam a fronteira entre a vida e a morte.

Mas escolher jogar de acordo com as regras e ignorar o orgulho deixava pouco espaço para manobra. Luke seguiu em frente com o número de escape no primeiro show, permitindo que o prendessem na camisa de força, algemassem suas mãos e acorrentassem seus pés antes de se dobrar dentro de uma arca de ferro no centro do palco.

Estava quente, escuro e abafado ali dentro. Como uma tumba, como uma catacumba. Como um armário. Como sempre, sentiu aquela onda inicial de pânico por estar preso.

Não tem como sair, dizia a voz de Cobb dentro da sua cabeça. *Não tem como sair! Não se esqueça disso.*

Aquele medo antigo e impotente tomou conta dele, bandidos sorridentes e corcundas nas trevas, prontos para dar o bote e assumir o controle. Respirou devagar e superficialmente para se acalmar enquanto soltava as mãos.

Podia sair. Já provara diversas vezes que ninguém nunca mais o manteria preso de novo. Concentrando-se, seguiu para o próximo passo.

Cobb estava esperando por ele.

Estou com a chave, seu pirralho, e você vai ficar exatamente onde eu o coloquei. Está na hora de você saber quem é que manda aqui.

A lembrança do armário voltou, o garotinho soluçando, batendo com as mãos na porta até ficarem feridas. A respiração de Luke ficou difícil enquanto seu coração batia em suas costelas, ecoando na sua cabeça que girava. A náusea que não ia embora queimava seu estômago como um mar de ácido. O medo voltou, rondando como minúsculos insetos em volta de sua pele suada.

ILUSÕES HONESTAS   193

Sentindo a dor causada pelo ferro em seus pulsos, zunia. Com um único movimento cego, lutava com as algemas como um prisioneiro faz ao ir para a cadeia. E sentiu o cheiro cúpreo de seu próprio sangue.

Respirando rápido demais, disse para si mesmo, nervoso pelo som impotente de seus próprios pulmões lutando por ar, acalme-se, droga, acalme-se.

Contorceu o próprio corpo; a dor esperada e familiar ao manipular suas juntas ajudou. Seu ombro assumiu uma posição impossível, permitindo que deslizasse e escorregasse na camisa de força.

O pulsar em suas têmporas fez com que amaldiçoasse o Jack Daniel's. Foi forçado a parar de novo a fim de se recompor o suficiente para suportar a dor.

Estava tonto, uma sensação que fez com que se lembrasse muito bem de sua condição na noite anterior — e de Roxanne. As imagens vinham, mesmo enquanto ele as combatia e tentava se concentrar em livrar os braços. Aquela pele clara e macia sendo explorada por suas mãos. O corpo cheio de curvas e ansioso embaixo do seu.

Ah, Deus, Jesus Cristo, será que ele a seduzira, que usara sua confusão interior e a bebedeira como desculpa para realizar uma fantasia que o perseguia há anos?

O suor escorria por Luke formando estreitos rios quentes. Perdera o controle do tempo, um enorme erro. Se ainda tivesse fôlego, xingaria a si mesmo. Quando estava livre da camisa de força, seus músculos e juntas doloridos gritavam. Só precisava bater na caixa — assim como batera na porta do armário.

Eles abririam, permitindo que saísse, permitindo que respirasse o ar puro. Jogou a cabeça para trás, batendo com força na lateral da arca. Uma dor penetrante rasgava sua cabeça, e imagens dançavam atrás de seus olhos fechados.

O olhar malicioso de Cobb, as mentiras que ele cuspia atormentavam Luke.

Cuidaria de Cobb, prometeu Luke para si mesmo enquanto sua mente ficava cinzenta. Só lhe custaria dinheiro.

Roxanne. Aquelas imagens de Roxanne na fita que conseguira arrancar de Gerald. Podia escutar o som da camisa dela rasgando, os pedidos abafados para que ele a soltasse. Podia ver o sangue jorrando, quase sentir o cheiro, quando ela conseguiu se libertar.

E a aparência dela, meu Deus do céu, a fisionomia dela ali parada, os punhos cerrados e prontos, o corpo ereto como de uma guerreira, coragem a envolvendo como uma aura de medo e fúria faiscando em seus olhos.

Sua vontade era de abraçá-la naquele momento, afastar todos os temores. Assim como quisera bater no já machucado Gerald até deixá-lo como uma polpa amassada.

Por mais furioso que estivesse, porém, estava igualmente envergonhado. Será que ele, cego pela bebedeira e pelo desejo, fizera com Roxanne a mesma coisa que Gerald tentara?

Não. Estava sendo bobo. Não acordara passando mal, com dor de cabeça e totalmente vestido? Até os sapatos. O gosto em sua boca não era o de Roxanne, mas o sabor podre de uísque estragado.

Desejo e chantagem. Bem, não valia a pena morrer por nenhum dos dois. Levantou a mão trêmula e bateu na própria cara, uma vez, duas vezes, para que o choque da dor afastasse toda essa névoa de sua mente.

Começou a se ocupar das correntes das pernas, respirando devagar o ar que estava se esgotando.

◆ ◆ ◆ ◆

— Está demorando muito. — Roxanne escutou o tom de pânico na própria voz ao agarrar a manga do pai. — Pai, já se passaram dois minutos.

— Eu sei. — Max cobriu a mão da filha com a sua, que já estava gelada. — Ainda há tempo. — Não tinha por que contar para ela que ele vira o rosto pálido e os olhos fundos de Luke no camarim e exigira que ele cancelasse a performance naquela noite.

Mas, neste momento, não adiantava dizer a ela que Luke passara por cima dele. O garoto era um homem agora e o poder estava mudando de mãos.

— Algo está errado. — Podia imaginá-lo inconsciente, sufocado, impotente. — Droga. — Ela deu a volta com a intenção de correr até Mouse para pegar as chaves. Antes que pudesse dar um passo, a tampa da arca se abriu.

Impressionado, e com razão, o público aplaudiu. Encharcado de suor, Luke fez as reverências e encheu os pulmões sedentos de ar. Quando Max o viu cambalear, preparou-se, fez um sinal para Roxanne e, na mesma hora, entrou no palco para distrair a plateia com alguns truques de prestidigitação.

— Idiota. Cretino. Cabeça oca. — Insultava-o através de dentes trincados abertos em um sorriso enquanto o pegava pelo braço e levava para os bastidores. — O que você estava tentando fazer?

Lily estava bem ali com um grande copo de água e uma toalha. Luke bebeu até a última gota. O fato de ainda estar se sentindo fraco o deixou mortificado.

— Sair, a maior parte do tempo — disse ao enxugar o suor do rosto. Quando ele cambaleou, Roxanne o segurou. O coração dela batia como um trovão em seus ouvidos enquanto continuava a repreendê-lo.

— Você não podia ter entrado ali depois de ter passado a noite bebendo.

— O meu trabalho é entrar ali — lembrou ele. Era uma sensação tão boa tê-la segurando seus braços para que ficasse de pé. Ele se afastou e foi para seu camarim. Como um cachorrinho irritado, Roxanne foi atrás.

— Show business não significa que você tem de se matar. E se você... — Parou na porta do camarim dele. — Luke, você está sangrando.

Abaixou o olhar e viu que escorria sangue de seus pulsos e tornozelos.

— Tive uns probleminhas com as correntes hoje. — Levantou a mão para impedir que ela entrasse. — Quero me trocar.

— Você precisa limpar essas feridas. Deixe-me...

— Já disse que quero me trocar. — Desta vez foi o olhar frio dele que a impediu. — Posso cuidar disso eu mesmo.

Ela apertou um lábio contra outro para evitar que tremessem. Será que ele não sabia que dispensá-la assim friamente magoava muito mais do que uma palavra furiosa? Ergueu a cabeça. Claro que ele sabia. Quem a conhecia melhor do que ele?

— Por que você está me tratando assim, Luke? Depois de ontem à noite...

— Eu estava bêbado — disse, rapidamente, mas ela balançou a cabeça.

— Antes... Você não estava bêbado antes. Quando me beijou.

Línguas de fogo o queimavam por dentro. Só um homem cego não veria o que ela estava lhe oferecendo com o olhar. Sentiu-se enjoado, carente e exausto.

— Você estava chateada — conseguiu dizer com uma calma notável. — Eu também. Tentei fazer com que você se sentisse melhor, só isso.

O orgulho falou mais alto.

— Você está mentindo. Você me queria.

Ele abriu um sorriso calculado para insultar. Ainda lhe restava um pouco de autocontrole.

— Querida, se eu aprendi uma coisa nos últimos dez anos, foi tomar o que eu quero. — Suas mãos estavam cerradas em punhos, mas manteve o olhar de desdém. — Vá encantar os mauricinhos da sua faculdade com suas fantasias. Agora, tenho coisas a fazer antes do próximo show.

Bateu a porta bem na cara dela, depois encostou pesadamente sobre ela.

Por pouco, Callahan, pensou, fechando os olhos. Em mais de um aspecto. Como suas dores estavam incomodando, afastou esses pensamentos e foi procurar aspirinas. Precisava ir encontrar Cobb e estaria armado com dois mil dólares e com a cabeça tranquila.

♦ ♦ ♦ ♦

Ninguém sabia melhor do que Maximillian Nouvelle o valor do momento certo. Esperou pacientemente o segundo show acabar, não fez nenhum comentário, não emitiu nenhuma crítica. Firmemente se sobrepôs às objeções de Lily e Roxanne quando Luke entrou na arca de ferro para a última apresentação. Max sabia que, se um homem não encara os próprios demônios, é inteiramente devorado por eles.

Em casa, educadamente convidou Luke para tomar uma dose de conhaque com ele na sala e, antes que o convite pudesse ser aceito ou rejeitado, apareceu com os copos.

— Não estou com muita disposição de beber. — O estômago de Luke se revirou só de pensar em álcool.

Max apenas se acomodou em sua poltrona favorita, esquentando o conhaque com a mão.

— Não? Mas você pode me fazer companhia enquanto tomo o meu.

— Foi uma noite longa — começou Luke, afastando-se.

— Certamente foi. — Max levantou a mão de dedos longos e apontou para uma poltrona. — Sente-se.

O poder ainda estava presente, a mesma força que atraíra um menino de 12 anos a um palco escuro. Luke se sentou, pegou um cigarro. Mas só ficou brincando com ele entre os dedos enquanto esperava Max falar.

— Existem muitos métodos de suicídio. — A voz de Max era moderada, como um homem se preparando para contar uma história. — Mas devo admitir que considero todas uma prova de covardia. Entretanto. — Gesticulando com a mão, abriu um sorriso bondoso. — Uma escolha dessa natureza é altamente pessoal, não acha?

Luke estava perdido. Mas, como aprendera muito tempo atrás a ter cuidado com as palavras quando Max estava preparando uma armadilha, apenas deu de ombros.

— Muito bem dito — disse Max com uma pontada de sarcasmo que fez Luke estreitar os olhos. — Se você contemplar essa hipótese mais uma vez — continuou após um gole de conhaque e um suspiro, apreciando seu sabor —, sugiro um método mais limpo e mais rápido, tipo usar a arma que fica na gaveta de cima da cômoda do meu quarto.

Antes que Luke pudesse piscar surpreso, Max se inclinou e, com uma das mãos ainda segurando delicadamente o copo de conhaque, com a outra agarrou o colarinho da camisa de Luke. Quando seus rostos estavam bem próximos, Max falou com a mesma fúria intensa que faiscava em seus olhos.

— Nunca mais use o meu palco, ou a ilusão da mágica, para algo tão covarde quanto colocar um fim à sua própria vida.

— Max, pelo amor de Deus. — Luke sentiu os dedos fortes em volta de seu pescoço, atrapalhando suas palavras, depois soltando.

— Eu nunca levantei um dedo para você. — Agora o controle que Max vestira durante e depois do segundo show começou a se quebrar de forma que precisou se levantar e virar para falar. — Uma década e mantive a promessa que lhe fiz. Mas estou avisando agora, eu vou quebrá-la. Se você fizer uma coisa dessas de novo, vou lhe dar uma surra. — Virou-se para encarar Luke com olhos escuros que cintilavam sua ira. — Naturalmente, vou ter de pedir para Mouse segurá-lo para que eu possa fazer isso, mas eu juro que sei muito bem onde bater para machucar.

Primeiro se sentiu insultado. Luke ficou de pé, palavras de ousadia e negação na ponta da língua. Foi quando viu, pela luz do abajur, que o que brilhava nos olhos de Max não era fúria e sim lágrimas. Isso o atingiu mais do que mil socos o atingiriam.

— Eu não deveria ter feito o número esta noite — disse, com o tom de voz baixo. — Eu não estava concentrado. Tive uns problemas que não consegui tirar da cabeça. Sabia que tinha de tirar, mas não consegui... Eu não estava tentando me machucar, Max, juro. Foi estupidez e orgulho.

— Muito orgulho e muita estupidez, eu diria. — Max tomou mais um gole para limpar a garganta. — Você levou Lily às lágrimas. Isso é algo que tenho dificuldade em perdoar.

Pela primeira vez em anos, Luke sentiu aquele medo — de ser rejeitado. De perder o que se tornara precioso em sua vida.

— Eu não pensei. — Sabia que era uma desculpa fraca. Uma parte dele queria contar todas as suas razões. Mas, se não podia fazer nada mais, pelo menos os pouparia disso. — Vou falar com ela, me desculpar.

— Espero que faça isso. — Mais calmo agora, colocou a mão no ombro de Luke. Ali havia um conforto e uma compreensão que dispensavam quaisquer palavras. — É alguma mulher?

Luke pensou em Roxanne e em como suas mãos ardiam para tocá-la. Isso fora parte do que encobriu sua mente, além de Cobb e do excesso de álcool. Apenas deu de ombros.

— Eu poderia lhe dizer que nenhuma mulher vale a sua vida nem a sua paz de espírito. Mas é claro que isso seria uma mentira. — Os lábios dele se curvaram e seus dedos apertaram. — Existem algumas, e um homem é tanto abençoado quanto amaldiçoado por encontrá-las. Quer conversar sobre isso?

— Não. — Foi o que Luke conseguiu dizer com a voz abafada. A ideia de discutir seu desejo louco por Roxanne com o pai dela o deixou entre querer rir e gritar. — Está tudo sob controle.

— Muito bem. Talvez queira saber sobre nosso próximo serviço.

— Quero sim.

Satisfeito de que o ar estivesse leve de novo, Max se sentou e recostou.

— LeClerc conseguiu algumas informações bem interessantes. Um certo político de alto escalão mantém uma amante no subúrbio de Maryland, perto da capital do nosso país. — Max fez uma pausa para beber. Já interessado, Luke pegou o copo. — Seu estômago não estava mais parecendo um campo minado. — Nosso servidor público não está acima de propinas...

ILUSÕES HONESTAS 199

uma forma particularmente feia de garantir o sustento, na minha opinião, mas tudo bem. De qualquer forma, ele é sábio o suficiente para não inflar seu estilo de vida com essas bonificações e, assim, provocar especulação. Em vez disso, ele discretamente investe em joias e obras de arte, e guarda esses investimentos com a amante.

— Ela deve ser muito gostosa.

— Exatamente. — Max inclinou a cabeça, passou o dedo pelo suntuoso bigode. — É difícil imaginar por que um homem que trai a esposa e seus eleitores confiaria à mulher que o ajuda nessas traições quase dois milhões em quinquilharias. — Max suspirou, como sempre perplexo e encantado com os caprichos da natureza humana. — Eu não admitiria isso na frente das encantadoras mulheres da nossa casa, mas um homem não é levado pelo nariz, mas pelo pinto.

Luke riu.

— Achei que o caminho para se conquistar um homem fosse pelo estômago.

— Ah, é sim, meu rapaz. Contanto que passe pela virilha. Nós somos, afinal, animais, pensantes, mas animais. Nós nos enterramos em uma mulher, não é mesmo? Literalmente. Quantos de nós resistem à ilusão de voltar para o útero?

Luke levantou uma sobrancelha.

— Eu não diria que é nisso que penso quando estou com uma mulher.

Max girou seu conhaque. Fora uma forma indireta de fazer o garoto falar, embora Max geralmente preferisse falar sem rodeios.

— O que quero dizer, Luke, é que em determinado momento, graças a Deus, o intelecto desliga e o animal assume o controle. Quando se está fazendo tudo certo, não se está pensando. O pensamento vem antes, na atração, na conquista, na sedução, no romance. Uma vez que o homem está dentro de uma mulher, que ela o envolve, a mente se desliga e o controle é perdido. Acho que por isso o sexo é mais perigoso do que a guerra, e muito mais desejável.

Luke só balançou a cabeça.

— Não é tão difícil assim curtir a experiência e manter a mente alerta.

— Obviamente você não encontrou a mulher certa ainda. Mas ainda é jovem — disse Max, gentilmente. — Agora — ele se inclinou para a frente —, sobre a nossa viagem para Washington.

♦ ♦ ♦ ♦

FORAM SEIS MESES DE planejamento. Os detalhes precisavam ser refinados e lapidados com tanto cuidado quanto no palco em que os Nouvelle se apresentariam no Kennedy Center.

Em abril, quando as cerejeiras estavam floridas e aromáticas, Luke viajou para o rico Potomac, Maryland. Disfarçado com um terno risca de giz, peruca loura e barba bem aparada, ele foi conhecer imóveis com um ávido corretor. Com sotaque de Boston, assumiu a identidade de Charles B. Holderman, representante de um rico industrial da Nova Inglaterra que estava interessado em comprar uma casa nos elegantes subúrbios da capital.

Apreciou a viagem por ela mesma e pela oportunidade de ficar longe de Roxanne. Ela conseguira se vingar da forma mais ordinária e eficaz de todas. Agindo como se nada tivesse acontecido.

Luke não relaxava totalmente havia meses e estava vendo essa viagem como férias trabalhando. E ainda tinha o bônus de ter uma suíte no magnífico Madison, bancar o turista — particularmente gostou da exposição de pedras preciosas no Smithsonian — e de simplesmente ficar sozinho.

Foi a todas as casas da lista junto com o corretor de imóveis, hesitava e fazia perguntas sobre as propriedades e sua localização. As perguntas que fazia como representante de um potencial comprador coincidiam com o que precisava saber como um potencial ladrão.

Quem morava na vizinhança e o que faziam? Havia cães que latiam muito? Patrulhas de polícia? Que empresa ele recomendava para instalar um sistema de segurança? E assim por diante.

Mais tarde naquele mesmo dia, Luke se aproximou diretamente de Miranda Leesburg. Atravessou o caminho margeado por flores que levava à porta de carvalho e vidro e bateu.

Já sabia o que esperar. Já analisara fotos da sagaz e impetuosa loura de 30 e poucos anos com um corpo escultural e gélidos olhos azuis. Resignado, escutou o latido agudo de dois cachorros. Já sabia que ela tinha dois Spitz alemães, uma pena eles serem tão ruidosos.

Quando ela abriu a porta, ele ficou surpreso ao ver o cabelo louro escorrido preso aleatoriamente em um rabo de cavalo e o rosto sagaz e impetuoso coberto de suor. Havia uma toalha em volta do pescoço de Miranda. O restante daquele corpo voluptuoso e cheio de curvas estava ajustado em duas peças roxas de roupa de ginástica.

Ela pegou os dois cãezinhos, acalmando-os ao encostá-los em seios que transbordavam como duas luas brancas de dentro do pequeno top.

Luke não lambeu os lábios, mas pensou nisso. Começou a entender por que o bom senador mantinha seu prêmio escondido.

Nas fotografias, ela era linda de uma forma distante, fria e óbvia. Pessoalmente, ela exalava sex appeal suficiente para derrubar um homem cego a um metro de distância. Luke estava bem mais perto.

— Com licença. — Sorriu e falou com seu sotaque carregado. — Desculpe incomodá-la. — Os cãezinhos ainda estavam latindo e ele precisou elevar a voz um tom acima. — Sou Holderman, Charles Holderman.

— Pois não? — Ela o olhou de cima a baixo como se ele fosse uma escultura que estava contemplando em uma galeria de arte. — Eu o vi pela vizinhança.

— Meu patrão está interessado em comprar uma propriedade nesta área. — Luke sorriu de novo. A gravata marrom de Holderman estava começando a estrangulá-lo.

— Desculpe, minha casa não está à venda.

— Não, eu sei disso. Será que eu poderia ter um minuto de sua atenção? Podemos conversar aqui mesmo se a senhora se sentir mais à vontade.

— Por que eu me sentiria mais à vontade aqui fora? — Ela arqueou a delicada sobrancelha esculpida ao analisá-lo. Jovem, linda, reprimida. Abaixou-se para colocar os cãezinhos no chão de madeira encerada, movimento que provocou uma linda visão, e deu uma palmadinha neles para que fossem embora. Com o amante viajando há duas semanas em um tour para angariar fundos, estava entediada. Charles B. Holderman parecia uma diversão interessante. — Sobre o que gostaria de falar comigo?

— Ah, sobre paisagismo. — Esforçou-se e conseguiu manter os olhos afastados do volume dos seios dela. — Meu patrão tem algumas exigências bem específicas sobre os jardins. E o seu se aproxima muito do que ele quer. Gostaria de saber se a senhora mesma construiu o jardim de pedras na lateral da casa?

Ela riu, usando a toalha para enxugar os seios que cintilavam.

— Querido, eu não sei a diferença entre uma gérbera e uma petúnia. Contratei uma empresa.

— Entendi. Será que poderia me passar o contato? — O sempre eficiente Holderman tirou um bloco com capa de couro do bolso. — Ficaria muito agradecido.

— Acho que posso lhe ajudar. — Ela pousou um dedo sobre os lábios. — Entre. Vou procurar o cartão.

— Muita gentileza sua. — Luke guardou o bloco e ocupou a mente com os detalhes do vestíbulo, da escada, tamanho e quantidade de cômodos. — Sua casa é linda.

— Obrigada, redecorei alguns meses atrás.

Os papéis de parede eram florais e em tons pastel. Tranquilo, feminino. O voluptuoso corpo vestido em pequenos pedaços de pano roxo acrescentava um toque de sexo. Como paixão em uma campina.

Luke parou para admirar um quadro de Corot.

— Lindo — disse quando Miranda o olhou sobre os ombros de forma questionadora.

— Você gosta de quadros? — Ela fez um biquinho ao parar ao lado dele para analisar o quadro.

— Gosto, sou um admirador de arte. Corot, com seu estilo sonhador, é um dos meus preferidos.

— Corot, certo. — Ela não dava a mínima para o estilo, mas sabia o valor do quadro até o último centavo. — Nunca consegui entender por que as pessoas pintam árvores e moitas.

Luke sorriu de novo.

— Talvez para fazer com que as pessoas se perguntem quem ou o que está atrás delas.

Ela riu com a ideia.

— Essa é boa, Charles, muito boa. Tenho uma pasta com todos os cartões na cozinha. Por que não me acompanha em alguma bebida para refrescar enquanto encontro o cartão do meu paisagista?

— Seria um prazer.

A cozinha acompanhava o charme feminino e suave do restante da casa. Vasos com violetas africanas pegavam sol em um balcão marfim e lilás. Os utensílios eram funcionais e discretos. Uma mesa redonda de vidro com quatro cadeiras de ferro forjado ficava no centro do ambiente em cima de um tapete cor-de-rosa. De forma um tanto incongruente, o som inconfundível da guitarra de Eddie Van Halen ecoava pelos alto-falantes da cozinha.

— Eu estava malhando quando você tocou a campainha. — Miranda foi até a geladeira e pegou uma jarra de limonada. — Gosto de me manter em forma, sabe? — Colocou a jarra sobre o balcão e passou as mãos pelos quadris. — Esse tipo de música me faz suar.

Luke passou a língua por dentro da boca para impedir que ela ficasse caída para fora e respondeu como Holderman responderia.

— Tenho certeza de que é estimulante.

— Pode apostar. — Riu para si mesma enquanto pegava dois copos e servia a limonada. — Sente-se, Charles. Vou procurar o cartão para você.

Ela colocou os copos sobre a mesa, causando aquele tilintar de vidro sobre vidro, depois passou bem perto dele ao se encaminhar para a gaveta. O cheiro de almíscar que exalava entrou e foi diretamente parar entre as pernas dele. Pensando agora, era um lugar que ele não vinha usando muito desde que, sob o efeito de Jack Daniel's, desmaiara em cima de Roxanne.

Calma, rapaz, pensou ele e endireitou o nó da gravata antes de pegar a limonada.

— Lindo dia — disse para puxar papo enquanto ela remexia na gaveta. — Sorte sua poder estar em casa para aproveitar.

— Ah, posso aproveitar bem o tempo. Eu tenho uma butique em Georgetown. Não ganho muito dinheiro, devo dizer, mas tenho um gerente que cuida dos problemas do dia a dia. — Ela pegou o cartão de visitas da gaveta e ficou brincando com ele na palma da mão. — Você é casado, Charles?

— Não. Divorciado.

— Eu também. — Sorriu. — Descobri que gosto de poder controlar a minha casa e a minha vida. Quanto tempo você vai ficar por aqui?

— Ah, infelizmente, só um ou dois dias, no máximo. Independentemente de meu patrão comprar um imóvel aqui, meu trabalho estará concluído.

— E vai voltar para...

— Boston.

— Hummm. — Isso era bom. Na verdade, era perfeito. Se ele fosse ficar mais tempo, ela o dispensaria depois da limonada e de entregar o cartão. Mas, dessa forma, ele era a resposta para duas semanas longas e frustrantes. De vez em quando, bem discretamente, Miranda gostava de trocar de parceiros e de dança.

Ela não o conhecia, nem o senador. Uma rapidinha secreta faria muito melhor para seu estado de espírito do que uma hora malhando.

— Bem... — Ela deslizou a mão pelo corpo de forma a roçar de leve sua virilha. — Podemos dizer que você vai... entrar e sair.

Luke colocou o copo na mesa para não deixá-lo cair.

— Podemos dizer que sim.

— Já que você está aqui agora. — Encarando-o, ela enfiou o cartão no vale que havia dentro de seu top. — Por que não pega o que veio buscar?

Luke ficou na dúvida por um segundo apenas. Não seria exatamente como imaginara. Mas, como Max gostava de dizer, um pouco de espontaneidade não atrapalhava o planejamento.

— Por que não? — Levantou-se e, aproximando-se muito mais rápido do que ela imaginara, colocou o dedo dentro dos finos shorts dela. Ela estava quente e molhada como um gêiser.

Enquanto ela arqueava as costas, surpresa, e soltava o primeiro gemido de prazer, ele já se livrara deles. Com dois movimentos rápidos, ele abriu as próprias calças e a penetrou violentamente. O primeiro orgasmo a pegou de surpresa. Nossa, ele não parecia tão talentoso.

— Ah, Deus! — Os olhos dela estavam arregalados de prazer. Então, ele a segurou pelos quadris e a levantou com braços surpreendentemente fortes, de forma que ela montou nele. Ela conseguiu soltar alguns suspiros e se preparou para a cavalgada de sua vida.

Ele a observava. Seu sangue estava pulsando rápido e quente, o corpo estava envolvido pelo lampejante veludo que era o sexo. Mas sua mente — essa estava lúcida o suficiente para ver os olhos dela se fecharem, sua língua se mexer rapidamente. Sabia que os cachorros tinham entrado, nervosos e curiosos com os sons que sua dona emitia. Eles estavam encolhidos embaixo da mesa de vidro, latindo.

Van Halen estava gritando nos alto-falantes. Luke entrou no mesmo ritmo, baixo e sujo. Podia contar os orgasmos dela, e viu que o terceiro que proporcionou a ela a deixou tonta e fraca. Ainda a levou a mais um clímax antes de atingir o seu. Mas mesmo nesse momento teve controle o suficiente para evitar que ela batesse com a cabeça na porta do armário de carvalho branco — suficiente para impedir que ela mexesse em seu cabelo e tirasse a peruca do lugar.

— Meu Deus. — Miranda teria caído no chão se ele não a tivesse segurado com sua misteriosa força. — Quem poderia imaginar que você era isso tudo embaixo desse terno da Brooks Brothers?

— Só o meu alfaiate. — Um pouco atrasado, segurou a cabeça dela para um beijo.

— Quando você disse que precisa ir embora?

— Amanhã à noite. Mas tenho tempo hoje. — E poderia usar para estudar a casa. — Você tem uma cama?

Miranda passou os braços em volta do pescoço dele.

— Tenho quatro. Por onde você quer começar?

◆ ◆ ◆ ◆

— *Você* PARECE MUITO SATISFEITO — comentou LeClerc assim que ele colocou as malas no chão do vestíbulo da casa em Nova Orleans.

— Trabalho feito. Por que eu não estaria satisfeito? — Luke abriu sua pasta e pegou um bloco cheio de anotações e desenhos. — A planta da casa. Dois cofres, um na suíte principal, outro na sala de estar. Ela tem um Corot no corredor do térreo e um maldito Monet sobre a cama.

LeClerc resmungou ao olhar as anotações.

— E como foi que você descobriu o quadro e o cofre no quarto dela, *mon ami*?

— Deixei que ela acabasse comigo na cama. — Sorrindo, Luke tirou a jaqueta de couro. — Estou me sentindo tão vulgar.

— *Casse pas mon cœur* — murmurou LeClerc, achando divertido. — Da próxima vez, vou pedir para Max mandar que eu vá.

— *Bonne chance*, velho. Uma hora com aquela mulher acabaria com você. Jesus Cristo, você não acreditaria no que ela faz... — Parou ao escutar um barulho no topo da escada. Roxanne estava parada lá, uma das mãos segurando o corrimão. Seu rosto estava branco, gelado, a não ser pelas bochechas vermelhas que podiam ser de constrangimento ou raiva. Sem falar nada, ela se virou e desapareceu. Ele escutou a porta batendo.

Agora, ele se sentia ainda mais vulgar, e sujo. Ficaria feliz em estrangulá-la por isso.

— Por que você não me disse que ela estava aqui?

— Você não perguntou — respondeu LeClerc simplesmente. — *Allons*. Max está no escritório. Ele vai querer saber o que você descobriu.

No andar de cima, Roxanne estava deitada de bruços na cama, lutando para não demonstrar fraqueza. Não daria essa satisfação a ele. Não precisava dele, não o desejava. Não se importava. Se ele quisesse passar o tempo transando com prostitutas de luxo, seria problema dele.

Maldito era ele por gostar.

Havia uma dúzia — bem, pelo menos meia dúzia — de homens que adorariam livrá-la do fardo de sua virgindade. Talvez estivesse na hora de escolher um.

Poderia se gabar. Poderia ostentar as suas descobertas sexuais bem embaixo do nariz dele.

Não podia tomar uma decisão como essa com raiva.

Mas também não podia ficar sentada, esperando nas coxias enquanto os homens se divertiam sozinhos. Quando eles entrassem na casa em Potomac, ela estaria lá com eles.

◆ ◆ ◆ ◆

— ESTOU TOTALMENTE PREPARADA, PAI. — Roxanne tirou uma blusa perfeitamente dobrada de sua mala e colocou na gaveta da cômoda em sua suíte do Washington Ritz. — E eu cumpri a minha parte do acordo. — Arrumou as peças íntimas na gaveta de cima. — Terminei o primeiro ano em Tulane com uma ótima média final. E tenho a intenção de continuar estudando quando as aulas começarem no outono.

— Fico muito feliz com isso, Roxanne. — Max estava na janela. Atrás dele, o sol de Washington esquentava o asfalto, e o calor se erguia novamente em forma de fumaça. — Mas esse trabalho está sendo planejado há meses. Seria mais sábio que você debutasse em algo menor.

— Prefiro começar por cima. — Com a precisão de seu senso de arrumação nato, ela começou a pendurar vestidos e roupas de festa no armário. — Não sou uma novata, e você sabe disso. Faço parte desse lado da sua vida, nos bastidores infelizmente, desde que eu era criança. Consigo abrir fechaduras também, geralmente mais rápido do que LeClerc. — Sabendo bem o que estava fazendo, sacudiu um vestido de seda que estava dobrado. — Sei muita coisa sobre motores e mecânica graças a Mouse. — Depois de fechar as portas do armário, lançou um olhar tranquilo para o pai. — Sei mais de computadores do que qualquer um de vocês. Você sabe muito bem que esse tipo de conhecimento é inestimável.

— Apreciei muito a sua ajuda nos estágios iniciais desse trabalho, porém...

— Não tem porém, papai. Está na hora.

— Os aspectos físicos são tão importantes quanto os mentais — começou ele.

— Você acha que tenho malhado cinco horas por semana há um ano para ficar mais saudável? — Ela deu um passo atrás. Aquele era um momento decisivo. Roxanne estava determinada, e colocou as mãos na cintura. — Você está me impedindo de fazer isso por motivos paternais, para não me levar para o caminho da desonestidade?

— Certamente não. — Ele pareceu chocado, depois ofendido. — Eu considero o meu trabalho uma antiga e inestimável forma de arte. Assalto é uma profissão muito honrada, menina. Bem diferente daqueles criminosos que roubam as pessoas pelas ruas ou aqueles trapalhões gananciosos que assaltam bancos com armas em punho. Nós somos seletivos. Somos românticos. — A voz dele estava cheia de paixão. — Somos artistas.

— Bem, então. — Ela deu um beijo no rosto dele. — Quando começamos?

Ele encarou o rosto sorridente e presunçoso e começou a rir.

— Você me dá muito orgulho, Roxanne.

— Eu sei, Max. — Deu-lhe outro beijo. — Eu sei.

Capítulo Quinze

♦♦♦♦

O Kennedy Center se rendeu às grandes ilusões, assim como as câmeras de televisão que filmavam o evento para um especial que iria ao ar no outono. Max apresentou o show de cento e dois minutos, em três atos, com orquestra completa, iluminação complexa e trajes elaborados.

Começava com Max sozinho no palco escuro, iluminado por um único holofote, como uma lua cheia. Estava envolto num manto azul-marinho, pespontado com fios prateados cintilantes. Em uma das mãos segurava a varinha, também prateada, que brilhava sob a luz. Na outra mão, uma bola de cristal.

Merlin também devia estar desse modo, quando tramou o nascimento de um rei.

Feitiçaria era o tema, encenou o feiticeiro místico com dignidade e drama. Levantou a bola na ponta dos dedos. Luzes piscavam enquanto falava com a plateia sobre magia, encantos e dragões, alquimia e bruxaria. Enquanto observavam já entretidos pelos efeitos teatrais, a bola começou a flutuar pelas dobras do manto de veludo, sobre a ponta da varinha mágica, girando alto, acima de sua cabeça, ao dizer um encanto. Durante todo o tempo, luzes piscavam dentro da bola, saltando do vermelho-escarlate ao azul-safira, do amarelo-âmbar ao verde-esmeralda, refletindo em seu rosto altivo. A plateia prendeu a respiração quando a bola desceu em direção ao chão, aplaudiram quando parou a centímetros de ser destruída, girando em círculos crescentes, subindo, subindo em direção às mãos estendidas de Max. Mais uma vez, segurou-a nas pontas dos dedos. Bateu uma vez com a varinha mágica e a jogou para o alto. A bola se transformou numa chuva de prata, caindo sobre o palco, antes de escurecer.

Quando as luzes se acenderam de novo, segundos depois, era Roxanne quem estava no centro do palco. Vestida toda em prata reluzente. Estrelas brilhavam em seu cabelo. Nos braços apenas uma coluna de lantejoulas. Em pé, ereta como uma espada, braços cruzados sobre o peito, olhos fechados. Quando a orquestra começou a tocar os acordes da sexta sinfonia de Beethoven, ela começou a bailar. Abriu os olhos.

Ilusões Honestas *209*

Falou de feitiços lançados e sobre amores perdidos, bruxaria que não deu certo. Quando descruzou os braços, levantou-os para o alto, faíscas voaram de seus dedos. Seu cabelo, uma cascata de cachos até quase os ombros, começou a balançar com um vento invisível. O foco dos holofotes se ampliou para mostrar uma pequena mesa a seu lado, sobre ela um sino, um livro e uma vela apagada. Com um movimento das mãos, acendeu as chamas, que subiam e desciam como se respirassem. Quando passava as mãos sobre as velas, as chamas pingavam na palma de sua mão, jorrando do pavio numa cascata dourada.

Um movimento de suas mãos, e as páginas do livro começaram a virar devagar, depois cada vez mais rápido até se formar um turbilhão. O sino se ergueu da mesa entre suas mãos estendidas. Quando balançou as mãos, ele soou. De repente, embaixo da mesa onde não havia nada, três velas queimavam. O fogo foi aumentando até que a mesa ficasse em chamas, com Roxanne de pé atrás dela, o rosto coberto pela luz e pelas sombras. Estendeu os braços e não havia mais nada além de fumaça. No mesmo instante, outro holofote se acendeu. Luke estava lá, no fundo do palco à esquerda.

Estava elegantemente vestido de preto com acabamentos em dourado. A incrível maquiagem de Lily acentuara suas maçãs do rosto e arqueara as suas sobrancelhas. Seus cabelos negros, quase tão longos quanto os dela, esvoaçavam. Olhou para Roxanne, uma mistura de deus e pirata. O coração traidor dela bateu forte, antes que pudesse disfarçar seu desejo.

Encarou Luke, que estava do outro lado do palco, com fumaça dançando entre eles. A postura dela era desafiadora, com a cabeça para trás, um braço para cima, o outro estendido ao lado. Um feixe de luz saía das pontas de seus dedos na direção de Luke. Ele ergueu a mão parecendo pegá-lo. A plateia irrompeu em aplausos conforme o duelo continuava. Os combatentes se aproximaram, girando fumaça, lançando fogo enquanto luzes douradas e róseas se acendiam, simulando o nascer do sol.

Roxanne colocou os braços sobre os olhos, como para proteger-se. Então, seus braços e cabeça caíram devagar. O vestido prateado brilhava, refletindo na luz enquanto o corpo dela balançava, como se estivesse ligado por fios às mãos de Luke. Ele a rodeou, passando as mãos ao seu redor, a poucos centímetros de tocá-la. Passou a mão aberta na frente de seus olhos, mostrando o transe, depois, lentamente, bem lentamente, a trouxe de volta. Os pés dela se elevaram do palco. Suas costas ficaram em linha reta como uma lança enquanto ela flutuava, até se deitar, em nada mais do que colunas de fumaça azul.

Ele girou uma vez e, quando olhou para o público de novo, segurava uma fina argola prateada. Com a graça de um dançarino, passou a argola da cabeça aos pés dela, deslizando-a pelo corpo de Roxanne. Em um gesto não ensaiado, inclinou-se, como se fosse beijá-la. Sentiu o corpo dela se enrijecer quando seus lábios pararam a um milímetro de distância.

— Não estrague tudo, Rox — sussurrou. Então, arrancou sua capa e jogou sobre ela. Passaram-se alguns instantes, e a forma por debaixo da capa parecia derreter. Quando a capa caiu ao chão, Luke tinha um cisne branco em seus braços.

Ouviu-se um estrondo, como de um trovão, vindo dos bastidores. Luke se abaixou para pegar sua capa, rezando para que o maldito cisne não atrapalhasse esse momento. Agachou-se sacudindo a capa sobre a cabeça. E desapareceu.

— Eu não me importei com o improviso — disse Roxanne a Luke no momento em que se encontraram.

— Não? — Entregou o cisne a Mouse e sorriu para ela. — Achei que daria um toque especial. O que achou, Mouse?

Mouse acariciou o cisne, era o único que podia fazer isso sem arriscar os próprios dedos.

— Bem... eu acho que deu um toque especial, sim. Tenho que dar o lanche de Myrtle.

— Viu? — Luke apontou depois que Mouse se retirava. — Adorou.

— Tente isso novamente, e eu é que vou improvisar. — Ela cutucou sua camisa. — Você vai acabar com os lábios sangrando.

Agarrou os pulsos dela antes que ela fosse embora. Pelo som dos aplausos, sabia que Max e Lily estavam fazendo uma grande apresentação. Suas emoções estavam cada vez mais tumultuadas. Achava que nunca se sentira tão bem em toda sua vida.

— Escute, Rox, o que fazemos no palco é um show. Um trabalho. Exatamente como o que vamos fazer amanhã à noite em Potomac. — Algum demônio interior fez com que ele se aproximasse mais, imprensando-a entre ele e a parede. — Nada pessoal.

O sangue estava pulsando, mas Roxanne abriu um sorriso amigável.

— Talvez você esteja certo.

ILUSÕES HONESTAS   211

Ele podia sentir seu perfume, a maquiagem, o suave perfume do suor do palco.

— É claro que eu estou certo. É só uma questão de... — Expirou forte, quando ela lhe deu uma cotovelada no saco. Ela se afastou rapidamente, com um sorriso bem mais sincero.

— Nada pessoal — disse ela com doçura. Entrou em seu camarim, fechou e trancou a porta. Era hora de mudar de fantasia.

A próxima vez que teve de lidar com ele, estavam quase cara a cara, só com uma fina placa de compensado entre eles. Estavam trancados em uma caixa e tinham apenas alguns segundos antes da transmutação.

— Faça aquilo de novo, querida — sussurrou Luke enquanto mudavam de posição. — E eu juro que bato em você também.

— Oh! Estou tremendo. — Roxanne pulou para fora da caixa no lugar de Luke sob calorosos aplausos.

Fizeram suas reverências depois do final do número. Luke deu um beliscão nela forte o bastante para deixar um hematoma. Roxanne pisou forte em seu pé.

Ele se curvou em agradecimento, e com um floreio fez surgirem rosas do nada e ofereceu a ela, que aceitou, mas, antes que pudesse lhe agradecer a cortesia, ele se afastou. De jeito nenhum deixaria o golpe sem um troco. Curvou-a para trás num mergulho exagerado e a beijou.

Ou, o que parecia ser um beijo para a plateia. Ele a mordeu.

— Seu desgraçado. — Forçou um sorriso com os lábios latejantes. Chegaram para trás enquanto Max fazia sua aparição final. Luke pegou a mão de Roxanne. Arregalou os olhos quando ela torceu seu polegar.

— Por Deus, Rox, as mãos não. Não posso trabalhar sem elas.

— Então fique longe de mim, meu camarada. — Soltou-o, satisfeita com a ideia de que o dedo doeria tanto quanto seus lábios. Juntaram-se a Max e Lily no meio do palco para uma reverência final.

— Eu amo o show business — disse Roxanne, rindo com vontade.

O bom humor em sua voz fez Luke mudar de ideia e não dar um chute no traseiro dela. Pegou a mão dela novamente, com mais cuidado.

— Eu também.

◆ ◆ ◆ ◆

ELA TAMBÉM NÃO VIA vantagem em começar uma briga. A recepção elegante na Casa Branca encerraria a noite com perfeição. Sabia que Max era completamente apolítico. Votava porque considerava um direito e um dever, mas não o fazia com a mesma alegria descontraída com que apostava.

Max não entrava de cabeça.

Em Washington, não era a política que atraía Roxanne, e sim o ambiente formal, pomposo, que a política propiciava. Bem diferente de Nova Orleans, pensava, admirando os dançarinos vestidos com elegância e conservadorismo rodopiando pelo salão.

— Parece que a mágica virou seu trabalho.

Roxanne se virou, o sorriso agradável que a acompanhava se transformou em puro choque.

— Sam, o que faz aqui?

— Aproveitando as festividades. Estou me divertindo quase tanto quanto me diverti na sua apresentação. — Pegou a mão dela, levando os dedos retesados até seus lábios.

Ele havia mudado consideravelmente. O adolescente magro e malvestido tinha se transformado em um homem esbelto e impecável. O cabelo cor de areia tinha um corte tão conservador quanto o smoking que usava. Na mão, brilhava um discreto anel de brilhante. Roxanne sentiu o cheiro de perfume masculino quando seus lábios roçaram em sua pele.

Estava bem barbeado, seu rosto brilhava tanto quanto as antiguidades fabulosas que cobriam a Casa Branca. Tal como o ambiente que os rodeava, ele exalava uma forte e inconfundível aura de riqueza e sucesso. Assim como na política, ela pensou, por baixo dessa aura brilhante, está escondida a sujeira da corrupção.

— Você cresceu, Roxanne. E ficou linda.

Ela puxou sua mão das mãos dele. Onde ele tocara, sua pele formigava, como se tivesse chegado muito perto de uma corrente que poderia ser fatal.

— Eu diria o mesmo sobre você.

Os dentes dele brilhavam. Aqueles que perdera na briga com Luke foram substituídos com perfeição.

— Por que não diz... enquanto dançamos?

Ela poderia ter recusado sem rodeios, educadamente. Tinha habilidade para tal, mas estava curiosa. Sem uma palavra, moveu-se com ele e se juntou ao ritmo dos dançarinos.

— Eu poderia dizer — começou ela, mais do que surpresa por encontrá-lo feliz e realizado — que a Casa Branca era o último lugar onde eu esperava revê-lo. Mas... — olhou nos olhos dele — os gatos sempre caem de pé.

— Ah, eu sempre planejei ver você... todos vocês, de novo. Engraçado que o destino tenha feito isso em um ambiente tão... poderoso. — Ele a puxou mais para perto, gostando da forma como ela conseguia manter aquele corpo esguio e macio, rígido, e ainda assim seguir seus passos com a fluidez da água. — O show dessa noite foi muito superior àqueles show-zinhos naquele clube sujo de French Quarter. Melhor até do que o espetáculo que Max criou para o Magic Castle.

— Ele é o melhor que há.

— Seu talento é fenomenal — concordou Sam. Analisou o rosto dela, viu seus olhos se apertarem. O apelo sexual era forte demais. Mexeu-se, só o suficiente para que ela sentisse sua ereção. — Mas admito que você e Luke tiraram o meu fôlego. Um showzinho bem sexy aquele.

— Uma ilusão — disse ela friamente. — Sexo não tem nada a ver com isso.

— Se havia um homem que não estivesse excitado quando você levitou, ele está morto e enterrado. — E como seria interessante tê-la, pensou. Sentir a agitação dela, querendo e não querendo. Seria um magnífico troco, ainda com o bônus do sexo quente e prazeroso. — Posso garantir a você que eu estou bem vivo.

Roxanne estava com o estômago embrulhado, mas manteve o olhar altivo.

— Se você acha que estou impressionada com a protuberância em suas calças, Sam, está enganado. — Ficou satisfeita ao perceber os lábios dele se apertarem de raiva antes que continuasse. E, sim, ela percebeu que seus olhos também estavam assim. Astutos, sagazes e potencialmente maus. — Para onde você foi quando deixou Nova Orleans?

Agora ele não só a desejava, como queria magoá-la primeiro.

— Aqui e ali.

— E esse aqui e ali o trouxeram... — Fez um gesto. — Para cá?

— Esse mundo dá voltas. No momento, sou o braço direito do Senhor do Tennessee.

— Você está brincando.

— De maneira nenhuma. — Puxou-a para mais perto, abrindo a palma da mão nas costas dela. — Sou assessor do senador. E pretendo ser muito mais.

Levou apenas um momento para ela se recuperar.

— Bem, acho que combina com você, já que a política é um jogo de interesses. Suas indiscrições do passado não interferem nas suas ambições?

— Pelo contrário. Minha infância difícil me dá uma perspectiva mais solidária dos problemas de nossas crianças, nosso mais valioso bem. Sou um modelo a ser seguido, mostrando-lhes aonde podem chegar.

— Suponho que não vá colocar em seu currículo que usava uma criança ignorante para ajudá-lo a roubar os amigos dela.

— Que equipe nós formávamos. — Riu, como se sua traição tivesse sido só uma brincadeira. — Podemos formar uma equipe melhor ainda agora.

— Sinto dizer que essa ideia me revolta. — Ela sorriu piscando os cílios. Quando ia se afastar, ele segurou sua mão com força o bastante para fazê-la estremecer.

— Acho que existem coisas que é melhor deixarmos para trás, esquecidas no fundo da memória. Você não acha, Roxanne? Afinal, se de repente você tiver vontade de fofocar sobre um velho conhecido, eu poderia fazer o mesmo. — Seu olhar era duro quando a puxou mais para perto. Para um observador casual, parecia que iam se beijar. — Eu não deixei Nova Orleans logo depois. Observar e fazer perguntas se tornaram meu negócio. Para saber todo tipo de coisas. A não ser que eu esteja enganado, você prefere que essas coisas sejam mantidas em segredo.

Ela sentiu sua cor sumir. De todas as coisas que podia controlar, nunca fora capaz de lidar com a delicada pele traidora de uma ruiva.

— Não sei do que está falando. Você está me machucando.

— Eu prefiro evitar isso. — Soltou o pulso dela. — A não ser que seja em circunstâncias mais íntimas. Talvez uma tranquilo jantar à meia-noite, em que poderíamos relembrar nossa velha amizade.

— Não. Sei que pode ser um duro golpe em seu ego, Sam, mas realmente não tenho o menor interesse em seu passado, presente ou futuro.

— Então não vamos falar de negócios. — Aproximou a boca da orelha dela e sussurrou uma sugestão tão descarada que Roxanne não tinha certeza se devia cair na gargalhada ou encolher-se. Não teve a chance de fazer nem uma coisa nem outra, uma mão agarrou seu braço e a puxou para trás.

— Tire suas mãos de cima dela. — O rosto de Luke estava cheio de ódio quando ficou entre Roxanne e Sam. Voltou aos 16 anos e estava pronto para a batalha. — Nunca mais encoste nela.

— Bem, parece que pisei nos calos de alguém. — Ao contrário das palavras ríspidas de Luke, Sam falou cordialmente. Estava certo, afinal. Nem todas as faíscas que vira no palco eram resultado de mágica e efeitos especiais.

— Luke. — Com plena consciência de que as pessoas estavam se virando para olhar para eles, Roxanne deu o braço para ele, o que lhe deu a chance de cravar as unhas em sua pele. — Uma recepção na Casa Branca não é lugar para fazer uma cena. — Sorria enquanto falava.

— Linda e sensata. — Sam apontou para ela, mas manteve os olhos em Luke. Então ainda estava lá, Sam ficou feliz com isso. A mistura de ciúmes e ódio ainda o tirava do sério. — Eu ouviria a dama, Callahan. Afinal, esse é meu território, não seu.

— Você sabe quantos ossos tem na mão? — Luke falou de forma agradável enquanto seus olhos fulminavam Sam. — Se você tocar nela de novo, vai saber. Porque eu vou quebrar todos deles.

— Parem com isso. Eu não sou um osso para vocês dois disputarem. — Roxanne ficou aliviada quando viu seu pai e Lily abrindo caminho pela multidão. — Vamos esquecer isso, não vamos? Papai! — Entusiasmada virou-se para Max. — Você não vai acreditar quem está aqui. É Sam Wyatt. Depois de tanto tempo.

— Max. — Suave como uma cobra, Sam ofereceu a mão, depois, com a mão livre, pegou os dedos de Lily para beijá-los. — Lily, mais linda do que nunca.

— Vocês não vão adivinhar o que Sam anda fazendo. — Roxanne continuou a conversa como se fosse uma reunião de bons e velhos amigos.

Max não era homem de guardar rancor. Nem de baixar a guarda.

— Então, você se estabeleceu na política.

— Sim, senhor. E poderia dizer que devo isso a você.

— Poderia?

— Você me ensinou a capacidade de representar. — Sorriu, a imagem de um político jovem de sucesso. — Senador Bushfield, senhor. — Sam interceptou um homem careca, com olhos castanhos cansados e de sorriso torto. — Acho que já conhece os Nouvelle.

— Sim, sim. — O sotaque do Tennessee era forte e verdadeiro, apesar do cansaço no rosto do senador. — Um show maravilhoso, como disse mais cedo, Nouvelle.

— Eu não mencionei antes, senador, porque queria fazer uma surpresa para meus velhos amigos. — Com um olhar debochado para Luke, Sam colocou a mão nos ombros de Max. — Passei muitos meses com o mestre, como aprendiz de mágico.

— Não me diga? — Os olhos de Bushfield brilharam com interesse.

— Digo sim. — Sam sorriu e inventou a história de um jovem confuso e desencantado que foi bem encaminhado pela generosidade de um homem e de sua família. — Infelizmente — concluiu —, nunca estive apto a atuar no palco. Mas, quando deixei os Nouvelles, foi com um firme propósito. — Sorriu e, furtivamente, correu um dedo pelas costas de Roxanne. — Sem eles, não estaria onde estou hoje.

— Vou lhes dizer uma coisa. — Bushfield bateu nas costas de Max paternalmente. — Esse garoto vai longe. Afiado como uma faca e escorregadio como uma enguia. — Piscou para Max. — Talvez não fosse bom com abracadabra, mas certamente, com seu charme, consegue seduzir os constituintes.

— Nunca faltou charme em Sam — disse Max. — Talvez foco.

— Estou focado agora. — Lançou um olhar para Luke. — Eu sei fazer o que precisa ser feito.

♦♦♦♦

— AQUELE FILHO DA PUTA NOJENTO estava com as mãos em cima de você.

Roxanne apenas suspirou. Era difícil de acreditar que Luke estivesse na mesma sintonia. Talvez porque ela o tivesse evitado a maior parte das vinte e quatro horas.

— Estávamos dançando, idiota.

— Ele estava babando em seu pescoço.

ILUSÕES HONESTAS   217

— Pelo menos, não me mordeu. — Lançou a Luke um sorriso com ar de superioridade e se recostou. Mouse dirigia silenciosamente pelos bairros, fazendo uma lenta varredura da área em torno da casa de Miranda. — Esqueça a sarjeta, Callahan, concentre-se no trabalho.

— Gostaria de saber o que se passa na cabeça dele — resmungou Luke. — Não é sinal de boa sorte encontrá-lo assim.

— Sorte é sorte, meu rapaz — falou Max, sentado no banco da frente. — O que fazemos com ela é que determina se é boa ou não. — Satisfeito com a atmosfera, Max tirou o paletó e a camisa com frente falsa, que escondia um fino suéter preto.

Já no banco de trás, Luke e Roxanne faziam transformações semelhantes.

— Fique longe dele.

— Vá à merda.

— Crianças. — Max sacudiu a cabeça olhando para trás. — Se não se comportarem, papai não vai levá-los para achar o tesouro escondido. Trinta e cinco minutos — disse ele a Mouse. — Nem mais, nem menos.

— Deixa comigo, Max. — Parou o carro no meio-fio e depois manobrou. Estava com um grande e feliz sorriso no rosto. — Merda pra você, Roxanne.

— Obrigada, Mouse. — Ela se esticou para beijá-lo antes de saltar do carro.

Era uma noite tranquila e úmida. A luz da pequena lua estava quase escondida pela neblina e pelo calor que pairavam no ar. Ela podia sentir o cheiro das rosas, do jasmim, da grama recém-cortada e do aroma de madeira do solo regado.

Moviam-se como sombras sobre o gramado, passando pelas azaleias que não estavam mais floridas e pelas flores do verão que começavam a brotar. Outra sombra passou por eles, fazendo Roxanne dar um forte encontrão em Luke. Seu coração foi à boca.

Mas era só um gato, correndo atrás de um rato ou de seu par.

— Nervosa, Rox? — Os dentes de Luke brilharam no escuro.

— Não. — Irritada, ela se apressou, tranquilizando-se com o balançar da pochete de couro em sua coxa.

— Eles têm uma floresta aqui — sussurrou Luke perto do ouvido dela. — Mas acho que não tem lobos. Talvez alguns cachorros selvagens.

— Vá pastar. — Mas ela olhava desconfiada para as sombras, procurando olhos amarelos ou presas.

Como planejado, separaram-se no canto leste da casa, Luke cortaria os fios do telefone, Max desarmaria o sistema de alarme.

— É preciso um toque de sabedoria. — Max instruía pacientemente sua filha. — Não se deve ter pressa nem ficar confiante demais. É preciso prática — disse ele, como fizera inúmeras vezes durante os ensaios. — Prática nunca é demais para um artista. Até mesmo a melhor das bailarinas continua tendo aulas durante toda sua vida profissional.

Ela o observou separando e descascando fios. Era um trabalho manual entediante, feito com alicates. Roxanne segurava firme a lanterna e observava cada movimento que ele fazia.

— Tem uma unidade lá dentro que opera em código. É possível, com tato, desarmá-la daqui.

— Como vai saber que desarmou?

Ele sorriu e deu um tapinha na mão dela, ignorando a dor que moía seus dedos.

— Fé, misturada com um pouco de intuição e experiência. E... aquela luzinha ali vai apagar. *Et voilá* — sussurrou quando o ponto vermelho ficou branco.

— Seis minutos se passaram. — Luke estava agachado atrás deles.

— Não vamos cortar o vidro. — Max continuou a dar instruções enquanto se dirigiam à porta do terraço de trás. — Tem alarme, como podem ver. Mesmo com o alarme desligado é complicado, e muito mais demorado do que usar a fechadura.

Pegou seu jogo de grampos, um presente de LeClerc uns trinta anos atrás. Com certa cerimônia, entregou a Roxanne.

— Tente sua sorte, meu amor.

— Pelo amor de Deus, Max, ela vai demorar muito.

Roxanne fez uma careta para Luke antes de se curvar para realizar sua tarefa. Nem mesmo ele poderia estragar esse momento. Fez como seu pai ensinara. Com paciência. Com mãos tão delicadas quanto as de um cirurgião, trabalhou na fechadura. Orelhas coladas na porta, olhos serenamente fechados.

Ela se imaginava dentro da fechadura, gentilmente liberando os tambores. Girando, rodando, manobrando.

Ilusões Honestas 219

Seus lábios se curvaram num sorriso suave quando ouviu o clique. Ah, o poder.

— É como música — sussurrou ela, levando lágrimas de orgulho aos olhos de Max.

— Dois minutos e trinta e oito segundos. — Max olhou para Luke quando apertou o botão em seu relógio. — Tão bom quanto você.

Sorte de principiante, pensou Luke, mas foi sábio o suficiente para não emitir sua opinião. Entraram em fila pela porta e depois se separaram novamente.

O desenho que Luke fizera da disposição da casa havia sido tão completo que não foi preciso subornar ninguém para obter as plantas. A atribuição de Roxanne eram as pinturas. Ela as cortou cuidadosamente das molduras e enrolou Corots, Monets e uma especial cena de rua de Pissarro, colocando-as dentro da mochila em suas costas antes de se juntar ao pai na sala de estar.

Sabia bem que não podia perturbá-lo durante o trabalho. Os dedos dele saltavam sobre os números do mostrador do cofre. Roxanne achava que ele parecia Merlin preparando seus feitiços. Seu coração se inchou de orgulho.

Trocaram sorrisos quando a porta se abriu facilmente.

— Rápido agora, querida. — Abriu caixas de veludo e estojos compridos e planos, despejando o conteúdo em sua pochete.

Querendo provar que aprendera bem, Roxanne pegou uma lupa e, sob a luz de sua lanterna, examinou as pedras do broche de safiras.

— Azul da Prússia — sussurrou. — Com um excelente...

Foi quando ouviram o latido de um cachorro.

— Ah, merda.

— Calma. — Max colocou a mão em seu braço para acalmá-la. — Ao primeiro sinal de problemas, dê o fora pela porta e volte direto para Mouse.

Seus nervos se agitaram como as cordas de um banjo, mas a lealdade se manteve inabalada.

— Não vou deixá-lo aqui.

— Vai sim. — Com movimentos rápidos, Max esvaziou o cofre.

No andar de cima, Luke fez uma careta para os cãezinhos que rosnavam. Não se esquecera deles. Pela tarde que havia passado ali, sabia que eles costumavam dormir na cama da dona.

Por isso, tinha dois ossos em sua pochete.

Tirou-os da bolsa e congelou quando Miranda resmungou com os cachorros, sonolenta, e rolou na cama. Então se agachou, uma sombra nas sombras, e gesticulou com os ossos.

Não falou nada. Não ousou arriscar, nem quando Miranda começou a roncar levemente. Mas os cães não precisavam de nenhum apelo verbal. Farejando o lanche, saltaram para fora da cama e usaram suas mandíbulas.

Satisfeito, Luke retirou a frente falsa da estante de livros e iniciou os trabalhos no cofre.

Foi um pouco perturbador, com a mulher dormindo no quarto. Não que ele nunca tivesse assaltado uma casa antes com uma mulher roncando por perto. Mas nunca com uma mulher com quem compartilhara a mesma cama.

Um pouco mais de emoção, pensou.

E você não sabia que a sedutora Miranda dormia completamente nua?

A excitação que ele sentia ao abrir uma tranca, que era quase sexual, aumentou drasticamente. Na hora em que abriu o cofre, estava excitadíssimo e lutando para conter o riso diante do absurdo da situação.

Claro que sempre poderia deitar na cama e seduzi-la enquanto ela estivesse meio dormindo. Afinal, tinha a vantagem de saber que posições ela preferia.

E, além disso, ela o reconheceria no escuro, não tinha dúvidas.

Seria emocionante, sem dúvida, mas o tempo estava contra ele.

É claro que havia conveniências e prioridades. Como Max diria. Então, novamente, ele também diria, ataque enquanto o ferro ainda está quente.

Meu Deus do Céu, pensou Luke, no momento seu ferro estava tão quente que poderia derreter pedra.

Que pena, gostosa, pensou, dando uma última olhada numa Miranda esparramada. Perguntou-se se ela consideraria uma rapidinha como pagamento pela perda das joias. Então, teve que abafar outra risada enquanto saía mancando do quarto.

— Você está dois minutos atrasado. — Roxanne estava na beira da escada, assobiando para ele. — Eu já ia subir. — Seus olhos se apertaram na escuridão. — Por que você está andando desse jeito? — Luke só bufou com um riso abafado e continuou mancando escada abaixo.

— Você se machucou? Você está... — Parou de falar quando percebeu o que o estava incomodando. — Meu Deus, você é um pervertido.

— Apenas saudável, como todo menino americano, Roxy.

— Doente. — Afastou-se, morrendo de ciúmes. — Nojento.

— Sou normal. É doloroso, mas sou normal.

— Ah, crianças. — Como um professor paciente, Max chamou a atenção. — Talvez possamos discutir isso no carro?

Roxanne continuou a sussurrar insultos enquanto corriam pelo gramado. Quando chegaram ao carro, a emoção da noite toda tomou conta deles. Ela se jogou no banco atrás de Mouse, rindo. Beijou-o, enquanto ele dirigia sonolento pela rua. Deu um beijo estalado em Max, e como se sentia generosa, e talvez um pouco vingativa, virou-se e pressionou os lábios nos de Luke.

— Meu Deus.

— Espero que você sofra. — Recostando-se, ela abraçou a bolsa cheia de joias sobre os seios.

— Ok, papai. Quando iremos repetir?

Capítulo Dezesseis

♦♦♦♦

ROXANNE ANDAVA DE UM lado para o outro na loja de Madame, entre cúpulas enfeitadas e molduras de quadros, varinhas de cristal e porta-joias. Com um jeans desbotado e uma enorme camiseta do New Orleans Saints, ela parecia exatamente o que era. Uma universitária recém-formada esperando sua vida começar.

Madame cuidadosamente calculava o troco de um cliente. Após trinta anos nos negócios, ela continuava evitando as distrações modernas, como, por exemplo, caixa registradora. A velha caixa de charutos pintada à mão lhe servia muito bem.

— Aproveite — disse ela, balançando a cabeça enquanto um freguês saía da loja com um papagaio de pelúcia embaixo do braço. Turistas, ela pensou, compram qualquer coisa. — Então, *pichouette*, veio me mostrar seu diploma universitário?

— Não. Acho que Max mandou emoldurar. — Deu um leve sorriso, brincando com uma xícara de porcelana que tinha uma lasca na alça dourada. — Parece que eu descobri a cura do câncer em vez de apenas me matar de estudar nos quatro anos em que passei em Tulane.

— Querida, formar-se em quinto lugar na turma, não é pouca coisa.

Roxanne deu de ombros com desdém. Estava inquieta, muito inquieta, mas não sabia por quê.

— Só precisei me dedicar. Tenho boa memória para detalhes.

— E isso lhe incomoda?

— Não. — Roxanne colocou a xícara no lugar e respirou fundo. — Estou preocupada com meu pai. — Foi um alívio dizer isso em voz alta. — Suas mãos não são mais as mesmas.

Era algo que ela não podia conversar com ninguém, nem mesmo com Lily. Todos sabiam que a artrite estava ganhando de Max, inchando suas juntas, enrijecendo seus dedos ágeis. Não havia médico, remédio ou massagem que resolvesse. Roxanne sabia que a dor não era nada comparada ao medo de perder o que ele mais amava. Sua mágica.

— Nem mesmo Max pode parar o tempo, *petite*.

Ilusões Honestas   223

— Eu sei, e entendo, mas não consigo aceitar. Está o afetando emocionalmente, Madame. Ele se entocou, passa tempo demais sozinho em seu escritório pesquisando sobre aquela maldita pedra mágica. E piorou, depois que Luke se mudou ano passado.

Madame levantou a sobrancelha com amargura.

— Roxanne, quando um homem se torna um homem, precisa de seu próprio espaço.

— Só para poder levar mulheres.

Madame virou os lábios.

— Isso é motivo suficiente. E ele ainda está por perto, no bairro. Ele não continua trabalhando com Max?

— Continua sim. — Roxanne assentiu com desdém. — Eu não queria mudar de assunto. É com meu pai que estou preocupada. Desde que ele ficou obcecado por aquela maldita pedra, não consigo me aproximar dele como antes.

— Pedra? Diga-me, que pedra é essa?

Roxanne se encostou no balcão, pegou o baralho de tarô que Madame deixava lá e começou a embaralhar.

— A Pedra Filosofal. É uma lenda, Madame. Uma ilusão. Diz a lenda que tudo que for tocado por essa pedra se transforma em ouro. E...— Lançou um olhar significativo. — Devolve a juventude aos idosos, a saúde aos enfermos.

— E você não acredita nessas coisas? Você, que viveu a vida toda com magia?

— Eu sei como a magia funciona. — Roxanne cortou as cartas e fez uma cruz celta. — Suor e prática, distração e momento certo. Emoção e drama. Eu acredito na arte da magia, Madame, não em pedras mágicas. Não no sobrenatural.

— Entendo. — Madame levantou uma sobrancelha para as cartas no balcão. — No entanto, vem em busca de respostas aqui?

— Hã? — Distraída interpretando as cartas, Roxanne franziu a testa e corou. — Só para passar o tempo.

Antes que pudesse juntar as cartas, Madame pegou sua mão.

— Uma vergonha atrapalhar uma leitura. — Madame debruçou sobre as cartas. — A menina está pronta para se tornar uma mulher. Há uma viagem à vista, em breve. Tanto literal quanto figurativamente.

Roxanne sorriu. Não se conteve.

— Vamos a um cruzeiro. Para o norte, no Saint Lawrence Seaway. Vamos nos apresentar, é claro. Max vê como férias a trabalho.

— Prepare-se para mudanças. — Madame tocou na carta da Roda da Fortuna. — A realização de um sonho, se você for sábia. E a perda do mesmo. Alguém de seu passado. Tristeza. Tempo de cura.

— E a carta da morte? — Roxanne ficou surpresa quando sua pele se arrepiou ao ver o esqueleto sorridente.

— A morte persegue a vida desde o primeiro sopro. — Madame tocou a carta gentilmente com o dedo. — Você é muito jovem para senti-la sussurrando em seu ouvido. Mas esta é a morte que não é a morte. Prossiga em sua jornada, *pichouette*, e aprenda.

♦ ♦ ♦ ♦

LUKE ESTAVA MAIS DO QUE pronto para partir. Não havia nada que quisesse fazer mais do que sair da cidade. Sobre a mesa do café, o último pagamento de Cobb, selado e endereçado.

Durante os últimos anos, a demanda por dinheiro fora tão frequente quanto o pagamento de uma hipoteca. Dois mil aqui, quatro ali, uma média de cinquenta mil por ano.

Luke não se importava com o dinheiro, isso ele tinha muito. Ainda precisava controlar a náusea cada vez que encontrava um cartão-postal em branco em sua caixa de correio.

No cartão vinha escrito 2K, ou talvez 5K quando Cobb ficava sem sorte, e a caixa postal. Nada mais.

Luke teve quatro anos para reconsiderar a inteligência de Cobb. O homem era bem mais esperto do que Luke jamais acreditara. Um tolo teria forçado a barra e secado a fonte. Mas Cobb, o velho e bom Al, do poderoso cinto, sabia o valor do constante pinga-pinga.

Assim, Luke estava mais do que pronto para se livrar dos cartões-postais, da sensação desagradável de ter alguém sempre em seu pescoço, de se preocupar com Max e sua opressora obsessão por uma pedra mágica que não existia.

Ficariam muito ocupados no navio tendo que se preocupar com as apresentações, portos de escala e o belo trabalho que planejaram para Manhattan.

Quando tivesse tempo livre, Luke planejava se enfiar na piscina com fones no ouvido e mergulhar o nariz em um livro, enquanto alguma garçonete ninfeta não deixaria faltar cerveja gelada.

De uma forma geral, a vida era boa. Tinha um pouco mais de dois milhões de dólares em contas na Suíça, a mesma quantia em títulos e ações nos Estados Unidos, além de alguns investimentos em imóveis modestos. Em seu closet, ternos de Savile Row e Armani, embora ainda preferisse suas calças jeans Levi's. Talvez se sentisse mais à vontade em tênis Nike, mas havia sapatos Gucci bem engraxados em sua sapateira e uma coleção de botas John Lobb. Dirigia um Corvette vintage e pilotava seu próprio Cessna. Adorava charutos importados e champanhe francês, e tinha uma queda por mulheres italianas.

Resumindo, parecia que o batedor de carteiras morto de fome se transformar em um notável homem cosmopolita.

O preço para manter essa imagem foi chantagem — e reprimir uma pequena, irritante e incessante necessidade.

Roxanne.

Mas Max o ensinara a não se importar com o preço, a não ser que fosse o orgulho.

Luke pegou uma caneca de café e foi para a varanda observar o movimento lá embaixo em Jackson Square. Havia garotas em lindos vestidos de verão, bebês em seus carrinhos, homens com câmeras penduradas no pescoço. Avistou três crianças negras dançando sapateado. Seus pés se moviam freneticamente. Mesmo a distância, podia ouvir o ruído alegre do clique dos sapatos no concreto, o que atraía uma multidão, fato que o agradava.

A mulher que ele ouvira em seu primeiro dia em Nova Orleans não cantava mais em French Quarter. Sentia falta de sua voz e, apesar de nunca ter sentido novamente o mesmo apelo emocional por outra pessoa, ficava satisfeito ao ver as caixas de papelão dos artistas de rua cheias de moedas.

Sem Max, pensou. Sem Max e Lily, ele poderia ter feito algo muito pior do que dançar por alguns centavos.

Aquilo o fez franzir a testa. Sabia por que Max estava, cada vez mais, deixando os truques de prestidigitação por conta dele e de Roxanne. Até compreendia por que Max estava dedicando tanto tempo, que antes era para preparar os truques de cartas, para a maldita pedra filosofal. E isso doía.

Max estava envelhecendo bem diante de Luke.

Uma batida na porta fez com que se virasse com relutância da cena de rua, mas quando a abriu foi puro prazer.

— Lily. — Luke se abaixou para beijá-la, para sentir aquele maravilhoso e familiar Chanel, antes de pegar as muitas sacolas e caixas que ela carregava.

— Fui às compras. — Ela sorriu arrumando os cabelos loiros. — Acho que é óbvio. Tive que dar uma passadinha aqui. Espero não estar atrapalhando.

— Você nunca atrapalha. — Ele jogou as compras em uma poltrona ao lado de uma mesa Belker. — Pronta para despachar Max e vir morar comigo?

Ela riu de novo, com aquele som borbulhante do champanhe que ele adorava. Agora já com mais de 40, continuava tão bonita e exuberante quanto quando Luke a viu pela primeira vez, soberba no palco. Era preciso de um toque a mais para manter a ilusão, e Lily tinha um estoque infinito.

— Se eu fizesse isso, seria para dar uma surra nessas moças que vivem entrando e saindo daqui.

— Trocaria todas elas pela mulher certa.

Dessa vez Lily não sorriu, mas havia um tipo de alegria diferente em seus olhos.

— Ah, tenho certeza disso, querido. Estou envelhecendo esperando você dar o próximo passo. Mas... — Continuou, antes que ele pudesse falar. — Eu não vim até aqui para falar de sua vida amorosa, por mais fascinante que ela possa ser.

Ele sorriu.

— Você vai me deixar vermelho.

— Provavelmente. — Estava orgulhosa dele, era tanto orgulho que quase fazia seu coração explodir. Ele era alto e esbelto, extremamente bonito. E mais, muito mais do que isso, havia uma bondade dentro dele que Lily sabia que havia cultivado. — Passei por aqui para ver se você precisava de ajuda com a arrumação das malas ou se precisa de alguma coisa, já que fui às compras. Meias, cuecas?

Ele não conseguiu se conter. Deixou a caneca de lado, segurou seu rosto e a beijou novamente.

— Eu amo você, Lily.

Suas bochechas coraram de satisfação.

— Também amo você. Sei como os homens detestam fazer malas e comprar cuecas e outras coisas.

Ilusões Honestas   *227*

— Tenho um monte.

— Provavelmente estão furadas e com elástico frouxo.

Com olhar solene, levantou a mão em juramento.

— Juro por Deus que não coloquei na mala nenhum par de meias ou cueca dos quais eu me envergonharia de estar usando se sofresse um acidente.

Ela fungou, mas seus olhos sorriram.

— Você está me ridicularizando.

— Estou mesmo. Que tal um café?

— Prefiro algo gelado, se tiver.

— Limonada? — Ele se dirigiu para a cozinha. — Acho que tive uma premonição de que você ia passar por aqui quando espremi esses limões de manhã.

— Você quem fez? Sozinho? — Ficou tão orgulhosa, como ficaria se ele tivesse ganhado o prêmio Nobel.

Ele pegou uma jarra de vidro verde-claro e copos combinando. Sua cozinha era pequena e arrumada, com um fogão a gás antiquado de duas bocas e uma pequena geladeira de cantos arredondados. Lily achava a coisa mais linda os potinhos de tempero que ficavam no parapeito da janela.

— Sei que você é capaz. — Doía um pouco saber que ele se virava muito bem sem ela. — Você sempre conseguiu fazer tudo o que colocava na cabeça. — Pegou o copo que ele ofereceu e mexeu o gelo, voltando para a sala. — Você tem muito bom gosto.

Levantou a sobrancelha, percebendo a maneira com que ela passava as pontas dos dedos pelas curvas de seu sofá de dois lugares, pela superfície de uma cômoda antiga.

— Aprendi por osmose.

— Com Max, eu sei. Eu tenho um tremendo mau gosto. Só gosto de coisas cafonas.

— Seja lá o que aprendi, aprendi com os dois. — Segurando a mão dela, levou-a para se sentarem no sofá. — O que está acontecendo, Lily?

— O que está acontecendo? Já disse, só vim fazer uma visita.

— Você parece preocupada.

— Que mulher não parece preocupada? — Mas desviou o olhar.

Ele passou os dedos pelo rosto dela. Ainda era macio como de um bebê.

— Eu quero ajudá-la.

Foi o bastante para fazer ruir a frágil parede que se esforçara para construir antes de bater na porta. Lágrimas turvaram sua visão quando tirou os óculos. Então, ele a abraçou.

— Estou sendo tola, sei que estou. Mas não posso evitar.

— Está tudo bem. — Beijou seus cabelos, sua têmpora e esperou.

— Acho que Max não me ama mais.

— O quê? — Queria ser solidário, acolhedor e compreensivo. Em vez disso, afastou-se rindo.— Isso é uma piada. Ah, merda — sussurrou ele enquanto ela soluçava indefesa. — Não faça isso, vamos Lily, não chore.

— Lágrima de mulher era a única coisa da qual ele não sabia se defender. — Desculpe por ter rido. O que fez com que dissesse algo tão absurdo?

— Ele, ele... — Foi tudo que ela conseguiu dizer enquanto chorava em seu ombro.

Mudança de tática, Luke pensou, e acariciou as costas dela.

— Tudo bem, querida, não se preocupe. Vou até lá agora mesmo dar um soco nele por você.

Isso fez com que risos se misturassem com as lágrimas. Ela não se envergonhava nem dos risos nem das lágrimas. Aprendera a não ter vergonha do que a fazia se sentir bem.

— É que eu o amo tanto, sabe? Ele foi a melhor coisa que me aconteceu. Você nem sabe como era, antes dele.

— Não. — Ficou sério, descansando o rosto em seu cabelo. — Não sei.

— Éramos tão pobres. Mas era bom. Minha mãe era maravilhosa. Mesmo depois que papai morreu, ela cuidou de tudo. Sempre dava um jeito para ter um dinheiro extra para o cinema ou para um sorvete. Só fui saber muito depois que ela ganhava dinheiro saindo com homens. Mas não era prostituta. — Lily levantou o rosto coberto de lágrimas. — Foi só a maneira que encontrou para cuidar de seus filhos.

— Então deve se orgulhar dela.

Nenhuma mãe, ela pensou, nunca teve um filho tão inteligente.

— Já fui casada. Max sabe disso, mas ninguém mais sabe.

— E ninguém mais vai saber, se é o que quer.

— Foi um grande erro, um erro terrível. Eu tinha só 17 anos, e ele era tão bonito. — Deu um leve sorriso, sabendo como parecia tola. — Fiquei grávida, então nos casamos. Ele não gostava de ser pobre nem de ter uma mulher que passava mal todas as manhãs. Ele me bateu algumas vezes.

ILUSÕES HONESTAS 229

Ela percebeu que Luke estava ficando tenso, ficou um pouco envergonhada e se apressou.

— Como continuou me batendo, eu disse que ia embora. Minha mãe não me criou para ser um saco de pancadas. Ele disse que minha mãe era uma puta e eu também. Dessa vez me bateu pra valer e eu perdi o bebê. — Ela estremeceu com a lembrança. — Fez um estrago dentro de mim e disseram que eu nunca mais poderia ter filhos.

— Sinto muito. — Não podia fazer nada além disso.

— Estou contando pra você para que entenda de onde vim. Nessa época minha mãe morreu. Saber o quanto ela havia trabalhado para que eu pudesse ter coisas boas me ajudou a ficar mais forte. Então, mesmo quando ele apareceu e disse o quanto estava arrependido e que nunca mais me bateria, eu o deixei e fui trabalhar em um parque de diversões. Trabalhei nos quiosques, li a sorte. Cometi pequenos furtos. Foi assim que conheci Max.

Ela continuou:

— Ele já era mágico naquela época. Ele e a pequena Roxanne. Acho que amei os dois no instante em que os vi, e quase estraguei tudo. Ele tinha perdido a esposa e talvez um pouco de si mesmo também. Eu o desejava. Então fiz o que qualquer mulher esperta faria, eu o seduzi.

Luke a abraçou mais forte.

— Aposto que ele fez disso um cavalo de batalha.

Isso a fez rir e suspirar.

— Ele podia ter se aproveitado e deixado por isso mesmo. Mas não, ele me acolheu e me tratou como uma dama. Mostrou como devem ser as coisas entre um homem e uma mulher, ele me deu uma família. E o mais importante de tudo, ele me amou, só a mim, você entende o que quero dizer.

— Sim, eu entendo. Mas acho que não foi só ele, Lily. Você também retribuiu dando o melhor de si.

— Sempre tentei. Luke, eu o amo há quase vinte anos agora. Acho que eu não suportaria perdê-lo.

— O que a faz pensar que isso possa acontecer? Ele é louco por você. Isso foi uma das coisas que sempre fez eu me sentir melhor, a maneira como vocês são, um com o outro.

— Ele está se afastando. — Ela respirou fundo algumas vezes para fortalecer a voz. — Ah, ele ainda é carinhoso comigo, quando se lembra de que estou por perto. Max nunca magoaria a mim ou qualquer outra pessoa de propósito. Mas passa horas e horas sozinho com livros, anotações e diários. Aquela maldita pedra. — Fungou procurando um lenço de renda em seu bolso. — A princípio, achei interessante. — Assoou o nariz. — Quero dizer, será que existe mesmo algo assim? Mas ele ficou tão obcecado que ninguém mais tem vez. E ele está se esquecendo das coisas. — Mordeu o lábio inferior e esfregou as mãos. — Pequenas coisas, como compromissos e refeições. Quase nos atrasamos para uma apresentação na semana passada porque ele se esqueceu completamente. Sei que ele está preocupado porque não consegue mais fazer alguns truques de prestidigitação, e isso está afetando seu... — Parou, pensando como poderia explicar com jeito. — O que eu quero dizer é que Max sempre foi, assim, vigoroso sexualmente. Mas ultimamente nós quase não... você sabe.

Ele sabia, mas preferia não saber.

— Bem, eu entendo.

— Não me refiro só ao desempenho, por assim dizer. É o romance. Ele não me procura mais à noite, não pega na minha mão nem me olha mais com aquele olhar. — Outra lágrima brotou e escorreu pelo seu rosto.

— Ele está compenetrado, Lily, só isso. Toda aquela pressão para fazer outro especial, escrever outro livro, as turnês pela Europa. E depois os trabalhos. Max sempre deu muito de si no planejamento e na execução.

Não ia mencionar que no último trabalho achou Max de pé em frente ao cofre como se estivesse em transe. Ou que Max havia levado quase cinco minutos para voltar a si e lembrar o que estava fazendo.

— Você sabe o que eu acho — disse, pegando o lenço de renda e secando ele mesmo os olhos de Lily. — Acho que você está tão estressada quanto Max, com a formatura da Rox, com os preparativos para os shows de verão. E eu... espere! — Pegou sua mão, virando a palma para cima. — Vejo uma longa viagem pelo mar — continuou enquanto Lily dava uma risada chorosa. — Noites enluaradas, brisa salgada. Romance. — Piscou para ela. — E sexo incrível.

— Você não sabe ler a sorte.

— Você me ensinou, não foi? — Pressionou os lábios na palma da mão dela, depois pegou a mão dela na sua. — Você é a mulher mais bonita que já conheci, e Max a ama... quase tanto quanto eu. Ei, não comece a choramingar de novo, por favor.

— Tudo bem — disse ela, lutando contra as lágrimas. — Tudo bem.

Ilusões Honestas *231*

— Quero que confie em mim quando digo que vai ficar tudo bem. Vamos ficar fora por uns tempos, relaxando, tomando champanhe e coquetéis no deque do navio.

— Talvez ele só precise descansar. — Ela deu de ombros com um último suspiro. — Eu não queria despejar isso tudo em você, Luke, mas fiquei bem feliz que estava aqui.

— Eu também. Despeje sempre que desejar.

— Já terminei. — Secando as lágrimas dos olhos, ela se endireitou. — Tem certeza de que não quer que eu faça suas malas?

— Já fiz. Estou tão ansioso quanto você para embarcar pela manhã.

— Estou ansiosa, isso mesmo. — Recuperada, pegou a limonada e tomou um gole para limpar a garganta. — Mas ainda não fiz nenhuma mala. Roxanne já arrumou tudo direitinho e em duas malas somente. Não sei como ela consegue.

— A pirralha é maníaca por organização desde que tinha 8 anos.

— Hmm. — Ela deu mais um gole, observando Luke. — Ela não tem mais 8 anos. Espere para ver o vestido que ela comprou para o jantar do capitão.

Luke apenas deu de ombros e se sentou.

— E você? Alguma coisa sensual nessas sacolas? — perguntou ele.

— Algumas.

Sabendo como Lily gostava de exibir as suas compras, Luke continuou brincando.

— Vai mostrar pra mim?

— Talvez. — Ela piscou os cílios ainda úmidos e se virou para deixar o copo de novo. Seu olhar passou pela carta que ele deixara sobre a mesa, fixou-se nela e congelou. — Cobb. — Formou-se um nó em sua garganta. — Por que está escrevendo para ele?

— Não estou. — Praguejando, Luke pegou a carta e enfiou em seu bolso. — Isso não é nada.

— Não minta para mim. — De repente sua voz ficou frágil como vidro. — Nunca minta para mim.

— Não estou mentindo. Eu disse que não estava escrevendo para ele.

— Então, o que tem no envelope?

Seu rosto ficou pálido e estático.

— Não tem nada a ver com você.

Por um instante, ela não disse nada, mas a emoção tomou conta de seu rosto em lágrimas.

— Você tem tudo a ver comigo — disse ela em voz baixa, enquanto se levantava. — Ou pelo menos pensei que tivesse. É melhor eu ir embora.

— Não vá. — Praguejou novamente e segurou o braço dela. — Que droga, Lily, não me olhe assim. Estou lidando com isso da maneira que sei. Deixe comigo.

— É claro. — Ela tinha um jeito que certas mulheres têm, de serem extremamente agradáveis deixando os homens de joelhos. — Você vai chegar lá em casa às oito, não vai? Não queremos perder o voo.

— Droga, que inferno. Eu estou pagando a ele, está bem? Mando dinheiro pra ele de vez em quando e ele me deixa em paz. — Seu olhar era feroz e mortal. — Deixa todos nós em paz.

Balançando a cabeça, Lily se sentou novamente.

— Ele está chantageando você?

— É um acordo de cavalheiros. Sem derramamento de sangue. — Furioso consigo mesmo, Luke caminhou até a janela. — Posso me dar ao luxo de manter esse acordo.

— Por quê?

Ele só balançou a cabeça. Não falaria sobre isso nem com ela nem com ninguém. Nem sobre o que tinha sido, nem sobre os pesadelos que o perseguiam por um ou dois dias depois que encontrava o cartão-postal em branco na caixa de correio.

— Enquanto você pagar, ele vai ficar atrás de você. — Lily falou com calma, bem atrás dele. Carinhosamente, colocou a mão em suas costas. — Ele nunca vai deixar você em paz.

— Talvez não. Ele sabe de coisas que me envergonham o suficiente para que eu pague para ele não contar para ninguém. — As dançarinas foram sapatear em outra vizinhança, Luke pensou. Pombos voavam pelo parque.

— E ele pode insinuar muito mais, torcer mentiras com verdades, de uma maneira que eu não conseguiria conviver. Por isso custa a mim alguns milhares de dólares para manter essa paz ilusória. Para mim, vale a pena.

— Você não sabe que ele não pode mais machucar você?

— Não. — Então ele se virou, com os músculos tensos. — Eu não sei. Pior, não sei quem mais ele poderia machucar. Não vou arriscar, Lily. Nem mesmo por você.

— Não vou pedir que faça isso. Vou pedir que confie em mim o bastante para contar comigo. Sempre. — Ficou na ponta dos pés para beijar o rosto dele. — Sei que sou boba, volúvel...

— Pare.

Ela apenas riu.

— Querido, eu sei o que sou. E não fico triste com isso. Sou uma mulher de meia-idade que usa muita maquiagem, que vai morrer antes de deixar aparecer um cabelo branco. Mas dou apoio a quem eu amo. E amo você há muito tempo. Se achar que precisa, envie aquele cheque. Se ele pedir mais do que pode gastar, que me procure. Tenho minhas economias.

— Obrigado. — Ele pigarreou. — Mas ele não força muito a barra.

— Há mais uma coisa de que quero que você se lembre. Não há nada que você tenha feito, ou que poderia ter feito, de que eu me envergonhe. — Virou-se e começou a juntar suas sacolas. — É melhor eu ir para casa. Vou ficar metade da noite para escolher o que colocar nas malas. Ah, meu Deus. — Colocou as mãos no rosto. — Tenho que limpar meu rosto primeiro. Não posso sair em público com rímel pelo rosto todo. — Correu para o banheiro, bolsa em punho. — Ah, Luke, você podia vir para casa comigo, passar a noite em seu antigo quarto. Vai ser mais fácil juntar as coisas pela manhã.

Vendo por esse lado, pensou, e enfiou as mãos nos bolsos. Seria bom ir para casa, mesmo que só por uma noite.

— Deixe-me pegar minhas malas — disse para ela. — Vou levá-la para casa em grande estilo.

Capítulo Dezessete

♦♦♦♦

As acomodações para os artistas a bordo do Yankee Princess não eram tão luxuosas quanto Roxanne esperava. Como tinham o status de convidados especiais, foram acomodados em cabines externas um pouco acima do nível da água.

A cabine com um beliche era tão pequena que ela ficou grata por não precisar dividir o espaço nas seis semanas seguintes. Sua natureza prática fez com que entrasse logo em sua cabine para desarrumar as duas malas. Como de costume, tudo foi cuidadosamente dobrado ou pendurado no minúsculo armário. Era romântica o suficiente para querer se apressar para estar no deque no momento em que soasse o apito indicando que o navio ia zarpar.

Demorou-se ao arrumar os antigos frascos e garrafas que ela colecionava há anos, todos cuidadosamente preenchidos com perfumes e cremes. Fora difícil empacotá-los de uma forma que não quebrassem, e ela sabia que teria sido mais prudente o uso de embalagens plásticas. Mas ao ver todos eles ali, todas aquelas formas coloridas, sorriu. O peso extra e o incômodo tinham valido a pena.

Olhou-se no espelho, feliz por seus cabelos terem crescido e já terem passado dos ombros, depois da decisão precipitada de dois anos antes de cortá-los na altura do queixo. Seus cabelos também eram uma fonte de problemas, já que gastava muito tempo para secá-los e penteá-los. Mas era vaidosa o suficiente para considerar o tempo e o esforço bem gastos.

Satisfeita ao ver que o sistema interno de música tinha uma estação clássica, retocou a maquiagem — um pouco mais de sombra bronze nas pálpebras e uma pincelada a mais de blush nas maçãs do rosto. Isso não era exatamente uma vaidade, pensou. Parte do trabalho que a trupe Nouvelle aceitara era se misturar com os outros passageiros e serem sociáveis, apresentáveis e agradáveis.

Era um preço bem baixo para se pagar por uma viagem de seis semanas a bordo de um elegante hotel flutuante.

ILUSÕES HONESTAS   235

Pegando sua grande bolsa de lona, ela saiu da cabine e subiu. Os passageiros a bordo já enchiam os corredores estreitos, procurando suas cabines e explorando. Pilhas de malas estavam amontoadas na frente das portas das cabines. A vontade de roubar brotou no coração de Roxanne. Seria tão ridiculamente simples pegar uma coisa aqui, outra acolá. Como colher margaridas, pensou, sorrindo para um homem com a barriga redonda que usava um boné de beisebol passando por ela.

Haveria tempo para diversão e jogos, lembrou-se. Seis longas semanas. Mas nesta tarde estava de folga. No topo da escada, virou e atravessou o Lido Lounge até o deque na popa do navio, onde passageiros ávidos bebericavam coquetéis, filmavam ou simplesmente se debruçavam nas grades esperando para acenar para o horizonte de Manhattan.

Pegou um copo com líquido rosado da bandeja de um garçom e, provando o drinque de rum extremamente doce, analisou seus companheiros de viagem.

Em um chute, Roxanne calculou que a idade média era de 65 anos. Havia algumas famílias com crianças, alguns casais em lua de mel, mas a grande maioria era de casais mais velhos, senhores e senhoras solteiros e alguns gigolôs à espreita.

— Acho que podemos apelidar de Navio Geriátrico — disse Luke bem perto do ouvido dela e quase fazendo com que ela entornasse a bebida de rum.

— Eu acho maravilhoso.

— Eu não disse que não era. — Apesar do tom de voz afiado, passou um braço amigável em volta dos ombros dela. Decidira que, se iam passar as próximas semanas tão perto um do outro, deveriam tentar ser civilizados. — Olhe aquele cara.

Ele rejeitara o rum, preferindo uma garrafa de cerveja Beck's e gesticulava com ela na mão enquanto conversava com um senhor de cabeça grisalha usando um blazer de seis botões azul-marinho e elegantes calças brancas. Já havia um grupo de senhoras em volta dele o admirando.

— Joe Smooth.

— Do Palm Beach Smooths — disse ela, achando divertido. — Quanto você quer apostar que ele dança chá-chá-chá?

— Provavelmente sabe um ou dois passos de rumba. E olhe lá. — Fez um gesto de novo, dessa vez apenas arqueando a sobrancelha e fazendo

Roxanne desviar o olhar. Perto da grade virada para o porto, estava uma grande e pesada loura com conjunto de moletom cor-de-rosa. Estava com uma câmera e um binóculo pendurados no pescoço, e ocupada levantando cada hora um entre os goles de sua surpresa de rum. — A própria turista.

— Esnobe.

Ele apenas sorriu.

— Escolha você agora.

Ela olhou pelo deque, então tocou o lábio superior com a ponta da língua.

— Hmmmm. Vou escolher aquele. Tom Maravilhoso.

Luke analisou o oficial do navio, bronzeado, louro e lindo com seu uniforme branco. O humor dele mudou na mesma hora.

— Se você gosta do tipo.

— Gosto. — Não conseguindo resistir, ela soltou um suspiro exagerado. — Ah, eu gosto. Olha, lá vem o Mouse. — Roxanne acenou para que ele os visse. — O que está achando?

— É grandioso. — O grande rosto pálido estava corado de prazer. Músculos enchiam as mangas da camisa florida que Lily escolhera para ele. — Permitiram que eu descesse até a sala de máquinas. Precisava verificar o equipamento do show, mas disseram que mais tarde eu posso subir até a ponte.

— Tem mulheres lá embaixo? — perguntou Luke.

— Na sala de máquinas? — Mouse sorriu e balançou a cabeça. — Não. Só coladas nas paredes.

— Cole em mim, parceiro. Vou conseguir umas de verdade.

— Deixe ele em paz, seu monte de hormônios ambulante. — Para defender Mouse, Roxanne colocou a mão no braço dele. — Escutem. — Ela apertou enquanto escutava dois longos apitos. — Estamos zarpando.

— No deque de cima — murmurou Luke quando ela começou a levantar o pescoço.

Ela olhou para cima e os viu. Lily, parecendo alegre com um leve vestido azul esvoaçante, Max, arrojado com um paletó off-white e calças azul-marinho, e LeClerc, como uma sombra atrás deles.

— Ele vai ficar bem. — Luke pegou a mão dela e entrelaçou seus dedos.

— É claro que vai. — Afastou qualquer nuvem de dúvida. — Vamos subir, quero tirar umas fotos.

♦ ♦ ♦ ♦

Não seria um passeio na praia. A primeira reunião de tripulação já a bordo do navio afastou qualquer ideia de que as próximas seis semanas seriam uma temporada de férias. Os Nouvelle fariam uma miniapresentação naquela noite para dar as boas-vindas aos passageiros, os outros artistas também fariam rápidas apresentações. Uma cantora francesa, um comediante que incrementava seus monólogos com malabarismo e o grupo de música e dança que era formado por seis membros e se chamava Moonglades.

Além de suas apresentações, solicitaram que eles ajudassem em outras atividades diárias que iam de bingos a excursões em terra. Quando descobriram que Roxanne falava francês fluentemente, logo a incumbiram de ajudar os dois intérpretes do navio.

As regras também foram passadas. Ser simpático e agradável com os passageiros era obrigatório. Ser íntimo, não. Aceitar gorjetas não era permitido, e não era de bom tom ficar bêbado. As refeições só seriam feitas depois que os passageiros fizessem as suas. E, no caso de algum problema no mar, os tripulantes só entrariam nos botes salva-vidas depois que todos os passageiros estivessem a salvo.

Alguns tripulantes mais experientes reclamaram um pouco quando as tarefas semanais foram entregues. O diretor do cruzeiro, Jack, um vigoroso veterano com dez anos de experiência em navios de cruzeiro, aceitou tranquilamente.

— Se precisarem de alguma coisa, é só pedir. E não liguem para esses ranzinzas. A maior parte das atividades com os passageiros é pura diversão.

— Isso é o que ele diz. — Uma loura, alta e esbelta, chamada Dori, abriu um lindo sorriso para Luke. — Se tiver algum problema em se adaptar, é só me avisar. — Ela sorriu para Roxanne para incluí-la no convite. — Teremos um ensaio rápido no teatro às três e meia. Fica no Promenade Deck, na popa.

— E o primeiro show é às oito — completou Jack. — Tirem um tempo para se familiarizarem com o navio.

♦ ♦ ♦ ♦

Roxanne ganhou uma camiseta do Yankee Princess fúcsia, um broche com seu nome e um tapinha no ombro de boa sorte. Andou pelo navio, ensaiou, andou mais pelo navio, respondendo a perguntas, sorrindo, desejando boa viagem aos passageiros.

Quando a tarde já ia se tornando noite, conseguiu pegar uma maçã e uns pedaços de queijo no buffet que os passageiros tinham dizimado e os levou escondido para o camarim improvisado onde ela e Lily deveriam trocar de roupa para o primeiro show.

— Tem tantos deles — disse Roxanne, mordendo sua maçã. — E eles querem saber de tudo.

— Todos são tão legais e atenciosos. — Lily conseguiu evitar bater em um quadro e se retorceu para vestir a fantasia. — Deus, conheci pessoas do país inteiro. É como estar na estrada de novo.

— Max gosta disso, não é?

— Ele adora. Ama mesmo.

Isso era o suficiente para Roxanne, embora precisasse colocar a mão na barriga quando o navio balançava. — Você acha que vai continuar?

— O quê, querida?

— O balanço. — Soltou a respiração, deixando a maçã de lado para pegar sua fantasia.

— Ah, o navio? Parece que estamos sendo ninados, não acha? É tão reconfortante.

— Ok. — Roxanne engoliu seco.

Ela conseguiu sobreviver ao primeiro show antes que o navio que a ninava a mandasse correndo para sua cabine. Acabara de vomitar quando Luke entrou na minúscula cabine.

— Eu tranquei a porta — disse ela com toda dignidade que conseguiu juntar sentada no chão.

— Eu sei. Precisei de trinta segundos para abrir.

— O que eu quis dizer foi que, como tranquei a porta, isso provavelmente significa que queria ficar sozinha.

— Entendi. — Ele estava distraído molhando um pano com água fria. Ajudou-a a se levantar a levou para a cama. — Sente-se. Coloque isso na nuca.

Ele mesmo fez isso, o que tirou um suspiro agradecido dela.

— Como você sabia que eu estava passando mal?

Ilusões Honestas   239

Ele passou a mão pelas lantejoulas verde-esmeralda do vestido dela.

— Seu rosto estava da mesma cor da fantasia. Ficou evidente.

— Estou bem agora. — Ou esperava estar. — Vou me acostumar. — Os olhos dela estavam um pouco mais do que desesperados quando os levantou para fitá-lo. — Você não acha?

— Claro que vai. — Era tão raro ver Roxanne Nouvelle vulnerável que ele teve de resistir à vontade de abraçá-la e afastar todo o mal. — Tome isso. — Ele lhe deu dois comprimidos brancos.

— Suponho que não seja morfina.

— Sinto muito, apenas Dramin. Tome junto com uns goles de refrigerante. Pegue. — Competente como um enfermeiro, ele virou o pano e pressionou o lado mais frio na nuca dela de novo. — Se não melhorar, o médico do navio vai cuidar de você.

— Imbecil. — Mais irritada do que constrangida, ela tomou mais refrigerante e rezou para passar. — Eu andava em todos os brinquedos no parque. Uma noite no navio e já estou mareada.

— Vai passar. — Como a cor dela já estava quase normal, ele supôs que já estivesse passando. — Se você não estiver bem, podemos fazer o segundo show sem você.

— De forma alguma. — Ela se levantou, desejando que suas pernas e seu organismo estivessem firmes. — Um Nouvelle nunca perde um show. Só preciso de um minuto. — Voltou para o banheiro para lavar a boca e retocar a maquiagem. — Acho que fico te devendo uma — disse ao sair.

— Querida, você me deve muito mais do que uma. Pronta?

— Claro que estou pronta. — Abriu a porta e saiu. — Luke, não precisamos contar isso, precisamos?

Ele levantou as sobrancelhas.

— Contar o quê?

— Ok. — Sorriu. — Fico devendo duas.

◆ ◆ ◆ ◆

Como o enjoo não voltou no dia seguinte, nem no outro, Roxanne foi forçada a acreditar que o movimento do navio apenas contribuiu para o cenário formado por estresse, rum em um estômago quase vazio e nervos. Não era uma conclusão muito agradável para uma mulher que tinha orgulho de dizer que era capaz de lidar com qualquer coisa que aparecesse em seu caminho. Seus dias, porém, estavam cheios demais para ter tempo de pensar nisso.

Jack estava certo, afinal. A maior parte do trabalho era pura diversão. Gostava dos passageiros e dos jogos e eventos distribuídos pelo dia para mantê-los entretidos. O restante de sua família parecia estar pegando o espírito da coisa também. Max e Lily foram jurados de um concurso de dança, Mouse passava a maior parte de seu tempo livre rondando a casa de máquinas e os quartos da tripulação e LeClerc encontrou três camaradas para jogar pôquer.

O estresse que nem sabia estar sentindo quando embarcou estava cada vez mais se dissipando. Poderia ter sumido totalmente se não tivesse encontrado Max, na escada do Laguna Deck, parado, parecendo perdido.

— Pai? — Como ele não respondeu, ela se aproximou e tocou em seu braço. — Pai?

Ele levou um susto, e ela viu pânico nos olhos dele. Naquele instante, o sangue dela congelou. Viu mais do que pânico ali; viu uma confusão total. Ele não a reconheceu. Estava encarando-a e não a reconhecia.

— Pai — disse ela de novo, não conseguindo afastar o tremor de sua voz. — Você está bem?

Ele piscou, um músculo se mexia furiosamente no maxilar dele. Como uma nuvem que se afasta lentamente, a confusão sumiu de seu olhar, deixando apenas a irritação.

— Claro que estou bem. Por que não estaria?

— Bem, eu pensei que você... — Ela conseguiu colocar um sorriso no rosto. — Acho que você errou o caminho. Vivo fazendo isso.

— Sei exatamente para onde estou indo. — Max sentia a pulsação forte em seu pescoço. Quase conseguia escutar. Não sabia. Por um momento, não foi capaz de se lembrar onde estava ou o que estava fazendo. Medo puro fez com que repreendesse a filha. — Não preciso de ninguém me vigiando. E não gosto que fiquem andando atrás de mim.

— Desculpe. — Seu rosto ficou sem cor. — Eu só estava subindo para a sua cabine. — Percebeu que tinha um livro embaixo do braço dele. Um antigo e surrado livro de alquimia. — Eu não tive a intenção de vigiar você. — Com o orgulho ferido, ela saiu andando.

Uma onda de vergonha fez com que ele a segurasse.

— Desculpe-me. Não sei onde estava com a cabeça.

Ela apenas deu de ombros, um gesto distintamente feminino que servia para deixar qualquer homem humilhado.

Ele pegou a chave para abrir a porta da cabine. Mouse, LeClerc e Luke já estavam esperando.

— Muito bem, meus queridos. — Max puxou a única cadeira que havia ali e se sentou. — Hora de tratarmos de negócios.

— Lily não chegou ainda — comentou Luke, preocupado, quando Max olhou em volta do quarto com a expressão perdida.

— Ah, verdade.

Roxanne quebrou o silêncio desconfortável.

— Já tem pelo menos uma dúzia de passageiros inscritos para o show de talentos no fim da semana. Vai ser o máximo.

— Quanto você quer apostar que alguém vai cantar "Moon River"? — perguntou Luke.

Roxanne estava esfregando uma mão na outra, ansiosa, mas sorriu.

— Nada. Ouvi dizer que a sra. Steiner sapateia. Talvez... — Fez uma pausa, aliviada quando viu Lily entrar.

— Desculpem o atraso. — Estava lindamente corada e tirou a câmera e a bolsa dos ombros. — Está tendo uma demonstração de escultura em gelo perto da piscina, eu me distraí. Ele fez um pavão incrível. — Sorriu para Max, que apenas fez um gesto indiferente.

— Muito bem, então. O que temos?

LeClerc uniu as mãos nas costas.

— DiMato na cabine sete-meia-sete. Brincos de brilhante, provavelmente dois quilates, relógio Rolex e um pingente de safira que deve ter uns seis quilates.

— Os DiMato estão comemorando bodas de ouro — disse Roxanne, pegando uma uva da cesta de frutas que estava sobre a cômoda. — O pingente foi o presente pelas bodas. Eles são tão fofos juntos.

Max sorriu, compreendendo.

— Mais alguma coisa?

— Bem, a sra. Gullager na cabine meia-dois-zero — falou Roxanne. — Um conjunto de rubi com bracelete, colar, brincos. Parece uma relíquia de família.

— Ah, ela é um amor. — Lily lançou um olhar de súplica para Roxanne. — Tomei chá com ela um dia desses. Ela mora em Roanoke, Virgínia, com dois gatos.

— Mais algum candidato? — Max fez um gesto com o braço incluindo todos.

— Tem Harvey Wallace na cabine quatro-três-meia. — Luke deu de ombros. — Abotoaduras e alfinete de gravata de brilhante, outro Rolex. Mas... merda, ele é um senhor tão divertido.

— Ele é legal — comentou Mouse. — Ele me contou que montou um De Soto 1962.

— Os Jamison — disse LeClerc entre os dentes. — Cabine sete-dez. Anel de brilhante, lapidação quadrada, uns cinco quilates. Anel de rubi. Possivelmente da Birmânia, cinco quilates também. Broche de esmeralda antigo...

— Nancy e John Jamison? — interrompeu Max. — Eu me diverti muito jogando bridge com eles no Promenade Deck ontem. Ele trabalha com alimentos processados e ela tem uma livraria na cidade de Corpus Christi.

— Bon Dieu — murmurou LeClerc.

— Somos um grupo um tanto sentimental, não acham? — Roxanne bateu na mão de LeClerc. — E uma vergonha para você, tenho certeza. — Depois de pegar outra uva, ela sentou em cima das pernas. — Não sei como podemos roubar de pessoas que estão convivendo com a gente diariamente. Principalmente gostando tanto delas.

Max juntou as mãos, bateu com os dedos no queixo.

— Você está certa, Roxanne. Uma vez que formamos um vínculo emocional, deixa de ser divertido. — Olhou para todos, avaliando seus rostos. — Concordamos então? Nenhum alvo esta semana?

Todos assentiram, menos LeClerc, que resmungou.

— Saúde. — Luke pegou o copo com água mineral de Max e levantou um brinde. — Ainda temos muito tempo para o fim das seis semanas. Vai acabar embarcando alguém de quem não vamos gostar.

— Então, reunião encerrada.

— Você tem um minuto? — perguntou Luke para Max enquanto todos saíam.

— Claro.

Ilusões Honestas 243

Luke esperou até ficarem sozinhos, mas, ainda assim, falou baixo, por precaução.

— Por que você está fazendo isso com Lily?

Max ficou boquiaberto.

— Como?

— Droga, Max, você a está magoando.

— Que absurdo. — Sentindo-se insultado, Max se levantou da cadeira para pegar seu livro. — De onde você tirou essa ideia?

— Da própria Lily. — Furioso demais para ser respeitoso, Luke agarrou o livro e o jogou na cama. — Ela foi me visitar um dia antes de viajarmos para Nova York. Desgraçado, você a fez chorar.

— Eu? Eu? — Perturbado com a ideia, Max se sentou. — Como?

— Com negligência — acusou Luke. — Desinteresse. Você está tão obcecado com essa tal pedra mágica que não consegue ver o que está acontecendo bem na sua cara. Ela acha que você não a ama mais. E, depois de ver como você a está tratando esses últimos dias, entendi de onde ela tirou isso.

Muito pálido, imóvel, Max encarou Luke.

— Essa é uma ideia estúpida. Ela não tem razões para duvidar dos meus sentimentos.

— Mesmo? — Luke se sentou na beirada da cama, inclinando-se para a frente. — Qual foi a última vez que você falou para ela sobre seus sentimentos? Você já se sentou com ela à luz da lua e escutou o mar? Você sabe o quanto ela se importa com as pequenas coisas, mas você se mexeu para fazer alguma dessas coisas? Você usou essa cama para algo além de dormir?

— Você está indo longe demais. — Max ficou tenso. — Longe demais.

— Estou mesmo. Não vou ficar parado vendo aquele olhar magoado no rosto dela. Ela beijaria o chão que você pisa e você não se incomoda nem em dar dez minutos do seu valioso tempo para ela.

— Você está errado. — Max olhou para os próprios punhos cerrados. — E, se Lily se sente assim, ela está errada. Eu a amo. Sempre amei.

— Você não me engana. Você nem olhou para ela quando ela entrou aqui.

— Estávamos tratando de negócios — começou ele, depois parou. Sempre se orgulhou de ser honesto, do seu jeito. — Talvez eu ande um pouco distraído ultimamente e mais do que um pouco envolvido com as minhas coisas. — Levantou os olhos que fitavam as mãos doloridas. — Eu nunca a magoaria. Eu cortaria o meu próprio coração antes de machucá-la.

— Diga isso a ela. — Luke se virou para a porta. — Não para mim.

— Espere. — Max pressionou os dedos nos olhos. Se cometera um erro, faria qualquer coisa para corrigir. Abriu um leve sorriso. E corrigiria com estilo. — Preciso de um favor.

O fato de Luke ter hesitado mostrou a Max o quão séria era a situação. E o quão sérios eram seus pecados.

— O quê?

— Primeiro, quero que essa conversa fique só entre nós dois. Segundo, depois da última apresentação de hoje à noite, eu agradeceria se você distraísse Lily por uns trinta minutos antes de ela voltar para a cabine. Depois, preciso que você garanta que ela venha diretamente para cá.

— Ok.

— Luke?

Ele já estava com a mão na porta, mas parou e olhou para trás.

— O quê?

— Obrigado. De vez em quando um homem precisa que alguém lhe mostre seus erros e suas bênçãos. Você fez as duas coisas.

— Só acerte as coisas com ela.

— Farei isso. — Max abriu um enorme sorriso, então. — Isso, pelo menos, eu posso prometer.

♦ ♦ ♦ ♦

— FIZEMOS UM BOM TRABALHO. — Roxanne se jogou em uma cadeira no canto da boate. A segunda apresentação fora um sucesso tão grande quanto a primeira.

— Nós arrasamos. — Luke se sentou, esticou as pernas. — É claro, com um público dessa idade nem é tão difícil.

Roxanne bufou.

— Não seja grosseiro. E faça alguma coisa útil, vá pegar um drinque pra mim e para Lily.

— Ah, acho que vou dispensar. — Lily olhou pelo salão iluminado, procurando Max. — Vocês, jovens, se divirtam.

— De jeito nenhum. — Luke segurou a mão dela. — Você não vai sair daqui antes de dançar comigo. — Enquanto ela ria, ele a puxou para a pista de dança onde todos dançavam "Beat it", de Michael Jackson.

— Isso é uma competição? — Dori se sentou na cadeira que Luke deixara vazia.

— É difícil acompanhá-la.

— Ela é ótima — concordou Dori e chamou a atenção da garçonete. — Quero dizer, além de ser uma fofa, olha esse corpo. Quer beber alguma coisa?

— Uma taça de vinho branco — decidiu Roxanne. — Um Pink Lady para Lily e uma Beck's para Luke.

— Duas Beck's — disse Dori, depois se debruçou sobre a mesa de novo. A música estava alta, mas não ensurdecedora. Havia alguns passageiros na pista de dança girando no ritmo de Michael Jackson.

Quando as bebidas foram servidas, ela disse:

— A primeira rodada é por minha conta. Eu gosto de trabalhar em cruzeiros. A maioria das pessoas vem pra se divertir. Isso facilita as coisas. E conhecemos tantos tipos diferentes. Falando nisso. — Tomou um gole de cerveja. — Qual é a história dele?

Roxanne olhou para onde Luke estava fazendo Lily girar embaixo de seu braço.

— História?

— Quero dizer, ele é lindo, dinâmico, solteiro. Hétero, certo?

Roxanne riu.

— Definitivamente, heterossexual.

— E por que você ainda não pulou em cima dele?

Roxanne se engasgou com o vinho.

— Pular em cima dele?

— Roxanne, ele é de dar água na boca. — Para provar, passou a língua pelos lábios. — Eu mesma faria isso, mas não gosto de mexer na gaveta dos outros.

Depois de respirar fundo, Roxanne balançou a cabeça.

— Não estou entendendo, Dori.

— Vocês dois. É tão óbvio.

— O que é óbvio?

— Tem atrito sexual em vocês dois o suficiente para incendiar esse navio.

Como seu rosto estava corado, Roxanne esperava que pudesse culpar as luzes da boate.

— Você está interpretando errado.

— Ah, estou? — Dori olhou para Luke, bebeu, depois voltou a atenção para Roxanne. — Você está dizendo que não quer Luke?

— Não. Quer dizer, sim... quer dizer... — Não estava acostumada a ficar envergonhada. — O que eu quero dizer é que as coisas entre nós não são desse jeito.

— Porque você não quer que sejam?

— Porque... porque não são.

— Sei. Bem, eu não gosto de me intrometer.

Roxanne teve de rir.

— Ah, deu para perceber.

— De qualquer forma. — Dori abriu um sorriso encantador. — Se eu fosse me intrometer, daria o seguinte conselho. Intrigue, confunda, seduza. E, se isso não funcionar, pule em cima dele. Tem de dar certo.

— Sei, entendo. — Roxanne ficou olhando para seu vinho, desenhando linhas com o dedo. Estava tão absorvida em seus pensamentos que se assustou quando Lily e Luke voltaram.

— Nossa, isso foi divertido. — Quase sem fôlego, Lily pegou seu drinque.

— Termine logo com isso e vamos voltar.

— Não nessa vida. — Ela sacudiu a mão. — Vá com Roxy.

Roxanne engasgou de novo e ficou vermelha.

— Calma. — Luke cutucou o ombro dela. — Quer dançar, Rox?

— Não. Ah, talvez mais tarde. — O corpo inteiro dela estava formigando. Seu coração batia no ritmo do baixo e pulsava contra as costelas. Atrito sexual? Era isso que existia? Se sim, era fatal. Tomou mais um gole, com mais cuidado. Intrigue. Certo, faria uma tentativa. — Gostei de ver vocês dois dançando. — De leve, tocou nas costas de Luke. — Até que você dança bem, Callahan.

Encarou-a. Que brilho era aquele nos olhos dela? Em outra mulher, interpretaria como um convite. Em Roxanne, perguntava-se onde ela iria morder ou arranhar primeiro.

— Obrigado.

Ilusões Honestas   247

Pegou a cerveja e, casualmente, olhou para o relógio.

— Está atrasado para algum encontro? — implicou Roxanne.

— O quê? Não.

Bem, isso não era interessante? Lily estava pensando. Uma brincadeirinha de gato e rato com Roxanne no papel de gato.

— Vocês dois deviam dar uma volta no deque. Está uma linda noite.

— Boa ideia. Por que não vamos todos? — Luke agarrou a mão de Lily e fitou Roxanne com cuidado. Ainda precisava segurar Lily por mais dez minutos, depois achava que seria prudente salvar a própria pele.

— Não, não, estou um pouco cansada. — Lily fingiu bocejar. — Vou descer agora e me recolher.

— Você nem terminou seu drinque. — Luke se sentou de novo, segurando firmemente a mão de Lily. — E eu estava mesmo querendo perguntar... — O quê? O quê? — Ah, se você acha que vai chover em Sydney amanhã?

— Na Austrália? — disse Lily, com os olhos arregalados.

— Não, na Nova Escócia. Vamos ancorar lá amanhã. Eu tenho umas horinhas de folga e pensei em dar uma volta pela cidade.

Roxanne se perguntava por que ele estava nervoso, e achou isso estranhamente encantador.

— Eu também — disse ela. — Quer companhia?

— Bem...

— Eu realmente estou cansada. — Lily bocejou de novo e soltou sua mão da de Luke. — Divirtam-se.

Merda, pensou Luke. Só podia torcer para ter dado tempo.

— Eu também estou cansado. — Luke se levantou quando Lily se afastou e soltou um som surpreso quando Roxanne também se levantou, o corpo dela colidindo com o seu.

— Um passeio pelo deque vai ajudá-lo a dormir melhor. — Ela inclinou um pouco a cabeça de forma que ficaram cara a cara, os lábios quase se encostando. Ele podia sentir os lábios formigando.

— Não. — Pensou em todas as coisas que gostaria de fazer com ela, nela, sob a luz do luar. — Garanto que não. Você deveria ir descansar também.

— Acho que não. — Passou o dedo pelo braço dele. — Acho que tem alguém por aqui que quer dançar ou passear. — Roçou seus lábios levemente sobre os dele. — Boa noite, Callahan.

— Tá. — Observou-a se afastar. Então foi para uma mesa onde alguns outros artistas estavam bebendo. Duvidava que conseguiria dormir.

◆ ◆ ◆ ◆

ᴸILY DESTRANCOU A PORTA de sua cabine, sorrindo ao pensar em Roxanne e Luke andando de mãos dadas pelo deque sob a luz da lua. Já esperara tempo demais para ver seus dois filhos se encontrando. Talvez esta noite, pensou, e abriu a porta e encontrou música, luz de velas e rosas.

— Ah! — Ficou parada ali, sua silhueta emoldurada pela luz do corredor. Max se afastou da mesa onde havia uma garrafa de champanhe esperando. Aproximou-se dela, dando-lhe uma única rosa cor-de-rosa.

Não disse nada, apenas pegou a mão dela e levou até os lábios enquanto fechava a porta. E trancava.

— Ah, Max.

— Espero que não seja tarde demais para uma celebração de *bon voyage*.

— Não. — Ela juntou os lábios para conter as lágrimas. — Não é tarde demais. Nunca é tarde demais.

Segurando o rosto dela com as mãos, ele a puxou um pouco para trás.

— Meu amor — sussurrou ele. Os lábios dele eram suaves e fortes contra os dela. Então, o beijo ficou mais intenso, longo conforme suas línguas se encontravam em uma lenta e familiar dança.

Quando ele a afastou, aquele velho brilho que ela adorava estava nos olhos dele.

— Posso lhe pedir um favor?

— Você sabe que sim.

— Sabe aquela camisola vermelha que você trouxe? Poderia vesti-la enquanto eu sirvo o vinho?

Capítulo Dezoito

♦ ♦ ♦ ♦

ELE FINALMENTE PERCEBEU. Levou alguns dias e algumas noites maldormidas, mas finalmente percebeu.

Ela estava tentando enlouquecê-lo.

Era a única explicação razoável para o comportamento de Roxanne. Não que ela não sorrisse muito para ele. Era o jeito com que sorria, com aquele brilho estranhamente feminino, uma mistura de convite, desafio e diversão. Ele nem podia culpar o fato de ela tê-lo encurralado em uma das apresentações de dança — sob o pretexto de participação da equipe — quando teve que segurá-la nos braços, sentindo o aroma de seus cabelos enquanto os quadris dela dançavam ao ritmo da rumba sob suas mãos.

Também não podia culpar o fato de ela ter encontrado com ele em Quebec depois de terminar seu trabalho como intérprete em uma das excursões em terra, ou por tê-lo feito gostar de ser arrastado de loja em loja para comprar presentes e souvenirs, ou de tomar sorvete e andar pela multidão de turistas nas ruas longas e estreitas para ouvir um músico tocar a concertina.

Para ser honesto, também não podia culpar o fato de ela não deixar passar um dia sequer sem lhe dar um daqueles beijos suaves, tipo estalinho, que mexem com os hormônios da mesma forma que um farelo de pão apenas aumenta a fome de um homem já faminto.

Não, não podia culpar nenhum desses fatos — até juntá-los com a menos tangível, mas igualmente efetiva, vibração que ela parecia emitir sempre que estava a meio metro dele.

Resmungou para si mesmo, por todo o caminho desde a escada do lado de fora do convés Lido até ao Promenade, do Promenade ao Royal. Não era um garoto de recados e quase disse isso a Jack. Mas seria difícil explicar por que se negaria a perguntar para Roxanne se ela poderia ajudar a recepcionar os passageiros na fila da festa de despedida do capitão.

Ainda estavam ancorados em Quebec. Do alto da rampa, podia ver as lindas montanhas, as ruas íngremes e a elegância do imponente Chateau

Frontenac. Fora divertido passear com ela pela cidade velha, ouvindo seu riso, observando seus olhos se iluminarem.

Não fazia ideia de como sobreviveria pelas próximas cinco semanas sendo assim tão fraternal.

Virou-se. A maioria das cadeiras do convés estava vazia. Como não zarpariam antes das sete da noite, muitos dos passageiros ficariam em terra até o último minuto. Os que preferiram relaxar a bordo estavam dois pavimentos abaixo, deliciando-se com os doces que estavam sendo servidos com o chá.

Mas Roxanne estava lá, esticada em uma espreguiçadeira, óculos de sol espelhado protegendo os olhos, um livro nas mãos e um biquíni insuportavelmente minúsculo, que não cobria nada além do que era exigido por lei.

Luke resmungou baixinho antes de se aproximar dela.

Sabia que ele estava lá, percebeu no momento em que ele chegou ao alto da escada e se virou na direção da rampa. Estava olhando a mesma página de seu romance há cinco longos minutos e agradecida por ter tido tempo de manter seus batimentos cardíacos sob controle.

Virou a página preguiçosamente e alcançou o refrigerante morno na mesa a seu lado.

— Você gosta de viver perigosamente.

Ela levantou o olhar, arqueou a sobrancelha, então puxou os óculos para baixo, o bastante para olhar por cima deles.

— Eu gosto de viver perigosamente?

— Uma ruiva pegando sol está pedindo para se queimar. — Na verdade sua pele não estava queimada nem bronzeada. Parecia simplesmente um pêssego maduro.

— Não vou ficar por muito tempo. — Sorriu e empurrou os óculos de volta ao lugar. Uma saudável onda de luxúria passou por ela. — E estou coberta de protetor solar. — Bem devagar, deslizou a ponta do dedo pela coxa brilhosa. — Você deu a Lily o leque de renda que comprou para ela?

— Claro! — Luke enfiou nos bolsos as mãos que coçavam, para ter certeza de que se comportariam. — Você estava certa, ela adorou.

— Viu? Você só precisa confiar em mim.

Ela se mexeu só um pouquinho, mas ele tinha consciência de cada músculo, de cada detalhe. As pequenas argolas nas orelhas, o brilho da delicada corrente de ouro com o minúsculo cristal de ametista em seu pescoço, a maneira com que amarrou os cachos no topo da cabeça, o aroma erótico da loção que passou na pele.

Assassinato era bom demais para ela.

— Jack quer saber se você pode ser a recepcionista essa noite. Uma das meninas pegou um vírus.

— Ah, acho que posso cuidar disso. — Ela deslizou o pé para cima da cadeira e coçou preguiçosamente o joelho. — Quer um gole? — Ofereceu a Coca-Cola aguada. — Parece que está com calor.

— Estou bem. — Ou ficaria, quando conseguisse mover os pés que pareciam pregados no convés perto da cadeira dela. — Você não deveria ir se arrumar?

— Tenho tempo de sobra. Poderia me fazer um favor? — Espreguiçou-se como um gato antes de pegar o frasco de protetor solar e jogar para ele. — Poderia passar nas minhas costas?

— Nas suas costas?

— A-hã. — Ela abaixou o encosto da cadeira, virou-se e se ajeitou. — Eu não alcanço.

Ele ficou surpreso que o protetor solar não tivesse vazado depois de tê-lo apertado com tanta força.

— Está tudo bem com suas costas.

— Seja bonzinho. — Depois de deitar sobre as mãos, deu um suspiro relaxante. Mas, por detrás das lentes espelhadas, seus olhos estavam abertos e alertas. — Você não vai me fazer pedir isso a um dos marinheiros, vai?

Foi o bastante. Rangendo os dentes, ele se agachou e espalhou protetor solar em seus ombros. Ela suspirou novamente, curvando os lábios.

— Que sensação boa — murmurou ela. — Quente.

— O frasco estar no sol explica isso. — Começou a espalhar o protetor solar com as pontas dos dedos, objetivamente, pensou. Afinal eram só suas costas. Pele e ossos. Pele macia e acetinada. Ossos longos e delicados. Ela se moveu sinuosamente sob suas mãos e ele conteve um gemido.

Os dedos dela se encolheram. As mãos dele eram como mágica em sua pele escorregadia, evocando imagens, fogos de artifício, embaralhando a mente. Luke não era o único que imaginava e se controlava. A voz dela soou rouca quando falou, mas Roxanne achou que isso podia ser facilmente atribuído ao fato de estar relaxada, e não excitada.

— Você tem que desamarrar o sutiã.

Os movimentos circulares das mãos dele nas costas dela pararam. Viu nos óculos dela o reflexo de seu próprio rosto perplexo.

— Como assim?

— O sutiã — repetiu ela. — Abra ou vou ficar com uma marca.

— Ok. — Não é nada de mais, disse para si mesmo, mas seus dedos se aproximaram e se afastaram do fecho duas vezes, antes que ele ficasse satisfeito com sua força de vontade.

Roxanne fechou bem os olhos a fim de absorver melhor a onda de sensações.

— Mmmm, você podia trabalhar lá embaixo com Inga.

— Inga? — Estranho nunca ter notado como as costas dela afunilavam sutilmente até a cintura.

— A massagista. Tive uma sessão de meia hora ontem à noite, mas não é nada comparado a você, Callahan. Papai sempre admirou suas mãos, sabia? — Deu uma risada trêmula enquanto ele passava os dedos por suas costas. Se não tivesse rido, teria gemido. — Por razões completamente diferentes, é claro. Quanto a mim, eu... — Parou com um suspiro gutural quando ele passou a palma das mãos por suas costelas.

Meu Deus, os ossos dela estavam derretendo sob suas mãos. Era uma sensação incrivelmente erótica senti-la ficar cada vez mais quente a cada toque seu. Sua nuca o tentava desesperadamente. Sua boca se enchia d'água com a ideia de passar os lábios ali, provando o gosto do protetor solar em sua pele e a sentindo estremecer. Não precisou de muita imaginação para fantasiá-la se virando e deixando aquele ridículo sutiã verde-esmeralda cair, enquanto ela o deixava explorar suas curvas suaves. Ela gemeria para ele, se aconchegaria nele, se entregaria a ele.

E, então, finalmente...

O som de sua respiração ofegante o trouxe de volta. Suas mãos estavam na lateral dos seios dela, seus dedos a ponto de deslizar naquela plenitude sedosa.

Ela estava tremendo, obviamente tão excitada quanto ele.

Estavam no deque aberto, pensou ele frustrado. Em plena luz do dia. E pior, muito pior, o mais próximo que duas pessoas poderiam estar sem compartilharem do mesmo sangue.

Tirou as mãos e conseguiu tampar o frasco depois de duas tentativas frustradas.

Ilusões Honestas 253

— Já está bom.

O corpo dela estremeceu ao perceber que não se satisfaria. Roxanne levantou a cabeça, automaticamente uma das mãos segurou o sutiã no lugar e a outra abaixou os óculos novamente. Dessa vez o olhar por trás das lentes era escuro e pesado.

— Já?

Furioso com a facilidade com que ela minava sua força de vontade, ele a pegou pelo maxilar.

— Só fiz o necessário para você não se queimar, Roxanne. Agora, faça um favor a nós dois e fique longe do fogo.

Ela forçou um sorriso.

— De qual de nós dois você está com medo, Callahan? — Como ele não sabia a resposta, afastou-se e se levantou.

— Não abuse da sorte, Roxy.

Mas ela tinha intenção de abusar, pensou enquanto atravessava o convés e descia a escada de ferro. Tinha a intenção de abusar até não poder mais, de uma maneira ou de outra.

◆ ◆ ◆ ◆

— Com quem está bravo, rapaz?

— Com ninguém. — Luke estava com LeClerc do lado de fora do cassino, vendo os dançarinos bailarem na pista de dança do Monte Carlo Lounge. O quarteto de músicos poloneses estava tocando "Night and Day", com um toque de bebop.

— Então, por que a cara feia? — Le Clerc puxou a gravata que detestava, mas era obrigado a usar, na última noite formal do primeiro cruzeiro. — Seu olhar espanta os homens e faz as mulheres estremecerem e suspirarem.

Apesar de seu humor, Luke sorriu.

— Talvez eu goste dele assim. Onde está aquela francesa de cabelos grisalhos que você estava perseguindo?

— Marie Clair. Ela vai chegar daqui a pouco. — LeClerc mastigou o cachimbo enquanto Luke acendia um charuto. — Mulher bonita aquela. Fogosa e exuberante. — Sorriu fazendo o cachimbo chacoalhar contra os dentes. — Uma viúva rica é um presente de Deus para um homem. Ela tem joias. Ah. — Beijou os dedos e suspirou. — Ontem à noite, segurei seu pingente de opala em minhas mãos. Dez quilates, *mon ami*, doze talvez, circundado por uma dúzia de brilhantes de dez pontos. Mas você e os outros me fazem sentir culpado até por pensar em tirá-los dela. Sendo assim, amanhã direi adeus, e ela irá para casa em Montreal com seus brilhantes e sua opala, com um anel de rubi de excelente proporção e outros numerosos tesouros de partir o coração. Só terei roubado sua virtude.

Divertindo-se, Luke colocou a mão no ombro de LeClerc.

— Às vezes, *mon ami*, isso é o suficiente. — Olhou na direção da entrada do salão.

Roxanne estava de pé, e o primeiro oficial do navio estava beijando sua mão. O fato de o homem ser grego, alto e bronzeado já era ruim o bastante. O som sutil do riso de Roxanne só aumentou o insulto.

O vestido dela era curto, uma faixa brilhante azul-piscina. Sem alças, deixava nus os braços e ombros de Roxanne. Tinha um decote nas costas. O pouco tecido era drapeado nos quadris e parava provocantemente no meio das coxas.

A pele aquecida no sol da tarde brilhava em um tom dourado pálido em contraste com o azul-claro. Ela puxou o cabelo para trás com um prendedor cravejado, de modo que um homem ficasse tentado a soltá-lo e a apreciar o fogo se espalhar.

— Ela não vai continuar com isso.

— Quê?

— Eu sei o que ela está tentando fazer — disse Luke baixinho. — E não vai funcionar. — Afastou-se para o bar para se saciar com uma dose de uísque. LeClerc permaneceu onde estava e deu uma risadinha.

— Já funcionou, *mon cher loup*. O lobo caiu na armadilha da raposa.

♦ ♦ ♦ ♦

DUAS HORAS DEPOIS, Roxanne estava nas sombras atrás do palco esperando sua primeira deixa. O espetáculo da última noite do cruzeiro envolvia todos os artistas. Por sua vez, os Nouvelle pretendiam deixá-los extasiados.

Max e Lily estavam fazendo sucesso com uma das variações da Mulher Dividida. No momento em que Lily era unida novamente, Luke entrava para manter o público entretido com truques de prestidigitação.

Enquanto explicava como se livraria das algemas e do baú, Luke chamou dois voluntários da plateia e os roubou bem debaixo de seus narizes, para deleite dos espectadores.

ILUSÕES HONESTAS   255

Enquanto distraía os dois voluntários perplexos pedindo que examinassem as algemas, balançou as mãos, e o relógio do primeiro homem apareceu por trás de sua cabeça. Pegou carteiras, canivetes e dinheiro bem debaixo de seus narizes.

— Agora que eles estão entretidos, terei trinta segundos. Harry? — Sorriu para o homem baixo de óculos a seu lado. — Posso chamá-lo de Harry?

— Claro.

— Bem, Harry, quero que você me cronometre. Pode fazer isso com seu relógio?

— Claro que sim. — Querendo cooperar, Harry virou o pulso e franziu a testa ao ver seu pulso nu.

— Ele é muito bom mesmo, não é? — Dori espiou por cima do ombro de Roxanne.

Luke finalizou fazendo os dois homens sorrirem timidamente enquanto devolvia seus pertences. A orquestra começou a tocar uma música animada assinalando o final.

— Você foi ótimo. Pode relaxar agora. Acalme-se. — Piscou, devolvendo a gravata que tinha tirado do pescoço do homem. Então começou a alisar a camisa de Harry, mexendo no paletó e puxando as mangas.

— O que ele está fazendo? Mais um truque? — perguntou Dori.

— Fique olhando.

Luke esticou, puxou, alisou. Depois estendeu a mão para um último aperto amigável. Enquanto Harry se virava para descer do palco, Luke agarrou a parte de trás da gola de sua camisa. Com um movimento dos punhos, segurou a camisa azul-bebê de Harry, o homem arregalou os olhos ao ver seu peito nu sob o paletó.

— Caramba, como ele fez isso? Como arrancou a camisa sem tirar o paletó?

Roxanne deu uma gargalhada, como fazia todas as vezes que via Luke fazer este truque em especial.

— Sinto muito, segredo de estado. — Roxanne sorriu enquanto se encaminhava para fazer sua entrada.

Nesse momento, ela estava contracenando com Luke, voando de um lado a outro do palco em um duelo de movimentos rápidos de prestidigitação. Seu traje brilhava tanto quanto o dele, um smoking feito sob medida, com lantejoulas na lapela. Precisão era tão essencial quanto destreza. Objetos apareciam e desapareciam de suas mãos, multiplicavam-se e mudavam de cor e tamanho.

Para coroar a apresentação, Luke cumpriu bem a promessa da fuga do baú, parecendo implorar ajuda de uma relutante Roxanne.

— Venha, Roxy, não me envergonhe na frente dessa plateia maravilhosa.

— Faça isso sozinho, Callahan. Eu sei o que aconteceu da última vez.

Luke se virou para a plateia e abriu as mãos.

— Então, ela ficou umas horinhas desaparecida. Mas acabei fazendo ela voltar.

— Não.

— Dá um tempo. — Balançou a cabeça de novo e suspirou teatralmente.

— Ok, então segure a cortina para mim.

Ela o estudou com um olhar desconfiado.

— Você só quer que eu segure a cortina?

— Isso.

— Nada de gracinhas?

— Claro que não. — Ele se virou dando uma piscadela exagerada.

— Tudo bem. Vou fazer isso, mas só porque a plateia é espetacular. Quer saber? Vou até colocar as algemas para você.

Ela as balançou, fazendo a plateia gargalhar quando Luke arregalou os olhos e apalpou os bolsos.

— Quanta astúcia, Roxanne.

— Tenho vários truques na manga. Posicione-se, Callahan.

A música recomeçou enquanto ele oferecia os pulsos. Com movimentos exagerados, Roxanne colocou e trancou as algemas e pegou uma corrente para amarrar em volta de suas mãos por precaução. Então girou o baú e abriu a tampa para que todos pudessem ver que tinha quatro lados e um fundo. Luke entrou e, aproveitando que as mãos dele estavam presas, ela se abaixou e lhe deu um beijo.

— Para dar sorte. — Então empurrou sua cabeça para baixo e fechou a tampa. Tirando uma chave de fenda do bolso, apertou cada um dos parafusos. Usando uma cortina branca de quatro lados, ficou em pé na tampa, deixando o tecido cair até que cobrisse tudo, de seu queixo para baixo.

— Quando eu contar três — gritou ela. Um. dois.

A cabeça dela sumiu e a de Luke apareceu.

— Três.

A plateia irrompeu em aplausos, continuando depois que Luke deixou a cortina cair. Vestia agora um smoking branco salpicado de prateado. Agradeceu com um floreio antes de dar um olhar distraído. Sons de batidas vieram de dentro do baú.

— Epa. Esqueci uma coisa. — Estalou os dedos, e uma chave apareceu. Depois de usá-la para destrancar o baú, tirou os parafusos e levantou a tampa.

— Bonito, Callahan. Muito bonito.

Ele só deu uma risada, abaixando-se, tirando Roxanne do baú e a pegando nos braços. Ela também vestia um smoking branco, e agora suas mãos estavam algemadas e acorrentadas. Fez um agradecimento final com ela nos braços e, em seguida, a carregou para os bastidores.

— Feito? — sussurrou ele.

— Quase.

Ele se virou para os aplausos. Ainda a carregava, mas agora as mãos dela estavam livres e as dele algemadas.

— Você podia ter sido alguns segundos mais rápida — reclamou quando a colocou no chão, em frente ao seu camarim. — Durante o truque de pres-tidigitação você estava sempre um passo atrás.

— Não, você é que estava sempre um passo à frente. — Ela sorriu, pois sentiu como o coração dele batia quando a carregou para os bastidores. — Quer briga, Callahan?

— Não. Só melhore seu tempo, droga.

— Tenho melhorado — murmurou ela quando ele se virou.

♦ ♦ ♦ ♦

ELA CERTAMENTE ESPERAVA ter melhorado. Só Deus sabia como ela estava nervosa, mas era agora ou nunca. Pela quinta vez, olhou-se no espelho. O cabelo estava artisticamente despenteado; no rosto, só um toque sutil de maquiagem. O robe comprido de seda marfim grudado em cada curva. Borrifou um perfume no ar e então passou pela nuvem de fragrância. Determinada, saiu pela porta de sua cabine para o corredor em direção à cabine de Luke.

Ele já tinha tirado a calça de moletom cinza e estava tentando acalmar a mente para dormir, planejando os detalhes para uma nova fuga.

Resmungou quando ouviu a batida na porta. Quando a porta se abriu, seu olhar ausente ficou pasmo ao ver Roxanne.

— O que foi? Alguma coisa errada?

— Acho que não. — Encostou-se na porta. Não foi um gesto provocante e sim uma forma de fazer suas pernas pararem de tremer. Trancou a porta. — Estou treinando para melhorar meu tempo — disse ela, enquanto entrava no quarto.

Ele se levantou, preparando-se para afastá-la. Bastou ela colocar a mão em seu peito nu para ele estremecer e baixar a guarda.

— Você estava certo. — Ela sentiu as batidas do coração dele. A sensação fez com que ela se sentisse fraca, carente, impotente. — Sobre meu tempo. É algo que eu já devia ter melhorado.

Ele podia sentir seus nervos se remoendo e rangendo como engrenagens. Ela cheirava a pecado.

— Estou ocupado, Roxanne, é tarde demais para enigmas.

— Você já tem a resposta para esse enigma. — Com uma risadinha despreocupada, deslizou as mãos pelo peito dele até os ombros. Os músculos estavam tensos. — O que acontece quando um homem e uma mulher ficam sozinhos à noite em um quarto?

— Eu diria... — Mas, em um movimento rápido, ela cobriu os lábios dele com os seus. Não havia nada que ele pudesse fazer para mudar a resposta que saltou de suas veias, como um tigre salta de uma jaula aberta. Mas podia impedir que fosse mais longe. Rezou a Deus para conseguir.

— Viu? — Ela roçou seus lábios nos dele mais uma, duas vezes, afastando-se somente o suficiente para sorrir, olhando em seus olhos. — Eu sabia que você tinha a resposta.

Foi muito difícil, mas ele deixou as mãos caírem e se afastou.

— O jogo acabou. Agora desapareça. Tenho trabalho a fazer.

Doeu como se fosse um estilete cortando e perfurando sua pele. Tudo bem, ela pensou, poderia sangrar, mas não desistiria sem lutar. Estava na fase da sedução aconselhada por Dori. Dane-se que tivesse deixado que ele percebesse o quanto estava apavorada.

— Isso não funcionava nem quando eu tinha 12 anos. — Ela chegou mais perto, saiu da luz e entrou na sombra, encurralando-o efetivamente. — Não vai funcionar agora também. Preste atenção. — Seus lábios se apertaram como os de uma bruxa, cheios de confiança. Aproximou-se ainda mais, rapidamente ele segurou seus braços para prevenir que seu corpo roçasse perigosamente contra o dele. — Eu posso sentir você me olhando quando estamos no mesmo lugar. Quase posso ouvir o que pensa quando faz isso. — Os olhos dela estavam escuros como mares profundos, e ela estava quase se afogando. Quando ela falava, sua voz o envolvia numa névoa. — Você fica imaginando como seria entre nós. — Colocou a mão no queixo dele, deslizando os dedos longos até a mandíbula. Tudo que ele sentia, tudo que ele desejava, estava em sua mente e fazia o sangue ferver. — E eu também. Você fica imaginando como seria me possuir e fazer todas as coisas secretas que gostaria de fazer. E eu também.

Era difícil respirar. Cada vez que inspirava, sentia o perfume dela, até ele achar que iria explodir. Se isso era sedução, nunca experimentara antes, nunca imaginara que ela fosse capaz de envolvê-lo tão sabiamente. Encurralado, era tudo que podia pensar. Estava encurralado em uma cela de desejos indescritíveis, e a única porta de saída era sua força de vontade.

A luz do abajur fazia o cabelo dela cintilar como fogo. Antes que pudesse pensar, ele levantou a mão e a cobriu com a chama.

— Você não sabe o que eu quero fazer. Se soubesse, sairia gritando.

O corpo dela se inclinou para a frente, com muito mais desejo do que medo.

— Não vou fugir, não tenho medo.

— Você não tem a consciência de que deveria ter. — Mas ele tinha. Soltou seu cabelo e com um movimento brusco a empurrou para longe. — Não sou um de seus fiéis universitários, Rox. Eu não seria educado e não faria promessas, nem diria o que você acha que quer ouvir. O que tenho dentro de mim vem de onde eu vim, e vai ficar lá, independentemente da aparência. — Ela viu uma chama em seus olhos, nojo, tristeza, raiva, não tinha certeza. Então sumiu. — Seja uma boa menina e vá embora.

Ela sentiu um nó na garganta, mas manteve a cabeça erguida e os olhos secos.

— Nunca fui uma menina boazinha. E não vou a lugar nenhum.

Ele suspirou. Havia uma exasperação na situação que fez com que ela recuasse.

— Roxy, você está me colocando em uma posição em que vou ter que ferir seus sentimentos. — Com pernas bambas, ele se aproximou e lhe afagou a cabeça. Uma bofetada, sabia, teria sido menos ofensiva. — Eu sei o quanto você treinou para fazer esta cena de sedução. E estou lisonjeado de verdade por você ter essa queda por mim.

— Queda? — disse ela, quando encontrou a voz. Ele podia perceber, pelas faíscas em seus olhos, que havia tocado no ponto certo.

— É adorável e eu aprecio, mas não estou interessado. Você não faz meu tipo, querida. — Encostou-se displicentemente contra a cômoda. — Você é bonita e não vou negar que em todos esses anos eu não tenha tido algumas fantasias quando contracenamos, mas vamos cair na real.

— Você... — A pontada de rejeição quase a fez ficar de joelhos. — Você está dizendo que não me deseja.

— Simples assim. — Puxou um charuto da cômoda. — Eu não desejo você, Roxanne.

Ela teria acreditado. A voz dele era suave, tão compreensiva que a insultava e parecia pedir desculpas. Havia uma ponta de diversão em seu olhar que cortava como uma lâmina e um sorrisinho nos lábios. Teria acreditado nele. Mas percebeu que as mãos estavam tão cerradas que as juntas dos dedos estavam esbranquiçadas. Ele já tinha despedaçado o charuto.

Ela manteve o olhar baixo por um momento, sabendo que precisava de um tempo para colocar nele um brilho de triunfo.

— Tudo bem, Luke. Só peço uma coisa.

Ele respirou comedidamente, demonstrando alívio.

— Não se preocupe, Rox, não vou contar a ninguém.

— Não é isso. — Ela levantou a cabeça, e o poder impressionante de sua beleza tirou o sorriso fácil do rosto dele. — A única coisa que tenho a pedir é que experimente.

Ela levantou a mão e desamarrou o cinto do seu robe.

— Pare com isso. — Deixou cair o charuto amassado e se afastou. — Por Cristo, Roxanne, o que você acha que está fazendo?

— Só mostrando o que você diz que não quer. — Observando-o ela revirou os ombros deixando a seda marfim escorregar para o chão. Havia mais seda por baixo, uma camisola fina da mesma seda com rendas. Enquanto ele tentava recuperar o fôlego, uma alça fina caiu sedutoramente de seu ombro. — Se você está dizendo a verdade, não há qualquer problema nisso, há?

— Vista-se. — A voz dele estava grossa como a de um bêbado. — Saia. Você não tem nenhum amor-próprio?

— Ah, tenho muito. — E só aumentou quando viu o desejo impotente nos olhos dele. — O que parece me faltar no momento é vergonha. — A seda roçou contra sua pele enquanto andava em direção a ele. — No momento — sussurrou ela enquanto colocava os braços em volta do pescoço dele —, não pareço ter um grama de vergonha. — Inclinando a cabeça, mordeu o lábio inferior. O gemido dele fez com que ela deixasse escapar uma risadinha. — Diga de novo que não está interessado. — Seus lábios se entreabriram cheios de desejo pelos dele. — Diga-me outra vez.

— Que droga, Rox. — Suas mãos estavam novamente nos cabelos dela, punhos cerrados. — Quer ver o que posso fazer com você, o que posso fazer você fazer? — A parte dele que ainda tinha esperanças de sobreviver veio à tona e, cruelmente, tentou afastá-la. — Você quer ser usada e depois jogada fora?

Ela jogou a cabeça para trás.

— Experimente.

Cada vez que ele afastava seus lábios dos dela, censurava-a, repreendia ambos. Travou uma guerra contra si mesmo quando a puxou para a cama e caiu sobre o colchão com ela. Sem carinho, sem compaixão, levou as mãos sobre ela rasgando a seda, arranhando a pele, odiando-se pela emoção que tomava conta dele a cada vez que ela suspirava ou gemia.

Os dois iriam para o inferno, pensou. Mas, por Deus, primeiro dariam um passeio quente e rápido pelo céu.

Em um labirinto de desejos e medos, ela reconheceu a raiva dele. E a ganância. Ele mentiu, pensou, gemendo quando os lábios dele se fecharam avidamente sobre seu seio.

Ah, como ele mentira.

Entrelaçou os dedos no cabelo dele e estremeceu. Era verdade, esse desespero, essa sensação de caos era verdadeira. Todo o restante era ilusão, fingimento, enganação.

Ele estava sem fôlego quando levantou a cabeça pra encará-la. Sem fôlego e vencido. Mas, de alguma forma, a raiva desaparecera, como mágica, em uma nuvem de fumaça.

Por baixo dele o corpo dela vibrava, como um motor ajustado, acelerando para correr. Ele poderia dirigi-la, sabia disso, mas tinha medo, um medo terrível de perder o controle até que batessem e se queimassem.

Sabendo que estava perdido, ele encostou a testa na dela.

— Oh, Rox — murmurou e acariciou seus ombros com os dedos.

Sem hesitar ela colocou os braços ao redor dele.

— Escute, Callahan, se você parar agora, eu mato você.

A risada foi um alívio, embora não tenha aliviado a tensão que sentia em suas entranhas.

— Roxy, eu só pararia agora se já estivesse morto. — Ergueu a cabeça. Ela percebeu o rosto compenetrado, a mesma compenetração que ela vira dezenas de vezes enquanto ele se preparava para algum truque complicado ou uma fuga perigosa. — Nós ultrapassamos o limite, Roxy. Não posso deixar que vá embora essa noite.

Ela abriu um sorriso.

— Graças a Deus.

Ele balançou a cabeça.

— É melhor rezar — alertou ele, e cobriu os lábios dela com os seus.

Capítulo Dezenove

♦ ♦ ♦ ♦

FINALMENTE. FOI O ÚLTIMO pensamento coerente que passou pela mente de Roxanne quando os lábios ardentes de Luke colaram nos seus. Finalmente.

Outra mulher podia desejar palavras doces, mãos lentas, carinho gentil. Ela não tinha o menor desejo disso agora. Todo desejo que possa ter acalentado e toda fantasia que possa ter nutrido secretamente deram lugar às exigências ferozes e determinadas das mãos e lábios dele.

Deu a ele o presente mais cobiçado e desconcertante que uma mulher pode oferecer a um homem. Entrega total.

Esse era o seu poder, e o seu triunfo.

Necessidades que brotavam às escondidas floresceram completamente. Receios emaranhados a elas, criando uma dor tão forte que a fazia tremer. Não sabia, nem em suas mais secretas fantasias, que era possível se sentir assim.

Impotente e forte. Zonza e sã.

Riu de novo, pela glória do momento, essa montanha-russa apressada e impulsiva, descendo e fazendo suas curvas acentuadas, entrando nos túneis escuros de desejos secretos. Agarrou-se em busca de apoio, mas, para ter certeza, muita certeza, juntou-se a ele no mesmo ritmo alucinante.

Cada suspiro, cada respiração só aumentava o desejo dele. Era Roxanne que estava embaixo dele, seu corpo esbelto e ágil tremendo ao toque dele, seus ávidos lábios encontrando os dele, seu cheiro tirando a razão do cérebro dele.

Não precisava pensar — não tinha mais essa capacidade. Mais tarde, se lembraria de Max falando do animal assumindo o controle. Mas agora, Luke não passava disso, tomando o que seu corpo ansiava tão violentamente.

A luz ainda brilhava com toda força, bem diferente de um ambiente romântico. A colcha que nem tinha se dado ao trabalho de tirar arranhava a pele. A cama estreita oscilava com o balanço do navio. Mas o corpo dela se arqueava contra o dele e não havia mais nada, apenas ela e o que ela tão impulsivamente lhe oferecia.

Ele queria mais, precisava de mais, e rasgou o que ainda restava da camisola dela para encontrá-la por inteiro.

Impaciente, urgente, a mão dele desceu e a encontrou já quente, úmida, pronta. Com um movimento rude, levou-a ao primeiro clímax.

Ela sentia como se tivesse sido rasgada em dois tão facilmente quanto a seda marfim. Seu corpo tremia, balançava, explodia antes que sua mente tivesse a chance de saber o que estava acontecendo. Mesmo quando ela se afastou, chocada e tonta, ele a estava puxando de volta, devorando a carne trêmula e úmida.

Ela queria pedir que ele esperasse, que lhe desse um momento para recuperar o fôlego e a razão. Mas ele a arrastou brutalmente de volta até que ela mal conseguisse respirar e fosse impossível raciocinar.

Vorazmente, deliciou-se nos seios dela, primeiro em um, depois no outro, usando dentes, língua e lábios de forma que o desejo dentro dela se espalhasse até que seus ossos tremessem.

— Continua. — As mãos dela buscavam algo, dedos agarrando com urgência a colcha amarrotada. — Continua — gemia ela, sem a menor vergonha.

Com a respiração pesada, ele tirou a larga calça de moletom. O sangue pulsava em sua cabeça, latejando sem piedade em sua virilha. Estava agitado como um garanhão quando montou nela. Então segurou seus quadris e a levantou, e mergulhou fundo.

Ela gritou, arqueando o corpo quando a dor a rasgou, como uma flecha de gelo quebrando o calor. Ela puxou os quadris, buscando fugir e gemeu.

— Ah, Deus, Roxanne. — O suor escorria pela testa dele enquanto lutava para permanecer imóvel e para não machucá-la de novo. — Meu Deus.

Virgem. Ele balançou a cabeça em uma tentativa desesperada para clarear seus pensamentos, mesmo quando seu corpo vibrava entre a tênue linha entre a frustração e o êxtase. Ela era virgem, e ele a penetrou como se fosse uma jamanta.

— Desculpe, querida, desculpe. — Palavras inúteis, pensou ao ver as primeiras lágrimas escorrerem pelo rosto dela. Ele esticou os braços para levantar o corpo, os músculos trêmulos, e se esforçou para sair de dentro dela da forma mais gentil possível. — Eu não vou machucá-la.

A respiração dela estremeceu. Ainda doía, uma dor que radiava, e uma aflição mais suave, mais profunda. Misturada a ambos, havia uma sensação de glória não alcançada. Levantou os quadris instintivamente quando sentiu que ele estava saindo dela.

— Não se mova. — Ele sentiu um nó no estômago quando ela o puxou de volta para dentro.

— Pelo amor de Deus, não... — A onda de prazer quase o deixou louco. — Eu vou parar.

Ela abriu os olhos e o fitou.

— Não vai mesmo. — Preparada para o próximo golpe de dor, ela agarrou os quadris dele. Ficou com a impressão de ouvi-lo praguejar. Mas não tinha certeza. Não sentiu nenhuma dor, apenas um prazer profundo, sufocante, glorioso. Agarrou-se a ele e o sentiu girar e correr por todo seu corpo até que não houvesse mais nada além do incrível deleite de encontrar um amante.

Ele não conseguiu resistir. O corpo dele o traiu, e agradeceu a Deus por isso. Enterrou o rosto no cabelo dela e deixou que ela o levasse.

♦ ♦ ♦ ♦

ELA SENTIA COMO SE SEU corpo fosse delicado como vidro. Tinha medo de se mexer com receio de que fosse quebrar em milhares de pedacinhos brilhantes. Então, era por isso que os poetas choravam, pensou ela. Os lábios curvados em um sorriso presunçoso. Tinha sido bom, certamente, mas duvidava que fosse escrever sonetos sobre o acontecimento.

Mas esta parte. Ela suspirou e moveu a mão para acariciar as costas de Luke. Esta parte era adorável, ficar deitada ali, sentindo o coração do amante bater forte e rapidamente contra o seu. Ficaria feliz em permanecer assim por dias.

Mas ele se moveu. Roxanne recuou quando a cama tremeu. Estava bem mais do que um pouco dolorida onde Luke a penetrara. Não querendo perder a gostosa sensação de intimidade, aninhou-se a ele quando ele deitou de costas.

Não havia palavrões o suficiente para se xingar, pensou ele ao fitar o teto. Ele a tomara feito um animal, sem cuidado, sem carinho. Fechou os olhos. Se a culpa não o matasse, Max mataria.

Até lá, teria de fazer alguma coisa para consertar o que destruíra de forma tão imprudente.

— Rox.

— Hmm?

— Eu sou o responsável.

Sonhando, ela aninhou a cabeça mais confortavelmente no ombro dele.

— Ok.

— Não quero que se preocupe, nem se sinta culpada.

— Com o quê?

— Com isso. — A voz dele estava pontuada de impaciência. A voz dela precisava soar tão sonolenta, tão sensual, tão satisfeita? — Foi um erro, mas não precisa arruinar nada.

Roxanne abriu um olho, depois o outro. A expressão de felicidade deu lugar a uma sombria.

— Erro? Você está me dizendo que o que acabou de acontecer aqui foi um erro?

— Claro que foi. — Rolou para fora da cama, procurando sua blusa antes que seu corpo o levasse a repetir. — Em diversos aspectos. — Olhou para ela, trancando os dentes. Agora, ela estava sentada, o cabelo bagunçado caindo sobre os ombros, encaracolando de forma sedutora sobre os seios. A mancha de sangue na colcha amarrotada afastava o desejo de possuí-la.

— Mesmo? — A adorável sensação fora embora. Se Luke não estivesse ocupado demais em xingar a si próprio, teria visto no olhar dela a batalha que se passava internamente. — Por que não me diz alguns desses aspectos?

— Pelo amor de Deus, você é praticamente minha irmã.

— Ah. — Ela cruzou os braços, levantou os ombros. Seria uma ótima postura, se não estivesse nua. — Acho que a palavra mais importante é praticamente. Não temos o mesmo sangue, Callahan.

— Max me aceitou. — Para manter sua sanidade, abriu uma gaveta e pegou uma camiseta. Jogou para Roxanne. — Ele me deu uma casa, uma vida. Eu traí tudo isso.

— Que besteira. — Jogou a camiseta de volta para ele. — Sim, ele o aceitou e lhe deu uma casa. Mas o que aconteceu aqui foi entre nós dois, só nós dois. Não tem nada a ver com Max nem com traição.

ILUSÕES HONESTAS   267

— Ele confiava em mim. — De má vontade, Luke se aproximou e enfiou a camiseta pela cabeça de Roxanne. Ela empurrou as mãos dele e ficou de pé.

— Você acha que Max ficaria furioso e chocado se soubesse que nós nos desejamos? — Furiosa, arrancou a camiseta e jogou longe. — Você não é meu irmão, droga, e, se você ficar parado aí e disser que estava me vendo como uma irmã alguns minutos atrás, então você é um mentiroso.

— Não, eu não pensei em você como irmã. — Segurou os ombros dela e sacudiu. — De forma alguma, e esse é o problema. Eu desejei você. Eu desejo você há anos. E isso me corrói por dentro.

Ela jogou a cabeça para trás. O gesto era um desafio, mas algo dentro dela amolecera. Há anos. Ele a desejava havia anos.

— Então, você vem fazendo joguinhos comigo, brincando de gato e rato desde que eu tinha 16 anos. Tudo porque você me desejava e colocou nessa sua cabecinha que isso seria uma espécie de... incesto emocional?

Ele abriu a boca, mas fechou de novo. Por que, de repente, isso lhe soou tão ridículo?

— Quase isso.

Não sabia que resposta esperar dela, mas certamente não era uma gargalhada. Ela riu até que lágrimas saíssem de seus olhos. Com as mãos na cintura, sentou-se na cama.

— Ah, seu idiota.

O orgulho dele estava em jogo. Não podia admitir que uma mulher nua caísse na gargalhada às suas custas e isso o excitasse a ponto de implorar.

— Não consigo ver o que é tão engraçado.

— Você está brincando? É hilário. — Tirou o cabelo do rosto e sorriu para ele. — E muito doce também. Você estava protegendo a minha honra, Luke?

— Cale a boca.

Ela sorriu e enxugou as lágrimas do rosto.

— Pense, Callahan. Pense de verdade por um minuto. Você está aí parado, corroendo-se de culpa porque fez amor com uma mulher que fez de tudo para seduzi-lo, uma mulher que você conhece a vida toda, uma mulher que não tem, repito, não tem nenhum parentesco com você. Uma mulher maior de idade, dona de seu nariz. Você não acha isso engraçado?

Ele enfiou as mãos no bolso e fez uma cara feia.

— De forma alguma.

— Você está perdendo seu senso de humor. — Ela levantou, então, e jogou os braços em volta dele. Seus seios nus roçaram o peitoral dele, e sentiu, satisfeita, os músculos dele estremecerem. Mas ele não retribuiu o abraço. — Acho que, se você se sente assim, vou ter de seduzi-lo sempre. Acho que estou prestes a fazer isso. — Mordiscou o lábio dele, sorrindo quando olhou para baixo entre eles. — E parece que você também.

— Pare com isso. — Mas a ordem dele não era convincente. — Mesmo se eu esquecesse esses motivos. Tem outras coisas.

— Tudo bem. — Passou os dedos pelas costas dele, dando beijinhos em seu pescoço. — Vamos escutar, então.

— Droga, você era virgem. — Segurou os braços dela, empurrou-a para trás para que pudesse escapar.

— Isso a incomoda? — Ela fez um beicinho, pensando a respeito. — Sempre achei que os homens tivessem uma queda por isso. Sabe, a síndrome Jornada nas Estrelas.

— O quê?

— Ousadamente chegar aonde nenhum outro homem esteve antes.

Ele lutou para não rir.

— Cristo. — Ele gostaria de uma cerveja, melhor, gostaria de ter uma caixa com seis cervejas geladas, mas se satisfez com uma garrafa de água mineral. — Olhe, Roxanne, o negócio é que eu não fiz certo.

— Não fez? — Virou a cabeça, curiosa. — Não consigo imaginar muitas outras formas de fazer isso.

Ele engasgou e baixou a garrafa. Não apenas virgem, que Deus o ajude, mas impossível e sensualmente inocente.

— Qual era o problema dos caras da faculdade? Eles não sabiam o que fazer com você?

— Imagino que eles soubessem, se eu quisesse que eles fizessem alguma coisa. — Sorriu de novo, segura de que estava dominando. Quando falou de novo, sua voz saiu suave. — Eu queria que você fosse o primeiro. — Ela viu a emoção nua e crua nos olhos dele ao se aproximar de novo. — Eu só queria você.

Nada nem ninguém nunca o emocionaram tanto. Gentilmente, tocou o cabelo dela.

— Eu machuquei você. E, se você ficar comigo, provavelmente vou machucá-la de novo. O que eu disse antes sobre o que tem dentro de mim, é verdade. Tem coisas que você não sabe. Se soubesse...

— Eu sei. — Passou a mão pelas costas dele, passando o dedo pelas cicatrizes. — Eu sei há anos, desde o dia que você contou para o Max. Eu escutei. Chorei por você. Não. — Abraçou-o com mais força para que ele não se virasse. — Você acha que a minha opinião a seu respeito mudaria por causa do que fizeram com você quando era criança?

— Não sou digno de pena — disse ele, com firmeza.

— Não estou com nem um pouco de pena de você. — Os olhos dela estavam escuros e ardentes quando virou a cabeça. — Mas sou solidária, o tipo de solidariedade de que você precisa e que só vai receber de uma pessoa que conhece você e amou você a vida toda.

Exausto, ele encostou a testa no ombro dela.

— Não sei o que lhe dizer.

— Não diga nada. Só fique aqui comigo.

♦ ♦ ♦ ♦

Não teve tempo para curtir a sensação de acordar nos braços de Luke e menos ainda para passar uma manhã preguiçosa. Roxanne acabara de se aninhar quando escutou o anúncio pelos alto-falantes do corredor de que estava na hora do desembarque. Um longo e sonolento beijo, alguns gemidos de frustração e ela estava de pé, enfiando-se em uma calça de moletom de Luke e na camiseta que rejeitara na noite anterior. Segurando a calça na cintura com uma das mãos, abriu a porta da cabine e olhou pelo corredor. Como Luke estava rindo, ela olhou para trás.

O cabelo despenteado; o rosto, corado; os olhos, pesados e sonhadores. Ela parecia exatamente o que era, pensou ele prendendo a respiração. Uma mulher que passara a noite com o amante.

E ele era o amante dela. O primeiro. O único

— Mãos à obra, Callahan. — A voz dela estava rouca. — Vejo você em quinze minutos.

— OK. OK.

Segurando as calças, Roxanne foi para a própria cabine. Sempre pontual, em um quarto de hora, ela estava no Deque Lido. Os passageiros estavam reunidos nos salões, malas de mão e sacas de lojas à sua volta enquanto bocejavam, conversavam e esperavam sua vez de sair do navio. De poucos em poucos minutos, um anúncio era feito em inglês, depois em francês, convidando os passageiros com etiquetas de determinada cor a desembarcarem. Chamaram o vermelho, azul, branco, amarelo, vermelho com listras brancas, branco com listras verdes. Roxanne apertou mãos, deu beijinhos e abraços enquanto o nível dos ruídos diminuía.

Por volta das dez, apenas a tripulação e uma pequena porcentagem de passageiros que voltariam para Nova York estavam a bordo. Os novos passageiros só embarcariam a partir de uma hora. Max aproveitou a calmaria para marcar um ensaio.

Era bom ver Max em forma de novo, pensou ela. Com um ritmo mais lento do que estava acostumada, mas sem a hesitação e a dificuldade que a deixaram preocupada.

Achou que foi muito bem, fazendo os truques com cartas, com corda e as ilusões maiores sem demonstrar o que se passava em sua cabeça e em seu coração. Imagens de Luke jogando-a na cama, as lembranças que traziam calor e prazer eram mantidas sob controle. Estava satisfeita porque ninguém sabia da drástica virada que sua vida dera além dela mesma e do homem que a estava acompanhando nessa virada.

Mas o amor é cego, claro.

Lily suspirava cada vez que olhava na direção deles. Seu coração romântico chorava lágrimas de alegria. Os lábios de LeClerc se contorciam. Até Mouse, que passava a maior parte do tempo indiferente às sutis trocas entre homens e mulheres, corou e sorriu.

Apenas Max parecia não perceber.

— Não é maravilhoso? — Lily suspirou de novo quando ela e Max tiraram uma hora para eles no quase deserto Deque Lido com canecas de sopa e chá.

— Com certeza. — Deu um tapinha na mão dela, achando que ela estava falando do momento tranquilo, da brisa refrescante e da vista de Montreal que quem estava no porto tinha.

— É como realizar seu maior sonho. — Ela levantou a caneca, seus três anéis brilhando. — Eu estava começando a achar que nunca ia acontecer.

— Foi uma semana cheia — concordou ele. E nem tivera tempo de continuar sua pesquisa sobre a pedra filosofal. Talvez quando aportassem em

Sydney, conseguisse dar uma desculpa para não bancar o turista e passar algumas horas com seus livros e anotações. Estava chegando perto. Podia sentir.

— Fico me perguntando se o fato de estar em um navio como este ajudou. Quero dizer, em um lugar fechado, passando tanto tempo juntos. Não podiam se evitar.

— Com certeza não. — Max piscou e franziu a testa. — Quem?

— Roxy e Luke, bobinho. — Cruzando os braços em cima da mesa, ela suspirou, sonhadora. — Aposto que eles estão andando de mãos dadas por Montreal agora mesmo.

— Roxanne e Luke? — Foi tudo que Max conseguiu pensar em dizer. — Roxanne e Luke?

— Bem, claro, querido. Do que você achou que eu estava falando? — Riu, curtindo, como todas as mulheres curtem, aquela superioridade sobre a maioria dos machos da espécie quando o assunto é romance. — Você não viu a forma como eles estavam se olhando hoje de manhã? Um milagre o deque não ter pegado fogo com tantas faíscas pelo ar.

— Eles sempre soltam faíscas um para o outro. Eles não fazem nada além de brigar.

— Querido, aquilo era apenas uma espécie de ritual de acasalamento. Ele engasgou com o chá.

— Acasalamento? — disse ele, fraco. — Meu Deus.

— Max, meu amor. — Confusa e preocupada, ela pegou as mãos dele. Estavam trêmulas. — Você não está chateado, está? Eles são perfeitos um para o outro, e estão tão apaixonados.

— Você está dizendo que ele... que eles... — Ele não conseguia pronunciar as palavras.

— Eu não era uma mosquinha no quarto, mas, se considerarmos esta manhã, eu diria que eles fizeram. — Manteve o tom de voz calmo, mas como Max continuou encarando-a, chocado, o tom de voz dela mudou. — Max, você não está furioso?

— Não. Não. — Balançou a cabeça, mas precisou levantar. Caminhou até a grade como um homem em transe. Seu bebê, pensou, com um pedacinho do coração dilacerado. Sua menininha. E o garoto que considerava como seu próprio filho há tanto tempo. Eles cresceram. Lágrimas brotaram em seus olhos. — Eu devia ter previsto, acho — murmurou quando Lily o abraçou.

Ele balançou a cabeça de novo. As lágrimas de medo secaram e ele a puxou para mais perto.

— Será que eles vão ter o que nós temos? Você acha?

Ela encostou a cabeça no ombro dele e sorriu.

— Ninguém consegue, Max.

♦ ♦ ♦ ♦

NAQUELA NOITE, ELE FOI PROCURÁ-LA. Ela estava esperando. Por mais que dissesse a si mesma que era tolice, estava mais nervosa agora do que na noite anterior. Era uma questão de controle, acreditava. Na noite anterior, a primeira noite, ela planejara a rota e estava certa do curso.

Esta noite, ele a levaria além.

Ficou satisfeita por ele não ter ido para a cabine dela diretamente depois do último show e ter lhe dado tempo para tirar a maquiagem de palco e a fantasia brilhosa e colocar um simples robe azul. Mas esse tempo sozinha também foi seu inimigo, dando ao seu coração a oportunidade de bater mais rápido e mais forte.

Aquela tarde fora maravilhosa. Eles tinham feito exatamente o que Lily imaginara. Caminharam pelas calçadas de Montreal, escutando músicas americanas saindo das lojas, abraçados em uma pequena mesa de um café.

Agora estavam sozinhos de novo. O buquê de flores que ele comprara para ela de um vendedor de rua exalava em cima de sua penteadeira. A cama estava arrumada. O deque balançava conforme o navio seguia para o sul.

— Público animado hoje. — Que coisa idiota para se dizer, Roxanne se censurou.

— Entusiasmado. — Ele girou o pulso. Um único botão de rosa branca apareceu na mão dele. O coração de Roxanne derreteu.

— Obrigada. — Ficaria bem, disse ela para si mesma ao sentir o cheiro da flor. Sabia o que esperar agora, e podia ansiar pelo toque das mãos dele em sua pele, a confusão na mente. A dor passava rápido, afinal. Alguns minutos de desconforto certamente eram um preço baixo a se pagar pelo momento depois da transa, aninhada nos braços dele.

Ele podia ler o nervosismo nos olhos dela tão claramente quanto conseguia ver a cor. Não havia por que se xingar de novo por sua insensível iniciativa na noite anterior. Pelo menos ele tivera o bom senso de não fazer nada além de abraçá-la pelo restante da noite.

Tocou o rosto dela e a observou levantar o olhar da rosa para o rosto dele. Agradeceu a Deus por ver mais do que medo ali. Poderia fazer o medo desaparecer. Passou a mão no rosto dela e fez com que desse uma risada quando viu uma vela no meio de seus dedos.

— Esperto.

— Você não viu nada ainda. — Ele atravessou a cabine até a penteadeira, tirando do bolso um pequeno candelabro de cristal que pegara no restaurante. Cuidadosamente, colocou a vela no lugar, então estalou os dedos. A chama faiscou, acendeu e brilhou.

Um pouco mais relaxada, Roxanne sorriu.

— Devo aplaudir?

— Ainda não. — Observando-a, ele apagou as luzes com o estalo de dedos e tirou o casaco. — Pode esperar até o show terminar.

Sem sentir, ela levou a mão ao pescoço.

— Tem mais?

— Muito mais. — Passou por ela. Talvez não fosse justo ele ser recompensado e não punido por sua falta de cuidado na noite anterior. Mas compensaria para ela. Para os dois. Ele pegou a mão que ainda estava no pescoço, virou-a, pressionou os dedos na palma e no pulso onde podia sentir seus batimentos acelerarem. — Eu lhe disse que tem mais de uma forma, Roxanne. — Com a mão dela ainda na sua, ele lhe deu leves beijos no maxilar. — Mas, assim como em mágica, mostrar é melhor do que falar. — Viu os olhos dela se fecharem e tirou a rosa da mão fraca dela. — Não vou machucá-la de novo.

Ela abriu os olhos ao escutar isso. Dúvidas e desejos estavam em conflito dentro deles.

— Tudo bem — murmurou ela, e levantou os lábios na direção dele, como um convite.

— Confie em mim.

— Eu confio.

— Não, não confia. — Cobriu os ansiosos lábios, beijando-a até que ela perdesse as forças. — Mas você vai — disse ele e a tomou nos braços.

Ela se preparou para a investida. Uma parte dela ansiava sentir aquelas mãos fortes, a boca urgente e exigente. Mas os lábios dele estavam mais leves hoje, macios, sedutores, até tranquilos enquanto sussurrava. O som confuso e sem fôlego que ela emitia fez com que ele sorrisse.

— Vou levar você a lugares. — A língua dele mergulhou, brincando com a dela. — Lugares mágicos.

Ela não tinha escolha a não ser seguir para onde ele a levava. O corpo dela já estava flutuando antes que ele terminasse aquele primeiro e suntuoso beijo. Deixando os lábios dela trêmulos, querendo mais, os dele começaram uma extenuante jornada, saboreando a pele dela, demorando um pouco mais na base do pescoço enquanto a pulsação dela acelerava como o coração de um pássaro na gaiola.

Relaxou os braços que levantara para abraçá-lo. E ele soube que ela era sua.

— Quero olhar para você — sussurrou ele, gentilmente abrindo o robe dela. — Deixe-me olhar para você.

A beleza dela abrasava seu coração, fazia seu sangue se agitar como uma corredeira. Mas, à luz cintilante da vela, ele a tocou com a ponta dos dedos apenas, planando-os pelas curvas e vales, encantado pelo contraste da sua pele contra a dela, enfeitiçado pelos rápidos tremores que seus carinhos provocavam nela.

— Ontem, estávamos com pressa. — Abaixando a cabeça, muito gentilmente, usou a língua para brincar com os mamilos dela. — Talvez mais tarde, tenhamos alguma pressa. — Quando ele se endireitou para fitá-la, continuou brincando com o mamilo usando o indicador e o polegar, beliscando e puxando de leve para levá-la àquele incrível ponto entre o prazer e a dor. — Mas vamos ter calma agora, Roxanne. — Deslizou um dedo pelo centro do corpo dela, curtindo cada tremor enquanto descia pelo macio triângulo de pelos para acariciar a sensível e secreta saliência.

Quando os olhos dela faiscaram, a respiração ficou ofegante e ele sentiu o fluido quente de sua resposta, a mente dele viajou. Mas ele apenas sorriu.

— Quero fazer coisas com você. Quero que deixe que eu faça.

Quando ele uniu seus lábios aos dela de novo, colocou as pontas dos dedos nas pétalas sedosas e rosadas de seus seios, brincando com a maciez dos mamilos, seguindo as sutis curvas da cintura e dos quadris.

— Diga-me do que você gosta.

A respiração dela estava ofegante. Podia vê-lo sob a luz da vela. O peitoral estava nu agora, embora ela não se lembrasse de ele ter se afastado para tirar a camisa. Sentiu a força da ereção dele pressionando sua perna, e percebeu que ele também estava nu.

— Não consigo. — Ela levantou a mão para tocá-lo, sentindo o ar doce e pesado como mel. — Só não pare.

— Isso? — Desceu devagar, brincando com o mamilo dela com a língua, prendendo-o entre os dentes antes de sugá-lo como se quisesse engoli-la inteira. Ela soltou um gemido longo e intenso, deixando-o ainda mais excitado.

Era a mais gostosa das torturas. Um prazer lacerante e narcotizante a tomou até que achou que morreria. A cama rangia conforme ele se movia. A pele dela sussurrava sob suas mãos, cantava embaixo da boca paciente e exploradora. Quando a língua dele deslizou por sua coxa, ela entendeu que ele não deixaria de lado nenhuma parte de seu corpo e que ela não negaria nada a ele.

Abriu-se para ele com um suspiro de aceitação. De repente, o calor suave explodiu se tornando intenso, como se um vulcão tivesse entrado em erupção dentro dela e aberto caminho com fogo até cada célula de seu corpo. O grito de alívio dela enfraqueceu até não passar de um gemido rouco.

Ainda assim, ele continuava paciente, excitando-a de novo, cada vez mais, esperando até que ela sentisse o alívio de novo.

Suspiros e gemidos e promessas sussurradas. A chama da vela e a leve luz da lua, o cheiro das flores e a paixão pesando no ar. Disso ela se lembraria, mesmo enquanto seu corpo estremecia com a paciente investida.

Ah, ele estava fazendo coisas com ela, exatamente como prometera. Maravilhosas, impossíveis, deliciosas.

Ele mostrou a ela o que era ser desejada, ser amada e, finalmente, ser lentamente possuída, como velejar por um tranquilo rio de névoa.

Penetrou-a sem causar nenhuma dor, com perfeição, e ela estava molhada e quente e mais do que pronta para ele. O corpo dela se arqueou para recebê-lo. Ele não sabia que podia ser tão fácil, que podia sentir uma dor tão doce enquanto ela o envolvia. Encontraram o ritmo, os desejos aumentando como música em sua cabeça.

— Roxanne. — O nome dela saiu como um som rouco vindo da garganta. Segurou-se nas rédeas do controle como um homem que quer amansar uma fera. — Olhe para mim. Preciso que olhe para mim.

A voz dele parecia vir do fundo do longo e escuro túnel no qual seu corpo estava voando. Ela abriu as pálpebras pesadas e o viu. Seus olhos estavam em um tom violento de azul, como o calor no meio da chama.

— Você me pertence agora. — Ele a beijou quando o clímax explodiu dentro dela. Só eu, pensou ele e se permitiu segui-la.

♦ ♦ ♦ ♦

Ela achava que nunca mais conseguiria se mexer, mas quando conseguiu foi para virar a cabeça e procurar os lábios dele. Ele respondeu com um murmúrio ininteligível e rolou para trocarem de posição.

— Melhor — suspirou ela, agora que conseguia respirar. Roçou o rosto no peito dele e se acalmou. — Eu não sabia que podia ser assim.

Nem ele. Mas Luke achou que soaria tolo dizer isso; então, em vez disso, acariciou o cabelo dela.

— Eu não machuquei você?

— Não. Eu me sinto como... — Ela soltou um som de êxtase. — Como se eu tivesse levitado até a lua. — Deslizou a mão pelo peito dele. Quando passou os dedos pelo abdômen, sentiu-o estremecer. Muito bem, pensou, sorrindo para si mesma. O poder não era unilateral. Tiraria bom proveito disso em breve.

— Então... — Levantou a cabeça e sorriu para ele. — Quantas formas existem?

Ele levantou uma sobrancelha.

— Por que você não me dá uns minutinhos para eu mostrar?

Embriagada em seu próprio prazer, Roxanne montou nele.

— Por que não me mostra agora? — sugeriu, e colou seus lábios nos dele.

Capítulo Vinte

♦ ♦ ♦ ♦

Tanto Luke quanto Roxanne negariam até a morte se alguém dissesse que caíram no clichê de romance em um cruzeiro. Brisa marinha, poentes maravilhosos e deques iluminados pela luz da lua poderiam influenciar outras pessoas, mas não eles. Os dois teriam dispensado a ideia de lua de mel, mesmo que a melhor definição para esse período seja a oportunidade de descobrir e se concentrar no parceiro e curtir sexo incrível. Ainda assim a lua de mel deles entrou na terceira semana.

Descobertas foram feitas. Para alívio de Luke, ele descobriu que não era um tolo ciumento. Na verdade, até curtia ver a forma como os outros homens viravam a cabeça quando Roxanne entrava em algum lugar. Até sorria quando a via paquerando ou sendo paquerada. Isso era uma questão de orgulho e autoconfiança, enfeitados com um toque de arrogância. Ela era linda, e era dele.

Roxanne descobriu que, por trás do garoto durão e problemático que ela conhecia desde pequena, o homem por quem se apaixonara podia ser gentil e generoso. O verniz da sofisticação e do charme era uma cobertura fina sobre uma ardente cama de paixões. E misturado com tudo isso havia um senso de lealdade e um desejo de amar cada vez mais.

Ambos conseguiam olhar só para o outro, mesmo em um lugar cheio de gente. Não precisavam se tocar nem falar; um só olhar bastava para se comunicarem.

Talvez por isso o último pré-requisito para uma lua de mel tenha ficado tão claro.

No decorrer desses dias e noites de fantasia, ambos concordavam que só estava faltando uma coisa. Ainda precisavam escolher um alvo. O sangue de ladrão deles estava ficando cada vez mais inquieto. Verdade, eles apaziguaram um pouco essa impaciência tirando de uma certa sra. Cassel algumas joias de rubi e marcassita. Como a velha reclamona passou seus sete dias a bordo do *Yankee Princess* fazendo exigências e tornando a vida de Jack um inferno, os Nouvelle consideraram uma questão de honra dar a ela algum motivo real para reclamar.

Mas o serviço fora tão ridiculamente simples. Roxanne só precisou entrar sorrateiramente na cabine da sra. Cassel entre uma entrada e outra no espetáculo e pegar o porta-joias com cadeado no meio da bagagem que estava metade fora e metade dentro das malas. Ao olhar o mecanismo, Roxanne mudou os planos. Em vez de sair da cabine e entregar o porta-joias para Luke, ela usou um grampo da própria sra. Cassel para abrir o cadeado. Como a marcassita se acomodou bem nos bolsos do seu smoking de palco, ela trancou o porta-joias de novo, colocou no mesmo lugar e saiu.

Como planejado, Luke estava vindo encontrá-la.

— Algum problema?

Ela sorriu.

— Nenhum. — Com uma sobrancelha levantada, ela bateu nos bolsos. — Só preciso passar na minha cabine — disse ela enquanto ele sorria. — Não quero perder a minha entrada.

Luke a tomou nos braços para um beijo. Os astutos dedos dele mergulharam nos bolsos para fazer uma inspeção.

— Você tem três minutos, Roxanne.

Ela precisou de menos da metade disso para esconder as joias no fundo falso de seu estojo de maquiagem. Teve tempo ainda de retocar o batom que Luke tinha borrado e ainda chegou um pouco antes de sua deixa para entrar.

Todos concordaram que era um conjunto elegante, de lapidação refinada, com pedras muito boas. Mas a falta de desafio tirou a doçura do ato.

Os Nouvelle, todos eles, esperavam ansiosos por serviço.

— Talvez nós devemos tentar alguma coisa em um dos portos — disse Roxanne, distraidamente. Ela e Lily estavam no deque. Os novos passageiros embarcados em Montreal estavam circulando com seus coquetéis de boas-vindas nas mãos e câmeras em punho. Luke e Mouse foram ao Estádio Olímpico assistir aos Expos receberem os Dodgers.

— Acho que poderíamos. — A mente de Lily só tinha espaço para Max. Acordara antes do amanhecer e o encontrara sentado no estreito sofá embaixo da escotilha, os livros de pesquisa espalhados à sua volta. Ele estava brincando com uma moeda entre os dedos. Da segunda vez que ele errou e a deixou cair, ela viu o sofrimento no rosto dele. Um sofrimento que ela sabia que nunca poderia abrandar.

ILUSÕES HONESTAS   279

— Eu estava pensando em Newport — continuou Roxanne. — O lugar é podre de rico, cheio de mansões. Poderíamos, pelo menos, fazer algum trabalho de campo da próxima vez que pararmos lá.

— Você se parece tanto com ele. — Lily suspirou e se afastou da grade. — Se não está no meio de um projeto, está planejando um. É a única coisa que deixa vocês felizes.

— A vida é curta demais para não se gostar do que se faz. — O sorriso dela foi rápido e malvado. — Deus sabe como amo o que faço.

— O que você faria se tudo acabasse? — Os dedos repentinamente nervosos de Lily começaram a brincar com o pingente de jade que Max lhe dera em Halifax. — Se você não pudesse mais fazer. A mágica e o outro?

— Se eu acordasse um dia e tudo tivesse acabado? Se só me restasse o dia a dia ordinário? — Roxanne pressionou os lábios, pensando, depois riu. Aos 21 anos, era impossível achar que a velhice algum dia chegaria. — Enfiaria a minha cabeça no primeiro forno que encontrasse.

— Não diga isso! — Lily agarrou a mão dela, apertando até espremer os ossos. — Nunca diga isso.

— Querida, só estou brincando. — Arregalou os olhos, surpresa. — Você me conhece e sabe que eu não faria isso. As pessoas que fazem algo tão definitivo se esquecem de que nada dura para sempre. Por mais maravilhoso ou terrível que seja, se esperar um pouco, muda.

— Claro que muda. — Sentindo-se tola, Lily soltou a mão de Roxanne, mas sua garganta continuou apertada e seca. — Não ligue pra mim, querida, acho que devo estar muito cansada.

Agora que olhou de verdade, Roxanne viu uma leve sombra escura por baixo da cuidadosa maquiagem de Lily. A surpresa se transformou em uma preocupação.

— Você está bem? Não está se sentindo legal?

— Estou bem. — Vivera tempo suficiente no palco para mostrar só o que queria mostrar. — Só estou cansada, e é bobagem, mas acho que estou com saudade de casa. Estou com desejo de comer o gumbo de LeClerc há dias.

— Entendo o que está falando. — Como isso espelhava exatamente os seus próprios sentimentos, Roxanne sorriu aliviada. — Toda essa comida maravilhosa, e depois de algumas semanas, daríamos cem dólares por um hambúrguer com batatas fritas e dez vezes isso por um dia inteiro sem precisar falar com ninguém.

Lily percebeu que precisava de um tempo sozinha antes de afastar seus medos e tristezas.

— Bem, eu vou trapacear. — Com uma piscadela, ela deu um beijo no rosto de Roxanne. — Vou descer para a minha cabine e me esconder lá por uma hora, fazer uma hidratação no meu rosto e nos pés e ler um capítulo do meu livro.

— Você só está falando isso para me deixar com inveja.

— Vamos fazer uma coisa. Você me dá cobertura por uma hora, depois faço o mesmo por você.

— Combinado. Se alguém perguntar, vou dizer que você está prendendo lantejoulas soltas da sua fantasia.

— Boa desculpa. — Apressou-se, queria estar sozinha entre quatro paredes antes de se debulhar em lágrimas.

Sozinha, Roxanne olhou o deque à sua volta. Novos rostos, pensou, novas histórias. Gostava da variedade, sempre gostara. Mas não podia evitar querer que Luke estivesse com ela em vez de tomando cerveja e xingando árbitros em duas línguas. Era mais divertido analisar os rostos, inventar nomes e passados quando estava com ele.

Depois de responder pela décima vez como era trabalhar em um navio de cruzeiro, começou a achar que uma hora sozinha com uma máscara facial e um bom livro seria maravilhoso.

Mas ela se virou, com seu sorriso *Yankee Princess* no rosto, quando escutou seu nome de novo. O sorriso falhou por um instante, mas depois se manteve firme. Afinal, era uma profissional.

— Sam. Que mundo pequeno.

— Não é mesmo? — Ele parecia ter saído das páginas de uma matéria sobre roupas para se usar em um cruzeiro. Suas calças amarelas tinham pregas tão afiadas quanto uma faca capaz de tirar sangue. A camisa era de algodão amarrotado, daquele tipo que dá trabalho para parecer casual. Os pés sem meias calçavam *docksiders*, e o braço estava na cintura de uma loura elegante. Ela estava vestindo calças de seda de um intenso tom de azul, que combinavam com seus olhos, com uma blusa levemente drapeada do mesmo tom. Roxanne ficou mais impressionada com o colar de pérolas e pingente de safira que era tão grande quanto o polegar de Mouse.

— Justine, querida, quero lhe apresentar uma velha amiga. Roxanne Nouvelle. Roxanne, minha esposa, Justine Spring Wyatt.

— Muito prazer. — Justine abriu um sorriso simpático que não se espalhava para os olhos e deu um aperto de mãos que deveria ser agradável.

A perfeita esposa de político, pensou Roxanne.

— O prazer é meu.

Ela também usava brincos, notou Roxanne. Duas pedras azuis em forma de gota caindo de pérolas lustrosas.

— Fiquei surpreso ao vê-la no deque — começou Sam. — Mais surpreso ainda ao ver que você está trabalhando no cruzeiro. — Baixou o olhar até o broche com o nome dela acima do peito, parou ali, depois levantou de novo. — Desistiu da mágica?

— De forma alguma. Nós estamos nos apresentando no navio.

— Fabuloso. — É claro que ele já sabia, sempre sabia. E não conseguira resistir à tentação de passar uma semana junto com os Nouvelle. — Justine, Roxanne é uma mágica muito talentosa.

— Que diferente. — Os lábios dela se abriram em um sorriso que mostrou dentes perfeitos. — Você se apresenta em festas de crianças?

— Ainda não. — Roxanne pegou um coquetel da bandeja de um garçom que estava passando. — É a primeira vez que viajam no *Yankee Princess*?

— Neste navio em particular, sim. Já fiz vários cruzeiros, pelo Caribe, pelo Mediterrâneo, esse tipo de coisa. — Ela levantou a mão branca e magra para brincar distraidamente com o pingente. Os diamantes que rodeavam a safira refletiram minúsculas chamas de luz que fizeram o sangue de Roxanne ferver. A excitação era tão sexual quanto um longo e molhado beijo.

— Que legal. — Precisou de todo seu autocontrole para não lamber os lábios. — Espero que gostem deste cruzeiro tanto quanto dos outros.

— Tenho certeza de que sim. — A safira piscava como um olho sedutor. — Fiquei encantada quando Sam sugeriu esse cruzeiro como parte da nossa lua de mel.

— Ah, vocês são recém-casados. — Sabendo que era um gesto normal para as mulheres, considerado inofensivo, Roxanne analisou os anéis dela. Ah, sim, pensou, o brilhante do anel de noivado tinha dez quilates, lapidação baguete, e o de casamento era uma aliança cravejada de brilhantes. Adoraria estar com sua lupa. — Que lindos. Parabéns, Sam.

— Obrigado. Eu adoraria ver a sua família de novo... e Luke, claro.

— Com certeza você verá. Adorei conhecê-la, Justine. Aproveitem o cruzeiro.

Ela estava sorrindo quando se afastou. Finalmente, encontraram um alvo digno.

♦ ♦ ♦ ♦

*L*UKE APROVEITOU UMA TRÉGUA para descansar na sauna. Duvidava que tivesse dormido mais de cinco horas seguidas depois da noite em que Roxanne entrou em sua cabine armada com seda marfim e uma ardente determinação.

Não que estivesse reclamando, mas a sauna não faria mal algum. Pelo menos lhe daria alguns minutos para clarear a cabeça e pensar no que Roxanne lhe contara quando veio atrás dele naquela tarde.

Sr. e sra. Samuel Wyatt.

De todos os navios de cruzeiros em todos os portos do mundo, pensou, fazendo uma careta. Que inferno, estariam presos juntos pela próxima semana. Mas não estava muito certo se compartilhava do entusiasmo de Roxanne para roubar os brilhantes dos recém-casados.

Não, queria planejar tudo devagar, com calma, e calcular todos os prós e os contras.

Quando a porta de madeira da sauna se abriu com um rangido, Luke abriu um dos olhos. Fechou de novo e continuou encostado na parede, a toalha branca amarrada de qualquer jeito na cintura.

— Fiquei sabendo que você embarcou, Wyatt.

— E você continua tirando coelhos da cartola para viver. — Sam se sentou no banco ao lado de Luke. Só precisara fazer algumas perguntas discretas para descobrir onde Luke fora passar sua hora de folga. — E dançando conforme a música do velho.

— E você já aprendeu a embaralhar as cartas com uma das mãos?

— Desisti dos jogos muito tempo atrás.

Luke apenas sorriu.

— Acho que não. Você sempre teve mãos podres, que não são boas para nada, exceto intimidar mocinhas.

— Como você guarda rancor. — Sam abriu os braços confortavelmente no banco. Os anos fizeram bem para ele. Estava seguindo a tendência da boa forma física, e seu corpo refletia seus esforços diários com um *personal trainer*. Usava sua posição, e agora o dinheiro da esposa, para gastar com cabeleireiros, manicures e spas, onde tratavam de sua pele. Encaixava-se perfeitamente na imagem do jovem e atraente emergente. E agora tinha riqueza como a cereja no bolo.

— Estranho — continuou Sam. — Roxanne parece não guardar nenhum rancor. Ela foi um tanto... simpática mais cedo.

Não foi raiva, como em uma época teria sido, que Luke sentiu. Ele achou engraçado.

— Cara, ela pisaria em você e depois cuspiria.

— Mesmo? — Os braços de Sam ficaram tensos sobre a madeira quente. Tinha uma coisa que sua posição e dinheiro não conseguiram lhe dar. Senso de humor para rir de si mesmo. — Acho que eu devo fazer mais o estilo dela do que você acha. Uma mulher como Roxanne apreciaria um homem de posição em vez de um cara que até hoje não conseguiu se refinar. Você ainda é um fracassado, Callahan.

— Eu ainda sou muita coisa. — Luke abriu os olhos e, virando o rosto, analisou o rosto de Sam. — Fizeram um bom trabalho no seu nariz. Ninguém diria que já foi quebrado. — Espreguiçou-se, depois desceu. — Menos eu, claro. A gente se vê por aí.

Sam abriu e fechou os punhos quando a porta se fechou atrás de Luke. Parecia que seu velho amigo precisava de uma lição mais dura. Um telegrama para Cobb, talvez, pensou Sam, forçando seus músculos furiosos a relaxar. Estava na hora de pressionar mais.

Abriu o punho e analisou a palma macia onde as unhas bem tratadas afundaram.

Muito mais, decidiu ele.

◆ ◆ ◆

— Estou dizendo, é perfeito. — Roxanne estava zangada. A reunião entre as apresentações na cabine de seu pai não estava correndo de acordo com seus planos. — Uma mulher que usa pedras como aquelas de tarde deve ter um monte delas. E uma mulher que se casa com um cretino feito o Sam merece perdê-las.

— Pode ser. — Max juntou os dedos e tentou se concentrar. — É arriscado roubar de alguém que você conhece e que conhece você, ainda mais em uma situação tão peculiar como esta.

— Nós podemos — insistiu ela. — LeClerc, se eu conseguir fotos e descrições detalhadas de algumas das melhores joias, quanto tempo levaria para seu contato fazer réplicas?

— Uma semana, talvez duas.

Ela resmungou.

— E se você pressionasse.

Ele começou a considerar.

— Se nós adoçarmos um pouco o pedido, quatro ou cinco dias. Mas isso, é claro, não leva em consideração o tempo de entrega.

— É para isso que serve FedEx. Nós trocamos. — Ela voltou para o pai. — Na última noite do cruzeiro. Até Justine chegar em casa e perceber a diferença, já estaremos limpos. — Ela esperou impacientemente por uma resposta. — Pai?

— O quê? — Ele voltou em um susto, por um momento sendo tomado pelo pânico enquanto tentava encontrar o fio da conversa. — Não temos tempo suficiente para planejar de forma adequada.

Como poderia planejar se mal conseguia pensar? Suor frio começara a escorrer pelas suas costas. Todos estavam olhando para ele, encarando-o. Imaginando.

— A resposta é não. — A afirmação saiu enquanto ele se colocava de pé. Queria que eles saíssem, todos eles, não conseguia suportar ver a pena e a curiosidade estampadas em seus rostos. — Ponto final.

— Mas...

— Ponto final. — Ele gritou, fazendo com que Roxanne piscasse e Lily mordesse o lábio inferior. — Eu ainda mando aqui, mocinha. Quando eu quiser suas sugestões e conselhos, eu peço. Até lá, faça o que eu mandar. Está claro?

— Muito. — O orgulho fez com que ela mantivesse a cabeça erguida, mas seus olhos mostravam choque e mágoa. Ele nunca gritara com ela antes. Nunca. Já tinham discutido, claro, mas sempre cercado por muito amor e respeito. Só conseguia ver fúria no rosto de seu pai. — Se vocês me dão licença, vou dar uma caminhada antes do show.

Luke se levantou devagar enquanto ela saía e fechava a porta.

— Eu tenho de concordar com você sobre as razões para rejeitar esse serviço, Max, mas você não acha que foi um pouco duro com ela?

Max o atacou, seu humor tão afiado quanto uma espada.

— Eu não preciso da sua opinião sobre como tratar a minha própria filha. Você pode até dormir com ela, mas eu sou o pai dela. Minha generosidade com você durante todos esses anos não lhe dá o direito de interferir nos assuntos de família.

— Max. — Lily estendeu a mão para tocar o braço dele, mas Luke já estava balançando a cabeça.

— Tudo bem, Lily. Acho que eu também vou dar uma caminhada.

◆ ◆ ◆ ◆

O MAR ESTAVA SALPICADO PELA luz das estrelas. Segurando com força na grade, Roxanne olhava essa paisagem. Atrás de seus olhos a cabeça doía, resultado direto da recusa em deixar as lágrimas que estavam ali brotarem em seus olhos. Não iria choramingar feito uma criança porque seu pai lhe deu uma bronca.

Escutou os passos atrás de si e se virou ansiosa. Mas não era Luke. Era Sam.

— Encantador — disse ele, pegando as pontas do cabelo dela que voavam. — Uma linda mulher sob a luz das estrelas, com o mar ao fundo.

— Perdeu a esposa? — Ela olhou deliberadamente para trás dele antes de arquear uma sobrancelha. — Acho que não estou vendo ela por aqui.

— Justine não é o tipo de mulher que precisa ficar no pé do homem. — Deu um passo à frente, encurralando-a entre seus braços ao segurar na grade. Um rápido lampejo de luxúria passou pelo corpo dele. Ela era linda, e pertencia a outra pessoa. Não precisava de nada mais para cobiçá-la. — Ela é atraente, inteligente, rica e ambiciosa. Em alguns anos, será uma excelente anfitriã em Washington.

— Imagino como você deve tê-la seduzido com todos esses elogios românticos.

— Algumas mulheres preferem uma abordagem mais direta. — Inclinou-se sobre ela, só parando quando Roxanne levantou a mão e o empurrou.

— Não sou sua esposa, Sam, mas também gosto de uma abordagem mais direta. Que tal isso? Eu o acho revoltante, patético e óbvio. Como um gambá morto na beira da estrada. — Isso foi dito da forma mais agradável possível, com o mais simpático dos sorrisos no rosto. — Agora, por que você não vai embora antes que eu precise insultá-lo?

— Você vai se arrepender por isso. — O tom de voz dele também era moderado, para não chamar a atenção das pessoas que passeavam pelo deque. Mas os olhos dele pareciam gelo. — Muito, muito mesmo.

— Não vejo como, já que eu curti tremendamente cada palavra. — O olhar dela era tão gelado quanto o dele, mas com uma chama de calor que ameaçava irromper. — Agora, por favor, saia do meu caminho.

Com a raiva dominando a discrição, ele agarrou os braços dela e a puxou de volta.

— Eu ainda não acabei.

— Eu acho... — Ela parou, empurrando Sam de forma que pudesse se colocar entre ele e Luke. — Não. — Ela segurou Luke pela lapela e falou entre dentes cerrados

— Entre, Roxanne. — Ele encarou Sam por cima da cabeça de Roxanne. Se os olhos fossem armas, Sam já teria tido uma morte dolorosa.

— Não. — Ela viu o ódio nos olhos dele. Se ela se afastasse era mais do que provável que Sam acabasse no mar. Por mais atraente que fosse a ideia, não podia permitir que Luke fosse responsável. — Temos um show daqui a poucos minutos. Você não vai conseguir fazer o que tem de fazer se quebrar a mão dando um soco na cara dele. — Ela lançou um olhar furioso sobre o ombro. — Saia daqui ou eu juro que solto o casaco dele.

— Tudo bem. Eu não ia querer criar uma cena aqui. Teremos outras oportunidades. — Ele assentiu para Luke. — Em outro lugar.

Roxanne continuou segurando firme até ver que Sam entrara.

— Que droga, Luke — disse ela baixinho.

— Você fala isso pra mim? — A raiva dele ainda fervia como a lava de um vulcão, mas só conseguiu encará-la e repetir: — Pra mim?

— É. Você se deu conta da confusão que quase causou? — Toda a fúria que ela vinha sentindo desde que batera a porta da cabine de seu pai foi colocada para fora, atingindo Luke em cheio. — Como nós íamos explicar para o Jack ou para o comandante por que você bateu em um passageiro e jogou o corpo dele inconsciente no mar?

— Ele estava tocando em você. Droga, quando eu saí, ele tinha prendido você na grade. Você acha que eu podia ficar parado vendo alguém fazer isso com você?

— Então, o que você é, *sir* Callahan, meu cavaleiro com armadura dourada? Deixe-me falar uma coisa, parceiro. — Ela pressionou o dedo com força contra o peito dele. — Eu sei espantar meus próprios dragões. Não sou uma mulherzinha fraca e chorosa que precisa ser salva. — Pressionou o dedo de novo, sua unha quase o cortando. — Eu posso me virar sozinha. Entendeu?

— Ok. Entendi. — Como achou que entendia, puxou-a para si e a beijou com força até que seus protestos abafados calassem e ela o abraçasse.

— Desculpe. — Virando a cabeça, ela enterrou o rosto no ombro dele. — Isso não tem a nada a ver com aquele idiota, nem com você.

— Eu sei. — Beijou o cabelo dela. Também sentira o golpe do chicote de Max, uma dor infinitamente mais forte do que qualquer cinto que Cobb tenha levantado.

— Ele me magoou. — A voz dela soou tão fraca que ela pressionou os lábios e tentou soar mais forte. — Ele nunca me magoou assim antes. Não era por causa do serviço, Luke. Não era...

— Eu sei — disse ele de novo. — Não sei explicar, Roxanne, mas talvez ele esteja com alguma outra coisa na cabeça, talvez não esteja se sentindo bem, talvez sejam mil coisas. Ele nunca brigou com você daquela forma. Não fique com raiva dele.

— Você está certo. — Ela suspirou e se afastou. — Estou tendo uma reação exagerada. — Gentilmente, acariciou o rosto dele. — E eu descontei em você só porque estava dando uma de *macho man*. Você bateria nele por minha causa, amor?

Sorriu, aliviado por ela ter se recuperado o suficiente para brincar.

— Pode apostar, boneca. Eu teria massacrado ele.

Ela estremeceu de leve e levantou os lábios.

— Ah, adoro ser beijada por um cara durão.

— Então, você vai se dar bem com essa história.

♦ ♦ ♦ ♦

Foi um dos caminhos mais difíceis que Max já percorrera, aquele corredor estreito acarpetado que ia da sua cabine para a de Luke. Sabia que sua filha estava lá, junto com o homem que ele considerava seu filho. Levantou a mão para bater na porta, abaixou de novo. Seus dedos estavam doendo hoje, uma dor que ia até os ossos. Bateu-os com força na porta como se para punir a si mesmo.

Luke atendeu à porta. Na mesma hora, sentiu aquele constrangimento que se mostrava na forma de uma cortesia dormente.

— Max? Está precisando de alguma coisa?

— Eu gostaria de entrar por um instante, se não se importar.

Luke hesitou. Estava grato porque, pelo menos, ele e Roxanne ainda estavam totalmente vestidos.

— Claro. Gostaria de beber alguma coisa?

— Não, nada. Obrigado. — Ficou parado miseravelmente na frente da porta, os olhos fixos na filha. — Roxanne.

— Pai.

Ficaram parados por mais um momento, congelados em um triângulo. Três pessoas que tinham compartilhado tantos momentos íntimos. Todos os discursos que Max preparara evaporaram de sua cabeça.

— Sinto muito, Roxy. — Foi tudo que ele conseguiu dizer. — O que eu fiz não tem desculpa.

A tensão sumiu dos ombros dela.

— Tudo bem. — Por ele, ela podia até deixar o orgulho de lado. E foi o que ela fez agora ao estender as mãos e ir até ele. — Acho que eu estava enchendo o saco.

— Não. — Humilhado pelo fácil perdão que recebeu, levou as mãos dela à boca. — Você estava defendendo o seu caso, como sempre esperei que fizesse. Eu não fui justo nem generoso. — O sorriso dele hesitou um pouco ao fitá-la. — Se serve de consolação, foi a primeira vez em vinte anos que Lily levantou a voz para mim e chegou a me xingar.

— Mesmo? De quê?

— Imbecil foi um dos xingamentos, acho.

Roxanne balançou a cabeça.

— Vou ter que ensinar uns melhores para ela. — Deu um beijo no pai e sorriu de novo. — Você vai fazer as pazes com ela?

— Achei que eu teria mais chance se fizesse as pazes com você primeiro.

— Bem, já fez.

— Com vocês dois — murmurou Max e olhou para Luke.

— Entendi. — Embora não tivesse certeza se realmente entendia, Roxanne compreendeu que aquilo era necessário. — Tudo bem, então, por que não vou limpar a sua barra com Lily? — Ela tocou no braço de Luke ao passar por ele, depois os deixou sozinhos.

— Preciso dizer umas coisas. — Max levantou as mãos em um raro gesto de impotência. — Acho que vou aceitar aquele drinque.

— Claro. — Luke abriu a última gaveta da cômoda e tirou uma garrafa de conhaque. — Só não tenho copo de conhaque.

— Posso tomar assim mesmo se você também tomar.

Assentindo, Luke serviu três dedos de conhaque em copos de água.

— Você precisa falar algumas coisas sobre mim e Roxanne — começou Luke. — Eu já estava me perguntando por que você ainda não tinha tocado no assunto.

— É difícil admitir, mas eu não sabia como. O que eu disse hoje de tarde...

— Você estava nervoso com a Rox — interrompeu Luke. — Não comigo.

— Luke. — Max colocou a mão no braço do rapaz. Seus olhos estavam cheios de arrependimento e súplica. — Não feche a porta na minha cara. Eu estava com raiva, mas na hora da raiva, ao contrário do que dizem os ditos populares, nem sempre dizemos a verdade. Eu quis ferir porque estava ferido. E estou envergonhado por isso.

— Esqueça isso. — Pouco à vontade, Luke deixou o conhaque e se levantou. — Foi um momento de fúria, só isso.

— E você acredita mais no que eu falei no momento de fúria do que o que eu falei e fiz todos esses anos?

Luke olhou para ele, e seus olhos eram de novo daquele garoto afobado e selvagem.

— Você me deu tudo que eu já tive na minha vida. Não me deve mais nada.

— Uma pena as pessoas não perceberem o poder que as palavras possuem. Deveriam usá-las com mais respeito. É mais fácil para Roxanne perdoar porque ela nunca duvidou do meu amor. Eu esperava que você nunca tivesse duvidado também. — Max deixou seu conhaque, intocado, ao lado do de Luke. — Você é o filho que eu e Lily não pudemos ter juntos. Você consegue entender que durante muito tempo eu nem lembrava que você não era meu filho de verdade? E quando eu lembrava não me importava.

Por um momento, Luke não disse nada. Não conseguiu dizer nada.

Então, sentou-se na beirada da cama.

— Eu entendo. Porque teve vezes que eu mesmo me esquecia.

— E, talvez porque essas linhas estivessem borradas no meu coração, eu tenha achado tão difícil aceitar o que existe entre você e a minha filha.

Luke deu uma gargalhada seca.

— Eu passei por maus momentos, tanto que quase a perdi. — Levantou a cabeça. — Mas eu não poderia perdê-la, Max, nem mesmo por você.

— Você não a teria perdido. — Compreendia seus dois filhos. Colocou a mão no ombro de Luke, apertando com os dedos doloridos. — Lição grátis — murmurou ele e viu Luke sorrir. — Amor e mágica têm muito em comum. Eles enriquecem a alma, alegram o coração. E ambos exigem prática incansável e constante.

— Vou me lembrar disso.

— Lembre-se mesmo. — Max estava indo na direção da porta, mas parou quando uma coisa passou pela sua cabeça. — Eu gostaria de ter netos — disse, e Luke ficou boquiaberto. — Eu ia gostar muito mesmo.

Capítulo Vinte e Um

♦ ♦ ♦ ♦

SAM ESTAVA UM TANTO satisfeito com o progresso dos seus planos. Era um membro altamente respeitável da comunidade, uma força reconhecida em Washington. Como braço direito do senador, tinha seu próprio escritório, um baluarte de masculinidade decorado modestamente com poltronas de couro e cores neutras. Tinha sua própria secretária, uma sagaz veterana política que sabia exatamente para quem ligar para obter informações.

Embora preferisse um veloz carro importado, Sam pensava no futuro e por isso dirigia um Chrysler. O número de nacionalistas clamando que devemos comprar produtos americanos estava crescendo. Ele tinha planos de se tornar o filho preferido dos Estados Unidos.

De acordo com sua programação, discretamente tomaria o lugar do senador em seis anos. A base já estava construída. Os anos de dedicação ao serviço público, os contatos em Washington, no mundo corporativo e nas ruas.

Analisando as vantagens, Sam quase decidira tentar a sorte nas eleições mais próximas. Mas a paciência venceu. Sabia que sua juventude seria um fator contra ele, e um bom número de sentimentalistas teria interpretado o passo como deslealdade ao velho Bushfield.

Então, resolveu esperar a sua hora e deu os passos seguintes friamente visando os anos 1990. Fez a corte e se casou com Justine Spring, rica herdeira de uma loja de departamentos com aparência elegante e linhagem impecável. Ela fazia doações para as obras de caridade certas, era capaz de organizar um jantar para cinquenta pessoas tranquilamente e, ainda por cima, saía linda nas fotos.

Quando Sam colocou o anel no dedo dela, sabia que estava dando um passo importante. O povo americano preferia que seus líderes fossem casados. No momento adequado, ele se candidataria a uma cadeira no Senado sendo o dedicado pai de um filho, e Justine estaria grávida do segundo e último.

Ele se considerava um Kennedy moderno — não como político, naturalmente. Estavam no período de Reagan. Mas a juventude, a beleza, a linda esposa e encantadora família.

Daria certo porque ele sabia jogar o jogo. Estava subindo os degraus até o Salão Oval com passos lentos e calculados, e já estava na metade do caminho.

No mundo de Sam, só havia um incômodo fracasso. Os Nouvelle. Eles eram uma pendência que levava a perguntas não respondidas. Queria vingança por motivos pessoais, mas precisava disso por motivos profissionais que considerava imprescindíveis. Era importante enfraquecê-los, esmagá-los, pois, se resolvessem contar qualquer verdade malévola sobre seu caráter, ninguém acreditaria.

Tivera muito tempo para observá-los de perto durante o cruzeiro de sua lua de mel. Agora, confortavelmente hospedado no suntuoso Helmsley Palace em Nova York, esperando as comemorações para o centésimo aniversário da Estátua da Liberdade, tinha tempo para analisar suas impressões.

O velho parecia cansado. Sam se lembrava dos movimentos rapidíssimos daquelas mãos uma década atrás e acreditava que Max estava perdendo o ritmo. Isso era tão interessante quanto o fato de que o envelhecido mágico estava gastando seu tempo à procura de uma pedra mística.

Sam escreveu *pedra filosofal* no elegante bloco do hotel e circulou. Pediria para um de seus assistentes investigar essa pedra.

Tinha Lily, tão pegajosa e cafona como sempre. E inocente, pensou Sam, com um sorriso que mostrava todos os dentes. Fora esperto ao se aproximar dela um dia no deque, e, quando se afastou, ela já estava dando tapinhas em sua mão e dizendo o quanto estava feliz por ele estar fazendo algo bom na vida.

E Roxanne. Ah, Roxanne. Se mágica existia, estava ali. Que feitiço transformou a garota magrela de cabelos rebeldes em uma mulher deslumbrante? Uma pena não ter tido chance de se aproximar dela antes de Justine. Teria curtido seduzi-la, usá-la de uma forma que deixaria sua linda e morna esposa chocada e enojada.

Mas, por mais atraente que fosse esse prospecto, teria de dar passos cuidadosos ali. O incidente no navio quase criou uma cena em que uma pessoa pública — casada — não podia se dar ao luxo de participar.

O que o levava a Luke. Sempre Luke. Ele era a chave para os Nouvelle. Sam poderia se livrar de LeClerc e Mouse com tanta insensibilidade quanto se livraria de empregados. Eles não eram nada. Mas Luke era o eixo.

Destruí-lo causaria um dano irreversível na vida dos Nouvelle. E seria uma vitória pessoal tão doce.

Os negócios com Cobb não estavam progredindo como Sam esperara. Apenas muitos anos depois de deixar Nova Orleans, ele conseguiu chegar a uma posição em que pôde contratar detetives para investigar o passado de Luke.

Custara caro, mas Sam considerava um investimento no futuro e um pagamento pelo passado. Localizar a prostituta drogada que era mãe de Luke fora um golpe de sorte. Mas Cobb foi moleza.

Sam fechou os olhos e viajou mentalmente da elegante suíte do Helmsley para um bar úmido na beira da praia.

O ar fedia a peixe, urina, uísque e tabaco baratos consumidos pelos clientes. Bolas de sinuca batiam umas contra as outras por todo lado, e os homens que jogavam olhavam mal-humorados para a mesa enquanto esfregavam giz nos tacos.

Uma única prostituta estava sentada nos fundos do bar com olhos cruéis e preferência pelo uísque Four Roses enquanto esperava para poder cumprir seu ofício. Os olhos dela examinaram Sam quando ele se sentou no canto, ficaram ali um momento e depois seguiram em frente.

Ele escolhera as sombras. Usava um chapéu e um pesado casaco para disfarçar sua aparência. Estava bem frio no bar com um vento de final de inverno fazendo a neve bater nas janelas. Mas um leve suor de antecipação fazia a pele de Sam brilhar.

Observou Cobb entrar. Viu quando puxou seu cinto com uma pesada fivela para cima antes de dar uma olhada no lugar. Quando viu a pessoa no canto, assentiu e caminhou de uma forma que Sam julgou ser indiferença pelo bar. Levou um copo de uísque para a mesa.

— Você tem algum assunto para tratar comigo? — O tom de voz grosseiro foi emitido antes do primeiro gole da bebida.

— Tenho uma oferta de negócios.

Cobb deu de ombros e tentou parecer entediado.

— E daí?

— Acho que você conhece um conhecido meu. — Sam nem tocara no próprio copo. Notara, com um certo nojo, que não estava muito limpo. — Luke Callahan.

Os olhos de Cobb demonstraram surpresa antes de se estreitarem.

— Não posso dizer que conheço.

— Não vamos complicar um assunto simples. Você comeu a mãe de Callahan durante anos. Morou com eles quando ele era garoto, uma espécie de padrasto não oficial. Naquela época, você estava começando a se considerar cafetão e se metendo com pornografia, com ênfase em crianças e adolescentes.

O rosto de Cobb corou tanto que a teia de capilares se acendeu como tochas.

— Eu não sei o que aquele desgraçado ingrato disse para você, mas eu tratava ele bem. Botava comida na mesa, não botava? Ensinei o que era o quê.

— Você deixou uma marca nele, Cobb. Eu mesmo vi. — Sam sorriu, e Cobb viu os dentes brancos.

— O garoto precisava de disciplina. — O uísque estava coalhando na barriga nervosa de Cobb. Ele tomou mais para se juntar. — Eu vi ele na televisão. Figurão agora. Mas não pagou nada pra mim nem pra velha dele por todos os anos que sustentamos ele.

Sam escutou exatamente o que esperava escutar: ressentimento, amargura e inveja.

— Você acha que ele lhe deve alguma coisa?

— Claro que deve. — Cobb se debruçou na mesa, mas não conseguiu mais do que uma vaga impressão do rosto de Sam através da fumaça e das sombras. — Se ele mandou você aqui pra me...

— Ninguém me mandou. Callahan também me deve. Você pode me ser útil. — Sam colocou a mão no bolso e tirou um envelope. Após uma rápida espiada em volta, Cobb pegou. Os enormes polegares folhearam quinhentos dólares em notas bem gastas de vinte.

— O que você quer em troca?

— Indenização. É isso que quero que você faça.

Então, Sam mandou seu cachorrinho para Nova Orleans.

A chantagem não foi tão eficiente quanto ele esperara, pensou Sam. Os trinta ou quarenta mil por ano eram pagos sem reclamação. Como Sam providenciara para que soubesse exatamente quanto Luke declarava todo ano em seu imposto de renda, aumentaria a quantia. Haveria um cartão-postal em branco esperando por Luke quando voltasse a Nova Orleans. Desta vez, o número seria dez mil.

Sam calculava que alguns meses com esses cartões-postais enxugariam a poupança de Luke. Em pouco tempo, ia secar.

◆ ◆ ◆ ◆

*F*ICOU FURIOSO. LUKE amassou o quadrado branco e jogou do outro lado da sala. Isso o assustava.

Dez mil dólares. Não era o dinheiro em si. Tinha o suficiente para isso e poderia conseguir mais facilmente. Era a percepção de que Cobb nunca o deixaria em paz e que estava ficando cada vez mais ganancioso.

Da próxima vez, poderia ser vinte mil ou trinta.

Deixe o maldito procurar a imprensa, pensou. Os tabloides vão ter um dia fértil.

INFÂNCIA SECRETA DE MESTRE DA MAGIA

E daí?

A VIDA DE PROSTITUTO DE MÁGICO ESCAPISTA

Quem se importa?

O TERRÍVEL TRIÂNGULO DOS NOUVELLE
Romance do mágico com o seu mentor e com a filha dele

Ah, Deus. Luke esfregou as mãos no rosto e tentou pensar. Tinha direito à sua vida, droga. Uma vida que ele mesmo construiu, tijolo por tijolo, desde que fugira daquele apartamento que fedia a gim com as costas gritando de dor e aterrorizado por não saber o que eles podiam ter feito com ele depois que desmaiou.

Não aguentaria, não poderia aguentar que a vida da qual ele fugiu fosse revirada e esfregada na sua cara. Não queria ver a lama respingando nas únicas pessoas que amou na vida. Ainda assim. Ainda assim, estava perdendo um pouco de si mesmo cada vez que respondia àqueles cartões-postais como um macaco adestrado.

Havia uma alternativa que não considerara ainda. Luke pegou uma xícara de chá, estudando com atenção o delicado desenho de violetas na porcelana creme. Uma alternativa com a qual sonhara certamente, mas nunca considerara realmente colocar em prática.

Poderia ir até Maine e atrair Cobb para fora de seu antro. Depois, poderia fazer o que desejou fazer cada uma das vezes em que o cinto cortou sua carne. Poderia matá-lo.

A xícara quebrou na sua mão, mas Luke não se assustou. Continuou olhando enquanto a imagem se tornava mais real na sua mente, e o sangue jorrava pela sua mão como um sorriso.

Poderia matar.

As batidas na porta o trouxeram de volta. O pensamento ainda rodava na sua mente como as luzes coloridas de uma sirene quando abriu a porta.

— Oi! — O cabelo de Roxanne pingava nos olhos dela. A camiseta estava grudada em seu corpo. Levantou o rosto e deu um beijo na boca de Luke, espalhando o cheiro de chuva de verão. — Achei que você gostaria de um piquenique.

— Piquenique? — Ele se esforçou para se esquecer da violência e sorrir para ela. Olhou pela janela para a tempestade que caía lá fora enquanto fechava a porta.

— Acho que esse tempo reduz as nossas alternativas.

— Asas de frango fritas — disse ela, levantando uma caixa de papelão.

— Ah, é?

— Daquelas bem gordurosas, e um grande pote da salada de batata do LeClerc que eu roubei da geladeira e um excelente Bordeaux branco.

— Parece que você pensou em tudo, menos na sobremesa.

Ela lançou um olhar de lado para ele enquanto se ajoelhava no tapete.

— Ah, pensei nisso também. Por que não pega duas taças... o que é isso? — Ela pegou um caco de porcelana.

— Eu... quebrei uma xícara.

Quando ele se abaixou para pegar os cacos, ela viu o sangue na mão dele.

— Oh, o que você fez? — Pegou a mão dele, tagarelando o tempo todo enquanto limpava o sangue com a sua blusa.

— É só um arranhão, doutora.

— Não é hora para brincadeira. — Mas ela viu, aliviada, que era apenas um arranhão mesmo e bem superficial. — Suas mãos valem uma fortuna, sabia? Profissionalmente.

Ilusões Honestas 297

Ele deslizou um dedo pelo vale dos seios dela.

— Profissionalmente?

— É. Mas eu tenho um interesse pessoal nelas também. — Depois de mordiscar o lábio dele, ela se sentou em cima dos tornozelos, estrategicamente recuando.

— Que tal aquelas taças... e um saca-rolha?

Pronto para obedecer, ele se levantou e foi na direção da cozinha.

— Por que você não pega uma camisa seca? Vai molhar a salada de batata.

— Não vou, não. — A camiseta encharcada aterrissou bem atrás dele, molhando o piso. Luke olhou para baixo, depois para Roxanne. Seria um piquenique interessante, pensou. Frango, salada de batata e uma mulher seminua molhada. A tensão que ainda existia se dissolveu em um sorriso.

— Adoro as mulheres práticas.

◆ ◆ ◆ ◆

Estava escuro. As sombras sufocavam e fediam a suor. As paredes eram totalmente fechadas, e o teto era baixo, como a tampa de um caixão.

Não havia porta. Nenhuma fechadura. Nenhuma luz.

Ele sabia que estava nu por causa do calor que queimava sua pele exposta como uma bigorna sendo pressionada por um martelo implacável. Alguma coisa estava subindo nele. Por um terrível momento, temeu que fossem aranhas. Mas era apenas o seu próprio suor escorrendo.

Tentou ficar quieto, bem quietinho, mas o som de sua respiração ofegante soava como um eco oco apesar do espaço limitado.

Eles viriam se ele não ficasse quieto.

Não podia evitar. Não podia evitar que seu coração em pânico retumbasse em seu peito, nem que os sons de terror escapassem de sua garganta.

Suas mãos estavam amarradas. A corda machucava seus pulsos enquanto se contorcia e lutava para se libertar. Ele cheirava a sangue e tinha gosto de lágrimas, e o suor queimava seus pulsos esfolados como uma tocha.

Precisava sair. Precisava. Tinha de haver um jeito de escapar. Mas não havia nenhum alçapão, nenhum mecanismo engenhoso, nenhum painel deslizante esperando para se abrir ao seu toque.

Ele era apenas um garoto, afinal. E era tão difícil pensar. Tão difícil ser forte. O suor congelou tal como minúsculas bolas de gelo quando percebeu que não estava sozinho na caixa. Podia escutar a respiração pesada, excitada se aproximando, podia sentir o fedor do gim.

Uivou como um lobo quando as mãos o agarraram, seu corpo lutando, resistindo, encolhendo-se.

— Você vai fazer o que eu mandar. Vai fazer o que eu mandar, seu bastardo.

O talho feito pelo cinto causou uma dor incandescente em sua carne, tirando sangue e chegando ao osso. E ele gritou, e gritou, e ficou imóvel. Por um momento, seus olhos confusos só viam a escuridão. Sua pele ainda estava tremendo por causa do golpe do cinto quando mãos o agarraram.

Afastou-se com um pulo, punhos cerrados, dentes à mostra. E viu o rosto perplexo de Roxanne.

— Você teve um pesadelo — disse ela calmamente, embora seu coração estivesse batendo com o dobro da velocidade. Ele não parecia são. — Foi um pesadelo, Luke. Já está acordado agora.

A loucura sumiu dos olhos dele antes que os fechasse com um gemido. A pele dele ainda tremia quando ela se atreveu a colocar a mão no seu ombro.

— Você estava se debatendo. Eu não conseguia acordá-lo.

— Desculpe. — Esfregou as mãos no rosto, querendo espantar a náusea.

— Não precisa se desculpar. — Com carinho, ela tirou o cabelo encharcado de suor da testa dele. — Deve ter sido feio.

— É. — Ele pegou a garrafa e derramou um gole de vinho morno em sua boca.

— Quer me contar?

Ele só conseguiu balançar a cabeça. Havia coisas que nunca poderia contar, nem para ela.

— Acabou. — Mas havia um tique no maxilar dele. Roxanne massageou para acalmar o movimento.

— Quer que eu pegue água para você?

— Não. — Agarrou a mão dela antes que ela pudesse levantar, segurando-se a ela como se não pudesse suportar ficar longe dela, mesmo se fosse no cômodo ao lado. — Só fique aqui, ok?

— Ok. — Ela o abraçou.

Esquecera-se de que estavam nus. Ah, a sensação da pele dela na sua foi mágica, fazendo desaparecer o que ainda restava do pesadelo. Carente, ele enterrou o rosto no ombro dela.

— Ainda está chovendo — murmurou ele.

— Hum-hum. — Instintivamente, ela acariciou as costas dele, os dedos dela deslizando de forma indiferente pelas velhas cicatrizes. — Eu gosto do som da chuva e da forma como a luz fica tão suave e o ar, pesado.

Observou a chuva cair, ainda forte e pesada embora os trovões tenham seguido para o oeste. Na varanda, o vaso de gerânios triunfava contra a escuridão.

— Sempre preferi as flores vermelhas. Porém, nunca conseguia descobrir por quê. Até que um dia percebi que era por causa do seu cabelo. Foi quando descobri que eu amava você.

Os dedos dela pararam, pousando imóveis nas costas dele. O coração dela parou por um momento, mas docemente, como acontece quando é de alegria.

— Achei que você nunca fosse me dizer isso. — Com uma gargalhada, ela pressionou os lábios no pescoço dele. — Já estava até pensando em procurar a Madame e pedir uma poção.

— Eu só preciso da sua mágica. — Puxou o rosto dela até o seu. — Eu tinha medo de dizer. Essas três palavras têm um encantamento que libera todos os tipos de complicações.

— Tarde demais. — Cobriu os lábios dele com os seus. — O feitiço já foi lançado. Aqui. — Levantou as mãos com as palmas para a frente, esperando que ele encostasse as dele ali. — Eu também amo você. Nada pode mudar isso. Nenhuma bruxaria, nenhum encantamento, nenhum truque.

Lentamente, ele entrelaçou seus dedos nos dela, de forma que as palmas abertas se transformaram em punhos unidos.

— De todas as ilusões, você é a única verdade de que preciso.

Naquele momento, ele soube que pagaria Cobb, que dançaria com o diabo para mantê-la a salvo, para não estragar o que tinham.

Ela viu o brilho nos olhos dele, como um relâmpago cortando o céu carregado. Os dedos dele apertaram os seus.

— Eu preciso de você, Roxanne. — Soltou as mãos dela para puxá-la para mais perto e deitá-la no tapete. — Agora. Meu Deus, agora.

A força desse desejo se alastrava como fogo pela floresta, passando dele para ela, fazendo o sangue ferver. O desespero dele as jogou no tapete, inflamando as centelhas do desejo dela e as aumentando até se tornarem chamas, cada vez mais fortes até formarem um incêndio.

As mãos dele estavam em todos os lugares, raios que passavam sobre a carne dela aumentando em cem vezes sua pulsação. O amor que fizeram naquela tarde, divertido, carinhoso, se apagou como a lua com a chegada do sol.

Ele pegou as mãos dela, segurando os braços esticados para o lado enquanto sua boca explorava todo o corpo dela. Os dentes dele arranhavam, mordiscavam, satisfazendo a repentina fome pelo gosto da carne. As mãos dela flexionaram uma, duas vezes sob as dele, até seu corpo absorver vorazmente a sensação de ser tomada, possuída. Devorada.

Desejar e ser desejada assim. Ela não conseguia explicar, não conseguia descrever. Só podia agradecer a Deus. Quando ele a levou cada vez mais alto, até aquele calor que cega, o prazer foi tão intenso que ela sentiu sua alma vibrar.

Mais, era só nisso que ela conseguia pensar.

Soltou as próprias mãos para passar pelo corpo dele, com rapidez e volúpia. Com movimentos cada vez mais rápidos, quase alucinados, ela rolou para ficar em cima dele, carne quente e molhada sobre carne, boca faminta encontrando boca como o confronto de espadas afiadas e perigosas.

O poder cresceu dentro dela, espalhou-se pelo seu sangue, parecendo faiscar pela ponta de seus dedos enquanto sentia os músculos dele tremerem e flexionarem ao seu toque. Ele ensinara a ela a mágica, em todas as suas variedades. Agora, naquele momento, a aluna se tornou a mestra.

Ele gemeu, aturdido com a surpresa e força do ataque. A resposta dela foi uma gargalhada, baixa, ofegante e devastadora. Poderia jurar que sentiu cheiro de fumaça misturado com aquele perfume provocante de flores selvagens.

— Roxanne. — O nome dela saía trêmulo pelos lábios dele entre respirações arfadas. — Agora, pelo amor de Deus.

— Não. — Ela riu de novo, afundando a cabeça. — Ainda não, Callahan. Ainda não terminei. — Brincou com o mamilo dele, depois desceu, passando pelas costelas até o abdômen, até que ele explodisse.

O desejo dele era como uma fera enjaulada, mordendo e lutando por sua liberdade. Mas era ela quem estava segurando as rédeas, atormentado-o, prometendo, e não permitindo que ele chegasse à explosão final que o libertaria.

— Você está me matando — ele conseguiu dizer.

Ela deslizou a língua pelo corpo dele.

— Eu sei.

Saber do desejo dele a deixou eufórica. Embriagada com o poder, ela o levou quase até a tênue linha que lhe traria alívio; então recuou. Como uma feiticeira, continuou brincando com o corpo dele.

— Quero que me diga de novo. — Os olhos dela estavam abertos e brilhavam. — Agora, quero que me diga agora, quando seu desejo por mim é tão forte que parece que vai lhe dilacerar por dentro. Diga agora.

— Eu amo você. — Segurou os quadris dela com mãos pouco firmes quando ela montou nele.

— Palavras mágicas — murmurou ela e levantou o corpo para que ele a penetrasse.

Quando ele a completou e quando os seus músculos pulsantes se contraíram para recebê-lo, ela jogou a cabeça para trás ao sentir o puro prazer do ato. Seu coração pulsou uma dúzia de vezes enquanto ela o segurou dentro de si, o corpo arqueado para trás e imóvel como uma estátua.

Nunca se esqueceria da aparência dela naquele momento, a pele no tom mais claro de dourado e com o suor cintilando, os lábios cheios e entreabertos, os olhos fechados, o cabelo caído para trás como fogo.

Então o corpo dela estremeceu, sendo levado por um orgasmo intenso e rápido. Um gemido lento e sinuoso escapou dos lábios dela, mas ela não se mexeu. Então, os lábios se curvaram, as pálpebras se abriram e revelaram olhos mais intensos, mais bonitos do que qualquer esmeralda que ele pudesse cobiçar.

Ela pegou as mãos dele, entrelaçou os dedos e galopou como uma mulher possuída.

Quando, finalmente, não havia mais o que dar, nem receber, o corpo dela caiu sobre o dele, como água. A chuva tinha parado. Uma fraca luz do sol entrava misticamente pela sala. Ele acariciou o cabelo dela.

— Venha morar comigo — disse ele.

Ela usou a força que ainda lhe restava para levantar a cabeça e arquear uma sobrancelha.

— As minhas malas já estão prontas.

Ele sorriu e deu um leve beliscão no bumbum dela.

— Como você podia saber?

— Sabendo. — Ela lhe deu um beijo. — Só quero saber de uma coisa.

— O quê?

— Quem vai cozinhar?

— Ah. — Ele deslizou o dedo pelas costelas dela, procurando uma saída infalível. — Eu queimo tudo.

Roxanne não tinha nascido ontem.

— Eu também.

Havia um caminho mais fácil, decidiu ele.

— O French Quarter está cheio de restaurantes.

— Verdade. — O sorriso dela se abriu. — Não temos sorte?

Aninhou-se nos braços dele. Enquanto estavam ali deitados sob a fraca luz do sol, parecia que o maior dos problemas que poderiam enfrentar seria o apetite.

Capítulo Vinte e Dois

◆ ◆ ◆ ◆

FOI TÃO FÁCIL QUANTO TIRAR um coelho da cartola. Afinal, eles moraram juntos durante anos. Um conhecia os hábitos do outro, defeitos, excentricidades.

Ela acordava ao amanhecer. Ele puxava as cobertas sobre a cabeça. Ele tomava banhos intermináveis que acabavam com a água quente; ela lia romances na banheira, onde ficava submersa entre bolhas até a água esfriar.

Ele gostava de malhar levantando peso na sala de estar; ela preferia a estrutura de frequentar uma aula três vezes por semana.

O aparelho de som gritava com rock'n'roll quando Luke estava com o controle remoto e ecoava blues quando Roxanne comandava.

Eles tinham muita coisa em comum. Nenhum dos dois pensaria em reclamar da necessidade de ensaiar um único número uma vez atrás da outra. Ambos adoravam culinária cajun, filmes da década de 1940 e longas caminhadas pelo French Quarter.

E ambos gritavam quando discutiam.

Eles gritaram muito nas últimas semanas. Os dois estavam desenvolvendo essa arte. O atrito fazia parte do relacionamento deles, assim como respirar, e ambos sentiriam falta se não houvesse.

Quando agosto chegou a Nova Orleans, aproximando-se do abençoado alívio do outono, eles brigavam e faziam as pazes, resmungavam, repreendiam e, regularmente, levavam o outro à beira da frustração e da gargalhada.

No aniversário dela, ele lhe deu uma varinha de cristal, uma longa vara de ametista envolta por fios de prata e cravejada de cabochões de rubi, citrino e topázios de um tom intenso de azul. Ela colocou em uma mesa perto da janela para que o sol batesse nela todos os dias e irradiasse a sua mágica pelo ar.

Estavam perdidamente apaixonados e compartilhavam tudo. Tudo, menos o segredo que Luke pagava todo mês com um cheque de dez mil dólares.

$\mathcal{M}$AX CONVOCARA A reunião, mas não estava com pressa para começar. Bebericava o café quente, com sabor de chicória, que LeClerc preparara, e não se apressou. Era uma sensação boa estar com a família reunida ao seu redor de novo. Não tinha se dado conta do golpe que fora Luke e Roxanne não estarem mais morando embaixo do mesmo teto que ele. Embora eles morassem bem perto, a perda doera como uma facada.

Sentia que estava perdendo muita coisa em um curto espaço de tempo. Seus filhos, que não eram mais crianças, suas mãos, com seus dedos duros que com frequência pareciam ser de um estranho.

Até seus pensamentos, e isso era o que mais o assustava. Era muito comum eles se afastarem dele, pairando bem ao seu alcance, de modo que ele se interromperia, tentando desesperadamente capturá-los.

Dizia para si mesmo que era porque tinha muita coisa na mente. Foi por isso que pegou o caminho errado quando estava indo ao French Market e acabara perdido e desorientado na cidade onde morou a maior parte de sua vida. Era por isso que estava se esquecendo de coisas. Como do nome do seu corretor na Bolsa. Ou do armário onde LeClerc guardava as canecas de café há anos.

Mas hoje, com todos eles à sua volta, se sentia mais forte, mais seguro. A voz dele não refletia nenhuma de suas dúvidas ao marcar a reunião.

— Acho que tenho algo que vai interessá-los — começou ele quando todos ficaram em silêncio. — Uma coleção particular de joias... — Percebeu que o olhar de Roxanne procurou o de Luke. — Tenho um interesse específico pelas joias de safira dessa coleção. A dona parece ter um carinho por essa pedra, e seu porta-joias, que é extenso, reflete isso. Não posso me esquecer também de uma gargantilha de pérolas e diamante um tanto elegante. Naturalmente, isso é apenas parte da coleção, mas acredito que seja suficiente para as nossas necessidades.

— Quantas peças? — Roxanne pegou uma caderneta na bolsa e se preparou para anotar as informações no seu complexo código. Max abriu um sorriso cheio de orgulho da filha prática e precisa.

— De safira, são dez. — Max juntou os dedos. Estranho, agora que o jogo começara, eles não estavam mais doendo. — Dois colares, três pares de brincos, um bracelete, dois anéis, um broche e um pingente. O seguro dessas peças é de meio milhão. A gargantilha está avaliada em noventa mil, mas eu acredito que seja um pouco demais. Oitenta mil seria uma estimativa mais razoável.

Luke aceitou um biscoito do prato que Lily estava oferecendo.

— Temos alguma imagem?

— Naturalmente. Jean?

LeClerc pegou o controle remoto e apontou para a televisão. O aparelho ligou e, então, o videocassete ganhou vida.

— Transferi fotografias para uma fita de vídeo. — Quando a primeira imagem apareceu, ele acendeu um fósforo e o colocou no fornilho de seu cachimbo, sugando. — Gosto desses novos brinquedos. Este colar — continuou ele — tem um design conservador, talvez até pouco imaginativo. Mas as pedras em si são boas. São dez grandes safiras formando uma centáurea azul. Peso total, vinte e cinco quilates. Os diamantes são de ótima qualidade com lapidação em baguete com peso total aproximado de oito ponto dois quilates.

Mas foi a fotografia seguinte, o pingente, que chamou a atenção de Roxanne. Soltando um som de surpresa, ela fitou a tela, depois o pai.

— Justine Wyatt. Se esse não é o mesmo pingente que a vi usando no navio no último verão, não me chamo Roxanne Nouvelle.

— Você nunca erraria, minha cara — disse Max. — É exatamente a mesma peça.

O sorriso veio primeiro, ampliou para um riso e terminou com uma gargalhada muito bem-humorada.

— Então nós vamos fazer, afinal. Por que não me disse?

— Queria que fosse uma surpresa. — Ele se empavonou, feliz com a reação dela. — Considere isso como um tipo de presente de Natal antecipado, embora estará mais perto da Páscoa quando estivermos com tudo pronto. — Apontou para a televisão. — Mostre a próxima, Jean. Podemos voltar a essa depois. As fotos foram copiadas do arquivo do seguro. A nossa contribuição deve ser mais divertida.

As imagens foram passadas rapidamente até chegarem em vídeos a bordo do *Yankee Princess*.

— Vídeos caseiros. — Mouse sorriu com a boca cheia de biscoito. — Eu mesmo fiz.

— Temos um Spielberg entre nós — parabenizou Max.

De fato, o vídeo era claro como cristal, a imagem firme como uma rocha, o som perfeito. Os zooms e imagens mais abertas fluíam juntos sem as sacudidelas de um amador.

— Ah, olhe. Ali está a sra. Woolburger. Lembra, Max, ela se sentava na primeira fila em todos os shows.

— E ali está Dori. — Roxanne se inclinou para a frente, colocando os cotovelos sobre as coxas. — E... ah. — Corou quando as lentes de Mouse deram um zoom na grade do navio, onde ela e Luke davam um longo beijo.

Era estranho e excitante ver a si mesma com os dedos no cabelo de Luke, ver a forma como ele virava a cabeça para que seus lábios cobrissem melhor os dela.

— Esta é a cena de amor — disse Mouse com um enorme sorriso. — Todo bom filme tem uma.

— Volta essa parte. — Luke apertou o ombro de Roxanne com os dedos.

Roxanne pegou o controle antes que LeClerc pudesse obedecer.

— Ah, voltamos aos protagonistas — disse ela quando Sam e Justine passaram caminhando pelo deque, Roxanne adiantou até uma cena em que havia um close do bracelete que tinham visto na fotografia. A câmera seguiu os passos deles pelo deque, onde escolheram poltronas lado a lado.

Não havia os sorrisos secretos nem os toques prolongados dos recém-casados. Sem trocar uma palavra, recostaram, ela com uma revista elegante, e ele com um *thriller* político de Tom Clancy.

— Como são românticos, não? — comentou Roxanne ao analisar Sam. A brisa balançava o cabelo dele. Tinha aquele leve bronzeado de um homem que costumava ficar ao ar livre. — A câmera é boa para ele. Acho que isso é bom pra um político.

— Barbie e Ken — comentou Luke atrás dela. — As incríveis pessoas de plástico.

Mouse achava que Sam tinha olhos de tubarão, mas não disse isso, pois achava que a família iria rir, e sua intenção não era ser engraçado. No fundo, preferia que Max tivesse mantido sua decisão inicial e que todos eles deixassem Sam, sua esposa e suas lindas joias em paz. Porém, para Mouse, Max era a pessoa mais inteligente do mundo, e nunca ocorreu questioná-lo ou duvidar dele.

ILUSÕES HONESTAS   307

Quando a tela ficou cinza, depois ganhou cor de novo, Roxanne assoviou.

— Então, essa é a gargantilha.

— Soberba, não? Congele aí, querida. — Quando Roxanne obedeceu, Max começou a falar como um dedicado professor.

— A gargantilha foi um presente dos pais no aniversário de 21 anos dela, que completará quatro anos em abril. Foi comprada na Cartier's em Nova York, por noventa e dois mil, quinhentos e noventa e nove dólares, mais os impostos.

— Em Nova York, eles não brincam com essa coisa de impostos — murmurou Luke, e Max concordou, assentindo.

— Não posso acreditar que não vi uma joia como essa — comentou Roxanne.

— Ela usou na última noite. — Lily se lembrava muito bem. — Acho que você e Luke ficaram... ocupados até a hora do show.

— Ah. — Roxanne também se lembrava, e lançou um olhar para Luke por cima do ombro. — Acho que estávamos sim.

Luke passou o braço pela cintura dela e a puxou da almofada para seu colo.

— É uma peça única, não é?

Max abriu um sorriso. Ensinara bem aos seus filhos.

— É sim. Isso faz com que seja mais difícil vendê-la, mas não impossível. Acho que isso é suficiente, Roxanne. — A televisão desligou. Ele recostou. A mente de Max estava tão clara que ele se perguntou se não imaginara a névoa que a encobria com tanta frequência. — Estamos esperando as plantas da casa no Tennessee, assim como do apartamento em Nova York. Os sistemas de segurança das duas residências vão levar mais tempo.

— Isso nos dará tempo para curtirmos o Natal primeiro. — Isso não era uma pergunta. Para Lily, ter tempo para curtir todos os aspectos das Festas era uma verdade sagrada. — Como estamos todos aqui, podemos armar a árvore hoje à noite. — Lançou um olhar astuto para Roxanne e Luke. — Jean já até colocou um assado no forno.

— Com aquelas batatinhas crocantes e cenoura? — Luke sentiu o ronco de seu estômago, que estava se virando há duas semanas com *deliveries* e uma tentativa desastrosa de frango frito, e suspirou.

Roxanne deu uma cotovelada nas costelas dele. Afinal, fora ela quem fritara o frango.

— Este homem é um apetite ambulante. Não precisa suborná-lo para ficar.

— Não machuca. — Luke fitou LeClerc suplicante. — Biscoitos?

— Pode apostar. E tem suficiente para alimentar um lobo.

◆ ◆ ◆ ◆

Os dias que antecedem o Natal passaram rapidamente. Havia os presentes para comprar e embrulhar, biscoitos para assar. No caso do apartamento dos Nouvelle/Callahan, havia biscoitos para queimar. O show anual de mágica para angariar fundos para a ala pediátrica rendeu cinco mil dólares muito bem-vindos. Mas era Luke quem seguia com a tradição de Max de divertir as crianças que iriam passar a mais mágica das noites confinadas em uma cama ou cadeira de rodas.

Na hora em que passou tirando moedas das pequenas orelhas ou fazendo aparecer flores em um jarro vazio, Luke descobriu por que Max dedicava tanto tempo a essas crianças.

Eram o melhor dos públicos. Conheciam o sofrimento, e a realidade delas era impiedosa. Mas elas acreditavam. Durante uma hora, era só o que importava.

Naquela noite, depois de deixar aqueles pequenos rostos para trás, ele sonhou de novo. Sonhou e acordou com o coração pulsando forte e um grito queimando em sua garganta.

Roxanne se mexeu, gemendo em seu sono. Entrelaçou seus dedos gelados nos dela e ficou ali deitado por um longo tempo, fitando o teto.

◆ ◆ ◆ ◆

Um inverno longo e chuvoso se estendeu teimosamente até março. Os artistas de rua sofreram. Na casa em Chartres, LeClerc mantinha a cozinha aquecida. Embora isso ferisse seu orgulho, ficava dentro de casa, raramente se aventurando a sair, mesmo para o mercado. Quando saía, sentia que cada vento atravessava sua pele fina para castigar seus ossos.

A idade, concluía quando se permitia pensar no assunto, era um pé no saco.

Quando a porta se abria com uma rajada de vento e chuva gelada, ele reagia.

— Feche essa maldita porta. Isso não é uma caverna.

— Desculpe.

As desculpas de Luke eram respondidas com cara feia. Ele estava sem chapéu, sem luvas e usava apenas uma jaqueta jeans para se proteger de todos esses elementos. LeClerc sentiu uma inveja amarga tomar seu coração.

— Veio aqui filar comida?

Luke sentiu o cheiro no ar e captou o inconfundível cheiro de maçãs assadas.

— Se eu puder.

— Por que você não aprende a cozinhar? Você acha que pode aparecer aqui e sair com a barriga cheia a hora que quiser? Isso aqui não é a casa da sogra.

— É como se fosse. — Como Luke estava muito acostumado com o humor do cajun para se encolher, ele se serviu uma xícara do café que estava esquentando no fogão. — Eu acho que um homem só consegue ser bom em um número limitado de coisas.

LeClerc fungou.

— Em que você é tão bom, *mon ami*, que não consegue fritar um ovo?

— Mágica. — Luke pegou uma colher de açúcar, fechou a mão e sugou uma chuva de grãos brancos para dentro de seu polegar e indicador. Esperou um pouco, depois abriu a mão e mostrou que estava vazia. LeClerc soltou um gemido que podia ser considerado uma gargalhada. — Assaltos. — Entregou a LeClerc a carteira que tirara do bolso de trás da calça do velho quando passou para o fogão. — E fazer amor com uma mulher. — Pegou sua xícara e tomou um gole. — Mas, nessa última, você vai ter que acreditar na minha palavra, porque não vou fazer nenhuma demonstração.

O rosto moreno de LeClerc abriu em um sorriso.

— Então, você se acha bom nessas coisas, é?

— Eu sou ótimo nessas coisas. Então, e essas maçãs assadas?

— Sente-se e coma à mesa como você aprendeu. — Não mais chateado com a companhia, voltou a bater a massa. Suas mãos eram competentes para as tarefas caseiras; as cobras que envolviam seus braços resvalavam. — Cadê Roxanne?

— Na aula de ginástica. Ela disse que deve almoçar com umas duas amigas depois.

— Então, você está vagabundeando por aí, *oui*?

— Eu já estava com cãibra treinando minha nova escapada, precisava de um intervalo. — Não queria admitir que o apartamento parecia vazio sem ela. — Vai estar pronto para *Mardi Gras*.*

— Você só tem duas semanas.

— É suficiente. Ficar pendurado sobre o lago Pontchartrain por uma corda em brasas vai juntar uma multidão e tanto. O desafiante apostou cinquenta mil que eu não consigo soltar as algemas e voltar para a ponte antes que a corda arrebente.

— E se você não conseguir?

— Aí perco cinquenta mil e me molho.

LeClerc colocou a massa de pão em uma travessa grande e cobriu.

— É uma queda e tanto.

— Eu sei cair. — Com um garfo, ele pegou um pedaço de maçã quente e temperada e colocou na boca. — Eu queria verificar uns detalhes com Max. Ele está por aí?

— Ele está dormindo.

— Agora? — Luke levantou uma sobrancelha. — São onze horas.

— Ele não tem dormido bem à noite. — Preocupação apareceu em sua testa enquanto lavava as mãos para tirar a massa grudenta, mas estava de costas para Luke. — Um homem tem o direito de dormir até tarde na sua própria casa de vez em quando.

— Eu não quis... Ele nunca fez isso. — Luke olhou para o corredor e percebeu como a casa estava quieta. — Ele está bem, não está?

Luke fitou as costas rígidas de LeClerc. Em sua mente, podia ver Max exercitando as mãos, exercitando os dedos, flexionando-os, esticando-os, manipulando-os várias vezes como um pianista antes do show.

— Como estão as mãos dele? — Luke percebeu pela leve tensão nos ombros de LeClerc que acertara o ponto. O cheiro familiar de temperos, maçã e massa de pão o deixaram enjoado enquanto esperava uma resposta.

— Não sei do que você está falando. — LeClerc continuou de costas enquanto fechava a torneira e pegava um pano de prato.

---

* *Mardi Gras* é a terça-feira gorda. O termo também pode designar todo o período de carnaval. (N.T.)

Ilusões Honestas   311

— Jean, você não me engana. Eu me importo com ele tanto quanto você.

— Droga. — Mas não havia nenhuma força por trás do xingamento, e Luke teve a sua resposta.

— Ele já foi a um médico? — Luke estava com um nó no estômago. O garfo tilintou no prato quando o empurrou.

— Lily o obrigou a ir. — Foi quando LeClerc se virou, os pequenos olhos escuros refletindo toda a frustração e emoção que estava abafando. — O médico deu um remédio para aliviar a dor. A dor nos dedos, *comprends?* Não a dor daqui. — Bateu com a mão no peito. — Não devolve a mágica. Nada vai trazer.

— Tem que ter alguma coisa...

— *Rien* — interrompeu LeClerc. — Nada. Dentro de cada um, existe um relógio. E é esse relógio que diz quando chegou a hora de os olhos fecharem ou de as orelhas ensurdecerem. Esse é o dia em que ele vai sair da cama com os dedos duros, as juntas doendo. E um dia a bexiga não vai funcionar, os pulmões vão ficar fracos ou o coração vai parar. Os médicos dizem: faça isso, faça aquilo, mas o *bon Dieu* marcou a hora, e, quando Ele diz *c'est assez*, nada pode impedir.

— Não acredito nisso. — Não queria acreditar. Luke arrastou a cadeira para trás ao levantar. — Você está dizendo que não temos nada a ver com isso, que não temos controle.

— Você acha que temos? — LeClerc soltou uma gargalhada rápida. — Isso é arrogância da juventude. Você acha que foi um acidente você ter ido ao parque naquela noite em que encontrou Max e ele encontrou você?

Luke se lembrava claramente da forte atração do pôster, da forma como aqueles olhos pintados o seduziram a entrar na tenda.

— Aquilo foi sorte.

— Sorte, *oui.* É apenas um outro nome para destino.

Luke já escutara demais da filosofia fatalista de LeClerc. Chegava perto demais das crenças que enterrara tão fundo.

— Nada disso tem a ver com Max. Temos de levá-lo a um especialista.

— *Pourquoi?* Para ele fazer exames que vão fazê-lo sofrer? Ele tem artrite. Pode ser abrandada, mas não curada. Vocês são as mãos dele agora, você e Roxanne.

Luke se sentou de novo, refletindo enquanto fitava seu café preto que estava esfriando.

— Ela sabe?

— Talvez não na cabeça, mas no coração, ela sabe. Assim como você. — LeClerc hesitou. Seguindo seu instinto, e seu destino, sentou-se na frente de Luke. — E tem mais — disse baixinho.

Luke levantou o olhar. A expressão no rosto de LeClerc fez o medo subir pela sua espinha.

— O quê?

— Ele passa horas com aqueles livros, com aqueles mapas.

— A pedra filosofal?

— *Oui*, a pedra. Ele fala com cientistas, com professores e até com médiuns.

— Prendeu a atenção dele — disse Luke. — Qual é o mal disso?

— Talvez nenhum. Esse é o Santo Graal dele. Acho que, se ele encontrar, terá paz. Mas... eu já o vi olhando para uma página de um livro e, depois de uma hora, ainda não a tinha virado. No café da manhã, ele pede para Mouse colocar um sofá embaixo da janela, e no almoço ele pergunta por que o móvel mudou de lugar. Ele diz pra Lily que precisam ensaiar um novo truque hoje, ela vai para a sala de ensaio esperar por ele, e, quando vai atrás dele, ele está na biblioteca com os livros e não se lembra nada de ensaio.

O medo estava se infiltrando com dentes e garras minúsculos.

— Ele tem muita coisa na cabeça.

— É a cabeça dele que me preocupa. — LeClerc suspirou. Achava que seus olhos estavam velhos demais para as lágrimas, mas as sentiu quentes e teve de lutar contra elas. — Ontem, eu o encontrei parado no quintal. Estava de fantasia, sem casaco no vento. Ele disse: Jean, cadê a van?

— A van? Mas...

— Nós não temos van — continuou LeClerc olhando nos olhos de Luke — há mais de dez anos, mas ele perguntou se Mouse tinha levado a van para lavar antes do show. Aí eu disse para ele que hoje não tinha show, que ele precisava entrar, sair do frio. — LeClerc levantou sua caneca e tomou um gole. — Aí ele olhou em volta, perdido, e eu vi o medo em seus olhos. Então, eu o trouxe para dentro, e o coloquei na cama. Ele perguntou se Roxanne já tinha voltado da escola, e eu disse que ainda não. Mas que já estava chegando. Ele disse que Luke tinha de trazer a linda namorada para jantar, e eu disse *bien*, vou preparar um *étouffée*. Aí ele dormiu e, quando acordou, não se lembrava de nada disso.

ILUSÕES HONESTAS 313

Luke soltou os punhos que formara com as mãos e as colocou sobre as pernas.

— Jesus.

— Quando o corpo de um homem o trai, ele diminui o ritmo. Mas o que fazer quando é a cabeça?

— Ele precisa ir a um médico.

— Ah, *oui*, ele vai porque Lily insistiu. Mas tem uma coisa que você precisa fazer.

— O que eu posso fazer?

— Você precisa arranjar um jeito para ele não ir com você para o Tennessee. — Antes de Luke poder falar, LeClerc dispensou as palavras. — Ele tem de participar do planejamento, não da execução. E se ele se esquecer de onde está, do que está fazendo? Podemos correr esse risco? Podemos colocá-lo em risco?

— Não — respondeu Luke após uma longa pausa. — Eu não vou colocá-lo em risco. Mas também não vou magoá-lo. — Refletiu por um momento, depois assentiu. — Acho que devíamos...

— Jean, qual é o maravilhoso banquete? — Max entrou, parecendo tão saudável e alerta que Luke quase duvidou da história de LeClerc. — Ah, Luke, então você também seguiu seu nariz? Cadê a Roxanne?

— Saiu com umas amigas. Quer café? — Luke já estava de pé, indo para o fogão. Max se sentou, esticando as pernas com um suspiro. Seus dedos estavam se mexendo sem parar, como um homem tocando um piano invisível.

— Espero que ela não demore muito. Lily estava querendo sair com ela para comprar sapatos novos. O pé dessa menina parece não parar de crescer.

A mão de Luke sacudiu. Café respingou por todo o balcão. Max estava falando de Roxanne como se ela tivesse 12 anos de idade.

— Ela já vai voltar. — Seu coração parecia uma bigorna no peito enquanto levava o café para a mesa da cozinha.

— Você já resolveu os problemas no número de escape da água?

Luke queria gritar para Max parar, para desligar a máquina do tempo que estava aprisionando sua mente. Em vez disso, falou calmamente:

— Na verdade, estou trabalhando no número da Corda Incandescente. Lembra? — sondou ele gentilmente. — Está marcado para a quinta-feira depois da Quarta-Feira de Cinzas. Semana que vem.

— Corda Incandescente? — As mãos de Max pararam. A xícara de café que estava quase chegando à boca tremeu. Era doloroso assistir à luta dele para voltar ao presente. A boca dele ficou aberta e frouxa, os olhos se moviam rapidamente. Então, eles entraram em foco de novo. A mão continuava trazendo o café para a boca. — Você vai reunir uma multidão — disse. — A imprensa vai cobrir tudo.

— Eu sei. E eu não podia ter um álibi melhor para o trabalho na casa do Wyatt. Quero fazer nessa mesma noite.

Max franziu a testa.

— Ainda tem alguns detalhes que precisamos acertar.

— Temos tempo. — Disfarçando, Luke se recostou. Prendeu seu braço casualmente no encosto de sua cadeira. — Quero lhe pedir um favor, Max.

— Claro.

— Quero fazer esse trabalho sozinho. — Luke viu o choque no rosto de Max, a decepção. — É importante para mim — explicou ele. — Sei sobre as regras contra o serviço ser pessoal, mas este é uma exceção. Tem muita bagagem entre mim e Sam.

— Mais uma razão para não deixar as emoções atrapalharem o assunto.

— Elas são o assunto. — Pelo menos, isso era verdade. — Devo isso a ele. Seria uma boa maneira de pagar antigos débitos. — Então, usou seu trunfo, odiando-se por isso. — Se você não confia em mim para realizar o serviço, se acha que não sou bom o suficiente, pode dizer.

— É claro que eu confio em você. Mas o negócio é o seguinte... — Não sabia qual era o negócio, exceto que seu filho estava dando mais um passo para longe. — Você está certo. Já passou da hora de fazer algum serviço sozinho. Você é bom o suficiente.

— Obrigado. — Queria pegar aquelas mãos inquietas nas suas, mas apenas levantou sua caneca para brindar. — Tive o melhor professor.

◆ ◆ ◆ ◆

— O QUE VOCÊ QUER DIZER com vai fazer sozinho? — questionou Roxanne. Com a bolsa de ginástica pendurada no ombro, ela fora atrás de Luke, que saíra da sala, onde jogara a bomba, para o quarto.

— Exatamente o que eu disse. O show é meu.

— Não é mesmo. Nós trabalhamos juntos. — Apesar da irritação, seu senso de organização fez com que abrisse a bolsa para tirar as toalhas e as roupas de ginástica. — Papai não concordaria com isso.

— Ele já concordou. — Luke tirou sua jaqueta jeans e a jogou perto de uma poltrona. Ela escorregou e caiu no chão. — Não é nada de mais.

— É sim. — Roxanne fechou a bolsa e a colocou no seu lugar na prateleira do armário. Chutou os sapatos de Luke para um lado. — Se planejamos tudo juntos desde o pontapé inicial, por que você acha que é o único que vai se divertir?

— Porque sim. — Ele se jogou na cama e colocou as mãos atrás da cabeça. — É assim que eu quero que seja.

— Olhe, Callahan...

— Olhe você, Nouvelle. — O fato de usar o sobrenome dela fez com que ela risse. Embora os lábios tenham sorrido, o queixo permaneceu erguido. — Eu e Max já conversamos. Ele concordou, então esqueça.

— Talvez ele tenha concordado, mas eu não. — Ela colocou as mãos na cintura. — Estou dentro, cara. Pronto.

Os olhos dele brilharam.

— Eu quero fazer sozinho.

— E daí? Eu queria ter cabelo louro e liso e nem por isso você me vê por aí reclamando.

— Eu gosto do seu cabelo — disse, querendo distraí-la. — Parece um monte de saca-rolhas que pegou fogo.

— Que poético.

— Gosto mais ainda quando você está nua. Quer ficar nua, Rox?

— Segure os seus hormônios, Callahan. Você não vai me fazer mudar de ideia. Eu vou.

— Esteja à vontade. — Não importava se ela ia ou não. Mas discutir com ela sobre o assunto fez com que ela não desconfiasse sobre Max. — Mas eu comando o show.

— Só em sonho. — Ela espalmou as mãos nas pernas dele na cabeceira da cama. — Parceiros até o final.

— Eu tenho mais experiência.

— Isso era o que você dizia sobre sexo, mas eu alcancei você, não foi?

— Já que você tocou no assunto. — Levantou-se e tentou agarrá-la. Ela desviou facilmente.

— Venha cá — mandou ele.

Ela virou a cabeça, lançando um olhar longo e sedutor sobre o ombro.

— Você parece saudável o suficiente para levantar e andar. Por que não vem me pegar?

Ele sabia jogar o jogo. Após um movimento negligente dos ombros, olhou para o teto.

— Não, obrigado, não estou interessado.

— Ok. Quer sair pra comer mais cedo? Para evitar o movimento de *Mardi Gras*?

— Claro. — Sem se mover nem um milímetro, ele baixou o olhar e viu quando ela lentamente tirou a camisa. Por baixo, usava um fino sutiã de algodão para ginástica que era tão atraente como gumbo, a sopa que LeClerc preparava. O sangue desceu da cabeça dele para a virilha.

— Está tão quente. — Ela dobrou a camisa com cuidado, colocou na gaveta de cima. Com movimentos deliberados, abriu a calça jeans. Ele escutou o som do zíper e se concentrou em não engolir a própria língua.

Ela abaixou a calça, revelando calcinha de algodão branca, tão prática quanto o sutiã. A pele dela era pálida e perfeita. Ela fez o mesmo procedimento meticuloso da camisa com a calça jeans.

Preguiçosamente, pegou a escova, batendo com ela na mão.

— O que você está a fim de fazer, Callahan? — Chegou apenas perto o suficiente da cama para que ele esticasse o braço e conseguisse segurar a sua mão. Ela estava rindo quando caiu no colchão.

— Eu ganhei — gabou-se ele, subindo em cima dela.

— Hum, hum. Empate. — Ela levantou a cabeça para encontrar os lábios dele. — Somos parceiros. Não se esqueça disso.

Capítulo Vinte e Três

♦ ♦ ♦ ♦

A TERÇA-FEIRA GORDA COMEÇOU com panquecas. Apesar de todo aquele papo de LeClerc sobre sorte e destino, ele gostava de se cercar por todos os lados. Por isso, servia panquecas no último dia antes da Quaresma desde que ela conseguia se lembrar, e Roxanne era prática o suficiente para não meter o nariz na superstição. Sua única alteração foi comprar uma mistura pronta em vez de seguir a complicada receita de LeClerc.

As panquecas dela podiam estar finas e queimadinhas nas beiradas, mas atendiam aos requisitos básicos. Ela mesma só conseguiu comer um dos discos borrachudos, mas, como Luke comeu feliz meia dúzia, ela presumiu que a sorte deles para o ano estava garantida.

E talvez estivesse.

As ruas e calçadas do French Quarter estavam lotadas de foliões no último dia de *Mardi Gras*. Os sons de música e gargalhadas entravam por sua varanda, assim como fizeram durante a semana de festa constante. Esta noite, ela sabia que o volume e a animação iriam aumentar. Desfiles, fantasias, danças — o último viva antes de quarenta dias de sobriedade para se preparar para a Páscoa. Mas também haveria bêbados caídos, assaltantes, brigas e alguns homicídios. Por trás da linda e sedutora máscara, *Mardi Gras* podia ter uma face cruel.

Se estivessem livres à noite, ela e Luke poderiam ter ido para a casa em Chartres para assistir à festa na varanda. Mas, de acordo com seus planos, eles estariam no Tennessee, roubando aproximadamente meio milhão de dólares em joias do sr. e sra. Samuel Wyatt.

Troca justa, pensou Roxanne com um sorriso. Os Wyatt lucrariam com suas obscenas apólices de seguro, compensando a dor de ter suas posses roubadas bem debaixo de seus narizes. Os Nouvelle manteriam a velha cadeia alimentar segura. Afinal, eles não seriam os únicos a lucrar.

Roxanne passou a mão pelo estômago embrulhado. A panqueca não tinha caído bem, pensou. Esperava que o estômago de aço de Luke não tivesse sentido. A última coisa de que ele precisava era de um enjoo enquanto estivesse pendurado de cabeça para baixo sobre o lago Pontchartrain.

Precisava ir para lá. A apresentação estava marcada para começar em uma hora, e Luke ia querer que ela estivesse por perto. A Corda Incandescente a deixava inquieta. Mas estava acostumada a ficar nervosa e tensa antes dos escapes dele.

Pegou a bolsa e a soltou com um gemido.

Malditas panquecas!, pensou ela e correu para o banheiro.

♦ ♦ ♦ ♦

— ELA JÁ DEVERIA ESTAR AQUI. — Dividido entre preocupação e irritação, Luke tentou se concentrar para o trabalho que tinha pela frente. Seu corpo estava pronto. — Por que ela não veio comigo?

— Porque ela não teria nada para fazer durante a preparação, exceto se preocupar! — Lily estava de olho em Max, que estava dando uma entrevista para um repórter de televisão. Tinha suas próprias preocupações. — Concentre-se em você — mandou ela. — Roxanne já vai chegar.

— Só Deus sabe como ela vai conseguir chegar aqui agora. — Ele olhou para a ponte. Por trás das barricadas, as pessoas formigavam e se acotovelavam para conseguir ver melhor. As autoridades locais cooperaram fechando a ponte para o tráfego de carros durante a hora que Luke solicitou para a preparação para a apresentação. Mas isso não impediu a multidão de se aproximar. Colocaram-se em ambos os lados da ponte forçcando as barricadas

Luke se perguntou distraidamente quantos bolsos seriam roubados no lago naquela tarde. Estava sempre disposto a dar uma ajuda a um colega.

Onde estava Roxanne?

Protegeu os olhos contra a forte luz do sol e deu uma última olhada para a ponte pelo lado de Nova Orleans.

Lily estava certa, pensou. Precisava se concentrar no trabalho que tinha pela frente. Roxanne chegaria logo.

Àquela altura, acima da água, o vento era forte. Tinha levado isso em consideração, mas sabia que a natureza podia se intrometer caprichosamente nos cálculos. Aquele vento ia lhe dar muito trabalho.

— Vamos começar.

Pisou na marca. Na mesma hora, a multidão começou a aplaudir e encorajá-lo. As câmeras focalizaram. Depois de lançar mão de uma delicada diplomacia, ficara decidido que Lily anunciaria o escape, e não Max. Ela pegou o microfone e, espalhafatosa com seu macacão de paraquedismo vermelho, levantou a mão pedindo silêncio.

— Boa tarde, senhoras e senhores. Hoje, temos o privilégio de testemunhar uma das mais ousadas tentativas de escape já feitas. A Corda Incandescente.

Ela continuou, explicando exatamente o que aconteceria e apresentando os dois oficiais de polícia, um de Nova Orleans e um de Lafayette, que examinaram as correntes e a camisa de força que Luke usaria.

Quando Luke posicionou seus braços, Lafayette algemou um pulso, passou a corrente em volta dele e algemou o outro. A chave ficaria com Miss Louisiana, que comparecera ao evento com vestido de noite e tiara. Nova Orleans não se contentava com pouco.

A corda foi amarrada em volta dos tornozelos de Luke pelo atual campeão do laço do National Rodeo. Ouviu-se o rufo de tambores, cortesia da banda de uma escola local.

Luke foi abaixado, a cabeça primeiro, na direção das águas do lago Pontchartrain. Alguém na multidão gritou. Luke agradeceu por ele fazer isso na hora certa. Nada como um toque de histeria ou uns dois desmaios para tornar tudo ainda mais dramático.

Uma rajada de vento o atingiu bem no rosto com força suficiente para fazer seus olhos lacrimejarem. O corpo dele se contorcia e balançava. Já estava tentando tirar as algemas.

Sentiu o tranco quando a corda cedeu. Tinha cinco segundos antes que um voluntário colocasse fogo na ponta da corda, que incendiaria até chegar a ele. Teve de lutar contra uma surpreendente onda de vertigem que o atingiu quando o vento caprichosamente bateu nele e o fez rodar.

Maldita física, pensou. Um corpo em movimento permanece em movimento, e ele estava preso em um enorme pêndulo que balançava, causando encanto e excitação no público, mas que tornava sua tarefa ainda mais difícil.

Sua satisfação por conseguir soltar as mãos foi curta. Podia sentir o cheiro da fumaça. Escorregadio como uma cobra, mexia o corpo dentro da camisa de força, sentindo uma dor aguda nas maltratadas juntas. Seus dedos começaram a trabalhar rapidamente.

Sua mente estava fria, controlada. Apenas um pensamento conseguia penetrar ali, socando os mecanismos do seu trabalho como um punho implacável.

Não ficaria preso.

Lá de cima, escutou o rugido quando a camisa de força, vazia, caiu na direção da água. O bote salva-vidas que flutuava no lago soou a buzina uma vez para parabenizá-lo. Embora tenha curtido a sensação, sabia que ainda era cedo demais para estourar o champanhe.

Em um esforço enorme, dobrou o corpo na altura da cintura, os músculos do abdômen contraídos enquanto levantava o corpo para tentar soltar os nós do caubói das suas pernas. Não olhou para o fogo, mas podia sentir seu cheiro. Estava a centímetros dele e se aproximando cada vez mais.

Não achava que morreria por causa de queimadura nos pés, mas acreditava que devia ser um tanto incômodo. O relógio em sua mente o avisava que tinha poucos minutos até que o fogo consumisse toda a corda, fazendo-o cair de cabeça no lago.

Luke descobriu que o caubói tinha alguns truques. Gostaria de ter aceitado o conselho de LeClerc e escondido uma faca na bota. Mas não adiantava se arrepender agora. Conseguiria soltar os nós e daria um mergulho para esfriar o calor nos pés.

Sentiu a corda ceder. Na fase final, o *timing* era confuso. Se ele se soltasse muito rápido, mergulharia. Se esperasse muito, acabaria seu escape na ala de queimados. Nenhuma das duas ideias era atraente.

Agarrou-se à segunda corda. Desorientação e o fato de ela ser fina como um arame impediam a multidão de vê-la. Luke sentiu o calor da fumaça da corda incandescente nas articulações de seus dedos enquanto se segurava firme.

Soltou o pé e começou a escalar para o alto. De cima da ponte, parecia que estava escalando uma fina coluna de fogo. Realmente iria precisar das pomadas de LeClerc para queimadura.

A multidão prendeu a respiração e gemia cada vez que uma rajada de vento o atingia. Quando chegou ao topo, sentiu a boa e sólida mão de Mouse em seu braço. LeClerc se abaixou para fingir que o parabenizava.

— Conseguiu pegá-lo? — murmurou para Mouse.

— Peguei.

— *Bien.* — LeClerc tirou uma faca da manga e cortou as duas cordas.

Houve gritos e tremores quando a corda incandescente caiu sobre o lago.

— Pode me ajudar a acabar de subir? — Luke mal conseguira recuperar o fôlego. Sabia que, no momento em que a adrenalina acabasse, morreria de dor. Com a ajuda de Mouse, conseguiu ficar de pé. As câmeras já estavam dando close, mas Luke estava procurando na multidão.

— Roxanne?

— Deve ter ficado presa — disse Mouse e deu um tapa no ombro de Luke com força o suficiente para fazê-lo cambalear. — Sua camisa estava queimando — disse e sorriu. — Essa foi perfeita, Luke. Que tal irmos para São Francisco fazer isso na Golden Gate? Não seria ótimo?

— Claro. — Passou a mão pelo cabelo só para se certificar de que não estava pegando fogo. — Por que não?

◆ ◆ ◆ ◆

Talvez fosse estúpido e extremamente possessivo. Talvez fosse um monte de coisas desagradáveis, mas Luke só sabia de uma coisa quando entrou no quarto, cheirando a fumaça e a triunfo, e encontrou Roxanne jogada na cama. Estava furioso.

— Bem, muito bonito. — Jogou as chaves na cômoda fazendo um barulho que fez Roxanne gemer e abrir os olhos. — Achei que você tivesse sofrido algum terrível acidente e aí está você, cochilando.

Ela assumiu o que considerava um terrível risco e abriu a boca para falar.

— Luke...

— Parece que não era nada de mais para você o fato de eu estar trabalhando nessa apresentação há meses, que provavelmente foi a coisa mais importante que eu já fiz ou que você prometeu que estaria lá quando eu voltasse. — Foi até a cabeceira da cama, com a cara feia, e se afastou de novo. — Só porque eu precisava me concentrar, esperava um pouco de apoio da minha mulher...

— Sua mulher? — Isso foi o suficiente para fazê-la levantar. — Não me coloque no mesmo nível de seu terno de seda ou de sua coleção de discos.

— Você está em um nível acima da minha coleção de discos, mas o meu nível obviamente é bem mais embaixo.

— Não seja um cretino.

— Droga, Roxanne, você sabia que isso era importante para mim.

— Eu ia, mas... — Ela parou quando a barriga roncou. — Ah, merda. — Levantou correndo e foi para o banheiro.

Quando ela acabou de vomitar, Luke estava lá com um pano úmido e uma postura arrependida.

— Venha, amor, volte pra cama. — Parecia que o corpo fraco dela deslizava dos braços dele para o lençol. — Desculpe, Rox. — Gentilmente, ele passou o pano pelo rosto suado dela. — Entrei tão furioso que nem olhei direito para você.

— Estou muito mal?

— Nem pergunte. — Beijou a testa dela. — O que houve?

— Acho que foram as panquecas. — Ela ficou com os olhos fechados e a cabeça imóvel e só abriu a boca o suficiente para deixar as palavras saírem como um sussurro. — Eu estava esperando você chegar em casa verde para eu ter certeza de que foi intoxicação alimentar.

— Sinto muito. — Sorriu e tocou os lábios na testa dela de novo. Ela estava suada, mas ele achava que não estava com febre. — Acho que você deve estar com alguma dessas viroses.

Se ela não estivesse tão fraca, teria ficado ofendida.

— Nunca peguei essas viroses.

— Você nunca pega nada — comentou. — Mas, quando pega, pega de jeito. — Lembrou-se da catapora, a única doença da infância a qual ela sucumbiu. Isso e o enjoo a bordo do *Yankee Princess* foram as únicas vezes que ele se lembrava de vê-la doente. Até agora.

— Só preciso descansar um pouco mais. Vou ficar bem.

— Roxanne. — Luke largou o pano e pegou o rosto dela em suas mãos. — Você não vai.

Ela arregalou os olhos. Tentou sentar-se, mas ele a segurou com um leve movimento.

— É claro que eu vou. Em primeiro lugar, esse plano todo começou com uma ideia minha. Não vou perder a recompensa porque comi uma panqueca estragada.

— Não foram as panquecas — corrigiu. — Mas não importa a causa, você está doente.

— Não estou, não. Só estou um pouco enjoada.

— Você não está em forma para fazer esse serviço.

— Estou em perfeita forma.

— Ok, vamos fazer um acordo. — Recostou, fitando-a. — Você se levanta agora, vai andando até a sala e volta sem cair de cara no chão; se conseguir, prosseguimos com nosso plano. Se não conseguir, eu vou sozinho.

Como era um desafio, tornou-se irresistível.

— Tudo bem. Vá.

Quando ele se levantou, ela trincou os dentes e colocou as pernas para fora da cama. Sua cabeça girava, e um suor frio escorria pela sua nuca, mas ela conseguiu ficar de pé.

— Sem se segurar — acrescentou Luke quando ela se apoiou na parede.

Isso a fez congelar no lugar. Endireitou-se, andou rapidamente até a sala. E se jogou em uma poltrona.

— Só preciso de um minuto.

— Nada feito. — Ele agachou na frente dela. — Roxanne, você sabe que não vai conseguir.

— Poderíamos adiar... — Ela parou, balançando a cabeça. — Não, isso seria uma estupidez. Estou sendo burra. — Fraca e frustrada, deixou a cabeça cair para trás. — Detesto ter de perder esse, Callahan.

— Eu sei. — Pegou-a no colo para levá-la de volta para o quarto. — Acho que às vezes as coisas não acontecem exatamente como queríamos. Achava que não era hora de mencionar que seus planos também mudaram. Transformar a noite de triunfo deles em uma noite romântica, pedindo-a em casamento, lhe parecera uma ideia inspirada. Agora teria de esperar.

— Você não conhece o sistema de segurança tão bem quanto eu.

— Nós vimos isso centenas de vezes — lembrou ele, insultado. — Não será a minha primeira vez.

— Vai demorar mais tempo.

— Sam e Justine estão em Washington. Terei tempo.

— Leve o Mouse. — Um medo repentino fez com que ela agarrasse a mão dele. — Não vá sozinho.

— Rox, relaxe. Eu poderia fazer isso de olhos fechados. Você sabe disso.

— Não parece bom.

— Você é que não está boa — corrigiu. — Quero que descanse um pouco. Vou ligar para Lily vir ficar com você. Vai ficar tudo bem, meu amor. — Então, beijou-a carinhosamente. — Estarei de volta antes do amanhecer.

— Callahan. — Segurou-o com mais força quando ele se afastou. Essa relutância em deixá-lo ir era uma tolice, ela sabia. — Eu amo você.

Ele sorriu e se abaixou para beijá-la de novo, o beijo doce e leve de um homem que sabia que logo teria tempo para mais.

— Eu também amo você.

— Merda pra você. — Suspirou e o deixou ir.

♦ ♦ ♦ ♦

LUKE AMAVA VOAR. Desde a primeira vez que entrou em um *cockpit* para sua primeira aula com Mouse, ficara apaixonado. Não era uma questão de aprender uma habilidade prática que seria útil nas suas duas carreiras. Desde o começo, fora pelo mais puro prazer.

O avião que pilotava estava no nome de um John Carroll Brakeman, um executivo do setor de seguros que não existia. Para completar o disfarce, Luke acrescentara uma barba bem-aparada, um terno risca de giz de três peças — com centímetros de enchimento por dentro. Seu cabelo preto ganhou alguns fios grisalhos nas têmporas.

Quando aterrissou no Tennessee, fez o registro, verificou o plano de voo de volta e carregou sua pasta com monograma para a linda Mercedez 450 que alugara. Seguiu para o Hilton, onde fez o *check-in* na suíte que reservara e deixou ordens para não ser perturbado.

Quinze minutos depois, sem a barba, o enchimento e as têmporas grisalhas, desceu correndo a escada para a garagem. O sedan escuro que ele alugara com outro nome estava esperando. Como era mais seguro do que pegar as chaves na recepção, Luke arrombou a fechadura e fez uma ligação direta para dar vida ao motor e saiu dirigindo serenamente.

Quando terminasse o trabalho, devolveria o sedan para a garagem e voltaria para sua suíte. Vestiria o disfarce de novo e faria o *check-out*. Aproximadamente meio milhão de dólares mais rico, voaria de volta para Nova Orleans. Ninguém poderia ligá-lo ao disfarce nem ao assalto.

Um caminho cheio de desvios, talvez, mas como Max gostava de dizer, um caminho com desvios ainda o leva aonde quer chegar.

A duas quadras da casa de Sam, Luke estacionou o sedan escuro indefinido em uma rua margeada por árvores. Nesse paraíso suburbano, todos os jardins eram bem-cuidados, os cachorros bem-comportados e as casas respeitavelmente escuras à uma da madrugada.

ILUSÕES HONESTAS   325

Os postes criavam poças de luz que ele evitava. Vestido de preto da cabeça aos pés, andava pelas sombras. Havia uma leve neblina que poderia lhe causar problemas no aeroporto. Mas sentia como se a névoa tivesse sido feita sob encomenda para ele. Havia uma meia lua, mas sua luz estava escondida atrás de nuvens que se moviam e o ar tinha o cheiro doce da primavera.

Deu uma volta na propriedade de Sam, uma grande casa de tijolos, com dois andares e colunas brancas que pareciam ossos sob a luz fraca. Não havia nenhum carro na garagem. As luzes de segurança piscavam como espadas sobre o gramado, atingindo um canteiro de narcisos dourados e as folhas levemente curvadas de árvores que ainda não estavam totalmente verdes. Estava quase com pena de Sam estar em Washington. Acrescentaria um toque apimentado à doce satisfação de roubar e levar o que queria enquanto seu velho inimigo dormia.

Uma alta cerca de segurança guardava três lados da casa, e antigas árvores folhosas protegiam toda a frente. Luke usou ambos como abrigo enquanto se aproximava.

Sentiu muita falta de Roxanne quando começou a trabalhar no sistema de segurança. Os novos sistemas computadorizados o irritavam, insultavam sua criatividade. Achava que os números e complexas sequências atraíam a mente lógica de Roxanne, mas na opinião de Luke transformavam a arte do roubo em uma tediosa contabilidade.

Mesmo com as instruções dela bem frescas em sua memória, levou o dobro do tempo que ela levaria para acessar o código. Mas ela não precisava saber.

Satisfeito, preferiu entrar pelos fundos e habilmente abriu a tranca. Preferia esse método ao arrombamento, que qualquer ladrão de segunda conseguia realizar, e certamente considerava muito superior a quebrar um painel de vidro, que não exigia habilidade nenhuma.

Luke entrou em uma sala de estar elegante que cheirava a limão e gli-cínia. Sentiu a velha excitação subindo pela espinha. Havia algo indescri-tivelmente excitante em estar em uma casa vazia e escura, cercado pelas formas e sombras dos pertences de outra pessoa. Era como descobrir seus segredos.

Luke saiu em silêncio da sala, virando à esquerda no corredor que levava ao escritório de Sam. Seus dedos já estavam coçando dentro das finas luvas cirúrgicas para girar o disco do cofre.

Não precisava de luz. Seus olhos tiveram tempo para se adaptar, e ele conhecia a área da casa dos Wyatt muito melhor do que os donos.

Uma casa vazia possuía um tipo de silêncio de que Luke sempre gostara. Era como se fosse uma música baixinha e misteriosamente agradável que tomava o ar quando não havia ninguém ali para respirá-lo.

Entrou no escritório de Sam antes de perceber que a música não estava presente. Então, a luz se acendeu, cegando-o.

— Bem, Luke, chegou bem na hora. — Sam recostou na sua cadeira, fazendo o couro estalar. — Eu estava esperando por você. Por favor. — Fez um gesto, e a luz refletiu no cromo da .32 que ele segurava. — Quer me acompanhar em um drinque?

Luke analisou o sorriso de Sam, olhou para a superfície lisa da mesa onde dois conhaques esperavam. Imaginava que fosse Napoleon, mas duvidava que o sabor fosse conseguir apagar o gosto oleoso que tomara conta de sua boca.

— Há quanto tempo você sabe?

— Há muitos meses. — Com a arma apontada para o peito de Luke, inclinou-se para a frente para pegar o copo. — Tenho vergonha de dizer que não suspeitava de nada antes. Todo esses tempo, acreditei que o estilo de vida extravagante dos Nouvelle vinha de algum tipo de chantagem ou trapaça. Sente-se — convidou. — Uma pena você ter vindo sozinho.

— Eu trabalho sozinho — disse Luke, torcendo para conseguir salvar pelo menos essa parte.

— Você sempre foi pateticamente nobre. Sente — repetiu, e sua voz era tão fria quanto o cromo da arma. Avaliando que o melhor seria jogar o jogo de Sam, sentou-se. — O conhaque está excelente. — Sam deixou seu copo de lado para pegar o telefone. — Não se preocupe — disse quando notou o brilho nos olhos desconfiados de Luke. — Não vou telefonar para a polícia. Acho que não vamos precisar disso. — Apertou vários botões e esperou. — Ele está aqui. Sim. Use a porta dos fundos. — Estava sorrindo quando desligou o telefone. — Uma surpresinha. Agora, do que podemos conversar enquanto esperamos?

— Você pode fazer uma queixa de arrombamento — disse Luke calmamente. — Talvez de tentativa de roubo. Mas posso atribuir todas a uma brincadeira. Erro de cálculo, eu diria, ao tentar pregar uma peça a um rival de infância.

Ilusões Honestas 327

Sam fez uma pausa como se refletindo.

— Duvido que isso funcionaria, principalmente depois que eu mostrasse o padrão. Um padrão que eu admito só ter percebido recentemente. Seu filho da puta — disse com o sorriso ainda no rosto. — Seus cretinos hipócritas, todos vocês, fazendo-se de ultrajados porque eu roubei meia dúzia de lojas enquanto vocês não passavam de um insignificante bando de ladrões e vigaristas.

— Insignificante não — corrigiu Luke, e decidiu experimentar o conhaque, afinal. — E nunca vigaristas. O que você quer?

— O que eu sempre quis. Fazer você pagar. Eu odiei você desde o primeiro momento. Deixe suas mãos onde eu possa ver — avisou. Luke deu de ombros e deu um gole no conhaque. — Eu não sabia precisamente por quê, só que eu odiava. Mas acho que era porque somos muito parecidos.

Agora Luke sorriu.

— Você está com uma arma apontada para mim, Wyatt. Pode me matar ou me mandar para a prisão. Mas não me insulte.

— Sempre frio, e ainda assim impulsivo. Era uma combinação que eu poderia admirar se você não se sentisse tão desagradavelmente superior. Você tinha os Nouvelle na palma da sua mão. Ah, mesmo naquela época, eu via o potencial disso, mas você estava no caminho.

— Encare, Sam. — Talvez, pudesse irritá-lo a ponto de fazê-lo cometer um erro. — Você fodeu com tudo.

Os olhos de Sam brilharam, mas a arma nem se mexeu.

— O que eu fodi foi com a sua namorada. E eu afastei Roxanne de você. Acredite em mim, se eu tivesse percebido o potencial ali, eu teria fodido com ela e não com a... qual era o nome? Anabelle.

A fúria tomou conta. Luke precisou se segurar nos braços da cadeira para permanecer sentado.

— Eu deveria ter quebrado mais do que o seu nariz.

— Nisso, pela primeira vez, você está certo. Você devia ter me destruído, Callahan, porque agora eu é que vou destruir você. Entre, sr. Cobb.

Desta vez, Luke ficou de pé. Conhaque respingou pela sua mão enluvada. Ali, na porta, estava seu mais antigo pesadelo.

— Acho que vocês dois se conhecem — continuou Sam. Ah, isso era impagável, pensou. Magnífico. O que mais poderia pedir do que ver o rosto de Luke ficar pálido? Muito mais, decidiu, rindo baixinho. Muito mais. — Você não deve estar ciente de que o sr. Cobb trabalha para mim há um tempo. Sirva-se no bar enquanto eu explico alguns pontos para nosso amigo em comum.

— Pode deixar. — Cobb foi direto para o *decanter* de uísque e se serviu um duplo. Gostava da ideia de tomar um drinque com um homem do calibre de Wyatt e de ser convidado, depois de todo esse tempo, para a casa dele. — Parece que ele pegou você de jeito, Luke.

— Disse tudo. Agora que estamos todos reunidos, vou explicar o acordo. — Era perfeito, tão perfeito que Sam mal conseguia evitar que a voz tremesse de excitação. — Foi minha ideia colocar o sr. Cobb em contato com você e extorquir alguns milhares de dólares todos os meses. Imagine a minha surpresa por você ter pagado facilmente e sem reclamar, mesmo quando dei permissão a ele para aumentar as quantias. Agora, eu me perguntava como um homem, mesmo com um certo sucesso financeiro, consegue pagar uma chantagem de mais de cem mil por ano sem alterar em nada seu estilo de vida? — Esperando um pouco, Sam bateu com os dedos nos lábios. — Não consegue, claro, a não ser que tenha outra fonte de renda. Então, comecei a investigar você. Ainda tenho os meus contatos, sabe. Aí, eu joguei a isca e esperei você morder. Minha companhia de seguros, meu sistema de segurança, minha agenda. Não foi difícil fazer parecer que eu estaria em Washington esta semana.

A primeira onda de enjoo fez o suor frio brotar na nuca de Luke.

— Você abriu a porta da jaula — conseguiu dizer. — Isso não quer dizer que vou deixar que me tranque lá dentro.

— Tenho consciência disso. Entendo que com um bom advogado você até consiga escapar da acusação. E como você veio sozinho, seria difícil, se não impossível, jogar a culpa nos Nouvelle. Eu poderia simplesmente matar você. — Com os lábios apertados, levantou a arma, apontando para a testa de Luke. — Mas aí, você estaria apenas morto.

— Não mate a galinha dos ovos de ouro — disse Cobb e riu da própria esperteza.

— Certamente não, ainda mais se podemos assá-la bem devagar.

— E fazê-la continuar pagando também. — Cobb se serviu de mais uísque.

— Verdade, mas não da forma que você está pensando. — Sam sorriu para Cobb e puxou o gatilho.

O som da bala explodiu no pequeno cômodo. Luke o sentiu ecoando através dele como se ele fosse um túnel oco. Confuso, assistiu Cobb cambalear, viu a expressão de surpresa em seu rosto e o sangue fluir pelo buraco perfeito que de repente se abriu na testa dele.

O copo de uísque bateu no tapete primeiro, rolou sem quebrar pelo colorido carpete turco. E Cobb caiu como uma árvore.

— Isso foi mais fácil do que imaginei. — A mão de Sam tremeu uma vez, mas foi de excitação, não de nervoso. — Muito mais fácil.

— Meu Deus. — Luke tentou ficar de pé rápido, mas percebeu que suas pernas estavam bambas. Então se levantou devagar, como um homem que vai abrindo caminho pela água. A sala girava como um carrossel e o tapete colorido e ensanguentado parecia voar para lhe encontrar.

◆ ◆ ◆ ◆

QUANDO ELE ACORDOU, SUA cabeça parecia pesada. Os tímpanos vibrando dentro dela eram abafados por bolas de algodão.

— É óbvio que você é forte. — A voz de Sam parecia atravessar uma névoa. — Achei que você fosse ficar apagado mais tempo.

— O quê? — Cambaleante, Luke conseguiu ficar de quatro. Precisou lutar contra uma onda de náusea antes de ousar levantar a cabeça. Quando conseguiu, viu o rosto branco e morto de Cobb. — Ah, Deus. — Levantando uma das mãos, enxugou o suor do rosto. Estava tonto e enjoado, mas consciente o suficiente para perceber que não estava mais usando as luvas.

— Não tem nenhuma gratidão? — perguntou Sam. Sentou-se atrás da mesa de novo, mas, quando Luke conseguiu olhar direito, viu que agora ele segurava uma arma diferente. — Afinal, o homem infernizou a sua vida, não foi? Agora ele está morto.

— Você nem pestanejou. — Sam, a arma, a sala, tudo balançava enquanto Luke tentava clarear a cabeça. — Você atirou nele a sangue-frio e nem pestanejou.

— Obrigado. Lembre-se, posso fazer o mesmo com você ou com Max ou Lily. Ou Roxanne.

Não imploraria, não de quatro. Com dificuldade Luke se colocou de pé. Suas pernas estavam bambas para acrescentar humilhação ao terror.

— O que você quer?

— Exatamente o que vou conseguir. Posso ligar para a polícia agora, dizer a eles que você e Cobb arrombaram a minha casa enquanto eu estava trabalhando no meu escritório. Eu os surpreendi, você puxou uma arma. Depois, vocês dois discutiram e você atirou nele. Durante a confusão, consegui pegar a minha arma. A propósito, esta é a minha arma.

Ele sacudiu uma .25. Queria puxar o gatilho, queria muito puxar e sentir a onda de poder de novo. Mas seria rápido demais. Rápido demais, definitivo demais.

— A outra não está registrada, impossível de ser rastreada, exceto pelo fato de que ela agora está com as suas impressões digitais. Você será acusado de assassinato, e, por causa da sua conexão com Cobb, duvido que vá conseguir se safar.

Abriu um sorriso enorme. Um homem fascinado pelo próprio brilhantismo.

— Esse é nosso primeiro cenário — continuou. — Que funcionaria bem, acredito. Mas não gosto dele tanto quanto do segundo, já que me envolve. No segundo cenário, você pega o corpo e se livra dele. Depois, você vai embora.

— Vou embora? — Lutando para ficar lúcido, Luke passou a mão pelo cabelo. — Só isso?

— Exatamente. Só que você não volta para Nova Orleans. Você não entra em contato com os Nouvelle. Você, literalmente, desaparece. — O sorriso espalhado pelo rosto de Sam explodiu em uma gargalhada selvagem. — Abracadabra. — O som era como dedos frios apertando a espinha de Luke.

— Você enlouqueceu.

— Você acha isso, não acha? — perguntou Sam, e seus olhos brilhavam. — Você quer pensar assim porque eu derrotei você, finalmente derrotei você.

— Tudo isso? — A voz de Luke ainda estava arrastada por causa da droga. Falava lenta e cuidadosamente, como se para se certificar de que ele próprio compreendia as palavras. — Você planejou tudo isso, matou Cobb, só para se vingar de mim?

— Você acha isso irracional? — Sam recostou na cadeira, girando-a de um lado para o outro. — Talvez eu também pensasse assim se estivesse no seu lugar. — Foi para a frente de novo e sentiu prazer ao ver Luke se retrair.

Ilusões Honestas   331

— Mas, veja você, eu não acho. Eu estou no comando. E você fará exatamente o que eu disser. Se não fizer, mandarei prender você por assassinato e providenciarei para que Maxmillian Nouvelle seja investigado por roubo, a não ser que eu ache mais divertido matar você.

— Ele tirou você da rua.

— E me jogou de volta para a rua. — O sorriso no rosto de Sam se transformou em uma careta de nojo. — Não espere lealdade de mim, Callahan, principalmente se não quiser colocar o seu na reta.

— Por que você simplesmente não me mata?

— Prefiro a ideia de você trabalhando em alguma cidadezinha no quinto dos infernos, tendo sonhos eróticos com Roxanne e os homens que ela vai arranjar, ver você perder essa pose que tem há todos esses anos. Quero ver você escapar dessa, Callahan. Ou você faz isso, ou os Nouvelle pagam pelo resto da vida deles. E não pense que você pode ir embora agora e reaparecer daqui a algumas semanas. Você pode conseguir se soltar do nó, mas aí eu o coloco no pescoço de Max, juro isso para você. Tenho todas as provas de que preciso para acabar com ele guardadas em um cofre que você nunca terá a oportunidade de abrir.

— Ninguém acreditaria em você.

— Não? Um dedicado servidor público com um passado limpo? Um homem que conseguiu sair do inferno das ruas sozinho? Que, apesar de ter uma certa lealdade com o velho, não pode mais esconder os fatos? E que, reconhecendo os sinais de senilidade, imploraria para que ele fosse preso em uma instituição psiquiátrica em vez da prisão?

Isso transformou o medo em gelo, uma lança de gelo pontiaguda e afiada que ameaça tirar sangue.

— Ninguém vai fazer nada com Max.

— Isso depende de você. Só de você, Callahan.

— Você está com o martelo nas mãos. — Sentiu sua vida escorrer por entre seus dedos como areia. — Vou desaparecer, Wyatt. Mas você nunca vai saber quando eu vou voltar. Uma noite, eu voltarei.

— Leve seu amigo com você, Callahan. — Apontou para Cobb. — E pense em mim todos os dias quando estiver no inferno.

Capítulo Vinte e Quatro

◆◆◆◆

LUKE SABIA QUE ERA UM risco tolo, mas os riscos não pareciam mais importar. Deixou o segundo carro alugado na garagem do hotel e, usando o elevador principal no saguão, subiu para seu quarto. Uma vez ali dentro, tirou uma garrafa de Jack Daniel's de uma sacola de papel, colocou em cima da cômoda e ficou encarando-a.

Encarou-a por um longo tempo antes de abrir o lacre. Virou a garrafa, dando três goles longos para deixar o fogo queimar a sua infelicidade.

Não funcionou. Ele já tinha aprendido com exemplos da sua infância que a bebida não apagava as tristezas; pelo contrário, só aumentava. Mas tinha valido a tentativa.

Ainda podia sentir o cheiro de Cobb. O suor, o sangue e o fedor da morte estavam grudados na sua pele. Fora um trabalho repugnante carregar o corpo e afundá-lo no rio.

Sempre quisera vê-lo morto. Deus sabia que queria vê-lo morto. Mas não sabia o que uma morte violenta, repentina e cruel podia fazer.

Luke nunca se esqueceria de como Sam disparou a arma — de forma tão casual, como se tirar uma vida fosse um evento tão simples quanto passar uma noite jogando cartas. Não fizera isso movido pelo ódio ou para ter algum lucro ou em um rompante de paixão. Fizera sem pensar, como uma criança que derruba uma torre feita com blocos de montar. Só porque Cobb teria mais utilidade para ele morto do que vivo.

Controle, pensou Luke, deitando na cama como um velho. Durante todos esses anos, achara que estava no controle. Mas isso era uma mentira. Todo o tempo, tinha alguém por trás das cenas, puxando os pauzinhos e zombando da vida que ele achava que conseguira construir e do que achava que ainda faria dela.

Tudo isso por causa de uma inveja doentia e de um ressentimento exacerbado devido a um nariz quebrado. Qualquer um que estivesse naquele escritório de couro e carvalho naquela noite teria visto que Sam era mais do que ambicioso, mais do que cruel. Ele era louco. Mas havia apenas uma pessoa ainda viva que vira isso.

ILUSÕES HONESTAS   333

O que poderia fazer? Luke esfregou a mão nos olhos como se quisesse apagar a imagem do que acontecera para que pudesse ver claramente o que tinha de ser.

Invadira uma propriedade particular. Se a polícia soubesse onde procurar, encontraria o rastro, que levaria diretamente para os Nouvelle. Se Luke procurasse a polícia com uma confusa história de chantagem e assassinato, em quem eles acreditariam? No ladrão ou no cidadão honesto?

Poderia arriscar isso. Embora não soubesse se conseguiria enfrentar a prisão sem enlouquecer, poderia arriscar isso também. Mas havia uma chance de Sam cumprir suas outras ameaças. Max em um hospital psiquiátrico, Lily arrasada, Roxanne arruinada. Ou talvez Sam pudesse achar que o assassinato se encaixava melhor nos seus planos e resolvesse matá-los — matá-los com a arma que tinha as impressões digitais de Luke.

Aquele pensamento fez o pânico borbulhar dentro dele. Então agarrou o telefone e discou os números. Os dedos dele seguravam com força. Ela atendeu no primeiro toque, como se estivesse esperando por ele.

— Alô... Alô? Tem alguém aí?

Podia vê-la, tão claramente como se tivesse feito um encantamento para que ela surgisse no quarto. Sentada na cama, o telefone no ouvido e um livro no colo, um filme antigo em preto e branco passando na televisão.

Então a imagem apagou, desfez-se como fumaça, porque sabia que nunca mais a veria daquela forma de novo.

— Alô? Luke, é você? Alguma coisa...

Ele desligou o telefone devagar, em silêncio.

Fizera a sua escolha. Responder a ela, contar a ela seria uma forma de prendê-la a ele e vê-la sofrer. Deixá-la sem dizer nenhuma palavra, sem nenhum sinal, significaria que ela passaria a odiá-lo, e estaria segura.

Como um homem que já está bêbado, ele se levantou, pegou a garrafa e trouxe para a cama. Não aliviaria suas tristezas, mas o ajudaria a dormir.

◆ ◆ ◆

DE MANHÃ, DEPOIS DE TOMAR banho e se disfarçar, fez o *check-out* do hotel e seguiu para o aeroporto. Queria viver. Talvez só para se certificar, mesmo a distância, de que Sam estava deixando os Nouvelle em paz. E talvez para esperar a sua hora, para aguardar, para observar e planejar uma vingança à altura.

Ainda assim, não tinha um plano de voo. Nenhum destino. Embora amasse voar, sua vida agora estava tão vazia quanto a garrafa que deixara no quarto do hotel.

◆ ◆ ◆

— ELE JÁ DEVIA ESTAR AQUI HÁ HORAS. — Esfregando as palmas das mãos suadas uma na outra, Roxanne andava de um lado para o outro na sala de ensaio do pai. — Alguma coisa deu errado. Ele nunca devia ter ido sozinho.

— Não é o primeiro serviço dele, querida. — Max levantou uma caixa colorida e revelou o rosto sorridente de Mouse separado do corpo. — Ele sabe o que está fazendo.

— Ele não fez o *check-in*.

— Isso não é um posto de pesagem. — Quando Max pressionou o botão do controle remoto em sua manga, a cabeça soltou um longo gemido. Outro botão, e os olhos giraram para a direita e para a esquerda, a boca se moveu. — Excelente. Excelente. Perfeito, não acha?

— Papai. — Para conseguir a atenção total dele, Roxanne enfiou a caixa de volta ao redor da cabeça. — Luke está em apuros. Eu sei disso.

— Como você sabe? — Deslizou o aparelho com o controle remoto.

— Porque ninguém teve notícias dele desde que ele saiu daqui ontem à noite. Porque ele deveria ter chegado às seis horas da manhã e já é quase meio-dia. Porque quando eu liguei para o aeroporto e perguntei sobre John Carroll Brakeman, eles disseram que ele deixou o plano de voo, mas não apareceu.

— Razões óbvias. Assim como é óbvio que a cabeça ainda está dentro da caixa. — Com uma exibição do seu antigo talento, Max levantou a caixa da mesa. A cabeça desaparecera, deixando no lugar um lindo gerânio. — Eu não criei você para aceitar o óbvio.

— Isso não é um truque de mágica, droga. — Ela se virou. Como ele podia fazer brincadeiras enquanto Luke estava desaparecido? Max colocou a mão no ombro dela e ela enrijeceu.

— Ele é um garoto brilhante, habilidoso, Roxy. Eu soube disso na primeira vez que o vi. Ele vai voltar logo.

Ela devolveu as palavras para ele.

— Como *você* sabe?

— Está nas cartas. — Para distraí-la e diverti-la, ele tirou um baralho do bolso, abrindo as cartas em forma de leque. Mas os dedos enrijecidos dele não permitiram que abanasse. Para Max, parecia que as cartas tinham ganhado vida para pular de suas mãos e se esparramarem. Observou com olhos arregalados de horror quando elas escapuliram de suas mãos.

Roxanne sentiu o coração dele se partir assim como sentia o seu próprio. Agachou-se para juntar as cartas e se apressou para preencher o terrível silêncio.

— Sei que o Luke às vezes não segue o combinado, mas não dessa forma. — Ela amaldiçoou as cartas, amaldiçoou a idade, amaldiçoou a sua própria incapacidade de preencher esse buraco. — Você acha que eu devo ir procurá-lo?

Ele continuava fitando o chão, embora as cartas não estivessem mais ali, e sim escondidas nas costas de Roxanne. Em um momento, você as vê, no seguinte, não. Mas Max tinha uma fórmula mágica melhor. Simplesmente parou de lutar para manter a mente ali. Quando levantou o olhar para a filha, havia ali um sorriso gentil, agradável, de partir o coração.

— Se procurarmos com atenção suficiente, por tempo suficiente, sempre encontramos o que precisamos. Você sabia que muitas pessoas acreditam que existe mais do que uma pedra filosofal? Mas eles caíram na armadilha do óbvio.

— Papai. — Roxanne estendeu a mão vazia, mas Max balançou a cabeça, a quilômetros da filha que estava parada na sua frente, observando-o com lágrimas nos olhos.

Abruptamente, ele arremessou um livro com força suficiente para fazer Roxanne pular. Não havia nenhum sorriso nos olhos dele agora, mas havia paixão e havia desespero.

— Eu quase consegui localizá-la agora. — Ele levantou um maço de anotações, sacudindo-o. — Quando eu conseguir, quando eu finalmente tiver a pedra... — Gentilmente, colocou os papéis sobre a mesa de novo, passando os dedos doloridos sobre eles. — Bem, a mágica estará ali, não estará?

— Sim, estará. — Ela se aproximou dele e o abraçou, encostando seu rosto no dele. — Por que você não sobe comigo, pai?

— Não, não, vá na frente. Tenho trabalho para fazer. — Sentou-se para se aprofundar nos antigos livros com antigos segredos. — Diga a Luke para ligar para Lester — disse, sem pensar. — Quero ter certeza de que o novo equipamento de iluminação está funcionando bem.

Ela abriu a boca para lembrar a Max que o antigo gerente do Porta Mágica tinha se aposentado e mudado para Las Vegas três anos antes. Em vez disso, pressionou um lábio no outro com força e assentiu.

— Tudo bem, papai.

Ela subiu a escada e foi procurar Lily.

Roxanne a encontrou no quintal, jogando farelos de pão para os pombos.

— LeClerc fica furioso comigo por fazer isso. — Lily jogou a mão cheia de farelos para o alto e riu enquanto os pombos batiam uns nos outros para pegá-los. — Os pombos se espalham por todo canto. Mas eles são tão doces, a forma como viram a cabecinha e olham para a gente com aqueles olhinhos pretos.

— Lily, qual é o problema do papai?

— Problema? — A mão de Lily congelou dentro do saco plástico. — Ele se machucou? — Virou-se e teria morrido por dentro se Roxanne não impedisse, respondendo.

— Não, ele não se machucou. Ele está na sala de ensaio com os livros dele.

— Ah. — O alívio era palpável quando Lily colocou a mão no coração. Duvidava que a pulsação de um pombo pudesse ser mais rápida. — Você me assustou.

— Eu estou assustada. — Roxanne disse calmamente, impedindo que Lily conseguisse abrir o sorriso que estava tentando. — Ele está doente, não está?

Por um momento, não disse nada. Então, seus olhos azul-claros se perderam em um brilho distante e impotente. Ficaram fixos.

— Acho que devemos conversar. — Lily passou um braço pela cintura de Roxanne. — Vamos nos sentar.

Assumindo o controle, ela levou Roxanne até um banco de ferro embaixo da sombra de um carvalho. As águas da pequena fonte tilintavam felizes, como um riacho em seu leito.

— Querida, me dê um minuto. — Sentou-se, segurando as mãos de Roxanne com uma de suas mãos, enquanto continuava jogando farelos para os pombos com a outra. — Adoro essa época do ano — murmurou. — Não está aquele calor que sempre me incomoda, mas a primavera, o início da primavera é mágico. Os narcisos e jacintos estão florescendo, os caules das tulipas estão saindo. Tem um ninho nesta árvore. — Olhou para cima, mas seu sorriso era melancólico, um pouco perdido. — É a mesma coisa todos os anos. Eles sempre voltam. Os passarinhos, as flores. Posso me sentar aqui e observar e saber que algumas coisas são para sempre.

Pombos arrulhavam em volta dos pés dela. Longe dos portões do quintal, podiam ouvir o som constante do tráfego. O sol estava gostoso hoje, abrandado por uma brisa que sussurrava entre as folhas. Em algum lugar perto dali no French Quarter, um flautista tocava uma velha canção irlandesa, "Danny Boy". Roxanne reconheceu e estremeceu, sabendo que era uma canção sobre morte e perda.

— Eu o obriguei a ir a um médico. — Lily acariciava a mão de Roxanne, tranquilizando-a enquanto tranquilizava a si mesma. — Max nunca consegue negar nada para mim quando insisto muito. Eles fizeram exames. Aí, precisei levá-lo de novo para fazerem mais exames. Ele não quis se internar para poder fazer tudo de uma vez. E eu... bem, eu não pressionei. Não queria que ele se internasse também.

Roxanne sentiu sua pulsação forte atrás dos olhos. Sua voz soava distante, não parecia a sua voz.

— Que tipo de exames?

— Todo tipo. Tantos que eu até me perdi. Eles o colocaram em máquinas, examinaram gráficos. Tiraram amostras de sangue e pediram que ele fizesse xixi em um frasco. Fizeram raios X. — Levantou os ombros, e os deixou cair. — Talvez tenha sido errado, Roxy, mas eu pedi que me contassem quando descobrissem. Não queria que eles contassem para Max se fosse algo ruim. Sei que você é filha dele, tem o mesmo sangue, mas eu...

— Você não fez nada errado, Lily. — Roxanne deitou a cabeça no ombro de Lily. — Você agiu certo. — Levou um minuto para ela juntar coragem para perguntar. — É alguma coisa ruim, não é? Você precisa me dizer, Lily.

— Ele vai continuar se esquecendo das coisas — disse Lily, e sua voz tremeu. — Alguns dias, ele estará bem, em outros não conseguirá se concentrar em nada, mesmo tomando os remédios. É como um trem que sai dos trilhos. Eles disseram que o desenvolvimento é lento, mas que temos de nos preparar para um momento em que ele não se lembrará nem de nós. — Lágrimas escorriam silenciosamente pelo rosto dela e caíam nas mãos unidas das duas. — Ele pode ficar furioso, nos acusar de tentar machucá-lo, ou pode simplesmente fazer o que mandarmos sem questionar. Ele pode ir até a esquina comprar leite e se esquecer de como voltar para casa. Ele pode se esquecer de quem ele é, e, se eles não conseguirem controlar, um dia ele pode simplesmente se trancar dentro da própria mente em um lugar que nenhum de nós conseguirá entrar.

Roxanne se deu conta de que era pior. Muito pior do que a morte.

— Nós... nós vamos procurar um especialista.

— O médico indicou um. Eu liguei. Podemos levar Max no mês que vem para um consulta com ele. — Lily pegou um de seus inúteis lenços de renda para enxugar os olhos. — Enquanto isso, ele vai analisar todos os exames do Max. Eles chamam de Alzheimer, Roxy, e não tem cura.

— Então, nós vamos encontrar. Não vamos deixar isso acontecer a Max. — Ficou de pé, e teria caído de joelhos se Lily não a tivesse amparado.

— Querida, o que houve? Eu não devia ter-lhe contado dessa forma.

— Não, eu só me levantei rápido demais. — Mas ainda estava tonta. Náusea embrulhava seu estômago.

— Você está tão pálida. Vamos entrar que vou preparar um chá para você.

— Estou bem — insistiu quando Lily a puxou para entrar em casa. — É só alguma virose estúpida. — No momento em que colocaram os pés na cozinha, o cheiro da sopa que LeClerc estava cozinhando fez com que a pele pálida dela ficasse verde.

— Droga — disse entre dentes trincados. — Não tenho tempo pra isso. Ela correu para o banheiro com Lily logo atrás dela.

Quando acabou de vomitar, estava tão fraca que nem protestou quando Lily a levou para a cama e insistiu para que se deitasse.

— Toda essa preocupação — diagnosticou Lily.

— É uma virose. — Roxanne fechou os olhos e rezou para que não tivesse mais nada para seu estômago rejeitar. — Achei que tivesse melhorado. Foi a mesma coisa que aconteceu ontem à tarde. De noite, eu estava bem. De manhã também.

— Bem. — Lily deu um tapinha na mão dela. — Se você me dissesse que passou mal duas manhãs seguidas, eu diria que estava grávida.

— Grávida! — Roxanne arregalou os olhos. Queria rir, mas isso não parecia nem um pouco engraçado.

— Acho que não. — Mas Lily estava pensando. — Você ficou menstruada, não ficou?

Ilusões Honestas   339

— Não deixei de ficar exatamente. — Roxanne sentiu a primeira onda de pânico e mais alguma coisa. Algo que não era nenhum tipo de medo, mas puro e simples prazer. — Mas está um pouco atrasada.

— Quanto tempo?

Roxanne segurou o lençol.

— Umas duas semanas. Ou três.

— Ah, querida! — A voz de Lily era puro deleite. Imagens de sapatinhos de bebê e talco começaram a dançar em sua cabeça. — Um bebê!

— Não se precipite. — Cautelosa, Roxanne passou a mão pela barriga. Se havia um bebê ali, significava que era um bebê travesso. Fez uma careta. Não podia esperar que o filho de Luke fosse um doce, podia?

— Existem testes de gravidez para que sejam feitos em casa. Você poderia descobrir logo. Luke vai ter uma surpresa.

— Nós nunca conversamos sobre isso. — O medo voltou. — Lily, nós nunca nem conversamos sobre crianças. Talvez ele não queira...

— Não seja boba, é claro que ele quer. Ele ama você. Agora, fique bem aqui. Vou descer e pegar leite para você.

— Chá — corrigiu Roxanne. — Acho que meu organismo talvez consiga segurar um pouco de chá... e umas duas bolachas.

— Nada de geleia ou picles? — Riu quando Roxanne gemeu. — Desculpe, querida. É que estou tão animada. Já volto.

Um bebê, pensou Roxanne. Por que nem tinha considerado a possibilidade de estar grávida? Ou tinha? Suspirou e se virou de lado com cuidado. Não estava tão surpresa assim com a possibilidade. E, embora achasse que tinha tomado o anticoncepcional direitinho, também não estava arrependida.

Um bebê dela e do Luke. O que ele diria? Como se sentiria?

A única forma de saber era encontrando-o.

Esticando o braço, puxou o telefone para a cama e discou.

Quando Lily voltou com chá, torrada seca e um pequeno botão de rosa, Roxanne estava deitada de costas de novo, fitando o teto.

— Ele foi embora, Lily.

— Hmm? Quem?

— Luke foi embora. — Sentou-se. A náusea não tinha vez com as emoções que se misturavam dentro dela. — Liguei para o aeroporto. Ele decolou no Tennessee às nove e meia hoje de manhã.

— Nove e meia? — Lily colocou a bandeja em cima da cômoda. — Ora, já passou de meio-dia. Só leva uma hora mais ou menos para chegar a Nova Orleans.

— Ele não veio para Nova Orleans. Precisei brigar muito para descobrir o plano de voo dele, mas consegui.

— Como assim ele não veio para Nova Orleans? É claro que veio.

— México — sussurrou Roxanne. — Ele está indo para o México.

◆ ◆ ◆ ◆

NA MANHÃ SEGUINTE, Roxanne tinha certeza de duas coisas. Estava grávida, e de um homem que possivelmente desaparecera da face da Terra. Mas tudo que desaparecia podia voltar com algum encantamento. Ela não era a segunda geração de uma família de mágicos à toa.

Estava acabando de fechar a sua mala quando escutou uma batida. Seu primeiro pensamento, como o brilho de um relâmpago, foi Luke! Correu do quarto até a porta da frente.

— Onde você esteve... ah, Mouse.

— Sinto muito, Roxy. — Os grandes ombros dele caíram.

— Tudo bem. — Ela conseguiu sorrir. — Olhe, eu estava de saída.

— Eu sei. Lily me disse que você estava indo para o México procurar Luke. Eu vou com você.

— É muito gentil da sua parte, Mouse, mas já fiz os meus planos.

— Eu vou com você. — Ele podia ser lento, podia ser doce, mas também sabia ser teimoso. — Você não vai fazer toda essa viagem sozinha na sua... na sua condição — terminou, estourando. O rosto dele ficou vermelho.

— Lily já está tricotando sapatinhos? — Mas ela abrandou o sarcasmo dando tapinhas no braço dele. — Mouse, você não precisa se preocupar. Sei o que estou fazendo, e acho que o fato de estar carregando uma coisa do tamanho da cabeça de um alfinete não vai me atrapalhar.

— Eu vou cuidar de você. Luke ia querer que eu fizesse isso.

— Se Luke estivesse tão preocupado, ele não estaria no México — respondeu ela, e se arrependeu na mesma hora quando viu o rosto de Mouse se enrugar e cair. — Desculpe. Acho que a gravidez mexe com nossos hormônios e nos deixa irritadas. Já fiz as minhas reservas, Mouse.

Ele não ia desistir.

— Você pode cancelá-las. Eu levo você de avião.

$\mathcal{I}$LUSÕES $\mathcal{H}$ONESTAS   341

Ela começou a protestar, depois desistiu. Talvez a companhia fosse lhe fazer bem.

♦ ♦ ♦ ♦

$\mathcal{F}$OI PARA O BANHEIRO FEMININO no aeroporto de Cancún. Enquanto vomitava, ocorreu-lhe que podia marcar a hora que passava mal. Talvez o bebê tivesse herdado sua pontualidade.

Quando sentiu que podia se levantar de novo, juntou-se a um preocupado Mouse no minúsculo terminal banhado pela luz do sol.

— Estou bem — disse ela. — Só alguns dos sintomas de uma mulher grávida.

— Você vai passar mal durante os nove meses?

— Obrigada, Mouse — disse, fraca. — Era exatamente disso que eu precisava.

Passaram quase uma hora tentando conseguir informações sobre o avião de Luke na torre de controle. Sim, estava marcado para ele aterrissar naquele aeroporto. Não, ele não apareceu. Não fez contato pelo rádio nem pediu permissão para desviar. Ele simplesmente mudou de direção em algum lugar do Golfo.

Ou, como o simpático controlador de voo sugeriu, caiu no Golfo.

— Ele não sofreu nenhum acidente, droga. — Roxanne voltou para o avião. — Duvido que ele tenha sofrido um acidente.

— Ele é um bom piloto. — Mouse vinha atrás dela, dando tapinhas em seu ombro e na sua cabeça. — E eu mesmo verifiquei o avião antes de ele decolar.

— Ele não sofreu um acidente — repetiu ela. Desenrolando um dos mapas de Mouse, começou a estudar a geografia do lado mexicano do Golfo. — Para onde ele iria, Mouse? Se ele decidisse evitar Cancún?

— Seria mais fácil adivinhar se eu soubesse o motivo.

— Nós não sabemos o motivo. — Esfregou a garrafa gelada de Coca-Cola que Mouse comprara na testa suada. — Podemos especular... talvez ele quisesse encobrir seus rastros. Não podemos ligar para Sam e perguntar se as safiras da esposa dele foram roubadas. Não saiu nada nos noticiários sobre o roubo, mas é comum demorarem um pouco. Se ele teve algum problema no Tennessee, pode ter decidido, por razões egoístas e idiotas, ir para o oeste para John Carroll Brakeman desaparecer.

— Mas por que ele não fez o *check-in*?

— Não sei. — Ela queria gritar, mas manteve o tom de voz. — Essas ilhas aqui. Algumas delas têm pistas de decolagem. Algumas oficiais, outras não tão oficiais. Para contrabando.

— Claro.

— Ok. — Entregou o mapa para Mouse. — Vamos verificar.

♦ ♦ ♦ ♦

Eles passaram três dias procurando pela península de Iucatã. Espalharam a descrição de Luke por todo o litoral, dando dinheiro para as mãos gananciosas e seguindo pistas falsas.

As crises de náusea de Roxanne deixavam Mouse nervoso, desejando que Lily estivesse ali. Se ele se preocupava ou tentava paparicá-la, ela reagia como um terrier. Por outro lado, os acessos de raiva dela o tranquilizavam. Tinha plena consciência de que, se ela tivesse a chance, se embrenharia na selva sozinha, armada apenas com um cantil e sua força de vontade. Até que localizassem Luke, Mouse considerava Roxanne sua responsabilidade. Quando ela estava pálida demais ou corada demais, ele a forçava a parar e descansar, aguentando os ataques dela da mesma forma que uma árvore aguenta um pica-pau — em silêncio e com dignidade.

A rotina ficou tão previsível que os dois começaram a achar que passariam o resto de suas vidas ali.

Então, encontraram o avião.

Custou a Roxanne mil dólares americanos para uma conversa de dez minutos com um empresário mexicano de um olho só que administrava seus negócios de uma cabana na selva maia perto de Mérida.

Ele aparava as unhas com um canivete enquanto uma mulher desconfiada, com pés sujos, fritava tortilhas.

— Ele disse querer vender, eu querer comprar. — Juarez serviu tequila em um copo minúsculo, depois, generosamente, ofereceu a Roxanne.

— Não, obrigada. Quando você comprou o avião?

— Dois dias atrás. Paguei bom preço. — Ele não roubara o avião, e a satisfação disso fez com que Juarez cobrasse caro para a *señorita*. — Ele precisava dinheiro, eu dar dinheiro.

— Para onde ele foi?

— Eu não faz perguntas.

Ela queria xingar, mas, notando o nervosismo da mulher no fogão, achou melhor usar a diplomacia. O sorriso dela foi cheio de admiração.

— Mas você saberia se ele ainda estivesse na área. Um homem como você, com seus contatos, saberia.

— *Sí.* — Apreciou o fato de ela mostrar respeito. — Ele ir embora. Ele acampar na selva uma noite, depois puf. — Juarez estalou os dedos. — Sumir. Ele move rápido. Se ele saber que mulher tão bonita quer ele, ir mais devagar.

Roxanne se afastou da mesa. Luke sabia que ela viria atrás dele, pensou, exausta. Ainda assim, estava fugindo.

— Você se importaria se eu olhasse o avião?

— Olhar? — Juarez fez um gesto, mas algo nos olhos dele fez com que desistisse de pedir mais dinheiro pelo privilégio. — Mas você não vai encontrar ele.

Ela não encontrou nada dele, nem as cinzas de seu charuto. Não havia nenhum vestígio de que Luke algum dia se sentara naquele *cockpit* ou segurado aquele volante ou analisado as estrelas através daquele vidro.

— Podemos tentar ir para o norte — disse Mouse quando Roxanne se sentou no banco do piloto e fitou o nada. — Ou para o continente. — Ele estava tateando, desconfortável com o olhar perdido no rosto dela. — Talvez ele tenha ido mais para o interior.

— Não. — Ela só balançou a cabeça. Apesar do calor que batia no teto do avião, estava fria demais para lágrimas. — Ele deixou o recado dele bem aqui.

Confuso, Mouse olhou em volta do *cockpit*.

— Mas, Roxy, não tem nada aqui.

— Eu sei. — Ela fechou os olhos, deixou a tristeza tomar conta dela de forma que a esperança fosse embora. Quando abriu de novo, eles estavam secos e duros. — Não tem nada aqui, Mouse. Ele não quer ser encontrado. Vamos para casa.

Terceira Parte

♦ ♦ ♦

A esta magia negra eu aqui renuncio.
William Shakespeare

Capítulo Vinte e Cinco

◆ ◆ ◆ ◆

AGORA ELE ESTAVA DE VOLTA. Seu show de desaparecimento que durou cinco anos chegara ao fim, e, como o artista veterano que era, Luke assumiu uma postura de drama e petulância em seu retorno. Seu público de uma pessoa ficou encantado.

Por um momento.

O homem abraçado a ela estava habilmente tomando sua boca, sua mente, não era uma ilusão. Ele era de carne e osso. Tudo era tão dolorosamente familiar, o peso sólido dele, o gosto de sua pele, a força da pulsação dela enquanto aqueles dedos fortes e hábeis subiam para pegar seu rosto.

Ele era real.

Ele estava em casa.

Ele era a forma mais vil de vida que já rastejou na lama.

As mãos dela agarraram o cabelo dele, e então puxaram com força suficiente para fazê-lo gritar.

— Meu Deus, Roxanne...

Essa distração era tudo de que ela precisava. Contorceu-se, dando uma cotovelada nas costelas dele e uma joelhada entre as pernas. Ele tentou impedir o joelho, mas ela usou o mesmo cotovelo já posicionado para acertá-lo no queixo.

Ele viu estrelas. Depois disso, quando viu, estava deitado de costas, com Roxanne montada em cima dele, arranhando seu rosto com as bem-cuidadas unhas.

Agarrou os pulsos dela, puxando-os para baixo antes que aqueles dedos arrancassem a sua pele. Eles permaneceram naquela posição, que trazia lembranças perturbadoramente sensuais para os dois, com a respiração ofegante e olhando nos olhos do outro com antipatia mútua.

— Callahan, me solte.

— Quero que meu rosto continue igualzinho a quando entrei aqui.

Ela tentou se soltar, mas os cinco anos que ele passara, fazendo sabe-se lá o quê, não o deixaram mais fraco. Ainda era forte como um touro. Morder seria satisfatório, mas pouco digno. Escolheu o desdém.

— Fique com o seu rosto. Ele não me interessa.

Embora tenha soltado o braço dela, continuou preparado até ela se levantar, com tanta graça e arrogância quanto uma deusa saindo de uma piscina.

Ele ficou de pé rápido, com aquela misteriosa velocidade e economia de movimentos de que ela se lembrava tão bem. Sem dizer nada, ela deu as costas para ele e serviu uma taça de champanhe. Mesmo quando as borbulhas explodiam em sua língua, a bebida parecia sem graça e seca. Mas isso deu um momento a ela, um momento muito necessário, para trancar o último cadeado de seu coração.

— Ainda aqui? — perguntou ela quando se virou.

— Temos muito o que conversar.

— Temos? — Ela tomou mais um gole. — Estranho, não consigo pensar em nada.

— Então, eu falo. — Passou pela poça de água e pelas rosas amassadas para encher uma taça para si. — Você poderia tentar algo diferente desta vez, tipo escutar. — A mão dele agarrou o pulso dela antes que pudesse jogar o champanhe na cara dele. — Quer lutar mais, Rox? — A voz dele era baixa e perigosa e, que Deus a ajudasse, fez um arrepio subir pela espinha dela. — Você vai perder. Avalie as suas chances.

Eram poucas. A raiva podia incitá-la a voar em cima dele para morder e arranhar o rosto dele, mas ela acabaria perdendo de novo. Mas ainda tinha outras armas. E ela usaria todas elas para se vingar por todos esses anos em que ele a deixou sozinha.

— Não vou desperdiçar esse champanhe bom em você. — Quando ele relaxou os dedos, ela levou a taça até os lábios. — E o meu tempo é ainda mais valioso. Tenho um compromisso, Luke. Então, se me dá licença.

— A sua agenda está livre até a coletiva de imprensa amanhã. — Ele levantou a taça, fazendo um brinde. — Já chequei com Mouse. Por que não jantamos? Podemos discutir tudo.

A fúria ferveu até quase um ponto crítico. Cuidadosamente, Roxanne se virou para a penteadeira e se sentou.

— Não, mas obrigada mesmo assim. — Deixando a taça de lado, começou a tirar a maquiagem de palco. — Preferia jantar com um morcego perigoso.

— Então, conversamos aqui.

— Luke, o tempo passa.

Ilusões Honestas   349

Ela jogou os lenços usados fora. Ele podia ver que, por baixo do glamour que ela pintara para o palco, ela só estava mais bonita. Nenhuma das fotografias que conseguira arranjar no decorrer dos anos chegava perto do que ela era pessoalmente. Nem todas as saudades que ele sentira se comparavam ao que tomava conta dele agora.

— Quando isso acontece — continuou ela, passando hidratante na pele —, os acontecimentos se tornam maiores do que eram, ou menores. Podemos dizer que o que quer que tenhamos tido se tornou tão pequeno, que está quase invisível. Então não vamos bagunçar as coisas, ok?

— Eu sei que a magoei. — Qualquer outra coisa que ele tivesse ensaiado para dizer congelou na sua garganta quando os olhos dela o fitaram pelo espelho. Eles estavam verde-acinzentados, e as emoções que dançavam ali eram dolorosas demais de ver.

— Você não faz ideia do que fez comigo. — As palavras foram um pouco mais do que um sussurro e acabaram com ele. — Não faz ideia — repetiu ela. — Eu amava você com todo o meu coração, com tudo o que eu era e poderia ser, e você destruiu isso. Você me destruiu. Não. — Respirou fundo, ficando imóvel quando a mão dele se estendeu para tocar seu cabelo. — Não me toque de novo.

A mão dele pegou o nada antes de cair.

— Você tem todo o direito de me odiar. Só estou pedindo que me deixe explicar.

— Você está pedindo muito. Realmente acha que alguma coisa que vá dizer poderia compensar o que fez? — Virou-se e levantou. Ela sempre fora forte, ele se lembrou. Mas agora estava mais forte e distante como a lua. — Que alguma explicação que você possa inventar consertaria as coisas para que eu lhe aceitasse de volta de braços abertos na minha cama?

Ela parou, percebendo que estava quase gritando e perdendo a dignidade que era o que ainda lhe dava suporte.

— Eu tenho o direito de odiar você — disse ela com mais calma. — Eu poderia lhe dizer que você partiu o meu coração e que eu o consertei com muito suor e esforço. E isso seria verdade. Também posso lhe contar mais uma verdade pertinente. Eu simplesmente não tenho mais coração quando se trata de você. Você é como fumaça e espelho, Luke, e quem melhor do que eu para saber como eles podem enganar.

Ele esperou até ter certeza de que sua voz estaria tão calma quanto a dela.

— Você quer que eu acredite que você não sente nada?

— Para mim, só importa o que eu acredito.

Virou-se, impressionado por ter desejado ficar perto dela por tanto tempo e agora precisar desesperadamente ficar longe. Ela estava certa. O tempo passa. Independentemente de toda a mágica que ele era capaz de fazer, não podia apagar os anos.

Ainda assim, não iria deixar que o passado mandasse no seu futuro. E ele queria sentir o gosto frio e suculento da vingança. E para tudo isso precisava dela.

— Se você está falando a verdade sobre seus sentimentos, então fazer negócios comigo não deveria ser um problema.

— Eu mesma cuido dos meus negócios.

— E muito bem. — Mudando de tática, ele pegou um charuto e se sentou. — Como eu disse antes, tenho uma proposta para lhe fazer. Uma proposta de negócios que eu acho que vai lhe interessar muito.

Ela deu de ombros e tirou as estrelas prateadas de suas orelhas.

— Duvido.

— A pedra filosofal — foi tudo que ele disse. Os brincos caíram na penteadeira.

— Não vá por esse caminho, Callahan.

— Eu sei quem está com ela. Sei onde está e tenho algumas ideias de como pegá-la. — Sorriu. — Esses caminhos lhe agradam?

— Como você sabe?

Talvez tenha sido o reflexo do isqueiro quando ele acendeu o charuto, mas Roxanne viu algo ardente e maldoso nos olhos dele.

— Digamos apenas que eu fiz de tudo para saber. Está interessada?

Ela deu de ombros. Pegou a escova e começou a pentear o cabelo.

— Talvez. Onde você acha que está?

Ele não conseguia falar. Não quando as lembranças e os desejos que existiam dentro dele estavam transbordando. Roxanne penteando o cabelo, ruivo e dourado, rindo sobre o ombro. Tão esbelta, tão encantadora.

Os olhos deles se encontraram no espelho de novo. A mão dela tremeu quando colocou a escova na penteadeira.

— Eu perguntei onde você acha que ela está.

— Eu disse que sei. — Respirou fundo. — Está em um cofre na biblioteca de uma casa em Maryland. O dono é um velho amigo nosso. — Luke inspirou fumaça e a soltou formando uma fina nuvem azul. — Sam Wyatt.

Os olhos de Roxanne se estreitaram. Luke conhecia aquele olhar e soube que agora a conquistara.

— Você está me dizendo que Sam está com a pedra filosofal. A pedra que Max passou anos procurando.

— Isso mesmo. Parece ser verdadeira. Sam certamente acredita que é.

— Por que ele ia querer a pedra?

— Porque Max queria — disse Luke simplesmente. — E porque ele está convencido de que ela significa poder. Duvido que ele se interesse por alguma coisa mística. — Deu de ombros e cruzou as pernas na altura dos tornozelos. — É mais um símbolo de conquista. Max queria, Sam tem. E está com ela há seis meses.

Pareceu conveniente sentar-se de novo para se orientar. Ela nunca acreditara de verdade na pedra. Teve vezes em que odiou até a lenda dela por afastar seu pai cada vez mais do pouco senso de realidade que ainda lhe restava. Mas se ela existisse...

— Como você sabe sobre a pedra, sobre o Sam?

Poderia ter contado a ela. Havia tantas coisas que poderia ter dito sobre esses cinco anos. Mas contar um pouco era contar tudo. E ele também tinha orgulho.

— Isso só interessa a mim. Estou perguntando se está interessada em possuir a pedra.

— Se eu estiver interessada, nada me impede de consegui-la sozinha.

— Eu lhe impediria. — Ele não se moveu de sua posição relaxada na poltrona, mas ela sentiu o desafio e o obstáculo. — Eu precisei de muito tempo e esforço para rastrear a pedra, Roxanne. Não vou deixar você tirá-la de mim. Mas... — Virou o charuto para analisar a ponta. — Estou lhe oferecendo um tipo de sociedade.

— Por quê? Por que você está oferecendo? Por que devo aceitar?

— Por Max. — Ele a fitou. — Independentemente do que existe, ou não existe, entre nós, eu também o amo.

Isso doeu. Enquanto ela absorvia a dor, grudou as mãos nas pernas.

— Você certamente mostrou toda sua devoção nos últimos cinco anos, não foi?

— Eu já me ofereci para explicar. — Ele deu de ombros, esticando o braço para pegar sua taça de champanhe. — Agora você vai ter que esperar. Você pode trabalhar comigo e conseguir a pedra, ou eu vou pegá-la sozinho.

Ela hesitou. Sua mente já estava cogitando as possibilidades. Não seria difícil localizar a casa de Sam em Maryland — ainda mais agora que ele estava na frente na disputa para senador das próximas eleições. A segurança seria um pouco mais difícil exatamente pela mesma razão, mas não impossível.

— Vou precisar pensar.

Ele a conhecia muito bem.

— Sim ou não, Roxanne. Agora. Você ia levar meses para reunir todas as informações que eu já tenho. Quando conseguisse, eu já estaria com a pedra.

— Então, por que você precisa de mim?

— Vamos chegar a isso. Sim ou não.

Ela o encarou, o rosto que conhecia tão bem. Houve uma época em que saberia no que ele estava pensando e certamente o que estava sentindo. Mas os anos o transformaram em um estranho.

Assim era melhor, decidiu ela. Se ele permanecesse um estranho, ela poderia enfrentá-lo.

— Sim.

A onda de alívio foi como um dilúvio de ar fresco. Agora ele podia respirar de novo. Sua única reação externa foi um leve sorriso e assentir com a cabeça.

— Bom. Tem algumas condições.

Os olhos dela congelaram.

— Claro que tem.

— Acho que você pode conviver com elas. Vai haver um leilão este outono em Washington.

— O espólio dos Clideburg, estou sabendo.

— Você também deve saber que só as joias valem mais de seis milhões.

— Seis ponto oito, sendo conservador.

— Sendo conservador — concordou ele e acabou de tomar o que restava de seu champanhe. — Quero pegá-las.

Por um instante, ela não conseguiu falar.

— Você está maluco. — Mas foi traída pela excitação em seus olhos. — É mais fácil ir fazer um passeio no Smithsonian e tentar pegar o Diamante Hope.

— Dá azar. — Ah, sim, ele sabia que tinha conseguido. Levantando-se, ele foi pegar a garrafa para servir mais champanhe para os dois. — Já fiz quase toda a pesquisa inicial. Tem alguns probleminhas para resolver.

— Imagino que sejam enormes.

— Um serviço é um serviço — disse ele, citando Max. — Quanto maiores as complicações, maior a ilusão.

— O leilão é em outubro. Isso não nos dá muito tempo.

— Tempo suficiente. Principalmente se você anunciar na sua coletiva de imprensa amanhã que vai voltar a trabalhar com um parceiro.

— E por que eu faria isso?

— Porque você vai, Roxy, no palco e fora dele. — Pegou a mão dela e, ignorando sua resistência, a colocou de pé. — Estritamente negócios, querida. A minha volta é um mistério. Junte a isso o show que criaremos e seremos uma sensação. E teremos uma diversão e tanto em outubro, na nossa performance de gala antes do leilão.

— Você já fez as reservas?

Ele não se incomodou em nada com o sarcasmo, não quando jogava para ganhar.

— Deixe isso comigo. É tudo um chamariz, Rox, o show, o leilão, a pedra. Quando tudo terminar, ambos teremos o que queremos.

— Eu sei o que quero. — Ele ainda estava segurando a mão dela. Ela podia jurar que sentia o poder fluindo dos dedos dele. Era uma sensação assustadora e excitante. — Quanto a você, não tenho tanta certeza.

— Deveria ter. — Fixou o olhar no dela. — Sempre teve. Quero você de volta, Roxanne. — Levou os dedos rígidos dela até seus lábios — E eu levei muito tempo para descobrir como conseguir o que eu quero. Se você tiver com medo disso, desista agora.

— Não tenho medo de nada. — Ela puxou a mão para soltá-la, ergueu o queixo. — Estou dentro, Callahan. Quando terminarmos o serviço, vou estalar os dedos. — Fez isso, bem na frente do nariz dele. — E você vai desaparecer. É isso que eu quero.

Apenas riu e, pegando-a pelos ombros, puxou para si para um rápido e forte beijo.

— Deus, é bom estar de volta. Acabe com eles na coletiva de imprensa, Roxy. Diga a eles que está trabalhando em algo novo. Estimule o apetite deles. Depois, vou à sua suíte. Podemos começar a planejar os detalhes.

— Não. — Ela espalmou as duas mãos no peito dele para afastá-lo. — Eu falo com a imprensa, depois procuro você. Esteja certo de ter o suficiente para me manter interessada.

— Isso eu posso prometer. Estou no mesmo hotel que você, um andar abaixo.

Ela perdeu um pouco da cor.

— Há quanto tempo você está lá?

— Fiz o *check-in* uma hora antes do show. — Curioso com a reação dela, ele virou a cabeça. — Por que isso a deixou perturbada?

— Estava pensando que vou precisar verificar melhor a fechadura.

O sorriso se apagou do olhar dele.

— Nenhuma fechadura me impediria de entrar se eu quisesse, Roxy. Um não seu me impediria. Chego por volta do meio-dia — disse ele e foi para a porta. — Vou levá-la para almoçar.

— Luke. — Não se moveu para ir atrás dele. Isso era algo que não podia fazer. — Você já viu a Lily? — Quando ele apenas balançou a cabeça, o coração que ela achava estar tão protegido contra ele se partiu um pouco. — Posso chamá-la se você quiser.

— Não posso. — Na sua vida toda, ele só amara duas mulheres. Enfrentar as duas na mesma noite era mais do que achava que iria conseguir. — Falarei com ela amanhã.

Então, ele desapareceu, rapidamente e sem nenhuma outra palavra. Roxanne não sabia quanto tempo ficou parada ali, olhando para a porta que ele fechara ao sair. Não sabia o que estava sentindo. Sua vida fora virada de cabeça para baixo quando ele a deixou. E achava que não voltara ao normal com seu retorno. Se alguma coisa aconteceu, ele a inclinou de uma forma inteiramente diferente. Desta vez, caberia a ela controlar o ângulo e o grau.

Mas estava cansada. Exausta. Até o simples ato de tirar a fantasia e colocar uma roupa comum parecia mais do que ela conseguiria suportar.

Ilusões Honestas   355

Os dedos dela congelaram enquanto fechava o botão de sua calça jeans e escutou uma batida na porta.

Se ele tivesse voltado, ela — mas não, pensou com desdém. Luke não bateria.

— Quem é?

— Sou eu, querida. — Com os olhos brilhantes, Lily enfiou a cabeça para dentro. Um pouco do brilho se apagou quando procurou pelo camarim e só encontrou Roxanne. — Mouse me disse, esperei o máximo que pude. — Entrou, olhou a bagunça da água e das flores espalhadas pelo chão. — Ele *está* aqui! — O sorriso voltara e era contagiante. — Mal pude acreditar. Por onde ele andou? Ele está bem? Onde ele está agora?

— Não sei por onde ele andou. — Roxanne pegou sua bolsa, verificando o que tinha dentro para ocupar as mãos. — Ele parece bem, não faço ideia de onde está.

— Mas... mas... ele não foi embora de novo, foi?

— Não como você está pensando. Ele vai ficar na cidade, no nosso hotel. Talvez façamos uns negócios juntos, vamos discutir.

— Negócios? — Com uma gargalhada, Lily abraçou Roxanne e apertou. — Acho que isso deveria ser a última coisa que vocês dois tinham para conversar. Mal posso esperar para vê-lo. É um milagre.

— Está mais para uma das sete pragas — murmurou Roxanne.

— Mas, Roxanne, tenho certeza de que ele deve ter explicado tudo.

— Eu não quis escutar. — Afastou-se, esforçando-se para não ficar magoada com a fácil aceitação de Lily. — Não me importo por que ele foi embora nem onde ele esteve. Essa parte da minha vida está encerrada.

— Roxy...

— Estou falando sério, Lily. Se você quer matar um bezerro para comemorar, vá em frente, só não espere que eu vá ao banquete. — Encurvou-se para jogar as rosas amassadas no lixo. — Talvez a gente trabalhe junto, temporariamente. Mas só isso. Não existe mais nada pessoal entre nós. É assim que eu quero que seja.

— Pode ser o que você acha que quer — disse Lily, tranquilamente. — Pode até ser a forma como você se sente agora. Mas não é bem assim, e nunca será. — Lily colocou a mão no ombro de Roxanne. — Você não contou a ele sobre Nathaniel.

— Não. — Largou uma rosa e fitou o ponto de sangue que um espinho deixara ao espetá-la no polegar. — Quando ele disse que estava no mesmo hotel que nós, fiquei com medo de que ele já soubesse. Mas não sabe.

— Querida, você tem que contar para ele.

— Por quê? — Fúria e ódio brilhavam nos olhos dela.

— Luke tem o direito...

— Os direitos dele acabaram cinco anos atrás. Todos os direitos são meus agora. Nathaniel é meu. Droga, Lily, não me olhe desse jeito. — Ficou de pé para fugir do doce olhar de pena. — O que eu deveria ter falado? A propósito, Callahan, uns meses depois que você sumiu, eu dei à luz o nosso filho. Ele é igualzinho a você. É um ótimo menino. Por que eu não apresento vocês dois qualquer hora dessas? — Colocou a mão na boca para prender um soluço.

— Não, Roxy.

— Não vou fazer isso. — Balançou a cabeça quando sentiu os braços de Lily a envolvendo. — Nunca chorei por ele. Nenhuma vez. Não vou começar agora. — Mas ela se permitiu ser confortada, deitando o rosto no ombro de Lily. — O que eu diria para Nate, Lily? Aqui está o pai que eu disse que teve de ir embora. Ele voltou agora, mas não se acostume porque ele pode querer brincar de pique-esconde de novo.

— Ele não daria as costas ao filho. Ele não poderia.

— Eu não arriscaria. — Respirou fundo e deu um passo para trás, mais firme agora. — Quando e se eu decidir contar a Luke sobre Nathaniel, será no momento e no local que eu escolher. — Quero que você me prometa que não vai contar nada.

— Não vou contar para ele, se você me prometer fazer a coisa certa.

— Estou tentando. Vamos? Foi um longo dia.

◆ ◆ ◆ ◆

HORAS DEPOIS, ROXANNE estava parada na porta do quarto onde seu filho dormia. As sombras estavam começando a desaparecer, clareando conforme o dia começava a amanhecer. Escutou a respiração de Nathaniel. Seu filho, seu milagre, sua mais potente mágica. E pensou no homem que dormia no quarto embaixo, o homem que a ajudou a criar uma vida.

E ela se lembrou de como estava assustada quando se sentou para contar ao pai que estava grávida. Que abraço apertado Max lhe dera. Recebeu apoio incansável dele, de Mouse e de LeClerc. Os sapatinhos que Lily tricotou que pareciam luvas mutantes, o papel de parede que Mouse colocou no quarto do bebê para surpreendê-la, o leite que LeCLerc a forçava a beber.

O dia em que ela sentiu o bebê se mexer pela primeira vez. Nesse momento, quase sucumbiu e chorou, mas conseguiu conter as lágrimas. As roupas de grávida, os tornozelos inchados. Aquele primeiro chute realmente forte que a despertou enquanto dormia profundamente. Curso de gestantes com Lily ao seu lado. E sempre a minúscula semente de esperança de que Luke voltaria antes de o filho deles nascer.

Mas ele não voltou. Ela passou dezoito horas em trabalho de parto, alternando entre animação e medo. Ela o viu sair de seu útero, escutou o primeiro choro indignado dele.

E, todos os dias, olhava para ele e o amava, e via Luke espelhado em seu rosto.

Viu seu filho crescer. E viu seu pai ser engolido pela doença com a qual ninguém podia lutar. Estava sozinha. Por mais amor que recebesse em casa, não havia ninguém para procurar à noite. Nenhum braço para abraçá-la e confortá-la quando chorava porque o pai não a reconhecia mais.

Não havia ninguém ao seu lado agora para velar o sono do filho enquanto amanhecia o dia.

Capítulo Vinte e Seis

◆◆◆◆

LILY AFOFOU O CABELO, retocou a maquiagem no espelho de seu estojo cravejado de pedras falsas, botou um sorriso simpático no rosto. Colocou os ombros para trás, certificando-se de que sua barriga — ela odiava admitir, estava se tornando um probleminha — estava para dentro. Só então ficou satisfeita o suficiente para bater na porta da suíte de Luke.

Não era uma questão de ser desleal com Roxanne, disse para si mesma, nervosa. Só vou dizer oi — e talvez aproveitasse para dar uma bronca no rapaz. Mas não era deslealdade, mesmo seu coração estando tão feliz por vê-lo de novo.

Além disso, esperara até Roxanne descer para a coletiva de imprensa.

Quando escutou a chave virar, já tinha comido quase todo seu batom. Prendeu a respiração, aumentou ainda mais o sorriso e fitou, sem entender nada, o homem baixinho de cabelo escuro que estava do outro lado da porta. Ele a fitou através de lentes mais grossas do que um polegar. Por mais que Luke pudesse ter mudado, pensou Lily, ele não podia ter ficado quinze centímetros mais baixo.

— Desculpe, acho que errei o quarto.

— Lily Bates! — A voz berrou e era tão amigável quanto um sanduíche de presunto. Lily viu sua mão ser apertada e sacudida. — Eu lhe reconheceria em qualquer lugar. *Qualquer* lugar! Você é ainda mais bonita do que no palco.

— Obrigada. — O hábito fez com que Lily piscasse com suas pestanas compridas mesmo quando puxava o corpo para trás para impedir que o homem a puxasse para dentro do quarto. Toda mulher com um corpo escultural tinha de ter instintos apurados também. — Acho que confundi o número do quarto.

Continuou segurando a mão dela com uma das mãos e usou a outra para empurrar os óculos que estavam escorregando de seu nariz proeminente.

— Sou Jake. Jake Finestein.

— Prazer em conhecê-lo. — Eles continuaram o cabo de guerra. Lily olhou por cima do ombro, constrangida, imaginando se alguém viria ajudá-la se gritasse pedindo ajuda. — Desculpe incomodá-lo, sr. Finestein.

— Jake, Jake. — Sorriu, mostrando dentes incrivelmente brancos, tão perfeitos que podiam ter sido planejados por um Corpo de Engenheiros. — Não precisa de formalidades entre nós, Lily. Show maravilhoso ontem à noite. — Os olhos pretos dele, aumentados pelas lentes grossas, sorriam para ela. — *Ma-ra*-vi-lho-so.

— Obrigada. — Era mais alta do que ele, pensou. E certamente mais pesada. A camisa de mangas curtas mostrava braços finos como palitos de dentes e pulsos magros. E, o pior de tudo, ela conseguiria pegá-lo. — Eu realmente não posso conversar agora. Estou atrasada.

— Ah, mas você tem tempo para uma xícara de café. — Ele virou a mão livre para dentro do quarto para apontar para a mesa posta com bules, xícaras e pratos cobertos. — E um café da manhã. Aposto que ainda não comeu nada hoje. Pedi algumas roscas deliciosas. Você come um pouquinho, toma uma xícara de café, relaxa. Eu preciso comer alguma coisa de manhã, senão meu organismo sofre o dia inteiro. Que tal um copo de suco de laranja? — Puxou-a mais um pouco. — Acabaram de espremer as laranjas.

— Verdade, eu não posso, eu estava apenas...

— Jake, quando é que você vai parar de falar sozinho? Isso me deixa louco. — Com o cabelo ainda pingando do banho, Luke saiu do quarto abotoando a camisa. Ele congelou, a irritação no rosto dele se transformando em choque.

— Quem precisa falar sozinho quando tem uma linda mulher com quem conversar? — O sorriso de Jake se transformou em careta quando os dedos de Lily apertaram os seus. — E eu digo *liin*-da. Estávamos batendo um bom papo. Eu estava convidando Lily para entrar, tomar um café, comer uma rosca.

— Eu... eu gostaria de café — conseguiu dizer Lily.

— Bom, bom, vou servir uma xícara para você. Quer creme? Açúcar? Adoçante?

— Está bom. — Ela não se importaria se ele colocasse óleo diesel no bule, só tinha olhos para Luke. — Você está lindo. — Ela escutou as lágrimas em sua voz e limpou a garganta para disfarçar. — Desculpe estar interrompendo seu café da manhã.

— Tudo bem. É bom vê-la. — Foi tão terrivelmente educado. Ele só queria ficar ali parado, fitando-a, absorvendo tudo dela. O lindo rosto ridiculamente jovem, os tolos papagaios esmaltados pendurados em suas orelhas, o cheiro de Chanel que já enchia o quarto.

— Sente, sente, sente. — Jake fazia gestos exagerados na direção da mesa. — Vocês conversam, vocês comem.

Luke olhou para a mesa.

— Saia, Jake.

— Estou indo, estou indo. — Jake quase quebrou as xícaras e pires. — Você acha que vou ficar aqui para estragar o grande reencontro? A sra. Finestein não criou nenhum bobão. Vou pegar minha câmera para tirar fotos como se eu fosse um turista. Madame Lily. — Agarrou a mão dela de novo e apertou. — Um prazer, um verdadeiro prazer.

— Obrigada.

Jake lançou um último olhar para Luke. Então entrou no segundo quarto e fechou a porta discretamente. Que mal haveria se encostasse o ouvido na porta por alguns segundos?

— Ele é... um homem muito educado.

— Ele é um pé no saco. — Luke conseguiu abrir algo parecido com um sorriso. — Mas já estou acostumado com ele. — Nervoso como um garoto no primeiro encontro, enfiou as mãos nos bolsos. — Então, sente-se. Nós conversamos, nós comemos.

A imitação perfeita que Luke fez de Jake fez os lábios trêmulos de Lily sorrirem.

— Não quero tomar o seu tempo.

Ele preferiria levar uma facada no peito.

— Lily, por favor.

— Só um pouco de café. — Ela se forçou a sentar, com o sorriso estampado no rosto. Mas a xícara bateu no pires quando ela a levantou. — Eu não sei o que lhe falar. Acho que eu só queria saber se você está bem.

— Estou inteiro. — Ele também se sentou, mas, pra variar, perdeu o apetite. Tomaria café preto. — E você? Roxanne...

— Eu estou mais velha — disse Lily em uma fracassada tentativa de brincadeira.

— Não parece. — Analisou o rosto dela, lutando contra emoções que ameaçavam engoli-lo. — Nem um dia.

ILUSÕES HONESTAS   361

— Você sempre soube o que dizer para uma mulher. Deve ser o sangue irlandês. — Ela respirou, sem muita firmeza, e começou a partir uma rosca. — LeClerc está bem. Mais ranzinza do que antes. Ele não costuma viajar muito agora. Mouse se casou. Você sabia?

— Mouse? Casado? — Luke deu uma rápida gargalhada espontânea que fez as lágrimas brotarem nos olhos de Lily. — Não brinca? Como isso aconteceu?

— Alice foi... trabalhar conosco — disse Lily com cuidado. Não podia falar que Roxanne a contratara como babá de Nathaniel. — Ela é inteligente e doce, e se apaixonou por Mouse. Levou dois anos para ela convencê-lo a se casar. Não sei quantas horas ela passou ajudando-o a consertar motores.

— Preciso conhecê-la. — O silêncio desabou, provocando-o. — Você poderia me falar sobre Max?

— Ele não vai melhorar. — Lily levantou o café de novo. — Ele foi para algum lugar onde nenhum de nós consegue alcançá-lo. Nós não... quisemos colocá-lo em um hospital; então providenciamos *home care*. Ele não consegue fazer nada sozinho. Essa é a pior parte, vê-lo tão impotente. É difícil para Roxanne.

— E você?

Lily pressionou os lábios. Quando falou, sua voz foi firme e segura.

— Max se foi. Posso olhar nos olhos dele, mas o Max não está ali. Ah, eu ainda sento ao lado do corpo dele, e dou comida, limpo, mas tudo que ele foi já morreu. O corpo dele só está esperando para ir atrás. Então, é mais fácil pra mim. Já chorei por ele.

— Preciso vê-lo, Lily. — Queria pegar a mão dela. Os dedos dele estavam a poucos centímetros de tocar os dela, quando ele os dobrou. — Sei que Roxanne pode ser contra, mas eu preciso vê-lo.

— Ele perguntou por você centenas de vezes. — Havia acusação misturada com mágoa. — Ele se esquecia de que você não estava mais lá e perguntava por você.

— Sinto muito. — Pareceu uma resposta patética.

— Como você pôde fazer isso, Luke? Como você pôde ir embora sem dizer nenhuma palavra e causar sofrimento a tantas pessoas? — Como ele só balançou a cabeça, ela desviou o olhar. — Agora, eu que sinto muito — disse, duramente. — Eu não tenho o direito de questioná-lo. Você sempre foi livre para ir e vir como bem entendesse.

— Golpe direto — murmurou ele. — Mais afiado do que qualquer uma das coisas que Roxanne jogou em mim ontem à noite.

— Você a deixou devastada. — Lily não percebera a raiva escondida dentro dela até liberá-la. — Ela amava você, desde que ela era uma garotinha. Confiava em você. Todos nós. Achamos que algo terrível tivesse acontecido com você. Até que Roxanne voltasse do México, nós tínhamos certeza disso.

— Espere. — Segurou a mão dela, apertando com força. — Ela foi ao México?

— Ela rastreou você até lá. Mouse foi com ela. Você não imagina o estado dela. — Assustada, grávida, magoada. Lily soltou a mão e se levantou. Seu temperamento, sempre tão calmo, estava afiado. — Ela procurou por você, com medo de estar morto ou doente, ou Deus sabe lá o quê. Então, ela encontrou seu avião e o homem que o comprou. E ela soube que você não queria que ela o encontrasse. Maldito seja você, achei que ela nunca fosse se recuperar. — Empurrou a cadeira contra a mesa com força o suficiente para fazer a porcelana chacoalhar. — Por favor, me diga que você teve amnésia, que levou uma pancada na cabeça, que se esqueceu de nós, que se esqueceu de tudo. Você pode me dizer isso?

— Não.

Agora, ela estava chorando, grandes lágrimas silenciosas escorrendo pelo seu rosto enquanto ele observava cheio de tristeza.

— Eu não posso dizer isso e não posso pedir que você me perdoe. Eu só posso dizer que eu fiz o que eu achava que seria melhor para todos. Eu não tinha escolha.

— Você não tinha escolha? Você não tinha como nos avisar que estava vivo?

— Não. — Pegou um guardanapo e se levantou para enxugar as lágrimas dela. — Eu pensava em vocês todos os dias. No primeiro ano, eu acordava de madrugada achando que estava em casa, e então eu me lembrava. Aí eu procurava uma garrafa para me esquecer de Roxanne. Eu podia estar morto. Eu gostaria de ter conseguido esquecer, de ter parado de precisar da minha família. — Embolou o guardanapo na mão fechada enquanto sua voz ficava mais grossa. — Eu só encontrei a minha mãe com 12 anos. Eu não quero passar o resto da minha vida sem ela. Por favor, me diga o que fazer para convencê-la a me dar outra chance.

ILUSÕES HONESTAS   363

Para Lily, o amor era uma coisa fluida. Por mais forte que fosse a represa, ele sempre conseguia quebrá-la e fluir livremente. Ela fez a única coisa que poderia fazer. Abriu os braços e o envolveu ali, tranquilizando-o, acariciando seu cabelo quando ele enterrou o rosto em seu ombro.

— Você está em casa agora — sussurrou ela. — É só o que importa.

E estava tudo ali, exatamente onde ele deixou. O cuidado, a doçura, a força. Emoções transbordavam dele como de um rio durante a enchente. Ele só conseguia se agarrar a ela.

— Eu senti tantas saudades de você. Deus, muitas.

— Eu sei. — Sentou-se em uma poltrona e deixou que ele deitasse a cabeça em seu colo. — Eu não queria gritar com você, meu amor.

— Eu achei que você não fosse querer me ver. — Ele se endireitou para que pudesse tocar o rosto dela, sentir a pele macia. — Eu nunca mereci você.

— Que absurdo. A maioria das pessoas diria que nós nos merecíamos. — Deu uma gargalhada chorosa e o abraçou com força. — Você vai me contar tudo logo, não vai?

— Quando você quiser.

— Mais tarde. Só quero ficar aqui olhando para você. — Fungando, ela o afastou na distância de seu braço, avaliando-o com os olhos de mãe. — Bem, você não mudou nada. — Passou o dedo pelas pequenas rugas nos cantos dos olhos dele. — Talvez um pouco mais magro, mais forte. — Suspirando, ela deu um beijo no rosto dele, depois limpou a marca de seu batom com o polegar. — Você foi o menino mais bonito que eu já vi. — Quando ele fez uma careta, ela riu. — Você ainda faz mágica?

— Foi o que me manteve vivo. — Ele pegou as duas mãos dela e as beijou. Vergonha e gratidão corriam soltas dentro dele. Tentara se preparar para a raiva dela, para o gelo do ressentimento, mesmo para a indiferença. Mas não tinha como se defender da obstinação do amor dela. — Você estava linda ontem à noite. Ver você e Roxanne no palco foi como se esses anos nunca tivessem existido.

— Mas existiram.

— Eu sei. — Ele se levantou então, mas continuou segurando a mão dela. — Não tenho nenhum encanto para fazê-los desaparecer. Mas tem coisas que posso fazer para consertar as coisas.

— Você ainda a ama.

Como ele deu de ombros, ela sorriu, levantou-se e pegou o rosto dele em suas mãos.

— Você ainda a ama — repetiu ela. — Mas você vai precisar de mais do que alguns truques para reconquistá-la. Ela não é tão fácil quanto eu.

Ele ficou sério.

— Eu sou insistente.

Com um suspiro, Lily balançou a cabeça.

— E ela sabe ser teimosa. Max costumava dizer que atraíamos mais moscas com mel do que com um rolo de jornal. Acredite em mim, uma mulher, mesmo teimosa, gosta de ser cortejada. — Ele bufou, mas Lily continuou. — E não estou dizendo apenas flores e música, querido. É um tipo de postura. Roxy precisa ser desafiada, mas ela também precisa ser cortejada.

— Se eu me ajoelhar na frente dela, ela vai me dar um chute na cara.

Com certeza, pensou Lily, mas achou mais político discordar.

— Eu não disse que seria fácil. Não desista dela, Luke. Ela precisa mais de você do que você poderia imaginar.

— Como assim?

— Simplesmente, não desista dela.

Pensativo, puxou Lily para seus braços de novo.

— Eu não cometeria esse erro duas vezes. Vou fazer o que precisa ser feito, Lily. — Os olhos dele escureceram enquanto encarava alguma coisa que só ele conseguia ver. — Tenho contas a acertar.

♦ ♦ ♦ ♦

— E TINHA UM CACHORRO enorme no parque. Dourado. Ele fez xixi em todas as árvores.

Roxanne pegou Nate no colo, rindo enquanto ele contava suas aventuras matinais no parque.

— Em todas elas?

— Acho que umas cem. — Olhou profundamente para o rosto da mãe com os olhos do pai. — Posso ter um cachorro? Posso ensinar a sentar e dar a patinha e fingir de morto.

— E a fazer xixi nas árvores?

— Isso. — Sorriu, virando no colo para envolver o pescoço dela com seus braços. Ah, ele sabia como conquistar, pensou ela. Ele era filho do pai desde o primeiro sorriso desdentado. — Quero um cachorro grande. O nome dele vai ser Mike.

— Como ele já tem um nome, acho que temos que começar a procurar.
— Enrolou um dos brilhantes cachos de Nate em volta do seu dedo. Assim como ele, pensou ela ironicamente, me enrola direitinho. — Você tomou muito sorvete?

Ele arregalou os olhos.

— Como você sabe que eu tomei sorvete?

Havia uma reveladora mancha de chocolate na blusa dele, e seus dedos estavam melados. Mas Roxanne não usaria dicas tão óbvias.

— Porque as mães sabem de tudo e veem tudo, principalmente quando também são mágicas.

Ele fez um bico enquanto pensava.

— Por que eu não consigo ver os olhos atrás da sua cabeça?

— Nate, Nate, Nate — disse suspirando. — Eu já não lhe disse que eles são invisíveis?

Abruptamente, levantou-o em seus braços, abraçando-o com muita força e com os olhos fechados para impedir as lágrimas de caírem. Não sabia por que estava com vontade de chorar, nem queria considerar as razões. Só o que importava é que seu filho estava seguro em seus braços.

— É melhor ir lavar as mãos, Nate, o Grande. — A voz dela saiu trêmula, mas abafada no pescoço dele. — Preciso ir para o meu compromisso.

— Você disse que íamos ao zoológico.

— E nós vamos. — Deu um beijo nele e o colocou de pé sobre as curtas pernas gordinhas. — Volto daqui a uma hora; aí nós iremos ver quantos macacos se parecem com você.

Ele saiu correndo, rindo. Roxanne se abaixou para pegar os carrinhos, bonecos e livros que estavam espalhados sobre o tapete.

— Alice, estou saindo. Volto daqui a uma hora.

— Sem pressa — respondeu Alice, fazendo Roxanne sorrir.

Com a voz doce, confiável e inabalável, assim era Alice, pensou Roxanne. Deus sabia que nunca teria conseguido continuar trabalhando sem o apoio constante da delicada Alice.

E em pensar que quase desistiu de Alice por causa de sua aparência frágil e voz sussurrante. Mas da legião de babás que Roxanne entrevistou, apenas Alice conseguiu convencer Roxanne de que Nathaniel ficaria seguro e feliz sob seus cuidados.

Havia algo nos olhos dela, pensou Roxanne agora enquanto atravessava o corredor. Aqueles olhos cinza-claros, quase transparentes, e aquela generosidade que havia neles. Sua natureza prática quase abriu o caminho para as candidatas mais experientes, mas Nate sorriu para Alice do berço, e foi isso.

Roxanne ainda se perguntava quem tinha feito a escolha. Agora, Alice era da família. Aquele único sorriso de um bebê de seis meses de idade acrescentou mais um elo à cadeia Nouvelle.

Roxanne preferiu a escada e desceu um andar para enfrentar outro elo. O elo perdido, pensou maldosamente, e colocou os ombros para trás quando bateu na porta de Luke.

— Pontual como sempre — comentou Luke quando abriu a porta.

— Eu só tenho uma hora. Então vamos direto ao assunto. — Passou por ele, deixando um rastro leve de flores selvagens para atormentá-lo.

— Encontro amoroso?

Ela pensou no filho e sorriu.

— Isso, e não quero deixá-lo esperando. — Escolheu uma poltrona, sentou-se e cruzou as pernas. — Vamos escutar o plano, Callahan.

— Como quiser, Nouvelle. — Viu os lábios dela estremecerem, mas ela conseguiu dominá-lo e sorrir. — Quer tomar um vinho antes do almoço?

— Nada de vinho, nada de almoço. — Ela fez um gesto, um leve movimento do pulso. — Vamos conversar.

— Diga-me o que você falou na coletiva de imprensa.

— Sobre você? — Arqueando uma sobrancelha, ela recostou. — Eu disse que colocaria alguém no espetáculo que os surpreenderia. Um feiticeiro que viajou o mundo aprendendo segredos dos maias, os mistérios dos astecas e a magia dos druidas. — Ele abriu um leve sorriso. — Espero que você esteja à altura.

— Posso lidar com isso. — Ele pegou um par de algemas de aço na mesa de centro e brincou com elas enquanto falava. — Você não estava tão distante da verdade. Eu aprendi algumas coisas.

— Por exemplo? — perguntou quando ele lhe entregou as algemas para inspecionar.

— Como atravessar paredes, fazer um elefante desaparecer, subir em uma coluna de fumaça. Em Bangcoc, eu escapei de um baú cravado de pregos. E fui embora com um rubi do tamanho do meu polegar. No Cairo, foi uma caixa de vidro jogada no Nilo, e esmeraldas quase tão verdes quanto seus olhos.

— Fascinante — disse ela, e bocejou deliberadamente ao entregar as algemas para ele. Não encontrara nenhuma armadilha secreta.

— Passei quase um ano na Irlanda, em castelos assombrados e pubs cheios de fumaça. Encontrei lá algo que não encontraria em nenhum outro lugar.

— O quê?

— Podemos dizer que foi a minha alma. — Observou-a enquanto colocava as algemas no próprio pulso. — Eu reconheci a Irlanda, as montanhas, as cidades, até o ar. O único outro lugar que estive que me atraiu assim foi Nova Orleans. — Afastou os pulsos de forma que o metal estalou. — Mas isso deve ter sido porque você estava lá. Vou levá-la à Irlanda, Rox. — A voz dele parecia uma seda. — Imaginei você lá, imaginei fazer amor com você em um daqueles campos verdes com névoa envolvendo tudo à nossa volta como fumaça e o som de harpa no ar.

Não conseguia afastar os olhos do olhar dele ou da imagem que ele tão habilidosamente evocava. A magia dele era tanta que ela conseguia vê-los, deitados na grama, envolvidos pela névoa. Podia até sentir a mão dele em sua pele, aquecendo-a, acariciando-a conforme os antigos desejos se consumiam como folhas secas pelas chamas quentes.

Ela cravou as unhas nas palmas das mãos, e então desviou o olhar.

— Boa tentativa, Callahan. Muito apropriada. — Mais calma, fitou-o de novo. — Experimente com alguém que não o conheça.

— Você é uma mulher difícil, Roxy. — Ele segurou as algemas por uma das pontas e deixou cair no colo dela. Sentiu uma pontada de satisfação quando ela sorriu.

— Você também não perdeu o seu toque pelo que estou vendo. Mas é estranho. Se você continuou trabalhando e teve tanto sucesso durante todos esses anos, por que eu não ouvi falar de você?

— Imagino que tenha ouvido sim. — Levantou-se para atender à porta e continuou falando com casualidade de costas para ela. — Você deve ter ouvido falar do Fantasma.

— O... — Ela mordeu a língua quando o garçom do serviço de quarto entrou empurrando o carrinho. Esfregando uma mão na outra, ela esperou enquanto o almoço era servido e Luke assinava a nota. Naturalmente, ela ouvira falar do Fantasma, o estranho mágico avesso à publicidade que aparecia em todos os cantos do mundo, depois desaparecia de novo.

— Pedi para você — disse Luke ao se sentar à mesa. — Acho que eu me lembrei do que você gosta.

— Eu já disse que não tenho tempo para almoçar. — Mas a curiosidade fez com que ela se aproximasse. Asas de frango fritas. Os lábios dela se estreitaram ainda mais enquanto seu coração acelerava. Perguntou-se como ele conseguiu, já que ela sabia que não havia esse prato no cardápio do hotel. — Não gosto mais de asas de frango — disse ela, e teria dado as costas se ele não a tivesse segurado pela mão.

— Sejamos civilizados, Rox. — Estalou a mão e apareceu uma rosa, que ele deu a ela.

Ela aceitou o botão, mas se recusou a ser seduzida.

— Isso é o melhor que você vai conseguir.

— Se você não comer comigo, eu vou achar que é porque o prato faz com que você se lembre de nós dois. E vou achar que você ainda é apaixonada por mim.

Ela resolveu a situação, jogando a rosa em cima da mesa e, sem nem ao menos sentar, pegou uma asa de frango e deu uma mordida.

— Satisfeito?

— Isso nunca foi um problema entre nós. — Sorrindo, entregou um guardanapo para ela. — Você vai se sujar menos se sentar. — Levantou as mãos. — Relaxe. Não tenho nada na manga.

Ela sentou e começou a limpar o molho de seus dedos.

— Então, você trabalhava como o Fantasma. Eu não tinha certeza se ele realmente existia.

— Essa era a beleza. — Luke recostou, apoiando um pé sobre o joelho. — Eu usava uma máscara, fazia o truque, ganhava um extra se chamasse a atenção e seguia em frente.

— Em outras palavras... — O molho estava uma delícia. Ela lambeu um pouco do polegar. — Você continuava a fraude.

Isso deixou o olhar dele em chamas e, ela esperava, o orgulho também. Ele lançou um olhar capaz de derreter ferro.

— Eu não era uma fraude. — Embora tivesse conseguido ganhar alguns trocados com o Monte de Três Cartas e com os Copos e Bolas. — Eu estava fazendo turismo.

Ela soltou um ruído pouco feminino e voltou para seu frango.

ILUSÕES HONESTAS   369

— Certo. E agora você decidiu que está pronto de novo para o grande público.

— Eu sempre estive pronto para o grande público. — A única forma na qual ele estava externando sua irritação era batendo os dedos no tornozelo. Mas ela o conhecia, conhecia bem demais, e estava satisfeita por ter conseguido acertar um ponto franco. — Você não quer explicações sobre onde eu estava nem por quê, então digamos que eu estava em anos sabáticos.

— Ótima palavra, sabático. Abrange uma área grande. Ok, Callahan, seus anos sabáticos acabaram. Qual é o acordo?

— Os três espetáculos vão acontecer juntos. — Serviu mais vinho dourado para si, deixando a taça dela vazia. — O show, o leilão e o assalto. No mesmo final de semana.

Ela levantou as sobrancelhas. Foi a única reação que ela decidiu mostrar a ele.

— Ambicioso, não?

— Eu sou é bom, Roxy. — O sorriso era um desafio, do tipo que Lúcifer faria ao Paraíso. — Tão bom quanto sempre, talvez melhor.

— E modesto.

— A modéstia é como diplomacia. É para os fracos. O show será a distração para o leilão. — Mostrou a palma da mão vazia, virou a mão e apareceu um rublo dançando entre seus dedos. — O leilão tira a atenção do serviço na casa de Wyatt. — O rublo desapareceu. Depois de estalar os dedos, ele jogou três moedas na taça dela.

— Esse é um truque velho, Callahan. — Disposta a jogar, ela pegou as três moedas. — Barato como papo-furado. — Com um floreio, ela virou a palma da mão para cima para mostrar que as moedas tinham se transformado em bolinhas prateadas. — Isso não impressiona.

Droga, ele não percebera que o desinteresse estimulava.

— Tente isto. Você se junta aos famosos depois do nosso show. Será uma convidada de honra, ansiosa para dar alguns lances.

— E você?

— Resolvendo alguns detalhes no teatro, mas vou me juntar a você, que estará dando lances ousados contra um determinado cavalheiro em um anel de esmeralda, mas ele deve ganhar.

— E se outros participantes também quiserem o anel?

— Qualquer que seja o lance, ele vai cobrir. Ele é francês, rico e romântico, e quer o anel para a noiva. *Mais alors.* — Luke falou francês com tanta naturalidade que Roxanne até piscou. — Quando ele examinar o anel, como um bom francês faria, vai descobrir que é uma imitação.

— O anel é falso?

— O anel e vários outros itens. — Entrelaçou os dedos e apoiou o queixo neles. Seus olhos brilhavam com aquela velha excitação e quase a fizeram sorrir. — Porque nós, meu único amor, teremos trocado naquelas horas escuras antes do amanhecer. E enquanto Washington e sua ótima polícia estiverem ocupados com o ousado assalto de milhões em joias iremos para Maryland discretamente e tiraremos a pedra filosofal do aspirante a senador.

Havia mais, um mais muito importante, mas cronometraria o tempo contar a ela com tanto cuidado quanto o fazia em suas apresentações.

— Interessante — disse ela com uma voz entediada, embora estivesse fascinada. — Só tem um detalhe que não entendi.

— Qual?

Ela afunilou as mãos e despejou as moedas dele ao lado do prato.

— Como vamos entrar em uma galeria de arte altamente protegida?

— Da mesma forma que entramos em uma casa de subúrbio, Roxy. Com habilidade. E também ajuda o fato de eu ter o que poderíamos chamar de arma secreta.

— Arma secreta?

— Segredo. — Pegou a mão dela antes que ela pudesse escapar e levou até seus lábios. — Sempre tive uma queda pelo gosto de molho de churrasco na pele de uma mulher — Observando-a, passou a língua pelos dedos dela. — Principalmente na sua pele. Você se lembra do dia em que fizemos aquele piquenique? Deitamos no tapete e ficamos escutando a chuva? Acho que comecei mordiscando seus dedos e fui subindo. — Virou a mão dela para arranhar os dentes no seu pulso. — Eu nunca me cansava de você.

— Não me lembro. — A pulso dela estava acelerado. — Já fui a muitos piqueniques.

— Então, vou refrescar a sua memória. Nós comemos exatamente o que estamos comendo agora. — Levantou-se, puxando-a devagar, até que ficasse de pé. — A chuva escorria pelas janelas, a luz estava fraca. Quando eu toquei você, você tremeu, exatamente como está tremendo agora.

— Não estou tremendo. — Mas estava.

— E eu beijei você. Aqui. — Roçou os lábios na têmpora dela. — E aqui. — Abaixo do maxilar. — E então... — Parou, com um xingamento, quando a chave virou na fechadura.

— Que cidade! — Jake entrou, carregado de sacolas. — Poderia passar uma semana inteira.

— Que tal mais uma hora? — murmurou Luke.

— Oooops. Estou interrompendo. — Sorrindo, colocou as sacolas no chão e cruzou o cômodo para pegar a mão caída de Roxanne e apertar. — Eu estava ansioso para conhecê-la. Queria aparecer no seu camarim ontem à noite, mas teria custado a minha vida. Sou Jake Finestein. Sócio de Luke.

— Sócio? — repetiu Roxanne.

— Roxanne, nossa arma secreta. — Desgostoso, Luke se sentou e serviu mais vinho.

— Entendo. — Ela não fazia ideia. — Qual é exatamente o seu segredo, sr. Finestein?

— Jake. — Passou em volta dela e pegou uma asa de frango. — Luke ainda não lhe informou? Podemos dizer que eu sou um prodígio.

— Um sábio idiota — corrigiu Luke e fez Jake gargalhar com entusiasmo, soluçando, que era seu jeito muito peculiar.

— Ele está irritado, só isso. Achava que você ia se jogar nos braços dele. O cara é um ótimo ladrão, mas não entende nada de mulheres.

Roxanne abriu um sorriso genuíno.

— Acho que gosto do seu amigo, Callahan.

— Eu não disse que ele era meu amigo. Está mais para um espinho no meu dedo, uma pedra no meu sapato.

— Uma mosca na sua sopa. — Jake piscou e deu um soco nos próprios óculos. — Aposto que ele não contou como eu salvei a vida dele em Nice.

— Não contou.

— Você quase me matou — comentou Luke.

— Você sabe como as coisas podem ficar um pouco confusas depois de alguns anos. — Sempre pronto para socializar, Jake se serviu de um pouco de vinho. — De qualquer forma, houve um pequeno desentendimento em um clube.

— Foi uma briga de bar. — Luke fez um gesto com a taça na mão. — Que você começou.

— Detalhes, detalhes. Foi uma questão com uma jovem atraente... quero dizer *a*-tra-en-te mesmo... e um cavalheiro um tanto autoritário.

— Uma prostituta e um cliente — murmurou Luke.

— Eu não ofereci para pagar mais? Negócios são negócios, não é verdade? Eles não assinaram um contrato. — Embora com seu senso de livre comércio ofendido, com um suspiro e dando de ombros, Jake continuou: — De qualquer forma, uma coisa levou a outra, e quando Luke se intrometeu...

— Quando eu me intrometi para evitar que você levasse uma facada na costela.

— Que seja. Houve uma discussão. Fui eu quem acabou com o cara com uma garrafa de uísque na cabeça antes que ele cortasse a sua garganta, e que agradecimento eu recebo? Eu o arrastei para fora, bati com a minha perna em uma cadeira e fiquei dias sem andar direito. O hematoma. — Levantou uma das mãos. — Era do tamanho de uma bola de beisebol. — Fez uma careta ao se lembrar, deu um gole e suspirou. — Mas eu estou viajando.

— Qual é a novidade?

Para mostrar que não havia ressentimentos, Jake bateu no ombro de Luke.

— Descobri que Luke aqui é mágico, e ele descobriu que eu sou para os computadores o que DiMaggio foi para o beisebol. Um rebatedor de peso. Não existe sistema que eu não consiga quebrar. É um dom. — Abriu o sorriso de dentes perfeitamente alinhados e fez Roxanne se lembrar de um castor de óculos. — Só Deus sabe de onde vem. Meu pai tinha uma padaria judaica no Bronx e mal sabia usar uma caixa registradora. Eu, é só me dar um teclado que estou no paraíso. Então, uma coisa leva a outra, e nós nos juntamos.

— Jake estava na Europa fugindo de uma acusação de falsificação.

— Um pequeno erro de cálculo — disse Jake sem dar muita importância, mas a cor subiu pelo pescoço branco dele. — Os computadores são a minha paixão, srta. Roxanne, mas falsificação é a minha arte. Infelizmente, fiquei ansioso demais e me apressei.

— Acontece até com os melhores — disse Roxanne, tranquilizando-o, e ganhou sua gratidão eterna.

— Uma mulher compreensiva é mais valiosa do que rubis.

— Ela tem sido pouco preciosa para mim.

Roxanne arqueou uma sobrancelha para Luke.

ILUSÕES HONESTAS 373

— Sabe, Callahan, eu *gostei* do Jake. E estou presumindo que a sua habilidade com computadores vai nos fazer passar pela segurança.

— Ainda não foi inventado um sistema que vá me impedir. Vou colocar vocês para dentro, srta. Roxanne, e para fora. Quanto ao restante...

— Vamos dar um passo de cada vez — interrompeu Luke. — Temos muito trabalho, Rox. Está disposta?

— Eu me garanto, Callahan. Sempre me garanti. — Virou-se para Jake com um sorriso. — Já esteve em Nova Orleans?

— Não vejo a hora de ter esse prazer.

— Vamos voltar amanhã. Gostaria que fosse jantar conosco quando for conveniente para você. — Ela lançou um olhar rápido para Luke. — Pode levá-lo junto.

— Vou mantê-lo sob controle.

— Tenho certeza de que sim. — Pegando a taça de Luke, ela brindou com Jake, fazendo os olhos escuros dele brilharem. — Acho que esse é o começo de uma linda amizade. Deu um gole antes de largar o copo. — Agora, vocês vão me dar licença, mas tenho um encontro. Vou esperar notícias.

Jake colocou a mão no coração quando Roxanne fechou a porta ao sair.

— Nossa! Que mulher!

— Dê um passo nessa direção, cara, e você vai comer de canudinho.

— Acho que ela gostou de mim. — Estrelas brilhavam por trás das lentes. — Acho que ela ficou impressionada.

— Olhe pra você, Finestein, e vá pegar suas ferramentas. Vamos ver o quanto você consegue se aproximar da assinatura de Wyatt.

— Nem mesmo o gerente dele vai ver a diferença, Luke. Confie em mim.

— Tenho que confiar — murmurou Luke. — Esse é o problema.

Capítulo Vinte e Sete

◆◆◆◆

TALVEZ ESSE FOSSE O PAPEL mais difícil que já tinha desempenhado. Certamente, era o mais importante. Pegando um desvio em seu caminho de Washington para Nova Orleans, Luke chegou na propriedade de Wyatt no Tennessee com o chapéu na mão e vingança no coração.

Sabia que tinha de ser feito, a súplica, a humilhação, o rosto assustado. Podia ferir o orgulho, mas manter os Nouvelle em segurança era muito mais importante do que manter seu ego. Então, usaria uma máscara — não uma máscara literal como a que ele usou nos últimos cinco anos —, mas uma que convenceria Sam Wyatt a aceitar a volta de Luke. Pelo menos temporariamente.

Só precisava de alguns meses. No final deles, teria tudo o que queria. Ou não teria nada.

Bateu na porta e esperou. Quando uma empregada uniformizada atendeu, Luke baixou a cabeça e engoliu seco.

— Eu, ah, o sr. Wyatt está me esperando. Sou Callahan. Luke Callahan.

Ela assentiu e o acompanhou pelo corredor que ele se lembrava até o escritório onde ele testemunhara um assassinato e sofrera sua espécie de morte.

Assim como cinco anos antes, Sam estava sentado atrás da mesa. Desta vez, além dos móveis elegantes, havia um pôster de campanha enorme em um cavalete. O sorriso da fotografia brilhava com sinceridade e charme. Com letras pretas sublinhadas de vermelho e azul, estava escrito:

SAM WYATT PARA O TENNESSEE
SAM WYATT PARA A AMÉRICA

Em um pote na beirada da mesa, havia um monte de broches exibindo o mesmo rosto, o mesmo sentimento.

Quanto ao candidato em si, Sam mudara pouco.

Luke notou que alguns fios grisalhos brilhavam em suas têmporas, leves linhas apareciam ao lado dos seus olhos quando ele sorria. E ele sorria, muito. Muito mesmo, pensou Luke, como uma aranha deve sorrir quando vê uma mosca lutando na teia.

— Bem, bem, o filho pródigo à casa torna. Só isso — disse para a empregada, depois se recostou, ainda sorrindo, quando ela saiu e fechou a porta. — Callahan... você parece muito bem.

— Você parece... bem-sucedido.

— Sim. — Em um velho hábito, Sam virou o pulso para que pudesse admirar as abotoaduras de ouro. — Devo dizer que sua ligação ontem me deixou muito surpreso. Não achei que você teria coragem.

Luke endireitou os ombros de forma que ele sabia que pareceria uma tentativa frustrada de coragem.

— Tenho uma proposta para você.

— Ah, sou todo ouvidos. — Rindo, Sam se levantou. — Acho que devo lhe oferecer uma bebida. — Caminhou deliberadamente até o *decanter* de conhaque, e seus olhos brilhavam quando se virou. — Pelos velhos tempos.

Luke apenas fitou o copo oferecido e começou a respirar rápida e ruidosamente.

— Eu acho que não...

— Qual é o problema, Callahan? Perdeu o gosto por conhaque? Não se preocupe. — Sam brindou e deu um gole demorado. — Não preciso batizar a sua bebida para conseguir o que eu quero desta vez. Sente. — Era uma ordem. Dono para o cachorro. Enquanto sentia o sangue ferver, Luke deixou o líquido no copo e simplesmente obedeceu. — Agora... — Sam debruçou sobre a quina da mesa, sorrindo. — O que o fez pensar que eu permiti que você voltasse?

— Eu achei... — Luke bebeu como se para ter mais coragem. — Eu tinha esperança que já tivesse sido suficiente.

— Ah, não. — Deleitando-se em seu poder, Sam balançou a cabeça. — Entre mim e você, nunca será tempo suficiente. Talvez eu não tenha sido claro o suficiente... quanto tempo faz? Cinco anos. Foi exatamente aqui, neste mesmo escritório. Não é interessante?

Vagarosamente, foi até o lugar onde Cobb ficara caído, sangrando. O tapete era novo. Uma antiguidade italiana que ele comprara com o dinheiro da esposa.

— Acredito que você não tenha se esquecido do que aconteceu aqui?

— Não. — Luke comprimiu os lábios, desviou o olhar. — Não, não me esqueci.

— Acho que eu expliquei exatamente o que eu faria se você voltasse. O que aconteceria com você, e o que aconteceria com os Nouvelle. — Como se tendo um pensamento repentino, Sam levantou um dedo e bateu sobre os lábios. — Ou talvez você tenha perdido o encantamento com os Nouvelle depois de uma separação tão longa. Talvez não se importe mais se eu mandar o velho para a prisão, se mandar todos eles, se esse for o caso. Incluindo a mulher que você amava.

— Não quero que nada aconteça com eles. Não tem necessidade de você fazer isso com eles. — Como se para estabilizar a própria voz, Luke tomou mais um gole. O conhaque era muito bom, pensou. Uma pena não poder relaxar o suficiente para curti-lo. — Só quero uma chance de voltar para casa... só por um tempinho — acrescentou rapidamente. — Sam, Max está muito doente. Ele não deve viver muito tempo. Só estou pedindo que me deixe passar um mês com ele.

— Que tocante. — Sam foi para trás da mesa de novo. Abrindo uma gaveta, pegou um cigarro. Só se permitia fumar cinco por dia, e só em particular. No clima político atual, fumar era um erro. Podia estar bem à frente nas pesquisas, mas não era um homem que arriscaria a própria imagem. — Então, você quer passar um tempo com o velho enquanto ele morre. — Sam acendeu o cigarro, deu um longo e prazeroso trago. — E por que eu me importaria?

— Eu sei... não espero que você se importe. Mas achei que como é por tão pouco tempo. Dois meses. — Luke levantou o olhar de novo, os olhos cheios de súplicas. — Não vejo por que você se importaria.

— Você está errado. Tudo em relação a você, tudo em relação aos Nouvelle me importa. Você sabe por quê? — O sorriso cruel dele se encheu de desprezo. — Vocês, nenhum de vocês reconheceu o que eu tinha, o que eu era. Vocês me receberam por pena e me jogaram fora enojados. E vocês se achavam melhores. Vocês não passam de ladrões comuns, mas achavam que eram melhores do que eu.

A velha ira voltou, quase o sufocando. Foi o ódio que amadurecera que mantinha a sua voz clara.

— Mas vocês não eram, eram? — continuou. — Você ficou sem casa, sem país, e os Nouvelle estão carregando o peso de um velho patético que não consegue se lembrar nem do próprio nome. Mas aqui estou eu, Callahan. Rico, bem-sucedido, admirado e subindo para o topo.

Luke precisou se lembrar do plano, do longo prazo, da satisfação de um golpe inteligente. Se não fosse isso, teria pulado no pescoço de Sam e o esganado. Porque parte do que Sam dissera era verdade. Luke não tinha casa. E Max perdera a identidade.

— Você tem tudo que você quer. — Luke manteve os ombros caídos. — Só estou pedindo algumas semanas.

— Você sabe que é tudo que resta ao velho? — Sam suspirou, e virou seu conhaque. — Uma pena. Na verdade, eu tinha esperança de que ele ainda vivesse muito tempo, muito, muito tempo, com sua mente vegetando, o corpo encolhido e a situação toda arrancando o coração da família.

Sorriu de repente, aquele sorriso que atraía os eleitores.

— Sei tudo sobre Alzheimer. Mais do que você imagina. Eu me inspirei na terrível situação de Max, e parte da minha plataforma está escutando solidariamente as famílias que cuidam de seus entes queridos com mentes que mais parecem nabos. Ah! — Riu do brilho repentino nos olhos de Luke. — Você ficou ofendido com isso. Callahan, eu não dou a mínima para Maximillian Nouvelle ou qualquer outro igual a ele. Nabos não votam. Mas não se preocupe, quando eu for eleito vamos continuar a... ilusão — decidiu, gostando da ironia da palavra. — Vamos continuar a fazer promessas sobre pesquisas, ajuda do Estado... até cumprir algumas, já que sei como planejar a longo prazo.

Recostou e se permitiu projetar, abrindo-se para o único homem que ele sabia que não poderia prejudicá-lo.

— Essa cadeira no Senado é apenas o próximo passo, o próximo passo rumo à Casa Branca. Mais uma década e eu terei conquistado tudo. Quando eu tiver o controle, controle completo, as coisas vão ser do meu jeito. Os corações ensanguentados vão secar, e todos aqueles grupos suplicantes vão cair no esquecimento. No próximo século, os americanos vão descobrir que têm um líder que compreende o que é poder e controle. Um líder que sabe usar ambos e não tem medo de assumir algumas perdas enquanto faz isso.

A voz dele estava mais alta, como um evangelista que diz salvar almas. Luke assistia em silêncio enquanto Sam se aprofundava. Mais cedo ou mais tarde, ele ia assumir o poder, pensou Luke. Que Deus nos ajude a todos se Wyatt conseguir o que quer.

Sam tragou mais uma vez seu cigarro, depois se concentrou de novo em Luke enquanto soltava a fumaça.

— Mas acredito que você não esteja interessado em política nem no destino da nação. Seu interesse é mais pessoal.

— Eu ganhei dinheiro nesses últimos anos. — Querendo que Sam visse seu nervosismo, Luke passou a língua nos lábios. — Eu pago para você, dou o que você quiser para passar algumas semanas com Max e com os Nouvelle.

— Dinheiro? — Satisfeito, Sam jogou a cabeça para trás e deu uma gargalhada. — Eu pareço alguém que precisa de dinheiro? Você faz ideia de quanto eu arrecado todo mês em contribuições? É muito mais do que tenho através da minha encantadora esposa.

— Mas se você tivesse mais, você... você poderia aumentar seu tempo de campanha na televisão ou qualquer outra coisa que fosse necessária para garantir que as coisas vão acontecer de acordo com os seus planos.

— As coisas estão indo de acordo com os meus planos — respondeu Sam. — Seus olhos ficaram ainda maiores, as mãos vibrantes. — Você quer ver os números? O povo deste estado me quer, Callahan. Eles querem Sam Wyatt. Depois que eu acabar com ele, o povo não elegeria Curtis Gunner, aquele empregadinho. Eu estou ganhando. — Bateu com as mãos na mesa, espalhando as cinzas. — Eu estou ganhando.

— Um milhão de dólares — explodiu Luke. — Com certeza, um milhão de dólares seria útil para garantir. Só quero uma coisinha em troca. Depois, desapareço de novo. Mesmo se eu quisesse ficar, mesmo se tentasse, Roxanne não permitiria. — Baixou a cabeça, um homem derrotado. — Ela deixou isso claro.

— Deixou? — Sam bateu com os dedos na mesa. Estava calmo de novo. Sabia que era importante permanecer calmo. Assim como era importante explorar quaisquer vantagens que surgissem. — Então, você a viu.

— Eu fui ver o show dela em Washington. — O medo irradiava dele quando levantou o olhar. — Só por um momento, eu não consegui me segurar.

— E o seu percurso para o verdadeiro amor encontrou mais um obstáculo? — Nada poderia deixá-lo mais satisfeito. Mas ele se questionou, porque sabia bastante sobre Roxanne e um garotinho chamado Nathaniel.

— Ela substituiu você durante a sua ausência?

Ilusões Honestas   *379*

— Ela mal falou comigo — sussurrou Luke. — Eu a magoei, e, como não posso explicar por que fui embora, ela não se mostrou disposta a me perdoar.

Cada vez melhor, pensou Sam. Ele não sabia sobre a criança. Quanto Roxanne sofreria antes de contar para ele? E, se ela contasse, quanto mais Luke sofreria para partir de novo?

Pensou em tudo isso por um momento. Pareceu-lhe que a volta de Luke estava sendo mais proveitosa do que sua ausência. Afinal, era mais gostoso ver as pessoas sofrerem do que imaginar. E parecia que ainda seria pago para se divertir.

— Um milhão de dólares? Como você conseguiu acumular tanto?

— Eu... — Com a mão trêmula, Luke largou o conhaque. — Eu fiz shows.

— Não perdeu a mágica? Imagino que tenha continuado a roubar também. — Satisfeito com o olhar de culpa de Luke, assentiu. — Sim, eu imaginei. Um milhão de dólares — repetiu. — Vou ter que pensar. Os fundos de campanha são analisados com tanto cuidado hoje em dia. Não íamos querer nenhum indício de corrupção ou fraude para manchar a minha imagem, principalmente porque Gunner se diz tão imaculado. Eu gostaria... — Parou conforme a ideia despontava. Era tão perfeito, pensava, como se o destino tivesse lhe dado outra ferramenta.

— Acho que podemos fazer um acordo.

Com os olhos e a voz ansiosos, Luke se inclinou.

— Estarei com o dinheiro em uma semana. Posso trazer quando você disser.

— O dinheiro terá de esperar até depois das eleições. Vou pedir que meu contador encontre um canal seguro para ele. Enquanto isso, tenho um trabalho para você que vai lhe garantir o tempo que tanto quer.

Era uma curva que Luke não esperava. Tinha contado que a ganância de Sam seria suficiente.

— O que você quiser.

— Você deve se lembrar de um pequeno incidente chamado Watergate. Os assaltantes foram negligentes. Você teria de ser muito organizado, muito engenhoso.

Luke assentiu.

— Você quer que eu roube documentos?

— Eu não tenho como saber se existem documentos que valem a pena ser roubados. Mas um homem com os seus contatos deve ser capaz de produzir papéis, fotografias, esse tipo de coisa. E, se uma pessoa pode roubar, também pode plantar.

Entrelaçando os dedos, Sam se inclinou. Era tão perfeito. Com sua nova ferramenta, não apenas ganharia as eleições, mas também destruiria seu adversário política, pessoal e publicamente.

— Curtis Gunner tem um casamento feliz e tem dois filhos. O histórico dele no Senado do estado é limpo. Quero que você mude isso.

— Mudar? Como?

— Mágica. — Apoiando o queixo sobre os dedos entrelaçados, sorriu. — É nisso que você é o melhor, não é? Quero fotos de Gunner com outras mulheres, com prostitutas. E com homens também, sim, esse tipo de homens. — Teve de se segurar enquanto as gargalhadas ao pensar na imagem fizeram com que perdesse o equilíbrio. — Isso seria muito mais interessante. Quero cartas e papéis documentando o envolvimento dele com negócios ilegais, outros mostrando que ele usou dinheiro público para uso pessoal. Isso vai ser um chute no saco liberal dele. Quero que esses documentos sejam bons, impecáveis.

— Não sei como...

— Você vai encontrar um jeito. — Os olhos de Sam brilhavam. O poder estava aqui, todo aqui, ele sabia. Desta vez, nem precisou correr atrás. — Você quer fazer a sua viagem sentimental, Callahan; então pague por ela. Reúna as fotografias falsas, recibos, correspondências. Eu vou lhe dar de hoje até, digamos, dez dias antes das eleições. Isso, dez dias — murmurou para si próprio. — Quando isso vazar, quero que esteja bem fresco na mente do eleitor quando ele for para trás das cortinas votar. — Sentindo-se generoso, inclinou a cabeça. — Isso lhe dá o mesmo tempo com os Nouvelle.

— Farei o que for preciso.

— Você fará exatamente o que eu disser, ou então, quando o tempo acabar, você vai pagar. Eles todos vão pagar.

— Não sei do que está falando.

Com um novo sorriso brincando nos lábios, Sam levantou sua espátula de marfim para abrir cartas, testando a ponta com o polegar.

— Você me satisfaz com o serviço que estou lhe oferecendo, me satisfaz completamente. Ou tudo que eu ameacei cinco anos atrás vai virar realidade.

Ilusões Honestas 381

— Você disse que se eu fosse embora, não faria nada com eles.

Com um único golpe, ele acertou o canto de seu bloco de notas com a ponta da espátula.

— E você colocou tudo isso a perder voltando para cá. Você jogou os dados de novo, Callahan. O que vai acontecer com os Nouvelle depende unicamente de como você vai jogar. Entendeu?

— Entendi, sim.

Ele ia jogar, pensou Luke. E desta vez ia ganhar.

♦ ♦ ♦ ♦

— *E* ENTÃO? — TOMADO de impaciência, Jake seguiu Luke para o Cessna.

— As minhas coisas já estão no avião?

— Estão sim. Como foi com Wyatt? Eu, eu sou só um peão, eu sei. Um soldado lento atrás das linhas, só um...

— Um idiota — terminou Luke para ele. Subiu para o *cockpit* e começou a verificar os medidores. — Foi bem — disse quando Jake resolveu adotar um silêncio ofendido. — Se você considerar que tive de me rebaixar ao papel de um mendigo gago quando tudo que eu queria era arrancar o coração dele.

— Pelo que ouvi dizer, esse camarada não tem coração. — Jake colocou o cinto de segurança, empurrou os óculos para cima do nariz. Era óbvio que Luke estava com um humor perigoso, o que significava que o curto voo até Nova Orleans seria agitado. Como precaução, Jake tomou um Dramin e um Valium com seu refrigerante quente de laranja. — De qualquer forma, você conseguiu o tempo que queria, certo?

— Consegui. — Luke entrou em contato com a torre de comando para obter autorização para decolar. Quando começou a taxiar, olhou para Jake, que já estava pálido, com os olhos vidrados e as juntas das mãos brancas. — Também consegui um trabalho para você.

— Ah, que bom. Ótimo. — Para se proteger, Jake fechou os olhos quando o nariz do avião levantou. Como dizia para Luke toda vez, odiava voar. Sempre odiara e sempre odiaria. E tinha certeza de que era por isso que Luke o arrastava para um *cockpit*, em média, uma vez por semana.

— O acordo de Wyatt inclui um pouco de difamação. — Conforme o avião continuava subindo, Luke sentiu sua tensão evaporar. Amava voar. Sempre amara, sempre amaria. — É bem a sua área.

— Difamação. — Com cuidado, Jake abriu um olho. — O que você sabe sobre difamação?

— Ele quer fotos tratadas, papéis, correspondências, colocando esse Curtis Gunner em maus lençóis. Documentos ilegais, antiéticos e imorais. Daquele tipo que faz perder eleições, separa famílias e destrói vidas.

— Merda, Luke, não temos nada contra esse cara, Gunner, certo? Sei que você tem de dançar conforme a música do diabo para comprar o tempo que precisa para acabar com o Wyatt. Mas não parece justo.

Depois de estabilizar o avião, Luke acendeu um charuto.

— A vida não é justa, Finestein, se você ainda não percebeu. Faça seu trabalho, e faça bem-feito, só com um pequeno ajuste.

Jake suspirou.

— Eu disse que estava dentro, e estou dentro. Vou providenciar tudo, vai ser tão quente que vai queimar.

— Estou contando com isso.

— Então, qual é o ajuste?

Luke prendeu o charuto entre os dentes e sorriu.

— Você não vai fazer sobre Gunner, mas sobre Wyatt.

— Sobre Wyatt? Mas você disse... — O rosto pálido de Jake abriu um sorriso sonhador. O Valium estava fazendo efeito. — Agora eu entendi. Jogo duplo.

— Deus, você é rápido, Finestein. — O sorriso dele ainda estava aumentando quando Luke inclinou o avião e foi na direção de sua casa.

Capítulo Vinte e Oito

♦ ♦ ♦ ♦

O QUARTO QUE LILY E MAX um dia compartilharam agora estava totalmente equipado para os cuidados com um paciente com grave perda cognitiva. Roxanne trabalhara de perto com a equipe do hospital e com um decorador de interiores para ter certeza de que o ambiente de seu pai era seguro e prático, sem ter a atmosfera de um quarto de hospital.

Monitores e remédios eram necessários, mas, na sua opinião, cores vivas e materiais macios também eram. Max sempre adorava isso. Três enfermeiras se revezavam em plantões de oito horas, um fisioterapeuta e um psicólogo faziam visitas regulares. Mas sempre havia também flores frescas, travesseiros macios e uma ampla seleção das músicas clássicas preferidas de Max.

Uma fechadura especial fora instalada nas portas das varandas para evitar que ele entrasse ali sozinho. Roxanne não aceitara o conselho de um médico de colocar grades nas janelas e, em vez disso, pendurara novas cortinas de renda.

Seu pai podia ser um prisioneiro da própria doença, mas ela não o tornaria um prisioneiro na própria casa.

Ficava satisfeita ao ver a luz do sol atravessando a renda nas janelas e ao escutar os acordes de Chopin quando entrava no quarto de seu pai. A dor não era mais tão intensa quando ele não a reconhecia. Passara a aceitar que haveria dias bons e dias ruins. Agora, vendo-o sentado à sua escrivaninha, pacientemente brincando com bolas de espuma entre os dedos, ela sentiu um pequeno alívio.

Hoje ele estava contente.

— Bom dia, srta. Nouvelle. — A enfermeira do plantão da manhã estava sentada perto da janela lendo. Deixou o livro de lado e sorriu para Roxanne. — O sr. Nouvelle está praticando um pouco antes da terapia.

— Obrigada, sra. Fleck. Se quiser tirar um intervalo de dez ou quinze minutos, LeClerc acabou de preparar um café.

— Seria bom tomar uma xícara, sim. — A sra. Fleck era enfermeira há vinte anos e tinha olhos generosos. Foram os olhos mais do que a experiência que motivaram Roxanne a contratá-la. Levantou o corpo robusto da cadeira e tocou o braço de Roxanne ao sair do quarto.

— Olá, papai. — Roxanne atravessou o quarto até a escrivaninha e se debruçou para dar um beijo no rosto do pai. Estava tão magro, mas tão magro, que ela às vezes se perguntava como a frágil pele aguentava a pressão do osso. — Está um lindo dia. Já olhou lá fora? Todas as flores de LeClerc estão florescendo, e Mouse instalou uma fonte no quintal. Talvez você queira se sentar um pouco lá mais tarde e escutar a água.

— Tenho que praticar.

— Eu sei. — Ela estava de pé, com a mão apoiada de leve no ombro dele, vendo os dedos retorcidos se esforçando para manipular as bolas. Em uma época, ele estalava os dedos e produzia fogo, mas era melhor não pensar nisso. — O show foi ótimo. O *grand finale* foi especialmente bom. Oscar se mostrou um bom canastrão e um guarda e tanto. Nem Lily fica mais nervosa perto dele.

Ela continuou falando, sem esperar uma resposta. Era raro o dia em que Max parava o que quer que estivesse fazendo para olhar para ela, muito menos entrar em uma conversa.

— Levamos Nate ao zoológico. Ele amou. Achei que não ia conseguir tirá-lo da caverna das cobras. Ele está tão grande, pai. Às vezes eu olho para ele e mal posso acreditar que é meu filho. Você se sentia assim quando eu estava crescendo? Você alguma vez olhou e se sentiu tonto e se perguntou como aquela pessoa saiu de você?

Uma das bolas caiu no chão. Roxanne se abaixou para pegá-la, depois agachou de forma que seus olhos ficaram no mesmo nível dos de Max quando lhe devolveu a bola.

O olhar de Max se desviou do dela, como uma aranha que procura um canto para tecer a teia. Mas ela era paciente e esperou até que ele olhasse de novo para ela.

— Você se preocupava o tempo todo? — perguntou ela baixinho. — No fundo da sua mente, durante todo o dia a dia de trabalho? Você sempre estava com medo de fazer alguma coisa errada, dizer alguma coisa errada, fazer uma escolha errada? As coisas nunca ficam mais fáceis, né? Ter um filho é tão maravilhoso e tão assustador.

O sorriso de Max se abriu aos poucos. Para Roxanne, era assistir ao sol nascer no deserto.

— Você é muito bonita — disse ele, acariciando o cabelo dela. — Agora, preciso praticar. Você gostaria de vir ao meu espetáculo e me ver cortar uma mulher ao meio?

— Sim. — Ela o observou brincar com as bolas nos dedos. — Seria ótimo. — Esperou um momento. — Luke voltou, papai.

Ele continuou brincando com as bolas, o sorriso dando lugar ao cenho franzido de preocupação.

— Luke — disse ele após uma longa pausa. E de novo: — Luke.

— Isso. Ele quer vê-lo. Posso permitir que ele venha visitar?

— Ele saiu daquela caixa? — Os músculos faciais dele começaram a se agitar. As bolas caíram, quicando. O tom de voz dele ficou mais alto, petulante e exigente. — Ele saiu?

— Saiu. — Roxanne pegou as mãos inquietas do pai. — Ele está bem. Vou encontrá-lo daqui a pouco. Você quer que eu o traga para vê-lo?

— Não enquanto eu estiver praticando. — A voz de Max soou um pouco mais alta, rouca. — Preciso praticar. Como posso acertar se não praticar?

— Tudo bem, papai. — Para acalmá-lo, Roxanne juntou as bolas e as arrumou ao alcance dele em cima da mesa.

— Eu quero vê-lo — murmurou Max. — Eu quero vê-lo quando ele sair da caixa.

— Vou trazê-lo. — Deu outro beijo no rosto dele, mas Max já estava envolvido em apertar as bolas de esponja nas palmas das mãos.

♦ ♦ ♦ ♦

Quando Roxanne desceu a escada, já tinha uma estratégia traçada. Luke estava de volta; não podia ignorar isso. Nem ignoraria o vínculo dele com Max. Mas isso não significava que não ficaria vigiando-o como um falcão quando permitisse a visita.

Da mesma forma que havia os passos necessários a se dar antes de um serviço, havia passos necessários para se dar com Luke. Trabalharia com ele porque lhe era conveniente, porque a proposta dele a intrigou e porque, se ele não mudou nos últimos cinco anos, ele era o melhor. No palco ou abrindo um cofre.

Então o usaria para seus próprios fins, pegaria a sua parte do lucro e iria embora.

Exceto que havia Nathaniel.

Parando no penúltimo degrau, Roxanne pegou uma Ferrari em miniatura. Colocou no bolso, mas ficou com os dedos nela, pensando na criança cujos dedos a guiavam em corridas pelo tapete ou longos passeios pelo cimento do quintal. A criança que neste momento estava em sua sala de aula pré-escolar, aproveitando a manhã com seus atuais melhores amigos. Será que podia ignorar o vínculo de Luke com o menino que ele nem sabia que existia? Será que essa era uma ilusão que deveria manter pelo resto de sua vida?

Mais tempo, pensou enquanto se dirigia para a cozinha. Precisava de mais tempo.

Não ajudou em nada para sua paz de espírito encontrar Luke lá, sentado à mesa à qual se sentara tantas vezes durante toda sua vida, parecendo muito à vontade com uma xícara de café na mão e o último pedaço de sonho na outra.

LeClerc estava rindo, tão obviamente satisfeito por ter o filho pródigo de volta em casa, tão obviamente pronto para perdoar e esquecer que Roxanne estava ainda mais determinada a não fazer nada disso.

— É um truque e tanto, Callahan, a forma como você passa pelas fendas.

Cumprimentou-a com um sorriso fácil.

— Uma das cinco coisas que eu mais senti falta enquanto estava longe foi da comida de LeClerc.

— Esse garoto sempre foi um apetite ambulante. Sente-se, mocinha. Vou servir o seu café.

— Não, obrigada. — Sabia que sua voz estava fria, e sentiu uma pontada quando viu os olhos de LeClerc se desviarem dos dela. Droga, o que eles esperavam, que ela contratasse uma banda? — Se você já terminou seu *petite déjeuner*, podemos trabalhar.

— Quando você quiser. — Levantou-se, pegando outro sonho da cesta sobre a mesa. — Vou levar um para comer na estrada. — Piscou para LeClerc antes de sair pela porta que Roxanne estava segurando. — Ele ainda cuida do jardim sozinho? — perguntou Luke quando cruzaram o quintal margeado de flores.

— De vez em quando, ele deixa... — Nate. — Um de nós ajudar — terminou ela. — Mas ele ainda é um tirano com as rosas dele.

— Parece que ele nem envelheceu. Eu estava com medo. — Fez uma pausa, cobrindo a mão dela com a sua quando ela segurou a maçaneta da sala de ensaio. — Acho que você não vai entender, mas eu estava com medo de que eles tivessem mudado. Mas, quando eu estava na cozinha agora mesmo, foi como sempre foi. Os cheiros, os sons, a sensação de estar ali, a mesma coisa.

— E isso facilita as coisas para você.

Ele gostaria de poder culpá-la por colocar o dedo na ferida com tanta precisão.

— Não totalmente. Você mudou, Rox.

— Mudei? — Virou-se. Ele estava mais perto do que ela gostaria, mas ela não se afastaria, nem se aproximaria. Em vez disso, ficou parada e abriu um sorriso frio.

— Teve uma época em que eu conseguia ler tudo no seu rosto — murmurou ele. — Mas você mudou. Sua aparência é a mesma, seu cheiro é o mesmo, sua voz é a mesma. Fico imaginando se eu fosse com você para a cama, se seria a mesma coisa, mas você apertou aquele botão que faz as pessoas mudarem. — Com os olhos fixos nos dela, passou a mão pelo seu rosto. — Agora tem uma mulher por cima da que eu me lembro. Qual é você, Roxy?

— Sou exatamente quem eu quero ser. — Ela virou a maçaneta e empurrou a porta. — Sou a mulher que eu quis ser. — Acendeu as luzes, iluminando a grande sala de ensaio com suas caixas coloridas e longos tablados de mágica. — Então, você viu o espetáculo. Deve ter uma boa ideia de como trabalho agora. O estilo básico é a elegância, toques de luz, mas sempre com graça e fluidez.

— Vi, muito bonitinho. — Luke mordeu o sonho, espalhando açúcar. — Talvez com o lado feminino um pouco exagerado.

— Mesmo? — Ela arqueou uma sobrancelha. Pegou a adaga de prata com o punho cravejado de pedras que ela usava como objeto cênico. — Suponho que você ia preferir entrar no palco como um pavão, com o peito inchado e os músculos flexionados.

— Podemos chegar a um equilíbrio.

Debruçando-se um pouco no tablado, Roxanne bateu com a lâmina na palma da mão.

— Callahan, acho que estamos tendo um problema de comunicação aqui. Eu sou o show. Estou muito disposta a deixar você exibir a sua volta como parte do espetáculo, mas eu sou e vou continuar sendo a estrela do palco.

— Minha volta. — Passou a língua sobre os dentes. — Você está certa sobre uma coisa, amor. Estamos tendo um problema de comunicação. Quem caiu no esquecimento, tem volta. Eu estava enchendo os olhos dos europeus.

— É bom saber que aquelas pequenas aldeias ainda estão enchendo os circos, não?

Os olhos dele estreitaram, brilharam.

— Por que você não abaixa a faca para dizer isso?

Ela apenas sorriu, passando a ponta do dedo pela lâmina da adaga.

— Agora, pelo meu ponto de vista, faremos uma única apresentação. A publicidade será suficiente para garantir a casa cheia. "Uma Noite de Mágica com Roxanne Nouvelle". — Ela mexeu a cabeça de forma que seu cabelo se agitou. — Com uma aparição especial de Callahan.

— Pelo menos o seu ego não mudou. Sócios, Roxanne. — Chegou mais perto. — Você quer ser a estrela. Vou ser um cavalheiro nesse aspecto. Mas os cartazes dirão "Nouvelle e Callahan".

Ela deu de ombros.

— Vamos negociar.

— Olhe, não vou perder o meu tempo com esses detalhes insignificantes.

— Insignificantes? Quer falar sobre insignificância? — Ela foi na direção dele e colocou a adaga contra o peito dele. O olhar assustado no rosto de Luke fez com que ela batesse no tablado e caísse na gargalhada.

— Meu Deus, que idiota.

— Bonito. — Ele esfregou o peito onde a faca encostara. O coração embaixo quase parara. — Muito bonito. Agora você quer tratar de negócios ou continuar brincando?

— Claro, vamos cuidar dos negócios. — Deixou a faca de lado e subiu no tablado. — O show é meu e dura uma hora e quarenta e cinco minutos. Estou disposta a lhe dar quinze.

— Quero cinquenta, incluindo os dez para o *grand finale* que faremos juntos.

— Você quer o lugar de Oscar? — Como ele olhou para ela como se não estivesse entendendo, ela sorriu. — O gato, Callahan. Eu faço o *grand finale* com o gato.

— Vamos mudar e colocar como o último número antes do final.

— Quem colocou você no comando?

— É o meu espetáculo, Roxanne. — Deixando o assunto morrer, ele foi até um dos baús coloridos. Era tão alto quanto ele e dividido em três partes. — Quero fazer uma escapada, um número de multiplicação que estou ensaiando, uma ilusão em larga escala e uma transportação.

Para ter alguma coisa com que se ocupar, ela pegou três bolas para fazer malabarismo.

— Só isso?

— Não, o final é separado. — Virou-se e pegou outra bola. Avaliando o ritmo dela, jogou-a entre as três. Ela pegou a quarta bola sem nem piscar. — Quero fazer uma variação do número da vassoura que fizemos no cruzeiro. Já pratiquei a maior parte dos deslocamentos. Gostaria de começar a ensaiar o quanto antes.

— Você gostaria de um monte de coisas.

— É. — Ele deu um passo à frente e, rápido como uma cobra, colocou suas mãos embaixo das dela para pegar as bolas. — A alma do truque é saber quando agir e quando parar. — Sorriu para ela através do círculo de bolas. — Podemos ensaiar aqui ou na casa que eu acabei de comprar.

— Ah? — Ela detestou o fato de ter ficado interessada. — Achei que fosse ficar em um hotel.

— Gosto de ter meu próprio espaço. É uma casa bem espaçosa em Garden District. Como ainda não comprei móveis, temos muito espaço.

— Ainda?

— Eu voltei, Rox. — Passou as bolas para ela, que apenas as ignorou. — É melhor se acostumar.

— Eu não ligo a mínima para onde você mora. Isso são negócios, e um acordo único. Não vá achando que você está de volta à equipe.

— Já estou — disse ele. — É isso que mais irrita você. — Levantou uma das mãos, pedindo paz. — Por que não vemos como vamos lidar com essa situação? Mouse e Jake já estão pensando juntos sobre como driblar a segurança, e...

— Espere aí. — Furiosa, ela pulou do tablado. — O que você quer dizer com estão pensando juntos?

— Quero dizer que Jake veio comigo. Ele e Mouse saíram para conversar sobre eletrônicos.

— Não vou aceitar isso. — Empurrou-o a fim de ter espaço para andar de um lado para o outro. — Certo? Eu não vou aceitar isso. De forma alguma vou aceitar que você volte e vá assumindo o controle. Eu estou cuidando de tudo sozinha há quase três anos. Desde que Max... desde que ele não conseguiu mais. Mouse é meu.

— Eu não sabia que ele tinha se tornado propriedade sua desde que eu fui embora.

Furiosa, ela se virou.

— Você sabe muito bem o que eu quis dizer. Ele é da *minha* família. Ele é da *minha* equipe. Você abriu mão disso.

Ele assentiu.

— Abri mão de muita coisa. Você quer tornar o assunto pessoal. Ok. Eu passei cinco anos vivendo sem tudo que importava para mim. Porque isso tudo importava. Agora eu estou retomando tudo, Roxy. Tudo. — Que se dane a cautela, a cortesia, o controle, pensou ao agarrá-la pelos ombros. — Cada pedacinho. Nada vai me impedir.

Ela poderia ter se afastado. Poderia ter arranhado e mordido e lutado para se soltar. Mas não fez nada disso. Algo nos olhos dele, algo selvagem e infeliz, fez com que ela ficasse parada no lugar quando ele grudou a boca na dela.

Ela sentiu o gosto da fúria e da frustração e de algo mais, um desejo intenso demais para palavras, forte demais para as lágrimas. Aqueles velhos desejos cuidadosamente enterrados vieram à tona com tanta força que ela respondeu à gula com gula.

Ah, como ela o desejava ainda. Como ela queria apagar o tempo e o espaço e simplesmente recomeçar. Era exatamente como tinha sido: o gosto dele, a forma com que a boca dele se colocava sobre a sua, a rapidez da língua, a excitação que fazia o corpo dela buscar urgentemente a completude.

Mas não era a mesma coisa. Mesmo quando os braços dela o envolveram, sentiu que ele estava mais magro. Como se ele tivesse pegado uma faca e cruelmente cortado o próprio corpo, deixando só músculos e ossos.

Ilusões Honestas

Além do físico, ela também sentia outras diferenças. Este Luke não iria rir com tanta facilidade, descansar com tanta facilidade nem amar com tanta doçura.

Mas, ainda assim, ela o desejava.

Ele podia tomá-la ali naquele tablado onde a mágica acontecia há uma geração. No chão, onde pó mágico se espalhava. Aqui e agora. E se fizesse isso, se tomasse de volta o que estava perdido, talvez encontrasse a sua salvação. Talvez encontrasse a paz. Mas, mesmo se isso o levasse ao inferno e ao caos, ainda assim agradeceria a Deus pela chance. Deixou sua mente se entregar a esse pensamento enquanto suas mãos exploravam o corpo que se encaixava tão perfeitamente ao seu.

Ela era única. Sempre única. Nada nem ninguém o impediria de tomá-la de volta para si.

Exceto ele mesmo.

— É a mesma coisa. — Separou sua boca da dela e a colou no pescoço. — Droga, Roxanne, é a mesma coisa entre nós. Você sabe disso.

— Não, não é. — Ainda assim, ela se agarrava a ele, cheia de desejo.

— Diga-me que não sente. — Furioso e frenético, afastou-a para olhar seu rosto. Viu o que precisava ver ali: os olhos pesados, a pele pálida, a boca inchada. — Diga que não sente o que fazemos um com o outro.

— Não importa o que eu sinto. — O tom de voz dela aumentou, como se gritando pudesse convencer a si mesma. — O que importa é o que é. Vou confiar em você no palco. Vou até confiar em você no outro trabalho. Mas em mais nada, Luke. Em mais nada, nunca mais.

— Então, farei sem confiança. — Enfiou os dedos nos cabelos dela, passando-os por entre os fios. — Ficarei com o que restar.

— Você está esperando eu dizer que lhe desejo. — Ela se afastou, permitindo-se respirar fundo. — Ok, eu desejo você, e talvez eu decida fazer alguma coisa para resolver isso. Sem compromisso, sem promessas, sem bagagem.

Ele sentiu como se alguém estivesse apertando os músculos de sua virilha como se fosse massa de pão.

— Decida agora.

Ela quase riu. Havia tanto do velho Luke no comando.

— Sou cautelosa com sexo. — Ela lhe lançou um olhar direto. — E só seria isso.

— Você é cautelosa — murmurou ele, aproximando-se dela de novo —, porque tem medo de que seja muito mais. — Abaixou a cabeça para beijá-la de novo, mas desta vez ela o segurou com a mão espalmada no peito dele.

— Essa é a sua resposta para tudo?

Porque, quer ela soubesse ou não, eles progrediram. Ele sorriu.

— Depende da pergunta.

— A pergunta é se conseguiremos planejar uma série complicada de trabalhos com nossos hormônios palpitando? — Ela sorriu também, desafiando-o. — Eu consigo se você conseguir.

— Feito. — Pegou a mão dela. — Mas eu vou levá-la para a cama nesse percurso. Então, por que você não vai para a minha casa? Podemos... ensaiar.

— Eu levo os ensaios muito a sério, Callahan.

— Eu também.

Com uma gargalhada, ela o surpreendeu, enfiando as mãos nos bolsos. Seus dedos sentiram o carrinho e ela se lembrou. De muitas coisas. O sorriso se apagou de seus olhos.

— Vamos deixar para amanhã.

— Como assim? — Frustrado de a cortina ter caído entre eles de novo, ele segurou o queixo dela. — Aonde você foi?

— Só não tenho tempo para trabalhar hoje.

— Você sabe que não é disso que estou falando.

— Eu tenho direito à minha privacidade, Luke. Deixe o endereço e eu estarei lá amanhã de manhã. Para ensaiar.

— Ok. — Ele soltou a mão. — Faremos do seu jeito. Por enquanto. Tem mais uma coisa antes de eu ir embora.

— O quê?

— Deixe-me ver Max. — Ficou nervoso quando ela hesitou. — Droga, me arranhe, me morda, faça o que você quiser. Mas não me castigue assim.

— Você não me conhece, não é? — disse, cansada. Ela se virou, foi para a porta. — Vou levá-lo até ele.

♦ ♦ ♦ ♦

Ilusões Honestas   393

ELE SABIA QUE SERIA RUIM. Luke juntara todas as matérias de revistas sobre a doença de Max, lera tudo que conseguira encontrar sobre Alzheimer. Estava certo de que estava preparado tanto para as mudanças físicas como as emocionais.

Mas não sabia o quanto doeria ver o homem que na sua infância considerara maior do que a própria vida tão encolhido, tão velho e tão perdido.

Ficou durante uma hora no quarto ensolarado ao som de Mozart. Falou sem parar, mesmo quando não tinha resposta, e procurou no rosto de Max sinais de reconhecimento.

Só foi embora quando Lily entrou e gentilmente disse que estava na hora dos exercícios de Max.

— Vou voltar. — Luke colocou sua mão sobre a de Max e sentiu o pulso dele. — Tenho alguns truques que você vai gostar de ver.

— Precisa praticar — disse Max, olhando para a mão forte e fina de Luke. — Boas mãos. Precisa praticar. — Sorriu de repente. — Você tem potencial.

— Eu vou voltar — disse Luke de novo e se encaminhou para a porta, desnorteado. Encontrou Roxanne na sala de estar, olhando a rua pela janela.

— Sinto muito, Roxy. — Quando ele chegou por trás e passou o braço pela cintura dela, ela não se opôs, cedeu por um momento, encostando nele.

— Não tem ninguém a quem culpar. Tentei esse caminho no começo. Médicos, destino, Deus. Até você, porque não estava aqui. — Quando ele deu um beijo no alto da cabeça dela, ela fechou os olhos bem apertados. Mas eles estavam secos quando ela os abriu. — Ele foi para algum lugar aonde ele tinha de ir. É assim que lido com a situação. Ele não está sentindo dor, embora às vezes eu tenha medo de que exista algum tipo de dor mais profunda que eu não consiga ver. Mas sei como temos sorte por poder mantê-lo em casa e perto de nós até que ele esteja pronto para partir completamente.

— Eu não quero perdê-lo.

— Eu sei. — A compreensão foi tão intensa que ela não conseguiu não buscar a mão dele. Levantou a sua até a que estava apoiada em seu ombro e entrelaçou seus dedos com os dele. Quando o assunto era Max, ela conseguia se entregar sem limites. — Luke, eu preciso definir regras, mas não é para puni-lo. Eu gostaria que você visse Max o máximo possível. Sei que é difícil, e é doloroso, mas acredito que seja bom para ele. Você era... é... uma parte grande da vida dele.

— Não preciso lhe dizer o que eu sinto por ele, o que eu faria por ele se pudesse.

— Não. Não precisa. — Ela expirou longamente. — Só vou precisar que me avise quando quiser vir. Aparecer sem avisar atrapalha a rotina dele.

— Pelo amor de Deus, Roxanne.

— Existem razões. — Virou-se, permanecendo firme. — Eu não vou me explicar, apenas definir os limites. Você é bem-vindo aqui. Max ia querer isso. Mas nos meus termos.

— Então devo marcar hora?

— Isso mesmo. As manhãs costumam ser o melhor horário, como hoje. Entre nove e onze. — Quando Nathaniel estivesse a salvo na escola. — Assim, podemos marcar os ensaios de tarde.

— Ok. — Foi na direção da porta. — Pode me mandar uma agenda.

Roxanne escutou a porta da frente bater. O eco familiar quase a fez sorrir.

Capítulo Vinte e Nove

◆ ◆ ◆ ◆

PELA PRIMEIRA VEZ NA VIDA, Roxanne sofreu a desaprovação da família. Não disseram que ela estava errada. Ninguém fez sermões, nem deu conselhos, nem deixou de sorrir ou de conversar.

Ela teria preferido isso aos murmúrios que escutava antes de entrar em um cômodo, os longos olhares de pena que sentia pelas suas costas. Eles não compreendiam. Ela dizia isso para si mesma e os perdoava — ou quase. Nenhum deles descobriu que estava grávida e abandonada e sozinha. Bem, talvez não necessariamente sozinha, corrigiu-se enquanto apoiava o queixo na mão e observava Nathaniel brincando com seus carrinhos no quintal. Ela tivera família, um lar e apoio inquestionável.

Mas nada disso compensava o que Luke fizera. Ela não o recompensaria dividindo seu filho lindo e perfeito e arriscando o equilíbrio emocional de Nate.

Por que eles não conseguiam ver isso?

Ela levantou o olhar quando a porta da cozinha se abriu e sorriu para Alice, que atravessava o quintal. Uma aliada, pensou Roxanne, orgulhosa. Alice não conhecia Luke, não tinha nenhum envolvimento emocional com ele. Ela concordaria que uma mãe tinha o direito de proteger seu filho. E a si mesma.

— Teve uma batida horrível — disse Nathaniel para Alice.

Interessada, abaixou-se, o fino cabelo louro caindo para a frente, o vestido comprido de algodão quase tocando o chão.

— Parece feio — concordou ela com sua voz calma. — Melhor ligar para a emergência.

— Emergência! — concordou Nathaniel, satisfeito e começou a fazer sons de sirene.

— Essa é a terceira batida em quinze minutos. — Roxanne bateu no banco de ferro para que Alice se sentasse. — São muitos acidentes.

— Essas estradas são perigosas. — Alice abriu seu lindo e suave sorriso. — Tentei ensinar a ele as vantagens das corridas de carrinho, mas ele prefere os engarrafamentos.

— Ele prefere os acidentes. Espero que não esteja deturpando a mente dele.

— Ah, acho que isso não vai acontecer. — Alice respirou fundo para sentir o aroma das rosas, das ervilhas-de-cheiro e da terra molhada. O quintal era seu lugar favorito, um lugar aberto com sombras, feito para se sentar e pensar. Tão típico do sul. Sendo uma ianque por opção, ela adotara tudo que era sulista com o mesmo fervor que um católico convertido adotava a igreja. — Pensei em levar Nathaniel a Jackson Square depois da escola para ele poder correr um pouco.

— Eu gostaria de poder ir com vocês. Sempre acho que estou passando pouco tempo com ele quando estou me preparando para algum serviço.

Alice aceitava todos os lados das profissões dos Nouvelle com uma facilidade filosófica. Para ela, eles não estavam roubando e sim espalhando os lucros em excesso.

— Você é uma mãe maravilhosa, Roxanne. Nunca vi você deixando o trabalho interferir nas necessidades de Nathaniel.

— Espero que não. As necessidades dele são o que há de mais importante para mim. — Riu quando ele bateu dois carros, fazendo sons de batida. — Homicida?

— Agressividade saudável.

— Você é tão boa para mim, Alice. — Com um suspiro, Roxanne recostou. Mas estava esfregando uma mão na outra, um sinal óbvio de que estava nervosa. — Tudo parecia tão equilibrado, tão certo, tão fácil. Eu gosto de rotina, sabe? Acho que vem da disciplina do mágico.

Alice analisou o rosto de Roxanne com olhos tranquilos.

— Eu não diria que você é uma mulher que não gosta de surpresas.

— Algumas surpresas. Eu não quero atrapalhar a vida de Nate. Nem a minha. Sei o que é melhor para ele. Droga, eu quero saber o que é melhor para ele. E eu certamente sei o que é melhor para mim.

Alice ficou em silêncio por um momento. Não era uma mulher de falar sem pensar. Reuniu esses pensamentos com bastante cuidado como se estivesse colhendo flores.

— Você quer que eu diga que não contar ao pai de Nate sobre ele é a coisa certa a se fazer.

— E é. — Roxanne olhou para Nate, abaixando o tom de voz cuidadosamente. — Pelo menos até eu achar que chegou a hora. Ele não tem nenhum direito sobre Nathaniel, Alice. Ele abriu mão desses direitos quando nos abandonou.

— Ele não sabia que ele existia.

— Isso não vem ao caso.

— Pode não vir ao caso ou pode ser exatamente a questão. Eu não estou em posição de saber.

— Então. — Roxanne juntou os lábios, formando uma linha, para a nova traição. — Você se juntou a eles.

— Não é como escolher um lado em um jogo, Roxanne. — Como para Alice a amizade vinha em primeiro lugar, colocou a mão por cima dos dedos rígidos de Roxanne. — Independentemente do que você fizer ou não fizer, nós estaremos ao seu lado. Quer concordemos ou não.

— E vocês não concordam.

Com um suspiro, Alice balançou a cabeça.

— Eu não sei o que faria no seu lugar. E só você pode saber o que realmente se passa em seu coração. O que eu posso dizer é que, pelo que vi nesta semana que conheço Luke, eu gosto dele. Gosto da intensidade dele, da imprudência, da determinação para atingir um objetivo. Essas são algumas das razões por que eu gosto de você.

— Então você está dizendo que eu deveria deixá-lo entrar, confiar Nate a ele.

Era tão difícil dar conselhos, pensou Alice. Perguntou-se por que tanta gente gostava.

— Estou dizendo que você deve fazer o que acha certo. Independentemente do que fizer, não vai mudar um simples fato. Luke é o pai de Nathaniel.

♦ ♦ ♦

LUKE, LUKE, LUKE. Roxanne espumava de raiva enquanto o via ensaiar com Lily o número da Mulher na Caixa de Vidro. Mouse e Jake se afastaram do transmissor eletrônico no qual eles estavam trabalhando para assistir.

Por que Luke voltara e, de repente, tornara-se o sol com todos os outros girando ao redor dele como planetas? Ela odiava isso.

Estava tudo errado. Estavam ensaiando aqui, na enorme sala de estar dele com pé-direito alto e elegante revestimento em gesso. De repente, estavam no domínio dele, com ele dando as ordens.

Estava tocando rock 'n 'roll. Ele estava acertando o seu ritmo ao de Bruce Springsteen em "Born to Run". Eles sempre trabalhavam com músicas clássicas, pensou Roxanne, enfiando as mãos nos bolsos da calça de moletom. Sempre. E o que mais a enfurecia era que isso combinava com ele e com a ilusão.

Era rápido, excitante sensual. Tudo que ele fazia se encaixava nessas três palavras. E ela sabia muito bem que o público ia adorar. O que só piorava o humor dela.

— Bom. — Luke se virou para Lily e deu um beijo no seu rosto corado. — Tempo, Jake?

— Três minutos e quarenta. — Já tinha parado o cronômetro.

— Acho que podemos cortar mais dez segundos. — Apesar do ar-condicionado, estava suando. Mas gostava de manter o ritmo acelerado nesse número em particular. — Consegue fazer mais uma vez, Lily?

— Claro.

Claro, pensou Roxanne, com desdém. O que você quiser, Luke. Na hora que você quiser. Enojada, afastou-se para o canto mais isolado da sala. Ensaiaria o número do Giro do Cristal que ela não tivera tempo de aperfeiçoar antes do último show. Ali, além da enorme lareira de pedra, havia uma longa mesa dobrável. Vários objetos cênicos foram colocados ali, prontos para o ensaio.

Gostou particularmente do cristal em forma de diamante, com suas facetas de arco-íris. Tinha um peso bom, sólido em suas mãos. Imaginou os acordes de Tchaikovski, o palco escuro, os feixes de luz se cruzando suavizados por gel azul, e ela vestida com uma roupa branca, brilhante e justa da cabeça aos pés.

Amaldiçoou quando um grito alto de Springsteen atrapalhou a sua concentração.

Luke captou o olhar de desprezo que ela lançou para ele e sorriu.

— Mouse, que tal nos prepararmos para a levitação? Acho que este número está pronto.

— Claro. — Mouse se mexeu para obedecer.

— Já colocou coleira em todo mundo, né? — disse Roxanne quando Luke se juntou a ela na mesa.

— Isso se chama trabalho em equipe.

— Tenho outro nome para isso. Submissão. Obediência.

— São duas palavras. — Cobriu as mãos dela que estavam sobre o cristal. — Pense desta forma, Roxanne. Assim que acabarmos com isso, você nunca mais vai precisar chegar perto de mim, a não ser que queira.

— É no que eu estou pensando. — Era melhor do que pensar como o simples toque das mãos dele fazia seu sangue ferver. — Preciso saber mais sobre o serviço na casa de Wyatt. Você está guardando as informações e eu não gosto disso.

— Você também está — disse ele, sendo justo. — E também não gosto.

— Não sei do que você está falando.

Mas ela desviou o olhar.

— Sabe sim. Tem alguma coisa que você não está me contando. Alguma coisa que todo mundo está escondendo. Quando você abrir o jogo, nós lidamos com a situação.

— Abrir o jogo? — Fitou de novo os olhos dele, e eles estavam furiosos e letais. — Alguma coisa que eu não estou contando? O que poderia ser? Vejamos... poderia ser que eu detesto você?

— Não. — Enganou-a ao passar as mãos pelos braços dela, enquanto as dela estavam presas em volta do cristal. — Na última semana, você conseguiu passar bem esse recado. E você só me detesta quando pensa no assunto.

— Mas o assunto vem tão naturalmente. — Ela abriu um sorriso tão doce quanto um punhal coberto de mel.

— Porque você ainda é louca por mim. — Deu um beijo na ponta do nariz dela quando ela soltou um som discordando. — Mas isso são negócios, certo?

— Certo.

— Então, vamos tratar de negócios. — Ele abriu um sorriso lento e perigoso. — Aí veremos o que vem naturalmente.

— Quero mais informações.

— E você vai ter. Assim como vai ter a pedra no final.

— Espere. — Segurou o braço dele quando ele começou a virar. Desequilibrada, ela colocou o cristal sobre a mesa. — O que você está dizendo?

— Que a pedra será sua quando tudo acabar. Cem por cento.

Ela analisou o rosto dele, atrás da verdade, desejando ver claramente da mesma forma como um dia já fora capaz.

— Por quê?

— Porque eu o amo também.

Não havia nada para ela dizer, porque era pura verdade, e ela podia ver isso claramente. Sentiu um aperto no peito, limitando o ar assim como as palavras.

— Eu quero odiá-lo, Callahan. — Foi o que ela conseguiu dizer. — Eu realmente quero odiá-lo.

— Difícil, não? — Deslizou um dedo pelo rosto dela. — Eu sei, porque eu queria esquecer você. Eu realmente queria esquecer você.

Olhou nos olhos dele e, pela primeira vez desde sua volta, ele viu uma brecha. Ele conseguira penetrar, pensou um pouco enojado. Através do amor dela por Max. Não era o caminho que teria escolhido.

— Por quê? — Ela não queria perguntar, tinha medo da resposta.

— Porque amar você e me lembrar de amar você estava me matando.

Isso deixou as pernas dela bambas e o coração disparado.

— Você não vai conseguir me conquistar, Callahan.

— Ah, vou. — Pegou a mão dela para levá-la para o meio da sala. — Vou sim.

— Quase pronto. — Mouse assoviou. Era ótimo ver os dois juntos de novo, pensou. Mesmo se não estivessem sorrindo. Ficava constrangido de sentir as faíscas que soltavam deles. Para Mouse, era algo que deveria acontecer no escuro, quando duas pessoas estivessem sozinhas. Era difícil testemunhar esse tipo de intimidade.

Roxanne levantou os braços para que Mouse pudesse prender os fios. Mas não tirou os olhos de Luke. Odiava dizer que gostava dessa ilusão em particular. Ela chamuscava e fluía; tinha drama e tinha poesia.

Além disso, divertira-se discutindo com ele cada detalhe.

— Vamos usar a música? — perguntou ela.

— Vamos, eu escolhi.

— Por que...

— Porque você escolheu a iluminação.

Ela franziu a testa, mas era difícil argumentar, já que era uma troca de favores.

— Então, qual é a música?

— "Smoke Gets into Your Eyes". — Sorriu quando ela revirou os olhos. — The Platters, Roxy. Não é música clássica, mas é um clássico.

— Se você entendesse alguma coisa sobre criar um tema, saberia que a música deve ser consistente durante todo o show.

— Se você entendesse alguma coisa de instinto, saberia que mudar o ritmo causa *frisson*.

— *Frisson*. — Ela torceu o nariz e jogou o cabelo para trás. — Vamos fazer.

— Ótimo. Siga a música.

Ela levantou as mãos, balançou-as. Ele estendeu as suas, curvando os dedos como se estivesse convidando-a. Ou dando uma ordem. Resistindo, recusando, ela levantou o braço sobre o rosto, a palma da mão virada para ele, e virou de lado com fluidez. Não estava recuando. Mas seduzindo. Concentrado nela, apenas nela, ele espelhou seus movimentos, passo a passo, como se fossem ligados por cordas invisíveis. Os dedos deles roçaram, ali ficaram, depois se afastaram.

Roxanne sentia o poder tomar conta dela como vinho.

Não precisava se lembrar do *script* para manter o contato visual com ele. Não conseguiria desviar. A concentração no rosto dele a penetrava, tornando fácil deixar sua cabeça rolar livre e sonhadora sobre seus ombros.

Talvez ela pudesse vencer o duelo. Ou talvez, em rendição, já tivesse vencido.

Luke jogou as mãos para cima, uma ordem dramática a que Roxanne resistiu, afastando-se. Apenas para parar, segura de si, quando os braços dele abaixaram e se esticaram para ela. Lentamente, como um em transe, ela se virou.

Não se mexeu quando ele se aproximou. A mão dele passou na frente do rosto dela, fazendo seus olhos se fecharem. Com os corpos quase se tocando, ele deu a volta ao redor dela. Seus gestos eram longos, lentos, exagerados. Quando os pés dela levantaram do chão, o cabelo caiu para trás e o corpo flutuou.

Conforme a música ficava mais alta, as mãos dele a contornavam, ainda quase tocando. O corpo dele estremeceu, apesar de todo o controle de sua concentração. Ela o observava através dos olhos semicerrados, incapaz de resistir, certa de que gritaria de desejo e frustração se aquelas mãos continuassem percorrendo seu corpo sem tocar.

Achava que estava escutando o coração dela pulsar. Por pouco, resistiu à necessidade de pressionar sua mão no peito dela e sentir o pulso de sua vida. A boca dele estava seca, e sabia que sua respiração estava ofegante demais. Mas estava além da ilusão agora.

Sua intenção fora criar um número romântico, sensual, e sabia que isso o afundaria em águas profundas. Mas não sabia o quão rápido se afogaria.

Aproximou sua cabeça da dela, os lábios quase tocando, próximos o suficiente para sentir o gosto. O som baixinho que ela soltou enquanto tentava não gemer ecoava na cabeça dele.

Pegou a mão dela, passando os dedos pela palma, por trás. Quando os dedos dela se entrelaçaram aos dele, ele também começou a levantar. Os olhos dele fixos no rosto dela enquanto os dois flutuavam juntos. Quando a música começou a ficar mais baixa, ele virou o próprio corpo, colocou a mão embaixo da cabeça dela e tocou seus lábios nos dela.

Juntos, voltaram à posição vertical, corpos girando. Quando seus pés tocaram o chão, os braços dele ainda estavam em volta dela e os lábios dela ainda estavam presos aos seus.

Jake parou o cronômetro e limpou a garganta.

— Acho que ninguém se importa com o tempo — murmurou e enfiou o relógio no bolso. — Vamos, Mouse. Precisamos ir ao shopping.

— Quê?

— O shopping. Precisamos daquelas peças.

Mouse piscou, confuso.

— Que peças?

— *Aquelas* peças. — Jake revirou os olhos e balançou a cabeça na direção de Roxanne e Luke. Afastaram-se, mas apenas o suficiente para se encararem.

— Ah, eu também preciso de algumas coisas. — Com os olhos cheios de lágrimas, Lily agarrou Mouse e puxou. — Preciso de um monte de coisas. Vamos indo.

— Mas o ensaio...

— Acho que já acabou — disse Jake, sorrindo enquanto puxavam Mouse para fora da casa.

O silêncio girava na cabeça já tonta de Roxanne.

— Foi... foi muito longo.

— Você que está dizendo. — Ele estava pronto para explodir. Passou as mãos pelas costas dela antes de soltá-la dos arreios da levitação. — Mas será um final e tanto.

ILUSÕES HONESTAS 403

— Precisa melhorar.

— Não estou falando do *grand finale.* — Ele se soltou. — Estou falando de mim e de você. — Observando-a, enfiou as mãos por baixo da blusa esportiva dela e deixou que vagassem pelas suaa costas, acariciarem a pele lisa e quente. — E disso. — Beijou-a de novo, suavemente.

Ela não teve escolha, a não ser se segurar aos ombros dele para se equilibrar.

— Você não vai me seduzir.

Ele contornou o maxilar dela com os seus lábios, sabendo exatamente onde mordiscar para fazê-la tremer.

— Quer apostar?

— Consigo me afastar de você a hora que eu quiser. — Mas o corpo dela estava grudado ao dele, e a boca dela beijava todo o rosto dele. — Não preciso de você.

— Nem eu. — Levantou-a nos braços e seguiu para a escada.

Ela tinha certeza de que, se seu corpo parasse de tremer, recobraria os sentidos. Por enquanto, parecia melhor se segurar.

Sabia o que estava fazendo. Deus, esperava saber. Esse desejo ardente e terrível fazia todo o resto parecer tão pequeno e insignificante. Só havia isso, só precisava haver isso. Gemendo, encostou o rosto no pescoço dele.

— Rápido. — Foi só o que ela disse.

Ele teria voado escada acima se pudesse. Sentia seus músculos tremerem e sua respiração ofegar. Quando fechou a porta do quarto ao entrarem, buscou os lábios dela de novo. Só agradeceu a qualquer força que existisse por ter tido a perspicácia de comprar uma cama.

E uma cama e tanto. A enorme e confortável cama com dossel pareceu uma nuvem quando caíram sobre ela. Ele parou por um momento, apenas um momento, para olhar para ela e se lembrar — para forçá-la a se lembrar de tudo que um fora para o outro, o que fizeram um para o outro e ao outro, além daquele intervalo de cinco anos.

Ele viu nos olhos dela a luta para negar e a combateu com um beijo faminto. Ela não se afastaria dele agora, ele não permitiria. Usando as mãos como algemas para segurar os pulsos, ele levantou os braços dela acima da cabeça. Se ela o tocasse, ele explodiria como dinamite. Primeiro, queria garantir que ela sentisse tudo que ele queria que ela sentisse.

Ela se contorceu para se soltar, o coração batendo como um tambor no vazio. Ele baixou os lábios para o pescoço dela, como um prelúdio de uma exploração de cada segredo de que se lembrava.

Sonhara com isso incontáveis vezes, em incontáveis quartos, em incontáveis lugares. Só que agora era mais potente do que qualquer fantasia. O gosto dela tomando conta dele era como um banquete após anos de jejum. Ele não se negaria agora, nem nunca mais.

Ela não lutou contra a sensação que a inundava. Mas também não suportava. Ele estava lhe dando de volta tudo que tirara e muito mais. Ela quase se esquecera do que era desejar e nunca realmente entendera o que era se entregar. Após uma abstinência tão longa, era tão simples, tão certo, apenas sentir. Toda vez que os lábios dele encontravam os dela, havia um choque de reconhecimento e um calafrio causado pelo desconhecido.

O sangue dele ferveu quando escutou seu nome ser sussurrado pelos lábios dela. Cada suspiro, cada gemido era um golpe. Frenético, querendo mais, soltou as mãos dela para arrancar suas roupas. Ele gemia de tanto prazer quando encontrou o glorioso corpo nu dela.

— Rápido — disse ela de novo, rasgando a camisa dele na pressa de sentir carne contra carne. A fornalha dentro dela estava a ponto de explodir. Queria que ele estivesse dentro dela quando explodisse. Queria que ele estivesse dentro dela para incitar esse fogo.

Ele queria saborear. Precisava devorar. Ofegante, tirava a calça jeans enquanto as mãos dela o torturavam e os lábios corriam por seus ombros e peitoral como raios.

Ele mergulhou. No primeiro golpe urgente, ela caiu em um gêiser de prazeres escuros e inomináveis. O corpo dela arqueava, vibrava como a corda de uma harpa. O ar rasgou seus pulmões em um grito de dor e triunfo.

Então ela o envolveu, suas pernas macias como seda, fortes como aço. Meio louco, ele entrava e saía dela, até encontrar sua própria libertação e, talvez, salvação.

◆ ◆ ◆ ◆

Ele ficou onde estava, esparramado em cima dela, intimamente ligados. Sabia que ela estava em silêncio há tempo demais. Se as coisas fossem como foram um dia, ela teria levantado a mão para preguiçosamente acariciar as suas costas. Ela teria suspirado e fungado em seu pescoço ou teria sussurrado algo que o fizesse rir.

Mas não houve nada além daquele longo silêncio vazio. Isso o assustou a ponto de ficar nervoso.

— Você não se arrepende de isso ter acontecido. — Possessivamente, fechou a mão nos cabelos dela para mantê-la imóvel quando ele se afastou um pouco para fitá-la. — Você pode tentar se convencer disso, mas não a mim.

— Eu não disse que me arrependia. — Como era difícil ficar calma quando a sua vida virava de pernas para o ar. — Eu sabia que ia acontecer. No instante em que eu entrei no meu camarim e vi você de novo, eu soube. — Ela tentou dar de ombros. — Eu sei cometer erros sem me arrepender deles.

Os olhos dele brilharam antes de ele rolar para sair de cima dela.

— Você sabe atingir a ferida, não sabe? Sempre soube.

— Não é uma questão de revidar. — Seria prática sobre isso. Mesmo se isso a matasse. — Gostei de fazer amor com você de novo. Sempre fomos bons na cama.

Ele segurou o braço dela antes que alcançasse a blusa.

— Nós éramos bons em tudo.

— Éramos — disse ela com cuidado. — Vou ser honesta, Callahan. Não tive muito tempo para isso na minha vida desde que você foi embora.

Ele não conseguiu evitar. Seu ego inflou como um balão de hélio.

— É mesmo?

Ela não conseguia compreender como o mesmo homem podia ser capaz de enfurecer, excitar e divertir uma mulher ao mesmo tempo.

— Não precisa ficar convencido. Foi uma escolha minha. Estava ocupada.

— Admita. — Deslizou um dedo preguiçoso pelo seio dela. — Eu estraguei você para os outros.

— O que eu quero dizer é. — Afastou a mão dele antes que o toque acabasse com o que ainda lhe restava de orgulho. — Você me pegou em um momento... — Vulnerável não era a palavra que queria. — Um momento incendiário. Imagino que qualquer um que riscasse o fósforo no lugar certo teria me incendiado.

— Se esse é o caso, você deve estar bem queimada agora.

Ele sempre fora rápido. Ela não se surpreenderia se, de repente, se visse deitada de novo com as mãos dele provando que incêndios podiam começar de brasas.

— É apenas sexo — ela conseguiu sussurrar.

— Claro que é. — Ele se banhou no suor entre os seios dela. — E um carvalho é apenas uma árvore. — Atormentou-a com os dentes em seus mamilos até que as unhas dela cravassem a pele das costas dele. — Um diamante é só uma pedra.

Ela queria rir. Precisava gritar.

— Cale a boca, Callahan.

— Com muito prazer. — Puxou os quadris dela e a penetrou triunfante.

♦♦♦♦

ELA NÃO ACHAVA QUE estava queimada. Vazia era a palavra. Parecia não restar uma única célula em seu corpo. Quando conseguiu abrir os olhos de novo, a luz já se tornara crepúsculo. Para dar a sua mente uma chance de se adaptar, ela notou o quarto pela primeira vez.

Não havia mais nada além da cama em que eles estavam esparramados e uma enorme cômoda de gavetas de cerejeira. A não ser se fossem levadas em consideração as roupas espalhadas pelo chão, penduradas nas maçanetas e empilhadas nos cantos.

Isso era tão a cara dele, pensou. Assim como era tão a cara dele colocar o corpo em uma posição na qual ela pudesse naturalmente se aninhar ali.

Quantas vezes eles ficaram deitados exatamente assim, noite após noite? Houve uma época em que ela pegava no sono ali, sentindo-se a salvo, satisfeita.

Mas eles eram pessoas diferentes agora.

Tentou se sentar. Os braços dele apenas a apertaram com mais força.

— Luke, isso não muda nada.

Ele abriu um olho.

— Amor, se você quiser que eu prove meu ponto de vista de novo, terei o prazer de provar. Só me dê mais uns minutos.

— A única coisa que conseguimos provar é que ainda sabemos como provocar o outro. — A maior parte da raiva que ela sentia morrera, deixando um abismo de mágoa, que era ainda mais forte. — Não precisa... O que é isso? — Virou-se para olhar melhor a parte de trás do ombro dele.

— Uma tatuagem. Nunca viu uma?

— Algumas na minha época. — Ela juntou os lábios, analisando-a através da luz fraca. Pouco acima de onde as cicatrizes de sua infância começavam a se cruzar nas suas costas, havia um lobo uivando. Não sabia se ria ou chorava; então, optou pela primeira. — Meu Deus, Callahan, você ficou louco ou o quê?

Ele ficou constrangido.

— Tatuagem está na moda.

— Ah, ok, e desde quando você se interessa por moda? Por que você deixou alguém machucar você... — Parou, consternada. — Sinto muito.

— Tudo bem. — Ele deu de ombros e tirou o cabelo dos olhos enquanto se sentava. — Uma noite, eu estava me sentindo miserável, um pouco bêbado, muito perigoso. Decidi fazer uma tatuagem em vez de procurar uma parede para bater com a cabeça. Além disso, faz com que eu me lembre de onde vim.

Ela o analisou, a postura arrogante, o forte brilho dos olhos que brigavam com a escuridão que reinava.

— Sabe, eu quase consigo acreditar na teoria de amnésia da Lily.

— Por favor, me avise quando você quiser saber a verdade. Vou contar cada detalhe.

Ela afastou o olhar. Era fácil, fácil demais para ele atraí-la.

— Não faria diferença. Não há nada que você possa dizer que possa apagar cinco anos.

— A não ser que você esteja disposta a permitir que eu faça isso. — Pegou o rosto dela nas mãos, puxando o cabelo dela para trás para que apenas os seus dedos o emoldurassem. A gentileza de que ele se esquecera, que ela achara ter se esvaído dele, estava de volta. Essas coisas eram mais difíceis de resistir do que paixão. — Preciso falar com você, Rox. Tenho tanta coisa para dizer.

— As coisas não são como eram, Luke. Não consigo nem começar a lhe dizer como elas mudaram. — E, se ela ficasse, diria mais do que achava sábio dizer. — Não podemos voltar, preciso pensar aonde isso nos levaria.

— Podemos ir para qualquer lugar. Sempre pudemos.

— Eu me acostumei a ir sozinha. — Ela respirou fundo antes de se sentar para se vestir. — Está ficando tarde. Tenho que ir para casa.

— Fique aqui. — Tocou o cabelo dela com as pontas de seus dedos, e a tentação foi indescritível.

— Não posso.

Ele fechou as mãos. Com força.

— Não vá.

Ela alisou a blusa e se levantou. Era mais fácil ser forte quando estava de pé.

— Eu mando na minha vida agora. Você pode ficar, pode ir embora, e eu arco com as consequências. Se eu lhe devo alguma coisa, é gratidão por ter me deixado forte o suficiente para encarar qualquer coisa que apareça. — Inclinou a cabeça, desejando que seu coração fosse tão forte quanto as palavras. — Então, obrigada, Callahan.

A despedida fácil dela cortou o coração dele e o deixou sangrando.

— De nada.

— Amanhã, nós nos vemos. — Ela saiu do quarto andando, mas estava correndo quando chegou à escada.

Capítulo Trinta

♦ ♦ ♦ ♦

A CASA ESTAVA UM ALVOROÇO quando Roxanne voltou. Nem passara pela porta ainda e foi envolvida pelo caos. Enquanto todos falavam ao mesmo tempo, ela pegou Nathaniel no colo e deu um beijo nos lábios que já faziam biquinho à espera, parte para cumprimentá-lo, parte para se desculpar por não ter dado banho nele nem ter ajudado a vestir o pijama preferido das Tartarugas Ninjas.

— Esperem. — Acomodou Nate no seu colo, levantando uma das mãos na vã esperança de acalmar a maré.

Adorando a confusão, Nate pulava e começou a cantar uma canção sobre marinheiros bêbados a plenos pulmões.

Ela captou pedaços da conversa que acontecia ao telefone, caviar, Clark Gable, São Francisco e *Aces High*. Sua mente, já confusa da tarde com Luke, esforçava-se para decifrar o código.

— O quê? Clark Gable ligou de São Francisco e apareceu para comer caviar e fazer truques com cartas?

Como Alice riu, Nate achou que devia ser uma grande piada. Rindo, ele puxou o cabelo da mãe.

— Quem é Clark Gable, mãe? Quem é ele?

— Ele é um homem morto, meu amor, assim como algumas pessoas aqui vão ficar se não *calarem a boca!* — O tom de voz dela aumentou consideravelmente nas últimas palavras. Assustados, todos ficaram em silêncio, o que foi gratificante. Antes que alguém conseguisse respirar para começar a falar de novo, ela apontou para Alice. Roxanne sabia que tudo estaria perdido se não pudesse contar com Alice para receber uma explicação calma e razoável.

— Tudo realmente começou por causa de *San Francisco* — começou Alice. — O filme, sabe, Clark Gable, Spencer Tracy. Você sabe como a enfermeira da noite gosta de assistir a filmes antigos na televisão do quarto do seu pai?

— Sim, eu sei.

— Bem, ela estava assistindo a esse filme enquanto Lily dava o jantar do seu pai...

Lily interrompeu colocando as mãos no rosto e soluçando. Roxanne entrou em pânico.

— Papai? — Ainda segurando Nate, virou-se e teria tropeçado na escada se Alice não a tivesse ajudado.

— Não, Roxanne, ele está bem. Muito bem. — Para uma mulher pequena, com aparência tão frágil, era forte. Agarrou o braço de Roxanne e segurou. — Deixe-me contar o restante da história antes que você suba.

— Ele começou a falar — disse Lily por trás das mãos. — Sobre... São Francisco. Ah, Roxy, ele se lembrou de mim. Ele se lembrou de mim.

Nate ficou tão emocionado com as lágrimas dela que estendeu os braços. Ela o abraçou com força, balançando-o e fungando enquanto Nate fazia carinho em seu rosto.

— Ele beijou a minha mão... exatamente como ele fazia. E falou sobre uma semana que passamos em São Francisco e como tomamos champanhe e comemos caviar na varanda do nosso quarto de hotel e vimos a neblina sobre a baía. E como... como ele tentou me ensinar a fazer truques com cartas.

— Ah. — Roxanne colocou a mão sobre a boca. Sabia que ele podia ter momentos de lucidez, mas não sabia se conseguiria afastar a centelha de esperança de que esse último momento durasse. — Eu devia estar aqui.

— Você não tinha como saber. — LeClerc pegou a mão dela. Ele só conseguia pensar na dor e na cura que sentira ao poder se sentar ao lado do seu velho amigo por um momento. — Alice tinha acabado de desligar o telefone com Luke quando você entrou.

— Vou subir. — Debruçou-se por cima de Nate, que escondera a cabeça no ombro de Lily em busca de conforto. — Logo vou lhe dar um beijo de boa noite, cabeça de vento.

— Pode me contar uma história?

— Posso.

— Uma história *bem* longa, de monstros.

— Uma história épica, com monstros horríveis. — Beijou-o e viu seu sorriso se formar.

— O vovô disse que eu cresci um pé. Mas eu só tenho dois.

Lágrimas encheram os olhos dela ao se abaixar para olhar nos olhos do filho.

— O terceiro é invisível.

— Mas, então, como ele conseguiu ver?

— Porque ele é mágico. — Deu um beijo na ponta do nariz dele, depois se virou para ir ver o pai.

Ele estava usando um robe de seda roxa. O cabelo dele, branco e reluzente, acabara de ser penteado. Estava sentado à sua escrivaninha, como sempre estava, dia após dia, quando ela o visitava. Mas, desta vez, ele estava escrevendo, usando os traços longos e floreados de que ela se lembrava.

Roxanne olhou para a enfermeira que estava sentada à cabeceira da cama, preenchendo prontuários. Elas trocaram olhares antes que a enfermeira pegasse os prontuários e saísse do quarto, deixando-os sozinhos.

Havia tantas coisas passando pela mente de Max. Elas colidiam e floresciam como música. Ele não tinha pressa para acompanhar as notas, para escrevê-las antes que elas se apagassem e se perdessem dentro dele.

Sabia que elas se apagariam, e esse era o seu inferno. O esforço que lhe custava para sair da névoa, para segurar uma caneta com dedos que doíam com o movimento, teria deixado qualquer homem mais jovem exausto. Mas havia uma chama nele, brilhante e ardente, que queimava além do físico. Se durasse uma hora ou um dia, ele não perderia nenhum momento.

Roxanne se aproximou. Estava com medo de falar. Com medo de ele levantar o olhar e desviá-lo como se ela fosse uma estranha. Ou pior, como se ela fosse uma sombra, uma ilusão transparente que não significava nada além de uma ilusão de ótica.

Quando ele levantou o olhar, primeiro surgiu o alarme. Parecia cansado, tão pálido e exausto, terrivelmente magro. Os olhos brilhavam, talvez até demais, mas neles ela viu algo além da beleza. Viu reconhecimento.

— Papai. — Ela atravessou os poucos metros que a separavam dele e caiu de joelhos, encostando a cabeça no peito magro dele. Ela não sabia, não se permitira saber o quanto precisava sentir o abraço dele de novo. O quanto sentira saudade das mãos dele acariciando seus cabelos.

O peito dela estava pesado com um soluço que queria sair. Mas ela não o receberia com lágrimas.

— Papai, fale comigo. Por favor, fale comigo. Como você está se sentindo?

— Sinto muito. — Ele inclinou a cabeça, deixando o rosto roçar no cabelo dela. Sua garotinha. Era difícil, muito difícil tentar se lembrar de todos os anos que separavam sua garotinha da mulher que o abraçava agora. Eles eram uma névoa, um labirinto. Então se contentou em aceitá-la como a sua garotinha. — Sinto muito, Roxy.

— Não. Não. — O olhar dela era penetrante quando recuou e sentou em cima dos tornozelos. Suas mãos apertaram as dele até doer, mas era uma dor doce. — Não quero que sinta.

Ela era tão inacreditavelmente adorável, pensou ele. Sua menina, sua filha, o rosto determinado, os olhos marejados de lágrimas. A força do amor dela, a pura necessidade dele quase o cortando ao meio.

— Sou grato também. — O bigode dele se mexeu quando os lábios se curvaram. — A você. Por você. Agora. — Beijou as mãos dela, suspirou. Não conseguia falar. Havia tão pouco que podia falar. Mas podia escutar. — Conte-me das suas novas mágicas.

Ela se sentou aos pés dele, os dedos ainda entrelaçados aos dele.

— Estou fazendo uma variação do Truque da Corda Indiana. Bem deprimente e dramático. Está indo bem. Gravamos um vídeo para que eu possa corrigir os meus erros. — Riu para ele. — Eu me divirto.

— Eu gostaria de ver. — Ele se mexeu, colocando a mão embaixo do queixo dela para que pudesse ver seus olhos. — Lily me disse que você está trabalhando no número de uma vassoura voadora.

Ela precisou de toda sua força de vontade para manter o olhar firme.

— Então, você sabe que ele voltou.

— Eu sonhei que ele estava... — E o sonho e a realidade se misturaram de forma que ele não tinha certeza. Simplesmente não conseguia ter certeza. — Bem aqui, sentado ao meu lado.

— Ele vem vê-lo quase todo dia. — Queria se levantar, andar de um lado para o outro, mas não suportaria separar a sua mão da de seu pai. — Estamos trabalhando juntos de novo, temporariamente. Era um trabalho intrigante demais para deixar passar. Vai ter um leilão em Washington...

— Roxanne — interrompeu ele. — O que significa para você a volta de Luke?

— Não sei. Eu queria que não significasse nada.

— Nada é muito pouco para se desejar — murmurou ele e sorriu de novo. — Ele já lhe contou por que partiu?

— Não. Eu não deixei. — Inquieta, ela se levantou, mas não conseguiu se afastar. — Que diferença faria? Ele me deixou. Ele deixou todos nós.

ILUSÕES HONESTAS   413

Quando esse trabalho acabar, ele irá embora de novo. Desta vez, não vou me importar, não vou deixar.

— Não existe nenhuma mágica em nenhum livro que ensine a proteger o coração, Roxy. Vocês tiveram um filho neste tempo. Meu neto. — Doía em Max mais do que podia dizer o fato de só ter lembranças fracas do menino.

— Eu não contei para ele. — Como seu pai ficou em silêncio, ela girou, surpresa com a própria disposição para brigar. — Você desaprova?

Ele apenas suspirou.

— Você sempre tomou as suas decisões. Certa ou errada, a escolha é sua. Mas nada do que você fizer vai mudar o fato de que Luke é pai de Nathaniel. — Ele levantou uma das mãos para ela. — Não há nada que você quisesse fazer para mudar isso.

O estômago dela revirou. Os dedos afiados que apertavam sua nuca sumiram. Mágica, pensou ela, expirando longamente. Diga as palavras mágicas.

— Não, eu não faria nada para mudar isso. — *Ah, como senti saudades de você, papai.* Ela não disse isso, com medo de magoá-lo. — É tão difícil estar no controle, Max. Muito difícil mesmo.

— O fácil é chato, Roxy. Quem quer desperdiçar a própria vida com coisas fáceis?

— Bem, talvez só de vez em quando.

Ele estava sorrindo de novo, balançando a cabeça.

— Roxy, Roxy, você não me engana. Você gosta de estar no controle. O fruto não cai longe da árvore.

Ela riu, ajoelhando-se ao lado dele de novo.

— Ok, talvez. Mas eu não me importaria se alguém me dissesse o que fazer... de vez em quando.

— Você ainda faria o que quisesse.

— Com certeza. — Transbordando de amor, ela o abraçou. — Mas é mais prazeroso se alguém me diz o que fazer primeiro.

— Então, vou lhe falar isso. Ressentimentos são pontes com tábuas soltas. É muito melhor cair de uma tábua do que ficar preso do outro lado.

— Lição grátis? — murmurou ela e, com um suspiro, pressionou seu rosto contra o dele.

◆ ◆ ◆ ◆

ROXANNE ESTAVA UM pouco hesitante quando deixou seu pai dormindo e começou a descer a escada. Ele estava tão cansado, e com a fadiga crescente, tudo que ela conseguiu ver foram as nuvens voltando. Quando ela o colocou na cama da mesma forma que fazia com seu filho, ele a chamou de Lily.

Ela tinha de aceitar que talvez ele não se lembrasse de nada disso quando acordasse pela manhã. A hora que tivera com ele teria de bastar.

Cansada e chorosa, parou no final da escada para endireitar os ombros. Devia à sua família uma frente sólida, um show de força. Conforme se dirigia para a cozinha, colocou um sorriso nos lábios.

— Vim pelo cheiro do café... — Parou de repente quando suas confusas emoções sofreram mais um baque. Ali, reunido com a sua família, estava Luke, debruçado sobre a bancada da cozinha com as mãos nos bolsos.

De novo, todo mundo falou ao mesmo tempo. Roxanne só balançou a cabeça e foi até o fogão se servir de café.

— Ele está dormindo. Falar esse tempo todo o deixou exausto.

— Talvez ele fique bom agora. — Lily torcia as pérolas que usava entre os dedos. — Talvez tudo vá embora. — O olhar de Roxanne fez com que ela desviasse o seu. Era tão difícil enterrar a esperança, depois desenterrá-la só para vê-la morrer de novo. — Foi tão bom conversar com ele de novo.

— Eu sei. — Roxanne segurou sua xícara de café com as duas mãos, mas não bebeu. — Podemos marcar mais exames.

Lily soltou um som aflito e, na mesma hora, começou a brincar com o bule em forma de vaca que estava sobre a mesa da cozinha. Todos eles sabiam como os exames eram difíceis para Max e o desorientavam. Como eram dolorosos para aqueles que o amavam.

— Podemos torcer para que os novos remédios estejam fazendo efeito — continuou Roxanne. — Ou podemos deixar as coisas como estão.

Foi LeClerc quem falou, colocando sua mão enrugada no ombro de Roxanne para aliviar um pouco da tensão.

— O que você quer fazer, *chère*?

— Nada — disse ela, em um meio suspiro. — Eu não quero fazer nada. Mas o que eu acho é que devemos concordar com quaisquer exames que os médicos recomendem. — Respirou fundo, fitando os rostos. — Independentemente do que acontecer, tivemos essa noite. Teremos de ficar gratos por ela.

— Posso ir ficar com ele? — Mouse olhou para a ponta de seus sapatos.
— Não vou acordá-lo.

— Claro que pode. — Roxanne esperou até que Mouse e Alice tivessem
saído para se virar para Luke. — Por que você está aqui?

— O que você acha?

— Nós concordamos que você não faria visitas casuais — começou, mas
parou ao ver a fúria nos olhos dele.

— Isso não foi casual. Se você quiser discutir por quê, aqui e agora,
terei muito prazer. — Ela ainda ficava com o rosto corado, percebeu ele.
Era fascinante observar a cor subindo até as bochechas enquanto os olhos
mostravam uma fúria que não tinha nada a ver com constrangimento. —
Além disso — continuou ele suavemente —, quando Lily ligou para contar
sobre Max, eu não ia ficar em casa contando cartas.

— Querida. — Lily estendeu a mão. — Acho que Max gostaria que Luke
estivesse aqui.

— Max está dormindo — respondeu ela. — Não tem necessidade de
você ficar. Se ele estiver disposto pela manhã, poderá passar quanto tempo
quiser com ele.

— Como você é generosa, Roxanne.

A fraqueza apareceu rapidamente quando ela pressionou os dedos na
latejante têmpora esquerda.

— Tenho de pensar em Max primeiro. Independentemente do que
existe entre nós, você sabe que eu não o manteria longe dele.

— O que existe entre nós?

— Não vou discutir isso agora.

Assoviando baixinho, LeClerc começou a limpar o fogão. Sabia que
devia sair, dar privacidade a eles. Mas era interessante demais. Lily nem
fingiu estar distraída. Juntou as mãos e assistiu avidamente.

— Você saiu da minha cama e foi embora. — Ele se afastou da bancada.
— Não vou sair de jeito nenhum sem resolver isso.

— Sem resolver? — A ironia disso tudo era tão afiada que ela estava
surpresa por não ter cortado ele em pedacinhos. Mas tudo bem. Ela mesma
faria isso. — Você tem a coragem de vir falar comigo sobre deixar alguma
coisa, qualquer coisa, sem resolver? Você saiu uma noite para fazer um serviço e nunca mais voltou. Uma variação muito criativa da velha história do
"sair para comprar um maço de cigarros", Callahan. Mas não estou impressionada.

— Eu tive minhas razões — disse ele enquanto Lily olhava de um para o outro como se acompanhasse a bola de tênis em uma partida em Wimbledon.

— Não ligo a mínima para as suas razões.

— Não, você só se interessa em me fazer rastejar. — Deu mais um passo à frente e pensou seriamente em estrangulá-la. — Bem, não farei isso.

— Não estou interessada em vê-lo rastejar. A não ser que seja nu sobre cacos de vidros. Fui pra cama com você, ok? — Abriu os braços. — Foi um erro, uma enorme estupidez, um momento de luxúria, um descuido.

Ele segurou a blusa dela.

— Pode ter sido estupidez e pode ter sido luxúria, de ambas as partes. Mas não foi um erro. — Ele elevou o tom de voz, o que fazia a cabeça já latejante dela girar. — E vamos resolver isso, de uma vez por todas, mesmo que eu tenha de arrastá-la e algemá-la para me escutar.

— Tente, Callahan, e tudo que restará dessas mãos de que você tanto se orgulha serão cotocos ensanguentados. Então, pegue as suas ameaças patéticas e...

Mas ele não estava mais escutando o que ela dizia. Fascinada, Roxanne viu a cor desaparecer do rosto dele até que ficasse branco e flácido como vela derretida. Os olhos que fitavam sobre seus ombros ficaram pretos como cobalto.

— Meu Deus — foi tudo que ele disse, e a mão que segurava sua blusa soltou.

— Mamãe.

O coração de Roxanne parou, simplesmente parou ao som da voz de seu filho. Virou-se, certa de escutar seus ossos estalarem como dobradiças enferrujadas, com um movimento lento, como em um sonho. Nate estava parado na porta da cozinha, esfregando os olhos sonolentos com uma das mãos fechadas e arrastando seu velho cachorrinho de pelúcia com a outra.

— Você não foi me dar um beijo de boa noite.

— Ah, Nate. — Fria, de repente, ela estava tão fria, mesmo quando se abaixou para pegar o filho no colo. — Desculpe. Eu já estava indo.

— Não escutei o final da história que Alice leu para mim — reclamou ele, bocejando e enfiando o rosto na familiar curva do ombro dela. — Eu dormi antes da festa de cachorro.

Vá Cachorro Vá, pensou Roxanne, zonza. Nathaniel amava as histórias da hora de dormir.

— Está tarde, meu amor — murmurou ela.

— Posso tomar sorvete?

Ela queria rir, mas pareceu mais um soluço.

— De jeito nenhum.

Luke só conseguia fitar o garotinho através de olhos que estavam fascinados, ardentes e arenosos. Seu coração estava disparado, suas pernas estavam bambas. O menino tinha o rosto dele. *Dele*. Era como olhar por lentes telescópicas e ver a si mesmo de longe. No passado. No passado que nunca teve.

Meu, era só o que ele conseguia pensar. Ah, meu Deus. Meu.

Após outro enorme bocejo, Nate olhou para trás, cheio de curiosidade e sono.

— Quem é ele? — Queria saber.

Em todos os cenários que se formaram na cabeça de Roxanne, apresentar o seu filho ao pai nunca fora dessa forma.

— Ah... ele é... — Um amigo? pensou.

— Este é Luke — intrometeu-se Lily, passando a mão pelo braço rígido de Luke. — Ele era meu menininho quando estava crescendo.

— Ok. — Nate sorriu. Só doçura, nenhuma maldade. O que ele via era um homem com cabelo preto preso em um rabo de cavalo e um rosto tão bonito quanto dos príncipes das suas histórias. — Oi.

— Oi. — Luke ficou surpreso por sua voz ter soado tão calma enquanto seu coração parecia estar parado em sua garganta. Precisava tocá-lo, mas tinha medo de que, se tentasse, sua mão atravessaria o rosto do menino como em um sonho. — Você gosta de cachorros? — perguntou e se sentiu incrivelmente estúpido.

— Este é Waldo. — Sempre simpático, Nate levantou o cachorro de pelúcia para mostrar para Luke. — Quando eu ganhar um cachorro de verdade, ele vai se chamar Mike.

— Esse é um nome muito bom. — Luke tocou, apenas com as pontas dos dedos, o rosto de Nate. A pele do menino era quente e macia.

Mais por dengo do que por timidez, Nate deitou a cabeça no ombro da mãe e sorriu para Luke.

— Acho que eu queria um sorvete agora.

Roxanne não suportava mais — nem a dor e as perguntas nos olhos de Luke nem sua terrível culpa.

— A cozinha está fechada, espertinho. — Possessivamente, abraçou mais forte o filho. A vontade de virar e sair correndo dali com o que era dela era tão covarde que até a deixava envergonhada. — Hora de dormir, Nate. Você tem que ir para cama antes que vire um sapo.

Ele riu disso e fez barulhos de sapo.

— Eu o levo para cima. — Lily esticou os braços para Nate antes que Roxanne protestasse.

Nate enrolou um dos cachos de Lily no seu dedo e jogou charme.

— Você lê uma historinha para mim? Prefiro quando você lê.

— Claro. Jean? — Lily levantou uma sobrancelha, irritada ao ver que LeClerc ainda estava esfregando a superfície brilhante do fogão. — Por que não vem conosco?

— Assim que eu acabar de arrumar. — Suspirou quando Lily lançou um olhar penetrante. A discrição costumava ser um remédio amargo de se tomar. — Vou com vocês.

Nunca deixando uma oportunidade passar, Nate começou a negociar enquanto eles seguiam pelo corredor.

— Posso escutar duas histórias? Uma de você e outra de você?

Conforme a voz de Nate foi sumindo, Roxanne continuava fitando Luke, em total silêncio.

— Eu acho... — Ela tentou tirar o tremor da voz e tentou de novo. — Acho que eu preciso de algo mais forte do que café. — Começou a se virar, mas a mão de Luke, veloz como uma cobra, agarrou seu braço. Sentiu os dedos dele apertando até seus ossos.

— Ele é meu. — A voz dele saiu baixa, assustadora, ameaçadora. — Meu Deus, Roxanne, esse menino é meu filho. Meu. — A força dessa verdade o tomou com tanta violência que ele a sacudiu. A cabeça dela ficou em uma posição que não lhe dava alternativa a não ser encarar o rosto branco como vela dele. — Nós temos um filho, e você escondeu isso de mim. Maldita, como pôde não ter me contado que eu tinha um filho?

— Você não estava aqui! — gritou ela, dando um tapa nele. O estalo da mão dela no rosto dele assustou ambos. Chocada, colocou a mão na boca, depois deixou o braço cair. — Você não estava aqui — repetiu ela.

— Eu estou aqui. — Soltou-a antes que fizesse algo de que fosse se arrepender depois. — Estou aqui há duas semanas. "Não venha sem avisar,

$\mathcal{I}$LUSÕES $\mathcal{H}$ONESTAS   419

Callahan" — argumentou ele, e havia mais do que fúria em seus olhos agora, eles estavam atormentados. — Você não estava fazendo isso por Max, estava era definindo as regras para que eu não pudesse ver o nosso filho. Você não ia me contar sobre ele.

— Eu ia contar. — Ela não conseguia normalizar sua respiração. Nunca, em toda a sua vida, teve medo dele, fisicamente. Até agora. Ele parecia capaz de qualquer coisa. Inconscientemente, ela esfregou a mão no peito para forçar o ar a entrar e sair. — Eu precisava de tempo.

— Tempo. — Tirou-a do chão com aquela força desconcertante que assusta e excita. — Eu perdi cinco anos e você precisava de tempo?

— Você perdeu? Você perdeu? O que você esperava que eu fizesse quando você voltou para a minha vida, Luke? Oi, tudo bem, legal ver você de novo. A propósito, você é papai. Tome um charuto.

Ele a encarou por um longo momento. Um ímpeto de violência passou por ele, uma intensa necessidade de destruir, de causar dor, de gritar por vingança. Colocou-a no chão de novo, e viu o medo saltar dos olhos que ela nem piscava. Praguejando, virou-se e abriu a porta.

Do lado de fora, ele respirou o ar quente e pesado. O cheiro das flores girava na sua cabeça, parecia grudar na sua pele como pólen, embora esfregasse as mãos no rosto. A dor era tão lancinante, tão repentina, uma facada em seu peito que o deixou chocado e incrédulo enquanto seu sangue se esvaía.

Seu filho. Luke apertou os olhos com as palmas das mãos e soltou um ruído que era de pura fúria e tristeza. Seu filho olhara para ele, sorrira para ele e achara que ele era um estranho.

Ela saiu atrás dele. Estranhamente, agora estava calma. Não teria se surpreendido se ele tivesse se virado contra ela, se tivesse batido nela. Os olhos dele mostravam esse tipo de perigo. Ela se defenderia se fosse necessário, mas o medo passara.

— Não vou me desculpar por ter escondido de você, Luke. Fiz o que achei melhor. Certo ou errado, eu faria de novo.

Ele não se virou para encará-la, continuou olhando para o quintal, fitando a fonte que emitia seu som tranquilo e líquido.

Fizeram aquele milagre juntos, pensou. Conceberam o menino em meio a amor, risos e luxúria. Era por isso que ele era tão lindo, tão perfeito, tão incrivelmente adorável?

— Você sabia que estava grávida quando eu fui embora?

— Não. — Ela viu que estava esfregando as mãos e se obrigou a soltar os braços. — Mas foi logo depois. Eu estava passando mal naquela tarde, lembra? Eu estava tendo enjoos matinais um pouco atrasados.

— Você nunca foi convencional. — Enfiou as mãos nos bolsos, lutando para ficar calmo, para ser razoável. — Foi difícil?

— O quê?

— A gravidez? — disse ele entre os dentes. Mas ainda não tinha se virado para encará-la. Não podia. — Foi difícil? Você passou mal?

De todas as coisas que ela esperava que ele fosse perguntar, essa era a última.

— Não. — Um pouco sem equilíbrio, ela passou a mão no cabelo. — Tive enjoos por uns dois meses, o restante da gravidez foi tranquilo. Acho que nunca me senti melhor.

Nos bolsos, suas mãos estavam fechadas em punhos.

— E quando ele nasceu?

— Não foi um passeio na praia, mas também não posso dizer que andei pelo vale da morte. Um pouco mais de dezoito horas e nasceu Nathaniel.

— Nathaniel. — Ele repetiu o nome em um sussurro.

— Eu não quis dar a ele o nome de ninguém. Queria que ele tivesse o próprio nome.

— Ele é saudável. — Luke continuava encarando a fonte. Quase conseguia ver cada gota individual que subia, caía e subia de novo. — Ele parece... saudável.

— Ele está bem. Nunca fica doente.

— Que nem a mãe. — Mas ele era a sua cara, pensou Luke. *Ele é a minha cara.* — Ele gosta de cachorros.

— Nate gosta de praticamente tudo. Menos favas. — Ela soltou a respiração, trêmula, e assumiu o risco. — Luke — murmurou, colocando a mão no ombro dele. Ele recusou o toque de uma forma que ela recuou. Mas, quando ele a agarrou, não foi para puni-la.

Os braços dele simplesmente a envolveram, trazendo-a para mais perto. O corpo dele estremeceu quando encostou no dela. Incapaz de negar isso a ambos, ela acariciou o cabelo dele e retribuiu o abraço.

— Nós temos um filho — sussurrou ele.

— Temos. — Sentiu uma lágrima conseguir passar pela sua defesa, e suspirou. — Um filho maravilhoso.

— Não posso permitir que você o mantenha longe de mim, Roxanne. Independentemente do que você pense de mim, do que sinta por mim, não posso permitir que você o mantenha longe de mim.

— Eu sei. Mas não vou permitir que você o magoe. — Afastou-se. — Não vou permitir que você se torne tão importante para ele a ponto de deixar um buraco quando for embora.

— Eu quero meu filho. Eu quero você. Quero minha vida de volta. Por Deus, Roxanne, eu estou tomando o que eu quero. Você não me escuta.

— Não hoje. — Mas ele já estava segurando a mão dela. Ela reclamou quando ele a arrastou pelo quintal até a sala de ensaios. — Não quero passar por mais nenhum momento difícil hoje. Deixe-me ir.

— Eu vivi um momento difícil durante cinco anos. — Para simplificar as coisas, levantou-a. — Você vai ter que aguentar por mais uma hora. — Abrindo a porta, ele carregou Roxanne, que se debatia, para dentro.

— Como você pode fazer isso? Como pode se comportar assim? — Ela soltou um gemido quando ele a largou em um banco. — Você acabou de descobrir que tem um filho e, em vez de sentar e ter uma conversa calma e adulta comigo, fica me jogando.

— Não vamos ter uma conversa nem calma nem adulta, nem coisa nenhuma. — Ele pegou as algemas e prendeu um dos pulsos dela. — Uma conversa significa duas ou mais pessoas falando. — Rápido, ele conseguiu desviar do punho dela a primeira vez, mas foi só fingimento. Ela acertou o segundo e tirou sangue dos lábios dele. — O que você vai fazer — disse, prendendo as mãos dela na frente do corpo — é escutar.

— Você não mudou nada. — Ela teria rolado do tablado, apesar do resultado óbvio de cair com o nariz no chão, se ele não tivesse prendido as algemas em uma viga. — Você ainda é um cretino, valentão.

— E você ainda é uma sabe-tudo teimosa. Agora, cale a boca. — Satisfeito que ela não tinha alternativa senão ficar quieta, ele se afastou, Roxanne xingou baixinho, depois ficou em silêncio.

Ele queria falar, pensou ela. Então, ia deixá-lo falar até a língua dele cair. Isso não significava que teria de escutar. Concentrou-se em soltar os pulsos das algemas. Ele não era o único que tinha truques escondidos na manga.

— Eu deixei você — começou ele. — Não posso negar isso. Não vou negar isso. Eu deixei você, Max e Lily e tudo que importava e voei para o México com cinquenta e dois dólares na carteira e as ferramentas de arrombamento que Max me deu quando fiz 21 anos.

Concentrada ou não, ela rebateu.

— Você está se esquecendo das centenas de milhares de dólares em joias.

— Eu não estava com nenhuma joia. Não cheguei ao cofre. — Embora ela tenha virado a cabeça e tentado morder, ele conseguiu pegar o queixo dela e puxou até que seus olhares se encontrassem. — Era uma armadilha. Deus sabe o que teria acontecido com você se estivesse comigo. Por pior que tenha sido, sempre agradeci o fato de você ter passado mal naquele dia e ficado em casa.

— Armadilha, até parece. — Ela se retorcia e xingava por nunca ter sido tão boa quanto Luke em escapadas.

— Ele sabia. — A velha fúria começou a arder dentro dele de novo. Com o olhar perdido, limpou o sangue do lábio. — Ele sabia do serviço. Ele sabia sobre nós. — Fitou o rosto de Roxanne de novo. — Ele sabia tudo sobre nós.

Ela sentiu algo revirar na sua barriga, mas ignorou.

— O que você está dizendo? Está tentando me fazer acreditar que Sam sabia que estávamos planejando roubá-lo?

— Ele sabia... ele queria que roubássemos.

Ela riu sem humor.

— Você acha que eu sou burra, Callahan? Ele deixou parecer que sabia de alguma coisa anos atrás, daquela vez que o encontramos em Washington. Mas, se ele soubesse de alguma coisa, teria usado isso. Não ia querer que entrássemos na casa dele e roubássemos as joias da esposa dele.

— A intenção dele nunca foi que levássemos as joias. E ele fez tudo certinho, Rox. Ele usou isso para me fazer pagar por ter entrado no caminho dele anos atrás. Por quebrar o maldito nariz dele. Por humilhá-lo. Ele usou isso para machucar todos vocês por terem tido a ousadia de pegá-lo, de terem tentado ajudá-lo e por rejeitá-lo.

Uma nova sensação estava dando lugar ao desdém. E era fria, muito fria.

— Se ele sabia que éramos ladrões, por que, sendo o pilar da sociedade que ele é, não nos denunciou?

— Você quer que eu lhe explique como a mente dele funciona? Eu não sei. — Esforçando-se para manter-se calmo para falar, Luke se virou. No tablado havia três copos e bolas coloridas. Ele começou a fazer o antigo número enquanto continuava. — Posso lhe dar uma suposição. Se ele tivesse entregado vocês, e vocês não conseguissem se livrar de uma condenação, ele só teria a satisfação de vê-los atrás das grades. Com a reputação e a fama dos Nouvelle, vocês provavelmente atrairiam a atenção da mídia, talvez fossem as estrelas da semana. — Ela bufou, mas ele nem desviou o olhar. Estava se movendo cada vez mais rápido. — O que ele queria era ver vocês sofrendo. E eu sofrendo mais do que todos. Ele já sabia havia muito tempo, meses, pelo menos.

— Como? Nunca houve nenhuma suspeita sobre nós. Como um político de segundo escalão descobriu tudo?

— Por minha causa. — As mãos de Luke vacilaram. Ele deu um passo atrás, esticou os dedos e recomeçou. — Ele mandou Cobb atrás de mim.

— Quem?

— Cobb. O cara que estava morando com a minha mãe quando eu fugi. — Olhou para Roxanne então, a expressão indiferente. — O cara que bateu em mim até eu desmaiar. Que me vendeu por vinte dólares para um pervertido bêbado.

O rosto dela ficou branco e imóvel. O que ele estava dizendo já era horrível, mas escutar com aquele tom de voz vazio, indiferente, era de cortar o coração.

— Luke. — Ela teria tocado nele, mas o aço apenas esfregava na viga. — Luke, me solte.

— Só depois que você escutar. Escutar tudo. — Pegou um copo de novo, vagamente surpreso ao ver a marca de seus dedos onde ele apertara. Então, a vergonha ainda estava ali, percebeu. E sempre estaria, como o amassado no copo. — Aquela noite, você se lembra daquela noite na chuva, Rox? Você estava me contando sobre aquele filho da puta quatro-olhos que quis abusar de você. Eu fiquei louco porque sabia como era... ser forçado. E eu não podia suportar a ideia de você... de ninguém machucando você daquela forma. Então, eu estava abraçando você. E eu beijei você. Tentei não beijar, mas eu queria tanto. Eu queria tudo com você. E por um minuto, um minuto incrível, eu achei que talvez as coisas fossem ficar bem.

— Estava tudo bem — sussurrou ela. Era como se aquela viga estivesse em volta do coração dela, apertando cada vez mais forte. — Foi maravilhoso.

— Então, eu o vi. — Luke largou os copos de novo. Existia a hora da ilusão, e existia a hora da verdade. — Ele foi bem na nossa direção, e ele olhou para mim. Eu soube que nada estava bem. Talvez nunca ficasse. Então, mandei você entrar e fui atrás dele.

— O que... — Ela mordeu o lábio, lembrando-se de como Luke chegara bêbado naquela noite. — Você não...

— Matei o cretino? — Levantou a cabeça, o sorriso no rosto dele a deixou arrepiada. — Teria sido muito mais simples se eu tivesse feito isso. Quantos anos eu tinha? Vinte e dois, 23? Deus, era como se eu tivesse 12 de novo, era o tanto que ele me assustava. Ele queria dinheiro... então, eu dei dinheiro para ele.

Ela sentiu uma pontada de alívio.

— Você pagou para ele? Por quê?

— Para que ele não contasse para ninguém o que ele sabia. Para ele não contar para a imprensa que eu tinha me vendido.

— Mas você não...

— Que diferença faria se era verdade? Eu tinha sido vendido. Eu tinha sido usado. Eu tinha vergonha. — Levantou o olhar de novo, mas seus olhos não estavam mais indiferentes. O redemoinho de emoções ali cortou o coração dela. — Ainda tenho.

— Você não fez nada.

— Eu era uma vítima. Às vezes isso é suficiente. — Ele deu de ombros. — Então, eu paguei para ele. Sempre que ele me mandava um cartão-postal, eu enviava a quantia que estava escrita. Quando você foi morar comigo, eu sempre pegava a correspondência. Só pra garantir.

A compaixão virou choque.

— Espere um minuto. Você está me dizendo que ele continuava chantageando você quando estávamos juntos? Todo aquele tempo e você nunca me disse nada? — Por puro reflexo, ela chutava na direção dele. — Você não confiou em mim o bastante para compartilhar isso comigo?

— Droga! Eu estava com vergonha do que tinha acontecido comigo, com vergonha de não ter coragem de mandar ele se foder. Eu morria de medo de ele se cansar de me torturar e cumprir a ameaça de dizer para a imprensa que Max tinha... — Parou, praguejando. Sua intenção não era ir tão longe.

Vergonha e fúria remoíam dentro dele enquanto esperava.

Capítulo Trinta e Um

♦ ♦ ♦ ♦

ROXANNE PRENDEU A RESPIRAÇÃO, silenciosamente. Tinha medo de saber, muito medo de saber o que vinha a seguir. Mas precisava ter certeza.

— Que Max tinha o quê, Luke?

Tudo bem, pensou ele. Contaria tudo a ela. Não haveria mais como questionar a sua confiança.

— Que Max tinha abusado de mim sexualmente.

A vermelhidão causada pela raiva se esvaiu até o rosto dela perder toda a cor. Mas os olhos dela brilhavam, escuros como uma tempestade, e tão perigosos quanto uma.

— Ele teria dito isso? Ele teria mentido dessa forma sobre você e o papai?

— Não sei. Mas não podia arrisca; então eu pagava. Pagando, acabei caindo em uma armadilha bem pior.

Ela fechou os olhos.

— O que poderia ser pior?

— Eu disse que Wyatt mandou Cobb me procurar, e era Wyatt quem dava as cartas. Eu não sabia disso, mas devia ter desconfiado que Cobb não era inteligente o suficiente para criar toda essa farsa da chantagem. Sempre que eles aumentavam a quantia, eu pagava. Sem questionar. Isso colocou uma pulga atrás da orelha de Wyatt. Então, ele começou a investigar como eu conseguia pagar mais de cem mil dólares por ano sem reclamar.

— Cem... — Só de pensar, ela engasgou.

— Eu teria pago o dobro para ficar com você. — Quando ela olhou para ele de novo, ele percebeu que essa era apenas uma meia resposta. — E para que você não visse o covarde que eu era. Que alguém tinha inventado uma corrente da qual eu não conseguia me soltar. — Virou-se e falou lentamente. — Eu tinha sido usado. Eu nunca soube se o cliente de Cobb fez valer seu dinheiro comigo, mas eu tinha sido usado de qualquer forma.

— Eu sabia. Eu já lhe disse, eu sempre soube.

— Você não sabia o que isso fez comigo. Por dentro. As cicatrizes nas minhas costas. — Ele deu de ombros e virou para ela de novo. — Droga, Roxy, elas não são como uma tatuagem. Só uma lembrança de onde eu venho. Mas eu não queria que você visse além delas. Eu queria parecer invencível para você... para mim. Era orgulho... e Deus sabe que eu paguei.

Ela estava sentada quieta agora. As algemas nos seus pulsos eram uma contenção temporária, facilmente abertas com uma chave. As correntes do orgulho de Luke eram feitas de um material mais poderoso.

— Você realmente acha que teria mudado alguma coisa no que eu sentia por você?

— Mudava o que *eu* sentia sobre mim. Wyatt entendia isso. E usou isso. E, como ele estava analisando todos os meus passos, viu o padrão. Ele teve meses para planejar a armadilha. Acho que foi por isso que estava sendo tão fácil.

Ela não estava mais se debatendo, não estava mais furiosa. Estava simplesmente paralisada.

— Ele sabia que você ia naquela noite.

— Ele sabia. Estava esperando por mim no escritório dele. Estava com uma arma. Achei que ele fosse me matar e pronto. Mas Sam não queria que as coisas fossem assim. Ele me ofereceu um conhaque. Aquele cretino me ofereceu um drinque com o maior sangue-frio e me disse que sabia. Ficou falando como seria se você e Max fossem presos. Ele sabia que Max não estava bem e me provocou com um monte de coisas. — A boca dele sorriu. — Eu estava me sentindo mal. Suponho que eu tenha achado que era a situação, mas era o conhaque.

— Ele dopou você? Meu Deus.

— Enquanto eu estava sentado lá, tentando calcular as minhas chances, Cobb chegou. Foi quando eu fiquei sabendo da parceria deles. Rox, ele disse para Cobb se servir de alguma bebida. E então... ele matou Cobb. Apontou a arma, puxou o gatilho e o matou.

— Ele... — Ela fechou os olhos de novo, mas estava vendo perfeitamente. — Ele ia jogar a culpa pelo assassinato em você.

— Foi perfeito. Eu desmaiei e, quando acordei, ele estava segurando uma outra arma. — Mais calmo do que ele achou que estaria, Luke sentou no banco e acendeu um charuto enquanto contava o restante.

ILUSÕES HONESTAS   427

— Então, eu fui embora. Desapareci — terminou. — E passei cinco anos tentando esquecer você. E não conseguindo. Viajei o mundo todo, Rox. Ásia, América do Sul, Irlanda. Tentei me embebedar até morrer, mas nunca gostei da ressaca depois de uma boa bebedeira. Tentei trabalhar. Tentei mulheres. — Olhou para ela. — Elas funcionavam um pouco melhor do que a garrafa.

— Aposto que sim.

A irritação no tom de voz dela o alegrou.

— Uns seis meses atrás, duas coisas aconteceram. Fiquei sabendo sobre o estado de Max. Você fez um bom trabalho mantendo isso embaixo dos panos.

— A minha vida pessoal é minha, não discuto isso com a imprensa.

Ele analisou a ponta do charuto.

— Acho que foi por isso que nunca li nada sobre Nate.

— Não compartilho meu filho com o público.

— Nosso filho — corrigiu ele, olhando para ela de novo. Deixou isso em forno brando enquanto continuava. — A outra coisa que fiquei sabendo foi que Wyatt estava concorrendo ao Senado nas próximas eleições. Talvez os últimos cinco anos tenham me cansado, Rox. Talvez eu só tenha ficado mais esperto. Mas comecei a pensar e comecei a imaginar. E comecei um plano. Encontrar Jake foi útil. Até ali, eu estava vivendo com o que conseguia ganhar como o Fantasma. Não podia tocar nas minhas contas na Suíça porque não sabia os números e não tinha como consegui-los. — Sorriu. — Até Jake. Ele começou a trabalhar nisso, e a vida ficou mais fácil. O dinheiro começou a entrar, Roxanne. E vai me levar aonde eu quero.

— E o que você quer?

— Além de você. — Ele apagou o charuto. — Vamos chamar de justiça. Nosso velho amigo vai pagar.

— Isso não é sobre a pedra, é?

— Não. Eu quero a pedra, para Max, mas não. Tenho um jeito de pegá-lo. Levou muito tempo para eu planejar, e preciso de você para que dê certo. Você ainda está comigo?

— Ele me roubou cinco anos. Tirou o pai do meu filho. E você ainda precisa perguntar?

Ele sorriu, inclinando-se para beijá-la, mas ela desviou.

— Quero lhe perguntar uma coisa, Callahan; então, afaste-se.

Ele deu um passo atrás.

— Está bom aqui?

— Você está aqui por que sou uma parte necessária do plano?

— Se tem uma coisa que você é, Roxanne, é necessária. — Ele subiu no tablado e passou as mãos pela parte externa das coxas dela. — Vital. — Como a cabeça dela ainda estava virada, ele se contentou em mordiscar a orelha dela. — Eu lhe disse que tive outras mulheres.

— Não estou nem um pouco surpresa — disse ela, a voz seca como o Saara.

— Mas eu não disse que elas eram pálidas ilusões. Fumaça e espelhos, Rox. Não houve um dia sequer que eu não a tenha desejado. — Deslizou as mãos até a cintura dela, dando beijos no maxilar dela para que ela virasse o rosto na sua direção. — Eu amo você desde quando consigo me lembrar.

Ele sentia que ela estava abrandando, esquentando, enquanto enfiava as mãos por baixo da blusa dela para deslizar a mão pela pele macia.

— Quando eu parti, foi por você. Voltei por você. Não há nada que você possa dizer, nada que você possa fazer que me faça deixá-la de novo.

Os polegares dele roçaram a parte de baixo dos seios dela.

— Eu mato você se tentar de novo, Callahan. — Desesperada, ela virou a boca para ele. — Juro por Deus. Não vou permitir que você me faça amá-lo de novo a não ser que eu tenha certeza de que você vai ficar.

— Você nunca deixou de me amar. — A excitação estava se tornando insuportável. Ele segurou os seios dela, usando os polegares para brincar com os mamilos até ela não aguentar mais. — Confesse.

— Eu queria. — A cabeça dela caiu para trás com um gemido quando ele beijou seu pescoço. — Eu queria parar de amar você.

— Diga as palavras mágicas — exigiu ele de novo.

— Eu amo você. — Ela teria chorado, mas o soluço se transformou em gemido. — Droga, eu sempre amei você. Nunca deixei de amar. Agora, abra essas algemas estúpidas.

— Talvez. — Puxou o cabelo dela até que ela abrisse os olhos e olhasse dentro dos seus. A expressão no rosto dele tinha um terrível traço de excitação que fez subir um calafrio pela espinha dela. — Talvez depois.

E os lábios dele cobriram os dela, calando qualquer protesto e transformando o choque em tesão.

Fora tudo tão rápido da primeira vez, tanto fogo, tanto desejo. Agora ele queria saborear. Queria levá-la à loucura passo a passo, centímetro a centímetro. E queria chocá-la, abalá-la, para que este momento em que todos os segredos foram revelados ficasse gravado na mente dela para nunca mais ser esquecido.

Contornou o longo pescoço dela com a língua enquanto suas mãos deslizavam pelo corpo possessiva e preguiçosamente.

— Se você não gostar, eu paro — murmurou, mordiscando os lábios dela. — Quer que eu pare?

— Não sei. — Como ele podia esperar que ela pensasse racionalmente enquanto sua cabeça girava? — Quanto tempo eu tenho para me decidir?

— Quanto tempo você quiser.

A maravilhosa verdade era que ela não tinha cabeça, vontade nem razão. Se isso era uma questão de poder, então ela era totalmente dele. E estava triunfante. Ela nunca teria acreditado que impotência podia ser erótico. Saber que seu corpo era totalmente dele acendia pequenas fogueiras em seu sangue, que ardiam como uma droga. Queria ser tomada, explorada, apenas pelo prazer mútuo, e, neste único momento em particular, queria ser possuída.

Um gemido rouco e longo vibrou pela garganta dela quando ele rasgou sua blusa ao meio. Preparou-se para o ataque, ansiava por ele, mas as mãos dele, os lábios, a torturavam com tanta gentileza.

Sensações se misturavam perigosamente com emoções. Toda vez que ela se aproximava daquele clímax final, que a deixaria sem ar, ele recuava, deixando-a ofegante e enlouquecida.

Era maravilhoso observá-la, ver tudo que ela sentia refletido no rosto, sentir cada tremor que balançava seu corpo, escutá-la murmurando seu nome repetidas vezes conforme o prazer tomava conta dela.

O poder dela era ainda mais potente porque ela estava aturdida demais para perceber que o detinha. A entrega dela fazia com que ele fosse muito mais seu prisioneiro do que ela era dele — a completude e o destemor. O fato de ela se fundir a ele o tornava forte como um deus e humilde como um mendigo.

Lentamente, tirou a calcinha dela, explorando cada centímetro da carne recém-descoberta, excitando-a com os dentes e a língua e as pontas dos dedos hábeis até que ela estremecesse violentamente ao atingir o primeiro clímax.

— Eu amo você, Roxanne. — Pressionou-a sobre o banco. — Sempre você — murmurou quando as mãos que ele acabara de soltar o envolviam. — Só você.

Ele a penetrou. Ela se entregou. E eles se amaram.

♦ ♦ ♦ ♦

*E*LE FICAVA IRRITADO PORQUE ela não deixava que passasse as noites com ela, nem passava as noites com ele. Precisava mais do que a intimidade do sexo. Precisava poder se virar à noite e encontrá-la, vê-la acordando de manhã.

Mas ela permanecia firme e não contava suas razões.

Ela não restringia mais as visitas dele à casa em Chartres. Havia razões para isso também. Todos ficaram feridos quando Max voltou para seu mundo de novo, e os dias em que ele era internado para fazer exames eram insuportavelmente longos. Roxanne sabia que ter Luke por perto levantava o moral — incluindo o seu. E queria dar a Nate uma chance de conhecê-lo como homem antes de o menino ter de aceitá-lo como pai.

Racional ou não, qualquer decisão que tomasse sobre permitir que Luke voltasse para a sua vida seria baseada no seu filho. No filho deles.

Eles trabalhavam juntos. Conforme uma semana se transformou em duas, o número que criaram juntos estava ficando mais brilhante e dinâmico. Planejavam o serviço do leilão com tanta meticulosidade quanto o show. Roxanne tinha de admitir que Luke entrelaçara todos os detalhes tão habilmente quanto o truque das Argolas Chinesas. Ela ficou compreensivelmente impressionada com a primeira joia falsificada que receberam da fonte que ele contratara em Bogotá.

— Bom trabalho — dissera ela, deliberadamente subestimando a arte realizada naquele colar de diamante e rubi. Estava na frente do espelho do quarto dele, segurando o colar no pescoço. — Um pouco enfeitado demais para meu gosto, claro, mas bom. Quanto nos custou?

Estava nua, assim como ele. Luke estava com os braços atrás da cabeça, deitado na cama, observando-a sob o fraco brilho do sol que ainda restava.

— Cinco mil.

— Cinco. — As sobrancelhas dela se levantaram enquanto sua natureza prática absorvia o choque. — Muito caro.

— O homem é um artista. — Sorriu enquanto ela franzia a testa e brincava com as pedras falsas. — O original vale mais de cento e cinquenta mil, Roxanne. Vai cobrir nosso investimento completamente.

— Acho que sim. — Tinha de admitir, pelo menos para si mesma, que, sem o equipamento para examinar, ela teria sido enganada. Não apenas as pedras pareciam genuínas, como a peça parecia antiga. — Quando deve chegar o restante?

— A tempo.

A tempo, pensava ela agora enquanto carregava duas sacolas de mercado para a cozinha. Estava começando a irritá-la o fato de Luke continuar sendo vago. Chegou à conclusão de que ele a estava testando e jogou as sacolas na bancada. Não podia admitir isso.

— Tem ovos nessas sacas? — perguntou LeClerc.

Ela fez uma careta, feliz por estar de costas para ele, depois deu de ombros.

— Então, faça um omelete.

— Faça um omelete, faça um omelete. Sempre espertinha. Saia da minha cozinha. Tenho que preparar jantar para um batalhão.

O que significava uma coisa.

— Luke está aqui?

— Surpresa? — Ele bufou e começou a tirar as compras das sacolas. — Todo mundo está sempre aqui. Você chama isso de melão maduro? — Acusação brotando de cada célula de seu corpo, LeClerc levantou o melão.

— Como eu posso saber se está maduro? — Fazer compras nunca a deixava de bom humor. — Estavam todos iguais.

— Quantas vezes preciso lhe ensinar, cheire, escute. — Ele bateu no melão, segurando bem perto do ouvido. — Ainda verde.

Roxanne colocou as mãos na cintura.

— Por que você sempre me manda comprar frutas e legumes e, depois, fica reclamando do que eu trago pra casa?

— Você tem que aprender, não?

Roxanne pensou nisso por um momento.

— Não. — Virando-se, saiu da cozinha, reclamando. O homem nunca estava satisfeito. Ela fora direto do ensaio para o mercado e ele nem agradecia.

E ela detestava melão.

Teria subido direto se não tivesse escutado vozes na sala. A voz de Luke. As gargalhadas de Nate. Movendo-se em silêncio, foi até a porta e observou.

Eles estavam no chão juntos, cabeças escuras bem próximas, joelhos roçando. Brinquedos espalhados pelo tapete, prova do que seus homens estavam fazendo enquanto ela comprava melões. Agora, Luke estava pacientemente explicando um pequeno truque. A Caneta que Sumia, se Roxanne não se enganava. Achando divertido, encostou no portal e ficou assistindo ao pai tentando ensinar para o filho.

— Bem embaixo do seu nariz, Nate. — Para ilustrar, Luke puxou o nariz do menino, fazendo-o rir de novo. — Bem na frente dos seus olhos. Agora, aqui, vamos tentar. Você sabe escrever seu nome?

— Claro que sei. N-A-T-E. — Pegou o papel e a caneta que Luke ofereceu, o rosto enrugado em concentração. — Eu também estou aprendendo a escrever Nathaniel. Depois Nouvelle, porque é meu último nome.

— É. — Uma nuvem passou pelos olhos de Luke enquanto observava Nate se esforçar para fazer o A. — Acho que sim. — Esperou até Nate terminar de fazer um E bem torto. — Ok. Agora observe com atenção. — Com movimentos bem lentos, Luke enrolou a caneta no papel e torceu as duas pontas. — Agora escolha uma palavra mágica.

— Hummm...

— Não, hummm não é uma boa palavra — disse Luke, provocando mais gargalhadas em Nate.

— Meleca! — decidiu Nate, feliz por estar usando a palavra que aprendera com um amigo da pré-escola.

— Nojento, mas deve servir. — Luke rasgou o papel ao meio e teve o prazer de ver Nate arregalar os olhos.

— Desapareceu! A caneta desapareceu.

— Isso mesmo. — Não conseguindo deixar de fazer um floreio, Luke levantou as mãos, virando-as para cima e para baixo. Os olhos crédulos do filho faziam com que se sentisse um rei. — Quer aprender como se faz?

— Posso?

— Você tem que fazer o juramento do mágico.

— Eu já fiz — disse Nate. — Quando mamãe me ensinou a fazer a moeda se mexer em cima da mesa.

— Ela lhe ensina truques de mágica? — Queria saber tudo que pudesse sobre os pensamentos, sentimentos e desejos do filho.

— Claro. Mas você tem que me prometer não contar pra ninguém, nem pro seu melhor amigo, porque é segredo.

— Tudo bem. Você vai ser mágico quando crescer?

— Vou. — Como era incapaz de ficar quieto por muito tempo, Nate arrastava o bumbum no tapete. — Vou ser mágico, piloto de carro de corrida e policial.

Tira, pensou Luke, achando até engraçado. Bem, onde eles tinham errado?

— Isso tudo, é? Vamos ver se você consegue aprender esse truque antes de ganhar a corrida de Indianópolis e ir atrás dos bandidos.

Ficou feliz ao ver que Nate ficou interessado e não decepcionado quando viu como um truque funcionava. Para Luke, parecia conseguir ouvir a mente do menino funcionando, explorando as possibilidades.

Ele tinha boas mãos, pensou Luke ao posicioná-las. Raciocínio rápido. E um sorriso que partia o coração do pai.

— Assim é certo.

— Incrível — disse Luke, com o olhar solene, transformando o sorriso de Nate em uma gargalhada.

— Incrivelmente certo.

Luke não conseguiu resistir. Abaixou-se para beijar aquele sorriso.

— Tente de novo, espertinho. Vamos ver se você consegue fazer isso com algumas distrações. Às vezes pessoas da plateia interferem.

— Como assim?

— Ah, pessoas que gritam coisas ou falam muito alto. Ou... fazem cócegas.

Nate soltou um grito de prazer quando Luke o pegou. Após uma rápida e furiosa batalha, Luke se deixou pegar. Gemia exageradamente enquanto Nate socava seu estômago.

— Você é muito forte para mim, garoto. Eu desisto.

— Desiste de quê?

— Desisto. — Rindo, Luke bagunçou o cabelo escuro de Nate. — Quer dizer que eu me entrego.

— Você pode me ensinar outro truque?

— Talvez. Quanto vale para você?

Nate trocou pelo que sempre funcionava com a sua mãe e se abaixou para dar um beijo forte na boca de Luke. Atordoado pelo carinho fácil, incrivelmente emocionado, Luke levantou a mão pouco firme até o cabelo de Nate.

— Você quer um abraço também?

— Claro. — Luke abriu os braços e experimentou o prazer indescritível de ter seus filhos nos braços. Com os olhos fechados, fez carinho no rosto de Nate. — Você pesa uma tonelada.

— Sou um apetite ambulante. — Nate se afastou para sorrir para Luke. — Mamãe diz isso. Como de tudo, menos o que está pregado no chão.

— Exceto favas — murmurou Luke, lembrando-se.

— Eca. Eu queria que todas as favas do mundo todo sumissem.

— Podemos resolver isso.

— Preciso fazer xixi — disse Nate, com a naturalidade do hábito infantil de anunciar suas necessidades corporais.

— Só não faça aqui, ok?

Nate riu e esperou mais um pouco, querendo prolongar mais aquele momento. Gostava de ficar com Luke, gostava do cheiro dele que era diferente do de todas as outras pessoas da família. Embora nunca tivesse deixado de ter alguma influência ou relacionamento masculino, havia algo de diferente *neste* homem. Talvez fosse mágica.

— Você tem pênis?

Luke prendeu o riso porque o menino estava fitando-o com olhos arregalados.

— Com certeza, tenho.

— Eu também. As meninas não têm. Nem a mamãe.

Cauteloso, Luke ficou com a língua dentro da boca.

— Acho que você está certo sobre isso.

— Eu gosto de ter um porque podemos fazer xixi em pé.

— Tem suas vantagens.

— Eu preciso. — Nate ficou de pé, rebolando um pouco. — Quer pedir uns biscoitos pro LeClerc?

De pênis para biscoitos, pensou Luke. A infância era fascinante.

— Pode ir. Eu alcanço você.

Nate se virou e viu sua mãe, mas sua bexiga estava estourando.

— Oi. Preciso fazer xixi.

— Oi. Esteja à vontade.

Nate saiu correndo, com a mão na virilha.

— Conversa interessante. — Foi o que ela conseguiu falar quando escutou a porta do banheiro batendo.

— Conversa de homem. — Luke se sentou, rindo. — Ele é tão... — Parou de falar quando Roxanne pressionou a mão na boca. — O que houve? — Preocupado, ele se levantou, pisando em um caminhão de plástico ao tentar se aproximar dela.

— Nada. — Não ia conseguir se segurar desta vez. Simplesmente não ia. — Não é nada. — Virando-se, ela subiu a escada correndo.

Teria se trancado no quarto, mas Luke já estava na porta antes que ela conseguisse. Furiosa consigo mesma, afastou-se e abriu as portas da varanda.

— Qual é o seu problema? — perguntou ele.

— Não tem nenhum problema comigo. — A dor era tão lancinante, tão completa e ela só podia combatê-la com palavras. — Vá embora. Estou cansada. Quero ficar sozinha.

— Um dos seus ataques, Rox? — Ele também estava sensível quando a virou para encará-lo. Música vinha do French Quarter, um jazz envolvente. Parecia feito para aquele momento. — Ver o Nate brincando comigo mexeu com você?

— Não. Sim. — Ela se soltou para passar as mãos no cabelo. Ah, meu Deus, ela estava perdendo.

Quanto mais perto ela chegava do limite, mais calmo Luke ficava.

— Eu vou vê-lo, Roxanne. Vou fazer parte da vida dele. Eu preciso e, pelo amor de Deus, eu tenho direito.

— Não venha me falar sobre direitos — retrucou ela, humilhada pelo sentimento em sua voz.

— Ele também é meu. Por mais que você tente se esquecer disso, é um fato. Estou tentando compreender por que você não conta a ele que sou pai dele, estou tentando não ficar triste por isso, mas não vou ficar longe porque você quer ficar com ele só pra você.

— Não é isso. Droga, não é isso. — Bateu com o punho no peito dele. — Você sabe como me sinto vendo vocês dois juntos? Vendo o jeito como você olha para ele? — Lágrimas escorriam, mas ela resistiu aos soluços.

— Sinto muito se isso faz você sofrer — disse Luke duramente. — E talvez eu não possa culpá-la por querer me punir não me deixando ser pai dele.

— Não estou tentando punir você. — Desesperada para colocar tudo para fora, ela pressionou os lábios. — Talvez esteja, não sei, e isso é o mais difícil. Tentar saber o que fazer, o que é certo, o que é melhor, e depois ver você com ele, sabendo todo o tempo que foi perdido. Sim, eu sofro vendo vocês dois juntos, mas não da forma que você pensa. É a mesma dor que sentimos ao ver o sol nascendo ou escutando uma música. Ele mexe com a cabeça igual a você. — As lágrimas continuavam escorrendo furiosamente. — Sempre mexeu, isso corta o meu coração. Ele tem o seu sorriso, os seus olhos, as suas mãos. Muito menores, mas suas. Eu ficava olhando para ele enquanto estava dormindo, contando os dedos e olhando para as mãos. E eu sofria por você.

— Rox. — Ele achava, esperava, que tivessem passado pelo pior na noite em que contou para ela. — Eu sinto muito. — Estendeu o braço, mas ela se afastou.

— Eu nunca chorei por você. Nenhuma vez em cinco anos eu me permiti derramar uma lágrima por você. Por orgulho. — Pressionando a parte de trás da mão na boca, ela soluçava. — Isso me ajudou a superar a pior parte. Não chorei quando você voltou. E, quando você me contou o que aconteceu, eu sofri por você e tentei entender como você deve ter se sentido. Mas, droga, você estava errado. — Girou, passando o braço em volta da própria cintura como se quisesse segurar a pressão. — Você devia ter voltado para casa. Devia ter vindo e me contado. Eu teria ido embora com você. Eu teria ido a qualquer lugar com você.

— Eu sei. — Ele não podia tocá-la agora, por mais que precisasse. De repente, ela parecia tão frágil que um toque poderia quebrá-la. Só podia ficar ali parado e deixar a tempestade de raiva cair sobre eles. — Eu sabia disso, e quase voltei. Poderia ter levado você para longe, longe da sua família, longe do seu pai. Não deveria importar que ele estava doente, que era grato a ele, a todos vocês, por todas as coisas boas que eu tinha. Devia ter arriscado para ver se Wyatt ia mandar a polícia atrás de mim como suspeito de assassinato. Mas eu não fiz isso. Não podia.

— Eu precisava de você. — As lágrimas cegavam os olhos dela, até que ela cobriu o rosto com as mãos e as deixou cair livremente. — Eu precisava de você.

Doía, ah, como doía liberar quase tanto quanto precisava segurar. O choro sacudia seu corpo, queimava sua garganta, machucava seu coração. Ela se perdeu na violência da própria tristeza, relaxando o corpo quando ele a abraçou, soluçando sem vergonha quando ele a pegou no colo para levá-la para a cama e deitá-la.

Ele só podia abraçá-la enquanto cinco anos de luto contido transbordavam. Não havia palavras para confortá-la. Ele a conhecia há quase vinte anos e podia contar nos dedos de uma das mãos as vezes que ela chorou na frente dele.

E nunca dessa forma, pensou, embalando-a. Nunca dessa forma.

Ela não conseguia parar e tinha medo de que nunca fosse conseguir. Não ouviu quando a porta se abriu. Não sentiu Luke virar a cabeça e balançar quando Lily olhou para dentro do quarto.

Lentamente, os fortes soluços se transformaram em respiração ofegante, mas seca, e os violentos tremores ficaram mais fracos. As mãos fechadas em punhos nas costas dele relaxaram.

— Preciso ficar sozinha — sussurrou ela com a garganta tão seca quanto areia.

— Não. De novo não. Nunca mais, Roxanne.

Ela estava fraca demais para discutir. Após um suspiro trêmulo, deitou a cabeça no ombro dele.

— Eu odeio isso.

— Eu sei. — Deu um beijo na têmpora quente e latejante dela. — Lembra daquela vez logo depois que você descobriu que Sam tinha usado você? Você chorou naquele dia e eu não sabia como lidar com a situação.

— Você me abraçou. — Ela fungou. — Depois, quebrou o nariz dele.

— É. E dessa vez eu vou fazer mais. — Por cima da cabeça dela, o olhar dele ficou afiado como uma lâmina. — Isso é uma promessa.

Ela não conseguia pensar nisso agora. Sentia-se esgotada e estranhamente livre.

— Foi mais fácil dar o meu corpo para você do que isso. — Fechou os olhos inchados, sendo tranquilizada pela mão dele acariciando seus cabelos. — Eu podia dizer para mim mesma que era desejo e que, se ainda existisse algum amor ali, eu ainda estaria no controle. Mas eu tinha medo de deixar que você fosse meu amigo de novo. — Mais calma, soltou um longo suspiro. — Deixe-me levantar, lavar meu rosto. Deixe-me um pouco sozinha.

— Rox...

— Não, por favor. — Ela se afastou. Era uma questão de confiança, mais profunda do que qualquer outra que ela já lhe dera, permitir que ele visse como as lágrimas a deixaram. — Preciso fazer uma coisa. Vá dar uma volta, Callahan, me dê meia hora.

Beijou-o suavemente antes que ele pudesse argumentar.

— Eu vou voltar.

Desta vez, ela sorriu.

— Estou contando com isso.

◆◆◆◆

ELE TROUXE FLORES PARA ELA. Percebeu, sentindo-se um pouco culpado, que não cortejara Roxanne da forma que Lily consideraria apropriada desde que voltara. A primeira vez fora avassaladora, a segunda, muito tensa.

Podia ser um pouco tarde para oferecer flores e fazer declarações, já que eles eram amantes, sócios e tinham um filho juntos, mas, como Max costumava dizer, antes tarde do que cedo demais.

Ele até foi para a porta da frente em vez de entrar pela cozinha. Como um bom pretendente, passou os dedos pelos cabelos e tocou a campainha.

— Callahan? — Roxanne abriu a porta com uma risada contida. O que você está fazendo aqui?

— Convidando uma linda mulher para jantar. — Ofereceu as rosas. Depois, com uma reverência, tirou um buquê de flores de papel de dentro da manga.

— Ah. — Ela ficou desconcertada, o sorriso encantador, o cumprimento formal, o enorme buquê de cheirosas rosas e um truque bobo. A mudança na rotina acionou a desconfiança na mesma hora. — O que você está fazendo?

— Já disse. Convidando você para um encontro.

— Você... — A gargalhada saiu pouco feminina pelo nariz dela. — Certo. Em vinte anos, você nunca me convidou para um encontro. O que você quer?

Não era fácil cortejar uma mulher que o encarava com olhos vermelhos e desconfiados.

— Levá-la para jantar — disse entre os dentes. — Talvez um passeio de carro depois para algum lugar onde possamos parar o carro e namorar.

— Está tendo algum vazamento de gás na sua casa ou coisa parecida?

— Droga, Roxanne, você vai sair comigo ou não?

— Eu não posso. Tenho planos. — Ela abaixou a cabeça para sentir o cheiro das rosas. Antes que pudesse realmente apreciá-las, levantou a cabeça. — Você não trouxe essas flores pra mim porque chorei, não é?

Deus, ela era difícil.

— Parece que eu nunca lhe dei flores.

— Não, não, você deu sim. — Prendeu o riso, embora estivesse começando a gostar da imagem. — Duas vezes. Uma vez quando você chegou duas horas atrasado para jantar, um jantar que eu mesma tinha me dado o trabalho de fazer.

— E você jogou as flores em cima de mim.

— Claro. E a segunda vez... Ah, sim, foi quando você quebrou a caixinha de porcelana que Lily tinha me dado de Natal. Então, Callahan, o que você fez desta vez?

— Nada, a não ser tentar ser gentil com uma mulher irritante.

— Bem, eu não joguei as flores em você, joguei? — Sorriu, então, e pegou a mão dele. — Entre. Vamos jantar aqui.

— Rox, quero ficar sozinho com você e não em uma casa cheia de gente.

— Todos saíram esta noite, Callahan, e que Deus o ajude, eu estou cozinhando.

— Ah. — A intensidade do amor dele foi posta à prova, e abriu um sorriso. — Que ótimo.

— Pode apostar. Vamos para a sala, tenho uma surpresa para você.

Ele quase perguntou se era uma dose de bicarbonato de sódio, mas se segurou.

— Se você não quer ter que cozinhar, querida, podemos pedir para entregarem. — Seguiu-a até a sala e viu o filho sentado na beirada do sofá.

— Ei, espertinho.

— Oi. — Nate o analisou por um longo momento com uma intensidade que doeu em Luke. — Por que você não mora aqui se é meu pai?

— Eu... — Surpreso até a alma, Luke só conseguia encarar o filho.

— A mamãe disse que você precisou ir embora porque um moço mau estava atrás de você. Você matou ele?

— Não. — Queria engolir, mas não conseguia. Seu filho e a mulher que amava esperavam, impacientes. — Pensei em enganá-lo. Eu não gostaria de matar ninguém. — Desesperado por estar fora da zona de conforto, olhou para Roxanne. — Rox. — Os olhos dele suplicavam ajuda, ela balançou a cabeça.

— Às vezes, improvisar é o melhor caminho — murmurou ela. — Nada de ensaio, Callahan. Nada de scripts, nada de deixas.

— Ok. — Com as pernas bambas, foi até o sofá e se agachou na frente do filho. Por um momento, lembrou-se da sua estreia em uma tenda de parque abafada. Suor escorria pela sua espinha. — Sinto muito por não ter estado aqui com você, nem com a sua mãe, Nate.

O olhar de Nate hesitou. Estava com uma sensação estranha no estômago desde que sua mãe o sentara e contara que ele era seu pai. Não sabia se era bom — como se sentia quando Mouse o girava — ou ruim, como quando comeu muito doce no Halloween.

— Talvez você não pudesse ajudar — murmurou Nate, puxando os fios do buraco que havia no joelho de sua calça jeans.

— Podendo ou não, eu ainda sinto muito. Acho que você não precisa muito de mim, já é um garoto crescido. Nós... nos damos bem, não é?

— Claro. — Nate fez um biquinho. — Acho que sim.

E achava que Roxanne era difícil, pensou Luke.

— Podemos ser amigos, se você quiser. Não precisa pensar em mim como seu pai.

Os olhos de Nate estavam marejados de lágrimas quando ele levantou o olhar. Os lábios dele tremiam, e isso partiu o coração de Luke.

— Você não quer que eu pense?

— Sim. — Sua garganta doía. Seu coração estava cicatrizando. — Sim, eu quero. Muito. Quero dizer, você é baixinho e feio agora, mas acho que tem potencial.

— O que é potencial?

— Possibilidades, Nathaniel. — Gentilmente, Luke pegou o rosto do filho nas suas mãos. — Muitas e muitas possibilidades.

— Potencial — repetiu Nate, e em um eco da infância da sua mãe, saboreou a palavra. Abriu um enorme sorriso. — O pai de Bobby construiu uma casa na árvore para ele. *Bem* grande.

— Oooh. — Divertido e encantado, Luke olhou para onde Roxanne estava parada, ainda segurando as flores. — O garoto aprende rápido.

— É esse sangue irlandês. Um Nouvelle é orgulhoso demais para paparicar.

— Paparicar, cara, esse garoto é esperto e já sabe quando pressionar para levar vantagem. Certo, Nate?

— Certo. — Soltou uma gargalhada gostosa quando Luke o jogou para cima. Decidindo tentar o ouro, aproximou-se da orelha de Luke e sussurrou: — Você pode falar pra mamãe me dar um cachorro? Um cachorro bem grande?

Luke segurou o queixo com o dedo e eles abriram sorrisos idênticos.

— Vou tentar. Que tal um abraço?

— Ok. — Nate apertou bem os braços em volta do pescoço de Luke. Ainda estava com uma sensação engraçada no estômago e ela se espalhara pelo peito. Mas achava que era um sentimento bom, afinal. Suspirando, deitou a cabeça no ombro do pai e aceitou.

Capítulo Trinta e Dois

♦♦♦♦

— Estou tentando me concentrar. — Roxanne acenou com a mão por cima do ombro para afastar Luke. Ele estava respirando em seu pescoço.

— Estou tentando convidar você para um encontro.

— Você cismou com encontro esses dias. — Debruçou-se, ajustando a luz da escrivaninha do seu pai. Abertas à sua frente estavam as plantas da galeria de arte. Ainda tinham de decidir por onde entrar. — De cima para baixo, Callahan. Faz todo sentido. Se a exposição é no terceiro andar, por que entrar pelo térreo e subir?

— Porque dessa forma podemos subir a escada em vez de ficarmos pendurados em uma corda a cinco metros do chão.

Ela lançou um olhar por cima do ombro.

— Está ficando velho.

— O quê? É que agora eu sou pai e preciso tomar certos cuidados.

— O telhado, Papai Smurf.

Ele sabia que era a melhor forma, mas gostava de debater.

— Teríamos de levantar Jake também, e ele não gosta de altura.

— Então, você coloca uma venda nos olhos dele. — Ela batia com um lápis em cima do desenho. — Aqui, janela leste, terceiro andar. Já entrei, e não estou fazendo nada no depósito até o tempo acabar. Vou até a sala de vigilância exatamente às onze e dezessete, o que me dá precisamente um minuto e trinta segundos para adulterar a câmera antes de o alarme disparar.

— Não gosto da ideia de você fazendo o serviço interno.

— Não seja machista, Luke. Você sabe muito bem que sou melhor com eletrônicos. Aí, eu troco as fitas de vigilância. — Puxando os cabelos para trás com uma das mãos, ela sorriu. — Eu gostaria de ver a cara do segurança quando ele vir a fita que Mouse preparou.

— Só os amadores acham que têm de estar na linha de frente, querida.

— Vá para o inferno, Callahan — disse ela, calmamente. — Continuando, assim que Jake e Mouse resolverem a parte deles, posso abrir a janela por dentro. Aí, você entra, meu herói. — Piscou mexendo exageradamente com os cílios.

— E teremos seis minutos e meio para abrir a vitrine, pegar as joias e substituir pelas falsificadas.

— Então, pronto! Saímos sem deixar nenhum rastro. — Ela passou o dedo pelo lábio superior. — Eu e você voltamos para nosso quarto de hotel e transamos como coelhos.

— Nossa, adoro quando você é direta. — Apoiou o queixo no alto da cabeça dela. — Ainda precisamos refinar nosso tempo.

— Temos algumas semanas. — Esticou os braços para a frente, depois para cima e envolveu o pescoço dele. — E pense em todos aqueles lindos brilhos. Todos nossos, Callahan.

Ele fez uma careta, suspirou entre os dentes e se endireitou.

— Esse é um assunto que eu estava querendo conversar com você, Roxanne. — Não podia prever como ela ia reagir e pegou o caminho covarde, esquivando-se. — Quer um conhaque?

— Claro.

Ela se alongou de novo. Já era quase uma da manhã. A casa estava tranquila, o corredor que levava ao escritório, escuro. Pensou rapidamente em seduzir Luke no sofá de couro e abriu um sorriso preguiçoso quando ele lhe entregou o copo.

— Tem certeza de que quer conversar?

Ele conhecia aquele olhar, aquele tom de voz, e quase aceitou para evitar o assunto.

— Não, mas eu acho que precisamos. Sobre as joias do leilão.

— Hmmmm.

— Não vamos ficar com elas.

Ela engasgou com o conhaque. Luke bateu em suas costas esperando o melhor.

— Deus, não faça esse tipo de brincadeira comigo enquanto estou bebendo.

— Não é uma brincadeira, Rox. Não vamos ficar com elas.

Ela também conhecia aquele olhar, aquele tom de voz. Significava que Luke já estava com a cabeça feita e pronto para brigar.

— Do que você está falando? Por que pegar as joias se não vamos ficar com elas?

— Eu expliquei que o assalto seria uma distração para o serviço na casa de Wyatt.

— Claro, e uma distração bem lucrativa, apesar das despesas que são altíssimas.

— Sim, mas não monetariamente. Não para nós.

Ela tomou mais um gole de conhaque, mas não ajudou a aliviar o calafrio que sentiu de repente.

— O que nós vamos fazer exatamente com dois milhões em joias, Callahan? Joias que estão nos custando aproximadamente oitenta mil para roubar?

— Nós vamos plantá-las. Elas são uma peça muito importante em um golpe que estou sonhando há quase um ano.

— Um golpe? — Roxanne se levantou para que pudesse descarregar sua agitação e pensar. — Sam, você quer plantá-las na casa de Sam. Essa será nossa justiça, não é? — Os olhos dela ardiam quando ela se virou para ele. — Esse foi o seu plano o tempo todo.

— Planejei cada ângulo disso durante meses. Cada pecinha do todo.

— Você planejou? — Uma onda de traição ameaçou tomar conta dela. Ela não permitiu, sem saber se conseguiria sobreviver àquele tipo de perda de novo. — Foi por isso que voltou. Para acabar com Sam.

— Eu voltei por você. — Não gostava do tom da voz dela, nem da vulnerabilidade que percebeu escondida ali. E odiava, realmente odiava, ter de se explicar de novo. — Eu contei pra você por que fui embora, Rox, e eu não posso recuperar esses anos. Mas não vou perdê-la de novo e não vou arriscar a minha família. — Hesitou. Provavelmente ia fazer picadinho dele, mas precisava contar tudo para ela. — Foi por isso que fui ver Wyatt antes de voltar para Nova Orleans.

— Você foi vê-lo? — Desconcertada, ela passou a mão pelos cabelos. — Você foi vê-lo e não considerou isso um risco?

— Eu fiz um acordo com ele. Tentei suborná-lo com dinheiro. Um milhão de dólares por alguns meses.

— Um milhão...

— Mas ele não aceitou — interrompeu Luke. — Ou melhor, não aceitou só isso. Mas fizemos um acordo. — Pegando seu copo de conhaque, ele agitou, cheirou e tomou um gole. Gostava dessa parte, a forma como um homem aproveitava uma longa e estimulante noite com uma linda mulher. — Ele concordou em me dar um tempo, até as eleições, se eu me comprometesse a arranjar fotos comprometedoras de Curtis Gunner. Elas teriam de ser montagens, claro, já que Gunner é muito correto. Wyatt quer documentos também, envolvendo Gunner em acordos antiéticos e relacionamentos ilícitos. Eu só preciso criá-los e plantá-los pouco antes de os eleitores irem às urnas.

Soltando um suspiro, Roxanne se sentou no braço do sofá. Percebeu que agora precisava do conhaque e virou o copo para um longo gole.

— Foi por isso que você demorou a voltar?

— Se eu não concordasse, não sei o que ele faria com você, Max e Lily, todas as pessoas que eu amo. — Luke fixou seu olhar no dela. — E agora tem Nathaniel. Não há nada que eu não faria para mantê-lo seguro. Nada.

Um calafrio de medo desceu pela espinha dela.

— Ele não machucaria Nate. Ele... É claro que machucaria. — Roxanne pressionou os dedos nos olhos, tentando aliviar sua consciência com a necessidade da situação. — Sei que temos de fazer o que precisa ser feito, mas nunca prejudicamos nenhum inocente. Podemos encontrar outro jeito. — Deixou as mãos caírem no seu colo. Seu rosto estava calmo de novo, e frio. — Sei que podemos encontrar um outro jeito.

Luke tinha certeza de que nunca a amara mais do que neste momento. Ela era uma mulher que protegeria o que era seu sempre, mas nunca iria contra seu código de ética.

— Jake já está falsificando os documentos que plantarei, junto com as joias, no cofre de Wyatt. Mas eles não vão ser exatamente o que ele está esperando — acrescentou ele antes que ela protestasse. — As primeiras fotos que Jake fez estão muito boas, só precisam melhorar um pouco. Mas, de uma forma geral, Wyatt está ótimo. Tem uma em particular que ele está usando, uma tanga de couro preta e botas de que gostei muito.

— Sam? Você está fazendo as fotografias usando Sam? — Ela começou a sorrir, mas parou, admirada. Maldito Luke, pensou, ainda não tinha terminado. — Você vai traí-lo, usando o próprio plano dele para arruiná-lo politicamente.

— É, eu não tenho nada contra Gunner e tudo contra Wyatt. Pareceu-me uma justiça muito sólida. Além das fotos e dos documentos, que envolvem Wyatt em vários roubos que você conhece muito bem, tenho mandado dinheiro para duas contas na Suíça. Contas que estão no nome dele.

— Muito engenhoso — murmurou ela. — Você pensou em tudo. Mas não se incomodou em me avisar.

— Não, eu não contei para você. Eu queria ter certeza de que você ficaria comigo ao longo prazo. Achei que o plano inicial ia desafiá-la, intrigá-la. E eu esperava que, quando lhe contasse tudo isso, você já confiasse em mim.

Se você quer ficar furiosa porque eu escondi de você, tem todo o direito. Contanto que não desista do assalto.

Ela pensou e percebeu que a primeira onda de raiva já tinha passado. Meu Deus, pensou, esperava não estar ficando boazinha. O problema era que conseguia ver tanto pelo lado de Luke quanto pelo seu. Não apenas conseguia ver, como a beleza do golpe a encantava. Ela própria não teria planejado melhor.

— Por hoje, Callahan, ficamos em cinquenta-cinquenta ou não tem acordo.

— Você não vai me xingar de nenhum nome?

— Vou guardar. — Ela levantou o copo para um brinde. — A Nouvelle e Callahan.

Ele bateu seu copo no dela, e os olhos de um fixos nos do outro enquanto bebiam.

— Você não estava pensando em me seduzir quando eu a interrompi?

— De fato... — Ela deixou o conhaque de lado. — Eu estava.

♦ ♦ ♦ ♦

$\mathcal{L}$UKE ESTAVA DE PÉ ao lado da poltrona de Max, olhando pelas portas da varanda, imaginando o que esse homem via através do vidro. Seriam os prédios do French Quarter? A varanda cheia de flores que entrava na calçada de Chartres? As nuvens cinza que cobriam parte do céu prometendo chuva? Ou era alguma outra coisa, alguma lembrança bem antiga de outro lugar e outra época?

Desde a noite em que recobrara a consciência, a mente de Max mergulhou ainda mais fundo no mundo em que ele habitava. Mal falava agora, embora chorasse baixinho de vez em quando. Seu corpo também estava definhando, perdendo cada quilo precioso.

Os médicos falavam de placas e emaranhados, que eram as primeiras mudanças estruturais no cérebro de pacientes com Alzheimer. Formas anormais de proteínas — proteínas tau, beta-amiloide, substância P. Essas palavras não significavam nada para Luke, e ele achava que placas e emaranhados pareciam o nome de algum complexo truque de mágica.

Sabia que Roxanne já tinha vindo se despedir e agora estava do outro lado do corredor com Nate, supervisionando a mala dele para a semana que passariam em Washington. Agora que tinha seu momento a sós com Max, não sabia o que fazer.

ℐLUSÕES ℋONESTAS   447

— Eu queria que você fosse conosco. — Luke continuava olhando pelo vidro. Era tão difícil olhar para Max, para a expressão perdida, para os dedos tortos que não paravam de trabalhar como se estivessem manipulando moedas. — Eu me sentiria muito melhor se pudesse repassar o plano todo com você. Acho que você ia gostar. Drama, emoção, elegância. Tem tudo isso. Planejei cada detalhe. — Escutando a voz de seu mentor na cabeça, Luke se permitiu um sorriso. — Eu sei, eu sei, calcular as chances, depois se preparar para as surpresas. Eu vou dar o troco àquele cretino pelos cinco anos que ele roubou de mim, Max, de todos nós. E eu vou conseguir a pedra pra você, Max. Colocarei bem nas suas mãos. E, se existir alguma mágica nela, você a encontrará.

Luke não esperava uma resposta, mas se agachou. Fixou seu olhar nos olhos que um dia o mandaram entrar em uma tenda em um parque de diversões, que exigiram que ele tentasse, arriscasse. Eles estavam tão escuros como sempre, mas o poder desaparecera.

— Quero que saiba que vou cuidar de Roxanne e Nate. E de Lily, Mouse e LeClerc. Rox não ia gostar de me escutar falando isso, ela tem feito um bom trabalho cuidando de tudo. Mas ela não vai mais precisar fazer isso sozinha. Nate me chama de pai. Eu não sabia que isso podia ter um significado tão forte. — Gentilmente, cobriu as mãos tortas e inquietas com as suas. — Pai. Eu nunca chamei você assim. Mas você é o meu pai. — Luke se inclinou e beijou a pele fina. — Eu amo você, pai.

Não houve resposta. Luke se levantou e saiu para procurar o próprio filho.

Max continuou olhando pelo vidro, olhando e olhando, mesmo quando uma lágrima caiu de seu olho e escorreu pelo seu rosto, onde Luke beijara.

◆ ◆ ◆ ◆

ℐAKE DIGITOU MAIS UMA sequência em seu computador portátil e uivou de felicidade.

— O que eu disse? O que eu disse, Mouse? Tem sempre uma porta nos fundos.

— Você entrou? Entrou mesmo? — Cheio de admiração, Mouse se debruçou por cima do ombro curvado de Jake. — Meu Deus do Céu!

— O Banco da maldita Inglaterra. — Ele soltou um riso abafado, entrelaçando os dedos e esticando as mãos para estalar as juntas. — O Príncipe Charles e a Lady Di têm conta. Ah, cara, todas essa lindas libras esterlinas.

— Nossa. — Mouse sempre lia as revistas de celebridades, e a sua preferida era a Princesa de Gales. — Você consegue ver quanto eles têm, Jake? Podia transferir um pouco da conta dele para a dela. Acho que ele não é muito legal com ela.

— Claro. Por que não? — Os dedos de Jake corriam por cima das teclas, parando quando Alice limpou a garganta baixinho.

— Achei que você tivesse prometido ao Luke que não usaria os computadores para se meter na vida das outras pessoas. — Ela nem levantou o olhar, apenas continuou tricotando serenamente no sofá do outro lado da suíte.

— Bem, é. — Os dedos de Jake coçavam. — Só estou praticando. — Olhou para Mouse. — Mostrando para Mouse alguns truques que essa criancinha pode fazer se soubermos ajustá-la.

— Muito bonito. Mouse, acho que Diana não ia gostar que você invadisse a privacidade dela assim.

— Você acha? — Olhou para a esposa, que apenas levantou a cabeça e sorriu. — Não, acho que não. — Derrotado, soltou um suspiro. — Nós devíamos estar verificando a conta na Suíça — lembrou ele a Jake.

— Tudo bem, tudo bem. — O teclado estalava. — Mas devo dizer que isso me dá enjoos. É como se eu tivesse comido peixe estragado. Ele quer que eu transfira mais dez mil para a conta do crápula. Eu tentei, não tentei, dizer pra ele que eu podia tirar o dinheiro da conta de qualquer CEO mau-caráter em vez de tirar da dele? Mas não, não. Luke quer pagar o golpe todo. Aquele homem é teimoso. *Muito* teimoso.

— É uma questão de orgulho — opinou Alice.

— É uma questão de dez mil dólares, porra. — Jake fez uma careta e lançou um olhar rápido para ela. — Desculpe meu francês. É que não estamos ganhando nenhum centavo nisso. Nenhum centavo! Você não acha que devíamos ganhar alguma coisa, cobrir nossas despesas, ter algum lucro?

— Vamos ganhar satisfação — afirmou Mouse, e fez o coração da esposa inchar de orgulho. — Isso é melhor do que dinheiro.

— Satisfação não compra sapatos italianos — resmungou Jake, mas aceitou que tinha perdido. Além disso, poderia acessar outra conta mais tarde.

Ilusões Honestas   *449*

Alice juntou suas agulhas de tricô e se levantou. Nem eram dez horas ainda, mas ela estava muito cansada.

— Acho que vou deixar vocês dois com seus brinquedos e vou para a cama.

Mouse se inclinou para beijá-la, passando a mão pelos cabelos claros dela. Sempre se surpreendia ao pensar que alguém tão pequena, tão linda, pudesse pertencer a ele.

— Quer que eu peça chá ou alguma outra coisa?

— Não. — Que homem doce ele era, pensou ela. E burro. Estava praticamente esfregando o tricô embaixo do nariz dele. Decidindo que valia mais uma tentativa, tirou um sapatinho que terminara de dentro da cesta.

— Acho que vou tentar terminar o outro esta noite. É uma bonita cor, não acha? Um tom bem suave de verde.

— É bonita mesmo. — Sorriu e baixou a cabeça para beijá-la de novo. — Nate gosta desses fantoches.

— Não é um fantoche. — Ela nunca tinha ficado tão brava com ele. — É um sapatinho. — Dizendo isso, entrou no quarto da suíte.

— Alice nunca briga comigo — disse Mouse, meio que para si mesmo. — Nunca. Acho que eu devo ir falar com ela... — A revelação o atingiu como um soco na cara. — Um sapatinho?

— Um sapatinho? — O rosto de Jake abriu um sorriso. — Bem, isso não é uma merda? Parabéns, Mouse, meu velho. — Levantou-se para dar um tapinha nas costas do amigo. — Parece que a cegonha vai passar por aqui.

Mouse ficou pálido, passou por uma cor parecida com a do famoso sapatinho, depois pálido de novo.

— Ah, meu Deus. — Foi tudo que ele conseguiu falar enquanto saía tropeçando para o quarto. Quando abriu e fechou a porta, as palmas de suas mãos já estavam suando.

Alice estava de pé de costas para ele, calmamente amarrando o cinto de seu robe.

— Então, a lâmpada acendeu — murmurou ela e foi até a cômoda e começou a pentear os cabelos.

— Alice. — Ele engoliu com tanta força que a garganta até estalou. — Você está... nós estamos...

Não era da natureza dela ficar brava por muito tempo. Amava-o demais para tentar. Sorriu enquanto seus olhos encontravam os dele pelo espelho.

— Sim.

— Tem certeza?

— Absoluta. Dois testes de farmácia e um obstetra não mentem. Estamos esperando um bebê, Mouse. — Parou de falar e deixou o olhar cair para as mãos. — Está tudo bem, não está?

Ele não podia responder. Seu coração estava na garganta. Em vez disso, aproximou-se dela com três passos desajeitados. Com muito carinho, a envolveu em seus braços, colocando sua enorme mão sobre a barriga ainda reta dela.

Era melhor do que palavras.

◆ ◆ ◆ ◆

FORA DAS FRONTEIRAS DO distrito, no luxuoso subúrbio de Maryland, Sam Wyatt estava sentado à sua escrivaninha com um copo de Napoleon. Sua esposa estava no quarto no andar de cima na enorme cama Chippendale, com uma de suas malditas enxaquecas.

Justine nem precisava inventar dores de cabeça, pensou enquanto girava e tomava um gole do líquido cor de âmbar. Há muito tempo, ele perdera o interesse em fazer amor com uma pedra de gelo que se disfarçava usando roupas de estilistas famosos.

Havia outras formas de encontrar satisfação sexual, se fosse cuidadoso e pagasse o suficiente. Não tinha uma amante. As amantes costumavam ficar desencantadas e ambiciosas. Sam não tinha a intenção de viver com um escândalo escondido quando estivesse morando na Casa Branca.

E ele moraria na Casa Branca, pensou. No início do século XXI, estaria sentado no Salão Oval, dormindo na cama de Lincoln. Era inevitável.

Sua campanha ao Senado estava correndo brilhantemente. Todas as pesquisas mostravam que ele estava liderando. Seria preciso um milagre para seu concorrente alcançá-lo, e Sam nunca acreditara em milagres.

De toda forma, tinha um ás chamado Luke Callahan em sua manga. Quando resolvesse usar esse ás, uma semana antes das eleições, Gunner estaria arruinado.

Faltavam poucas semanas para o momento da verdade, o que significava muitos dias e noites à sua frente. Beijara bebês, cortara fitas, exaltara o homem comum em discursos cheios de promessas, agradara a estrutura corporativa com sua postura empreendedora, conquistara as mulheres com seus sorrisos fáceis e corpo esbelto.

ILUSÕES HONESTAS   451

Sam considerava a sua ascensão política e prestígio uma estupenda e longa fraude.

Como dissera para Luke, ele cumpria algumas de suas promessas, já que a farsa estava longe de terminar. Continuaria agradando e conquistando e apertando mãos. Sua imagem de homem que se fez sozinho e que tinha sucesso na conquista do sonho americano o manteria no lugar certo. E sua equipe de conselheiros meticulosamente escolhidos o manteria adequadamente informado sobre a política doméstica e internacional.

Ele só tinha uma política — e era o poder.

Ele tinha tudo que queria — e queria mais.

Pensou na pedra trancada em seu cofre. Se acreditasse em mágica, teria refletido sobre como tudo tinha dado certo para ele depois que a conseguiu. Mas para Sam era apenas outra vitória sobre um velho inimigo.

Era verdade que, desde que ela estava em suas mãos, o ritmo de seu sucesso aumentara. Sam atribuía isso à sorte e às suas próprias habilidades pessoais e políticas.

Aprendera muito com o popular senador do Tennessee. Sugara avidamente todo o conhecimento enquanto interpretava o papel de braço direito do homem com o talento de um ator premiado — até surgir a oportunidade de se tornar *o* homem.

Ninguém sabia que Sam assistira ao Bushfield morrer. Publicamente, chorara a morte dele, fazendo elogios cheios de lágrimas, confortando a viúva como se fosse um filho, assumindo todos os compromissos do senador como um dedicado herdeiro.

E ficara parado, assistindo, enquanto o senador ofegava e sufocava, enquanto seu rosto ficava roxo, enquanto ele tinha espasmos no chão de seu escritório particular. Sam segurava a pequena caixa laqueada com os comprimidos de nitroglicerina, sem dizer nada enquanto seu mentor esticava as mãos, os olhos transbordando de dor, vidrados e confusos.

Só quando teve certeza de que era tarde demais, Sam se ajoelhou e colocou um dos comprimidos embaixo da língua do homem morto. Fez uma ligação frenética para 911 e, quando os paramédicos chegaram, ficaram emocionados de ver a forma urgente com que Sam tentava ressuscitá-lo.

Assim, ele matara Bushfield e ganhara vários aliados na comunidade médica.

Não fora tão emocionante quanto acertar uma bala na cabeça de Cobb, pensou Sam. Mas mesmo a forma passiva de matar lhe trouxe algum tipo de excitação.

Recostando-se, planejou o próximo passo, uma aranha contente em tecer a sua teia e esperar por uma mosca desavisada.

A arrogância da volta de Callahan para a trupe dos Nouvelle ainda o intrigava. Será que o tolo realmente acreditava que cinco anos seriam o suficiente? Ou que dinheiro pagaria pela insubordinação de voltar ao palco sem permissão? Sam esperava que sim, esperava muito que sim. Ainda não fizera nada porque se divertia vendo Luke tranquilo. Deixe-o fazer seu show, pensou Sam. Deixe-o tentar conquistar o coração de Roxanne uma segunda vez. Deixe-o tentar ser um pai para o filho dele. Sam gostava da ideia de vê-lo no seio da família, temporariamente retomando sua carreira, sua vida. Seria ainda mais doce pegá-lo de novo.

E ele pegaria, pensou Sam. Ah, pegaria.

Estava sempre de olho nos Nouvelle. Era forçado a admitir que admirava o estilo de Roxanne, sua elegância ao roubar. Havia provas documentadas de todas as atividades dela em um livro guardado em seu cofre. Tinha sido caro, mas a herança de sua esposa permitia esses luxos.

Estava chegando a hora quando usaria essas provas. O pagamento por Luke ter subido ao palco sem seu consentimento seria alto. E todos os Nouvelle pagariam. E se, como Sam imaginava, eles acreditassem que podiam tentar mais um assalto, pelos velhos tempos, cairiam direto nas suas mãos.

Porque ele sabia esperar, sabia assistir, e poderia providenciar para que as autoridades pegassem os Nouvelle em seu próximo trabalho.

Essa era uma alternativa muito doce.

Perguntava-se se eles fariam alguma coisa no leilão. Para ele, esse tipo de assalto tinha aquele glamour que os atraía. Talvez até deixasse que eles se livrassem dessa. Por pouco tempo. Então, fecharia a ratoeira e os veria sangrar.

Ah, sim, pensou Sam, rindo para si mesmo enquanto se recostava. Era exatamente esse o tipo de raciocínio claro que faria dele um excelente comandante.

Capítulo Trinta e Três

◆ ◆ ◆ ◆

SAM CONSEGUIU INGRESSOS para o tão concorrido espetáculo dos Nouvelle no Kennedy Space. Primeira fila no centro. Justine se sentou ao seu lado, envolvida em seda, safiras e sorrisos — a dedicada esposa e companheira.

Ninguém adivinharia que eles passaram a se detestar.

Conforme o show de mágica se desenrolava, Sam aplaudia com entusiasmo. Jogava a cabeça para trás e ria, inclinava o corpo para a frente, com olhos arregalados e balançava a cabeça, incrédulo. Suas reações, muitas vezes captadas pelas câmeras de televisão em ação, eram tão cuidadosamente ensaiadas quanto a noite de ilusões.

Por trás delas, a inveja o consumia. Luke mais uma vez era o centro das atenções, o astro, o poderoso.

Sam o odiava por isso, da mesma forma cega e irracional que odiara Luke desde a primeira vez que o vira. Detestava e invejava a facilidade com que Luke chamava a atenção para si, o óbvio apelo sexual que existia entre ele e Roxanne, a suavidade com que ele conseguia fazer o que não podia ser feito.

Mas ele foi o primeiro a se levantar para aplaudir quando terminou o *grand finale*. Ele juntou as mãos e sorriu.

Roxanne o viu quando fez suas reverências. Embora tenha abaixado as pálpebras, o veneno correu entre os dois. Os olhares deles se fixaram, e para ela, por um instante, eles estavam completamente sozinhos. O ódio se espalhou, volátil como lava, e ela deu um passo à frente, na direção dele, parando apenas quando a mão de Luke a segurou com firmeza.

— Apenas sorria, amor. — Falou claramente durante a chuva de aplausos e apertou rapidamente os dedos dela. — Apenas continue sorrindo.

Foi o que ela fez, até que finalmente os dois saíram juntos do palco.

— Eu não sabia que seria tão difícil. — O corpo dela tremia do esforço para conter a vontade de atacar. — Vendo-o sentado ali, parecendo tão pomposo e próspero. Eu queria pular do palco e mordê-lo.

— Você se saiu bem. — Massageou os ombros dela, acompanhando-a pelo corredor até o camarim. — Fase um, Roxy, e a caminho da próxima.

Ela assentiu e parou com a mão na maçaneta da porta.

— Nós roubamos coisas, Luke. Sei que a maioria das pessoas não acharia isso aceitável. Ainda assim, nós só pegamos objetos, coisas facilmente substituídas. Ele roubou tempo. E amor e confiança. Nada disso pode ser substituído. — Olhou por cima dos ombros, os olhos brilhando não com lágrimas nem ressentimento, mas com propósito. — Vamos pegar o filho da puta.

Ele sorriu e deu um tapinha no bumbum dela. Jake estava certo. Ela era uma mulher e tanto.

— Troque de roupa. Temos trabalho a fazer.

◆ ◆ ◆ ◆

ELES COMPARECERAM à recepção depois do espetáculo, brindando com dignitários de Washington. Luke aguardou sua hora, depois se afastou de Roxanne. Essa era uma cena que precisava fazer sozinho. Como ele esperava, Sam, em poucos momentos, já o estava procurando.

— Foi um show e tanto.

Luke pegou uma taça de champanhe de uma bandeja que passava, fingindo que estava com os dedos levemente trêmulos.

— Que bom que você gostou.

— Ah, gostei sim. E admiro a sua coragem, apresentar-se sem pedir minha permissão primeiro.

— Eu não achei... Já se passaram cinco anos. — Luke olhou a multidão com olhos nervosos, abaixou o tom de voz. Como se implorando, segurou o pulso de Sam. — Pelo amor de Deus, que mal há nisso?

Encantado por estar com a presa na jaula, Sam pensou, tomando um gole de champanhe.

— Isso ainda precisa ser avaliado. Mas me diga, Callahan, o que você achou do pequeno Nathaniel?

Desta vez, Luke não precisou fingir o tremor na mão. Era de puro ódio.

— Você sabe sobre Nate?

— Sei tudo o que há para se saber sobre os Nouvelle. Achei que eu tivesse deixado isso claro. — Distraidamente, ele colocou a taça vazia em uma bandeja. — Agora, me diga, você já terminou o trabalho que lhe mandei fazer?

— Só estão faltando alguns detalhes finais. — Luke endireitou a gravata. — Como eu lhe disse das outras vezes que nos falamos, fazer um serviço assim, para garantir que fique acima de qualquer suspeita, leva tempo.

— Tempo com o qual eu fui generoso — lembrou Sam, e acrescentou um apertão forte no ombro de Luke. — Tempo que está se acabando.

— Você me deu um prazo final. Vou cumprir. — Ele olhou em volta do salão de novo. — Eu sei a importância disso.

— Espero que saiba. — Ele levantou a mão, evitando a resposta de Luke. — Dois dias, Callahan. Leve tudo pra mim em dois dias, e poderá se esquecer da impertinência de hoje. Aproveite a noite — acrescentou ele enquanto se afastava. — Já que é uma das únicas que lhe restam com sua família.

— Você estava certo, cara. — Jake, elegante no uniforme de garçom, ergueu a bandeja. — Ele é um verme.

— Só não estrague tudo — sussurrou Luke. Rápido como um raio, ele colocou a abotoadura de ouro com o monograma de Sam no bolso plastificado de Jake.

— Pode confiar em mim.

— E tire esse sorrisinho da cara, pelo amor de Deus. Você é um empregado.

— Então, eu sou um empregado feliz. — Mas Jake se esforçou para parecer devidamente sério enquanto se afastava.

◆ ◆ ◆ ◆

*U*MA HORA MAIS TARDE, Jake entregou para Luke um plástico contendo a abotoadora e um único fio de cabelo louro.

— Tenha cuidado como vai usar isso, cara. Você não vai querer que fique óbvio demais.

— Que droga, vamos ser óbvios.

Sentiu um aperto opressor nas entranhas quando ergueu o saco para analisar o elegante exemplar de joia masculina. Era discreta e arredondada, com o SW girando de forma fluida no ouro. Se tudo saísse bem, pensou Luke, esse pequeno adorno mandaria Sam Wyatt direto para o inferno.

— Você já verificou o equipamento? — perguntou ele para Jake.

— Verifiquei duas vezes. Estamos on-line. Olha só isso. — Pegou um dispositivo não muito maior que a palma de sua mão. — Mouse — sussurrou ele. — Você tá ouvindo?

Houve uma breve pausa. Então, a voz de Mouse soou pelo transmissor.

— Estou bem aqui, Jake, ouvindo em alto e bom som.

Com um sorriso, Jake ofereceu o transmissor para Luke.

— Melhor do que *Jornada nas Estrelas,* né?

O aperto na barriga foi substituído por uma vibração prazerosa e excitante.

— Odeio ter que admitir isso, Finestein, mas você é bom. Temos quinze minutos, então, esteja preparado.

— Eu estou sempre preparado. — Ele sorriu e deu uma rebolada. — Isso vai ser fabuloso, Luke. Fa-*bu-lo-*so!

— Não cante vitória antes do tempo — murmurou Luke, repetindo uma frase de Max. Ele verificou o relógio. — Roxanne está esperando. Vamos logo.

— Preparem os cavalos. Prendam as carroças! Que vamos partir. — Jake riu de si mesmo enquanto seguiam para a porta.

— Amador — resmungou Luke, mas percebeu que estava sorrindo. Aquela seria uma noite e tanto.

◆ ◆ ◆ ◆

A HAMPSTEAD GALLERY era um prédio de três andares e estilo neogótico construído atrás de carvalhos graciosos. Naquela noite fria de outono, tão próxima do Halloween, as folhas flutuavam como ouro queimado na brisa carregada com o inverno vindouro, e faixas de névoa dançavam sobre o concreto e o asfalto. No céu, a lua estava cortada ao meio, o seu contorno tão agudo e pronunciado que parecia que algum deus tinha passado por ali com o seu machado para fendê-la. Sem nuvens para impedir, o brilho do luar descia, branco e doce, banhando as árvores de prata. Mas as folhas que ainda estavam nos galhos forneciam sombras protetoras.

Era uma questão de cronometragem.

A frente da galeria ficava na avenida Wisconsin. Washington não era uma cidade com vida noturna fervilhante. Os políticos governavam, e os políticos preferiam uma aura de discrição — principalmente em um ano eleitoral. A uma hora da manhã, o trânsito estava leve e esporádico. A maioria dos bares já tinha fechado.

Havia uma atividade noturna clandestina, as bocas de *crack*, a venda de drogas nas esquinas, as prostitutas que vagavam pela Fourteenth Street e aqueles que eram viciados naquele tipo de comércio de prazeres temporários. Assassinatos noturnos eram tão comuns naquele berço da democracia quanto as promessas de campanha.

Mas ali, naquela discreta esquina da cidade, tudo estava calmo.

Luke ficou nas sombras atrás do prédio, sob as gárgulas sorridentes e pilastras imponentes.

— É melhor que isso funcione, Mouse.

O transmissor em volta do seu pescoço captava cada respiração.

— Vai funcionar. — A voz de Mouse soou baixa e clara o suficiente pelo minúsculo alto-falante. — Temos uma extensão de trinta metros.

— É melhor funcionar mesmo — repetiu Luke. Ele segurava algo que parecia um arco nas mãos.

E aquilo fora um arco mesmo, antes que Mouse o modificasse. Agora era um gancho com garras acionado por gás. O dedo de Luke pairava no gatilho enquanto pensava em Roxanne, já encolhida no depósito do terceiro andar. Ele pressionou o gatilho e observou com prazer infantil enquanto o gancho de cinco garras subia levando atrás de si uma trilha de corda. O pequeno dispositivo zunia em sua mão, vibrando como um gato.

Ouviu o tinido quando o gancho de metal atintiu o telhado. Desligou o aparelho antes de puxar, gentilmente, a corda para si. Ela ficou firme quando as garras se prenderam na beirada de tijolos desgastados pelo tempo.

Luke a testou, puxando com força; então, ergueu-se alto o suficiente para tirar as pernas do chão.

— Ela vai aguentar. Bom trabalho, Mouse.

— Valeu.

— Tudo bem, Finestein, você entra primeiro.

— Eu? — A voz de Jake falhou, grunhindo. Revirou os olhos de forma que apenas a parte branca ficou visível em um rosto literalmente pintado de preto. Estava patético, como um tocador de banjo em um show de menestréis. — Por que eu?

— Porque se eu não estiver atrás, incitando você, você não vai fazer.

— Vou cair — reclamou Jake, protelando.

— Bem, tente não gritar se você cair. Vai chamar a atenção dos guardas.

— Muito generoso. Sempre achei você muito generoso.

— Suba. — Luke segurava a corda com uma das mãos e levantou o polegar da outra.

Embora seus pés ainda estivessem no chão, Jake segurou a corda como se fosse um náufrago. Apertou bem os olhos e ficou na ponta dos pés.

— Vou vomitar.

— Aí eu terei que matar você.

— Odeio esta parte. — Respirou fundo uma última vez e Jake estava balançando como um macaco no cipó. — Eu realmente odeio essa parte.

— Continue subindo. Quanto mais rápido você subir, mais rápido chegará lá em cima.

— Odeio. — Jake continuou reclamando e subiu com os olhos teimosamente fechados.

Luke esperou até que Jake estivesse no segundo andar para começar a sua própria escalada. Jake congelou como uma pedra de gelo em uma nevasca.

— A corda. — Sua voz era um sussurro chorão. — Luke, a corda está se movendo.

— Claro que está se movendo, seu idiota. Isso não é uma escada. Continue subindo. — Luke incitou Jake a subir mais três metros e meio. — Segure no peitoril, dê impulso para cima.

— Não consigo. — Jake estava rezando, usando as palavras em hebraico que aprendera para seu bar mitzvah. — Não consigo soltar a corda.

— Você tem bosta no lugar do cérebro. — Mas isso não era algo inesperado. — Coloque seu pé no meu ombro. Vamos. Está sentindo?

— Isso é você?

— Não, é o Batman, seu idiota.

— Não quero mais ser o Robin. Ok? — Jake colocou peso suficiente em Luke para fazê-lo recuar.

— Ok. Só se equilibre. Centralize seu peso em mim e segure no peitoril. Se não fizer isso — continuava Luke com o mesmo tom de voz, calmo, sem pressa —, vou começar a balançar a corda. Sabe qual é a sensação de balançar em uma corda a três andares de altura e bater com a cara na parede?

— Estou fazendo. Estou fazendo. — Com os olhos ainda fechados, Jake soltou os dedos congelados da corda. Sentiu a parede duas vezes antes de conseguir se segurar. Soltando outro de seus gritos abafados, rolou pelo peitoril e caiu com um baque.

— Com a graça de um gato. — Luke entrou silenciosamente. — Entramos, Mouse. — Olhou no relógio, percebendo que Roxanne ainda tinha noventa segundos antes de sair de seu esconderijo. — Faça.

◆ ◆ ◆ ◆

Dentro do armário do armazém que cheirava a sabão, Roxanne verificou o mostrador luminoso de seu relógio. Levantando-se e esticando-se após duas horas sentada, ela contou regressivamente os segundos.

Prendeu a respiração ao abrir a porta, entrou no corredor. A escuridão aqui era um pouco menos intensa do que lá dentro. Havia uma luz no final do corredor que lançava um fraco brilho amarelo para ajudar os guardas na sua ronda.

Andou nessa direção, contando.

Cinco, quatro, três, dois, um... Sim. Um leve suspiro de satisfação escapou de seus lábios quando a fraca luz se apagou.

Mouse conseguira. Movendo-se, Roxanne corria no escuro, passando pelas câmeras que agora estavam cegas na direção da sala de vigilância.

♦ ♦ ♦ ♦

— DROGA! — O GUARDA QUE estava ganhando do seu companheiro no jogo de cartas xingou no escuro e pegou a lanterna em seu cinto. — Maldito gerador... — Suspirou aliviado ao escutar o zunido elétrico. As luzes piscaram e voltaram, os monitores ganharam vida, os computadores chiaram e voltaram. — Melhor checar — disse, mas seu parceiro já estava discando.

Lily atendeu no segundo toque.

— Washington Gás e Luz, boa-noite.

— Aqui é da Hampstead Gallery, ficamos sem energia.

— Sinto muito, senhor. Fomos notificados em razão de uma linha que caiu. Uma equipe está indo para o local.

— Linha caiu. — O guarda desligou e deu de ombros. — São uns idiotas, provavelmente de manhã ainda não terão consertado. Maldita companhia de eletricidade, só quer saber de dinheiro.

— O gerador está dando conta. — Ambos se viraram para verificar os geradores. — Vou dar minha ronda agora.

— Certo. — O guarda se debruçou na frente dos monitores para pegar café na sua garrafa térmica. — Cuidado com qualquer ladrão grande e mau.

— Fique de olhos abertos, McNulty.

Os monitores continuavam a repetir suas sequências, mudando a cada poucos segundos, de corredor escuro para corredor escuro. Na opinião de McNulty, era o suficiente para entediar alguém a ponto de abrir um buraco na cabeça. Viu seu parceiro trabalhando no terceiro andar e levantou o dedo do meio.

Ajudava a afastar o tédio.

Começou a cantarolar, pensou em embaralhar as cartas para a próxima rodada. Alguma coisa no monitor seis chamou sua atenção. Piscou, achou que era sua imaginação, depois soltou sons abafados.

Era uma mulher. Mas não era. Uma linda e pálida mulher com um vestido branco esvoaçante com um longo cabelo grisalho. Ela aparecia e desaparecia da tela. E ele conseguia ver — ai, meu Deus, conseguia ver os quadros através dela. Ela sorriu para ele e acenou.

— Carson. — McNulty apalpava seu *walkie-talkie*, mas a única resposta que recebeu foi estática. — Carson, seu filho da puta, atenda.

Ela ainda estava lá, flutuando a poucos centímetros do chão. Viu seu parceiro também, começando a ronda no segundo andar.

— Carson, droga!

Enjoado, enfiou o *walkie-talkie* no cinto. Sua boca estava seca, o coração acelerado, mas ele sabia que precisava investigar.

◆ ◆ ◆ ◆

$\mathcal{R}$OXANNE DESLIGOU o projetor e o holograma de Alice apagou. Quando seu equipamento estava de volta na sua mochila, ela correu na direção da sala de vigilância. Os minutos estavam passando.

Seu sangue estava frio, suas mãos firmes quando começou o trabalho. Tirou a fita da câmera quatro e substituiu pela sua. Seguindo as instruções de Jake, reprogramou o computador. A câmera agora estava inoperante, mas o monitor continuaria a exibir a sequência. A única diferença era que agora os guardas assistiriam a uma fita adulterada. Perdeu preciosos momentos para refazer a câmera seis e apagar o holograma. Mesmo com o conhecimento de Jake, não conseguiram nenhuma solução que não deixasse rastros para essa perda de tempo. Aquela imagem de Alice de trinta segundos poderia ser fraudada voltando todas as câmeras e reiniciando. Quando o assalto fosse descoberto e as fitas fossem examinadas cuidadosamente, apareceria a interrupção.

Até lá, se tudo corresse bem, isso não seria mais problema deles.

◆ ◆ ◆ ◆

— $\mathcal{E}$LA JÁ DEVE TER ACABADO. — Luke observou o último segundo passar então, assentiu para Jake. — Pode apertar.

— Com muito prazer. — Seguro de que agora tinha algo sólido embaixo dos pés, Jake pegou o que parecia um complexo controle remoto, um daqueles assustadores aparelhos domésticos que operam TV, videocassete, som. Fizera as adaptações com esse propósito.

Olhando de perto, poderia ser confundido com uma calculadora de bolso. Os dedos de Jake corriam pelo minúsculo teclado. Em algum lugar ao longe, um cachorro começou a latir.

— Frequência aguda — explicou Jake. — Vai enlouquecer todos os cachorros em um raio de um quilômetro. O sistema de segurança vai ficar um lixo por quinze minutos, e dezessete do lado de fora. É só o que esse brinquedinho vai durar.

— É suficiente. Fique aqui em cima.

— Pode apostar. — Desejou boa sorte a Luke: — Merda pra você, parceiro.

Com um lindo sorriso, Luke saiu pela janela. Seus pés mal tocaram o peitoril quando a persiana abriu.

— Meu Deus, o que pode ser mais romântico do que um homem entrando por uma janela pendurado em uma corda? — Roxanne deu um passo atrás para dar espaço para Luke aterrissar.

— Vou mostrar quando chegarmos ao hotel. — Usou um minuto para beijá-la intensamente. Podia sentir a excitação fluir dele para ela, dela para ele. Fazia muito tempo desde que trabalharam no escuro juntos. — Algum problema.

— Nenhum.

— Então vamos arrasar.

◆ ◆ ◆ ◆

— *E*STOU DIZENDO, EU VI ALGUÉM — insistia McNulty.

— Tá, tá. — Carson então apontou para os monitores. — Uma mulher flutuante, uma mulher flutuante *transparente*. Acho que deve ser por isso que ela não disparou nenhum alarme. Onde ela está agora, McNulty?

— Ela estava lá, droga.

— Acenando para você, certo? Bem, vamos ver. — Carson colocou o dedo no queixo. — Talvez ela tenha atravessado alguma parede. Deve ser por isso que eu não a vi durante a minha ronda. Deve ser por isso que você não a viu quando saiu para caçar fantasma, McNulty.

— Volte a fita. — Inspirado, McNulty apertou no botão para voltar a fita da câmera seis. — Prepare-se para comer suas palavras.

McNulty voltou a fita duas vezes e já ia para a terceira quando seu parceiro o impediu.

— Você precisa de férias. Tente a clínica St. Elizabeth. Dizem que lá é bem calmo.

— Eu vi...

— Vou lhe dizer o que estou vendo. Eu estou vendo um idiota. Se o idiota se quiser reportar a uma gata flutuante, vai fazer isso sozinho. — Carson sentou-se e começou a jogar Paciência.

Determinado, McNulty se plantou na frente dos monitores. Embaixo do seu olho esquerdo, um tique começou a pulsar enquanto ele assistia, esperando a ilusão reaparecer.

◆ ◆ ◆ ◆

LUKE TIROU SUAS ESTIMADAS ferramentas do bolso. Com o restante do sistema de segurança controlado, o cadeado da vitrine foi uma piada. E ele riria na cara de Sam.

Pensou com muito cuidado. Seus dedos já estavam coçando quando se debruçou sobre o cadeado. Abruptamente, levantou-se, virou-se para Roxanne e ofereceu a ferramenta.

— Tome. Pode fazer. Damas primeiro.

Ela ia pegar a ferramenta; então, afastou as mãos.

— Não, não, vá em frente, é a sua área.

— Tem certeza?

— Positivo. — Então, tocando o lábio superior com a ponta da língua, ela se debruçou em cima dele. — Além disso — murmurou ela —, ver você trabalhar me deixa excitada.

— Mesmo?

Riu, deu um beijo nele.

— Meu Deus, como os homens são fáceis. Abra o cadeado, Callahan.

Estava de pé atrás dele enquanto ele trabalhava, a mão apoiada de leve no ombro dele. Mas não estava olhando a forma delicada com que ele usava a ferramenta. Seus olhos estavam nas joias dentro da vitrine, faiscando brilhantemente em cima do veludo azul.

— Oh, meu Deus. Como elas brilham. — Ela sentiu o impulso, a atração, a pura excitação. — Amo essas pedrinhas. Todas essas cores, todo esse brilho. Aqueles rubis ali. Você sabia que já extraíram quase todo o rubi que existe? Pelo menos, que se conheça? É por isso que seu quilate vale mais do que o de diamante.

— Fascinante, Rox. — O cadeado cedeu. Cuidadosa e silenciosamente, Luke abriu as portas de vidro.

— Oh. — Roxanne respirou fundo. — Agora, podemos até sentir o cheiro delas. Quentes, doces. Como balas. Não podemos ficar...

— Não. — Pegou a mochila dela.

— Só uma, Luke. Só aquele colar de rubi. Podíamos tirar as pedras. Eu guardaria em uma bolsa e só olharia de vez em quando.

ILUSÕES HONESTAS

— Não — repetiu ele. — Agora vamos trabalhar. Estamos perdendo tempo.

— Tudo bem. Valeu a tentativa.

Encheram a mochila dela, joia por joia. Ela era profissional, mas também era mulher e uma conhecedora de pedras preciosas. Se seus dedos se demorassem um pouco mais ao acariciar uma esmeralda aqui, uma safira ali, ela seria apenas humana.

— Sempre achei que as tiaras eram para bonitas rainhas do Texas com nomes compostos — murmurou ela, mas suspirou ao guardar o brilhante colar na mochila. — Tempo?

— Sete minutos, do lado de fora.

— Bom. — Pegou a Polaroid com a qual tinha tirado fotos da vitrine naquela mesma noite. Olhando as fotografias, arrumaram as joias falsas nos devidos lugares.

— Estão ótimas — decidiu Luke. — Perfeito.

— Devem mesmo, foram caras.

— Adoro quando você é sovina. Agora, a minha parte favorita. — Pegando o saco plástico e uma pinça no bolso, Luke delicadamente pegou um fio de cabelo que pegara do ombro do smoking de Sam. Depois de colocá-lo em uma prateleira de vidro na parte de trás, jogou a abotoadura na palma na mão.

— Muito pouco para um assalto — comentou Roxanne.

— Quero ver ele explicar isso. — Luke a jogou no pequeno espaço entre a parede da vitrine e a última prateleira, permitindo apenas um leve brilho do ouro. — Só quero ver. Vamos.

De mãos dadas, afastaram-se da vitrine na direção da janela. Roxanne subiu, colocou as pernas para fora, depois lançou um olhar bem demorado para ele.

— Foi um prazer trabalhar com você de novo, Callahan.

♦ ♦ ♦

*R*OXANNE PRENDEU OS CABELOS com uma presilha. O coque francês combinava com seu terninho cinza de seda. Planejara o *look* e acrescentara discretos brilhantes nas orelhas, um broche de diamante na forma de estrela alongada na lapela e scarpins pretos italianos. Considerava uma roupa adequada para um leilão à tarde.

Ao seu lado, Lily fervia de tanta excitação, usando um vestido justo rosa-pink com um bolero roxo.

— Adoro esse tipo de coisa. Todas essas pessoas esnobes com seus pequenos cartões numerados a tiracolo. Eu adoraria se realmente fôssemos comprar alguma coisa.

— Eles vão leiloar obras de arte também. — Roxanne pegou seu pó compacto para passar no nariz. — Posicionou o espelho em um ângulo para procurar Luke nos fundos do salão. — Pode dar o lance para o que você quiser.

— Eu tenho mau gosto.

— Não, você tem o seu gosto. E é perfeito. — Tentando não se preocupar por não conseguir localizar Luke, Roxanne fechou o estojo. — Não temos motivo para não nos divertirmos enquanto estamos aqui. Contanto que o trabalho seja feito.

— Já fiz a minha parte. — Lily cruzou as pernas a arrancou alguns olhares admirados dos homens sentados na mesma fileira.

Havia muito murmurinho enquanto as pessoas continuavam entrando e tomando seus lugares. Na frente do salão com pé-direito alto, estavam o pedestal do leiloeiro, uma mesa comprida coberta por linho drapeado onde as peças seriam exibidas e dois guardas armados. Guardas armados. Na lateral, havia uma mesa Luís XIV com um telefone, um computador, pilhas de livros e blocos de notas. Apostas pelo telefone eram bem-vindas.

Roxanne folheou o grosso catálogo com folhas brilhantes e, como os outros à sua volta, fez anotações, circulando e verificando itens.

— Oh, olhe esse abajur! — O entusiasmo de Lily era tão genuíno quanto as pedras nas orelhas de Roxanne, e só fez a farsa parecer ainda mais verossímil. Muitas cabeças se viraram quando ela exclamou. — Não ficaria perfeito na nossa sala de estar?

Roxanne analisou a monstruosa art nouveau e sorriu. Só Lily.

— Absolutamente.

O leiloeiro, um homem baixo e redondo que enchia o terno de flanela cinza risca-de-giz, tomou seu posto.

Cortina, pensou Roxanne e se recostou, esperando a sua deixa.

Obras de arte e antiguidades formavam os lotes iniciais. Os lances eram rápidos, animados até, com alguém de vez em quando gritando seu lance em vez de levantar a placa numerada.

Roxanne começou a curtir o show.

Alguns levantavam a placa com entusiasmo, outros tão languidamente como se o esforço de dar um lance de alguns milhares de dólares fosse muito entediante. Alguns resmungavam, outros gritavam, alguns levantavam o dedo. Acostumado a interpretar os sinais, o leiloeiro passava facilmente de um lote para outro.

— Ah, olhe! — Lily soltou um gritinho quando uma cômoda com ornamentos entalhados de 1815 foi trazida por dois homens musculosos. — Não é linda, querida? Ficaria perfeita no quarto do bebê de Mouse e Alice.

Roxanne ainda estava tentando se acostumar com a ideia de que Mouse seria pai.

— Ah... — A cômoda combinava com um castelo ou com um bordel. Mas os olhos de Lily brilhavam. — Eles vão amar — afirmou Roxanne, torcendo para ser perdoada.

Lily levantou a placa antes que terminassem a descrição e mereceu alguns risos.

Indulgente, o leiloeiro assentiu para ela.

— A madame abriu os lances por mil dólares. Escutei mil e duzentos?

Lily pontuava cada lance com um suspiro ou uma risadinha, levantando sua placa como uma baioneta. Ela agarrava o braço do homem ao seu lado, contorcia-se e deu lances mais altos duas vezes. Em suma, ela atraiu a atenção de todos os presentes.

— Vendido, para o número oito, por três mil e cem dólares.

— Número oito. — Lily virou sua placa e berrou quando viu o número, depois aplaudiu a si própria com entusiasmo. — Ah, isso foi excitante.

Para mostrar seu interesse e porque gostou da obra de arte, Roxanne deu lances para uma escultura. Percebeu que estava corada de tanto orgulho quando a adquiriu por dois mil, setecentos e cinquenta.

— Febre de leilão — murmurou ela para Lily, um pouco constrangida.
— É contagiante.

— Temos de fazer mais isso.

Conforme a tarde passava, aqueles interessados apenas nos lotes iniciais foram embora. Outros chegaram. O primeiro lote de joias foi exibido, um colar de safiras, citrino e esmeraldas, com detalhes em diamantes com lapidação brilhante. Por baixo do casaco de seda, o coração de Roxanne começou a pulsar.

— Olhe, não é elegante — Lily disse com um sussurro ensaiado. — Não é um sonho?

— Hmmm. As safiras são índigo. — Roxanne deu de ombros. — Muito escuras para o meu gosto. — Ela sabia que eram de vidro com um pouco de óxido de cobalto acrescentado ao *strass*.

Observou os lotes irem e virem, braceletes de diamante que não eram nada além de zircônios brilhantes, rubis que eram mais vidro com sais de ouro fundidos com o *strass*, ágatas se fazendo passar por lápis-lazúli.

Odiava admitir, e nunca o faria para Luke, mas o dinheiro fora bem gasto. Cada nova joia que era trazida causava uma onda de excitação nos presentes, e os lances só aumentavam.

Deu lances em vários lotes, sempre cuidadosa ao avaliar o entusiasmo de quem dava lances contra ela. Lily se compadecia dela cada vez que ela perdia.

E, finalmente, o anel. Roxanne abriu o catálogo onde fizera um círculo escuro em volta da fotografia. Permitiu-se soltar um suspiro abafado quando a descrição começou e murmurou para Lily.

— De Bogotá — disse, excitação vibrando em sua voz. — Verde bandeira, cor e transparência absolutamente perfeitos. Doze quilates e meio, design moderno.

— Combina com seus olhos, querida.

Roxanne riu e se inclinou em sua cadeira, como um corredor na marca.

Os lances começaram no valor de cinquenta mil, o que separava os homens dos ratos. Após o terceiro lance, Roxanne levantou sua placa e entrou na disputa.

Quando os lances alcançaram setenta mil, ela o localizou. Não estava sentado onde ele dissera para ela procurá-lo, o que provavelmente foi proposital, para ela não baixar a guarda. Ele estava com uma aparência artística e distinta, nada a ver com Luke. Cabelo castanho comprido e escorrido preso em um rabicho, e um bigode da mesma cor enfeitava seu lábio superior. Estava usando óculos redondos com armação dourada e um terno sob medida azul-royal por cima de uma camisa fúcsia.

Ele dava lances de forma lacônica e firme, levantando o dedo e balançando para a frente e para trás como um metrônomo. Ele não olhava para trás nem quando Lily soltava suspiros abafados por trás das mãos ou pulava entusiasmadamente em seu assento. Roxanne pressionou, talvez mais do que seria sábio, aumentando seus lances mesmo quando só restavam os dois na disputa. Atraída pelo jogo, pelo desafio, levantou a placa quando a oferta atingiu cento e vinte mil.

Foi o silêncio absoluto que reinou no recinto que a trouxe de volta para a realidade. Isso e a forte pressão dos dedos de Lily sobre os seus.

— Ah, meu Deus. — Roxanne levou a mão à boca, pela primeira vez grata por ter ficado corada. — Perdi a cabeça.

— Cento e vinte e cinco mil — ofertou Luke com o tom de voz frio e seu sotaque francês. Quando o leiloeiro bateu o martelo, ele se levantou. Virando-se para Roxanne, ele fez uma leve reverência. — Desculpe, *mademoiselle*, por decepcionar uma mulher tão bonita. — Foi andando até a mesa Luís XIV, tirou os óculos e começou a limpá-los com um paninho de linho branco. — Vou inspecionar.

— *Monsieur* Fordener, o leilão ainda está em progresso.

— *Oui*, mas eu sempre inspeciono o que eu adquiro, *n'est-ce pa*? O anel, por favor.

Enquanto Luke, de pé atrás da mesa, levantava o anel contra a luz, o leiloeiro limpou a garganta e começou o lote seguinte.

— Um momento! — A voz de Luke rasgou o ar como um chicote. Os olhos por trás das lentes eram de um azul gelado. — Isso é uma fraude. Isso é um... insulto!

— *Monsieur.* — O leiloeiro mexeu no nó na gravata enquanto as pessoas se agitavam em seus assentos e cochichavam. — A coleção Clideburg é uma das mais puras do mundo. Tenho certeza de que o senhor...

— Tenho certeza. — Luke assentiu duramente. Em sua mão, segurava uma lupa de joalheiro. — Isto... — Levantou o anel, fazendo uma pausa dramática. — É vidro. *Voilá.* — Foi até o tablado, colocando o anel embaixo do nariz do leiloeiro. — Olhe. Olhe. Veja você mesmo — mandou, oferecendo a lupa. — Bolhas, linhas, imperfeições.

— Mas... mas...

— E isso. — Com um floreio, Luke pegou um lápis de alumínio. Os presentes que conheciam pedras sabiam que era um método para distinguir pedras verdadeiras de imitações. Luke passou a ponta do lápis sobre a pedra e a levantou, mostrando a linha brilhante e prateada.

— Terei de mandar prendê-lo. O senhor será preso antes do final do dia. Acha que pode passar Fordener para trás?

— Não. Não, *monsieur*. Eu não entendo.

— Fordener entende. — Levantou a cabeça, fazendo um gesto para o salão. — *Nous sommes trompés.* Fomos enganados.

No caos que se formou, Roxanne arriscou olhar nos olhos de Luke. Pode fazer a sua reverência, pensou ela. A cortina já vai levantar para o último ato.

Capítulo Trinta e Quatro

♦ ♦ ♦ ♦

— OS JORNAIS SÓ FALAM DISSO. — Roxanne mordiscava um croissant enquanto lia as manchetes. — É o maior escândalo de Washington desde Oliver North.

— Maior ainda — disse Luke, servindo-se de mais café. — As pessoas estão acostumadas a subterfúgios e mentiras do governo. Isso é um assalto. Magnífico, permita-me dizer, e isso é como romance, mágica. E ganância.

— As autoridades estão desnorteadas — leu Roxanne e sorriu para Luke. — Estão testando todas as pedras, contrataram um dos melhores mineralogistas. É claro que todos os testes-padrão foram feitos quando a galeria comprou a coleção. Polariscópios, iodeto de metileno, banho de benzeno, raio X.

— Só pra se exibir.

— Bem, eu passei quatro anos estudando. — Deixando o jornal de lado, ela esticou os braços para o alto. Ainda estava de robe e nua por baixo dele. Era uma delícia ficar de preguiça, ter essa calmaria antes da próxima onda de excitação.

Sobre a borda de sua xícara, Luke viu o robe sair do lugar e revelar uma visão tentadora da pele clara e macia dela.

— Por que não terminamos o café da manhã na cama?

Com os braços ainda estendidos, Roxanne sorriu.

— Isso me parece...

— Mamãe! — Como um foguete saindo do quarto anexo, Nate passou correndo pelo carpete. — Eu consegui. Eu amarrei os meus sapatos. — Apoiando uma das mãos na mesa, levantou o pé calçado com um tênis e colocou no colo dela. — Sozinho.

— Incrível. Esse garoto é prodígio. — Ela analisou o laço frouxo que estava quase desfeito. — Hoje com certeza é um dia especial.

— Deixe-me ver isso. — Luke fez cosquinha na cintura do menino e o puxou para seu colo. — Ok, fale a verdade. Quem ajudou você?

— Ninguém. — Com os olhos arregalados, Nate fitou o rosto do pai. Enquanto o filho estava distraído, Luke puxou o laço para que ficasse firme. — Juro por Deus.

— Então, eu acho que você já é um rapaz. Quer café?

Nate fez uma careta.

— Eca. Tem gosto ruim.

— Vamos ver, o que mais? — Luke balançou o menino nos seus joelhos enquanto pensava. — Sabe, Rox, me parece que uma criança que já sabe amarrar os sapatos também consegue cuidar de um cachorro.

— Callahan — murmurou Roxanne, enquanto Nate gritava entusiasmado.

— Você daria comida para ele, não daria, espertinho?

— Claro que sim. — Com o olhar solene, brilhando sinceridade e boas intenções, Nate assentiu. — Todos os dias. E vou ensinar ele a sentar também. E a dar a pata. E... — A inspiração acabou. — E a pegar seus chinelos, mamãe.

— Depois que ele tiver roído, com certeza. — Seria necessária uma mulher mais forte do que ela para resistir a dois pares de olhos azuis contentes e dois sorrisos marotos. — Não vou dividir a casa com um purosangue mimado.

— Nós queremos um vira-lata grande e feio, não é, Nate?

— Isso. Um vira-lata grande e feio. — Envolveu o pescoço de Luke com seus bracinhos e lançou um olhar de súplica para a mãe. Essa era a sua deixa, e fazer um show, afinal, estava em seu sangue. — Papai disse que tem um monte de cachorrinhos pobres, sem casa no abrigo de animais. É como se eles estivessem na prisão.

— Golpe baixo, Callahan, muito baixo — disse Roxanne baixinho. — Suponho que você esteja pensando que podemos ir lá escolher um.

— É a coisa mais humana a se fazer, Rox. Não é, Nate?

— Isso.

— Acho que podemos ir ver — começou ela, mas Nate já estava comemorando e pulando do colo de Luke para ir dar um abraço bem forte nela. — Acho que vou ter que me acostumar com a ideia.

— Vou contar para Alice agora mesmo! — Nate saiu correndo, parou derrapando. — Obrigado, papai. — Sorriu por cima do ombro. — Muito obrigado.

Luke não tinha muito o que fazer para disfarçar o sorriso em seu rosto, mas achou que seria político fingir um interesse repentino pelo café da manhã.

— Você vai estragá-lo.

Ele deu de ombros.

— E daí? Só se tem 4 anos uma vez. Além disso, é uma sensação boa. Levantou-se, aproximou-se e se sentou no colo dele.

— É verdade. É uma sensação muito boa. — Com um gemido de prazer, ela se aninhou a ele. — Acho que temos que nos vestir. Ainda temos trabalho a fazer.

— Eu gostaria que pudéssemos passar o dia com Nate. Só nós três.

— Haverá outros dias. Muitos dias depois que isso acabar. — Ela sorriu e, com os braços em volta do pescoço dele, se inclinou. — Eu adoraria saber como Tannembaum está se virando neste momento.

— Ele é veterano. — Luke beijou o nariz dela. — Devemos receber a ligação na próxima hora.

— Odeio perder o show dele. Com certeza, vai ser incrível.

◆ ◆ ◆ ◆

Harvey Tannembaum era realmente um veterano. Por mais de dois terços de seus 68 anos, ele era um bem-sucedido vendedor de joias roubadas, trabalhando apenas com os melhores. Para Harvey, Maximillian Nouvelle era o melhor dos melhores.

A proposta de Roxanne de que ele desse uma pausa na aposentadoria de quatro anos para representar um pequeno, mas essencial papel nessa elaborada farsa inicialmente o fez hesitar. Depois o deixou intrigado.

No final, Harvey graciosamente aceitou participar e, para demonstrar seus sentimentos por Max e pelos Nouvelle, faria de graça.

Estava até ansioso.

Certamente, uma nova faceta para Harvey. Era a primeira vez em sua longa vida que ele entrava voluntariamente em uma delegacia. Certamente a primeira vez que ele confessava — sem pressão — uma transgressão para as autoridades.

Como era a primeira, e provavelmente a última, Harvey estava dando tudo de si na interpretação.

— Vim aqui como um cidadão consciente — insistiu, encarando os dois oficiais à paisana a quem um sargento que tinha trabalho demais o encaminhara. Seus olhos estavam inchados, vermelhos e com olheiras, graças a uma maratona de filmes da TV a cabo que durou a madrugada toda. Com seu terno largo e gravata listrada, parecia um homem desesperado que passara a noite em claro com aquela mesma roupa.

Só que o desespero era uma ilusão.

Ilusões Honestas   471

— Você parece exausto, Harvey. — Sapperstein, o detetive mais velho, tomou o caminho compassivo. — Não quer que nós o levemos para casa?

— Vocês estão me escutando? — Harvey aumentou o tom de voz para mostrar sua indignação. — Pelo amor de Deus, caras, eu venho aqui, que não é uma coisa que eu faça levianamente, e dou a vocês uma pista importantíssima. E tudo que vocês me dizem é para eu ir para casa. Como se eu estivesse senil. Eu não dormi nada a noite toda, pensando se eu ia ter coragem de fazer isso, e vocês só querem me dispensar.

Impaciente por natureza, irritável pelas circunstâncias, o segundo detetive, um italiano chamado Lorenzo, batia os dedos sobre a mesa cheia.

— Olhe, Tannembaum, estamos muito atolados aqui hoje. Você sabe como é quando acontece um grande assalto envolvendo joias, não é?

— Sei sim. — Suspirou, lembrando-se dos bons velhos tempos. — Nós sabíamos como nos divertir no trabalho. Hoje em dia, para esses jovens, é só trabalho. Nenhum talento, nenhuma criatividade. Nenhuma magia.

— Claro. — Sapperstein conseguiu sorrir. — Você é o melhor, Harvey.

— Bem, vocês nunca conseguiram me pegar, não é? Olhe, não que eu esteja admitindo nada, mas alguns diziam que eu negociava mais gelo do que um trio de esquimós.

— Aquela época que era boa — disse o segundo detetive entre os dentes. — Agora, nós adoraríamos ficar relembrando os velhos tempos com você, mas temos muito trabalho.

— Eu vim aqui ajudar vocês, caras. — Harvey cruzou os braços e continuou sentado. — Vou cumprir meu dever de cidadão. E, antes disso, eu quero imunidade.

— Cristo — murmurou Lorenzo. — Ligue para a promotoria. Harvey quer imunidade. Vamos agilizar a papelada.

— Não precisa ser sarcástico — reclamou Harvey. — Talvez seja melhor eu não procurar os subalternos. Talvez eu vá direto ao Comissário.

— Faça isso — convidou Lorenzo.

— Esqueça isso — aconselhou Sapperstein. — Você tem algo a dizer, Harvey, então fala logo. Você parece cansado, nós estamos cansados e estamos correndo contra o tempo.

— Talvez, então, vocês estejam muito ocupados para escutar o que tenho a dizer sobre o assalto da galeria de arte. — Harvey começou a se levantar. — Vou indo. Não quero atrapalhar vocês.

Os dois detetives ficaram de orelha em pé. Sapperstein continuou com o sorriso persuasivo no rosto. Sabia que era provável que Harvey estivesse apenas blefando. Afinal, dizia-se que ele estava fora do mercado há uns anos e talvez estivesse se sentindo nostálgico.

Mas...

— Espere. — Sapperstein bateu no ombro de Harvey para que ele se sentasse de novo. — Você sabe alguma coisa a respeito, não sabe?

— Eu sei quem fez. — O sorriso de Harvey era de desdém. Esperava uma interpretação dramática, devia isso a Roxanne por lhe oferecer o serviço. — Sam Wyatt.

Lorenzo xingou e quebrou um lápis ao meio.

— Por que só eu fico com os malucos? — perguntou para um poder superior. — Por que sempre eu?

— Maluco? Ora, seu pirralho. Eu estava repassando pedras embaixo do nariz dos policiais quando você ainda usava fraldas. Devia me respeitar mais, vou embora.

— Calma, Harvey. Então, você viu o candidato ao Senado, Sam Wyatt roubar a coleção Clideburg? — Sapperstein disse isso com uma paciência planejada.

— Merda! Como eu poderia vê-lo roubando? — Frustração fez Harvey levantar as mãos. — O quê? Vocês acham que eu fico nas esquinas procurando ladrões? Vocês não vão colocar nenhum acessório de metal em mim. Eu estava em casa dormindo como um bebê quando o assalto foi feito. E como eu não estava dormindo sozinho — acrescentou com um sorriso maldoso — tenho um álibi.

— Então por que você está acusando Sam Wyatt de roubar a coleção Clideburg?

— Porque ele me disse! — Agitação e uma ótima projeção fizeram a voz de Harvey ecoar pela barulhenta delegacia. — Pelo amor de Deus, vocês não sabem juntar dois e dois? Talvez alguém..., digamos hipoteticamente que esse alguém seja eu, costumava vender algumas pedras para ele de vez em quando.

Lorenzo bufou.

— Você está querendo nos dizer que vendia pedras para Sam Wyatt?

— Eu não disse isso. — Harvey se enfureceu, ficando vermelho. — Eu disse hipoteticamente. Se vocês acham que vão conseguir que eu me incrimine, é melhor pensarem duas vezes. Eu vim aqui de livre e espontânea vontade e vou sair da mesma forma. Não vou para a prisão.

— Calma. Quer água? Lorenzo, pegue um copo de água para ele.

— Claro. Por que não? — Lorenzo saiu dando passos pesados.

— Agora, Harvey. — Com a voz mais diplomática possível, Sapperstein continuou. — Estamos aqui para escutar. Isso é um fato. Mas, se você vai ficar inventando histórias sobre um membro respeitado do governo, vai se complicar. Talvez você não goste do cara como político, e tem direito a isso.

— Política. — Harvey soltou um suspiro enojado. — Não ligo a mínima para política. Mas estou lhe dizendo, hipoteticamente, entendeu?

— Entendi, claro.

— Hipoteticamente, eu conheço Sam há muito tempo. Desde que ele era adolescente. Nunca gostei dele pessoalmente, mas negócios são negócios. Certo? De qualquer forma, ele usava meus serviços regularmente. Antes de entrar na política, eram coisas pequenas, mas depois começou a acertar alvos maiores.

— Então você conhece Sam Wyatt desde que era garoto? — Até a paciência de Sapperstein tinha limite. Pegou o copo que Lorenzo trouxera e entregou para Harvey. — Olhe, você não está ajudando ninguém assim...

— Não gosto de ser pressionado — interrompeu Harvey. — E é exatamente isso que o filho da puta está tentando. Olhe, estou aposentado, hipoteticamente. E, se eu quero recusar um trabalho, eu recuso.

— Ok, você recusou o trabalho dele. — Sapperstein revirou os olhos. — Você não está envolvido. O que você sabe?

— Sei de muita coisa. Recebi uma ligação, certo? Ele me disse que ia assaltar a galeria, e eu desejei boa sorte, o que eu tinha a ver com isso? Então, ele queria que eu começasse a trabalhar para liquidar as pedras. Recusei e ele ficou louco. Começou a falar sobre dificultar as coisas para mim. Sabe, eu tenho um filho com a minha segunda esposa, Florence. Ele é dentista em Long Island. Bem, Wyatt sabia sobre ele e disse que ia dificultar as coisas. Enquanto estava me ameaçando, estava me elogiando, dizendo como sou o melhor e que não confia em nenhum vendedor de segunda categoria para esse tipo de mercadoria e fazendo com que eu me lembrasse de como já trabalhamos juntos e como o resultado desse trabalho ia nos deixar por cima para sempre.

Harvey bebeu o restante da água e suspirou.

— Devo dizer, eu estava perdendo o sono com isso. Wyatt me deixou preocupado e, tenho que admitir, me deixou interessado. Um trabalho como esse não aparece todo dia. O dinheiro ia me fazer muito bem.

Eu estava pensando em me mudar para a Jamaica. Lá é calor o ano todo. Tem mulheres seminuas para todos os lados.

— Concentre-se, Harvey — avisou Sapperstein. — O que você fez em relação ao serviço?

— Eu fingi que concordava. Primeiro, pensei em fazer, mas depois comecei a pensar na sujeira que ia aparecer se desse errado. Não sou mais tão jovem quanto antes e não preciso de um aborrecimento. Então, achei melhor fazer a coisa certa: entregá-lo. Deve haver alguma recompensa por encontrar essas joias. Posso fazer um bom trabalho e ganhar uns trocados.

— Então, você passou a mercadoria? — Lorenzo abriu as mãos. — Vamos ver.

— Espere um pouco. Eu me encontrei com ele no zoológico ontem. Perto da casa dos macacos.

— Ok — disse Sapperstein, cortando o parceiro. — Continue.

— Ele me disse que tinha conseguido. Estava se gabando, sabe? Nunca aprende a não se envolver tanto emocionalmente com um trabalho. Ele me contou como fez e como plantou as joias falsas para ganhar tempo. E me disse que queria vendê-las logo depois das eleições.

— Está chegando, Harvey.

— Você pode pensar assim, mas vou lhe dizer uma coisa. O cara não está bem. Aqui. — Harvey bateu na cabeça.

Suspirando, Sapperstein pegou um bloco de notas.

— Qual empresa de táxi você usou para ir ao zoológico? — Anotou a informação conforme Harvey relatava. — A que horas pegaram você? Como você voltou? — Tudo isso podia ser facilmente verificado. — Só para eu ter mais argumentos, como ele lhe disse que tinha conseguido?

O ego de Harvey inchou como se tivesse conseguido pegar um peixe ou estivesse segurando uma pedra. Com frases concisas, descreveu um arrombamento tão similar ao verdadeiro que se encaixaria perfeitamente durante a investigação.

— Muito inteligente, e *high-tech*. Hologramas, transmissores eletrônicos. — Poderia ter dado certo, pensou Sapperstein conforme seu sangue de tira começava a ferver.

— Ele aprendeu algumas coisas de mágica com um pessoal de Nova Orleans. Morou com eles um tempo, ele me disse. Parece que eles são famosos agora. Até sabia fazer uns truques com cartas.

— Olha, mesmo se isso tudo for confirmado, não é suficiente para nós questionarmos Sam Wyatt.

— Eu conheço as regras, garoto. Tenho mais. — Com o floreio digno de mestre, colocou a mão no bolso da camisa e pegou uma folha de papel dobrada ao meio. Por força do hábito, Sapperstein pegou pelas pontas.

Ali estavam escritas descrições da coleção Clideburg.

— Ele me deu isso para me ajudar a providenciar a venda. Mas ele cometeu um erro grave. Eu não gosto de ameaças, pelo amor de Deus, estou aposentado. — Mexeu as sobrancelhas. — Hipoteticamente.

— Não precisa ficar metido. — Lorenzo colocou o papel que Sapperstein estava analisando em um saco para guardar evidências. — Acredito que você queira que eu mande isso para o laboratório.

— Você já tem peças suficientes, Lorenzo, só precisa começar a juntá-las. Mande verificar as digitais. Descubra se Sam Wyatt está no sistema. Enquanto isso, veja se consegue uma amostra da caligrafia dele.

Lorenzo soltou um suspiro violento.

— Acabei de saber que encontraram um objeto na vitrine da galeria. Abotoadura. De ouro. Gravada com as iniciais SW.

Sapperstein ficou agitado.

— Ok, Harvey, por que não vem aqui e se senta? — Sapperstein o levou até um banco perto da porta. — Nós assumimos daqui.

— Quero imunidade. — Harvey agarrou a manga do paletó de Sapperstein. — Não vou cumprir pena por causa dessa porcaria.

— Você não precisa se preocupar com isso. — Com um último tapinha no ombro, o detetive se afastou. O sorriso sumiu quando alcançou o parceiro. — Vou ver o que eu consigo com a abotoadura. Mande o laboratório correr com aquele papel. Deixe para se lamentar depois, Lorenzo — disse, e seus olhos estavam ardentes. — Aquele velho pode ter acabado de garantir nossas carreiras.

O velho ficou sentando pacientemente, ganhando tempo. Estavam errados, pensou, quando diziam que a vingança era doce. Tinha um delicioso gosto amargo. E ele estava saboreando pelo seu velho amigo Max.

♦ ♦ ♦

— ENTÃO, AGORA É O ÚLTIMO ATO. — Ela olhou pela janela conforme o vento jogava as folhas nas calçadas. — Gostaria que papai estivesse aqui desta vez. — Afastou a tristeza e se forçou a sorrir. — Espero que isso não atrase a nossa volta para Nova Orleans em mais do que um dia ou dois. Eu detestaria não passar o Halloween em casa.

— Nós vamos conseguir. — Pegando a mão dela, beijou. — É uma promessa.

◆ ◆ ◆ ◆

As malas de Sam estavam arrumadas para a sua viagem para o Tennessee. Havia dez dias de campanha na sua agenda que seriam passados junto com sua equipe e sua esposa. Justine já lhe arranjara problemas por causa do número de malas que ela dizia precisar. Estava no andar de cima, reclamando da forma cruel como ele reduziu suas quatro malas para apenas duas.

Ela vai superar, pensou. Quando pudesse assinar os cartões de Natal como Senador e sra. Sam Wyatt, ela superaria muita coisa.

Estava chateado porque o tempo não permitiria que ele começasse a punir Luke imediatamente. Achara que gostaria de prolongar a tensão, mas isso o estava corroendo. Queria atacar logo, finalmente.

Ficaria satisfeito se estivesse certo sobre a coleção Clideburg. Sam não tinha dúvidas de quem planejara o assalto. Seria mais um peso na balança se decidisse entregar seus documentos para a polícia.

Porém isso teria de esperar até Luke trazer para ele o arquivo sobre Gunner.

Então, usaria os últimos dez dias antes das eleições para assegurar seu lugar na história.

Ignorou a campainha, deixando para os empregados. Seu secretário particular estava fazendo as suas malas, mas Sam sempre escolhia pessoalmente o que levaria na pasta. Seus documentos, seus discursos, os preservativos que sempre usava em todos os relacionamentos extraconjugais, sua agenda, canetas, blocos, um pesado livro de economia. Trancou a pasta quando a empregada apareceu na porta.

— Sr. Wyatt, a polícia está aqui. Eles gostariam de falar com o senhor.

— Polícia? — Percebeu o ávido interesse nos olhos da empregada e decidiu demiti-la na primeira oportunidade. — Mande-os entrar.

— Oficiais. — Sam deu a volta na mesa para estender a mão para Sapperstein e Lorenzo. Era um bom aperto de mão de político. Firme, seco e confiante. — É sempre um prazer receber policiais. O que posso oferecer? Café?

ILUSÕES HONESTAS   477

— Não, obrigado. — Sapperstein respondeu pelos dois. — Vamos tentar não tomar muito o seu tempo, sr. Wyatt.

— Eu gostaria de dizer para não terem pressa, mas tenho um avião me esperando daqui a duas horas. Seguindo a campanha. — Piscou com simpatia. — Algum de vocês tem amigos ou parentes no Tennessee?

— Não, senhor.

— Bem, pelo menos, tentei. — Apontou para uma cadeira. — Sente-se, oficial...

— Detetive Sapperstein e detetive Lorenzo.

— Detetives. — Por motivos que o deixaram desconcertado, começou a suar em volta do colarinho de sua camisa com monograma. — Por que não me dizem do que se trata?

— Sr. Wyatt, temos uma ordem judicial. — Sapperstein a pegou e parou um momento para pegar seus óculos de leitura. — Estamos autorizados a fazer uma busca na sua propriedade. Eu e o detetive Lorenzo acompanharemos a equipe que está esperando lá fora.

— Um mandado de busca? — Todo o charme de Sam sumiu. — Do que vocês estão falando?

— Da coleção Clideburg, que foi roubada da Hampstead Gallery no dia 23 de outubro. Temos evidências de que o senhor está envolvido com o assalto e, por ordem do juiz Harold J. Lorring, temos autorização para fazer uma busca.

— Vocês perderam a cabeça. — Com as palmas da mão repentinamente suadas, Sam pegou a ordem da mão de Sapperstein. — Isso é uma fraude. Não sei qual é o jogo de vocês, mas... — Parou, com olhar de desprezo. — Callahan mandou vocês. Ele acha que pode me abalar inventando tudo isso. Bem, ele está errado. Podem voltar e falar para o cretino que ele está errado e que eu vou acabar com ele por isso.

— Sr. Wyatt — continuou Sapperstein. — Temos autorização para fazer essa busca, e faremos com ou sem a sua cooperação. Pedimos desculpas pelo inconveniente que isso possa lhe causar.

— Isso é um absurdo. Você acha que não sinto cheiro de farsa? Vocês são uma fraude. — Triunfante, apontou o dedo para eles. — Vocês dois, saiam da minha casa ou eu mesmo vou chamar a polícia.

— O senhor é livre para fazer isso, sr. Wyatt. — Sapperstein pegou o papel oficial. — Vamos esperar.

Não cairia por isso. Era uma conspiração barata, Sam disse para si mesmo enquanto ligava para o gabinete do juiz Harold J. Lorring. Quando lhe disseram que um mandado realmente fora assinado menos de trinta minutos antes, ele já estava afrouxando o nó da sua gravata de seda. Discou o número de seu advogado.

— Windfield, aqui é Sam Wyatt. Tem dois imbecis que se dizem policiais aqui no meu escritório com uma ordem judicial inventada. — Arrancou a gravata e jogou longe. — Sim, foi o que eu disse. Agora, levante esse seu rabo gordo e venha para cá resolver isso. — Sam desligou. — Não toquem em nada. Em nada até que meu advogado chegue.

Sapperstein assentiu.

— Temos tempo. — Não sabia por quê, mas alguma coisa em Sam Wyatt o irritava. Olhou para o relógio e sorriu. — Mas acho que o senhor vai perder o avião.

Antes que Sam pudesse responder, Justine entrou afobada.

— Sam, o que está acontecendo? Tem dois carros de polícia parados na frente da nossa casa?

— Cale a boca! — Apressou-se até ela como um tigre e a empurrou para a porta. — Cale a boca e saia.

— Sr. Wyatt. — A empregada estava quase desmaiando de tanta excitação. — O senhor tem visitas na sala de estar.

— Mande-os embora — disse ele entre os dentes. — Não está vendo que eu estou ocupado? — Foi até o armário de bebidas e serviu dois dedos de uísque. Perdera a cabeça por um momento, mas estava tudo bem. Qualquer um reagiria da mesma forma nessas circunstâncias. Tomou o uísque de uma só vez e esperou descer.

— Oficiais. — Com seu sorriso de político de volta ao rosto, virou-se. — Peço desculpas por ter perdido a cabeça. Foi um choque. Não é todo dia que sou acusado de assalto.

— Arrombamento seguido de roubo — corrigiu Lorenzo.

— Sim, claro. — Mandaria cassar o distintivo do cara, se isso não fosse uma farsa. — Prefiro esperar meus advogados chegarem, apenas para me certificar do procedimento. Mas posso garantir que estão livres para virar a minha casa de cabeça para baixo. Não tenho nada a esconder.

As vozes no corredor fizeram todos se virarem. Quando Luke entrou pela porta, passando pela empregada, seguido de perto por Roxanne, a calma recém-recuperada chegou ao limite.

ILUSÕES HONESTAS   479

— O que vocês estão fazendo na minha casa?

— Você ligou, exigiu que eu viesse. — Luke passou um braço protetor em volta de Roxanne. — Não sei o que você quer, Wyatt, mas não gostei nem um pouco do tom do seu convite. Eu... — Parou, como se só agora estivesse vendo os detetives. — Quem são essas pessoas?

— Tiras. Prazer em conhecê-los. — Curtindo a situação, Lorenzo sorriu.

— O que está acontecendo? — Roxanne levantou a cabeça, uma bela mulher valente obviamente nervosa.

— Desculpem-me — Sapperstein disse. — Terei de pedir que vocês dois vão embora. Isso é oficial.

— Quero saber o que está acontecendo. Você fez algo terrível de novo, não foi? — Ela avançou em Sam. — Você não vai machucar Luke. — Agarrou as lapelas dele e sacudiu. — Você me usou uma vez, mas nunca mais vai fazer isso, nunca.

— Querida, por favor. — Luke se aproximou dela. — Não fique nervosa. Ele não vale a pena. Nunca valeu.

— Eu levei você para a minha casa. — Empurrou Sam para trás. A presença de testemunhas foi o que o impediu de bater nela. — Eu confiei em você, e minha família confiou em você. Não é o suficiente você ter nos traído tantos anos atrás? Ainda nutre esse ódio doentio por nós?

— Tire suas mãos de mim. — Ele a agarrou pelos pulsos. Torcendo. O grito de dor de Roxanne fez com que os dois detetives rapidamente interviessem.

— Calma, Wyatt.

— Querida.

Essa era a sua deixa. Em uma explosão cega de lágrimas, ela se jogou para cima de Luke e derrubou a pasta que estava em cima da mesa. Os fechos abriram. Um brilho gelado de diamantes se espalhou, seguido pelo fogo dos rubis.

— Oh. — Roxanne levou as mãos à boca. — Meu Deus, não é o colar da rainha da coleção Clideburg? Você. — Levantou o braço, apontando um dedo acusador na direção dele. — Você roubou as joias. Assim como roubou da Madame tantos anos atrás.

— Você está maluca. Ele plantou essas joias. — Sam olhou à sua volta nervoso, incapaz de acreditar que seu mundo cuidadosamente estruturado pudesse cair tão rapidamente. — O cretino plantou. Armou para mim. — Ele deu o bote. Luke se protegeu. Quando Lorenzo se moveu para interceptar, Roxanne moveu o corpo. Doía nela que fosse ficar parecendo que ela estava brincando com o perigo. Mas os fins justificavam os meios. Enganchou o pé na perna de Sam e o derrubou no chão em cima da pasta aberta.

— Você não vai correr rápido o suficiente. — Sam se sentou, com a respiração ofegante. — Você não vai conseguir fazer outro truque de mágica, Callahan. Eu ainda tenho você. No cofre. — Passou a parte de trás da mão na boca enquanto levantava. Os olhos dele estavam arregalados, o rosto cinza, os lábios com sorriso de desprezo. — Eu tenho provas contra esse homem no cofre. Esta mulher também é uma ladra. Todos eles são. Eu posso provar. Posso provar. — Dirigindo-se para o cofre, continuou praguejando baixinho.

— Sr. Wyatt. — Sapperstein colocou a mão no ombro de Sam. — Eu o aconselho a esperar seu advogado.

— Já esperei muito. Esperei anos. Vocês queriam fazer uma busca, não queriam? Bem, façam a busca aqui. — Girou o disco do cofre, rodando para a frente e para trás até o último número da combinação. Abriu a porta e procurou. Então, fitou, com olhos vesgos, quando uma pasta caiu, espalhando fotografias coloridas.

— Fotos interessantes, sr. Wyatt. — Lorenzo pegou algumas, pressionando os lábios enquanto olhava uma a uma. — O senhor é muito fotogênico e ágil. — Sorriu, entregando as fotos para seu parceiro.

— Esse não sou eu. — Ainda fitando as fotos, Sam enxugou a boca com a parte de trás da mão. — É Gunner. Deveria ser o Gunner. Elas são falsas. Qualquer um pode ver isso. Nunca cheguei perto de nenhuma dessas pessoas. Nunca vi nenhuma delas antes.

— Nenhuma delas parece considerar o senhor um estranho — murmurou Sapperstein. Trabalhara um tempo no departamento de atentado ao pudor e prostituição, mas nunca vira nada tão... criativo. — Sabe, essas fotos deveriam vir com um aviso para não tentar fazer isso em casa.

— Verdade. — Entrando no espírito, Lorenzo bateu em uma foto que mostrava uma perversão em particular e uma posição pouco comum. — Como você acha que ele conseguiu se contorcer para ficar desse jeito? Minha esposa ia adorar.

— Não importa. — Sapperstein limpou a garganta. Afinal, ele se lembrou um pouco atrasado, havia uma dama presente. — Sr. Wyatt, por que não se senta enquanto nós...

— Elas são falsas! — gritou Sam. — Ele fez isso. Ele mentiu e traiu. — Com a respiração ofegante, apontou para Luke. — Mas ele vai pagar. Todos eles vão. Tenho provas. — Estava rindo enquanto revirava o cofre. Perdeu toda a compostura quando encontrou uma tiara de diamantes.

— Isso é um truque — disse, chorando. — Um truque. — Deu um passo atrás, fitando a coroa em sua mão enquanto um riso escapava de sua garganta e seu rosto formava um sorriso terrível. — Vai desaparecer.

Sapperstein assentiu para Lorenzo, que pegou a tiara.

— O senhor tem o direito de permanecer calado — começou, pegando as algemas enquanto Sapperstein tirava as joias do cofre.

— Eu vou ser presidente. — Saliva voava enquanto Sam berrava. — Mais oito anos, só preciso de mais oito anos.

— Ah, acho que você vai pegar mais do que isso — murmurou Luke. Estalou os dedos e ofereceu a Roxanne a rosa que apareceu entre eles. — Alacazam, Rox.

— É. — Ela encostou o rosto no peito dele para esconder o enorme sorriso. — Mas o que vamos fazer para o bis?

Capítulo Trinta e Três

♦♦♦♦

O OUTONO EM NOVA ORLEANS foi quente, brilhante e abençoadamente seco. Os dias ficaram mais curtos, mas dia após dia o pôr do sol era uma espetacular sinfonia de cores e tons que deixavam um nó na garganta e fascinavam os olhos.

Max morreu durante um desses espetaculares shows de luz, em sua própria cama, com um sol vermelho como rubi como sua cortina final. A família estava com ele, e, como LeClerc disse durante uma das incontáveis xícaras de café consumidas naquela noite, era a melhor forma de morrer.

Roxanne teve de se contentar com isso e com o fato de que Luke colocara a pedra filosofal na frágil mão de seu pai. Então ele fez a passagem de um mundo para o outro, segurando-a.

Não era uma pedra brilhante, nem uma joia que cintilava. A pedra era uma simples rocha cinza, gasta até ficar lisa pelo tempo e por dedos questionadores. Quanto ao tamanho, ela cabia perfeitamente na palma da mão dela, acomodando-se ali como se acomodara em outras mãos em outros séculos.

Se a pedra tinha poder, Roxanne não sentiu. Esperava que Max tivesse sentido.

Enterraram a pedra com ele em uma linda manhã de novembro, com um céu azul sobre suas cabeças e uma leve brisa agitando a grama que crescia entre os túmulos da cidade que ele amava. Havia perfume no ar, e os acordes de Chopin saíam de uma dúzia de violinos.

Max odiaria um coral fúnebre acompanhado por um órgão.

Centenas de pessoas se amontoaram no cemitério, pessoas que de alguma forma ele tocara durante sua vida. Jovens mágicos ansiosos para deixar suas marcas, velhos mágicos cujas mãos e olhos estavam falhando, assim como a mente de Max falhou. Alguém soltou uma dúzia de pombos brancos, que voaram e arrulharam no céu, deixando a ilusão de que anjos vieram levar a alma de Max.

Roxanne achou o gesto incrivelmente adorável.

A performance de despedida de Max, como ele teria desejado, foi um ato clássico.

ILUSÕES HONESTAS   483

Nos dias seguintes, Roxanne se deixou levar pela maré, incapaz de se livrar da tristeza. Seu pai fora a única influência importante de sua vida. Enquanto ele estava doente, não tivera alternativa a não ser tomar o controle da família. Mas, enquanto ele esteve ali em corpo, ela tinha a ilusão — ilusão, mais uma vez — de tê-lo.

Gostaria de ter podido compartilhar o último triunfo com ele. As manchetes ainda anunciavam o escândalo de Samuel Wyatt, ex-candidato a senador, agora acusado de roubo, além de várias outras acusações menores.

Foram encontradas outras provas na casa dele em Maryland. Um pequeno dispositivo que parecia algo entre um controle remoto e uma calculadora, um bonito conjunto de ferramentas de arrombamento de aço polido, um cortador de vidro, um arco que disparava um gancho e uma única abotoadura de ouro, gravada com as inicias SW, e o mais incriminativo, um diário detalhando meticulosamente assaltos realizados em um espaço de quinze anos.

Custara a Jake um mês para completar o trabalho, forjando a letra de Sam. Mas fora bem-feito.

Contas na Suíça, com mais de duzentos e cinquenta mil dólares foram descobertas. Luke considerava isso um investimento que, sem a menor sombra de dúvidas, tinha valido a pena.

Roxanne achara que teria compaixão de Justine, mas ficou impressionada quando leu que a dedicada esposa de Sam, livre de qualquer acusação, já tinha pedido o divórcio e estava morando em um chalé nos Alpes Suíços.

Quanto a Sam, ele não insistia mais que queria ser presidente. Dizia que era presidente. Os psiquiatras continuavam fazendo exames enquanto ele comandava seu governo particular de uma cela acolchoada.

Roxanne supunha que era uma espécie de justiça.

Mas isso ficara para trás. A esquina que levara cinco anos para dobrar estava no passado. Vários caminhos se abriam à sua frente, e ela simplesmente não sabia qual queria tomar.

— Está ficando frio aqui fora. — No pôr do sol, Lily atravessou o quintal até onde Roxanne estava sentada em um banco de ferro fitando a fonte. — Você devia colocar um casaco.

— Estou bem. — Para mostrar que a companhia era bem-vinda, estendeu o braço e o passou em volta dos ombros de Lily quando a mulher mais velha se sentou ao seu lado no banco. — Amo este lugar. Não me lembro de alguma vez não ter me sentido melhor depois de me sentar aqui.

— Alguns lugares são mágicos. — Lily levantou o olhar para a janela do quarto que ela e Max compartilharam por tantos anos. — Este sempre foi mágico para mim.

Elas ficaram sentadas em silêncio, escutando o murmurinho da fonte. As sombras cresceram até formar uma escuridão.

— Não sofra tanto tempo por ele, querida. — Lily sabia muito bem que suas palavras não eram boas, gostaria de ser boa com as palavras como Max era. — Ele não ia querer que você sofresse por muito tempo.

— Eu sei. No início, eu tinha medo que deixar de sofrer significasse deixar de amar. Mas sei que estava errada. Estava sentada aqui me lembrando do dia em que todos fomos para Washington. — Inclinou a cabeça, descansando no ombro de Lily. — Ele estava sentado na poltrona dele, olhando pela porta da varanda. Apenas olhando para fora. Ele queria ir, Lily. Eu sabia disso. Eu podia sentir. Ele precisava ir.

Riu, um som baixo, mas verdadeiro, que Lily não escutava havia vários dias.

— Mas ele era teimoso — continuou Roxanne. — Morrer no Halloween. Como Houdine. — O braço dela apertou os ombros de Lily. — Juro que ele deve ter planejado. E eu estava pensando agora que, se existe um céu para os mágicos, ele está lá, fazendo truques com Robert-Houdin, tentando ser melhor do que os Herrmann e conjurando com Harry Kellar. Ah, ele gostaria disso, não gostaria, Lily?

— Sim. — Com os olhos cheios de lágrimas, mas sorrindo, Lily se virou para dar um abraço. — E ele lutaria com unhas e dentes para ser sucesso de público.

— Apresentando-se hoje e por toda a eternidade, Maximillian Nouvelle, Extraordinário Mágico. — Rindo de novo, ela deu um beijo em cada bochecha de Lily. — Eu não estou mais sofrendo. Sempre vou sentir saudades dele, mas não dói mais.

— Então, eu vou lhe dizer uma coisa. — Lily pegou o rosto de Roxanne em suas mãos. — Faça do seu jeito. Você sempre foi boa nisso, Roxy, sempre destemida, corajosa e inteligente. Não pare agora.

— Como assim?

Lily escutou uma porta se abrir e olhou por cima do ombro e viu Luke iluminado pela luz que saía pela porta da cozinha.

— Faça do seu jeito — repetiu Lily e se levantou. — Vou entrar para ajudar Alice com aquelas amostras de papel de parede que ela não larga. Juro que aquela menina só vai escolher cores pastel e flores se ninguém der uma sacudidela nela.

— Você é a pessoa certa para fazer isso.

— Entre se você sentir frio — mandou Lily.

— Pode deixar.

Lily passou por Luke no quintal.

— E se você não conseguir mantê-la aquecida — disse ela baixinho —, eu desisto de você.

Luke se sentou no banco, puxou Roxanne para mais perto e a beijou até que o corpo dela ficasse fraco.

Com a cabeça apoiada no braço dele, ela abriu os olhos.

— Por que você fez isso?

— Só estava cumprindo ordens. Mas agora é por minha conta. — Beijou-a de novo, demoradamente. Com um suspiro satisfeito, ele se recostou, esticou as longas pernas e as cruzou na altura dos tornozelos. — Linda noite, não?

— Hmmm. A lua está subindo. Quantas vezes Nate fez você ler *Ovos Verdes e Presunto*?

— O suficiente para eu saber de cor. Agora me diga, quem poderia querer comer ovos verdes? É nojento.

— Você não entendeu a metáfora pouco sutil, Callahan. É sobre não julgar as coisas pela aparência e experimentar coisas novas.

— Mesmo? Engraçado, eu venho pensando em experimentar coisas novas. — Mas queria ter certeza de que era a hora certa. Os primeiros raios prateados do luar escapavam do céu quando virou a cabeça para analisá-la. — Como você está, Rox?

— Estou bem. — Sentia os olhos dele sobre ela, aquela velha e familiar intensidade. — Estou bem, Luke — repetiu e sorriu para ele. — Eu sei que não poderia ficar com ele para sempre, por mais mágica que tenha guardada na minha manga. Ajuda saber que você o amava tanto quanto eu. E talvez, de uma forma estranha, os cinco anos que você passou longe tenham me dado tempo para me concentrar nele quando ele mais precisou de mim. Ele segurou firme até você voltar e eu poder seguir em frente sem ele.

— Destino?

— Vida é uma palavra boa o suficiente. As coisas estão mudando agora. — Ela se aninhou mais, mas não porque estivesse com frio. Mas porque era bom. — Mouse e Alice vão se mudar logo. E não se encaixa perfeitamente agora, que eles estão começando uma nova família, o fato de você ter uma casa perfeita para eles para vender?

— Com um belo apartamento no terceiro andar, perfeito para um solteirão. Jake vai enlouquecê-los.

— Eu sei que você o ama.

— Amor é uma palavra forte, Rox. — Mas sorriu. — O que eu sinto por Jake é mais uma tolerância pontuada por períodos de extrema irritação.

— Lily vai começar a tentar encontrar uma esposa para ele.

— Ela esconde bem esse lado sádico. Pelo menos, ele é útil nos bastidores. — Porque gostava e porque era uma distração útil, Luke pegou a mão dela para brincar com seus dedos. — Sabe, Rox, eu estive pensando sobre o espetáculo.

Ela soltou um suspiro sonolento.

— Acha que já está pronto para colocar na estrada? — perguntou Roxane.

— Está pronto, sim. Mas eu estava pensando em alguma coisa mais perto de casa.

— Por exemplo?

— Como o prédio que está à venda na margem sul do French Quarter. Bom tamanho. Precisa de muita obra, mas tem potencial.

— Possibilidades? De que tipo?

— Do tipo mágico. A Oficina de Mágica dos Nouvelle, Nova Orleans. Um teatro para estrear novos números, para divertir as massas. Talvez uma pequena loja de mágica anexa para vender truques. Uma operação de primeira classe.

— Um negócio. — Intrigada, mas cautelosa, ela se afastou para poder ver o rosto dele. Ali, ela viu uma excitação que ele mal conseguia conter. — Você quer abrir um negócio?

— Não apenas um negócio. Uma possibilidade. Eu e você como sócios. Nós nos apresentaríamos lá, convidaríamos alguns dos grandes nomes e daríamos chance para os novos. Como o parque de diversões, mas este ficaria no mesmo lugar. Seria tão mágico quanto.

— Você tem pensando bastante sobre isso. Desde quando?

ILUSÕES HONESTAS   487

— Desde Nate. Quero poder dar a ele o que Max me deu. Uma base. — Para dar a ela uma chance de pensar melhor na ideia, levou os dedos dela à sua boca, beijando um por um. — Ainda estaríamos na estrada. É o que fazemos, mas não passaríamos nove meses por ano viajando. Logo ele vai ficar o dia todo na escola.

— Eu sei. Já tinha pensado nisso. Eu tinha pensado em reduzir quando ele começasse. Fazer tudo de acordo com a agenda dele.

— Se fizéssemos isso, não precisaríamos reduzir e você conseguiria a mesma coisa. — Viu uma luz de interesse se acendendo nos olhos dela e partiu para o golpe final. — Só tem um senão.

— Sempre tem um senão.

— Você tem que se casar comigo.

Ela não podia dizer que estava surpresa. Era mais como um rápido e poderoso choque elétrico.

— O quê?

— Você vai ter que se casar comigo. É isso.

— É isso? — Ela teria rido, mas achava que não tinha força. Conseguiu ficar de pé. — Você está me dizendo que eu tenho que me casar com você. Tipo "aceito" e "até que a morte nos separe".

— Eu ia pedir você em casamento, mas achei que você ia perder muito tempo pesando os prós e os contras. Então resolvi dizer.

Ela levantou o queixo.

— E eu estou dizendo...

— Só um instante. — Levantou a mão, ficando de pé para que pudessem ficar cara a cara. — Eu ia pedir naquela noite que era para eu voltar da casa de Sam com os bolsos cheios de safiras.

Isso não apenas a acalmou como a deixou confusa.

— Ia?

— Já estava tudo planejado. Eu ia seguir o caminho romântico. Até estava com um anel no bolso. Mas precisei penhorar no Brasil.

— No Brasil? Entendi.

— O que você teria feito se eu tivesse pedido naquela época?

— Não sei. — Essa era a mais pura verdade. — Nós nunca conversamos sobre isso. Acho que eu pensava que as coisas continuariam do jeito que estavam.

— Não continuaram.

— Não, não continuaram. — Confusa, suspirou. — Eu teria pensado a respeito. Eu teria pensado muito a respeito.

— E, se eu pedir agora, você vai fazer a mesma coisa. Então, estou pulando essa parte. Você vai se casar comigo ou não tem mais negócio.

— Você não pode me obrigar a me casar com você.

— Se obrigar não der certo, vou seduzi-la. — As mãos dele subiam e desciam pelos braços dela, um hábito que ainda a excitava. — E começarei dizendo que eu amo você. Que você é a única mulher que eu amei na minha vida. E que sempre amarei. — Com a leveza da seda, puxou-a para mais perto para que seus lábios pudessem cobrir os dela. — Quero fazer promessas para você e quero que você faça promessas para mim. Quero ter mais filhos com você. E quero estar aqui quando eles crescerem dentro de você.

— Ah, Luke. — Ela podia jurar que estava sentindo cheiro de flores de laranjeira. Casamento, pensou. Era tão comum, tão ordinário. Tão excitante. — Prometa que você nunca, jamais, vai me chamar de mulherzinha.

— Juro por Deus.

— Ok. — Ela levou a mão à boca, como se estivesse chocada pela palavra ter escapado. Então, riu e disse de novo: — Ok. Você venceu.

— Não pode voltar atrás — avisou ele, levantando-a e girando-a no ar.

— Eu nunca volto atrás.

— Então, da próxima vez que eu subir no palco, será sob o letreiro de Callahan e sua linda esposa, Roxanne Nouvelle.

— Nem morta. — Deu um soco no ombro dele quando ele a colocou no chão.

— Tudo bem. Só Callahan e Nouvelle. — Ele arqueou uma sobrancelha. — Ordem alfabética, Rox.

— Nouvelle e Callahan. Fui em quem lhe ensinou seu primeiro truque com cartas, lembra?

— Você nunca me deixa esquecer. Fechado. — Apertou a mão dela formalmente. — Nate vai ter dois pais legalmente casados e um cachorro. O que mais uma criança pode querer?

— É tão convencional que assusta. — Ela passou a mão pelos cabelos. — E sobre o cachorro...

— Jake saiu para passear com ele. Não se preocupe. Mike não come nada de valor há mais ou menos uma hora. E não me venha com aquela história de linha dura, Roxy. Eu vi você dando biscoito de chocolate para ele hoje de manhã.

— Era um plano. Pensei que, se eu desse bastante comida até ele ficar gordo, ele não conseguiria subir a escada e fazer xixi no tapete do quarto.

— Você fez carinho nas orelhas dele, jogou beijinhos e deixou ele lamber o seu rosto.

— Foi um momento de insanidade. Porém, estou me sentindo muito melhor agora.

— Bom, porque tem mais uma coisa.

— Só mais uma.

— Nós vamos parar de roubar.

— Nós vamos... — Ela não teve escolha a não ser sentar. — Parar?

— Passado. — Sentou-se ao lado dela. — Pensei muito nisso também. Somos pais agora, e eu quero ter outro bebê o quanto antes. Não acho que seria uma boa ideia você ficar pendurada em cordas com um bebê a bordo.

— Mas... isso é o que nós fazemos.

— Isso é o que fazíamos — corrigiu ele. — E somos os melhores. Vamos parar no auge, Roxy. Com Max, foi o final de uma era. Temos de começar a nossa era. E Deus, o que vamos fazer se Nate resolver ser tira quando crescer? — Estava beijando os dedos dela de novo e rindo. — Ele vai querer nos prender. Imagina a culpa do menino em mandar os próprios pais para a prisão.

— Você está sendo ridículo. As crianças passam por fases.

— O que você queria ser quando tinha quatro anos?

— Mágica — disse ela, suspirando. — Mas parar, Callahan. Nós não podíamos só... diminuir?

— É melhor assim, Rox. — Deu um tapinha na mão dela. — Você sabe que é.

— Só vamos roubar de homens muito ricos que sejam ruivos.

— Aceite, querida.

Soltando um gemido, ela recostou.

— Casada, abrindo um negócio e andando na linha, tudo de uma vez. Não sei, Callahan. Talvez eu exploda.

— Vai ser um dia de cada vez.

Ela sabia que ele a convencera. A imagem de Nate, com seu 1,2 m de altura, com um distintivo, chorando ao prender os dois era demais.

— Agora só falta você me dizer que devemos começar a fazer festas de crianças. — Como ele não respondeu, ela se sentou ereta. — Ah, Deus, Luke.

— Não é tão ruim. É só... bem, um dia desses quando levei Nate para a escolinha, eu meio que conversei com a professora dele. Parece que prometi que faríamos uma apresentação na festa de Natal.

Houve um silêncio que durou um minuto inteiro, depois ela começou a rir. Riu até seu corpo dobrar. Ele era perfeito, pensou. Absolutamente perfeito. E era dela.

— Eu amo você. — Surpreendeu-o, jogando os braços em volta do pescoço dele e o beijando longa e intensamente. — Eu amo o homem que você se tornou.

— Idem. Quer namorar sob a luz da lua?

— Pode apostar que sim. — Encostou um dedo nos lábios dele antes que cobrissem os seus. — Um aviso, Callahan. Se você comprar uma caminhonete, vou transformar você em um sapo.

Ele beijou o dedo dela, decidindo que esperaria um momento mais oportuno para mencionar que dera a entrada para uma caminhonete naquela manhã.

Como Max diria, o tempo é tudo.